幸福老去

馨语 著

山东文艺出版社

图书在版编目（CIP）数据

幸福老去 / 馨语著 . —济南：山东文艺出版社，2023.10

ISBN 978-7-5329-6998-2

Ⅰ.①幸… Ⅱ.①馨… Ⅲ.①长篇小说—中国—当代 Ⅳ.① I247.5

中国国家版本馆 CIP 数据核字 (2023) 第 154332 号

幸福老去
XINGFU LAOQU

馨语 著

主管单位	山东出版传媒股份有限公司
出版发行	山东文艺出版社
社　　址	山东省济南市英雄山路 189 号
邮　　编	250002
网　　址	www.sdwypress.com
读者服务	0531-82098776（总编室）
	0531-82098775（市场营销部）
电子邮箱	sdwy@sdpress.com.cn
印　　刷	山东顺心文化发展有限公司
开　　本	710mm×1000mm　1/16
印　　张	33.5
字　　数	540 千
版　　次	2023 年 10 月第 1 版
印　　次	2023 年 10 月第 1 次印刷
书　　号	ISBN 978-7-5329-6998-2
定　　价	78.00 元

版权专有，侵权必究。如有图书质量问题，请与出版社联系调换。

目 录

章	页码
第一章	001
第二章	010
第三章	016
第四章	021
第五章	025
第六章	032
第七章	035
第八章	043
第九章	052
第十章	057
第十一章	064

第十二章 …… 070

第十三章 …… 078

第十四章 …… 086

第十五章 …… 090

第十六章 …… 096

第十七章 …… 102

第十八章 …… 111

第十九章 …… 115

第二十章 …… 119

第二十一章 …… 125

第二十二章 …… 136

第三十三章	……	204
第三十二章	……	201
第三十一章	……	196
第三十章	……	193
第二十九章	……	182
第二十八章	……	171
第二十七章	……	167
第二十六章	……	159
第二十五章	……	153
第二十四章	……	146
第二十三章	……	141

章	页码
第三十四章	208
第三十五章	213
第三十六章	219
第三十七章	227
第三十八章	236
第三十九章	255
第四十章	262
第四十一章	272
第四十二章	286
第四十三章	290
第四十四章	301

章	页码
第四十五章	310
第四十六章	328
第四十七章	339
第四十八章	351
第四十九章	355
第五十章	365
第五十一章	372
第五十二章	390
第五十三章	403
第五十四章	412
第五十五章	417

第六十四章	第六十三章	第六十二章	第六十一章	第六十章	第五十九章	第五十八章	第五十七章	第五十六章
513	501	495	480	477	473	465	447	434

第一章

一九七〇年七月的一个晚上，天气闷热，在济南南部的金鸡岭村，一个小女孩出生了，她的哭声让她的家人从紧张的情绪中舒缓过来。

这是一个很普通的院子，院子不大，三间北屋，两间西屋，两间南屋。三间北屋是土坯房，房子的地基很高，门前有六个台阶，铺的是青石板，台阶两边各搭着一块青石板，两块石板中间已经磨得很亮。西屋是新瓦房。南屋是土坯房，已经非常破旧，一间是灶房，一间是猪圈，猪圈也是茅房。院子东侧是一堵墙，连着北屋和南屋。家里的大门是朝南开的，两扇木门已经破烂不堪，能勉强将人拒之门外。

王明月已经忙活了一整天，见孩子出来，心里总算一块石头落了地，可一看是个女孩，脸上不免露出些许失望，心想：老天爷不随俺心哪，也不看看俺多大年纪了，怎么就不给个孙子呢？

她今年六十四岁，沧桑岁月让皱纹过早地爬上了她的面颊，如今牙齿只剩下七颗，张口时能看到上排三颗、下排两颗，说起话来有些"漏风"，经常有吐字不清的时候，尽管她嗓门挺大，但是不熟悉的人有时会听错，因此闹出不少笑话。她眼巴巴地盼孙子，盼到夜不能寐。见到孙女，她虽不高兴，但还是理智的，内心的想法转了几个弯后才笑着说："我盼啊盼啊，总算盼到有叫奶奶的啦！她嫂子，你快歇歇，快歇歇！可叫你受累了！来，到我屋里喝口水，叫你忙活了大半天，我这心里过意不去呀！"话音刚落，电灯灭了。

"哎呀！你说巧不巧？咱刚忙活完就停电啦，俺这孩子有福，准有福！如意，你可慢着点。"王明月说着，一只手扶着墙，另一只手紧拉住闫如意的手，两人一起到了院里。她见儿子还愣愣地站在那儿，指着他说："石头，怎么还愣着？赶紧给你嫂子冲水去。"

"哦，哦。"刘建国忙进屋倒水，初当爸爸的他表现得异常兴奋又有些慌乱。之前，他一直在院子里踱来踱去，只要狗一叫，他就跺脚、攥拳、瞪眼，挥舞着拳头冲小狗说："你再叫，再叫我打死你！"这些动作，他已经重复了上百次。

小黑狗很知趣也很机敏，见主人举起拳头，即刻趴在地上不敢叫了，它吐着舌头，不停地发出呜呜声，好像知道做错了什么。不过，狗的责任感是与生俱来的，稍安静一会儿，只要有陌生的声音传来，它就忘记了主人的训斥，又接着叫开了。

刘建国身高一米七五，体重一百三十多斤，是典型的黄种人肤色。他有一双厚实的单眼皮，早上看上去有些浮肿，加上两道弯眉有些稀疏，更显得精神不振。吃完早饭后，他那肿胀的眼皮才渐渐舒展开，精气神也随之倍增。他的发型是剪得短短的"平头"，因为他的头发硬，稍微一长，头旋附近的头发就很难控制，横竖弄不成让人喜欢的样子。他的两只耳朵不大，但耳垂不小，看上去有些不对称。他从小没受多少苦，是一家人护着长大的。

刘建国八岁就该上学了，可学校设在玉林村，离家二十多里地，按规定要住在学校一个月才能回家一趟。他妈怕他吃苦头，一直坚持让他晚上学。

刘德江深知上学的好处，认为儿子再不济也应该比他强，所以下定决心要送儿子上学去。让他想不到的是，上学的问题一摆上来，首先反对的是小闺女——刘虹。

刘虹的态度比她妈还坚决，瞪着眼说："上什么上？我没上学不也挺好的吗？他个人穿衣裳都不会，筷子也不动，吃饭还叫我喂他。让他一个人待那儿，还不知道弄出什么事来呢！"

王明月接着说："可不是？我也是这么想的。他可照顾不了个人，我不放心。"

"我不去上学！我不去上学！"刘建国叫嚷着，一溜烟跑没影了。

刘德江见状，嘿嘿一笑，摇了摇头。其实，他跟她们想的一样。他本想先拖一拖，可这一拖就是两年。

刘建国上学时快十岁了。刚上学时，他打听了同学的年龄，知道自己最大后，自觉有些惭愧，有同学问他时，他支支吾吾羞于启齿，可时间一久就不在乎了。自从进学校的那天起，他就没有好好念书的想法，在课堂上经常走神。即使这样，五年下来，小学毕业的他在村里也是有学问的人了。对他来说，能熬到小学毕业他就解脱了，他自认为学有所成，再不求往更高处发展了。

刘德江在儿子刚回家时还劝了他几回，把继续上学的诸多好处给他讲了不少，可儿子都无动于衷。他明知道是白磨嘴皮子，可照旧把自己那点奢望一股脑地搬出来，盼着能有奇迹发生在儿子身上。结果呢，他的劝说非但没感动儿子，反而让儿子心生厌烦。

刘建国在家里待了两三年，整天到处闲逛，还跟村里几个年轻人学会了抽烟喝酒。时间一长，王明月看不下去了，她想让儿子去生产队干活。

这一天，一家人吃完午饭后，刘建国又出去玩了。王明月对刘德江说了她的想法。

刘德江沉吟了一会儿，皱着眉说："你叫他上生产队干活？就他，你整天娇生惯养，他会干什么？队里的活他能干了？我看，他不是那块料。要我说，他去了也干不长，要是三天打鱼两天晒网的，叫我怎么说？人家不看笑话？干脆也别丢那个人。再等等吧，这几年工厂都下来招工，我跟立德说好了，让他给石头找个活。"

她瞧着老头儿，生气地说："这有什么丢人的？这么大了，整天在跟前来回地晃悠，晃得我都眼晕。叫他到队上多少干点，顶半个人的工分也行啊，一年下来，还不多领几十斤粮食啊？你跟立德说了，他上心吗？那得等到猴年马月？"

"哦，你这时候急眼了，早干什么去了？他游手好闲、好吃懒做的毛病还不都是你惯的！以前我说他的时候，你哪回不跟我吵吵？你不是说'树大自直'吗？直了吗？越长越歪啦！"他终于把憋了多年的话倒出来。

她斜视着老头儿，一时想不出反驳的理由，但她脑子里在极速搜寻着辩解的说辞。一会儿，她的话就冒出来了："好，我不跟你犟。'树大自直'的理也不是我瞎编乱造的，老人都这么说。你不是也说什么'儿孙自有儿孙福'吗？我熊他两句的时候，你哪回不跟我翻白眼啊？"

可不是？就这一点，还真让媳妇逮了个正着。他疼儿子疼到骨子里，谁要说他儿子的不是，让他听见了，遭他白眼那是轻的，说不定要挨他一顿臭骂。

"还有，他个子比你高半头，我叫他去挑担水你都舍不得，这个他又不是干不了，你整天不是这儿难受就是那儿难受，光指使我行，这个也怨我呀？"她边说边拿抹布擦起了桌子，不再看他的脸色。

他见媳妇真生气了，一改刚才的声调，看着媳妇说："好，好，咱俩各打五十大板，谁也别怨谁了，都有错，都是咱俩惯的。你想一下子就让他扭过弯来，把那些毛病都改了，没那么容易！我寻思，不是快过年了吗，生产队上也没活干，你没看见都在家闲着吗？等过了年，暖和暖和再说，不行吗？"

她火气消了一半，把手里的抹布摔到桌子上说："怎么不行？谁说不行了？"打那以后，两人不再争论儿子干不干活的事。

一九六五年开春后，刘德江让儿子跟他去生产队干活了。队上的人都知道建国是个"淘气包"，有几个人故意逗他："哎哟，建国呀，你细皮嫩肉的，又有文化，这活可不是你干的，又脏又累！你能吃这苦？快别干了，你要是弄个灰头土脸的，你妈还不得疼哭了？""你会推车子吧？""你能拿动镢头吗？""你不嫌粪臭啊？"……

大家你一言我一语的，听得建国头皮发麻、耳朵疼，他知道这些人在笑话他，真想拔腿跑回家去，躺到炕上大哭一场，好在来之前，他爸妈把这些情景都跟他讲过，他记住了他爸说的话："忍着点。"他也提醒自己："两三天就没事了，他们也不能整天拿我说事。"

果然，从第三天开始，没人再特别注意他了，他已经跟其他人一样，成了三生产队的"正式"社员。

刘建国和他爸早出晚归，终日忙忙碌碌，休息的时间很少。他经常出工不出力，但没人跟他计较。一是大家公认他还是个孩子，干多干少没人跟他较真；二是他爹是生产队的队长，没人敢跟他爹说三道四；三是他会干眼前活，会偷懒又会说好听的话，很讨人喜欢。

夏天的时候，庄稼地里可没什么好活，太阳晒得到处都热腾腾的。如果气温到了三十五度以上，即使什么都不干，站在太阳底下的滋味还不如蒸笼边上舒服。而庄稼地里的活，不是你想什么时候干就什么时候干，好多活还是越热越得干。比如除草，老人的意见是趁热除，因为小草的生命力特强，如果晴天晒一中午，就会把小草晒枯，不然，那些小草有一部分会再活过来。如果除完了赶上阴雨天，那付出的劳动就白费了，大部分除了的小草会死而复生。

刘建国在炽热的太阳下除草时总会想到那首诗："锄禾日当午，汗滴禾下土。谁知盘中餐，粒粒皆辛苦。"几个月的劳累，让他有了改变：碗里吃得干干净净，掉在桌上的米粒都捡起来吃了。

天越来越热，刘建国常常对着天空发呆，就在他一筹莫展之际，他大姐跟姐夫来了，而且带来了他最爱听的好消息。这一天的情形，他一辈子都不会忘记。

这天中午，刘建国跟爸爸收工回家，刚进屋坐下，姐姐跟姐夫便进来了。

刘晴已是七个孩子的母亲，她个子高，皮肤白，鼻梁直挺，笑时有两个酒窝，尽管是单眼皮，嘴唇稍微厚了些，但并不妨碍她的整体美。蓝碎花的乳白色人造棉短褂与黑色的人造棉裤子相搭，既时尚又得体。她一边擦汗一边兴奋地说："爸，妈，立德给石头打听着活了，我也说不明白，还是让他跟你俩说说吧。"

"哎呀，这可是天大的好事！立德呀，你快坐下凉快凉快，喝碗水。石头，快给你哥哥冲茶去！我去拿扇子。"王明月已经笑得合不拢嘴，匆匆地进了里屋。

王立德穿的是旧军装，早就看不清原来的颜色。他脸颊瘦削，皮肤黑黑的，大眼睛，高鼻梁，鼻梁右侧有一颗小瘩子。他当过五年兵，在执行任务时左胳膊受了伤，转业后分配到粮所上班。结婚后，他一心扑在工作上，加上他为人处世都非常老道，没几年就被提拔为粮所所长。那时，很多人不知道公社书记是谁，却都知道王立德的大名。

听了媳妇的话，王立德很得意，他的确有领导的范儿，开口之前先清了一下嗓子，然后打着官腔说："哦，是这么回事，过年的时候，我跟供销社的孙书记吃饭，他说供销社要在人口多的村里开代销店，要招几个人，我一听，就把建国的事跟他说了。他问了问建国上没上学，年龄多大，我都跟他一五一十地说了，他说回去开会研究研究，之后就没信儿了。我还以为悬了，没想到前天他上粮所找我，说是定下来了，准备在俺村里开一个代销店，让建国去干。"

刘德江乐呵呵地看着女婿，极认真地听着他说的每一句话，见女婿看他了，笑着说："好啊，我听说现在供销社可吃香了，挺难进，你费了不少劲吧？"

"也没费什么劲，就是赶巧了吧。"王立德自豪地答道。

刘建国满上水，既热情又殷勤地说："哥，你喝水。姐，你也来一碗。"

王明月将扇子递到女婿、闺女手上，接着问："你俩怎么来的？没渴着吧？"

刘晴看看丈夫，笑盈盈地回答："他单位上有辆拖拉机，正好上前进公社拉东西，把俺俩捎来的。唉，这道儿越来越难走了，颠得我可不轻，差一点从车上掉下来！吓了我一大跳。"接着，她把目光投向弟弟，笑着说："哎，建国，你哥哥给你找的这个活，你愿意干吧？"

"怎么不愿意？这阵儿跟咱爸爸干活，太累了！我巴不得呢。"建国满头是汗，谦逊地回答着姐姐的话。

刘晴表扬弟弟："不孬，你小子长大了，能跟咱爸爸去干活，还没说不干了，我真没寻思到。我跟你哥哥说来，光凭你这样，往后你也孬不了。"

王立德嘱咐建国："是啊，建国，咱爸跟我说，让我给你找活，开始我还真这么想：你从小没下过力、没受过苦，你能干什么呢？累活你肯定不愿意干，轻快活又不好找，我还真犯难来。后来听说，你在生产队上干得还行，我才放心了。可是，我先把丑话说到前边，供销社这差事可不好干，人家都说是肥差，我不这么想，卖东西是个细心活，可得上心、仔细，万一弄不好，就麻烦。要是东西少了，你得个人拿钱赔，别说挣钱了，有的连一个月的工资都赔进去还不够。说一千道一万，这个活是个细心活，东西都要盘点，就是一共进了多少货，卖了多少货，还剩多少货都要对账。比方说：这个月上边拨给你10瓶酒，你卖了5瓶，应该还剩下5瓶，要是剩下4瓶或是6瓶，就对不起来了，你就得找'为什么'。对不起来，最后处理的办法——多少都要上报。多了不要紧，可是这种好事不大多；要是少了，你就得个人赔。少个一点半点的不要紧，咱偷偷地赔上，要是少得多了，咱赔也赔不起啊！不光这个，要是出错多了，人家就不用咱了，这个人家都有规定。"

刘德江满是期待地望着儿子，叮嘱道："是啊，你哥哥说得没错。咱要是去了，可得好好干，不怕一万，就怕万一，千万要小心！你干好了，对你、你哥哥也好；你要是干砸了，那你哥哥丢面子不说，说不定还受牵连，这可不是说着玩的。"

建国连连应道："知道，知道，我一定好好干。"

王立德微笑着对小舅子说："明天你先上孙书记那儿报个到，看看人家有什么安排。你可早点去，别晚了，中午找我吃饭去。"

建国十分疑惑地问："我不认识孙书记啊，上哪儿找他去？"

刘晴大笑，指着弟弟说："哎哟，你傻呀，供销社名气多大，你到那儿一打听，公社的人谁不知道啊？"

刘建国的脸腾地红了,他感觉跟发烧一样,让姐姐这么一说,还真有点磨不开面子了。他挠了挠头皮,嘿嘿笑了两声。

王立德见状,看着媳妇皱起了眉。

刘晴知道说错了话,又补充道:"哎,要不,你收拾收拾,上俺家住下,明天你哥哥上班的时候带着你,让你哥哥送你去。"

王立德点点头说:"对,这回你姐姐绕过弯来了。你从这儿去不如从俺家去近,明天早晨我骑自行车带着你,送你去。"

建国没有直接答应姐姐、姐夫的提议,期待地看着爸妈。

刘德江认为这个提议不错,扭头冲媳妇说:"我看他俩说的这个法子行,你给石头收拾衣裳,给他带上点钱,准备好了,万一人家留下他,就不用来回折腾了。"

"光说话了,都还没吃饭呢,刚才我也没做他俩的饭,正好我再去炒个菜,等吃完饭我再收拾。"王明月说着,起身做饭去了。

建国站起来,很小心地问:"那我先上河里洗洗,回来换换衣裳?"

"你去吧,我去跟咱妈做饭,让咱爸他俩先喝水。你洗完回来,正好饭就做好了。"刘晴拍拍弟弟的肩膀,帮她妈做饭去了。

建国回来时,饭已上桌。他一看桌子,竟然馋得口水都上来了。桌子上摆着满满一盘大葱炒鸡蛋,还有一盖帘新蒸的玉米面饼子,都是黄澄澄的颜色。这两样少见的东西,让他的嘴不由自主地吧嗒了两下。他的这些表情,被姐夫悉数看在眼里。

王立德笑着说:"建国,饿了吧?快吃吧。"

建国听了,反倒不好意思地笑了笑,接着说:"哥,你和俺姐姐先吃,我不饿。"

"叫你吃你就吃,又不是外人。我早看出来了,你馋得哈喇子都快出来了。"刘晴这一说,大家都笑了。

"来,咱都动筷,都吃,时候不早了。"王明月说道。

一家人边吃边聊,很快把桌上的东西吃完。

王立德看了看手表,已经快三点了。

刘德江看到女婿看表,知道他打算走了,冲媳妇说:"不早了,你赶紧给石头收拾东西,他俩都忙,别叫他俩再等了。"

王明月赶紧进屋去了。一会儿工夫,她提了个小包袱出来,递到儿子手里。

刘晴和王立德跟爸妈道了别，带着建国走了。

刘德江和王明月跟着孩子们到了村口，等到拖拉机来了，看着孩子们上了拖拉机，又望着他们渐渐远去，才依依不舍地回家。

对建国来说，望着爸妈越来越模糊的身影，心情更是复杂，他不知道前方的路到底怎样，但坚信供销社的工作是适合他的。

第二天，建国早早地起来了，等着姐夫收拾完，坐上他的自行车，朝着盼望的目的地出发了。一路上，他的思绪此起彼伏。他畅想未来的工作多么好，又担心领导相不中自己，做着各种假设，而眼下最要紧的是见了领导该说什么，一想这个问题他就忐忑不安。

"前边就是了。"王立德说道。

"啊？这么快就到了？"建国像是在梦中突然被叫醒。此时的他，感觉云里雾里的，大脑一片空白。他已经忘记身在何处，也分不清东南西北，只知道紧跟着姐夫，一步也不敢落下。自从懂事起，姐姐们就教他认识方向："太阳从东边升起，西边落下，中午的时候太阳在正南方，剩下的一面就是北方了。"为了让他记得牢固，有很长一段时间，她们经常考问他。在姐姐们的教导下，他把方向记牢了，不管谁考问，都没说错过。可今天，他看着太阳挂在西边了，很是纳闷："明明是早晨，太阳应该是在东边，怪了，怎么看太阳就是在西边挂着？"他反复地问自己："怎么回事？你这是怎么啦……"

建国紧跟着姐夫走进一间办公室。办公室很敞亮，太阳光正好照在办公桌上，桌子里边坐着一个黑瘦的老头儿。

进门后，建国快速地向屋里扫了一眼，接着把头低下了。

那个老头儿站起来，极热情地招呼道："来啦，快坐，快坐。立德呀，这就是你小舅子？"

"是，是。建国，这就是我跟你说的孙书记，坐下吧。"王立德指了指座位，示意建国一起坐下。

建国拘谨地冲孙书记点了点头，勉强挤出了点笑模样，接着又坐下了。他双手搭在膝盖上，发觉腿在颤，却又控制不了。他还感到心跳加快，甚至能听到心跳声。他很想缓解一下紧张的情绪，悄悄地将两只手攥住又伸开，伸开又攥起来，那种手足无措的样子被他表现得淋漓尽致。

"个子不矮，看着挺结实。"孙书记说着，又坐回椅子上，爽朗地说，"小伙子，今年多大啦？哪个学校毕业的？"

建国慌忙抬起头，见孙书记正乐呵呵地看着他，紧张度即刻降下来，有点羞涩地答道："十七了，差俩月不到十八，上的玉林小学。"

"哦？才十七？立德，你过来。先让你弟弟到外边等等。"孙书记朝王立德招手，示意他到跟前说话。

王立德一听，立刻锁起了眉头，赶紧让建国出去。

孙书记边摇头边说："立德呀，你小舅子年龄不够，按规定不行啊。"

"哦，有别的办法吗？你看他都这么大了，光在家闲着也不是个事啊！你兄弟媳妇和我那老丈人整天催我给他找活，好不容易赶上你这儿招工，过了这个村可就没这个店啦。"王立德极恳切地说道。

孙书记诡秘地笑了笑，悄声说："那，要不，后边你就让他说材料上出生月份弄错了，其实已成年了。"

王立德点点头，小心地说："好，我跟他回去一趟。那，别的没什么事了吧？"

"别的没什么，跟你那儿招人的程序一样。"说完，孙书记拉开抽屉拿出一盒烟，打开递给王立德一支。

"哎哟，你看，光说话了，我给你带了两条烟、两瓶酒。"王立德将孙书记递给他的烟推了回去，转身去拿放在地上的包，接着将包放到了孙书记的脚下。

孙书记站起来推让："立德，咱兄弟还用来这一套？你拿回去，拿回去。要不我生气了。"

王立德上前扶孙书记坐下，客气地说："现在我也不叫你书记了，你就是我大哥。我知道你这儿什么都不缺，我拿的东西都不值钱，本来还给你准备了两袋子面，可是今天弄不了，改天我找个车给你送家去。这事让大哥费心了，我没别的意思，过两天我来找大哥喝酒，就算我的酒先放你这儿了，这还不行？"

孙书记不再推让，又客气道："你要这么说，那咱说好了，有空你可一定来啊。"

"一定来，一定来！那大哥您忙，我先回去了。"王立德笑着出了孙书记的办公室，孙书记跟出去送他，两人又客气了一番，握手道别。

此时，建国心里正七上八下，他知道，肯定出岔子了。他来来回回地走了几步，又回到原地站好；他焦急地等待着，不敢想结果如何。就在他越想越觉得没戏的时候，看见姐夫和孙书记从屋里出来了，他紧盯着他们的脸，从他们的脸色得出一个结论：不像是黄了……他无法让自己平静下来，唯一能做的，就是老老实实地站着，静观其变。

　　他们刚出供销社的大院，建国就急切地问："人家不要我了？"

　　王立德停下脚步，审视着这个还未脱孩子气的弟弟，笑笑说："害怕了？没说不要！算是答应了。记住啊，后边问起来就说是出生年月错了，少报了两个月。"

　　过了几天，建国跟着姐夫去报到，顺利上班了。经过一个星期的培训，他就去了望月村的代销店，在那里干了三年，由于工作细心、未出差错，他被调到了玉林供销社。

　　刘建国上学、上班的经历并不曲折，但对他来说是终生难忘的，他把这段经历给媳妇讲了，还准备再给他的孩子讲下去。

第二章

　　金鸡岭村是去年过年之前通的电。自从通上电，村里人就多了一个说不完的话题——村里经常停电，尤其是到了晚上用电的时候，白天的时候反而停得少，连村里的电工都说不上来怎么回事，别人更是无从知晓，于是大家就议论纷纷，传出了许多小道消息。每次停电，年轻人埋怨得多，老人埋怨得少。"电"给那些老人带来了新奇感，是他们眼中名副其实的新鲜玩意儿，晚上有了它亮堂多了。对于停电这个问题，老人们经常挂在嘴边的话是："停就停吧，停了就早睡觉，总比以前没电的时候强多了。"年轻人可不这么认为，他们以为是大人找的理由，故意让电工停的，这样可以省些电费。

　　一九七〇年的中国，物质方面是极其匮乏的，政府能提供的公共服务非常有限。在农村，绝大多数妇女生孩子都是找接生婆，很少去医院生孩子。

村里人生病了都找村里的医生，村医有的是自学成才，有的是世代祖传，只有极少数人经过政府推荐到医院实习过。幸运的是，金鸡岭村的村医和接生婆在附近几个村都是出了名地好，他们在多年的职业生涯中从未出现任何事故，是值得大家信赖的能人。金鸡岭村距离玉林公社卫生院二十多里地，并不远，卫生院的医疗条件是村子里无法比的，但还是因为费用过高，去的人很少。

建国原本计划让媳妇到玉林卫生院生孩子的，为此，他还托关系找好了大夫。可是，媳妇说什么也不肯去，她说："人家都是在家生，都没事，我能有什么事？"他犟不过她，只好依着她了。这回顺利生下孩子，确实省下一大笔开销。

建国忙点上煤油灯，接着冲好茶。

刘德江一直坐在椅子上默默地抽烟。

"没事，没事，俺都习惯了。婶子，你跟俺叔放心吧，大人孩子都挺好的！"伴着爽朗的笑声，闫如意跟王明月手拉手走上台阶。

三十八岁的闫如意，干接生孩子这项工作已经整整十年了。当初，她接手这项工作费了很多周折。她觉得接生孩子既脏又有危险，不是什么好活。可她妈愿意把自己的手艺传给她，不容她有自己的想法，对她既有规劝又有恐吓，娘俩僵持了一年多，最后，她还是做了个听话的孩子。她的丈夫吴立军，三十二岁就当上了中学的副校长，可去年因说错了话，被批斗了。村里人传说他疯了，整天一会儿哭、一会儿笑的，嘴里还喃喃自语，谁也听不出他说的啥。

"如意呀，你这些年接了多少孩子啦？"王明月问道，她早听说了吴立军的事，但她知道，这事不能问，可不能往人家的痛处戳。

闫如意自豪地说："加上你孙女，七百九十九个，再接一个就八百啦！"

"哎哟，这么多！你这可是做好事啊。你看你，脸面多好，老天爷保佑你啊！"王明月对闫如意说着奉承话，她这年纪，尽管没文化，但人情世故经历得多了，很会说话。

"婶子，你才是有福的人！你跟俺妈同岁，俺妈都没了两年了，也没享什么福……你多好，闺女、儿子都孝顺，现在日子也好过点了，你享福的日子在后头呢。"说完，闫如意端起茶杯连喝几口。

煤油灯的光静静地照着屋里的一切。刘德江坐在右手边的椅子上，悠闲地抽着旱烟袋，一句话不说，但能清楚地看到他脸上洋溢着笑容。他比媳妇大四岁，因秃头顶，自五十岁起就喜欢剃光头，锃亮的脑门在昏暗的灯光下显得比较扎眼。

王明月坐在左手边的椅子上，闫如意坐在靠近王明月的长板凳上。

三间房有一间被隔开，隔开的里间屋是刘德江与王明月的卧房，坐在外面往里瞧，什么也看不见。整个屋里能入眼的就一张桌子，两把椅子，一条板凳，三个矮凳子（木墩子做的）。墙上黑乎乎的，靠近门的墙上挂着草帽、衣服，桌子上方的墙上挂着毛主席画像。

地上有些凸凹不平，闫如意坐的板凳有一条腿翘着，她欠着身子，很小心地坐着。

"叔、婶子，你俩早点歇着吧，也没什么事了，俺得回去了，孩子还在家等着，再有事就叫我，我再来。"说着，闫如意把茶杯放到桌角，接着站起来。

"再喝碗水，慌什么？叫你忙活了大半天，还没歇歇呢。坐下，坐下，再喝一碗！"王明月随即起身拉住了闫如意的胳膊。刘德江爷俩也跟着站起来。

"不了，不了。婶子，抽空我再来玩，时候不早了。"闫如意眉头一皱，紧接着又堆满了笑容，顺手抽出王明月拽她的那只胳膊，疾步跨出门槛。

"石头，石头，快把那些鸡蛋给你嫂子拿上！"王明月一边喊一边指着大门旁的筐子。

建国毫不迟疑地拎了鸡蛋，塞到闫如意的手里。

"我可不能要，你留着给俺兄弟媳妇吃吧。"闫如意没有接。

建国客气地说："嫂子，你拿着，家里还有，都准备好了。这是给你的，你别再让了。拿着吧，别的也没什么给你的。这个我都觉得不好意思，你都忙活大半天了。要不，我给你送家去？"

"建国，你可别客气！平日里你可没少帮我。这个，我说什么也不能要！你要这样，以后我可不来了，咱姊妹也别来往了！"闫如意的态度非常坚决。

"这怎么行呢？嫂子，你搭上工夫不说，家里还有孩子……"建国说着说着，一时语塞说不下去了，又重复了一遍前面说的。他送闫如意出了胡同，直到看不见她的身影才提着鸡蛋转身回家。回到爸妈屋里，他把鸡蛋放下，见他们还没有睡觉的意思，便说："时候不早了，早点歇着吧。"

刘德江答应一声起身进了里屋。

王明月特意望了一眼儿子拎回来的鸡蛋，脸上露出一丝笑意，坐着未动。她知道儿子还有些蒙，边将头发边给儿子说："孩子夜里要是闹的话，用勺子给她蘸点水喝。你媳妇刚才吃了鸡蛋喝了红糖水了，她要是再想喝水，你就再给她弄碗红糖水喝。"

建国回到自己屋里，急切地走到床前，瞅了一眼媳妇，又探头瞧了瞧里面的孩子。屋里太黑了，他看不清孩子的面目，便去拿了蜡烛来，仔细看着孩子的脸。一会儿，他望着媳妇说："怎么长得这么丑啊？"

张广凤的脸色并不好，一直沉浸在初当妈妈的幸福中。听到丈夫的话，她扭头看了看孩子，嘴角带着笑，轻声说："你不知道吗？孩子一天一个样，等到出了满月才好看。"

"哦。"他狐疑地应了一声。

"你还喝水吧？"他忽然想起刚才老妈叮嘱的事。

"嗯，再给我倒碗红糖水喝。"她感觉美滋滋的，因为之前都是她伺候他，她还从没享受过他给自己倒水的待遇。

旧中国男尊女卑的思想持续了几千年，什么"三从四德""三纲五常"的思想教育了一代又一代人。中华人民共和国成立后，提倡男女平等，中国妇女的地位大大提高，但这种提高只是相对的，现实生活中，尤其在农村，能真正实现男女平等的家庭并不多。女孩子从小受到家庭环境的影响，无需特别教育便形成了一种观念：努力争做"在家从父"的好女儿、"既嫁从夫"的好妻子。张广凤深受这种思想的影响，她要努力做一个好妻子。她有两个哥哥，一个姐姐，一个弟弟，爸爸是个木匠，妈妈在家料理家务。她与刘建国是自由恋爱，可到了谈婚论嫁的时候，爸妈提了一个要求：必须有介绍人上门提亲。这件事对刘建国来说不难，他接着跟爸妈说了。王明月找了个媒婆，拿了些彩礼到张广凤家提亲，这才定下结婚的日子，然后按照习俗举行了仪式。

他把蜡烛重新固定在桌子上，然后去给媳妇倒水。他们住的西屋是结婚前新盖的，两间房的面积有二十多平方米，屋里的一切一目了然，除了一张桌子、两把椅子，还有一个大衣橱、一张床，桌椅对着门，床对着窗户。这样的摆设，是附近村里最流行、最好的。

他拿起暖水瓶，发现竟是空的，再环顾四周，也没看见红糖在哪儿，无奈地摇了摇头。两个女人，一个是妈，一个是媳妇，她俩经常因琐事明争暗斗。对他来说，调解她们的矛盾成了他的一个难题。他知道媳妇是通情达理的，也知道老妈是为了自家的日子着想，面对身边两个最亲近的女人，他哪一个都不能随便埋怨，不然，难受的是自己。

其实，那些问题主要是王明月引起的，她总怀疑儿媳妇往娘家"偷"东西，所以家里的东西全都由她掌控。即使这样，隔三岔五还会出现少了一个鸡蛋、少了一个碗、少了两斤地瓜面之类的问题。

"妈！暖水瓶里怎么没水啊？红糖你藏哪儿了？"他故意提高了嗓门，觉得这样可以让媳妇消消气。

王明月已经躺下了，她赶紧坐起来，埋怨儿子："小点声不行啊？你不害怕吓着孩子呀？你这个熊孩子！哪有你这么当爹的？不知道轻重。"

"你不是说孩子哭了给孩子倒点水喝吗？瓶里一点水都没有，我倒什么？"建国的话明显带着怨气。

"你还有理了？我都忙活一整天了，吃顿饱饭了吗？你没看见呀？你怎么不烧好水啊？"王明月的嗓门也挑高了。

他一听不对劲，赶紧换了语气："妈，都怨我，都怨我。小点声，你刚才不是嫌我说话声大了，你怎么比我嗓门还高？"

"哼，你也当爹了，往后，看看你孩子怎么对待你吧！"王明月嘴上这么说，其实已经后悔了，毕竟儿媳妇刚生完孩子，不该说些没用的话，便指着外边说："东边椅子边，那个瓶里有水，红糖就在你屋里，桌子左边的抽屉里。"

他没再说话，提起暖瓶回到自己屋里，一改原来干什么都闹点动静的习惯，轻轻地放下暖瓶，又轻轻地拉开抽屉拿出红糖，这才想起忘了拿碗，只好又返回他妈屋里。

"又怎么啦？"王明月在里屋正跟老头儿说着气话，听见儿子又回来，没好气地问道。

"哦，我忘拿碗了，回来拿碗。"他拿了碗，匆忙溜出来，生怕他妈再唠叨几句。

冲好了红糖水，他已满头大汗，感觉今晚特别热，似乎是他有记忆以来最热的一晚。他刚想跟媳妇说句话，听见孩子哭起来，又赶紧看孩子怎么了。

"你先给孩子弄点水喝，凉好了，拿把小勺子，给她喝一点就行，可别烫着她。"她看着丈夫，眼里噙着泪。

他知道刚才的话媳妇已经听见了，赶紧安慰道："咱妈说的，你可别往心里去，她是嫌我没烧水，埋怨我的。我听说了，你要是生气的话就没有奶；要是没奶，咱孩子可就没饭吃了。"他边说边将媳妇鬓角的头发往上捋了捋。

她咬了咬嘴唇，露出了笑脸，将他的手推开，又把头一歪，指着孩子说："行了，我不傻，赶紧给妮儿弄水去吧。"

"好嘞！"他如释重负，表现得比小孩子过年都高兴。他端起水瓶后，发现还少拿一个碗，轻轻跺了一脚，又轻轻抽了自己一巴掌，说："真笨，干什么吃的！"

她听了，觉得好笑，轻声说："你可不笨，你要是笨的话，咱闺女不就倒霉了？"

他冲媳妇笑笑，接着出去了，蹑手蹑脚进了他妈屋里，听到他妈还在说着他的不是，他没心思辩解，以最快的速度拿起碗，又找勺子。可他不知道勺子放在哪儿，于是在放碗的地方摸了摸，没有；又在放筷子的地方摸了摸，还是没有。

"你找什么？"刘德江问道。

"哦，我，拿把小勺子，不是给孩子喂水嘛。"他支支吾吾地回道。

王明月没等刘德江开口便抢先答道："我把勺子、碗早就放你屋了，在桌子右边的抽屉里，忘给你说啦。"

"知道了。"他回到自己屋里，给媳妇喝了水，又给闺女喂水，虽然手忙脚乱，但忙得心甘情愿。等她们娘俩都睡着了，他才找了张破凉席，铺在屋门口睡下。不到半个小时，闺女的哭声把他惊醒，他迷迷糊糊地爬起来，又给闺女换尿布、喂水。一晚上，起来七八次，第二天早上，已经到了上班的时间，他还睡得十分香甜。

第三章

"石头！石头！你怎么还不起呀？你不上班啦？"王明月在院子里大声喊着，她可没顾及儿媳妇的感受。

"知道啦，知道啦。说了多少遍了，不管不行吗？"建国一骨碌从地上爬起来，睡眼惺忪地伸了个懒腰，埋怨老太太不近人情。自打他上班以来，只要头一天没跟她老人家说好，她就会准时叫他起来。

王明月自从嫁给刘德江，除去生病、生孩子的时候，从不睡懒觉。无论春夏秋冬，天刚蒙蒙亮她就起来，只要不下雨，她都是先打扫院子，再忙着给一家人做饭。她喊儿子时，早已做好饭。她给儿媳做的小米饭、煮鸡蛋，鸡蛋煮了三个，一个给儿子，两个给儿媳妇。

张广凤被婆婆的喊声吵醒了，见建国坐在那里没动，催促道："你在家也没事，赶紧吃饭上班去，别让咱妈再喊了。"

建国使劲闭了闭眼，又使劲睁开，慢腾腾地起来，先凑到媳妇跟前，见媳妇笑着，便把目光转向孩子，见闺女睡得正香，开心地笑了笑，跟媳妇说："这小妮子，搅得我一宿没睡好。"

张广凤瞪起眼说："你还没睡好？叫都叫不醒。别磨叽了，赶紧走吧。"建国这才出去吃饭。

王明月凑到儿子耳边叮嘱道："你走的时候，想着去给你丈母娘说一声。要不，我可落埋怨。"

"嗯。"建国点了点头，狼吞虎咽地吃起来。

每到夏天，他们一家人都是在院子里吃饭。一张破旧的小方桌，几把木头小凳子，都是陪伴了他们几十年的物件。王明月打发儿子走后，又给儿媳妇盛好饭。她先到屋里瞧了瞧，看看儿媳妇是睡着还是醒着。

张广凤见婆婆进来了，吃力地欠了欠身子，像是要起来的样子。王明月赶快走了几步，按住儿媳妇的肩膀说："别动，别动，过了这两天你再动。

这两天你也没奶，孩子不用你管，我喂她就行。你呢，只管睡觉。我叫石头给你妈送信儿去了，你妈准来看你。饿了吧？我给你端饭去。"

"嗯。"她答应一声，看婆婆出去了，硬撑着坐起来。她之前想了几百遍，如果生个小子，婆婆可能会对她好点；如果生个丫头，她肯定会遭罪受气。没想到婆婆今天待她这么好，让她感动的同时又有点愧疚，认为自己对婆婆的看法可能不对，并暗下决心："往后可不能瞎猜了！"

王明月端了饭返回屋里，见儿媳已经起来，没再说什么，把稀饭和鸡蛋递到她手里。

张广凤很快吃饱了，刚把空碗递给婆婆就听见了狗叫，忙把手搭在孩子身上。

胡文华正提着一个竹篮子站在大门底下，小狗气势汹汹地把她挡在那儿。

"哟，是你啊，快进来，快进来！我知道石头跟你说了，你准来。刚才我还给你闺女说来。"说着，王明月急忙迎出去。

"小狗子，一边去！"王明月朝小狗踢了一脚，把小狗赶到一边，又满脸笑容地接过亲家婆的篮子。

胡文华身高一米六五，大额头，宽脸庞，脸上的皱纹很少。尽管她经常下地干农活，但皮肤也未被晒黑。她的"水桶腰"足以说明，她家的生活还可以。两个老太太站到一块儿，一个膀阔腰圆，一个干瘦如柴，体型差异非常明显。

"嫂子，俺闺女吃饭了吗？"胡文华满脸带笑地问道。

"刚吃完你就来了。来，快来看看俺孙女，从生下来就没哭几声，可乖了！"说着，两人已走进屋里。

胡文华坐到床沿上，紧紧攥着闺女的手说："凤儿呀，你怎么样？刚才你妈说你吃完饭了，吃了多少啊？夜里睡着觉了吗？你说你这孩子，生的时候也不让建国叫我一声。"

张广凤见了妈，眼角滚下泪来。

胡文华赶紧给闺女擦了擦，她的眼眶也湿润了，连忙说："凤儿呀，当妈的都这样！生孩子哪有不受罪的？过两天就好了。你看，你妈照顾得你挺好的。别这样，听话。再说了，你这样，好像你家里人欺负你了，不是叫你妈难看吗？来，我瞧瞧孩子。"

胡文华说这话可是经过深思熟虑的，一语双关，既能安慰女儿，又能提醒一下亲家婆。

张广凤知道老妈的意思，也知道婆婆肯定能听出来，于是赶忙补充道："妈，我没事，就是一见你，也不知道怎么回事……俺妈、俺爸，还有建国，都对我挺好，你放心就行。我早晨吃了两个鸡蛋，喝了两碗小米饭，吃得不少。"

"这个时候，就得多吃饭。你都当妈了，往后可不能任性了，只有多吃饭，孩子才有饭吃。我回去跟你俩嫂子商量商量，看看她俩什么时候有空，定下日子后再跟你妈说一声。"胡文华边说边瞧着孩子，见孩子睡得正香，就没动孩子。她看看王明月，又说："这孩子长得像谁呀？肉眼皮，肯定像他爸；鼻子长得像凤儿，脸盘子也像凤儿。是吧？"

"妈，你先别跟俺嫂子说，等建国回来商量商量再说，最好是晚两天。"

"行，听你的。可是咱先说好，别比人家差！你是头一胎，要不，你嫂子她们不知道怎么说你。"

"嗯，知道。"

"你爸不放心你，先叫我买了十个鸡蛋、三斤挂面给你送来；你爸还说，等孩子满月了，你去的时候再给你称上一斤肉炖炖吃。"

张广凤笑了，忘了自己刚生完孩子，这一笑，又触到了痛处，忍不住"哎哟"了一声。

胡文华惊慌地站起来，扶着闺女问："凤儿，没事吧？没事吧？"

"你娘儿俩先说话，我去泡壶茶。"说着，王明月往外走。

胡文华客气道："嫂子，你先坐下歇歇，别忙了。我放下饭碗就来了，不渴。"

"不忙，不忙，就是忙我也高兴！你先坐着，我去拿茶壶茶碗。"王明月摆摆手，转身走了。

"凤儿呀，你婆婆对你怎么样？没难为你吧？"胡文华问道。

张广凤摇摇头又摆摆手，小声地说："没有！她平时事多，我还以为生了个闺女她会不高兴，没想到对我还挺好呢。妈，建国对我可好了。"

胡文华抬抬屁股，瞧着窗外说："哦，那还差不多。要是他们对你不好，你可跟我说，我来找他们算账。"

张广凤笑了笑，提醒道："妈，你看你，就几步远，有什么事还能瞒得了你？要是真有事，我早跑回去了。"

胡文华轻轻点着闺女的额头说："没事当然好，我巴不得呢。哎，你公公呢？"

"只要俺婆婆没事，俺公公更没事，这两天，我都没听见他说一句话。"凤儿对老妈的话不感兴趣，扭头看着闺女。胡文华继续问："你婆婆给你买了多少鸡蛋啊？"

张广凤笑着说："我没问，问这个多不好，有我吃的就行。"胡文华只好说："倒也是。你心眼也不少了，比原来强多了。"

张广凤听老妈这么说，又想笑，可经过刚才的教训，没敢笑，刚想再说点什么，听见婆婆进来，便把到了嘴边的话咽回去了。

"凤儿呀，先别跟你妈干聊啦，你也歇歇。咱姊妹俩坐这边喝碗水。"王明月说着，将端着的茶壶茶碗放到桌子上。

"嗯。妈，你坐那边喝水去吧。"凤儿示意老妈坐到椅子上，胡文华顺从地过去了。

"嫂子，你坐这边。"胡文华看到王明月将上座让给她，不肯坐，便去拉王明月。

"不行，你上俺家来了，你是客呀！你得坐上座才行，咱就别再客气啦。快坐下，喝一碗。"王明月推着胡文华坐下。

坐下后，胡文华笑着端起茶碗，茉莉花香扑面而来，她高兴地说："这茶真香啊！你这茶好，我还没喝过这么好的茶。"王明月怀疑地盯着她："不能吧？石头跟我说过，咱俩一样，你一斤，我一斤。没给你？"

"哦，嘻！你看我这脑子，不好使啦，你不说，我都忘了这一茬。对，过年的时候，建国给我买的。别提啦，你儿给的茶，都叫她爸爸送人了。我一口都没尝过！"说着说着，胡文华竟激动起来，放下茶碗，拍了拍桌子，"一说这事我就生气。嫂子，我跟你说，她爸爸这个人就这样，家里可别有点好东西，只要有，他那事就来了，什么该看看他舅舅啦，该看看他姐姐啦……"胡文华掰着手指头数着，数了几个顿住了，想是一时想不起来或者是编得有些仓促，怕露出破绽，干脆打住不说了……

"哦，我说呢，不可能不给你！要是不给你，别说你闺女不愿意，就是我也不愿意！来，快喝一碗！"说完，王明月端起茶碗先喝上了。

两位老人边喝边聊，东家长西家短地说个没完，多半都是婆媳关系的话题，或许是她们这个年龄段的通病，最喜欢聊的内容莫过于此。

张广凤听着听着睡着了。孩子的哭声打断了两个老人的谈话，张广凤也被吵醒了。

王明月瞧了一眼桌上的马蹄表，快十一点了，起来说："时候不早了，我得做饭去，你先坐着喝水，吃了饭再走。"

胡文华站起来说："嫂子，我回去还有事，不在你这儿吃饭，坐的时候可不短了，我得走了。"

"妈，没事，你回去吧，家里不少活儿，你跟俺爸爸说，我挺好的，不用挂着我。"她说话的声音很低，脸色蜡黄，嘴唇发白，从额头到脖子都是汗。

胡文华转身往外走，走了两步又回过头来，眼神里满是不舍，她又回到闺女身边，盯着闺女说："不行，我还是不大放心，咱不说话了，我给你倒碗红糖水，等你喝完我再走，行不行？"

张广凤轻轻点了点头，虽然嘴上说让妈走，但内心却盼着妈能多陪她一会儿。

王明月听了胡文华的话，说道："我来倒。你坐着，好不容易来了，别急着走呀，怎么也得吃了晌饭再走啊。"她很快把红糖水递到胡文华手上。

胡文华将红糖水一口一口喂给闺女，此刻，母女俩的心贴得比以往任何时候都近了。她给闺女喂完水，又给闺女擦了擦汗，想起有些事忘了跟闺女交代，又叮嘱道："月子里你可得小心，别着凉，要是凉着，就落下病了，月子里落下病可不好治。多出点汗不要紧，这时候别讲究了，等满月了再洗身子。还有，孩子小，你少抱她，让她多睡觉，你要光抱她，容易腰疼。再说，小孩子不禁惯，你要是抱惯了她就不好好睡觉，谁没事光抱她呀？"

张广凤知道老妈疼她，轻轻地点了点头。

胡文华起身放下碗，然后说："凤儿呀，我还是走吧，我不走你也睡不踏实，过两天我再来。"她走到大门口，听到小狗还在叫，指着它说："这畜生也不长记性，我都来了好几回了，还不认得我，气死我了！"

王明月赶忙搭腔："可不是，这小狗，它不认人，瞎汪汪。"说着，她抬脚朝小狗踢去，又说："叫你不认人，欠揍。记住了吗？这不是外人！你瞎汪汪啥？"

胡文华走到大门外，又站住说："嫂子，我光顾跟凤儿说话了，你呀，刚当奶奶，高兴。我跟你说，看孩子可不是个好活，我都看了仨孙子了，整天累得我晕头转向。这一个月，俺闺女又不能干活，你还得给她做饭，我也帮不上什么忙，你就多担待担待。嫂子，叫你受累了，往后，你受累的日子还多着呢。"

王明月拍着胸脯说:"瞧你说的,咱谁跟谁呀,还有外人啊?孩子你放一百个心,我准照顾好她。"

"我知道,嫂子是个爽快人,俺闺女在你家,我一百个放心。不啰唆了,我走了。"说完,胡文华转身走了。

王明月看着她走远了,招手喊道:"没事你常来坐坐!"

"哎,嫂子,你快回去忙吧。"胡文华又回过头来,朝王明月摆了摆手。

王明月回到院里,先给孙女换好尿布,又忙着做饭去了。她跟丈夫吃的饭很简单,从春天有了野菜到入冬野菜枯萎,他们每天吃的都是老三样:窝窝头、野菜汤、咸菜。近来,他们吃的是地瓜面与野菜捏在一起的窝窝头,每个窝窝头跟拳头差不多大,王明月每顿吃一个,刘德江每顿吃两个,吃完能有七成饱。因为是盛夏,野菜多,省下了不少粮食。他们吃的时候,都是一小口一小口地吃,这样做有牙不好的原因,还能从感觉上更饱一些。他们的吃法反而应了中医的理论:吃饭吃到七八分饱为宜,吃饭要细嚼慢咽,尤其是上了年纪的人更应注意这一点,吃多了对身体百害而无一利。

第四章

金鸡岭村因为山多,长的野菜也多,只要风调雨顺,地里收获的粮食加上野菜,人一般是饿不死的。村子通往外界的主路有东西两条,都是弯弯曲曲的土路,可以骑自行车、赶马车。到了雨季,如果赶上阴雨连绵,就只能在泥泞的路上艰难地行走了。村外还有一条通往公社的路,要翻山越岭,且只能步行,平时走的人非常少。村里与外界的信息交流并不通畅,家里人有在公社或城里工作的,消息会灵通些,其他人就只能靠打听了。村里绝大多数老人都不识字,年龄越大越有与世隔绝之感。村里下达消息大都通过大喇叭喊。对那些老人来说,喇叭里喊的什么,他们有的听不懂,有的听不见。有些喜欢打听事的老人,晒太阳时会问问年轻人:"喇叭里喊的什么呀?"

遇到实在的会一五一十地告诉他们；遇到不实在的，会东扯葫芦西扯瓢地打发他们，听着叫人哭笑不得。

刘德江自娶进儿媳妇后就没再下地干活，因为他有高血压、心脏病。自打儿媳妇娶进家门，他自认为完成了一生的重要任务，理所当然地当起了老爷子，每天吃饭穿衣都由王明月伺候。他的三个闺女一般都两三个月甚至半年才能来上一趟，如果哪个闺女超过半年没来看他，他会找个理由去闺女家串串门、蹭点好吃的。哪个闺女多久没来看他、他又有多久没去过她们家了，他都记得清清楚楚，但家里平常过日子的事一般不闻不问，对他来说，现在算是过上了无忧无虑的生活。

刘德江上过私塾，认识不少字，对世道的变化能跟上趟儿。"文化大革命"开始没半年，他潜意识里感觉到"世道要变"。经过深思熟虑，他给儿子、闺女立了三条规矩，也叫"三管住"：管住嘴，管住腿，管住热。"管住嘴"是让他们少说话，少议论人，少议论事；"管住腿"是让他们少往人多的地方去，少往有事的地方去；"管住热"更是关键的一条，他还做了特别强调，并用手点着自己的脑袋说："一定要管住脑袋瓜子发热，别跟着瞎起哄，上了人家的当。"对儿子，他更是千叮咛万嘱咐。每个闺女回来，他都要讲一遍，生怕孩子们记不住。后来，他的疑惑越来越多，甚至百思不得其解。他参加过多项大规模的国家建设，如修建双塔山水库、开挖整治河道、上山修梯田、挖山洞修水渠，哪一项工程都是人山人海的，凡能干活的劳动力都一往无前地投入轰轰烈烈的建设大军中，没有大型机械，主要靠人工，大家都干劲十足，还你追我赶地干，没有一个甘为人后，每天累得倒头就睡，大家却干得无怨无悔。可现在，忙碌的不是劳动者，而是"贴大字报"的人。日子一天天过去，他认为自己的判断是正确的。别看那些社员都在地里忙，可明眼人一看便知，那是在耗时间。大家一年到头不闲着，也没见收获的粮食有增加。尽管大家有疑问，但都不说，偶尔会在自己家里说两句发发牢骚、解解心中的怨气，别的都无能为力，最后除了唉声叹气还是唉声叹气。他是个能进能退的人，明白自己对眼下的一切无能为力，不想参与什么，只想过清净日子。他欣慰的是，不必再为孩子们操劳。儿子从一个娇生惯养的宠儿到现在变得处世老到，这可是他想都没敢想的。

王明月不识字，世道再怎么变化好像都跟她没关系，她不关心，也不想弄明白。每天从睁眼到闭眼，她满脑子想的都是一家老小吃什么饭、穿什么衣裳。对她来说，应付一家人吃饭，是所有事情中的重中之重，可单就吃饭这一件事，已让她煎熬了几十年，每天的一日三餐，调剂了再调剂，终是"巧妇难为无米之炊"。自嫁入刘家以来，她就没过上几天衣食无忧的日子。让她铭记在心的是一九四四年的冬天，那是她一生中最难熬的日子。

　　那年庄稼遭了灾，几乎颗粒未收，全家人节省了再节省，眼看着缸里的粮食一天天地少，王明月开始心慌：不能眼瞅着一家人饿死。她决定带三个闺女去要饭。当她把决定告诉刘德江时，他脱下鞋要抽她，幸亏被大闺女拦着，他才作罢。可除了冲媳妇发脾气，他没有解决问题的办法，最后还是依了她。

　　他送她们走了很远。媳妇对他说："你省点力气吧。家里那点粮食，你省着点吃，还能撑两三个月，想着给俺爹妈两口……"她再也说不下去，一家人哭作一团。哭着哭着，见有人路过，两个大人止住了哭声，孩子们还在哇哇大哭。

　　王明月背起小女儿，叫上老大、老二，往泰山的方向去了。

　　刘德江站在那里，呆呆地望着她们远去。老大、老二一步一回头地往前走，王明月嫌她们走得慢，一人抽了一个耳刮子。刘德江流着泪远眺，甩起巴掌抽了自己好几个耳光，直到再也望不见她们才跟跟跄跄往回走……他早就知道，外面到处都在打仗，虽听说快把日本鬼子赶走了，但这仗究竟要打到哪一天，谁也不知道。他们一家人这次分离，就有可能是生死离别……

　　幸运的是，她们一路要饭遇到了不少好人，母女四人在外漂泊了半年多，终于在夏天的时候又回到村里，期间经历的艰辛是她们终生无法忘却的记忆，而这段经历也成了她们日后勤俭持家的宝贵财富。

　　自从儿媳妇进门后，王明月又多了几项费心劳神的事：怎么跟儿媳妇斗嘴时占上风？怎样才能让儿媳妇更听她的话？最让她费尽心思的是如何占了上风还不让儿子、老头儿看出来，以免遭到他们的围攻。

　　刘德江满脸堆笑地看着媳妇，用商量的口吻说："我说，咱有孙女啦，能不能让我沾沾孙女的光，放上几粒小米，喝点小米饭呀？"

　　"想得美。光吃不干活儿，还挑三拣四的。石头一共买回来二斤小米，光她喝也不够啊。"王明月朝儿媳妇那儿努了努嘴，轻声说道。

　　"我看锅里还有剩的，就给我一勺，让我尝尝。都快一年没喝过了，解解馋，行吧？要不，等石头回来我跟他说，叫他再买二斤回来。"刘德江不依不饶，几乎是在乞求。

王明月瞧着老头儿，干脆地答道："不行！剩下的，晌午给她热热喝。咱先说好，可不能再让石头买了，就他那十几块钱，处处等着用，以后小孩子花钱更多，咱还过不过？"可看着老头儿的可怜样，她又于心不忍了，顿了顿说："行，我给你盛半碗去，可是咱说好了，就半碗。"

"行，听你的。"刘德江像个三岁的孩子，喜得合不拢嘴。他端着半碗稀饭，手有些抖，瞧着媳妇并没有看他，快速喝光了，见碗里还有米粒，又用手拨到嘴里。最后，他用舌头打扫了一圈嘴唇，很满足地深深吸了一口气。王明月偷偷看着老头儿，笑了，可刚笑完，又掉下几颗泪珠。刘德江打了个嗝，差点噎着，他也笑了，冲媳妇摆摆手，示意她过来。她顺从地来到他身边。他悄悄地说："你也来半碗，可香啦。"王明月摇摇头，坚决地说："你馋，谁跟你一样？"他把空碗递给她，哼着小曲儿出门了。

张广凤睡了一觉，睡得并不踏实，醒来后，隐约听到了公婆的对话，对老人的怜悯之心油然而生。她暗下决心：往后，使劲把日子过好，不能再叫他俩作难了。这时，孩子哇哇地哭了，憋得小脸通红。她赶紧喊婆婆进来照应："妈！妈！你快来看看。"

"哎——"王明月没有怠慢，赶忙进来了。她掀开尿布一看，原来是孩子拉屎了。她扑哧笑了一声："哎，拉屎啦，怪不得哭，这孩子挺精神，不傻。"

张广凤听得糊里糊涂，没闹明白婆婆说的什么，问道："怎么还傻不傻的？"

"这都是老一辈传下来的说法，我也不知道。小孩子要是连拉屎、尿尿都不知道哭，十有八九不是傻就是呆。咱没见过，谁知道真的假的。"她赶紧给孙女收拾干净。

张广凤看着婆婆，将信将疑地问："还有这说法？"

"那是。来，我给俺孙女换块新布。"王明月麻利地收拾完了。

其实哪是什么新布，都是些实在不能穿的破衣服剪出来的尿布。所谓的新，是她给孙女洗得干净。幸亏现在是夏天，洗了干得快，她不用为尿布的事发愁。

孩子出生后，一家人的重心都转移到孩子身上，孩子的哭闹给他们添了不少活儿。变化最大的是刘德江，是不是半碗小米饭刺激了他，大家不得而知。他是一家之主，以前想让他干点家务活，不能说比登天还难，只是没有敢指使他的，别看他不是富贵人家出身，可在这个家里，是他说了算。孙女出生的第三天上午，王明月将孙女抱到屋门口，让老头儿瞧了瞧，从那之后，他的变化更明显了，居然开始帮着烧水做饭，烧火的活儿几乎都让他包了。这可把王明月乐坏了，她暗自琢磨：这老头子，哪根筋不对，怎么变得这么快？跟吃错药似的。

第五章

孩子出生后的第三天晚上，一家人吃完饭在院子里乘凉。张广凤不能出屋，只能待在自己屋里。

这天晚上的月亮很亮，偶尔会有几朵云飘来遮一遮月光。

刘德江笑着问："石头，你不给你闺女起个名儿呀？"

"起呀，我正琢磨起什么好呢。我都想仨月了，也没想出来。我想来，可不能跟我一样叫'石头'这么难听的名儿。小闺女应该起个好听的名字，我这点墨水不够用，要不，还是找德成叔帮着起一个吧？"建国说出自己的想法。

"嗯，行。你去跟你叔叔说说，先叫他想想。"刘德江赞成儿子的观点。

"我给孩子起一个吧？你看，我给你姐姐起的名儿多好听，一直到现在也不过时，还挺时髦呢。"王明月很得意地说着，并没有看到那爷儿俩在一旁撇嘴笑她。

其实，她给闺女起名字时都是随口说出来的，生大闺女时赶上大晴天，天上一块儿云也没有，她说："晴天好，就叫刘晴。"生二闺女时正赶上阴天，满天的乌云，她说："阴天好，就叫刘云。"生三闺女时刚好雨过天晴，刘德江回家说："看见彩虹了。"他的话算是给了她启发，她说："我正想给三妮儿起个啥名儿好呢，可巧，那就叫刘虹吧。"三个闺女的名字都跟天气有关，却又不俗气。

"石头，你知道我想给你闺女起个什么名儿吗？"说完，王明月笑起来。

爷儿俩不约而同地问："笑什么？"

王明月不作答，还是一个劲地笑，竟笑得一只手捂上了肚子。

刘德江指着媳妇说："你这玩意儿，有什么好笑的？就凭你笑成这样，感觉也没琢磨出什么好名儿啊。"

建国催促道："妈，你想什么呢？别笑了，你说说，你想起个什么？"

王明月终于忍住笑，一本正经地说："我可是受了你姥爷的真传，你姥爷给我起的名儿多好！我给你仨姐姐起名的时候，可费了我不少脑子。你瞧咱家：明月有了，晴天有了，云彩有了，彩虹有了，我看，咱还是照着天上使劲，叫蓝蓝吧，这些天，一块儿云彩都没看着，天蓝得都刺眼，我觉着叫蓝蓝挺上口。你俩觉着呢？"

建国一摆手，不屑地说："不怎么样，就你个人觉着好。人家现在起名都可讲究了，都兴起个有意义、有讲头的，你起的那些，有什么意思？"

刘德江摇着头笑了两声，没作答，点起了旱烟袋。

王明月反驳道："那，你大名可是有讲头啊？你爸爸跟我说了，我也觉着挺好，就让你叫建国了。"

建国把手里的扇子在膝盖上拍了拍，笑着说："妈，你说了，那是俺爸爸给我起的，不是你起的。妈，你跟我说说，你是怎么想起来让我叫'石头'的？是不是茅坑里的石头，又臭又硬啊？"

刘德江被儿子逗笑了，他扭脸瞧着媳妇，见她没笑，赶紧又把嘴闭上，不再瞧她了。这时候，屋里传来儿媳妇的笑声。

对王明月来说，儿子笑她没什么，可她听到儿媳妇的笑声，立马感觉浑身不自在了。刚才还自我感觉良好的她顿时卡了壳，失落之下脸上迅即布起了阴云。不过，大晚上的，没人看到她脸上的变化。她呼呼地扇着芭蕉扇，那扇子本来已经裂开了三四道口子，扇子边也早没了，这么一扇，那扇子啪地分两半了。她把扇子摔在地上，回屋去了。

多年来，王明月带孩子任劳任怨，操持家务更是一把好手。三个闺女出嫁后，一直都跟她很贴心。她与四邻八舍、亲朋好友的关系也不错。自从她要饭回来，丈夫对她更是另眼相待。她是个讲理的人，就是受不得委屈，特别是遭到儿媳妇的嘲笑，她心里更是憋屈。

刘德江见媳妇生气了，赶忙给儿子摆了摆手，示意儿子回自己屋去。他把旱烟袋收了，故意咳嗽了两声，也回到了屋里。

刘德江点上煤油灯，很小心地把煤油灯端进睡觉的屋里，轻轻放在桌角，又出去找了把扇子递到媳妇手上。

王明月接过扇子仍未吱声，没好气地扇起来。

刘德江轻声说："还生气啊？又不是什么大事，不值当的。人家的孩子，让人家起，你瞎操什么心。"

"我又没说非得按我说的叫，我不就是说说嘛。你看这小子那些毛病！唉，翅膀硬了，咱说什么都过时啦。哼，我看往后，看我不顺眼的地方多着呢。也是，我是狗拿耗子多管闲事，吃饱了撑的。"王明月像是自言自语，越说声音越小。

刘德江知道媳妇火气消了，他也没必要再啰唆了，赶紧吹灯睡了。

孩子出生五天了，张广凤开始关心请客的事，她问建国，建国心不在焉地说："不着急，过两天再说，你不用操心……"她一听，更沉不住气了，这可是家里的大事，马虎不得，万一弄不好，她的两个嫂子要是给她出难题，那就麻烦大了。可是，她也是干着急，眼看还有几天就到了，请客的事还没着落，这让她越来越不放心了。

这天晚上，小狗又狂叫起来。这几天不断有人来，小孩子似乎已经习惯了狗叫声，从昨天到现在，一直没被狗吓哭过。尽管这样，张广凤仍怕吓到孩子，赶紧把孩子抱紧了，心想："这么晚了，谁来啦？"

"谁呀？"王明月一边问一边去开大门。

"哎哟，是他叔跟他婶子来啦！来，快进来。"王明月热情招呼道。

刘德江和儿子忙起来打招呼。

来人是刘德成和李瑞香。

按血缘，刘德江与刘德成的老爷爷是一个人，多年来，他们两家走动得很勤，无论大事小事两家都坐下来商量，从不计较得失。一九六四年夏天，村里组建了小学，经过考试选拔，刘德成当上了学校的语文老师，但当年因许多事情没准备好就没招学生，第二年才开始招生。他从一年级开始跟班，跟到四年级下学期，后来学校不再上课，老师们也都不吃香了。他跟其他老师一样，回家待着了，农忙时就到生产队干活。

建国赶紧准备了两个木凳子，极亲热地说："叔，婶子，你俩坐吧。"他又去屋里拿了两把扇子，递到他们手里。

刘德成乐呵呵地说："俺俩过来问问，什么时候请客呀？也好有个准备。"

刘德江拨弄着旱烟袋说："我跟你嫂子算了算，七月十九整十二天，就七月十九请客吧。那天建国还想去找你，跟你商量商量，看怎么个弄法。这几天，街坊四邻都没断，我跟你嫂子正犯愁呢。"

王明月趁机发牢骚："可不，他婶子来的时候也问这事。这几天都乱哄哄的，忙得我都不知道干什么好啦。他爷儿俩不发话，广凤也不放心呀，怕她妈家没准备。"

"哦，也没什么难的。不就是数数都是给谁信儿，大约准备几桌饭吗？这事交给我，保证安排好。哦，还有啊，咱定下日子就该准备东西了。明天开始就得给人家信儿，人家也好有个准备。"刘德成指着刘德江说，"咱兄弟俩想的一样。不早点跟人家说一声可不行。"

刘德成干咳了两声，又说："你跟俺嫂子就别跑腿啦，叫建国去。建国大了，该叫他出头了。"

刘德江指指媳妇，笑了笑："我知道。我跟你嫂子说呢，以后该管的管，不该管的就得撒手啦。"

"叔，你说得对。我整天跟他俩说，他俩就是不听啊。我寻思俺爸俺妈年纪也不小啦，以前日子难过，现在好容易好点了，家里的事我也能顶一顶了，我好好混，让他俩多享点福。可是，我干什么他俩都不放心。"建国说着有些激动，竟站起来，双手一摊，很无奈的样子。

刘德江拿旱烟袋指着儿子说："你小子，不是我说你，你那两下子我还不知道啊？一瓶子不满，半瓶子晃荡。干什么事都毛手毛脚的，沉不住气。我跟你妈都老了，也不想多管闲事，可不管行吗？"

王明月和李瑞香坐在一边看热闹，时不时地偷笑。

"你俩都别争了，我说两句。"刘德成接过了话题，稍微顿了一下，继续说，"建国啊，你呢，也当爹了，以后办事要三思而后行，什么事都得多想想，想得周到了就少出错、少办瞎事。你觉着你什么都行啦，可当老人的都这么想，你就是再大，在老人跟前也是个孩子。别说你爸你妈了，就连我也觉着你还没长大。你才几天不调皮捣蛋？不就是上班这两年才不让你爸妈操心了，以前他俩可没少给你操心！你不会忘了吧？"他歪着头，暗自观察建国的反应。

建国不停地挠着头皮，低着头说："我知道，知道。哪能忘，忘不了。

我不是改了嘛!"

刘德成点点头,对刘德江说:"哥,我也说你两句。你管孩子管得宽,嘴上说不管,可没有不管的事。别人不知道,我跟你兄弟媳妇可知道。你跟俺嫂子疼孩子是不假,可建国这几年干得确实不错。你打听打听,谁不夸他?说话、办事杠杠的,比咱们强。往后,外头的事,你就放手叫他干,有什么不放心的,他现在见的世面比咱多,咱都成了老古董,跟不上啦。"

刘德成说的这些话,没一个人不爱听,大家都笑了。他非但喜欢咬文嚼字,还喜欢研究斗转星移的规律,虽然算不上精通,但村里人认为他是有大学问的人。尽管眼下的形势好像是越有学问越不吃香,可大家心里是真心佩服那些有学识的人。

张广凤悄悄地站在窗户旁边,竖着耳朵仔细听着,偷偷乐着。

王明月指指刘德成,笑着说:"也就是你说说他爷儿俩,要不,他俩谁也不服谁。我说更白搭。"

建国挠挠头皮说:"叔,你给孩子起个名儿吧?"

王明月抢着说:"我都跟你婶子说了,你婶子早跟你叔叔说了。"

李瑞香笑着点了点头。

刘德成笑笑说:"哦,我知道了。我先问问,还按辈分来吧?"

"女孩子,按不按辈分都行,我看现在都不讲究这个,无所谓。再说,俺三个姐姐都没按辈儿叫,就我照老规矩来了。"说着,建国看了看爸妈。

刘德江望着老伴没表态。王明月接着说:"你姐姐那个时候,还赶不上我小的时候,有个名儿就不错啦,哪儿有什么讲究?"

"那就行。我想了两天,你看叫这个名儿行吧?刘蕙兰。蕙,是草字头下面一个贤惠的惠,兰是兰花的兰。我起这个名是有讲头的,这个'蕙兰'取自'蕙质兰心'四个字,这是北宋著名词人柳永写的《离别难》里的词,意思是形容心地善良、品质高尚的女子。建国,你婶子跟我说,你妈想让你闺女叫'蓝蓝',别说,这倒提醒了我,我立马就想到了'蕙质兰心'四个字。我数了数,周围还没叫这个名儿的。我觉着寓意挺好,正好也合了你妈的意,反正你妈也不认字,叫着可一样啊。"刘德成解释了一番他起的名字,说到最后一句时忍不住笑了,大家也跟着笑起来。

王明月拿扇子指着刘德成,边笑边说:"行啦,你说的那一套我不懂,也记不住。不管怎么说,叫你说的'兰兰'也好,叫我说的'蓝蓝'也好,像你说的，反正我也不认字，我叫起来顺嘴就行。"

刘德江夸赞道："嗯，这个名儿还真不孬，心地善良比什么都强。"

"叔啊，姜还是老的辣，还是你老人家想得周到。这回算是随了俺妈的愿了，要不，我还不知道落多少埋怨呢。"建国竖起了大拇指。

"这叫什么？这就叫周到。想法不一样不要紧，说出来，千万别憋着，憋着解决不了问题，还光生气。"刘德成说得一点不差，不就是这样吗？他看看这个，瞧瞧那个，接着说："到那天，俺俩把家里的盆子、盘子、碗都端来，桌子、板凳在近处借借。别的东西也得数数，不够的话再借。"

刘德江一摆手说："我明天就去跟东院他两家说好，再跟北院的说一声，准备四桌的家伙。你离得远，别拿了，省得来回倒腾。"

刘德成又说："还找个炒菜的吧？不行，干脆我来炒。反正也没外人，做个大锅汤我还行。"

"那天我跟你嫂子还说过，你做的菜挺好吃，叫你掌勺就行。我寻思了，多买上几斤肉，做的菜保准好吃。行，就这么定了，你做个大锅汤。"刘德江这一说，大家都不由自主地吧唧了一下嘴，毕竟好长时间没吃肉了，勾起了大家的馋虫。

这一晚，李瑞香偶尔跟着他们笑两声，未多说一句话。她的生活态度与王明月有很大不同。她比刘德成小八岁，嫁给他时才二十岁，先后生了四个儿子，如今大儿子已经成家；二儿子初中毕业后在家务农；老三、老四学习不错，本想让他们好好念书，结果因学校停课他们都回了家里。

李瑞香本是济南城里人，自幼父母双亡，她跟着哥嫂长大，是她嫂子的一个远房亲戚把她介绍给了刘德成。为此，她跟哥嫂闹翻，自结婚后便与他们再无往来。刘德成一直待她很好，不仅温柔体贴，还善解人意，渐渐感化了她。她呢，自从儿子出生后，慢慢爱上了这个贫穷的家，爱上了这片贫瘠的土地，爱上了给她带来欢笑的街坊四邻。在众人眼里，她是温柔贤惠的典型代表。大庭广众之下，她从不议论人，也不去说道别人家里的是是非非。她悉心照料孩子，按时出工干活，不与他人计较得失。她与刘德成一起走亲访友，没有让他丢过面子。她虽出生在城里，但因家境不好，自幼也没读过书。她的与众不同之处就是喜欢读书认字，在丈夫的耐心指导下，她不但会写几百个字，还知道了不少历史典故，这也是她逐渐接受并喜欢上刘德成的主要原因。两个人在教育孩子方面观点非常一致，他们竭尽全力给孩子们创造读书的条件，从未找借口剥夺孩子受教育的机会。四个儿子长得都不丑，别看他们平时在外面不说话，在家里却谈天说地、打打闹闹，个个活泼得很。因为他们从小看书多，所以看不惯那些整天在街上瞎扯、疯跑的同龄人，也不知不觉远离了村里人。刘德成跟媳妇发现孩子的问题时已经晚了，尽管他们要求儿子出去跟别的孩子玩，但几个儿子都不以为然，一个个清高得很，还说村里人粗俗。

刘德成和刘德江饶有兴致地说个没完，却被李瑞香打断了。

"打开话匣子就说个没完。时候不早啦，让咱哥早点歇着吧，都忙活一天啦。"说完，李瑞香站起来。

"是，是。我这个人的老毛病，就是爱唠叨。不是老长时间没跟咱哥聊了吗，还想多说两句。"说着，刘德成嘿嘿笑了两声，仍坐在原地不动，没有要走的意思。

"别说了，要不咱明天再来？都几点啦！"李瑞香指了指天上的月亮。

"哦，可是不早啦，得十一点了，不行，还真得走啦。"刘德成这才站起来。

自李瑞香站起来，院里的小狗就又蹦又跳地叫开了。

王明月走到小狗跟前，冲着它嚷道："你再叫，我就敲你。"她的手掌悬在半空中，吓得小狗蜷缩在地上。

一行人出门的时候，那不知好歹的小狗又"汪汪"起来，广凤小声地骂它："这狗东西，叫什么叫，不知道孩子怕你啊？"

建国回到屋里，点上蜡烛，拿起桌上的表瞧了瞧，正好是十一点五分，他脱口说道："这老叔掐的时间还真准！"他赶紧跟媳妇把刚才的话题转述了一遍。其实，广凤早听见了，可她装着一无所知，专注地听丈夫说完。

王明月不识字，却对刘德成讲的那些东西赞不绝口，回到屋里，又跟老头子唠叨："你看看人家德成，就是有学问，说的话叫人爱听。你爷儿俩也不顶人家一个人心眼多。"

"心眼多怎么啦，我心眼少啊？你没见他在我跟前也是服服帖帖的，什么事不都是先找我商量？就证明我这个人还行！要不，就凭他的本事，还把我放眼里？头发长见识短。"刘德江对老伴的话不太满意，快快地说完，倒下睡了。

王明月一看，知道话不投机，未再言语，也躺下睡了。

第六章

离请客的日子还有三天，王明月定在今天蒸馍馍。家里有事，她总是提前好几天就做准备。现在天热，按说蒸馍馍应该晚两天，可她非要按她的计划早几天蒸，宁愿中间再热一次。早上还不到八点，邻居们就陆陆续续过来帮忙了，一会儿工夫，东邻西舍的妇女就来了八个。

小黑狗将其职责发挥到了极致，它对所有的外来人员都一视同仁，不管谁进来都竭力狂叫一阵，拽着拴它的铁链折腾一番。

帮忙的人一个个先去看了孩子，又都挤到王明月的屋里，有人一看屋里太挤了，干脆又回到院子里站着。

王明月一看来了这么多人，特别高兴。她一边忙着给大伙端茶倒水，一边说了些客气话，然后再给她们逐一分派活儿。她打算蒸两锅馍馍，一大早就发上面了。另外，她早就计算好了，当天的主食是面条，馍馍是备用的，每桌就放六个。

院子里人多了，那只小狗反而老实了，它渐渐没了刚才的嚣张气焰，一声不吭地趴在地上，不住瞅着来来往往的人。

来的人嘻嘻哈哈，好不热闹。刘德江跟她们打了个照面，趁她们聊得起劲时溜出家门。

面已经发好了，王明月安排好人和面、揉馍馍，并让她们接着再和面发面，这才打发李瑞香的儿媳妇去烧火。屋子小，案板旁边站不开这么多人，王明月打发两个人去打扫院子。

大家领了活儿，分头忙起来。院子本来就不大，两个扫院子的连犄角旮旯都清扫了，比过年打扫得还干净；和面的人分成两拨，轮流揉面，她们一边揉面，一边说笑着。东邻的王红看着王明月，夸道："婶子，你活的面不软不硬，正好，我怎么就不行呢，过年的时候，我蒸了一锅死面疙瘩，气得俺婆婆不轻，说我不会过日子，糟蹋了粮食。"

王明月怔了一下，问道："不能啊，你是不是没等面发开就蒸上了？"

王红答道："开了，开了。我还叫俺婆婆看了，她也说行了，我才蒸的。"

另一个人问道："你是不是没醒好就蒸了？"

王明月也说："八成是。"

王红摆着手说："醒了，真是邪门了，我也气得不轻，浪费了面不说，年也没过痛快。"

大家你一言我一语，都觉得奇怪，因为其他人都没干过这种事，所以对王红说的话将信将疑。

几个人说笑着，很快就把馍馍揉好了，然后用布盖好。过了半个小时，揉好的馍馍已经醒好了。这时，锅正好烧开了，大家匆忙将醒好的馍馍放进锅里。

王明月见大伙各自忙完了，便招呼她们到屋里喝水。此时，有几个人提出要走，理由是"家里还有不少活儿要干"。她们这样说，王明月不好再挽留，便将她们送出门去。最后，只剩下李瑞香和王霞没走。

"她婶子，叫王霞先烧着，咱俩喝碗水歇歇。"她们一起回到屋里，两人各自拿了把扇子扇起来。

王明月给李瑞香倒了碗茶，边摇头边说："你看，有事的时候就看出来了，谁近谁远。人家外人，就是面子上的事，来凑凑热闹，哪有那么多工夫跟咱浪费？也就你娘儿俩，家里再忙也先抽空来帮我。"

李瑞香端起茶喝着，微笑着说："嫂子，你别这么说，不都这样吗？咳，人多也没用，都忙活完了，剩下的活儿咱几个干就行啦。再说，也没多少活儿了，就是蒸好了拾出来，这还叫活儿呀？"

"理儿是这个理儿，我不是不知道，咱又不是没给人家帮过忙，可真放到咱身上，就是觉着不是滋味。你说这事也不是头一回了，我怎么回回都觉着不一样啊？"王明月感叹，这事确实让她有些不爽。

"嫂子，你还会有这想法？我的难处可比你多多了。你又不是不知道，德成爹妈没得早，也没个兄弟姐妹，我是个外来人，平时也不愿意跟人家打交道，俺老大娶媳妇的时候，要不是你跟俺哥哥给张罗，哪有几个帮忙的？别看德成整天瞎叨叨，可他只顾看书、玩，很少给人家帮忙。你帮过人家，人家才来帮你；你没帮过人家，人家凭什么帮你呀，这就是人情往来。这两年，孩子都大了，俺俩的脾气也都改了，街坊四邻有事，俺俩只要有空，都去凑凑，实在抽不开，俺俩就去一个。"李瑞香说完，面色凝重地摇了摇头。

"咳，我说的话你可别往心里去。我这个人说话不动脑子，你大哥整天数落我。"王明月见李瑞香的脸色不好看，没想明白自己说的话到底哪里出了问题，转而问道："王霞结婚也两年多了，怎么还没孩子？你没给她找个大夫看看？"

李瑞香叹了口气，犹豫再三，决定把心里话倒出来："嫂子，以前我没敢跟你说实话，这俩孩子从结婚就整天打，快愁死我了。我看王霞这孩子挺懂事的，也不知道建民这个熊孩子怎么了，就是看人家不顺眼，还要闹着跟人家离婚呢。德成光叫瞒着，不让我说，可我憋心里难受啊！嫂子，你还是跟俺哥哥说说，帮着给想想办法。"

"哎哟，这么大的事，你怎么不早说？这是德成不对。这种事瞒着有什么用？"王明月万万没想到会是这样，既惊讶又有些生气。

李瑞香生气地说："可不，我也是这么想的。前两天来的时候我就想跟你说，可见你忙，话到嘴边又咽回去了。德成这个人，就是死要面子。"

王明月捂着嘴悄声说："死要面子活受罪！我看这事赶早不赶晚，拖的时候多了准出事。等你大哥回来，我跟他说说，看有什么好法子，想办法说说建民这孩子，别叫他想三想四的不学好。"说完，她听到王霞在喊她，急忙去灶房了。

三个人收拾完已经十二点多。两锅共蒸了五十二个馍馍，都是由王明月一个一个拾出来的。她先把馍馍拾到盖帘上晾着。刚出锅的馍馍必须凉透了才能装进篮子里，否则会黏在一起，拿时可能会掉一块皮，不好看；另外，天太热也容易坏。

王明月给儿媳妇煮好鸡蛋，拿了一个新蒸的馍馍，又从一个小罐里拿出一小把香椿芽咸菜，给儿媳妇送去。她正准备叫李瑞香娘儿俩吃饭时，见刘德江进了院子，没等他进屋就埋怨上了："你倒清净，忙得我可不轻。跑哪儿去了，还知道回来？"

刘德江半开玩笑地说："你这个人，来了这么多人，还不够你指使的？这种事是我干的吗？我在家还不够碍事的。"他一进屋，李瑞香娘儿俩忙站起来打招呼。

"坐，坐，都坐下。又叫你俩忙活了，还没吃饭吧？"他示意她们坐下，客气地问道。

李瑞香娘儿俩并未坐下。李瑞香客气地说:"哥,嫂子,也没什么事了,俺俩先回去,过两天再来。"

"那怎么行?吃了饭再走。都什么时候了,你俩忙了大半天了,不吃饭就走,你这不是笑话我呀?叫外人知道了,还不知道说什么呢,再说了,又不格外给你俩做饭,咱吃馍馍就行。"王明月抓住李瑞香的一只胳膊往下拽了拽,让她坐下。李瑞香笑了笑,赶紧坐下了。王霞瞧了一眼婆婆,见婆婆冲她点头,便也跟着坐下了。

王明月又拿出点咸菜,将馍馍一个一个递到他们手里。

刘德江接过来就咬了一大口。他的牙也没几颗了,可吃新蒸的馍馍还是没问题的。他一边嚼着,一边瞧了一眼李瑞香娘儿俩,见她们拿着馍馍没好意思吃,便将空着的右手冲她们抬了抬,示意她们赶紧吃。王明月也不断说着:"吃,快吃呀。王霞,你怎么不吃啊?别不好意思,在咱自己人家里可得吃饱。他婶子,你也赶快吃,别光愣着呀!"

四个人吃着新蒸的馍馍,个个感觉香甜可口。他们不敢奢望天天如此,而眼前这一顿会让他们在很长时间里都回味无穷。

刘德江吃了两个馍馍,三个女人一人吃了一个。王明月本想陪着李瑞香娘儿俩多吃点,可她们吃了一个后就说吃饱了,不管她怎么让都不肯再吃,她只好作罢。

李瑞香喝了几口水,站起来准备走。

王明月和刘德江又客气了几句,也没再留她们,一直把她们送到大门口。

第七章

王明月去看孙女,见儿媳正给孩子换尿布,便说:"都扔一边吧,我先睡一觉,起来再去洗。"

广凤知道婆婆肯定累坏了,忙说:"妈,你赶紧歇歇吧。"

王明月笑着说:"这小妮子,知道她奶奶忙,不给添乱。瞧,还笑了。"

广凤看看闺女,问:"笑了?是笑吗?不像啊?"

王明月反问道:"怎么不像?"说完,她打着哈欠走了。

刘德江照旧雷打不动地裹着旱烟袋,他欣赏一句话:饭后一袋烟,赛过活神仙。他在琢磨他的计划,思前想后又有点拿不定主意,接连抽了三袋烟才决定等睡觉起来再说。

王明月进屋后没搭理老头儿,直接睡了。她睡得一点也不踏实,毕竟年龄大了,天又热,浑身湿乎乎的,哪能睡踏实?不管怎么说,迷糊一会儿就解了乏,尽管她还觉得困倦,但坐在椅子上稍微清醒了清醒,就又来了精神。她把一家人的脏衣服收拾到一个荆条编的篮子里,最后把孙女的一堆尿布拿上,又使劲将篮子里的衣物压了压,才勉强都装上。她回头去两个屋里看了一遍,并未落下要洗的东西,这才弯腰挎起篮子走出家门。

走在路上,王明月觉着脚下热乎乎的,她望了望太阳,见那个大火球一闪一闪地吐着热浪朝她喷来,让她猛地想起了小时候听过的故事,眼前忽然模糊不清,她赶紧靠墙站住,接着闭上眼睛,大概过了五分钟,才睁开眼,继续向河边方向走。一路上,她碰见几个追逐嬉戏的孩子,还有几个在树下、大门下乘凉的老人,几个老人热情地跟她打招呼,叫她坐下凉快凉快,她都笑着答应一声,又指指挎的篮子,说:"不行,先干完活,回来再玩。"

到了河边,她放下篮子,轻轻甩着胳膊,虽然路上已经将篮子在两只胳膊间换了好多次,可依然有胀麻的感觉。等到胳膊不难受了,她又将双手叉在腰间,慢慢向后伸展,直到舒服些了,才挽起裤腿脱鞋下水。她坐到经常"光顾"的那块石头上,被烫了一下,她赶紧站起来,从篮子里拿出一件衣裳,叠了几层垫在石头上,又摸了摸才安心坐下。她望着哗哗的河水自语:"这几天忙晕了头,都不知道石头热了。"

自记事起,她就在这条河里玩耍、洗澡、洗衣,对这里从未厌倦过。无论春夏秋冬,这条河都会带给她说不出的高兴,可她没文化,不能用恰当的语言描绘她的喜悦。她环视一圈,尽管那景色再熟悉不过,但她每次来都要看上一遍,用她的话说就是"看多少遍我都不烦"。

玉符河流经金鸡岭村南边,大体是东西走向,因村里人祖祖辈辈的习惯,大家在河里集中活动的区域有四个地方。村子正南方的河段分为上、中、下三块,最上段的区域水最深,最深处有七八米,此区域是成年男子夏季游泳的地方，大人不允许孩子到这一区域活动，因为这地方曾经淹死过好几个人；中段河水较浅，最深处不到两米，是孩子和妇女夏季洗澡的主要区域；下段的水面最宽阔、水最浅，妇女们常常集中在这片水域洗衣服；再往下的水域，则在村子的西边了，且距离村子较远，去的人也比较少。

今年入夏以来，一场大雨还没下，河里的水少了，水面的宽度不及最宽时的五分之二。整个河道大部分都裸露出来，到处坑坑洼洼的。河道中大大小小的鹅卵石非常多，河道中间凸起的地方，既有鹅卵石也有沙土丘。河水清澈透明，不时有小鱼游来游去，绿绿的水草自由自在地东摇西摆。王明月喜欢听哗哗的流水声，喜欢看水里的小鱼、蝌蚪、水草，更喜欢看水面上的波纹。她拾起一块鹅卵石，见四下无人，便使劲向着水面砸去。看着一圈一圈的波纹向远处散开，她的嘴角咧开了，这是她给自己找乐子的游戏。每次来河边，只要附近没人，她都会扔上三五块鹅卵石，之后才开始洗衣服。

此时的河水已被晒得像温泉里的水，她把脚浸泡在水里，感觉舒爽极了。她静静望着水中摇晃的身影，迟疑了一会儿，接着捧起水洗脸、洗脖子、洗胳膊，洗完后，好像突然从梦中醒来了，眼睛清亮了，浑身也轻快许多。她将篮子里的衣物拿出来泡进水里，用石头压住，以免水将衣物冲走。她的背被太阳烘烤着，背上胀痛的感觉也减轻了，她常常窃喜这意外的收获，但并未对任何人提起。

她翻转着衣服，极认真地搜索上面的污垢，每发现一块脏地方，就拿起棒槌敲打一会儿。她带了肥皂，但那肥皂主要是给孙女洗尿布用，其他衣物的污垢用棒槌击打后无法去掉的才用肥皂。几十年来，她做着几乎千篇一律的事：做饭、洗衣、带孩子。当然，这也是几千年来中国绝大多数妇女的首要工作。尽管现在是新社会，但她的生活依旧，并未改变什么。她年轻时也曾烦心过、苦恼过，随着年龄增长，过去的一切已悄然远去了。她用自己的双手不停地劳作，让一家人的生活过得有滋有味，这也是她引以为豪的地方。她把篮子里里外外涮干净，放在一块大点的石头上，又将洗完的衣物一件一件拧干放进去。洗完的时候，她感觉整个腰疼得厉害。她扶着石头轻轻站起来，两条腿都麻了，等她完全站起来时，还觉得头晕。不过，她已经习惯了，好在这些症状一会儿就消失了。

她从水里慢慢走出来，将篮子一并提到放鞋的地方，她极其小心地踩着地上的鹅卵石，尽可能避免摔倒。她坐下来，穿上鞋，又四下环顾了一圈，看见几个老太太也挎着篮子向河边走来,她知道那些人也是来洗衣服的,只不过她们来时她却准备回家了。她挎起篮子,刚向前走时,还有点摇摇摆摆,她调整了一下才控制住平衡。篮子的重量比来时重了许多,一路上,她停下来歇了几次,顺便跟来时碰到的那些人闲聊几句。有人询问她儿媳和孙女的情况,她便高兴地跟他们说道。别看篮子更重了,可她比来时开心不少。

进了院子,见小黑狗摇头摆尾地给她献殷勤,她忽然想起还没喂它,她放下篮子,进屋找了半个窝头扔给它。小狗机灵得很,猛地一跳,将窝头叼进嘴里。她又舀了一瓢水倒进盆里,对它说:"光忙了,忘了你了,饿着你了吧?将就点吧,过两天请客的时候,管你个饱。"

小黑狗早已将窝头咽进肚里,然后喝水,它对这样的生活早就适应了。

夏天,苍蝇、蚊子特别多。闲暇时,人们手里都拿着扇子,一是扇风凉快,再就是驱赶苍蝇、蚊子。苍蝇、蚊子是祸害,但想除掉它们并非易事。当然,也没人会考虑消灭它们的措施,大家只是采取被动应对的办法。她一边晾衣服一边驱赶苍蝇,可不管她怎么赶,那些苍蝇总在眼前飞,许多还趴到衣服上。晒完衣服,她浑身已湿漉漉的,她赶紧躲进屋里,刚坐下,见老头儿从里屋出来,便冲他说道:"起来了?睡得挺香啊,你多有福啊,什么事都不管,光睡觉,还得伺候你吃。"

刘德江慢条斯理地说:"该我管的我管,不该我管的我不管。"

她先是哼了一声,接着撇嘴说:"什么是你该管的?一天到晚地瞎转悠,你就管你吃饭、睡觉,别的哪有啊?"

"我都是管大事的,小事你管就行了。我要是再管啊,咱俩非整天打不可。"他又拿起了旱烟袋,一边弄着烟叶一边应付着。

她绷着脸,拿毛巾指着老头儿说:"整天给我说这一套,你以为我傻啊?光糊弄我干活。"

他继续弄着他的旱烟袋,点上裹了一口,接着吐出一个烟圈,盯着那烟圈散开了才说:"我不是不想干,可你干的那些活儿,你出去看看,哪有大老爷们干的?一个都没有!我要是干了,人家还不笑掉大牙啊?再说了,人家就是不说我,也会笑话你,说你是个懒老婆。"

她无奈地摇着头说:"唉!我就是个干活的命啊!"说完,端起凉好的白开水,咕咚咕咚喝了一大碗,她抹了一下嘴角,拿起扇子呼呼扇起来。本来脸上的汗就不少,这一大碗水下去,那汗水冒得更多,她拿毛巾不停地擦了又擦。

时间过得很快，又到了做晚饭的时候。她感觉歇得差不多了，起身准备去做饭。

刘德江瞧着媳妇，嬉皮笑脸地说："咱再吃顿馍馍吧？我看蒸得不少。"

"不行！你都吃了俩了。一共蒸了五十二个，晌午吃了六个，我数了数，还有四十六个，石头回来吃俩，广凤再吃一个，剩下的得留着请客啦，多出俩来不要紧，别到时候不够了。"她掰着手指头算着。其实，她早就盘算好了，晚上让老头儿再吃一个，却故意逗他。

她一般是下午到山坡、田埂边拔些野菜回来，择洗干净，第二天早上蒸窝头或贴饼子。今天，她没时间再去拔野菜了，便对老头儿说："我没工夫去拔菜了，你上坡里转转，拔点菜去，回来吃饭正好。"

"你早晨蒸的窝窝头不是还没吃吗？明天也吃不完，不吃不就坏了？明天再去拔。"他不想去，给自己找了个借口。

她坚持道："你不是没事啊？明天还有明天的事，趁这两天事少，你先去拔一些再说。"

刘德江经常去拔野菜，他自己的饭不能耽误。只要觉着身体还行，他都坚持出去走走，一般不会憋在家里。拔野菜经常要跑很远的路，因为近处每天都有人来来回回地拔，野菜越来越少。今年以来，他时常感觉身体乏力、心跳加快，一旦出现这种状况，他就待在家里静躺，哪儿也不敢去了。

她见老头儿确实不想去，也没再催他。她了解他的身体和脾气，知道他可能又难受了，不然不会推三阻四地找理由。她还是干她该干的事，不声不响地做饭去了。

吃完晚饭，一家人坐在院子里乘凉，继续商讨请客的事。

首先是刘德江安排："明天正好是望月大集，我去赶个集，顺道跟你大姐、二姐她们说一声，要是赶巧你三姐也去赶集的话，我就不用再拐弯了，叫她仨都来。要是你三姐不去赶集，我碰上她村里的人给她捎个信儿也行。别的亲戚咱也不跟人家说了，街坊四邻这几天都给咱东西了，咱得叫人家来吃饭。我和你妈算了算，大人孩子差不多三十几口人，到那天，说不定还有来的，怎么也得准备四桌人的饭。你在供销社上班，挣的钱不多，可咱村里就你还在那儿上班，人家都知道，供销社是个肥差，饭食上咱不能太差，原来喝碗面条、吃个窝窝头就行，这回咱弄得好点，我从集上称上五斤肉，有卖菜的再买上点菜，炖个大锅汤。石头，你不是攒了些粮票嘛，上粮所去换二十斤面条，咱也摆摆阔。你这就去跟广凤她妈那边说一声，看看人家有什么想法，咱好有个准备。"

"哦，行。那我先去跟她妈说一声。"建国起身走了。

广凤躺在床上，她听到了公公的话，也听到丈夫从院子里走出去了，可她纳闷：怎么没听见婆婆说话？她忙下床，悄悄向院子里张望。

月光很亮，院里的一切看得很清楚。她见婆婆坐在凳子上，手里拿着扇子摇晃着。公公这会儿也不言语了，坐在那儿抽烟、扇扇子。

她有些摸不着头脑了：怪了，她这回怎么没话了？瞧了一会儿，见没动静就回炕上躺下了，可刚躺下就听见婆婆开腔了："你上大妮儿家去，跟她说，叫她多给咱拿点面来，再叫她买几斤肉，就她家有；老二家孩子都小，过得还不如咱，让她拿五斤面条就行；老三呢，见着她就跟她说一句，叫她拿几斤鸡蛋，见不着就算了，她想拿点什么就拿什么吧。"

王明月的话，像是在商量，可口气却没有回旋的余地。

刘德江望着媳妇，用商量的口吻说："我也正想这事，可我想了想，叫我去说让她几个拿什么，我怕女婿笑话。要不，你明天跟我去，你跟她仨说比我说合适，你说呢？"

她用扇子挡着嘴，悄声说："真笨！你不会偷着跟闺女说呀？别让她那些孩子听见。挺聪明的人，怎么这点事还能难住你？"

他没说话，指指儿媳妇屋里。

她知道他还有别的意思，她也指指儿媳妇屋里，悄声说："我跟你去也行，可她吃饭怎么办？"顿了顿，又说："这么多天了，按说让她自己做点饭吃也行了。她妈光说来，这么些天了就来了那一趟，哼，光嘴好！刚才忘了让石头跟她妈说一声，让她妈来看她一天。"

他边磕着旱烟袋边说："是啊，石头早走远了，这时候差不多到了，刚才也没想起来。"

广凤隐隐约约能听到点公婆的谈话，但都是断断续续的。她知道都与请客有关，自我安慰道："你又管不了，别瞎操心了。"这几天，她感觉身体好多了，便一门心思地照顾孩子。

"行，就这么定了。我明天早晨起来给她做好饭，打发她吃了，把晌午饭给她盛在小盆里，叫她兑上开水喝，鸡蛋放半天也坏不了。等石头回来我跟他说一声，看看他让我去不，我琢磨有点悬。"她打定了主意，可还是担心儿子不会答应。

他抬着巴掌小声说："这小子不会拦你，再说了，他敢！"他嘴上这么说，实际跟媳妇想的一样。

她指着老头儿说："这时候别逞能啦，要不，等你儿回来，你跟他说？"

他嘿嘿笑了笑，只顾扇扇子，不作声了。

又过了一会儿，建国回来了。

她抢先问："说好了？她妈怎么说？"

"没说什么，挺高兴，都按咱说的就行。"建国坐下后，揪起衣襟扇起来。

刘德江看着儿子，干咳了两声，温和地说："你走了，我和你妈才想起来，俺俩商量着明天上你大姐、二姐家去，可广凤吃饭的事没着落，要是刚才想起这事就好了，你顺便问一声她妈有没有空，来给广凤做顿饭。"他好像做了亏心事一样，说得有些语无伦次。他怕没说清楚，没等儿子反应，接着又补充道："哦，你妈说早晨她都做好了，让广凤凑合一顿，俺俩早点回来。你看行吧？"

建国盯着爸妈问："你俩还都去？这点事一个人去不就行吗？"

"哦，那个，是啊，刚才你妈说，想叫你大姐多拿点东西，可我跟你姐姐说，不大好意思。我还怕叫你姐夫知道了不好。"他回答得有些牵强。

建国不屑地说："这有什么难的？你不会偷偷给俺姐姐说啊？还用得着这么麻烦。"

"也是啊，我怎么没转过弯来。"他笑着答道。

王明月不高兴了，气呼呼地说："我上你姐姐家还有别的事，你爸爸弄不了，非我去不行。"

建国笑嘻嘻地冲老妈说："有什么大不了的事还非得你老人家亲自出马？妈，我觉着俺姐姐家没什么事啊？俺姐夫对俺姐姐可好，那天俺同事还说在饭店里碰见俺姐夫，他和公社的李书记也去吃饭，他们还说话了，没听说有事啊？要不，我明天下班回来拐个弯，到俺姐姐家挨个儿给她仨说一声，也不用俺爸爸跑了。"

王明月极力辩解道："我还什么事都得跟你说呀，我就不能跟你姐姐私下里说说话呀？你这孩子！反正我上你姐姐家确实有事，你以为我跟你说瞎话呀？"

"哦，行行行，这怎么还不行呢？我跟你闹着玩呢，你和俺爸爸去就行，吃饭还不好说，让她自己做一顿，煮几个鸡蛋吃不就行啦，我去跟她说。"说完，建国回自己屋了。

老两口知道明天的事已经板上钉钉，便都回屋睡觉了。

建国回到屋里，见媳妇面朝里躺着，轻声说："哎，刚才我妈说的话，你听见了吗？"

"什么事呀？没听见。我睡着了，你要是不闹动静，我还醒不了。"广凤故意装迷糊。

"哦，他俩商量好了，明天都上咱姐姐家去，可你吃饭的事怎么办？刚才我上咱妈那儿去的时候，他俩也没说这事，要是说了，我就跟咱妈说了，明天让她来给你做饭。要不，明天早晨我早点起，叫咱妈过来？"说着，他挤在媳妇旁边躺下了。

"我以为是什么大事呢，吃饭还不好弄？谁都别管我，我自己做就行。"她暗笑。

他抬起头，盯着媳妇问："真的假的？我怎么听着有点不对味。"

她笑笑说："这还有假？当然是真的了！整天让我憋在屋里，不让我出去，跟坐牢一样，天又热，我早就闻着身上有一股馊味了。明天他俩都走了，我正好出去透透风。"

"哦，那还行。我还以为你不愿意呢，怕他俩一走，你再哭起来，怨不管你。"

"我可没那么娇气。再说了，我吃得够好了，比起人家来强多了。远的不说，俺两个嫂子生孩子吃的鸡蛋，加起来也没我吃得多。说实在的，以前我对咱妈是有点看法，可从生孩子以后，我对她的看法变了。她这个人，就是过日子紧，刀子嘴，豆腐心。"

"哎哟，真没看出来！你能想明白，不孬，长进了。你说得没错，俺妈这个人就是爱叨叨，嘴不饶人，说话直来直去。其实，她心里没别的。以前我跟你说的时候，你还不服气，好啊，总算想明白啦。"

"你不也一样？别人说得再对，你还是按你的想法做，你听谁的了？"

"嗯，你说得没错。不少人都犯这个毛病，都觉着自己对、比别人能。老鸹飞到猪身上，看见人家黑看不见自家黑。"

小两口正说得起劲，孩子又哭了。建国忙起来给闺女换尿布。广凤催促道:"时候不早了,你给孩子收拾完赶快睡觉吧,明天还得上班。"

"哦,我知道。"他收拾完才睡下。

第八章

第二天,王明月起得更早了些,为的是赶早出门。

刘德江为了这次出行,从两天前就开始准备。他打听好了,五队的王永发要赶着马车到集上买农具。于是,他特意拿香烟到他家去了一趟,确定下搭便车的事,并约好了出门的时间和集合地点。

香烟是他大女婿孝敬他的,平时他可舍不得抽,只有求别人办事时他才拿出来。成盒的香烟对村里的老百姓来说,都是奢侈品。毕竟吃饭都有吃不饱的时候,怎么可能浪费那个钱。不过,刘德江能有,大家都不以为然。

为确保能搭上便车,他一大早又去找了王永发,看人家的行程有没有变化。

他站在王永发家的大门口,拍着大门喊:"永发啊,起来了吗?咱什么时候走啊?"

王永发开了大门,热情地说:"哦,叔,快屋里坐。"

"不坐了,我来看看,你还去不去?"

"叔,你还再跑一趟,要是不去了,我还不跟你老人家说一声?我要是不跟你说,往后见了你,你不得揍我?"

"不是。永发啊,你别多想。你不是忙嘛,我怕你队上事多,万一再有别的急事呢,我起来也没什么事,正好溜达一圈。"

"来,叔,快屋里坐。我还没吃饭呢,正好,你也在这儿吃一口吧?吃完了咱就走。"

王永发要拉刘德江,刘德江摆了摆手,扭头往回走,边走边说:"你快回去吃饭吧,那咱还是按原先说好的,我在村西头的电线杆那儿等你,你婶子也跟着去。"

王永发跟在刘德江身后，又说："叔，你吃了饭再走不行吗？"

"不了，你婶子都做好了。永发啊，你快回去吃饭吧，别送了。"刘德江匆匆赶回家去。

王明月干完了该干的活儿，给自己打扮了一下。她脱掉了平时穿的修补了多次的灰白色的褂子和洗得发白的蓝裤，换上不带补丁的浅蓝色的布褂子和黑色的人造棉裤子，又换上一双新布鞋，接着又麻利地梳头、洗脸。一切准备就绪，只等老头儿叫她出发，这才发现他没在家里，她正琢磨着呢，见老头儿回来了，问道："又上哪儿转悠去了？不赶紧吃饭。"

他故意拉着脸说："哼，我转悠，我转悠是有正事。跟你似的，整天弄那些没用的，没心没肺的。咱怎么去？就你那大脚，能走多远？你不得走到天黑才到？都多少回了，你自己能去了？哪回不是你儿送、别人捎？"

"是，是。你说得没错，都是你的理！行了吧？赶紧吃饭，我可是都收拾好了，光等你啦。"王明月没抓住他的错，也不再啰唆，赶紧去给他盛饭了。

一会儿工夫，他就吃饱了。王明月给他准备好了衣服：一件发黄的对襟棉白褂，一条深蓝色的的确良裤子，一双干净的布鞋。刘德江不愿换衣服，王明月为此跟他吵过几次，说他穿得寒碜，看着不干净，给孩子们丢人。刚开始，刘德江不服气，后来到大闺女家去，闺女也埋怨他，他才改了。

两人准备就绪，一起出了屋子。迈下台阶，王明月冲着西屋的窗子喊："广凤啊，俺俩走啦。"

"哎，知道啦，妈。"张广凤站在窗户旁，见他们走了，竟有些喜不自禁，拍了一下巴掌，轻轻说："嗯，这回我说了算了，没人管了……"

自结婚以来，她总觉着不如在娘家自在，尤其是在公婆跟前，感觉有些拘束。刚开始，最不适应的是跟他们一起吃饭，她经常吃不饱。饿了几天后，她就受不了了。建国知道后，笑得前仰后合，跟他妈说了，吃饭问题才得以解决。

她认准了一条理：女孩子只要结了婚，娘家就不是自己原来的"家"了。自从生了孩子，她更坚定地认识到：现在的家才是她永远的家。

今天，她终于有了女主人的感觉，越想越兴奋，竟期盼老妈能来，和她一起分享此时的欢乐。

刘德江跟媳妇在村西头的电线杆下等了几分钟，远远瞧见王永发赶着马车过来了。

"哎哟，叔，婶子，你俩等急了吧？"王永发将马车停在一边，下来说道。

刘德江笑着说："俺俩也刚到，咱就前后脚。"他扶着媳妇上了马车。

三个人在车上时不时地说说话，很快就到了望月村的村头。

王永发和刘德江一起扶王明月下了马车，又约好了回去的时间，这才分开。

王明月坐得腿脚有些麻了，下车后就不停地跺脚，以便腿脚能尽快恢复正常。

刘德江指着远处的一块石头，问："没事吧，咱先上那边歇歇再走？"

"没事，走走就好了。"王明月摆摆手，示意他在前面走。

刘德江在前面走，但走两步就回头看看。王明月跺着脚走了一段，渐渐恢复了正常。两人一前一后，很快到了大闺女家。

刘晴家的大门比娘家好多了，两扇黑色的油漆大门，门槛较高，过年时贴的对联下半部分已经被撕掉，门两边的墙是砖砌的，其他部分都是土坯的。

刘德江上前抓起门闩敲门，院里的狗早就听见动静，一直不停地叫着。

"谁呀？"问话的是刘晴的婆婆——张玉梅，她一边问一边出来开门，身后跟着她的小孙子王诚。她打开门，见是亲家来了，忙说："哎哟，是大哥跟嫂子来了，快进来，屋里坐，屋里坐。"说完，她又朝西北角的屋里喊道："刘晴啊，你爸爸和你妈来了！"

王明月已经两年多没来，她扫视了整个院子，见院子里又多了两间瓦房，原来空着的地方都盖满了。整个院子，六间北屋连成一排，三间西屋，三间东屋。闺女的院子顶她家三个大，看着好阔气，她既高兴又羡慕。

王诚见了姥姥、姥爷，却揪住奶奶的衣襟往后躲。

王明月想拉小外甥的手，可没等她碰着，他就朝屋里跑去。她指着外甥说："不见面的孩子，长得就是快。你看，这孩子才几天，都这么大了，都不认得我了。"

"可不是嘛。你整天忙啊，也没空来玩。他打小就上你家去过两回，不见面就生分。这孩子整天跟着我惯了。"张玉梅正说着，王富仁和刘晴从屋里出来了，几个人相互寒暄着进了屋。

刘晴因小闺女感冒发烧没去生产队干活，刚才，她正在屋里给孩子喂药，见爸妈都来了，心里想着他们肯定有事，但婆婆、公公都在，不能问，就先给他们冲上茶，然后给四个老人一一倒上。她听说了弟媳生孩子的事，猜想与这事有关,可又想:不对啊,老妈应该在家照顾广凤才对,爸妈这时候一块儿来,不合常理。不会出什么事了吧?这么一想,她害怕起来。

"妈,爸,你们几个先喝水,我去看看小美,这孩子发烧,都烧了两天了。"说完,刘晴匆匆走了。

"孩子发烧了?我跟你瞧瞧去。"王明月紧跟着刘晴出来。

小美今年五岁了,她一个人躺在床上睡着了,小脸蛋红红的。

王明月伸手搭在小美的额头上,接着对刘晴埋怨道:"哎呀!这孩子的头怎么这么烫?你这孩子,都烧了两天了,没给孩子看看?"

"这两天我给她吃了药,不管事。"

"那怎么不叫立德带她上医院?你都养了几个孩子,你不知道啊,烧久了能烧傻了。"

"我寻思再给她吃一天药看看,老大有一回发烧就烧了三天才好。立德上县里学习了,好几天没回来了。"

"你可别大意,一个孩子一个样,我看不行,你还是叫人赶紧给她看看。"

"妈,你去倒碗水,她要是醒了你给她喝点,我去找大夫。"说完,刘晴急匆匆地出门了。

王明月去倒水,顺便给刘德江说了一声,几个老人都坐不住了。他们几个一人摸了孩子一下,感觉一样:太烫了!

"玉梅呀,你拿块手巾,用凉水泡泡,拧干了,先给孩子放头上。她妈叫大夫去了,我看这孩子病得不轻,得赶紧看,不行就上卫生院。你俩先上那屋等着,看大夫来了怎么说。"还是王明月有主见,几个人听了都出去了。

王明月轻轻地叫着孩子的名字,又揪着孩子头顶的一缕头发,嘴里不停地念叨:"小美呀,回来睡觉觉,别害怕,乖孩子。小狗、小猫都快滚开,别再吓唬俺孩子……"她又用上了神婆的办法,翻来覆去地说了一遍又一遍。事实上,她不知道管不管用,却次次都用这种相传已久的"神方"。

张玉梅将湿毛巾搭在孙女额头上,见王明月仍在念叨,便站在一边瞧着。

刘晴领着村大夫进了屋,王明月赶紧站起来,站到一边看着。

村医先给孩子把体温表放好,接着拿出听诊器放在孩子胸前。他听得非常认真,一脸严肃,听完后也没说什么,静等体温表的测量结果。

刘晴的屋里没有凳子,她到婆婆屋里搬了凳子,让村医坐下,着急地问:"栓子,怎么样,不要紧吧?"

医生摇了摇头，皱皱眉说："听着肺里不太好。看看体温多少，要是超了三十八度，最好带孩子上卫生院。"

"行。"刘晴点点头，神情紧张地看着闺女。

时间到了，医生仔细看了看体温表，对刘晴说："嫂子，你看，得赶紧送孩子上卫生院，孩子都烧到三十九度多了，咱没有退烧的药，可别耽误了。"

"好，好，我这就带她上卫生院。麻烦你了。"刘晴慌里慌张地把大夫送到大门口，赶紧折回屋里。

这时候，王明月已经把孩子的事跟刘德江说了，他们一起商量去医院的事。

刘德江想让王永发拉他们去，便说了自己的想法："从这儿上卫生院也就十里地，永发赶马车去不超过一个小时就到，咱几个都能跟着，也好有个帮手。"大家一听，都点头赞同。他接着又说："刘晴，你和你妈赶紧收拾好东西，我和你爸爸找永发去，俺仨在学校门口等你。哦，兄弟媳妇就别去了，家里还一大摊子事。"几个人相继出去了。

王富仁跟着刘德江急匆匆赶往集市。此时，王永发已经买好了十把铁锹、六把锄头、三个喂牲口的簸箕。他正在集上转悠，听到有人喊他，循声望去，见刘德江隔着老远正在摆手，便径直穿过人群走了过去。两人会合后，刘德江喘着粗气讲了事情的经过。

王永发听完，爽快地说："叔，你俩别着急，我把买的东西先卸下来，找个熟人看着。你俩跟上我，咱卸下来就走。"

望月村是方圆二十里内最大的村子，人口有五千多，集市的规模较大，赶集的人很多，整个集市人声喧嚣，非常热闹。

王永发把东西托付给了卖筐子的王老五。

王老五六十多岁，头发几乎全白了，穿着极不讲究，大热天的，一身长褂长裤，打了好多补丁，一双鞋都露着脚趾头。他皮肤黝黑，脸上布满了皱纹，目光有些呆滞，因为穿得脏兮兮的，多数人都敬而远之。他是王永发的堂哥，本名王永昌。王永昌特别老实，不爱说话，兄弟五个，他排行老五，大家都叫他王老五。因为家里穷，他们兄弟几个都没娶上媳妇，村里好多人都瞧不起他们。五个兄弟现在只剩他和老三，两个人的生活全靠他一人撑着。

王永发是个善于察言观色的人，对长辈和比自己有本事的人，既谦恭又热情，而在王老五面前，却板着脸。他跟王老五交代道："老五，帮我看着这些东西，可不能少了，少了找你赔！说好了，等我回来你才能走，记住了？"

王老五黑瘦的脸上绽开了笑容，露出几颗稀疏发黄的牙齿。他摇了摇头，又点了点头，说："行，行。"

王永发对王老五的态度不怎么好，可王老五从未因他说话傲慢或不讲情理而心存不满。王老五遇到困难时，先去找王永发，王永发总能帮他顺利渡过难关。在王老五眼里，王永发是个有本事的人，又是唯一能跟自己说说话且不见外的好兄弟，他在王永发面前，没有那种被人瞧不起的感觉。

王永发安排好了，让刘德江与王富仁上了马车，绕过集市抄小路赶到学校门口。刘晴娘儿俩已经等在那里。

王永发麻利地跳下车，还特意嘱咐了刘德江和王富仁："二老只管在车上坐着。"他先接过孩子，让刘晴在中间坐好，然后将孩子递给刘晴，又将王明月扶上车。

"都坐好了，咱可走啦。"王永发手执鞭子回头看了看，然后吆喝一声，将鞭子对着两匹马各抽了一下，朝玉林公社奔去。

一路上，大家的神经都绷得紧紧的，谁也不敢多说话。两匹枣红马拉着马车跑得非常快，本来路就不平，这下更感觉颠得厉害，大家东摇西晃的，有时还会撞在一块儿，但为了赶路，谁也没对王永发提什么要求。

时间正值中午，酷热更增添了他们的烦躁不安。刘晴紧紧抱着闺女，三个老人用力抓着挡板处，不敢有丝毫懈怠。大家的脸都阴沉沉的，谁也不说话，只有王明月偶尔会轻声叹息。

王永发的驾车技术相当娴熟，马车很快停在了卫生院门口。大家陆续从车上下来，急匆匆进了卫生院。

卫生院的大门是朝北开的，整个院子不大，大门左右两边各一排平房，左手边一排房子是日常看病用的办公房，右手边一排是住院的病房，南面还有一排房子，是职工的宿舍，东南角的房子是厕所。所有房子都是瓦房，石头占整个墙面的三分之一，石头以上砌的是红砖，红砖的砖缝都抹了水泥。门都是单扇的，门上的漆要么淡了要么已经掉没了，有的门还被孩子用粉笔画了画。这所卫生院建于一九六〇年，在当时是相当不错的。一行人除了刘晴来过，其他人都没来过。他们一连推了几个门，要么没人，要么锁着门。王明月气得骂开了："这是什么破医院？连个人都没有！"这一骂，还真管用，前面屋里一个女护士探出头，问道："怎么啦？大夫在这边。"

刘晴慌忙抱着孩子走过去，急切地说："孩子发烧了，烧了两天多了，快给看看吧？"

女大夫正在吃饭，她手里的黑窝窝头刚吃了一半，听刘晴这么一说，赶忙把窝窝头扔进缸子，站起来说："来，过来我看看。小李，快给孩子量量体温。"

女大夫仔细地给孩子做了检查，护士见大夫完成了检查，立即将体温表给孩子放好。

大夫又询问了刘晴有关孩子的具体发烧时间、症状及吃药情况，并一一做了记录。

时间一到，护士看了体温表向大夫报告："三十九度七。"

"先打上退烧针，观察半小时，看能不能退烧。如果退下去，我再给她开药，如果退不下去，就得住院。"大夫边说边开了方子，开完后递给刘晴。

刘晴拿着方子，一脸茫然，不知道下一步该怎么做。大夫看出来了，微微一笑，和蔼地说："先去交钱，再到药房拿药，拿回来让护士打上。"

"我去拿！"王富仁将刘晴手里的方子拿过来，接着出去了。本来刘德江也争着要去的，还是慢了点，便跟在亲家身后了。

王富仁在前面慌张地找收费的地方，刘德江紧跟其后。幸亏刚才的女护士发现他们走错了方向，喊了一声，招手叫他们回来："哎呀，大爷，你俩走错了，来，我带你们去吧。"其实，交费的地方就在他们刚进来的地方，可谁都没注意。收费的窗口很小，"挂号收费"几个字很不起眼，加上正是中午吃饭的时间，因为看病的人少，收费的人将窗口关了。

女护士轻轻敲了敲窗口，里面的人接着打开了窗户。王富仁急忙凑上前去，将方子与五元钱递了过去。里面的人很快将药和找回的钱递出来，王富仁急忙收了，又赶紧把药交给护士，并把找回的钱装进裤兜里，至于花了多少钱，他连问都没问。

护士熟练地给孩子打了屁股针。这一针，立马把昏睡的小美打醒了。这是小美第一次打针，她还没受过这样的疼，可劲地哭开了，她妈哄她，她反而挺着身子哭。

"要是孩子好好的，哪能受这冤屈，她懂什么呀，怎么还打孩子？"想到这儿，刘晴把抬起的手放下了。

"你干什么呀，来，我抱孩子，你这当妈的！"王明月手疾眼快，就要将孩子揽过去,可刘晴没给她。刘晴着急地说:"妈,你别管,我抱她就行,又不是真揍她。你跟俺爸爸都吃饭去,叫上永发。我自己看她就行。"

刘晴从裤兜里掏出钱和粮票,随便点了几张递给公公说:"爸,你来过,你领着他们几个去,随便买点吃的。"

王富仁拍拍裤兜说:"我有钱。"

"你拿着吧,还得用粮票。"刘晴抱着孩子,不方便起来,更着急了。王富仁也明白,他本该主动承担此任,便接了过来。

"我不去,我跟大妮儿看孩子,你们几个赶紧去吧。快去快回,随便给俺俩和孩子捎回点来就行。"王明月边说边冲亲家摆手,示意他们快走。

刘德江觉得有理:"医院有大夫,没什么不放心的,几个人都在这儿也派不上用场,还不如先去吃饭。"另外,他担心王永发忙活了大半天,早饿了。

刘晴见爸爸和公公都出去了,忽然想起大夫还没吃完饭,有些歉意地说:"大夫,给你添麻烦了,耽误你吃饭了,你赶紧吃饭吧。"

大夫微微一笑,谦逊地说:"应该的,这是我的工作。"说完,她去洗了洗手,拿起刚才未吃完的窝头吃起来。

刘晴看着大夫吃的窝头,不觉有些诧异:怎么还不如俺家吃得好?不是上班的月月都有粮票吗?这个人的年龄应该比我小,孩子也得有好几个了,看来家里也不富裕。

"孩子睡着啦?"大夫三两口就吃完了,她将桌上的缸子收起来,跟刘晴聊起来。

刘晴看看孩子,忙答道:"嗯,闹完了,又迷糊睡着了。"

"大姐几个孩子?"

"七个,这是老六。大夫,看你比我小,你几个孩子?"

"我三个。一个闺女,两个儿子。"

大夫转而对王明月说:"大姨,一看你就是个疼孩子的人,这么大年纪了还跟着跑。"

"咳,我是赶巧了,上她那儿赶集来,到她家坐了坐,没寻思孩子烧得这么厉害。大夫,你这个人脾气好,你可费点心,把俺孩子治好呀。"王明月刚才一直盯着她俩说话,没机会插话,这回正好可以说两句了,自然要把刚才想好的"要求"委婉地表达出来。

"大姨,你放心就行。咱都有孩子,你们着急,可以理解。我们都会尽力，只要能看了，我们保证看好。"说完，大夫爽朗地笑了两声。

护士再次将体温表给孩子放好，并认真地记下时间。这时，小美醒了，她静静地看了看护士，又望了望妈妈，转脸又瞅了一会儿大夫，最后把目光放在姥姥身上。王明月笑着冲小美伸出双手，小美赶忙把脸藏进妈妈怀里。

大夫见孩子醒了，对刘晴说："带水了吗？给孩子喝点水。"

"唉，走得急，忘带水壶啦。"刘晴叹了口气，她走到半路才想起来，本来一开始她想到了，将水壶灌了水，可出门时却忘记拿了。

"哦，我这儿还有个缸子。"说着，大夫拉开右手边的抽屉，拿出一个白色的缸子，起身拿起地上的暖水瓶，先倒上水涮了涮，又倒了点水，放到刘晴旁边说："这个缸子我都刷过了，水有点热，凉一凉给孩子喝上。"

"谢谢啦，麻烦你啦。"刘晴感激地说道。

屋里静下来，大家谁也没再找话题，都等着体温表的结果，只盼这次体温表的数据会降下来。

终于到了时间，护士走到刘晴身边，伸手从小美腋下拿出体温表，仔细看了看说："降下来啦！三十六度八。"护士报了结果，大家都舒了口气。

"这样，问题不大，我给孩子开点吃的药，你们带回去。这药不贵，总共不到两块钱，回去注意多给孩子喝水，可不能缺了水。"大夫边说边认真地开药方。

刘晴一一答应着，将小美放在地上。王明月在一旁说："哎哟，谢天谢地，遇上好人啦！"

"大姨，你可真会说话，这都是我们应该做的，谁在这值班都一样会这么做。"说着，大夫将药方递给刘晴。

"可不一样！有的人就黑着脸，挺吓人。有一回俺那三闺女带孩子上你这儿来看病就碰见过，把俺三妮儿都训哭了！你态度多好，你是个好人！"说完，王明月冲大夫伸了伸大拇指。

"是啊，大夫，俺妈说得没错。我们这回遇上你，真没想到你脾气这么好，谢谢啦！"刘晴拿着方子，弯腰给大夫鞠了一躬。

大夫急忙站起来说："可别这样，应该的，应该的。"她热情地将三人送出门。

第九章

王永发将马车停在卫生院对面的一处宽敞地儿,那儿正好有几棵杨树,既能乘凉又能拴马。他将马缰绳套在杨树上,又环顾四周,见远处水沟边上有青草,便过去采了些,扔到马跟前。他躺到车上,闭上眼,想美美睡上一觉,可就在他昏昏欲睡之际,忽觉有人拍他,他侧身一瞧,见是刘德江,便赶紧起来了。他一听是叫他去吃饭,果断地说:"叔呀,吃什么饭,我不饿。怎么样,找着大夫啦?"

"找着啦,一个女大夫,脾气不孬,给孩子打上退烧针了,要等半个小时再看结果。正好,咱趁这时候上饭店吃点饭。"刘德江说完,扭头指了指。

"上什么饭店呀,我不去。要去你俩去,我可不去。"王永发又摇头又摆手,坚决不去。刘德江上前抓了他的胳膊,要拽他走。王永发拉开刘德江的手,抽身往后退了两步,再次表明不去的态度。

刘德江一看王永发态度坚决,就对王富仁说:"兄弟,你看,永发不去,你就看着随便买点吧,我和永发在这儿等你。"

王富仁憨笑着说:"你看,都跟着忙活半天了,连口水都没喝,我这心里实在过意不去,要是去,起码能喝口水吧!"

"叔啊,刚才我在水管子上喝了,不渴。这点事,你别往心里去,又不是外人。"王永发走到王富仁跟前,推着他走,王富仁只好说:"那我就不客气了,你爷儿俩等着,我去啦。"

"去吧。"刘德江和王永发几乎异口同声地应道,又同时做了几乎一模一样的摆手动作。

"永发啊,这回真是麻烦你了。你看,走得急,我也没带烟,等回去咱爷儿俩喝两盅。"刘德江笑着拍了一下王永发的肩膀。

"叔,你怎么还这么婆婆妈妈的?咱谁跟谁呀,以前,我不是常去麻烦你啊,这点事还叫事?这不就是顺道吗?你再客气我可真生气啦……"王永发还要往下说，见刘德江摆着手笑，便打住不再说了。

"好啦，不说了，不说了，那咱都坐下等着。"两个人一起坐到旁边的石头上。

刘晴买了药，领着孩子和她妈一块儿走出卫生院，见她爸跟王永发都坐在那儿，便喊了一声："爸，看完啦，退烧了！"

刘德江和王永发都站起来，笑呵呵地看着她们。

"爸，你怎么没叫永发吃饭去？"刘晴问道。

"我叫他去，他说什么也不去，我就叫你公公去买啦。按说该回来了，怎么还没回来？"说着，刘德江便向远处看。大中午热腾腾的，路上一个人也没有。说来也巧，不到一分钟，王富仁提着东西进入刘德江的视线。刘德江笑着说："人家都说山东人邪，说着王八来了鳖。还真邪。"他说的前面一句大家都能听清，后面的话只有他自己能听清，可即使他不说，大家也知道，都开心地笑起来。

"爷爷！爷爷……"小美不停地喊着，她想跑过去找爷爷，被她妈拉住了，她只好踮着小脚给爷爷摆手。

王富仁老远听到孙女喊他，高兴地小跑起来，还将手中提的袋子摆了摆。

"你看，小美还是跟她爷爷亲。"王明月的语气里带着失落。

刘德江瞄了一眼媳妇，故意调侃道："这还用说？明摆着，她爷爷天天看着她。你算老几？"

王明月生气地白了一眼老头儿，回道："我算老几？你还不如我呢。人家小美刚才还叫我来，你呢，你让小美叫你，人家躲得远远的。哼——"

王永发在一边看老两口打嘴仗，笑起来。

刘晴见公公很快就到跟前了，着急地说："行啦，爸、妈，咱赶紧吃口东西回去吧，你俩不是还有事吗？"

两个老人答应一声，不再言语。

王富仁上气不接下气地说："回来晚了，都等急了吧？小美没事了？"

刘晴干脆地说："好了，没事了。"

小美抢先去看爷爷手里的东西。

刘晴接过包放到马车上，未等打开就闻见了香味。她打开一看，里面还有两个包，一包是油条，一包是灌汤包，都香得让人直流口水。

"哎，我就是等这灌汤包等的时候久了，有一个人家里有事，一下子要了十笼，咱不如人家去得早呀，等着吧，这不，就晚了。"王富仁拉着孙女的小手，也将包放到马车上，边说边打开。他这一包跟刘晴拿的那包是一样的，他拿了一个包子，觉得有点热，先用嘴吹了吹，才塞到孙女手上。

无论是油条还是包子，大家一年到头很少能吃上。小美因爸爸买回去过，一见就开心地拍手蹦了几下。爷爷把包子给她后，她一口咬下去半个。

"慢点，慢点，别噎着！"王富仁一边招呼亲家吃一边顾着孙女。

小美已听不进去爷爷的话，大口大口地嚼着，咽下去后伸了伸脖子。

王永发问刘晴："姐，要不咱一边走一边吃吧？"

"行，可你赶车得劲吗？你先吃两口，时候不早了，你准饿了，赶紧再吃两个包子。"刘晴知道，他们这么长时间没喝水，再干吃东西，肯定不舒服。吃包子虽然有汤，但包子咸啊，越多吃会越渴。

"没事，不耽误我吃。"王永发笑了笑，这一笑，一个饱嗝上来了。

刘德江招呼道："都赶紧上车坐好，早回去喝点水，都渴了。"大家应声一个个上了马车，按来时的位置坐好。王永发将鞭子一甩，两匹马撒开腿跑起来。

回家的路总觉得近，无论离家多远，都有相同的感觉。尽管是一样的路，一样的距离，一样的交通工具。

一车人一扫来时的沉默，争着讲述自己来回的感受及对医院大夫的看法，同时津津有味地吃着东西。大家的欢声笑语掩盖了风声、马蹄声、车轱辘声。就在王明月讲到忘记问大夫名字的时候，马车的一个车轱辘忽然越过一个大坑，大家被这突如其来的状况吓得喊起来："妈呀！"接着，他们倒向了一边。

小美满脸都是汤，包子还掉到了身上。王明月手里的半个包子掉到裤子上。刘晴拿着包子刚要往嘴里塞，这一歪，她搂紧孩子的同时，手里的包子也被攥紧了，弄得满手油汤不说，还洒在了孩子身上。刘德江刚好吃完，感觉饱了，就没再拿什么，看他们一个个弄得狼狈不堪，指着他们开心地笑起来。大家稍顿了一会儿，很快从惊吓中醒来，相互指着大笑。

满车的人就王永发在生气，他气得连抽了一匹马三鞭子，因为这个坑差点把他甩下车，他把气全撒在了马身上。就在他还惊魂未定的时候，却听到了后面的笑声，他回头望了一眼，瞧见王富仁在抹脸上的油汤，扯开嗓子说："对不住啦！吓了大伙一跳！"

"永发啊，你可别这么说！这怎么能怪你呢？这道太难走啦！"刘晴扭头说道。

"是啊，道太难走啦。"大家都这么说着。

说完，大家相互看着，又好像意识到了什么，不再说笑。

一会儿工夫，马车停到了望月村小学旁边。大家相继下了车，同时将车上带的东西拿下来。

刘晴指着一边的几棵杨树说："永发，把马拴到那边的杨树上，上俺家坐坐，喝碗水。"

"不了，姐，你赶紧带孩子走吧，太热啦，别渴着孩子。"说着，王永发咽了口唾沫，咬了咬嘴唇，他早就渴了。

"这怎么行？你都到家门口了，喝碗水再走。要不，我这心里可过意不去。"说着，王富仁拉住王永发的胳膊。

刘德江在一旁说："永发啊，咱都去吧。要不是这个事，你还真到不了你姐姐家。我和你婶子都渴了，咱喝碗水就走。"

"可不是，平时咱见了面就打个招呼，你连俺家大门朝哪儿都不知道，这回，一起上俺家坐坐。"刘晴上前推王永发。

"好，好。我去，我去。"王永发答应着，将马拴到杨树上。

一行人很快到了刘晴家门口。

王永发羡慕地瞧着大门及墙面的设计，跟着几个人进了院子，更惊讶了。"六间北屋，三间东屋，三间西屋，一共十二间屋，房子前墙都是砖的，真阔气！我那三间破屋加起来也赶不上人家一间屋……"他一阵胡思乱想。

"快屋里坐！屋里坐！"几个人先让王永发进屋，王永发竟有些局促起来。

张玉梅早就凉好了白开水，没等他们坐下就一人递上一碗。几个人也没客气，一口气都喝完了。

刘晴一边招呼他们坐下，一边拿起茶壶准备沏茶。王永发见了又站起来说："刘晴姐，你别忙活了，水也喝了，坐坐就该走啦。"

"这怎么行？你头一回上俺家来，怎么说我也得给你冲壶茶。你快坐下歇歇，我去给你拿烟。"刘晴拉王永发坐下。

王永发觉得不能再急着走了，只好坐下。

"妈，瓶里有开水吗？"刘晴问婆婆。

055

张玉梅连忙说:"有,有,瓶里都是新的。"

刘晴又跟婆婆说:"妈,你把茶碗都刷刷。我去弄两个菜。"

"哎。"张玉梅爽快地去了。

"刘晴姐,你可别忙活了,你要这样,我这就走了。"王永发再次站起来,同时把目光转向刘德江。

刘德江明白,赶紧跟闺女说:"你兄弟还有事,抽袋烟、喝碗茶就走,等回去俺爷儿俩喝两盅,你就别管了。"

刘晴不再坚持炒菜,只冲好茶给大家一一倒上。他们面带笑容品尝着,汗水不停地从他们脸上涌出来,好在茉莉花的香味解除了大家的部分疲劳。

王明月不时夸着茶好,大家也跟着赞不绝口。

时间过得飞快,已经到了三点多,王永发沉不住气了,再次说道:"叔,咱走吧?老五还在集上等咱呢。"

"哎!光顾咱了,把这茬儿给忘了。快,快,咱走,人家老五恐怕还没吃饭呢。"刘德江立刻站起来说道。

王富仁和张玉梅说了些留大家吃饭的客气话,见他们执意要走,便不再多说,送他们到大门口,又说了些客气话才分开。

刘晴跟在爸妈身后,她要送他们上车。

王明月的打算被突如其来的变故搅乱,她思考着该不该给闺女说那个打算,她看了闺女几眼,话到嘴边又咽了回去。

刘晴见她妈落在后面,只好放慢脚步。她看出她妈有话要说,便主动问:"妈,你跟俺爸来,是不是有事啊?"

"咳,你不问,我都忘说了。广凤生了个闺女,不是头一胎嘛,按规矩该请客呀,后天是十二日,都说好了,寻思从集上买几斤肉、买点菜呢,可这个时候集上早没人啦。"说完,王明月摇了摇头。

刘晴埋怨道:"哎哟,这可耽误事啦!那怎么办?你不早说,咱从食品站买也行啊!"

王明月站住说:"哎哟,不是小美发烧吗?那个时候谁敢跟你说呀,再说了,你公公也在跟前,可不行。"

"俺公公可不多事,人家才不管。再说了,这事也正该办呀,还用偷偷摸摸的吗?"刘晴感觉她妈的想法有些奇怪。

王明月一撇嘴说:"打住,我可不想叫你公公婆婆瞧不起。你说得倒轻巧，你公公看见了，嘴上不说，背后还不一定说什么呢，还以为俺沾你多少光呢。"

"妈，明天不是前进大集吗？我给你粮票、钱，你让建国买去。你和俺爸爸就别去了，你俩光在家忙活也不轻快。"说着，刘晴将手伸进裤兜，掏出一叠钱和粮票塞到她妈手里。

王明月接过钱和粮票，自然高兴，乐呵呵地跟闺女客气道："多少啊，你也不数数？别叫立德埋怨你。"

"妈，你看你，这点事我还说了不算啊？咱家的事，人家立德从来不说别的。"刘晴嘿嘿笑了笑，紧接着补充道，"再说，他说了也白说。"

王明月知道闺女当家，不过，她心里清楚得很：闺女也不是要什么有什么。这些年，闺女没少下力，要不是女婿有本事，哪能过得这么顺当？

"妈，刘云知道吧？"娘儿俩走到马车跟前，刘晴忽然问道。

"哦，集上也没碰见她，你回去的时候拐个弯，跟她说一声。"说完，王明月上了马车。

刘晴让她妈坐好，接着说："行，我去跟刘云说，我都十来天没见着她了。妈，还有，小美好了我就去，小美不好我就不去了。"

王明月和刘德江连连答应，摆着手让闺女回去。

王永发招呼一声，赶着马车出发了。

快下午四点了，可太阳的热度依旧未减。蓝蓝的天空没有一片云，阳光刺眼，向西看时，要将手放在额头挡一挡光线。

王明月望着路边的麦地，叹口气说："今年要不是广凤生孩子，我早去拾麦子了。"她还想往下说的时候，被刘德江制止了。他怕媳妇说些乱七八糟的埋怨话，传到儿媳妇耳朵里。

第十章

广凤在家并没有闲着。公婆走后，她忙着给孩子喂奶、换尿布，自己喝了杯水，简单收拾了一下桌椅上摆的东西和衣服，把该洗的衣服和尿布都堆到一边。

一直以来，大多数中国妇女都能享受一个待遇：生孩子后可以什么活儿都不干，只专心"坐月子"。当然，这种待遇只有在和平年代且光景好的时候才有，还要看家庭状况，每个家庭是有差别的。女人生孩子后一个月内大门不出、二门不迈，不能洗澡、洗衣服，即使夏天洗手洗脸也不能用凉水；不能受风着凉，否则容易留下"月子病"，将来指不定身上哪个地方疼。吃上也有讲究：不能吃辛辣的东西，吃的菜里面也不能放花椒、生姜等调料，不能吃咸的东西等等，主要是怕影响奶水的多少和质量。妈妈们很少有违背这些的，她们生怕自己会得"月子病"，更担心自己的孩子没饭吃。如果哪个敢尝试别的，准会遭到家人的数落。

广凤收拾完了，觉得有些累，便又回到炕上，静静望着闺女的小脸，见她睡得香甜，特别高兴。她常常浮想联翩，不是闺女扎羊角辫的样子就是她背书包的样子，甚至有时还会想到她将来会找一个什么样的对象……她知道想这些无用，可别的也没什么可想可做的，一天到晚躺在炕上，思绪绕来绕去总在闺女身上。小狗的叫声把她从梦中惊醒，她的第一反应就是将手搭在闺女身上。

胡文华站在大门下张望，见亲家屋里锁着门，正纳闷呢，脚下便到了闺女屋里。

"妈，你怎么来啦？你说巧不巧，我正想着要是你能来就好了。真巧，你就来了。"她高兴地从炕上下来。

"唉！别提了，我那天从你家回去就摔了，摔得我好几天下不了炕。这不，好点了，我不放心，过来看看。"说着，胡文华坐到椅子上，腰板挺得直直的。

"啊？妈，你怎么摔着的？不要紧吧？"她关切地问道，想起建国去过娘家，可回来后并未提起这事，心中生起一股怨气，接着说："妈，那天建国去跟你说请客的事，回来也没跟我说你摔着的事，这小子真不像话，气死我了！"说着，她顺手拿起一块尿布抽到椅子上。

"咳，你生什么气？这事可不能怨人家建国。我跟你说说怎么回事。我回去上你二哥家去了一趟，你二嫂晒的被套干了，叫我跟她拽拽，我使的劲大了点，你嫂子没抓好，我就往后仰了。哎哟！当时摔得我就爬不起来了……你嫂子也没把我拽起来，又把你二哥叫回来，才把我弄回去。当时那个猛劲，也没觉着多疼，可到了第二天，我就疼得起不来了。那几天，我可受罪了，天又热，什么都干不了，为这事，你爸爸没有一天不埋怨我，气得我肺都快炸了。建国去的时候，你爸爸说我头疼睡觉了，没让建国知道，怕你不放心，你可别怪建国。"胡文华皱着眉，边说边比画，不时挺挺身子。

"俺爸爸也是，谁愿意摔着？还埋怨你，真是的！妈，他说什么你就当没听见，你可别真生气。俺爸爸这个人，就是脾气大，你要真生气，那还有完吗？"她一边安慰老妈，一边给老妈冲了杯茶。

孩子一直睡，她继续跟老妈唠嗑："妈，跟你说过多少回了，叫你少上你儿家去，你就是不听。你看，你哪回去哪回有活儿，你这不是自找的吗？"

胡文华就不爱听闺女说这样的话，给自己找了个理由："你这孩子，我又不是七老八十，什么都不能干了，我不是寻思能帮你哥哥多少干点吗，整天闲着，我难受。"

她看着老妈，不高兴地说："你给这个干了不给那个干，那个就有意见；你要是都不干，他们也没什么说的。你干得越多，事越多！多少回啦？你还记不住。"

胡文华知道闺女疼她，笑着说："你二哥老实，你二嫂这个人脾气不大好，我寻思多给她干点，少叫你二哥受点气。"

她噘着嘴说："你这回弄成这样，俺嫂子还不知道怎么笑话你，你整天干些费力不讨好的事。"

胡文华叹了口气，又笑着说："可不，我也知道，就是改不了。我这人心气还挺高，想干好，就是总干不到人家心坎里。你大嫂事更多，我干什么她都相不中，气得我没法儿，亏了你大哥能管住她，要不，我还不知道受多少气呢。"

广凤坐到椅子上，说："也不是人家事多，就是你管得太宽。你什么事都管，都想当家，可人家都分家过日子了，不用你再操心。"

"分家怎么了？分家他也是我儿啊，他也得听我的！"胡文华冲闺女瞪起了眼。

广凤赶紧赔笑脸说："妈，快喝口水。你呀，说着说着就漏了，刚才还说想帮人家干点活呢，说得挺好听的，其实，不就是还想管人家嘛。"

胡文华喝着茶，微微露了点笑脸，知道闺女了解她，说得也没错，却不肯让步，转而绷着脸、指着闺女说："你这个熊妮子，光知道挑你妈的不是。别说了，你坐的时候不少了，赶紧到炕上歇歇去，我瞧瞧孩子。"

广凤听了，赶紧回到炕上。胡文华右手叉着腰，直挺着身子也跟了过去。

胡文华探头看着孩子说："哟，这小妮子还睡呢，咱娘儿俩说话她都没醒，睡觉多，是个乖孩子。瞧，小脸也好看多了。哎，凤儿，我看这孩子以后随你，瞧那小嘴、小鼻子、小耳朵，跟你小时候一样一样的，准长不丑。"

广凤满脸堆笑，看着闺女说："嗯，我也看她长得像我。唉，这孩子眼不随我，我是浓眉大眼，她是肉眼皮，跟她爹一样，光凭这也俊不到哪儿去。"

胡文华哼了一声说："那可不一定！你没见西头张迷糊他闺女，人家就是单眼皮，我看没结婚的女孩子里头，数着她俊。"

广凤笑着说："妈，你就别做梦啦。她俊也好丑也好，我就盼着她以后过得比我好就行。"

胡文华听着闺女的话，这正说到她的心坎上，她笑了两声说："这倒是。我不也是盼着你过得比我好啊？唉，哪个当爹妈的不盼着自己的孩子过得好啊？孩子过好了，当爹妈的也就放心喽！"

"妈，你别说啦。"说着，广凤眼角竟涌出了眼泪。

"你这孩子，说着玩呢，怎么哭上啦？咱不说这个了。"胡文华伸手去给闺女擦泪，没想到闺女将头扭向了一边。

胡文华走到门口，看着亲家的屋门问："凤儿，进门我就想问，你公公婆婆都干什么去了？怎么北屋门还锁着？"

广凤不想跟她妈过多解释，漫不经心地答道："哦，他俩都上俺大姑姐家去了。不是望月村大集嘛，后天就请客了，俺婆婆想去跟俺大姐要点东西。"

"我说呢，怎么都不在家。行，你家老大有钱啊！"说着，胡文华又坐回到椅子上。

广凤不爱听这种话，不高兴地说："人家有是人家的。光想沾人家的，有什么好的？"

胡文华不这么想，指指闺女说："你这孩子，什么是亲姊热妹呀？什么是亲戚呀？就是有事的时候能帮忙啊！谁不知道，你家老大过得好。"

广凤起来给她妈倒水，解释说："妈，俺大姐帮俺家的不少了。人家家里事也不少，孩子都大了，花钱的地方也多，最好少麻烦人家。"

胡文华端起茶碗喝了两口，摆着手说："哎，你就别管了。你公公婆婆去要，又不是你的事。"

"我想管也管不了啊。"广凤笑起来，瞧着老妈的反应。

"你这孩子就是傻，没心眼。往后过日子可得长心眼，孩子花钱的时候在后头呢。我跟你说，你别不听。"说完，胡文华走到闺女跟前，将手指点在闺女额头上，眼睛一眯，似笑非笑地咧了咧嘴。显然，她是话里有话，未直接挑明。

广凤自然明白她妈说的意思，但她不想按她说的去做，也不能明确反驳她，只好装模作样地点点头，等于领受了她的好意。

"凤儿呀，你看，我要不是腰疼，还能给你干点活，这回倒好，恐怕什么也帮不上你了。"说完，她又挺了挺身子，双手叉着腰，叹了口气。

广凤赶紧扶老妈坐下，笑笑说："妈，你坐下说，站的时候多了不行。"

胡文华答应一声，顺势坐下了。

广凤笑眯眯地说："干什么活儿？洗洗涮涮、做饭都是俺婆婆的事。我除了吃就是睡，都胖了不少啦。"

胡文华仍不相信闺女的话，可她也不明白自己为什么有这种想法，便说："哦，你婆婆这个人还行。话又说回来，她难道不该干啊？"

"我看忙得她不轻。早晨起来给建国做饭，再给我做，他俩都是最后吃俺俩剩的。小孩子一天光尿布就不少，她有时候一天上河里洗两回。"刚说完，见孩子咧着小嘴哭上了，知道孩子又尿了，广凤两手并用，抓起孩子的小脚，将湿尿布抽出，又把准备好的尿布给孩子垫上。

胡文华看着闺女忙活，笑着说："凤儿，我看你还挺麻利的。我还整天寻思，怕你一个人弄不了孩子呢。我呀，总觉着你还是个孩子，才几天呀，你也当妈了。"

"我也整天觉着跟做梦一样，还没醒过来呢。妈，你上这边来坐。"她拉老妈坐到炕边上，然后躺下给孩子喂奶。

胡文华摔倒后，自己做不了饭，都是二儿媳给她做饭，这么多天没来看闺女，实在放心不下，那天女婿说了请客的日子，更让她沉不住气了。今天来，她是咬牙硬撑，要不是怕闺女记挂，早把自己的难受一股脑地跟她说了。她思前想后，总该给闺女做点什么，于是强打精神说："凤儿啊，快晌午了，你吃什么饭啊？我给你做。"

广凤回头看着老妈，眨巴着眼说："妈，我挺想喝炝锅面，再放上两个荷包蛋。"

胡文华说："凤儿呀，你家的东西我可摸不上，都放哪儿了？"

"妈，你先等等。我不饿，等喂完孩子，我去拿。"胡文华听了闺女的话，坐着没动。

喂饱孩子后，广凤拉开桌子左边的抽屉，拿出半把挂面和一个纸包放在桌上，将纸包小心地展开，里面是两个鸡蛋。

"妈，也不知道你来，要是知道的话，我就让俺婆婆多拿出几个鸡蛋来了……"话未说完，感觉说错了话，她急忙改口，"哦，早晨还剩了两个煮鸡蛋呢。妈，你就将就一顿吧，咱俩都吃面条，一人一个荷包蛋，再加一个煮鸡蛋。"

"算了，我不吃，光给你做，做好了我就走，你爸还得吃饭。"说着，胡文华拿起面条和鸡蛋就往外走，语气里明显带着不满。她不是埋怨闺女说错了话，而是不满闺女的处境：把东西都藏她屋里，还锁上门，这不是欺负我闺女吗？

广凤早猜到了老妈的想法，急忙跟着去了灶房。

胡文华扫了一眼整个灶房，一间破屋子的所有物件尽收眼底：墙面黑乎乎的，一口大铁锅，盖着草席做的盖子，灶台的边边角角没有整齐的地方，地上堆着一些干柴。水缸在西南角放着，一块大面板盖在上面。灶房不大，还是比她家的略大一点。她掀开锅盖看了看，见锅里干干净净的，又四处看了看，回头说："凤儿，你吃炝锅面，拿什么炝锅呀？油呢？葱呢？"

广凤赶紧上前，说："那个小罐子里是油，坛子里是盐。"

胡文华刚才看见了一个油乎乎的小罐子，上面扣着一个碗，旁边是个小坛子，这两样东西的旁边是酱油瓶子，跟她家的摆设一样，她是故意问的。她又扫视了一圈，问："葱呢？"

"妈，你等等，我去拿。"广凤笑着去了。

她站在门口瞧，见闺女径直去了院子的东北角，弯腰拔小葱。她想：人家家里还挺仔细的，知道把葱种在院里，我回去也种上点，吃着方便呀。

广凤将两棵小葱递到老妈手里。

"好啦，你去看孩子吧，别管了。"胡文华摆手让闺女走开。广凤笑嘻嘻地离开了，刚走到院子中间，忽然想到老妈的腰，赶紧折回灶房。

果然，胡文华正犯愁怎么蹲下烧火呢。

"妈，还是你去看孩子吧，我做饭。你腰没好，蹲下烧火不行。"说着，广凤将柴火朝一边踢了踢，腾出一点空地，顺手拿起一把柴火放到锅下，拿起火柴点着了。

胡文华不放心地说："凤儿，你行吗？按说你不能干活，还是我来吧，我觉着不要紧。"

"妈，你赶紧出去吧，又不动凉水，我没事。"广凤又填了两把柴火，起身推老妈出去，她切好葱花，将油倒进锅里。油很快热了，她接着把葱花放进锅里煸了煸，从缸里舀了两瓢水倒进锅里，然后盖上锅盖。柴火都是些草，有干的，也有潮湿的，锅底冒出的烟呛得她直冒泪。干草不禁烧，抓一大把放进去，一会儿就变成了灰，潮湿的放进去光冒烟。她忙拉风箱，顺手在地上拾起一根长木棍，用木棍不停地翻挑。

胡文华站在院子里，一会儿额头的汗就顺着脸颊淌下来了，这股热浪不仅没让她感觉不舒服，反而让她感觉好些了。她心疼闺女，埋怨起自己来："你说你，怎么这么不中用，偏偏孩子用人的时候帮不上孩子。亏了闺女明白，看出来你不能弯腰，要是碰上那不懂事的，你可怎么收场？还是俺凤儿知道疼妈。"

广凤烧开了水，将鸡蛋打进锅里，稍稍等了一会儿，接着将面条放进锅里，正准备再去添柴的时候，发现老妈还站在院里，着急地说："妈，你怎么还站那儿？大热天的，你不嫌热呀？"说完，她赶忙蹲下填柴火了。

娘儿俩坐下吃饭，广凤笑着说："妈，你尝尝我做的好吃吧？从我结婚后，你还是头一回吃我做的饭呢。"

胡文华拿着筷子有些激动，脸上压不住内心的喜悦，她挺了挺腰板，微微笑道："凤儿呀，我帮不上你，还叫你伺候我，我这心里七上八下的。"

广凤指着碗说："妈，我给你做碗面条还不应该呀？你把我养活大了，我也没给你干多少活儿就嫁人了，等我日子过好了，让你和俺爸爸多享享福。妈，你快吃啊，要不都糗了。"

"哎。"听了闺女的话，胡文华更是高兴得无以言表，她跟闺女一起吃起来，边吃边夸赞闺女做的味道好。

没一会儿，娘儿俩都吃饱了。胡文华瞧了一眼还在熟睡的外甥女，又夸了两句："这孩子真乖，醒了自己玩，真省心。"

广凤笑着说："妈，不是刚哭了，你没听见？动静多大，这孩子乖一天，闹一天。闹起来，脾气可不小，哭起来嗷嗷的，要哄一阵才行。"

"这就算乖孩子。你小的时候，哼，睡反觉了，白天睡得多，到半夜你都不睡觉，害得我整天晕头涨脑的，气得我真想揍你两巴掌，可没舍得。我看这孩子比你小的时候乖。"胡文华指着外甥女，又看看闺女，满脑子找寻闺女小时候的情景，又把刚才说过的话嘱咐闺女一遍，才起身回家。娘儿俩虽有些不舍，但不能不分开。

广凤将老妈送走，感觉累了，躺回炕上跟孩子一起睡了。

第十一章

王老五已经把带来的筐子都卖完了，他在卖包子的准备收摊时下决心买了两个包子，走到僻静处，狼吞虎咽地一口气吃完。吃完后才想起什么，他四下望了望，见根本没人看他，才将背在身后的水壶拿下来，咕咚咕咚喝了几口，回到原地。

渐渐地，集市上喧嚣的场面消失得无影无踪。王老五在赶集的人散尽后，将看管的东西搬到一棵梧桐树下，又搬了块石头当座位。为避免被晒得中暑，他挪动了好几次。对他来说，唯一的任务就是等着王永发他们回来。他望着他们去的方向，起来又坐下，坐下又起来，已经七八次了，最后，干脆将石头搬到树边，靠在树上歇了。开始，他硬撑着不闭眼，可没多久就打起盹了。不过，一点动静就能惊醒他，他睁眼后的第一件事就是看看身边的东西少了没有，数一数没少，才又放心地闭上眼睛。

"老五！老五！"王永发的喊声传进王老五的耳朵，他立马摇晃着站起来答应着："哎，哎。"

王永发从马车上跳下来，顺手将马拴到树上，又冲王老五说："睡着啦？我喊了好几声你都听不见，幸亏咱这一片没小偷，要是有小偷啊，早把东西都给偷走了。"

王老五咧着嘴说："我，我哪敢睡着？就听见你喊了两声。"

"跟你闹着玩呢，你还真信了。哎，吃饭了吗？我给你留了三个灌汤包。"说着，王永发去拿包子，他吃的时候一直想着老五，担心他不舍得买饭，就将吃剩的包子挂在车把上了。

王老五接过包子，嘿嘿笑了笑，腼腆地说："你还想着我，我吃了。"

"你？吃饱了吗？准没吃饱！你可瞒不了我。这是晌午买的，公社饭店的，可香啦！你尝尝。"他朝老五挤了挤眼，示意他赶紧吃。

"永发呀，亏你小子想着老五，我都忘干净了。你说这事弄的，让老五等了大半天了。唉！老五，你可别怪我。"刘德江确实把这事疏忽了，王明月也在一边说着道歉的话。他们这么说，却让王老五忘掉了刚才等待时的心烦，他没跟刘德江打过交道，不好意思地说："我，我这人，平时也没什么用处，这回赶巧了，别的忙我也帮不上。要不是来卖筐子，也赶不上这事，还多亏来卖筐子。"

听老五这么说，刘德江更对他刮目相看。以前，他从没把老五放在眼里，平日见了连个招呼也没打过，都是一低头就过去了。他一直以为老五是个少言寡语且不懂世故的人，没想到他今天说得有板有眼。

王老五往车上搬东西，其他人见了，也都搭把手，很快就收拾完了。大家上了车，踏上回家的路。

王老五坐在车后边，不敢离他们太近，怕他们嫌自己脏。

一路上，也没人再开口说话，好像今天的话之前都说完了。

王明月跟刘德江都闭目养神，一会儿便睡着了，直到马车停下来，他们才被惊醒，匆忙下车。

刘德江拍着王永发的胳膊叮嘱道："放下车，叫上老五，咱爷仨喝两盅，我就不去叫你啦。"

"叔，算了吧。你和俺婶子都忙活一天了，赶紧回去歇歇吧。过两天，过两天，你没事了，我再去。"王永发笑着摆了摆手，跳上车走了。

刘德江扯着嗓子喊："你不来，我可上你家叫你去！别叫我跑了，听见没有？"

王永发回过头说："叫也不去，你就别跑啦！"

"你这孩子，非得叫我跑一趟。"刘德江嘟囔着，扭头回家了。

王明月紧跟在刘德江后头，这回，老头儿没再顾及她，头也不回地朝前走了。

张广凤刚要给孩子换尿布,听到公公咳嗽,慌忙站到墙角往外瞧。她不明白自己心里怎么扑腾扑腾的,看到小狗冲着公公摇头摆尾地献殷勤,又见公公背着手一个人开门,她猜婆婆准是跟人说话落在后头了。不过,她又起了猜疑:怎么什么都没买?不是说好了去买肉吗?不会是她闺女叫他俩改了主意?难道都叫大姐一个人买?不会吧……

正满腹狐疑,闺女的哭声叫醒了她,广凤急忙给孩子换上尿布,又抱起孩子给孩子喂奶,没一会儿,她听见婆婆进了院子。

每次主人回来,小狗都会拉着拴它的链子来来回回地走动,还不时地发出一种对主人才会发出的叫声,要么叫一两声,要么发出哼唧声。广凤对公婆的脚步声、习惯动作及小狗的反应都很熟悉。尤其是小狗,因其嗅觉灵敏,它的反应总是快些,能让她早点捕捉到一些信息。她抱着孩子瞧见婆婆也是两手空空。她的脑海里生出一些不对劲的想法:不会有什么事吧?怎么都空着手回来啦?她赶紧抱着孩子躺到炕上,想哄孩子快点睡觉,可孩子偏偏又哭上了。

王明月刚想回自己屋,听到孙女的哭声立马拐了弯,说着:"哎呀,怎么又哭了?我看看我的宝贝孙女。"

广凤本就没躺利索,急忙坐起来说:"妈,回来了。"

王明月看着孙女说:"嗯。别提了,忙活了一天,白忙了!什么事也没干,赶集都没赶成。"

广凤小心地问:"怎么了?"

"咳!上你大姐家去,正赶上小美发烧,烧得挺厉害,她村里的大夫看不了,叫人家永发拉着上了赵卫生院。我和你爸几个人都跟着去了,折腾了大半天工夫,等小美退了烧才回来。"说着,她坐到了炕边,拉起孙女的小手轻轻拽了拽,又说:"别说,一天不见,我就想这小妮子了。你哭什么?哭什么?是不是想奶奶啦?"接着,她用手指轻轻点了点孙女的小脸。孙女不哭了,一只眼睁开,另一只眼似睁非睁,仔细看才能看到眼皮之间有一条缝隙。

广凤笑着说:"妈,这小妮子还真知道是你,你一摸她就不哭了。"

王明月将嘴一撇,笑着说:"赶巧啦!她这么大,要是真知道我是她奶奶,还不成精啦?"不过,她知道儿媳有意跟她亲近,转而说道:"凤儿,你别说,俺孙女比你那几个姐姐强,我记得,你那几个姐姐小的时候,可没这么早就睁开眼。"

"那建国呢？"广凤瞥了一眼婆婆，故意问道。

"俺石头也比他几个姐姐强。"王明月对媳妇的问话不感兴趣，继续哄孙女。

广凤自然听出了端倪，笑笑说："妈，小美没事了吧？"

王明月这才抬头，对儿媳妇说："没事啦。刚才不是说了嘛，我和你爸爸幸亏上她家去了。你姐姐这个人，整天没心没肺的，不早点给孩子看看，差点给耽误了。"娘儿俩你一言我一语，继续说着。

"俺姐夫不是挺细心吗？"

"你姐夫进城开会了，没在家。"

"哦。"

"你姐姐这个人，不操心惯了，什么事都指望你姐夫。"

"俺姐姐挺细心的，人家这么多孩子都养大了，还不知道给孩子看病呀？"

"可别提她那两下子！我的闺女，我还不知道啊？都是她公公、婆婆的功劳。"王明月摆出一副生气的样子，装模作样地冲儿媳妇摆了摆手。

"反正俺姐姐也挺会照顾孩子的，我看俺姐姐还挺厉害呢。"

王明月听了儿媳的话自然高兴，却未表现在脸上，反而拉着脸说："你守着我故意夸你姐姐。"

"我说的是真的。不光我说，咱村里好多人都说，俺姐姐可厉害了。"

"你说的不假。你姐姐拉扯孩子，可没少操心。"

"可不是嘛，一个孩子一份心事。我弄这妮子才几天就觉出来了，幸亏什么事都是你帮我，要是我一个人，我可弄不了。"

"都一样，谁天生就会呀，不都是跟着学呀？我看你弄孩子，比我那时候可强多了！我生你大姐的时候，你奶奶正好生病，也没工夫管我；你爸爸更别提，他那时候还赌博，把咱家里几十亩地输得只剩下二亩……"说着说着，她想起了伤心事。

"啊？还有这事？我没听说过。"

"唉！家丑不能外扬。可谁知道后来的事呀，幸亏那时候你爸爸把地都输光了，要不，后来咱就被划成地主了！不是地主也是个富农，幸亏没地了，才划了个贫农。"

"哦，建国跟我说过，那个时候，俺爸爸卖地是为了给俺爷爷奶奶看病。"

"建国知道什么？！跟你爸爸赌的那几个人都死光了，外人知道的少，就是你娘家爹也不知道。我当时要是知道他有那个毛病，我也不会跟他。唉，这么多年了，不提了，不提了。好歹从那以后，你爸爸的脾气改了，也不再赌了，咱家才慢慢好起来。"

"哦。妈，你跑了快一天了，快回去歇歇吧。"广凤见婆婆眼里有泪，赶紧催着婆婆走。

"哦，时候不早了，我得做饭去。"王明月站起来，又瞧了瞧孙女，才回了自己屋。她累极了，真想倒在炕上美美地睡一觉，可现在，只能想想了。

喝完一碗凉开水，王明月想到闺女给的钱和票，赶忙从裤兜里掏出来，将钱和粮票分开，听见老头儿还在打呼噜，放心地数起来："一斤、两斤、一斤……"她一边数一边伸着手指头合计，总共数了五遍才数清，共有十七斤粮票。她又数钱："一块、一块、两块……"数了八遍才算过来，总共十六块零五毛。这时，她满脸的褶子堆得更加紧凑，小声地说："这一趟可没白去，这些钱、票，我不得攒两年呀。"她不眨眼地又盯了一会儿那些钱和票，将五张一元的钱挑出来与粮票放在一起；又把一张五元、一张两元和三张一元的单独放在一起；剩下的一元五角，她小心地压到椅子后面的一个罐子下面，然后低头瞧了瞧，确保不出破绽，这才放心。粮票和五元钱，她是准备给儿子买东西的；那十元钱，她准备等老头儿起来后再藏到炕下。炕下有一个筐子，里面装的是些破烂东西，主要是为了掩盖那个铁盒子。铁盒子是她妈留给她专门放钱的，她用一件破衣裳将铁盒子包了好几层，又盖上一些破衣裳。她每次拿那盒子都不容易，且都是趁老头儿不在家的时候，生怕那宝贝被发现了。

准备就绪，她刚想再端碗喝水，就听见小狗狂叫起来，她迅即将刚才分好的钱票揣进裤兜里，起身朝院子里张望。小狗不叫了，也没人进来，原来是过路人惹的，气得她骂了一句："这狗东西，吓了我一跳。"

这时候，刘德江已经醒了，他听到媳妇骂小狗，咳嗽了两声。他坐到椅子上，拿起烟袋，盯着老伴。

王明月端起碗喝水，趁机用碗遮着看了老头儿一眼，见老头儿正盯着自己。四目相对让她担心起来：刚才数数是不是让他听见了……

一朝被蛇咬，十年怕井绳。她是穷怕了，更怕老头儿知道有钱后再犯老毛病，尽管他早已弃恶从善多年，但仍不能消除烙在她心底的阴影。她笑了两声，把碗放下。他也跟着干笑了两声。各自心领神会，谁也没有挑明。

"大妮儿给你钱了？给得不少？"刘德江点上烟裹着。

王明月用手罩着嘴，轻声说："不算少。钱和粮票都有。我寻思，咱自己留下点，剩下的叫石头拿着，明天不是叫他买东西吗？"

刘德江看着媳妇，慢慢地说："粮票咱留着也没用，都给石头拿着吧，咱光留点钱就行。"

王明月干脆地说："嗯，我也这么想的。我数了数，一共十七斤粮票，十块钱，咱留下五块，给石头五块。"

刘德江一听，眼睛瞪大了，痛快地说："哦，可不少啊！按你说的，行。"

王明月关切地问："明天你不跟石头去赶集吗？"

刘德江吐了口烟雾，咳嗽了两声才说："我想去，前两天就打听，没有去的马车。"

王明月看老头儿这样就生气，可管不了他，说："叫他一个人去，我还是不大放心，别看他上班好几年了，可置办家里的东西，咱没让他干过。"

刘德江把烟灰倒干净后说："也没什么不放心的，不就是买点东西吗？这两年，我看这小子办事挺稳的。"

王明月这才消了气，和气地说："也是。往后，咱能不管的就不管了。"

刘德江哼了一声，戏谑道："我能不管。你，恐怕难啊！"

"我怎么就难啊？不信，咱走着瞧，看看谁说话不算数。"说完，王明月把碗里的水一口气喝干了。

刘德江脸上挂着笑，很认真地冲着媳妇说："好，好，走着瞧。要不，咱打个赌？"

王明月站起来，走到老头儿跟前，自信满满地说："打赌就打赌，有什么了不起的？你说吧，赌什么？"

"赌什么呢？我想想，哦，咱就赌吃馍馍，你要是输了，叫我连吃三天馍馍；我要是输了，你吃三天馍馍。行不行？"刘德江盯着媳妇，露出得意的笑容。

"行，行。这有什么大不了的。我看，你是想吃馍馍了，没那么容易！"说完，王明月笑着做饭去了。

"等等。"这一声，吓得王明月立刻转回头，问："怎么了？"

刘德江挠了挠脑门，笑着说："刚才不是说叫永发上咱家吃饭嘛，我去叫叫他？"

"哦，也是，咱光让让人家就没信儿了，传出去人家笑话，人家跑前跑后忙活了一天。行，你去叫吧，我炒两个菜。哎，你也去叫叫人家老五，看他来不来，我等你回来再做饭，要是做了，人家都不来，不白瞎了。"

"行，行。哎，我再叫上德成，俺兄弟俩都快一年没喝两盅啦。"刘德江乐呵呵地答应着，哼着小曲儿走了。

王明月望着老头儿出了门，算计着来回怎么也要几袋烟的工夫，就先数了六个鸡蛋放到一个小笸箩里，然后想着先躺下歇歇再说，结果她躺到炕上就睡着了。

第十二章

狗叫声把王明月惊醒，她不假思索地下了炕，慌忙出了里屋，瞧见刘德江已经领着王永发和王老五进了院子，她理了理头发，忙不迭地招呼道："来啦，快屋里坐，屋里坐。"

王永发和王老五跟王明月打了招呼，都在院子里坐下了。

刘德江用手比画着跟媳妇说："哎，我说，你赶紧忙你的。俺仨先坐下凉快凉快，等石头回来，俺几个喝两盅。"

王明月提着刚才准备好的鸡蛋去了灶房，尽管比平时做饭的时间稍晚了些，但这对她来说，根本算不了什么。今天没买肉，自然是吃不上荤菜了。刚才她就计划好了，打算凑四个菜：大葱炒鸡蛋，煮几个咸鸡蛋，凉拌黄瓜，炸香椿芽。她养了三只母鸡，每只鸡都是隔一天下一个蛋，她都积攒起来腌了咸鸡蛋，就是预备着家里有事的时候能派上用场。这几天，街坊四邻拿鸡蛋来的不少，鸡蛋多了，她依然跟往常一样算计着吃，毕竟接下来还有应酬，要给送东西的人准备红鸡蛋，要留出给儿媳吃到满月的鸡蛋。

刘德江跟王永发和王老五说话、抽烟、喝水，几个人聊得起劲。正在这时，小狗又蹦又跳地叫起来，原来是刘德成进了院子。

刘德江赶紧拿了酒盅、筷子，然后招呼道："来，咱先慢慢喝着。"

桌子上已经摆上了咸鸡蛋和炒鸡蛋。王永发站起来说："叔，别叫婶子忙了，我去跟俺婶子说。"

王老五也附和："是，是。"

刘德江拽住王永发，大声说："永发，你别管。坐下，坐下。听我的，你俩都别管，要不是你俩给忙活一天，这事还真难办！再说，要不是这个事，你俩也到不了俺家里。是不是，老五？"说到这儿，刘德江笑望着王老五。

"是，是。"王老五憨笑着应道。

王永发只好坐回原处。

四个人端起酒杯，彼此又客气了一番，这才开始喝酒。他们喝的是前进酒厂生产的瓶装老白干。

前进酒厂生产的酒，品种很少，多是价格低廉的大众消费品。酒厂的主打产品是两种瓶装酒和一种散装酒。瓶装酒一种是老白干，价格是每斤七毛五分钱，是勾兑的白酒；一种是大曲，价格是每斤一元五角，是纯粮食酒。每到过年或家里有事的时候，村民还是去酒厂买老白干，无论自己喝还是送人都很有面子。大曲则很少有人买，这一产品主要是供城里人消费的，农村人消费得很少，也有村民买了拿去送礼的。酒厂销量最多的还是勾兑的散装白酒，可是销量虽大，利润很少。一般散装白酒的销量是瓶装白酒的几十倍。散装白酒每斤五毛，一般三斤半地瓜干才能换上一斤酒，好多年了都是这个价。生产酒的原料主要以地瓜干为主，因为附近各个村子都种地瓜。每年秋季收获地瓜后，老百姓一般都将一些地瓜放进地窖储存，另外切一些地瓜留着做主食用。喜欢喝酒的人，还要拿出一些地瓜干去酒厂换酒喝。当地老百姓往往舍不得拿钱买酒喝，用粮食换酒喝就不心疼了。爱喝酒的人很少考虑粮食折价是否合理，也不会考虑粮食不够吃了怎么办，只图自己的嘴巴痛快，先喝够了再说。当然，酒厂是国营的，粮食折算价格一般按集上卖的价格，并不会让老百姓吃亏。

一会儿工夫，已凑齐了四个菜。王明月将最后炸好的香椿端上，客气地说："你看，家里也没什么好吃的。德成，俺自家兄弟，来的时候多，永发你兄弟俩可是轻易不来，本来想从集上买肉，谁知道出了这么个岔子，肉也没买成。我这手艺也不咋的，你俩就将就着吃吧。我看看再弄点别的去。"

说完，她又向灶房走。

"婶子，你回来！菜可不少了！你要再这么客气俺俩就走了。"说着，王永发将王明月拉回来。

平日里哪有吃菜的？四个菜看着简单，可对大家来说已经很奢侈，并不是王永发假客气。特别是王老五，他连咸菜都经常吃不上，更不要说是吃菜了，他也跟着连连说："是，是。可是不少啦，不少啦。"

王明月瞧了瞧老头儿，坚持说再去炒菜。刘德江朝她一摆手说："行，就按他俩说的吧，先弄这些，你赶紧做饭吧。"

她这才不再坚持，又说："石头快回来了，等石头回来，陪他叔和他两个哥哥喝两个。"

几个人高兴地连连点头。

王明月进了灶房，又想了想：要是吃馍馍太费了，人太多，这两个孩子正是能吃饭的时候，一个人俩馍馍恐怕也打不住。再说，也不能吃两样啊，放上窝窝头和馍馍，叫人家怎么吃，人家好意思吃？不行！干脆都陪人家吃面条吧。她去拿了两把面条。

刘德江见媳妇拿着面条，大声问："吃面条啊？"王明月下意识地"嗯"了一声，以为他不愿意呢，可接着又听他问："我知道德成吃什么都行。老五，你俩愿意吃面条吧？"

王永发接着回话："怎么不愿意？愿意，愿意。"

王老五先嘿嘿笑了两声，接着说："我吃什么都行，都行。"

王明月笑着说："那我可就做炝锅面啦？我先炝好锅，等你几个喝完了我再下面条。"

"行。"几个人都满心欢喜地答道。

院子里还很亮堂，可灶房里已经看不清了。王明月打开电灯，猛地想起还没给儿媳妇做饭，可巧这段时间正赶上孩子没有哭闹，少了一个人提醒她。她赶紧给儿媳做好了炝锅面，并在里面放了两个荷包蛋。她把面条盛到一个大碗里，又把两个荷包蛋放在面条上，给儿媳送去。

王老五丝毫没在意王明月的举动，他只顾自斟自饮了。

王永发看着王明月进了儿媳妇屋里，他并未说什么，暗想：人家广凤生了个闺女，可她婆婆还伺候得挺好，这广凤还挺有福呢。

小狗摇着尾巴冲大门外叫了两声，它的另一个主人回来了。刘建国推着自行车进了院子，见家里来人了，热情地给他们打了招呼，忙支好自行车，从车子后座上解下一个袋子。

王明月高兴地迎上前，轻声问："又买的什么呀？"

"面条。前两天你不是跟我说买面条，晌午吃完饭，我就上粮所买了十斤面条。"说着，建国将袋子打开。

王明月朝袋子里瞧了瞧，不高兴地说："怎么买这么多？夏天放不住，不招虫子吗？"

"咳，不等招虫子就吃完了。"建国笑着，将袋子提到他妈屋里。

王明月紧跟在儿子身后，上台阶时绊了一下，尽管双手快速支撑，但右膝盖还是磕在台阶上了，脱口一声："妈呀！"吓得几个人都朝她看去。

"你说你，慌得什么？叫石头放屋里不就行啦，没事找事。"刘德江一边埋怨一边过来扶媳妇，他知道媳妇嘴硬，可没等他到跟前，她已经起来了，还不住地说："没事，没事。"

建国屋里喊："妈，面条放哪儿？"

"你先等等！"王明月上台阶时膝盖疼得厉害，但不敢说。

王明月必须找个安全的地方，不然，面条准会被那些可恨的老鼠糟蹋了。她向房梁上看了一眼，说："还是把面条放篮子里，挂起来吧，在下边放着不保险，我见屋里又多了俩老鼠洞。"

房梁上挂着三个铁钩子，平时是用不着它们的，一般都是过年的时候才用。铁钩子挂得很高，不常用是一个原因，另一个原因是不碍事。

"篮子呢？这个篮子行吧？"建国拿的篮子是个荆条编的大篮子。

"这个不行。"说着，王明月进了里屋。墙角摞着十几个篮子，都是她跟刘德江几年前编下的，她拿了两个，把面条分别放到两个篮子里，叫儿子挂起来。建国挂第二个篮子时，她忽然想到还要留下两把，便伸手拿出两把，放到东墙角的长条桌上，又拿瓷盆盖上。

建国挂完后出去了。王明月又仔细瞧了瞧，觉得应该没事了，于是坐了下来，轻轻揉了揉刚才摔的地方，知道没有磕破，暗暗骂自己："脚下没根，真没用！"

建国坐下，拿起酒瓶说："我回来晚了，俺叔叔来的时候多，我先给两个大哥倒杯酒吧？"

王永发笑着说："建国，你来晚了，俺都喝了一瓶多了，你先自罚两杯吧?"

"哪能呢,我没记错的话,两个大哥是头一回上俺家来,我罚两杯才行,要不,你俩还不笑话我没大没小的?"说着,建国分别给王永发、王老五满上酒,又给他爸和刘德成的酒盅里倒了点。

刘德江替儿子说话:"这是石头的心意,你俩就别再推啦,都干了。"

王永发和王老五不再推辞,端起酒盅干了。建国接着给他们满上,客气道:"两杯酒,这是规矩,好事成双。"

王永发摆摆手,不在乎地说:"哪有这规矩?咱不兴这个,人家还都说一杯酒,一心一意呢。是不是,老五?"

王老五赶忙说:"是,是,一杯就行。"

建国晃了晃酒瓶子,又伸出手指测了测,瓶子里还剩二指高的酒,接着说:"咳,你们四个人还没喝完两瓶酒,我早就听说过永发哥的酒量,你喝一瓶,什么事都不耽误。"

"谁说的?没那回事!你哥我的酒量还真不行,半斤酒是个杠,多了,准叫你看热闹。"王永发摆着手,并不承认。

刘德江劝道:"永发,你兄弟也不叫你多喝,你就喝了吧。"王永发知道这是对他的敬意,欣然喝了。

王老五见王永发喝了,也跟着喝了。

一桌人又相互敬了一番后,刚开始的拘束就不复存在了。接着,为了气氛更活跃些,也是为了让客人多喝些酒以示诚意与敬意,建国提议开始划拳,谁输了谁喝。这样几圈下来,半瓶酒很快喝完了。

刘德成的酒量不行,划拳又总是输,他首先提出不玩了,并说自己已经喝多了。王永发也跟着说不喝了。建国看看他爸,见他正乐呵呵地看着王老五,于是他也看王老五,王老五已经闭着眼在喃喃自语。建国笑了笑,又提议猜火柴棒,一个人负责藏火柴,其他人猜,猜对了的喝酒。他的提议得到了大家的认可。这个游戏大家同时参与,热闹了许多,喝酒的速度也加快了许多,一会儿工夫,半瓶酒又没了。建国爷儿俩喝得少些;刘德成已经喝得不再说话,只是低头揉搓双手;王永发不停地说着客气话,边说边笑;王老五不停地说话,可没人听得清他说什么。

已经快九点了,王明月见他们还没有散的意思,不免心烦,皱着眉头在一边扇扇子。最后,她实在忍不住了,笑着说:"我看都喝得差不多了,别喝了，我去下面条，光喝酒不吃饭可不行。"

"妈，你先等等，我跟俺哥哥还没喝完呢。"建国朝他妈挤眉弄眼，王明月没有搭理他。

"婶子，你、你听我说，你、你下面条去，别听俺兄弟的。我喝多了，不怕你笑话。婶子，我喝、喝多了。"王永发边说边打嗝，已经开始啰唆。

王明月去下面条，很快就端上来了。

他们依然在为酒的事打嘴仗，好像说得都有理。尤其是王老五，更是打开了话匣子，尽管他的话别人都听不进去，但他执意表达自己的意见。

建国极力劝他们吃饭，还好，他们听了他的话，把面条吃完才走。

刘德江喝多了，刚才上茅房时就已经站不稳，他嘴里一直念叨："这俩人还想把我灌醉了，也不看看我是谁，我是谁？我可是经过大风大浪的。我、我年轻的时候比他俩能喝，这俩小子加起来也不是我的对手。还想灌倒我，哼，我再年轻两岁的话，也不会让他俩。还有石头这小子，他不让我喝，光害怕我喝多了，哼，对你老子还不放心。我、我还不放心你呢。"

"行，你厉害，你厉害，谁都不如你，行了吧？赶紧回屋睡觉去！"王明月已经收拾完桌子，想拉老头儿回屋去。

"你别管。等、等石头回来我还有事跟他说。"刘德江不肯回屋。

"你睡觉去，明天买东西的事我跟石头说还不行啊？你这个人，一辈子管不住你这张嘴，见酒就拔不动腿，比你爹妈都亲！狗改不了吃屎。怪不得一个劲地跟我说该谢谢人家永发和老五，你那算盘子早就打好了，是你想喝酒了！我要是知道你喝这么多，我才不听你的，还给你炒菜，炒屁！"她越说越生气，边说边朝老头儿指指点点，没想到老头儿跟她翻脸了。

刘德江腾地站起来，指着她说："你干什么？！还反了你了，我就是想喝酒了，怎么了？我都快死的人了，喝两盅酒还不行啊？我整天不是腿疼就是胳膊疼，浑身难受，你以为我是装的呀？我不敢说，怕你害怕啊。可你，你这个人得理不饶人，没完没了，你想气死我啊？嫌我死得慢啊？"

王明月已经许多年没见老头儿发这么大的火了，一时竟不敢反驳了。

建国回到院里，听到他爸的话，生气地说："这是怎么了，刚才不是还好好的，怎么转眼就干上了？都什么时候了，也不怕人家笑话，还让人睡觉吗？"他是借着酒劲，才敢说出这样的话，平时可没这胆量。

"你问问你妈！"刘德江气呼呼地坐下了。

"我说什么了？不就是听你说话像是喝多了，说了你两句嘛，谁知道你是装醉。"她知道自己话说多了，不该跟喝了酒的人提起那些陈年往事。

建国皱着眉说："行了，都别说了。我还以为是什么大事呢，不早了，都赶紧睡觉去，别弄得四邻不安，叫人家嚼舌头。"

"石头，我还有正事没跟你说。我和你妈赶集什么也没买，当时光顾着给小美看病了。"刘德江跟儿子说话的口气已与刚才截然不同。

建国催促道："爸，刚才你都说了，我知道了，明天我早点起，赶前进大集去，你别管了，睡觉吧。"

"那行，我不管，我不管，我睡觉去。都烦我，都看我不顺眼，看来，我就是个多余的。"刘德江顿时老泪纵横。

"爸，你喝碗水，喝碗水。我不是那个意思，你说吧，我听着呢。"建国倒上一杯水，递到老爸手上。

王明月拿了块手巾递给老头儿，可他没好气地把手巾扔到地上。她知道老头儿真生气了，不再说话。

"你小子长大了，我说过，往后家里的事我是撒手不管了，可有些事，该提醒你的，我还得提醒你。你呢，愿意听就听，不愿意听呢，就当我什么也没说。"刘德江说话不像喝醉了，就是坐得好像不稳，差点让他摔倒，王明月和建国赶紧扶住他。

"你，别管我。我用不着你管！"刘德江推了媳妇一把。

王明月气呼呼地说："石头，你都看见了吧？好心当了驴肝肺！我就不该管他，让他摔个底朝天。"

"滚一边去！你再叨叨我跟你没完！"刘德江说这话时底气并不足，他眯眼瞧媳妇的反应，可媳妇并没搭理他。

建国解释道："爸，我知道，你提醒我的事，我都记着呢。就是有的时候身不由己，你得随大流，要不，没法跟人家处。"

刘德江点头说："我知道，知道，在外边混，难啊！咱村里才多少人，又有几个见过世面的？再说，村里人都老实啊，没有那些心眼，可外边呢，什么人都有，你得防着点，老话说：小心驶得万年船啊！"

建国点头说："我知道这个理儿。"

"你爷爷奶奶都不到五十就没了。我都快七十了，也快到头了。都说人生七十古来稀，我呢，活得也差不多了，你跟你姐姐都过得不孬，我没什么牵挂了。"刘德江越发难过。

"爸，早点歇着吧，走，我扶你。"建国搀起老爸的胳膊，使劲拽他起来。

刘德江坐着不动，儿子拽他，他却往下坠。建国只好放手，坐在老爸身边。

"你爸没喝多，没喝多。我高兴啊，这回上你大姐家去，也没白忙活一天，你姐姐给了些钱和粮票，你妈都拿着呢。"

"哦，往后别要俺姐姐的钱了，她孩子多，又都大了，老大也该找媳妇了，不得给他盖房子啊。"

"是啊，我也是这么想的，咱过得也不算孬了。你爸我知足啊！就是这世道，咱也看不准，谁知道下一个倒霉的是谁？别的我不怕，就怕你在外边不小心，万一碰上个愣头青、不安好心的，给你扣上个帽子、找你茬儿，你又不知道防着人家，不就坏事啦？"

王明月越听越觉得离谱，插嘴道："你怎么就不盼个好呢？"

"一边去！你懂什么？你知道吗？这阵子外头闹得可紧，我听刘晴她公公说的，不懂，你就别瞎嚷嚷！"

"妈，俺爸说得对，往后，我更得小心。俺姐夫也提醒我，害人之心不可有，防人之心不可无。"

刘德江接着说："是啊，你姐夫这个人，办事特别稳，你得多跟他学学。"

"我一直跟他学，可怎么都赶不上。"

"你才多大，他多大了，再说，他还当过兵，那可不是白当的，见的世面就是多。"

"爸，我听你的。不忙的时候，我多找俺哥哥拉拉呱，多跟他学两招。时候不早了，你还是赶紧睡觉去，有事咱爷儿俩明天再商量。"

"不行，明天你得早点赶集去，不能耽误上班。我明天得在家里忙活忙活，还有不少事呢。"

"那我五点就出门，准耽误不了。哦，明天、后天我都歇班，我跟同事换了换班。"

"哦，那行。把钱和粮票都给石头。"刘德江看着媳妇，他的火气渐渐降下来，说话的声音也小了。

王明月二话没说，从裤兜里掏出来给了儿子。

"妈，你俩留着吧，我有。"建国轻声说道，他站起来，示意老妈收起来，又指了指自己屋里，言下之意是不让媳妇听到。

王明月硬塞到儿子手里，轻声说："拿着吧，俺俩拿着也花不着，东西都是你买。"

刘德江不再掺和，上茅房去了。

"那行，我拿着。"建国看了看手里的钱、票，将钱又塞回老妈手里，还特意拉了老妈一把。

王明月没再推让，她懂儿子的意思。

刘德江回来后还想坐下，建国赶忙挎起他的胳膊，将他搀扶回屋。安顿好了老爹，建国回到院里，看着老妈吃饱了才回屋睡觉。

刘德江向来是个少言寡语的人，但喝了酒却一反常态。他那话匣子打开，想关就难了。家里人都知道他这个毛病，只能顺着他说，不然，他就借着酒劲大发雷霆；也是这个原因，平时他都忍着少喝酒，以免弄得全家不得安宁。

王明月对老头儿的脾气一清二楚，但有时也管不住自己，总想说说她的看法，哪怕是弄个自讨没趣的结果也要说，否则她会生闷气。她不想跟老头儿在气势上争高低，即使不是她的错也能做到退一步，虽然她并不知道退一步海阔天空的道理。她能忍，忍到老头儿醒酒以后再跟他理论，那时便有了充足的理由，可以不依不饶地尽情唠叨一番，而老头儿只会裹着烟袋闷头抽烟。

第十三章

第二天，天刚蒙蒙亮，建国就骑着自行车出发了。

前进大集比玉林大集要大，他没少光顾，与以往不同的是，这次是他自己拿主意选"材料"。他大体做了个计划，决定先去肉市转转。

前进大集的规模虽大，但集市上的东西与其他地方差不多。他推着自行车走了一圈，先跟卖家相了相面，又相了相肉的颜色，转完后，他又掉头回去，跟一个看着顺眼的卖家搭讪："大哥，买块肉。"

那人和颜悦色地问："买多少啊？前腿、后腿、当腰，价不一样，你要哪儿啊？"

建国朝案板上看了又看，可看来看去都差不多，最后把目光停在一处说："哦，来五斤当腰吧。"

那人即刻将一块当腰肉拉到跟前，又笑着说："还是当腰实惠，吃着香。"

建国看着割下的肉，犹豫了一下，接着说："是啊，生孩子请客，炖菜还是五花肉香。哦，家里正好没油了，要不，再多割上五斤吧。"

卖肉的很快又割下一块，问道："哪个村的？几个孩子了？"

建国慢吞吞地回道："金鸡岭的。我刚当爸爸。不是都兴头一个孩子请客嘛，咱也不能破了规矩。"

卖肉的一边称重一边说："可不，该随的规矩就得随，要不，人家笑话。"

建国见称完了，问："一共多少钱？"

"我算算，十斤二两，八毛五一斤。"卖肉的边说边算账。

建国疑惑地问："不都是八毛钱一斤吗？"

卖肉的一听，自然有些不高兴，摆摆手，四下指了指说："兄弟，你满集上打听打听，要是从我这儿买贵了，我一分钱不要你的！兄弟，跟你说实话，我干这行才半年，也不是哪个集都来。我呢，有时候等于给亲戚四邻帮忙。我从小胆子大，敢杀猪宰羊，俺村里除了我，没干这个的。说实在的，这世道，咱也没别的门路养家，多少挣点吧，咱绝不干那坑人的事！兄弟，一共是八块六毛七，你是头一份，七分钱不要了。"说着，卖肉的用一根麻绳将肉捆好递给他。

建国付了钱，将肉放进篮子。

"兄弟，你是个好人，多子多福！"卖肉的朝建国抱拳感谢。

建国笑笑说："谢谢大哥！你忙着，多发财！"建国不敢再耽误时间，赶紧向菜市走了。

菜市的人更多，但菜的种类很少，他很快转完了，发现可买的菜就两样：小白菜和菠菜。这两样菜都能做大锅汤，他妈让他买小白菜，可他有自己的主意。他在两个老太太跟前停下，将车子放好，上前问了价格，也没还价，分别买了菠菜和小白菜。两个老太太热情地帮他放进篮子，又帮他捆扎好，还夸他："小伙子会买，眼光好。"

他骑上车子,高兴地往家赶,一路上唱起了《打虎上山》,可他没把词记清楚,唱着唱着变成了瞎哼哼。

他家在村子中央,家的右前方有一个大湾,他是在湾边长大的。因为湾里淹死过人,大人会警告孩子不要凑到湾边,并吓唬说:"里面有蛇、蛤蟆等吓人的东西。"多数孩子是害怕的,会听大人的话,但也有胆大逞强的,大人越不让去的地方,他越要去,建国就是其中一个。他小的时候,一到湾边就非要凑到跟前去,为这个,他姐姐打过他好几次。那个湾年头久了,不要说有吓人的东西,单是那淤泥,只要进去就很难逃脱。那淤泥到底有多深谁也没测过,大家猜着应该浅不了。如果掉进去,既不会游泳又没人搭救,很容易被淹死。

湾的东面是一条青石板路,这条路是整个村子最好走且最宽的路,南北向,将整个村子明确划分为东西两部分。金鸡岭村北高南低,因此,青石板路也是由南向北逐渐增高。村子里的路以南北路居多,东西方向有一条路与青石板路交叉,但不像青石板路那样开阔。其他小路又窄又弯,连接着家家户户。整个村子向外扩建时并无规划,每家每户都相连,虽紧凑却不像有规划的村子一样错落有致。

建国推着车子上坡,正低头使劲,忽然觉得轻快了,回头见是孟德明帮忙,忙客气地说:"哥,没事,你忙你的。"

孟德明比建国大十岁,是村书记的儿子。他个头比建国略高,长得五大三粗、浓眉大眼,脸上时常挂着笑,村里不少人都喜欢他。他笑着说:"顺道,碰巧了。建国,听说你当爸爸啦?买这么多东西,这是准备请客呀?"

建国喘着粗气说:"是啊,不是老规矩嘛,咱也不敢例外。"

孟德明接着说:"是啊,多少年了,都一样。我叫你姐姐给广凤送两个鸡蛋,她忙得还没去呢。"

"哥,别叫俺姐姐来了,都挺忙的。"建国到了家门口,狗叫声又响起了。他十分亲热地说:"哥,走,家里坐坐,喝碗水去。"

孟德明摆摆手说:"我还有事,不去了。"他快步离开了,走出去几步又回头说:"建国,什么时候请客呀?我叫你姐姐来帮忙。"

建国犹豫了一下,但还是说了:"哦,明天。哥,不用,都准备好了。"

"好,知道啦,那再说。"孟德明一摆手走了。

家门口的土坡有三米多高,坡度大,每次下大雨都会冲出一些泥坑,推车子还是挺费力气的，掌握不好还会往后退甚至连人带车一起歪倒，建国已经找人修过几次，可还是不平整。每次进门，他都是快速向前冲，觉得这样更省力气。进了院子，他把东西拿进屋里，跟爸妈报了总的花销。

刘德江递给儿子一碗水，又将手巾递到儿子手里。

王明月忙着收拾篮子里的东西，看着肉问："这是买了多少斤啊，我怎么看着不少啊？"

建国擦着汗说："哦，我寻思买五斤，怕不够，又多买了三斤，咱家不是没油了嘛。"

"怪不得看着不少呢。天太热，放不住啊，我先把肥的炼炼油，留下够明天用的就行。"说完，王明月提起肉往外走。

刘德江笑呵呵地说："你可别把肥的都炼成油啊。"

"这个还用你教我？"她给老头儿一个白眼，故作生气地说道。刘德江跟上说："太沉了，我给你拿。"她嘴角挂着笑，差点笑出声来。

"行了，点火吧。"王明月吩咐道。

"切完啦？"刘德江故意搭讪。

"快啦，先点着，我这就切完啦。"王明月回头望了老头儿一眼。

"哦。点着，先点着。"他抓起一大把柴火点着了，左手拉起风箱，右手往锅底添柴，忙活了起来。烧火这活儿虽简单，但他刚开始干的时候，没少被媳妇讥讽。现在好了，他已经掌握了其中的技巧，还能配合媳妇尽量干得完美些，至少在媳妇还没准备好的时候，他知道轻拉风箱、少放柴火；等媳妇准备好了，他就急拉风箱、多填柴火。

王明月将肥肉一捧一捧地放进锅里，拿起铲子不停地翻炒，肉香味扑鼻。

"真香啊！"刘德江深吸了一口气，闭上眼睛享受了几秒。

"真香啊，真香啊。"建国也进来了，他的双眼紧盯着锅里。

王明月用铲子翻炒着肥肉，锅底的油慢慢多起来，没多久，肥肉开始漂起来，油锅的温度将整个灶房的温度提高了好几度。王明月脸上的汗水不断，可她已经顾不得擦了，因为满手的猪油还没洗。虽然老头儿烧火的技术已经不错，可那柴火冒出的黑烟太多，她被熏得直掉眼泪，只好睁一只眼闭一只眼地看着锅里。为了多炼些油，她不停地翻着那些肥肉，尽量把胳膊伸长些，将身体向一边倾斜着，以免汗水滴进锅里。肥肉渐渐缩小，等到颜色都变为黄红色了，那些肥肉就成了油渣。她用笊篱将油渣捞出，放进准备好的瓷盆里。

建国被熏得睁不开眼，身上也冒了很多汗，可他不愿意出去，就等着油渣出锅呢。王明月刚把油渣倒进盆里，他迅疾抓起一块塞进嘴里。油渣太热，建国不停地发出吸溜声。

王明月腾出手，刚想拍儿子一巴掌，可看到巴掌上满是油，便止住了说："你这孩子，不知道热啊，真馋！跟你爹一样，你爹都馋得快流哈喇子了。"

"哎，有我什么事？我再馋也不至于那样，整天把我看成什么人了？再说我，我不给你干了……"说着，刘德江不再填柴火，坐着不动了。

"爸，你别当真，俺妈跟你闹着玩呢，来，给你一块吃。"建国拿起一块油渣塞到进老爸嘴里。

王明月捞着油渣说："行行，不说啦，不说啦！你这个人，我还看不准你？"

"你这个人，有完没完？"刘德江白了媳妇一眼，可她根本没看他。

建国看老爸真生气了，忙打圆场说："妈，我买的小白菜不少，你炼完油，咱用油渣炖个小白菜吧，我馋了，俺爸爸可没我馋。"说着，他拽了拽老妈的衣角。

"你馋了？你馋我也不给你炖。你爸爸不馋，等你爸爸馋了我再炖，反正这油渣多放几天也坏不了。"王明月看了看老头儿，见他正乐呵呵地看她，不太满意地撇了撇嘴。

建国看到两个老人逗乐，又抓了几块油渣塞进嘴里，匆忙走开了。

"看什么看？都什么时候了？赶紧帮我择小白菜去，要不，我还真不炖了。"王明月见老头儿还傻愣愣地看，故意把手里的笊篱来回晃了晃，既让油淋得更快些，也馋一馋老头儿。

刘德江闻香味还没闻够，嘴里的口水也偷偷咽了好多次，他暗自嘲笑自己，也有抓一把油渣塞进嘴里的冲动，可还是忍住了。他不像儿子那样洒脱，所以一直在品那块油渣的味道，听到媳妇的话，他如梦方醒，咽下几乎化了的油渣，赶紧择小白菜去了。

建国买的小白菜又翠绿又干净，叶子大、帮子小，虽然叶子上有虫子咬过的洞，白菜里面也藏着大青虫子，但都是常见的，没什么大惊小怪的。刘德江把叶子掰开放进盆里，有没有虫子他才不管，要紧的是赶紧择完、快点下锅，他的肚子已经咕咕叫了。

王明月端着油渣回到屋里时，刘德江已经把白菜择好。

"你先把白菜泡上，我喝口水去。"她太累了，很想坐下来歇会儿。

刘德江去了灶房，主动把白菜洗了。

王明月看见菜板上的小白菜，问道："你洗得干净不干净？"

刘德江已经坐好，准备点火，听了媳妇的话，自然不高兴，生气地说："怎么不干净？我洗了三遍，不放心，你再洗两遍！"

王明月开始切菜，并未理会老头儿，猛地说："快去给我拔棵葱，忙得我都忘了。"

"你整天忘，记着的时候不多。"说着，刘德江赶紧到院里拔了棵葱回来，问："点火行了吧？"

"行，行，赶紧点着。"王明月已经将白菜切完，转身拿起勺子，将切好的葱花放进勺子，接着催促道："赶紧填柴火呀？怎么油还不热？"

"没看见正填吗？整天跟催命一样，早干什么了？"刘德江填了柴火后，看了看媳妇，见她正盯着锅里，无奈地摇了摇头。

王明月将葱花放进锅里，葱香味腾地升起。

"真香啊！"刘德江抬了抬屁股，口水泛滥，他咽下口水的同时，饥饿感越发涌来。他不停地拉风箱、填柴火，盯着锅底，不时拿木棍翻着柴火，那滴到眼里的汗水淹得眼睛也睁不开了，便揪起衣角擦了擦。

王明月不停地翻炒着白菜，炒了一会儿才拿起酱油瓶子，小心地把酱油倒进锅里继续翻炒。然后，她舀了三瓢水倒进锅里，这才把油渣放进去。油渣放进锅里后与白菜一起漂着。她拿锅盖盖上，说："别管了，我烧吧。"

"我烧，我烧。你歇歇。"刘德江拿着烧火棍摆了几下。

"行，你愿意烧就烧吧，我歇歇去。"王明月走出灶房，大约歇了几袋烟的工夫，又回到灶房，"别烧了，我看差不多了。"她掀起锅盖瞧了瞧，又说："熟了，别烧啦。"

刘德江凑到媳妇身后，踮脚向锅里瞧。

王明月朝后摆着手说："一边去，不知道碍事呀？"

刘德江赶紧躲到一边，接着说："我拿碗去。"

"回来！没看见我拿的盆子啊？别瞎操心了。"说着，王明月往盆里盛菜。刘德江乖乖地站在一边，等媳妇盛完才端着盆子走了。

又过了一个多小时，王明月才把一家人的饭准备好。这回她奢侈了一把，多熬了些小米饭，不会让老头儿再眼巴巴地求着多喝一口了。她先给儿媳妇盛了一碗，又拿了一个馍馍，刚想给儿媳妇送去，忽然想起儿子在家，便扯开嗓子喊："石头，石头！你过来！"

建国听见老妈喊，急忙跑来，接过碗和馍馍，给媳妇送下后又去盛菜。

此时，刘德江瞧着儿子，笑着说："多盛点，咱家多少天没吃荤菜了。"

建国笑着，盛了半碗，回自己屋去了。

王明月端着饭，见儿子没理自己，顿时心生不满，气呼呼地站在院里，直到儿子接过碗去，脸上的阴云依然未散。

建国并没注意到老妈的脸色变化，端起碗就走了。

王明月放下干粮进了里屋。

"妈，吃饭呀，你又干什么去？"建国拿着窝窝头吃起来。

王明月没搭理儿子。

刘德江纳闷："这人怎么了？刚才还好好的。"他进里屋瞧了瞧，见媳妇已经躺下，笑着说："这是怎么了？谁惹着你了？起来吃饭，吃完饭再睡。"

"谁也没惹我。你吃你的。我不饿，困了，先睡觉。"王明月翻了个身，面朝墙壁，不再搭理老头儿。刘德江听出媳妇生气了，半开玩笑地说："这人，风一阵雨一阵的，又发哪门子邪？"说完，便出去了。他拿起窝头，刚要吃，忽然茅塞顿开，冲儿子笑笑，指了指里屋。

建国明白老爸的意思，走进里屋，笑着喊："妈，妈！起来吃饭，是不是又生我气了？你看你，跟你说过多少回了，别给自己找气生，也不知道你哪来的气，有什么大不了的事？妈，你起来抽我两巴掌，要是不解恨，你再踹我两脚，还不行的话，我拿鞭子去……"

没等儿子说完，王明月就起来了，佯装生气，说："滚一边去，别贫嘴了。"

建国笑着出来。

王明月坐好，拿起一个窝窝头。

建国把窝头要过来，拿起两个馍馍，分别塞到爸妈手里，正儿八经地说："咱说好了，往后，你俩别再光叫我吃好的，要吃就都吃一样的，要不，我连吃都不吃，还整天把我当三岁孩子，你俩知道外人都笑话我吧？人家都笑话我不懂事！光知道自己吃好的，不管你俩。我也当爹了，往后，我还等着俺闺女孝顺我呢。"

"行，行。知道啦，知道啦。"刘德江乐呵呵地说道。王明月虽未说话，但脸上的阴云已散，一连咬了两口馍馍，嘴里塞得满满的。一家人总算开开心心地把饭吃完了。

建国打了几个饱嗝，揪起衣襟抹了抹脸上的汗，对老爸说："我先睡一觉，起来再说。"刘德江点头说："哦，我也得睡一觉，起来再说。"

王明月忙着收拾桌子，插嘴道："你先把你媳妇吃饭的碗给我拿出来，叫你妈少跑一趟。"

建国望着老妈笑了笑，略微迟疑了一会儿，点点头出去了，拿了碗筷放到灶台后，转身回屋里了。

王明月看着儿子的背影，小声埋怨道："这小子，跑得比兔子还快，也不知道帮你妈干点活，连句话也没有，光叫我生气。"虽嘴上埋怨，可她绝不会让儿子干这种活儿的。收拾完灶房，回到自己屋里，她想到炕上眯一会儿，又想起那些肉还没放好。

苍蝇不时地飞来飞去，盖肉盆的筛子上已经趴了一层苍蝇。王明月走到东墙角的长条桌旁，抬手朝筛子上摆了摆，苍蝇大部分都四散逃了，也有几只苍蝇似乎被黏住了一样，仍趴在筛子上一动不动，她掀起筛子抖了抖，那几只苍蝇才逃走。尽管肉上已经抹过一层盐，但为了万无一失，她又去抓了一把盐，将盐仔细涂抹在肉的表层。即使这样，她仍不放心，想来想去，只有把肉放进地窖才放心。于是，她拿起早上放肉的篮子，可觉得太大了，又去过道里找了个小点的篮子，把几张包挂面的纸铺在篮子里。那纸是她精心收藏的，每次吃完一把挂面，她都把包挂面的纸用剪刀剪开，一张一张放在抽屉里，为的就是哪天能派上用场。一切准备就绪，她挎着篮子走到里屋门口，先拍了拍墙，然后悄声说："哎，先别睡了，起来给我干个活儿。"

刘德江刚要睡着，没好气地说："什么活儿？睡觉起来再干。"

王明月可不吃他这一套，坚持说："不行，等你起来就晚了，快把那些肉放起来，要不都招绿豆蝇啦，明天准臭了。我要是不晕，还用你？"她说得不假，以前她放过两次，结果东西掉进地窖底层不说，自己还差点跟着下去，打那以后她才不敢干这种活儿了。

地窖很深，分了两层，一般只用第一层放东西。第一层离地面三米多，有南北各一个宽一米多的洞。刘德江自记事起就没下过第二层，他爹曾告诫过他："别到最底下去，下边多少年都没人下去过。"他曾问过他爹："为什么要挖两层？为什么没人下去？"他爹也没讲出个所以然来，反正就是一句话:"千万别下去。"他本来胆子就不大,更不敢造次了。

刘德江知道媳妇说的是正事,如果肉臭了,明天会叫人笑话,虽然有点昏昏沉沉的,但还是起来了。他把石板掀开,下面上来一股凉气。

王明月指着地窖口说:"你先把馍馍拿上来,看看没事吧?"

"看什么看?才两天,坏不了,下边凉快。明天早晨我早点拿出来。"说着,刘德江去过道里找了一根带铁钩的绳子,将篮子钩住后放进地窖,一边放一边往下瞧,生怕碰到放馍馍的篮子。放好后,他又去睡觉了。

又到该去洗衣裳的时候了,王明月瞧瞧里屋,轻轻叹了口气。明天都要穿得干干净净的,可不能糊弄,这是她妈传下来的规矩。另外,孙女的尿布也必须洗出来,明天人多,不能让孙女缺了尿布,不然,她认为自己这个奶奶不称职,更怕被人说闲话。

第十四章

王明月挎着篮子走到堤坝上,朝自己常坐的地方瞭望,发现有人竟抢先占了那个位子,她皱着眉想:谁比我还勤快?这人也真是,这么多地方,你怎么就相中那块地了?她继续朝前走,那个人影渐渐清晰,原来是她的亲家婆。

"凤儿她妈,我从远处就看,谁这么勤快呀,是你呀。你没歇歇呀?"她边喊边走着。

胡文华听见喊声忙抬起头来,一看是王明月,她慢慢地站起来,笑着说:"嫂子,是你呀。你怎么也来这么早?正热的时候,你也不歇歇吗?"说话的工夫,王明月已经站到她旁边。

"你坐下,坐下。"王明月打着招呼,选了块石头坐下。

胡文华的腰仍未好,她不想让王明月知道自己摔倒的事,因此紧咬牙关,双手撑着石头,动作极其缓慢地坐下了。其实,她的一举一动早被王明月看在眼里。

"你这是怎么了，我看着你不利索啊？"

"没怎么，就是腰疼的老毛病又犯了。"

王明月将信将疑，表达这几天的怨气："哦，我说呢，咱离得这么近，你怎么也不去看看你闺女呀？我还寻思，你可真够放心的！"

"唉！叫你受累了，嫂子。我打算得好好的，寻思俺凤儿坐月子的时候，能给孩子伺候两天，没想到这一阵自己都顾不了了，要不是明天没衣裳穿，怕给你家丢人，我也不来。"她唉声叹气地说着，眼泪几乎掉出来了。

王明月一边听一边察言观色，见她那样子不像是装出来的，赶紧说："你腰疼得厉害，怎么不叫你儿媳妇给你洗，该叫她干的时候就得叫她干，别自己硬撑。这个腰呀，要是犯了，我知道，没个十天半月的，好不了！唉，自己受罪呀！"

胡文华对王明月的话有些不满，不舒服的同时还生出一股子气来。她拿起棒槌使劲敲打着衣裳，不想再跟她说什么。

"我说，你别干了，来，你歇歇，我给你洗吧。"说着，王明月站起来并小心翼翼地向胡文华那边挪动。

"嫂子，你可别过来，我没事，真没事！"胡文华不停地摆手，"嫂子，我跟你说，你过来我也不让你替我干，我可不是跟你闹着玩。"她紧皱着眉，脸色凝重，说着，又把手扶在石头上，像是要站起来。

王明月一看，止住了脚步，急急地说："行，行。你可别动了！我洗我的，你洗你的，咱谁也不管谁。"她暗想：不叫我干，正好！可不是我不给你干，我可是让你了。谁知，她刚走出两步，脚下一滑，竟向前趴去。她本能地将双手伸向河里，幸亏她反应还算机敏，总算撑住了，虚惊一场。她暗骂自己："逞什么能？要是趴进河里，那不是叫人看笑话吗？"

胡文华见状慌忙站起来。王明月看到她站起来了，接着站起来说："我没事，没事。"然后小心地坐回原地，见胡文华还站着，她笑笑说："你看，我这个人干活不利索，还说帮你干，这不，差一点闹笑话。你快坐下，咱俩，还是自己管自己吧。"

"嫂子，你年纪大了，可得小心！这阵子，你受累了，你没事吧？"胡文华看王明月坐好了，自己坐下时，却皱起了眉头。

王明月轻松地说："咳，累倒是累不着我。我看你起来坐下真费劲，想帮你一把。"两个人一边洗衣一边闲聊起来。

"别看咱离得这么近,整天各忙各的,也轻易碰不见。我那天上俺大闺女家去了一趟,头一天石头上你家去的时候,也没寻思起来,要不,就叫你去给你闺女做饭了。"

"哦,建国去的时候我早就睡觉了,那几天疼得我不能动弹,吓得我不轻,我以为肋条骨断了,要不不会这么疼。好歹过了几天能动弹了,一天比一天好,我才放心了。"

"哎哟,怎么弄得这么厉害呀?你没找大夫看看?"

"唉,我给俺老二家干了点活,摔倒了,一开始以为没事,谁寻思这么厉害。"

"别看你比我小几岁,可你个子高、身子沉,摔一下就不轻快。"

"我整天也不吃好东西,怎么就瘦不了呢?我这个人吃干粮不多,能喝,一顿三大碗,少喝一口都不行。"

"我看,就是每个人的身子骨不一样。我吃得比你多,喝得也不少,你看,皮包骨头。不知道的还以为咱吃不饱,饿的呢。"

两个人都开心地笑起来。胡文华洗的衣服少,慢慢揉搓着。王明月洗的东西多,她不停地洗了一件又一件。

"嫂子,明天都准备好了?"

"哦,都准备好了。也没什么好准备的,有肉,炖个大锅汤就行,馍馍早就蒸好了,面条管够。"

"这比起以前算好了。我生大勇的时候,俺婆婆家不行,我就吃了仨鸡蛋。请客的时候,就一人一碗面条,这还是硬撑。嫂子,你家那时候比俺家好,应该吃的比俺好?"

"好什么呀,咳,别提那些陈芝麻烂谷子的事,提起来我就生气!有是有,人家舍不得给你吃,还不如没有,要是没有的话还不生气。俺那个婆婆可抠门,生了仨闺女,我就吃了仨鸡蛋,一个闺女一个鸡蛋。你是外村的,不知道,俺那公公好赌,俺婆婆也管不了他。俺家有一阵过不下去了,我还领着三个闺女要了半年饭。"王明月使劲敲打了几下衣服,嗓门也提高了许多。

胡文华知道说得不妥,想着把话岔开,可一时又想不起说什么好,便随口说道:"这两天真热,热得睡不着觉。这老天爷怎么了,也不说下场雨,下场雨也能凉快凉快。"

"可不,我也热得睡不着。上河里来,正好凉快凉快。"王明月看着手里的衣服，并未抬头。胡文华暗暗瞧着她，也不想说什么了。

流水的哗哗声、鹅与鸭子的叫声萦绕在她们耳边，可她们对这些声音过于熟悉，心情好的时候听着清脆悦耳，心情不好时，这声音就是难忍的噪音。就在这会儿，有一只鸭子叫得特别欢，王明月已经瞥了它好几眼，见那家伙一会儿在水里拍打水面，一会儿又嘎嘎叫着追赶另一只鸭子。忽然，她摸起一块鹅卵石，使劲朝那鸭子扔去，并大声说："叫什么叫？烦人！大晌午的，也不叫人清静清静。"她把鸭子吓跑了，转而冲胡文华笑着说："你不能动的时候，吃饭怎么吃呀，俩媳妇轮流给你做？"

胡文华叹口气说："是，没法子呀。不能给人家干活，还光给人家添活，气得我，恨不得扇自己两巴掌。"

"你怎么这么想，谁愿意找罪受？"王明月停下手里的活儿，眼神里透着一股蔑视。她无法理解胡文华的想法，更看不惯她这种谦卑的态度。

胡文华又叹气说："嫂子，人和人不一样啊，你没经受过，不知道这滋味。"

王明月放下手里的衣服，同情地说："不用你说，我明白了，准是儿媳妇的事！你那俩儿媳妇不是都挺好的吗？我听你闺女说，她两个嫂子都不孬。"

胡文华极无奈地说："是，都不孬，都挺好的。也许是咱事多……不说了，嫂子，我洗完了，我得先走了，坐的时候多了，我这腰受不了。"

王明月顺着说："那你先走吧，我也快洗完了。"

胡文华眼里噙着泪，低头挽了挽裤腿，洗了洗脚，这才把泪水硬塞回去。

王明月早看出亲家婆说的并不是真心话，知道各家有各家的难处，个人有个人的性子，婆媳之间的争吵，哪家都有，只是有的顾及面子不说而已，她客气道："你可慢着点，明天早点看你闺女去！"

"行，我早点去。"胡文华挎着篮子走了。

王明月目送她远去，想到自己跟儿媳妇处得还算不错，有些得意地想：还不如我呢。快速洗完剩下的衣服，她又向远处望了望，撩起河水理了理凌乱的头发，然后起身回家。

第十五章

胡文华自摔倒后，一直都是二儿媳来给她做饭。她家的院子很小，两间北屋，两间南屋，都是土坯房子。院子的东南角有一个鸡窝，她养了三只母鸡。

回到家，她已经累得浑身是汗，先到屋里坐下来歇了歇，擦了擦脸上的汗，又端起碗喝了两口凉开水。听说多出汗能好得快些，她就经常创造一些出汗的条件，晚上睡觉时把整个腰裹得严严实实，早上起来，再热也要穿两件褂子。她是个爱干净的人，夏天的衣服尽可能坚持每天都换洗，可衣服太少，阴雨天洗了当天干不了，就只能将就着穿了。

她有三个孙子，平日里都跟着她吃饭，每天忙得昏天黑地的。她摔倒后，三个孙子都来看过她了。大孙子已经懂事，在她不能动的那几天，每天都会来问："奶奶，你还疼吗？怎么还不好啊，我给你揉揉吧？"就这几句话，她第一次听到时，眼泪顺着耳根子淌了下来，见谁给谁夸耀一番。

歇了大约一袋烟的工夫，她咬牙起来，晒上衣服，特别仔细地整理了那件蓝色的的确良短褂，虽然已经洗得泛白，但这是最好的一件，也是她最喜欢穿的，每次有重要的事都穿它，因为嫌二儿媳妇干活毛手毛脚，才自己去洗的。

回到屋里，她仍想着去闺女家的事，准备再叮嘱叮嘱两个儿媳妇，便向两个儿子家走去。

儿子住的地方是她老头儿张立民早先买的他大哥的一个院子，为了这个院子，他没少费周折。他大哥没孩子，曾经想过继他的二儿子，可胡文华坚决不同意，张立民也舍不得将儿子推出家门，毕竟自己有手艺，能养活孩子。他常去照顾大哥，时间一长，他大哥打消了之前因过继孩子产生的怨气，后来，他大哥又主动提出把院卖给他。他打听好了价格，给了大哥两百块钱。其实那院就两间破草房，还有半间没顶的茅房，整个院子连个栅栏都没有，最多值一百五十块钱。他买下院子没半年，大哥就死了。为这事，他的两个弟弟怨恨他，说他一人独吞了本该平分的财产。他忍气吞声，没跟他们计较，可媳妇却跟他们吵了一架，当时闹得动静挺大，都打到大队去了，由大队的领导帮着调解才平息了。

其实，张立民给大哥钱的时候，就多了一个心眼，找了邻居王敬先给当证人，还写好了收钱的条子，叫他大哥在条子上按了手印。拿着那些证据送到大队的时候，他的两个弟弟又说他鬼心眼多。可是，他们在铁证面前也无话可说，只好作罢。

后来，张立民修了院子，分三次才把整个院子修完。第一次，他只盖了两间房，把大儿媳妇娶了进来；第二次，又盖了两间房，把二儿媳妇娶了进来；第三次，分家时，他从中间砌了一道墙，把周围的院墙砌起来，又给每个院子盖上新茅房。分家时，两个儿子的院子独门独院，两个儿媳妇都很满意。

刚走出胡同口，碰见了大孙子，胡文华跟孙子说："大勇，奶奶上你家去，你妈在家吗？"大勇答道："俺妈上俺姥娘家去啦。"

"啊？什么时候去的？"

"早晨领着小勇去的。"

"你怎么没去？"

"俺妈不叫我去。"

"为什么不叫你去？"

"俺爸爸跟俺妈打仗来，俺妈说……"

胡文华瞧孙子不敢说，四下望了望，悄悄地说："大勇，走，到家说去。"大勇跟着奶奶回到家里。

"你妈说什么？给奶奶说说，别怕。"

"说你，说你摔着是给俺婶子干活了，叫俺婶子管你。"

"那你爸爸说什么了？"

"俺爸爸叫俺妈来给你做饭，俺妈不来，俺爸爸踢了俺妈一脚，他俩就打起来了，把小勇吓哭了。"

大勇只穿了件小裤衩，还跑得满头是汗。胡文华拿起毛巾给孙子擦了擦汗，端起碗给孙子喝水，又问："你怎么不早来叫奶奶啊？"

"俺爸爸不叫我来，他睡觉了，我就来了。"大勇咕咚咕咚喝完碗里的水。

胡文华听明白了，大儿媳妇知道她是怎么摔倒的，觉着照顾她委屈。她生气，可不能跟孙子说，左思右想，也不能全怪大儿媳妇，还是找儿子说道说道，便对孙子说："大勇啊，走，咱找你爸爸去。"

胡文华走在前面，忽然感觉不到腰疼了。

大勇缩手缩脚跟在奶奶后边，他怕回家后爸爸骂他。

"大良，大良，你起来！"胡文华迈进屋里就喊上了。

张广良睡得正香，被他妈一喊，惊醒了，从炕上下来，没精打采地坐到一边。

胡文华见屋里乱七八糟，气不打一处来："怎么了？我跟你说过吧？我的事不用你管，你没长耳朵啊？你就不长点记性呀！打吧，打吧，使劲打！咱都别过了！我看，我没病也叫你气出病来！"她指着儿子，气得唾沫飞溅。

张广良一声不吭，也不想辩解什么。

"你说话呀！整天跟个闷驴一样，你不上班了？你媳妇呢？你不知道明天得叫她上你妹妹家去啊？"胡文华的嗓门越来越大，越说越生气。

张广良一连打了几个哈欠，满不在乎地说："行，都怨我。我不该早晨起来就跟她吵吵。她上她妈家去了，去吧，反正这回我不去叫她。明天你跟广凤说，就说她发烧了，不让她去。少她一个不懂事的，更好！"

胡文华使劲拍着巴掌说："你说得轻巧！你跟她打仗，人家外人就没听见？她领着小勇走的时候人家没看见？"

张广良个子不高，刚刚一米七，面颊黑瘦，眼睛大却没精神，不管老妈说什么，他都认。他双手捂着头，皱着眉，暗骂媳妇："不知好歹的玩意儿，早就该滚！还想叫我去请你，门儿都没有！孩子小没法子，孩子都大了，还要小孩子脾气，还不知道正儿八经过日子。行，你等着吧，这回，我要是再低三下四地去叫你，我就不姓张了……"

胡文华见儿子耷拉着脑袋，知道他心里也不好受。她心疼儿子，坐到椅子上，不再埋怨了。

大勇躲到奶奶身边站着，揪着奶奶的衣襟，瞧一眼奶奶，再望望爸爸，不敢出声。

张广良闷坐着，自己虽打定了主意，可他知道老妈的脾气，要是没有充分的理由，准会逼着他叫媳妇回来。为改变老妈明天的安排，他想着各种对策,听着外面传来的狗叫声、知了声、树叶的哗哗声,越发心烦意乱。

"奶奶。"大勇轻轻拽了拽奶奶的衣襟,从嘴里硬生生挤出两个字。

胡文华和儿子的目光都转到孩子身上。

大勇见爸爸看他,立刻把头低下了。

一年多了,张广良的脾气越来越不好,经常跟媳妇吵架,刚开始只是骂媳妇几句,后来就动手打了,孩子们都怕他。大勇已经懂事,知道吃亏的总是妈妈,所以他们打架的时候,大勇都拽着妈妈哭,可他的举动非但不能让他妈"沾光",却成了他妈的"绊脚石"。后来,他渐渐成了妈妈的出气筒,隔三岔五遭到妈妈打骂。

"大勇,过来。"张广良招呼儿子。

大勇见爸爸叫他,可怜巴巴地看看奶奶,松开奶奶的衣襟,慢慢挪向爸爸身边。

"明天你跟奶奶上你二姑家去,你二姑家有好吃的。"张广良有了笑模样。

大勇高兴地点头,在距离爸爸两三步远的地方停下来,又回头看看奶奶,见奶奶露出笑脸,才走到爸爸跟前,一动不动地低头站好。

张广良苦笑着,伸手要拉儿子,儿子怯懦地后退一步,他只好说:"来,你害怕什么?我是你爹。"

"你还说,你这当爹的,好啊!孩子为什么怕你?你也不想想。人家都是越大越稳,你倒好,正相反,越大越不叫人省心!"胡文华大声地叹了口气,"你不用说,我准叫俺孙子去,这个不用你操心。"

张广良把儿子拽过来搂在怀里,笑着说:"你二姑问你妈的时候,你就说你姥娘生病了,你妈看你姥娘去了,别跟你二姑说俺俩打仗的事,知道吧?"大勇看着爸爸,点了点头。

胡文华指着儿子说:"你别教你儿说瞎话!哪有你这么当爹的?"

张广良按捺不住了,不耐烦地说:"妈,我说的不对呀?他妈没事上他姥娘家去干吗?他姥娘不是整天捎信儿说她有病吗?你不是也整天说大勇他妈事多吗?"

胡文华本想找儿子的错,没想到他的话像是在怨她,仔细斟酌了一番,她辩解道:"你在这儿等着你妈呢?闹了半天都是你妈的错。好,好!这回你妈算是明白了,你两口子打仗都是你妈的事,你妈才是多余的!"胡文华的眼泪瞬间喷涌而出,一边哭一边拉着长声说:"我怎么就是不长记性啊,还总觉着自己做事挺周到,对孩子一百个真心,从来没坏心!怎么就落下埋怨了?你妈想不通啊……我这人话多,有些话真不该说啊!这不成了挑家不和了吗?我这张嘴啊,真该抽啊!"她果真举起巴掌扇在自己脸上。

张广良推开儿子,走到老妈跟前,指着自己的脸说:"妈,你还不如直接扇我耳刮子!你说你都多大年纪了,怎么还跟小孩一样?我就说了两句你说过的话,不就是开个玩笑吗?你还当真了!"说完,他狠狠地抽了自己一个耳刮子。

胡文华一看,是自己多心了,赶忙收敛了,揪起衣襟抹了把眼泪,随即叹了口气,接着劝儿子:"你,不怨你妈就行。你妈没别的想法,就是有时候说话说不到正当处,你怎么还跟你妈算得这么清啊?"

大勇拉着奶奶的胳膊不停地摇着,他无助地看看爸爸,又看看奶奶,眼泪汪汪的不知如何是好。

胡文华将孙子拽到怀里,摸着孙子的头说:"把俺孩子吓着了,来,别怕,都怨奶奶,不怨你爸爸。"

张广良了解老妈的脾气,不达目的她不会罢休的。他对老妈的一些做法的确生气,可基本的规矩不能逾越。

沉默了一会儿,胡文华对孙子说:"大勇,跟你爸爸上你姥娘家去,把你妈叫回来。你妈要是不回来,你就哭,使劲哭,知道吧?看你妈回来不回来!"

大勇已经多次接受这样的任务,每次都完成得很好,他盼着妈妈能早点回家,乐于干这样的活儿。这次也一样,尽管泪珠还在眼里打转,但他的烦恼已经去了一大半,坚定地点了点头。

张广良看着老妈,气呼呼地说:"我不去,要去你去,你跟大勇去吧。"

"你还说你妈耍小孩子脾气,你这不是耍小孩子脾气啊?"说着,胡文华又推了推孙子,"大勇,你说,你愿意去吧?"

"愿意!"大勇朝着爸爸走去,怯生生地喊,"爸爸。"

张广良瞪着眼举着巴掌说:"一边去!离我远点,要不,我真揍你。"

大勇吓得止住了脚步,回头看着奶奶,不知该怎么办了。

"大良,我可跟你说好了,这回是你妹妹头一胎,你就俩妹妹,广玉生孩子的时候,正赶上你媳妇快生小勇了,这回广凤生孩子,你媳妇可没事了,老二他媳妇,你又不是不知道,干点什么我都不放心。这回要不是她愚,我能摔着吗?也不怨你媳妇埋怨,你看我这样的,我是不想上广凤家去了，怕人家笑话。我寻思叫你媳妇和老二家去。咱家一大家子人，光打发老二家去，也不是个事啊，人家不笑话吗？"

张广良不满地问："不是还有俺婶子和她儿媳妇吗？"

胡文华拍着巴掌，大声说："是啊，谁家的正事呀？你婶子和她儿媳妇都去，你家的人反倒不去了？我可丢不起这个人！"

张广良知道，他妈说来说去就一个目的，也知道就是等到天黑，如果不依她也白搭。他琢磨来琢磨去，最后还是甘拜下风。媳妇家就是邻村的，只有三里地，骑自行车也就十来分钟，他一肚子不耐烦，急急地说："行行行。妈，你先回去，叫大勇跟你走，我这就叫她去。"

胡文华指着儿子说："你这不是没事啊？你这就去！我跟大勇坐这儿等你，省得来回跑费劲。"

"哎哟，你真是俺亲妈！你以为我还骗你呀？我晚点去，大热天的，太阳下去我再去。"张广良急得像热锅上的蚂蚁，站起来跺了一脚，又抬手拍在大腿上。

"你少跟我来这一套！别等太阳下去，你这就去！还热，多热啊？我都在外边晒了大半天了，都没觉着热，你骑车子还热呀？"胡文华向来说话赶趟，别看她大字不识一个，可说话能说到点子上。

张广良故意问儿子："大勇，外边热不热啊？"

大勇看着爸爸，怯怯地摇了摇头。

胡文华笑道："你看，孩子都知道真热还是假热。"

张广良不再言语，低头望着地面发呆，又把视线转向正在忙碌的蚂蚁，拾起地上一根草棒，拨弄那些蚂蚁。

胡文华见儿子不动弹，火气又上来了，尽管儿子是为她才跟媳妇吵的，但是面子问题是她一生都看重的头等大事，那是绝对不能稀里糊涂地应付的，更何况闺女还需要娘家人给撑门面。

"你到底去不去？行，我说的话不管事是吧？那等你爹回来收拾你！"胡文华真生气了。

张广良使劲扔掉手里的草棒，推着自行车出门了。

张广良从小害怕他爹，更何况，他在前进酒厂上班是他爹争取来的，所以，在他爹面前，他是言听计从。

第十六章

　　一次偶然的机会，张立民给前进酒厂的一个车间主任做了两个沙发和一个大衣橱，他只收了那人一半工钱，那人感激他，主动要求给他帮忙，他就借机说了儿子的事，没想到能轻而易举地解决了儿子的工作问题。

　　张广良在没任何思想准备的情况下上班了，对他来说，像是在做梦，过了大半年才适应。他的身份变了，从农民变成了工人，他有说不出的喜悦。可是，随着时间流逝，他慢慢适应了自己的新身份，再后来，更自以为高人一等，于是想法也渐渐多起来。

　　他慢腾腾地骑着自行车，时而信心满满，时而又怯懦慌乱。他清楚自己是被那个人搅得心神不宁，这事不能让家里人知道。自从媳妇回了娘家，他一直躺在床上，翻来覆去地盘算，仔仔细细回想了认识陈小倩的经过，又认认真真考虑了今后的打算。

　　陈小倩在包装车间，他在罐装车间。因为工作原因，他经常去包装车间。包装车间女工多，但活儿并不轻快，他每次去碰到陈小倩忙得不可开交，都主动帮她一把。自去年夏天开始，她对他越来越好，经常给他买这买那，非但生活上对他极为关心，且有事没事就找他搭讪。他发觉有些不对劲，开始疏远她；她千方百计地讨好他，让他躲之不及。他知道，她有一个儿子，丈夫在学校当老师。为了避嫌，他不再搭理她。没想到，她竟然给他写了一封信。一开始，他本不想看那封信，可是，犹豫再三后还是打开了。看完一遍，信中好多字都不认识，他查了一晚上字典，总算明白了个大概：她早就跟丈夫不好了，准备跟丈夫离婚，要跟自己好。他的思想防线被打破了，开始有意接纳她并允许自己对她好。

　　他不断拿陈小倩跟媳妇对比：她当然比媳妇好，她有工作、会说话，更会体贴关爱他。但是，不知为什么，比来比去的结果总让他害怕。他反复想：我这两把刷子能行吗？她要是骗了我怎么办？孩子怎么办？我爹不抽死我……想来想去，他跟媳妇这一仗没白打，他总算想明白了：我的错，要不，她不会黏上我。对，准是这样，她条件那么好，不可能对我真好！你癞蛤蟆还想吃天鹅肉，做梦！别自作多情了，免得竹篮打水一场空。

张广良望望天空，抹抹脸上的汗，暗骂儿子："这小子，还敢跟你老子说瞎话。不热，这还不热呀？回去我再收拾你！"骂完儿子又骂媳妇："好，有本事你就别回来！不回来正好！"说完，他恶狠狠地朝地上吐了一口唾沫，就在这时，自行车正好压到一块石头上，他右脚猛地踩在地上，可没能支住车子，连人带车一块摔倒了。

一声"哎哟"后，他马上清醒了：明明自己错了，干吗怨她？还想变？怎么这么没主心骨？还是爷们儿吧？真没用！他立刻爬起来，前后瞧了瞧，见路上没人，赶紧把自行车扶起来。他的脚脖子崴了，虽然很疼，但此刻他最关心的还是自行车有没有损坏。张广良推着车子走了几步，发现链条正好磨到挡板，他赶紧把车子支好，将挡板扳正，见挡板上掉了些漆，他摸了摸掉漆的地方，十分懊悔：不该这么不小心！接着，他又抓住脚踏板转了转，见没什么大问题，这才放心地骑上。

张广良的媳妇林小燕的娘家没有院墙，院里的狗正不停地叫着。

张广良将车子支好，朝屋里望了一眼，咬了咬牙，脸色铁青地迈进屋里。

林小燕早看见丈夫来了，躲到一边坐着了。

老丈人林道明不冷不热地说："来了，快坐下。"

"嗯。"张广良答应一声，不再言语，低头站在一旁。

林道明对闺女说："燕儿，给广良搬个凳子。"

林小燕抬了抬屁股，将脸扭向一边。

林道明给媳妇递了个眼色。

王翠花拉着脸拿了一个小凳子，没好气地放到女婿跟前。

张广良知道他们都不会给他好脸看，干脆不看他们，低头坐着，像犯人接受审讯一样，等待被询问、被处理。

王翠花指责道："广良啊，也不是我说你，都多少回了？你可越来越不像话，光今年，你就打了小燕三回了！你说说，你怎么就这么狠心啊？俺闺女跟了你容易吗？她不是不讲理的人啊，怎么就光受气呢？"

张广良气呼呼地站起来，一瘸一拐地站到媳妇跟前，质问道："我什么时候打你三回了？早晨要不是你先动手，我能动手吗？咱俩为什么打仗？说不清楚，可别怪我！"

林道明虽是个地地道道的农民，但秉性刚直善良，知道是非曲直。他听出了端倪，变得和颜悦色，起来拉女婿坐下，笑着说："广良，你坐下说，孩子睡着了，别吓着孩子。都消消气，大热天的，好好说，你先说说吧。"

张广良忍着怒火说："也没什么大事，就是俺妈前两天摔着了，不能动，我让她给俺妈做两顿饭。这一阵都是老二家给俺妈做饭。她就是不去，我才生气了，话赶话就吵起来了。你问问你闺女，俺妈该不该管？"

林小燕争辩道："我又没说别的，不就是说她是给老二家干活才摔的吗？不对吗？"

"给谁干活摔着了你也该管！要是你婆婆给你干活摔着了，光你个人管，你要是忙不过来你不着急呀？你妯娌两个，谁有空谁就该给你妈做饭，不能光叫人家忙！再说，你是当嫂子的，应该带个好头才对。"说着，林道明悄悄给闺女使了个眼色。

王翠花拍着桌子说："那也不该打人啊！"

林道明瞪着媳妇，可她并不理会。王翠花不再拍桌子，继续说："你俩动手，你是个大老爷们儿，她能打过你？"

张广良听着，将身子侧了侧，把目光投向外边。

林道明见女婿的态度不像以前，指着媳妇说："你闭嘴！你知道什么？用得着你说啊？小燕都没说，你瞎叨叨什么？"

王翠花见老头儿的语气不对，不敢再乱说了。

其实，张广良很敬重岳父，每次来，岳父都对他很好，没事的时候爷儿俩喝上两盅，唠唠家常，谈谈道听途说的国家大事；有事的时候，岳父总能问清缘由帮助化解。久而久之，他与岳父之间建立了一种默契。说心里话，他来的路上也一直期盼这样的结果，希望岳父仍一如既往地待他，让他带着自尊与那种不舍的情分回去；至于小燕呢，只要给他认个错，他就会既往不咎。

林道明指着闺女，大声地问："燕儿，你说说，广良有错吗？"

林小燕扭头望着爸爸，神情有些愕然，慌乱地答道："他没错。我、我也没错。"她看上去很狼狈，乌黑的短发有些凌乱，脸上的泪痕也没洗去，右眼的双眼皮被揉得多出了一条褶，眼角红红的。

林道明已是快七十的人了，看着闺女的样子，内心像有一根钢针在不停地扎他。他只会种地，从未干过投机倒把的事，孩子们小的时候，家里常常是吃了上顿没下顿。他本来七个孩子，饥饿、长病死了四个，留下两个儿子、一个闺女。两个儿子都守在他身边，没什么担心的，他最不放心的就是闺女，尽管闺女找了个好婆家，女婿混得越来越好，可他就是高兴不起来。他像千千万万的父亲一样，带着说不出的牵挂与期盼送闺女出嫁，之后就盼着闺女带着笑脸常回来看他，还给他带好吃的东西，不但要带着好吃的回来，还带外孙一起来……或者，在闺女不宽裕的时候，他什么好吃的都不要，只要闺女别带着泪水回来……一天又一天，一年又一年，只要他活在世上，他永远都是闺女的保护神，哪怕物质上他什么都给不了她，可在闺女遇到困难时，他会使出浑身解数去帮她；在闺女受到欺负时，他会毫不犹豫为闺女讨回公道……

"爸，我也有错……"张广良慌乱地说道。

林道明一拍桌子说："这不就行啦！你俩都认个错。"他尽量掩饰内心的喜悦。

王翠花一看老头儿有了笑脸，忙跟着说："燕儿啊，广良都认错了，你也消消气。再说，当时都在气头上，广良说是你先动的手，这就不怨广良了。我看，不像你说得那么厉害，是吧？"说着，她走到闺女身边，把手搭在闺女肩上摇了摇。

"妈，你别听他说的好听，他是真打我……"林小燕由哽咽变为号啕大哭，眼泪瞬间沿着脸颊淌下。

林道明一看，背起手，在屋里来回踱着，心中的怒火腾腾地往上蹿。

张广良不敢四处乱看，用眼角的余光看着岳父来回走着，紧张的心越发难以平静。

林道明背着手来来回回地走，因屋子太小，转得有点头晕，赶紧坐回到椅子上。他知道闺女跟他一样，只知道实实在在待人，不会说瞎话。

"燕儿啊，别哭了，光哭有什么用？守着广良说说，到底怎么回事？我跟你妈都听听。可急死我了！"说完，林道明长叹一声。

林小燕止住了哭声，一五一十地把两个人近来吵架的原因都说了一遍。

林道明走到女婿跟前，弯下腰，勉强挤出点笑脸，问："是不是这回事啊？"

张广良挪了挪凳子，抬起头，吞吞吐吐地说："是，是。那个，我这阵工作忙，家里事又多，心里不大痛快，就、就光跟小燕打仗。我、我知道不对，往后，我不这样了。"

林道明耐着性子听完,坐到椅子上,心情平复了许多,可闺女的抽泣声仍叫他心痛。他摸起旱烟袋,在放烟叶的簸箩里抓了些烟叶碾碎,又抓了好几次,总算把烟叶放进烟斗里,点上后使劲地裹着。这个干瘦的老头看上去十分可怜,他的牙没几颗了,黑瘦的脸上布满了皱纹,眼窝塌陷,眼神里带着愤怒。他的背已经驼了,穿着一件带补丁的蓝色布褂子,满头的白发看上去油乎乎的。他内心的怒火在熊熊燃烧,却不得不强压住,因为现在要考虑给闺女找个说法,既不失体面又能让她高兴地回家。

烟灭了,他放下旱烟袋,挺了挺腰板,语重心长地说:"燕儿啊,你也不小了,你有俩儿,往后做人要懂得规矩,对你公公婆婆应该比对我和你妈好才对。你能过上好日子,都是你公公婆婆的功劳。我和你妈什么也帮不上你,你又不是不知道。远的咱先不说,就说给你婆婆做饭这事,就是你的不对!还用广良跟你说啊?你早就该给你婆婆做饭,帮她干点什么。你婆婆这么些天不能动,你都不管人家,以后你当了婆婆,要是你儿媳妇也这么对你,你受得了吧?"

林小燕看着老爸,刚开始还生气,可听着听着,慢慢不再生气了。老爸说的是大实话,其中的道理她明白,可老爸守着丈夫只数落她,她还是觉着心里憋屈。她坐在炕沿上,呆呆地盯着一个角落。

"妈,妈……"小勇醒了,揉着眼喊道。林小燕把孩子抱起来搂在怀里,将脸贴在孩子脸上。

"醒了?来,姥娘抱抱。"王翠花笑着张开手。

小勇似乎知道妈妈不高兴,抑或早上被吓得还未缓过神,竟挣脱妈妈的怀抱,愿意让姥娘抱。

王翠花将外孙抱到椅子上,让他站在椅子上玩。她想给他找件玩的东西,可环顾一圈,也没什么好玩的,于是掏了掏口袋,拿出一串钥匙让他玩。

"小勇,来,爸爸抱抱。"张广良站起来,朝儿子伸开双手,但儿子拿着钥匙,只是愣愣地看了看他,然后摇了摇头。

张广良见儿子不愿意找他,只好坐下了。

林道明知道闺女的脾气,也不再搭理闺女,转而看着女婿说:"广良啊,小燕找了你,是她的福气,你爸妈都对她不孬。你呢,对她也不孬。这孩子的脾气倔,可是心眼不坏。你看,这几年,你俩的日子越过越好,俺都替你俩高兴,没寻思你能混到这一步。从你上了班,小燕就觉着你混好了,比谁都高兴。她回来就说，家里的活儿她什么都不让你干，叫你好好上班，盼着你往后能混上个领导呢。我和你妈听着都高兴，说她做得没错，没给你拖后腿。两个孩子都挺乖，有你爸妈帮衬着，小燕挺知足的。你俩打也打了，过日子，哪有勺子不碰锅沿的？可是，孩子慢慢都大了，也懂事了，不能光由着个人的性子来！你俩都好好的，孩子才好，整天打，孩子不怕吗？那孩子以后能有好啊？广良啊，刚才我也说她了，她管你妈是应该，这回守着你我说她了，以后她要是还不改，不知道孝顺老的，那你怎么揍她都不为过。我这个人，没本事，可做人起码的道理还明白！"

张广良之所以敬重岳父，原因就在这儿，他说得他心服口服。他感到脸上热辣辣的，自觉做了件见不得人的事，没有辩解的理由。

王翠花有些得意地说："广良啊，人家都说，好日子是媳妇带来的。你看，从俺小燕跟了你，你是越来越好！"

张广良未说话，但咧开嘴笑了两声。

王翠花接着说："广良，我不是迷信，不信你看看周围，凡是家里过得好的，都有一个好媳妇，真的！"

林道明看着媳妇，微笑着捋着下巴。

张广良看着岳母稍愣了一会儿，又瞧了瞧岳父，正好岳父也在看他，爷儿俩都笑起来，还都点了点头。

林小燕抿了抿嘴，差点笑出声来。

几个人的表现让王翠花有些莫名其妙，问道："你俩笑什么？我说得不对吗？"

广良笑着点头说："对，对。"

林道明也笑盈盈地说："谁说你不对？"他喝了口水，又拿碗给广良倒上水，递给他说："喝口水，这天太热了。"

张广良赶紧站起来，恭敬地接过碗。

"坐下喝。"林道明指了指凳子。

张广良一口气把水喝光了，然后把碗放回桌子上。坐下后，他挠了挠头皮，说道："来的时候我就想好了，我知道今年和小燕打得太多了，对孩子不好。我跟她没别的，俺俩都挺犟，以后——"他又挠了挠头皮，沉吟片刻，接着说："以后，孩子大了，不能叫孩子光担惊受怕的，跟着受罪。"说完这话，他扭头看着媳妇说："时候不早了，咱走吧？"

林小燕挪了挪屁股，身子扭了扭，斜眼瞧了瞧丈夫，转而看了老爸一眼，并未说话。

林道明揉了揉额头说："广良啊，刚才我说得不少了，可还想说两句。"

张广良看着岳父，微微点了点头。

"你俩呢，只管过日子，俺俩你不用管，有你俩哥哥，住得挺近的，喊一声就来了。我还能干，差不多够吃的，平时没事就别来回跑了。"林道明说得轻松，内心却很沉重。

若是以前，张广良不会把这种话放在心上。可是今天，他听出了一个老人的无奈，他站起来说："没事的时候，我跟小燕带孩子再来，俺俩先回去。"

"走啊，不早了，大勇和他奶奶还在家等着呢。"他走到媳妇跟前，抓起她的手，拉着她往外走。

林小燕趔趔趄趄地跟着，脸上虽不高兴，心里却欢喜着呢。

林道明朝王翠花努了努嘴，王翠花赶紧抱起外孙跟了出去，看着女婿推起车子，他也出了屋门。

林小燕接过孩子，跟爸妈招呼了一声便坐上车子，一家三口回家了。

林道明望着闺女走远了，摇了摇头，哼着小曲回屋去了。

王翠花紧跟着说："哎哟，这个小祖宗好歹走了，要不可怎么好哦？"

林道明未说什么，老两口的生活又恢复了往日的平静。

第十七章

人生在世，总会遇到这样那样的事，同样的事，有的人这样处理，有的人那样处理，但不管怎样，不能过分追求标新立异。有人总想追求不切实际的妄想与刺激，还要给自己找一个冠冕堂皇的借口，这种人总是心存侥幸，不认为自己的想法荒诞，以为自己做的错事不会被人知道，其实都是掩耳盗铃。张广良庆幸自己犯的错误并不是无法弥补的，他回想着早上从大动肝火到大打出手，又想到以前做错的地方，终于从意乱情迷中醒来了。他骑车带着媳妇和孩子，又找回了往日的幸福。走到来时摔倒的地方，他停下车子，让媳妇跟孩子看了看，跟他们讲了摔倒的经过。这时，他又觉得脚腕子疼了。

林小燕见丈夫推着车子明显与平时走路不一样了，心中的怨气陡然降了不少，又见他的裤子上已经起了好几块"云彩"——这是自己最不想看到的，心里随之而来的是几分自责，看到他笑着等她，她赶快抱起孩子坐到车上。车子来回摇晃了几下，她慌忙抱紧孩子，丈夫是个很精明的人，刚才让她看那个地方，是让她记住他是为谁摔的。

没等他们进家门，大勇已经跑来迎接。小勇见了哥哥格外高兴，被哥哥领着进了屋子。

胡文华在屋里瞧着，静等他们进屋。

迈进屋里，林小燕给婆婆打招呼："妈，你什么时候来的？"

"咳，我都来大半天了，还以为你们仨从你妈家吃了饭才回来。刚才我还跟大勇叨叨，这么晚了还不回来。"她暗自高兴，又一本正经地说，"明天你跟老二家早点去，东西我都准备好了，我叫老二家跟你婶子和她儿媳妇说好了，都先上咱家去，人到齐了就走。"

林小燕看着婆婆说："妈，我那天从集上买了二十个鸡蛋，还打发王英叫建国给捎回来五尺布，我都买好了。"

"你比老二家就是强。我早晨上老二家去，她还问我该买什么东西呢。你说，都什么时候才问！时候不早了，我走了。"说完，胡文华费力地站起来。

"妈，别走了。我这就做饭，叫俺爸爸和大发都过来吃，你腰不得劲，这几天我没过去给你做饭，广良都不愿意了，正好，我也算是赔个不是，要不，他还跟我没完！"林小燕凑到婆婆跟前，朝丈夫努了努嘴。

"咳，大良就是毛病多，你别听他的。"胡文华对这个儿媳比较满意。

张广良故意拉着脸说："妈，你少说两句，坐下歇着。"又对儿子说："大勇，去看看你爷爷和你叔叔回来了吗？叫他俩上咱家来吃饭。"

大勇高兴地跑出院子。

小勇在后面喊着，要跟哥哥一块去，可哥哥早就跑远了。

"小勇，爸爸和你玩。"张广良向儿子招手。小勇噘着嘴，不太情愿地朝爸爸走来。"来，爸爸给你画个小花猫吧。"张广良拿起纸和笔，认真地画起来。

林小燕看那爷儿俩认真地忙着，高高兴兴做饭去了。她找出花生米，点上火，将花生炒酥，盛到碗里，将花生捣碎。

小勇闻到花生的香味，不跟爸爸玩了，跑到妈妈身边，从碗里抓起一把花生，抓多了，撒在地上好几粒。这在往常，他肯定要被妈妈打一巴掌，可这次妈妈只是埋怨了一句："你不少拿点，撒了吧？"

砸好了花生酱，她又切了香椿芽、黄瓜，然后，从床下拉出一个坛子，默默数了数，捞出六个咸鸡蛋煮上，又一想：公公来了肯定喝酒，该再加个菜。于是，她又做了个丝瓜炒鸡蛋。菜炒好了，她准备煮面条，发现公公还没来，便对丈夫说："广良，咱爸怎么还没来？你去看看，大勇是不是贪玩，忘了叫他爷爷了？"

"走，小子，跟爸爸叫你爷爷去。"张广良领着小勇出了大门。走到半路，他见大勇正跟几个孩子玩得起劲，喊道："大勇，大勇！"

大勇顺着喊声望去，见爸爸来了，忽然想起自己的任务，赶紧跑到爸爸跟前，怯怯地说："俺爷爷还没回来，我刚才去看了。"

"走，别玩了，看看你爷爷回来了吗？"他没发火，两个儿子高兴地跑在前头。

大勇气喘吁吁地喊："爷爷，爷爷，上俺家吃饭去。"张立民正在洗脸，扭头问孙子："你奶奶去了？"

"嗯。"大勇使劲点点头。这时，广良领着小儿子进了院子。

张立民不高兴地问："怎么没去上班啊？"

"歇班。大发呢？怎么还没回来？"说着，广良进了屋子，四下瞧了瞧。

张立民埋怨道："谁知道这小子又跑哪儿疯去了，整天不着家。我叫你妈管管他，你妈也不管。这就黑天了，也快回来了，不到饭点他是不知道回来。"话音刚落，小儿子正好迈进院子。

广良指着弟弟一通埋怨："大发，你小子又窜哪儿去了？不知道帮咱妈干点活儿啊？瞧瞧你身上，都成泥巴蛋了，你说你，都这么大了，也不知道好！"

广发嘿嘿笑了两声，对哥哥的话并没放在心上，接着跟大勇、小勇玩了起来。

广良催促道："大发，快洗洗脸，上我那儿吃饭去。"

"太好啦！哥，你家做的什么好吃的？"广发这才正眼瞧着哥哥。

广良十分干脆地答道："炖了一大锅肉。"

"啊？真的？可馋死我了！走，走，赶紧走啊，我早就饿得不行了。"说着，广发抬腿就往外走。

张立民冲着广发吼道："你小子给我回来！什么玩意儿，刚才你哥哥没给你说啊？整天弄得脏乎乎的，还不如大勇干净，也不怕人家笑话！"

广发回来，悻悻地洗了脸，端起脸盆将水倒在院子里，用力将盆子放到地上。

"怎么着，你小子还不服气是吧？大勇，给我拿笤帚来。"张立民边说边找笤帚。

广良摆手招呼儿子："大勇，赶紧和你叔叔先走！"

"哦。"大勇拽着叔叔往外走，广发被动地跟着侄子走出院子。

尽管已经看不到广发，但张立民仍气得喘粗气，他指着大门口说："这小子越来越不像话！快气死我了！"

"爸，你怎么还跟他生气？他还是个孩子。"广良扶着父亲坐下。小勇跟在爸爸屁股后边，不敢抬头看。

"这个熊孩子不学好！你俩上学少，我寻思数他小，多让他上两天，谁知道又赶上这个时候。他上学的时候不上心，跟着那些人四处乱窜，我早就看他不顺眼。我说他，他还嘴硬，一大堆理。"张立民说着，手指仍不停地指着外边。

广良盯着父亲，摆摆手，悄声说："爸，小点声。不是我说你，你说话还真得小心点！现在，外边闹得可紧啦！咱村里差点，俺厂里都抓了好几个人了！"

"啊？真的？怪不得俺干活的时候，队长老说：'多干活，少说话，不该管的别管。'你怎么不早跟我说？"张立民的火气顿时消了。

"咳，我以为村里不要紧，谁管那些闲事啊？那以后说话可得小心，不一定哪句话说错了，就会惹祸上身。咱先吃饭去。"广良领着孩子走在前面，张立民赶紧跟上。

大勇和大发早就饿了，两人进门后就围坐在饭桌旁，眼巴巴望着桌上，馋得口水直流。他们不时瞧着大门口，盼着那几个人赶快进来。

张立民背着手迈进院子，儿孙紧跟在他身后。

"来啦，爸，怎么收工这么晚？"林小燕说着，招呼大家都坐下吃饭。

"道上碰见立春了，他前两天给大队拉氨水，我问了问他，拉一趟能挣多少钱,他说一趟能挣两块钱,不少。我寻思问问他,要是还去的话,让他叫上大庆。"张立民坐下,端起酒,抿了一口,"立春说,拉氨水这活儿还得找书记。"

林小燕刚端起碗,正要喂小勇吃饭,听了公公的话,出了一个主意:"爸,要不,叫立春过来,你几个喝两盅,叫他直接跟他姑父说说不就行了?"

广良看着父亲说:"行。要不,我去叫叫他?"

张立民一听,高兴地说:"嗯。立春跟他姑父处得关系不孬,书记有什么好事都想着他。你看看去。"

胡文华拍了拍手,指着儿孙说:"都放下筷子,先别吃了,别吃了!等等,看看立春来吧,他要是来,咱都吃上了,多不好。"

大勇接着把筷子放下了,眼睛却盯着叔叔。广发迅速往嘴里塞了些凉面,然后用筷子把碗里的面挑了挑,这才把筷子放下。

没一会儿,小狗冲着大门口叫起来,李立春和广良一前一后进了院子。他们个头差不多,只是李立春看上去比广良粗壮许多。

"来啦,快坐下。"张立民和胡文华都站起来打招呼。

李立春在位置上坐好。

这时候,天已经黑下来了,大勇抢着开了电灯。

李立春环顾了一圈,开口道:"叔,婶子,你俩能上广良哥家吃饭,真好。俺爸俺妈不上俺家来,说怕给俺添麻烦。"他摇了摇头,羡慕的同时更有说不出的遗憾。

广良接着说:"咳,他俩平时都不来,这回是俺妈腰疼,不能做饭,才叫他们来的。"

张立民和胡文华连连点头。

广良看看爸妈说:"我寻思叫大庆家都过来吃,怎么他家锁着门呀?"他爸接着说:"白天干活的时候,我听见刘顺子说要请他。前一阵他帮刘顺子干了个活儿,这准是一家子都去了。"

"对,我想起来了,早晨老二家跟我说,我没往心里去,还以为是过两天的事。咳,我不光脑子不好使,耳朵也不好使了。"胡文华轻轻拍了下额头,大家都看着她笑,她也跟着笑了笑。

大人说话的时候,广发已经把碗里的面条吃光了,一个咸鸡蛋也被他三两口吞下肚去。他还没吃饱,眼睛直盯着嫂子,可嫂子忙着喂孩子,根本没看他。这时候，大勇碗里的面条也吃完了。广发指着大勇的碗，大声说："嫂子，大勇吃完了。"

林小燕看了看大勇的碗，也看到了广发的空碗，笑着指指屋里："大发，你个人盛去。面条在大桌子上。"

广发即刻去了，一会儿就端了满满一碗面条出来。

"哎哟，你不少盛点。夹给大勇点，大勇准没吃饱。"胡文华知道儿子贪吃，怕儿媳妇生气又不好意思明说，便先说出来了。

广良拿起儿子的碗，笑笑说："大发，你吃你的，我再给大勇盛去。"

林小燕冲丈夫喊："少给他盛点，他吃得差不多了。"

大勇冲妈妈大声说："我还没吃饱呢！"

广发闷头吃着，已经不像刚吃的时候那么快了。

张立民笑着说："好好，没吃饱，叫你爸爸多盛点。"他冲屋里喊："大良，多给大勇盛点！"

广良给儿子盛了半碗，放到儿子跟前。大勇看了看叔叔的碗，见跟他碗里的也差不多，拿起筷子吃起来。

广发凑到侄子耳边说："大勇，咱俩比赛，看谁吃得快，行不？"

大勇点了点头，趴在碗边吃起来，吃完一看，叔叔正冲他笑。他看看叔叔的碗，知道自己输了，噘着嘴站起来。

广发看出大勇不高兴了，哄他说："大勇，大勇，走，咱上大门口玩去。"

大勇高兴地跟他去了。

李立春笑着说："还是大的心眼多。"

大家都笑起来，说着各自的看法。

李立春在广良的劝让下，已经喝了两茶碗酒。这时，大家的话逐渐多起来。

张立民觉得到了该说正题的时候，将话题直截了当说开了："立春啊，有个事叫你给帮个忙。你能不能跟你姑父说说，要是再有拉氨水的活儿，叫大庆也跟你去。俺俩都在大队，挣的工分也换不了钱来，不好过啊！大庆这孩子不光木工活好，也有把子力气。"

李立春坐在那里，正一会儿左一会儿右地来回晃着，像是已经喝多了。大家都知道他的酒量，他是再喝两茶碗也不会醉倒的。他听张立民说完，不再来回晃悠，将身子往前探了探，眼睛直直地盯着张立民，摆摆手说："叔啊，你光看见拉一趟挣那两块钱了，你知道跑多远的路、费多大力气吗？"

张立民笑着回答："我听说了，可是到底多远、费多大力气，还真不知道。我知道你最明白，才找你问问。"

李立春拍了拍膝盖说："唉，可不是什么好差事，挣那点钱可不易！俺六个人，三个人一车，早晨三点半出门，回来到半夜十二点多。一百多里地，想想有多远，就是什么也不拿，光走也累得不轻，别说还得拉二百多斤的地排车了。"他不停地摆着，又是摇头又是叹息。

"来，立春，大哥敬你一杯。"广良端起酒先喝一口，"不下力就挣钱，哪有天上掉馍馍的？你哥哥我忙活一个月，也就二十多块钱。那活儿多累，跟你说，你准不相信。你先喝了我再说。"他的手伸展着，等着立春喝下去。

李立春喝了一口说："那个地排车可难拉，上坡下坡就更别提了，哎哟，还有漏出来的那个味啊，熏得人光想吐。道上人家都躲得远远的。广良哥，你闻的是酒香，我闻的是臭了的骚味啊。咱俩，差老鼻子远了！"

广良端着酒，笑呵呵地说："都一样，都一样。那酒糟味也不好闻，熏得我头晕，我没骗你。来，立春，吃口菜，咱兄弟俩再来一口。"

李立春一边摇头一边摆手说："可不能再喝了，再喝我就趴下了，咱吃饭吧？时候不早了。"

广良坚持说："怎么也得把茶碗里的喝干了，别浪费了。"

张立民也说："立春，来，咱爷儿俩再喝两口。"

"叔，我敬你老人家。"说完，李立春先喝了一口。

"立春，刚才说的事，你就多费心。俺爸这个人，光害怕咱过不好，他是过穷日子过怕了，盼着咱都过好。"说完，广良摇头叹了口气。

李立春拍着胸脯说："放心吧，包在我身上，我明天就去跟俺姑父说，下回去，保证叫上大庆。"

广良举起茶碗说："来，那咱都干了，吃饭。"

他们也都痛快地说："都干了。"

林小燕抱着小勇，见他已经睡熟了，忙把他放回屋里。她赶紧盛上面条，给婆婆端上一碗，恭敬地说："妈，你也赶紧吃吧。"

胡文华看看面条，没接，咽着口水说："我不饿，等他们几个吃完了我再吃。"

"妈，你赶紧吃，立春又不是外人，都什么时候了还不饿？"广良端起一碗，递到老妈手里。

李立春不好意思地说："是啊，婶子，你怎么还等俺这些喝酒的？唉，光喝酒了，怨我，叫你等着，快吃吧，婶子。"

"咳，我真不饿。行，我也吃。"胡文华这才吃起来。

李立春吃饱了，打了个饱嗝，看大家都吃完了才站起来说："走啦。"

张立民问："吃饱了吗？"

"吃饱了，吃饱了。叔、婶子，我先走了。"说着，李立春向外走去。出门后，他见只有广良一人了，拉起他的手说："哥，下回你回来，给我捎上十斤老白干，不是粮食紧嘛，等下来地瓜，我叫王英再给你地瓜干，你看行吧？"

"哦，怎么不行，下回回来，我就给你送去。"广良干脆地答应下来，他看着立春进了家门才放心转身。他记挂着弟弟，见他的大门还上着锁，自语道："这小子，还没回来！"他知道弟弟也在喝酒，担心他喝多，可自己已经顾不得他了。

胡文华见广良回来，对老头儿说："不早了，咱也走吧？"

张立民见广发坐在凳子上打盹，喊了一声："大发，走啦！"

广发被吓了一跳，猛地站起来，打着哈欠伸了个懒腰，像喝醉酒一样先走了。

林小燕收拾完了，见丈夫还坐在院子里发愣，问道："你怎么还不睡？明天不上班了？"

广良堆着笑说："燕儿，你过来，孩子都睡了，咱俩说说话。"

林小燕高兴地坐在他跟前。他已经有些醉意，拍着大腿、笑眯眯地说："来，坐这儿。"她听话地坐在他腿上。他将她紧紧抱在怀里，越发清醒了："什么都不想了，这样才踏实。"

她轻声说："走吧，睡觉吧，有话明天再说，你喝多了。"

"不行，我就想和你说说话，我没喝多！"可是，他不知从何说起，他把脸贴在媳妇身上，不肯让她离开。她使劲推着他的头，好不容易把他的头推开。广良睡意蒙眬，问道："这是在哪儿呀？"她笑着，使劲拽起他，将他扶到炕上，又给他脱了衣服，打发他睡下。对林小燕来说，只要广良回来，她会永远沉浸在自己的梦里……

胡文华路过二儿子家门口，小声嘟囔了一句："这孩子，这么晚了，怎么还没回来？"她向路上一瞧，那爷儿俩早已不见踪影。

树的影子摇摇晃晃，地上又坑坑洼洼，她深一脚浅一脚地往前走着，心下骂道："这小兔崽子，也不知道等等你妈。"刚骂完，瞧见一个人向她走来，等到了近前，她又埋怨道："你跑得倒挺快，也不等等我。不知道我腰疼啊？"可儿子一拉她的胳膊，她什么怨言都没了。

张立民记挂着闺女，躺在炕上等媳妇回来。自从闺女生了孩子，他每天都埋怨媳妇，明知道媳妇不好受，可他认为那是她自找的。

胡文华进了屋，小心地躺下，本想睡个安稳觉，却被老头儿踹了一脚。她立刻紧张起来，小声问："怎么了？是不是喝多了？"

"多你个头！别说没用的，明天都准备好了？"

"都准备好了，不是跟你说了？"

"说什么了？你什么时候说的？我没喝多！你别糊弄我！"

"谁敢糊弄你？真准备好了。咱不能叫人家瞧不起，东西都多。我本来按你说的，给她妯娌俩都准备了一份，没寻思小燕又多买了些东西，还是从供销社买的，这回啊，咱闺女的面子可大了。"

"这还差不多。还有，明天再嘱咐嘱咐她俩，别挑事！"

"她俩都不敢。"

"那可不一定，叫她俩少说话。建国他妈事多，万一闹僵了，丢人！"

"她事多？凭什么？咱孩子受罪，她敢多事！"

"你别没数！你要是敢胡闹，叫我知道了，回来我就收拾你！"

"我还没闲着呢，怎么成了我的不是？你看你这些毛病！"

张立民猛踹媳妇一脚，媳妇哭起来，边哭边说："你就冲我有本事！我腰疼你不知道啊？行，你有本事，明天你去，我去不了了。"

"你敢不去，你要是不去，我，我跟你没完！"

"没完就没完，有什么了不起？我，我不活了。"说着，胡文华费力地站起来。

张立民这才起来，一把抓住媳妇，无奈地说："别闹了！你腰疼还不是你自找的？你还有理了你说说，广凤生孩子，你这当妈的一天都没伺候孩子，建国他妈能愿意吗？我没别的意思，就是叫你周全点，多给人家说好话，别叫人家看不起。"胡文华懂得老头儿的意思，就是不服气，她生气地说："我是不懂事的人吗？是，我没帮俺孩子，可这是她婆婆该干的，她要是欺负俺孩子，我饶不了她！"

"行了,别逞能了!这不是逞能的时候。记住,给广凤长脸,千万多说好话,别叫人家笑话!"

她不再争辩,慢慢躺下。

第十八章

请客的日子终于到了,王明月比平时又早起一个多小时。她先把院子打扫了一遍,又把屋里打扫干净,接着把一家人的饭做好。这时,刘德江起来了,他洗了脸,坐在院子里静等吃饭。

"石头,石头,怎么还不起来?"王明月一边冲儿子屋里喊,一边忙着盛好饭。她把饭盛好了,儿子仍没出来。她走到门口说:"不知道有事吗?你这孩子,赶紧吃饭,要不人家来了还等你,多不好。"

建国懒懒地答应一声,终于睁开眼。自从媳妇生了孩子,他每天都睡地上,多半要到下半夜才能睡踏实,每天天刚亮的时候睡得最香。今天,他妈喊他是早了些,可他没再拖沓,匆匆洗了脸,坐下吃起饭来。

只要儿子在家,刘德江跟王明月都等儿子一起吃。

建国吃饭快,一会儿就吃饱了。不知为什么,他总觉着漏掉了什么,可怎么想都想不起来。

刘德江吃着饭,见儿子皱着眉眯着眼,以为儿子还没睡醒呢,问道:"石头,还没睡醒啊?"

建国摇摇头说:"早醒了,都吃饱了还没睡醒?"说完,他故意把眼睁得大大的,逗得爸妈都乐了。他这才说:"爸,昨天商量的事,我总觉着漏下点什么,可就是想不起来了。"

"什么事漏下啦?没有,我觉着都全了。你先把馍馍和肉弄上来。"刘德江指着地窖说道。

建国将两个篮子拽上来,拍着后脑勺说:"哦,我想起来啦!"

"什么事啊?"刘德江疑惑地看着儿子。

建国着急地说:"忘了给俺小姐姐说了,也没给她捎个信儿,我说怎么老觉着少点什么。怎么办?还给俺小姐姐说吗?"

"可不,光忙活了,把这事忘干净了。"刘德江问媳妇,"还给三妮儿说吧?"

王明月吃着窝窝头说:"这个妮子脾气大,你要是不给她说,往后她来了还不知道怎么闹呢。石头,赶紧跑一趟,去叫她。"

"哦,那我这就去?"建国站起来。

刘德江大声说:"她敢闹!这又不是别的事,非得叫她来不行,忘了就忘了吧,少她一个不碍事,再说,都什么时候了?石头跑一趟,她不一定在家,要是上坡干活了,上哪儿找她去?算了吧,干脆别费这个劲。"

"你小点声不行啊?这些人又都不聋。"王明月白了老头儿一眼,"不是说少了她一个不行,大妮儿不一定来,二妮儿咱也没见着,要是她仨都不来,街坊说不要紧,她家人要是说呢,人家怎么想?多丢人!不行,得叫石头去一趟,三妮儿离得近,我看不晚,来得及。"

刘德江往东方一瞧,点头说:"也是,你仨姐姐要是都不来,真让人家笑话。石头,还是按你妈说的,赶紧去一趟。"

建国赶紧去了。

王明月正准备收拾碗筷,小狗又狂叫起来。他们朝大门口瞧,见刘德成两口子进了院子。

王明月站起来说:"你俩吃饭了吗?赶紧吃一口,我都做好了。"

"嫂子,你吃你的,俺俩都吃了。"两人一同坐下。

"德成啊,我跟石头又算了算,晌午也就两桌。刚才石头又想起来,忘了给他小姐姐说了,他去叫三妮儿了。"刘德江摇了摇头。

刘德成笑着说:"哦,俺俩碰见他了。"

王明月吃饱了,赶紧把桌子收拾干净,又东瞧瞧西望望,总害怕该准备的没准备好。

这时,刘德成再次跟刘德江商量一些请客的细节。

"要是两桌的话,那不简单了?我的活儿可就好干了。可是,说不定街坊四邻都知道了,还有会来的。"

"是啊,要是有来的,按说不会很晚,等等看吧。先前来的,我叫石头都跑了一趟,还没两桌。"

"嗯,等等吧。再说,有的给的东西不多,可能不好意思来吃饭。"

"给多给少是人家的心意，咱得准备。我再去叫一遍，人家要是真不来，那再说。"

"是，礼多人不怪。别叫人家说闲话。"

两个人正说着，王明月喊："德成，你炒菜的东西我都给你准备好了，菜都洗好了，我切还是你切？"

刘德成笑着说："你都干了，那我还用干吗？剩下的事，你就别管了，都归我了。哦，该叫她干的你就叫她干，你光指挥就行。"他指了指媳妇。

王明月摆着手说："可不行，你指挥我还行，我一有事就毛脚丫子，不知道干什么好了。"刘德江冲她说："哎哟，本事不是挺大的吗？什么事能难住你？"王明月着急地说："说正事呢，别扯那些没用的，你赶紧借桌子凳子去，晚了，人家都上坡干活了。"

李瑞香指着丈夫说："你赶紧跟咱哥哥去。"

他们赶紧去了。

王明月跟李瑞香商量着烧水做饭的事，并各自忙活起来。

建国到姐姐家时，她刚吃完早饭，正准备上生产队干活，见弟弟来了，问道："怎么了？有事啊？你怎么没去上班啊？"

建国擦擦脸上的汗，笑着说："哦，姐，你别着急，是这么回事，广凤生孩子了，今天请客，忘了给你信儿了，这不，我来接你。你可别怨别人，都是我的错。咱妈前两天就叫我来，我忘了。"

她撇撇嘴说："什么？你可真会说！来接我，你要是再晚来几分钟，我早锁门走了！"

建国轻轻拍了拍脸，仍嬉皮笑脸地说："怨我，都怨我！早该给你说。幸亏我早点来，要不，麻烦大了，你要是走了，我上哪儿找你去？"

她不满地说："也就你小子，就是咱姐姐，我也不让她。都这时候了，我什么都没准备，怎么去？你先坐下凉快凉快，我去看看孩子他奶奶家还有攒的鸡蛋没，不能空手去吧？"

"姐，不用拿东西。我都买好了，家里鸡蛋不少，你什么也不用拿！我骑车带你，咱这就走。"建国拽了姐姐一把。

她瞪起眼说："那怎么行？你有是你的。我要是空手去，街坊不笑话？再说，你媳妇也笑话我。不行，我多少得拿点东西，要不，我给你几斤面吧？"

建国不高兴地说："我说什么都不用拿，你不听，那随便你，你愿意拿什么就拿什么，我不管。你快点，我回去还有不少事呢。"

"哟，你还挺忙呢，我得跟孩子他奶奶说一声，要不，你哥哥回来找不着我。"说完，她急匆匆地出去了。

姐姐走了，建国只好耐着性子等她。他四下里瞧了瞧，见屋里的一切更加破旧了，不禁有些难过。他同情姐姐，可无力帮她。

她跟婆婆住得很近，很快就回来了，一进院子便说："都说好了，咱这就走。"

建国故意问："你不带上小四儿啊？"

"不带他。天这么热，我偷偷跟他奶奶说的。不能叫他几个知道，都想跟着，要是一个知道了，你就别想出门了。"她边说边拿瓢子装面，一边装一边颠着重量，觉着差不多了，便停下了。她拍了拍手上的面粉，把面袋子放好，然后洗手梳头。

建国看着姐姐忙，想催她，又怕被她数落，只好耐心等着。

还好，没一会儿，姐姐急急地说："走，走，别耽误你的事再埋怨我，我可担待不起。"

"都收拾好了？"他虽不敢确定，却推起车子往外走，回头见她锁门，才放心地朝前走了。

来到宽敞的路上，他才对姐姐说："你慢着点上，别摔着你。"

她点点头，刚才还在想这事，问道："怎么上去？"

"你没见过呀？这有什么难的，你看着点，我先骑上，你再一蹦坐上。"他拍着后座位说道。

建国慢腾腾地蹬着车子，骑了十多米了，姐姐还没坐上，他只好停下了。

"石头，我不敢坐。要不，你先走？这道不好走，你带我，我不放心。再说，我跑得也不慢。"她左手提着面，右手不停地朝前比画着。

"你跑得再快也赶不上我，不信你试试？要不人家买自行车干什么？"说完，他又后悔了，"试什么试，别试了，快点吧，咱回去真耽误事了！你先坐上，我再骑。"

她担心地问："能行吗？"

他拍着车座子说："怎么不行？你快点吧！"

姐姐不再说什么，抬腿坐到后座上。自行车左右摇晃了几下，建国用尽力气掌握着方向。她并未完全坐好，又把屁股调整了一下。他大声喊道：

"别动不行吗？你一动，这车把就来回晃悠，摔着你可别怨我！"

姐姐一只手抱着面，另一只手使劲抓住车座子，再不敢动弹。

建国哭丧着脸说："姐，你那手抓住座位下边就行，你抓着座位，我怎么坐？"

她腾地跳下车子，生气地说："我说不坐，你非叫我坐，我坐上边，一点都不得劲，难受死了。算了吧，你还是先走吧，就这样，我看也快不了多少，赶紧的，你走你的！"

建国迟疑地说："那要不，我带着面先走，你自己慢慢走？"

"行。你把面绑座位上，绑结实，别撒了。"说完，她把面放到后座上。姐姐怕建国发脾气，常常笑话自己：整天跟老鼠见了猫一样，怕他干什么？他还能吃了你呀？可只要见建国脸色难看，她的心就怦怦乱跳，怎么劝自己都白搭。

看着弟弟满头是汗，她小心地问："我先走了？"

"走吧，走吧，我接着就能赶上你。"他急急地说着，头也没抬。

他们走的路虽然绕几个弯，但路面还算平整，没有大坑或特别凸起的地方。建国很快超到姐姐前面。她加快了脚步，唯一后悔的是忘戴草帽了，那刺眼的日光把她的脸晒得更黑了。

第十九章

建国到家时，桌椅板凳都已摆放整齐。他解下面袋子，发现撒了一点，举起来看了看，见袋子上有一个小洞，再看袋子里的面，更少了，比他捆绑时少了很多，他暗想：扎到旁边的挂钩了？幸亏没让姐姐看见，要不还不知道她多心疼呢！

他正琢磨怎么跟他妈说呢，见他妈正和李瑞香说话，于是灵机一动，马上有了主意，他笑笑说："妈，说点事，你可别着急。"他把袋子朝两个老人晃了晃说："俺姐姐给的面，我本来想带着她来，她不敢坐自行车，我就先带着面回来了。谁知道面袋子在车子上捅了个洞，我进门才看见，面漏了一道，漏得太多了！"

王明月起来瞧了瞧，指指墙边的桌子说："别叫你姐姐知道。先放桌子上，我收拾。你快看看还有你干的活儿吗，刚才我听见你爸爸叨叨，嫌你还没回来。"

建国赶紧去了。

这时，小狗又叫开了，大家的目光都转向大门口。

邻居王婶进来了，她手里端着一个小瓢。

建国忙迎上去，笑着说："婶子，你怎么还拿东西，我不要，你拿回去。"

"建国，你是不是嫌少啊？你婶子别的也没有，就有点面，多少是我的一点心意，你不要，我可真生气！你妈呢？我找你妈去。"说着，她朝王明月屋里走。

王明月早听见动静了，忙迎出来说："咳，他婶子，还叫你破费！快进来坐，进来坐。"她下了一个台阶，接过王婶的瓢子，拉她坐下，把面倒进一个空盆子里，又把瓢子在盆子上磕了磕，拿着空瓢冲王婶说："他婶子，你平时舍不得吃口面，还想得这么周到，我这心里过意不去呀！"

王婶客气道："早该来啦！实诚催了我好几天了，我就是懈怠。嫂子，咱离得这么近，我才来，你可别怪我！"

"实诚这孩子可不孬，给俺家帮的忙多了！石头整天说，俺家的活儿多亏了他实诚哥。"说着，王明月给王婶倒了碗茶。

"嫂子，你别管我，你忙你的，有我干的活儿吗？要是有活儿你就叫我干，你可别见外。"

"都准备好了，你看，来帮忙得不少。来的客不多，大体上算了算，也就两三桌，你坐下喝茶就行。"

"哦，要是用不着我，那我就先回去了。"

"他婶子，坐下，坐下。刚才不是给你说了吗？你只管坐着喝水就行！干活的不少，咱都不用管，也没多少活儿，你看，这伙人都拉呱呢。你可不能走，我看广凤她娘家人快来了，我正想打发石头叫你去，吃饭的时候你陪陪广凤她妈。你和他婶子，你俩就行，我就不叫外人来陪她了。"王明月拉着王婶坐下。

王婶不停地摆着手，极力推辞道："嫂子，我可干不了这个活儿！你又不是不知道，我这个人笨嘴笨舌的，别说陪客了，就是平时说话都颠三倒四的，叫人家笑话！你还是找个利索人，别叫广凤她妈不愿意呀！"

王明月拉着脸说："他婶子，你平时干什么都挺干脆的，怎么这回就婆婆妈妈的？别叫我着急，我还有事呢，就这么定了，你要是再推，就是不愿意给我面子。"

王婶儿不敢再推辞，只好说："那行吧，说错了话可别怨我！"

"咳，没事，广凤她妈不是多事的人。那你先坐着喝水，我出去瞧瞧。"王明月笑呵呵地出了屋子。

刘德江搬着两条板凳回来，见儿子正跟帮忙的闲聊，问道："你姐姐来了？"

建国赶紧回道："她不敢叫我带她，我先骑车子回来了。"

"这个妮子，真胆小，还怕摔着她，我都不害怕。"刘德江的话引起一个新话题。

"哎哟，我还真没见俺叔坐过自行车呢，哪回赶集你都是跑着。"说话的是邻居王红。

刘德江假笑一声，郑重地说："你没见过的多了，还什么事都叫你看见？"

王红扑哧笑了一声，立马说："也是，您老人家见多识广，一般人不能跟你比呀！"

邻居杨淑芳接着说："别说，咱有几个坐过自行车的？"

大家都笑着摇头。

全村的自行车屈指可数，大家都数起来。

王红掰着手指头说："建国，我数了数，全村就五辆自行车，你一辆，你大舅子一辆，光你家就占了两辆。"

建国不屑地说："这有什么？"

"听听，听听，建国说得多轻巧！我整天跟俺那口子说，好好混，好好混，咱也买辆自行车骑骑，可他就是不敢说买。唉，有本事没本事差老远了！"王红长长地叹了口气。

建国忙解释道："嫂子，这跟有本事没本事扯不上边。咱村就五辆自行车，你没看看买车的都是什么人？都是上班的，不买不行啊，砸锅卖铁也得买呀！咱这儿，指望搭个便车，那可费劲了，猴年马月能碰上一回吧，来回两条腿谁受得了？我一个月也不准回来一趟。"

"就是！石头说的是实话，他买这辆自行车，都是借的钱，两年才还完。唉，你们都不知道，我可作难了！东拼西凑，借了好几家才给他买上。德成知道，我还跟他借了二十块。说实在的，要不是他妈非叫他天天回来，我才不给他买。"说完，刘德江看着刘德成，"是不是？"

刘德成不住地点头，笑嘻嘻地说："是，我知道，后来俺儿买自行车，又跟建国借的钱。"

王红接着说："不管怎么说，还是上班好啊！到时候就来钱，风刮不着，雨淋不着，比咱这些土老帽儿强多啦！你看看，全村这么多人，整天跑出跑进，累得跟王八似的，也白搭！连顿饱饭都混不上，想想就愁得慌！"

王明月走到王红跟前，笑着问："什么时候饿着你了？谁不知道你会过日子。"

"哎哟，婶子，你又笑话我。我这人的脾气你最知道，哪年不跟你借粮食？"王红扭捏着，有些不好意思，"我得跟婶子学过日子，到什么时候都有结余！要是真能那样啊，俺家那头犟驴就不跟我打了。可话说回来，也不能全怪我啊，人家德江叔多厉害，是咱村有名的能人。这日子过得好不好，跟女人有多大关系？叫我说呀，还是靠男人，男人有本事，没有日子过不好的！"

王明月拍拍王红的胳膊，笑笑说："咳，街里街坊的，谁用不着谁啊，帮忙还不应该？我不是也跟你借东西呀，你说得对，光靠女人节省不一定就能过好。可不节省，再好的日子也能倒腾没了！"

王红的脸上有些挂不住了，尴尬地应付道："对，婶子说的对。我这人，有了就大吃大喝，没了就干瞪眼。知道不对，就是改不了！我要是能跟婶子学点，哪能揭不开锅啊？不说了，不说了，丢人。"

王明月走到刘德成跟前，笑着说："德成，时候不早了，先炖上肉吧？"

刘德成忙点头说："行，我先炖上肉。早炖出来好腾出锅做饭。"

其他人也不再闲聊，各自领了任务散开了。

第二十章

刘虹一路上走得风风火火，走着走着，猛然发现地上有一道弯弯曲曲的白线，马上想道：这小子是不是把面撒了？哎哟，可疼死我了！这个撒法儿到家还不撒没了？这个熊孩子，整天毛手毛脚的，还嫌我不放心他，能叫人放心吗？想着想着，她走得更快了。

"石头，石头，你是不是把面撒了？"她一迈进家门就问道。大家的目光都聚到她身上。

建国嘿嘿笑着，装模作样地说："姐，别着急，先坐下凉快凉快，我给你拿扇子去。"说着，他转头就往屋里走。

刘虹瞪着眼说："我不热！问你呢，是不是把面撒了？"

"三妮儿，你过来，我跟你说点事。走，上屋里头看看，没撒多少。"王明月说着，先进屋了。

刘虹见老妈的脸色不好看，知道不好，快步跟进屋里，还没等她站稳，就被老妈数落上了："三妮儿，你都多大了，怎么还跟以前一样，连点规矩也不懂？进门就吵吵，吵什么？也不怕人家笑话！你看看，你看看你拿的面，石头放桌子上了，少了吗？"

刘虹看了一眼桌子，没敢近前看个究竟，笑着不言语了。

这时，王婶和李瑞香都站起来，叫刘虹坐下说话，劝道："别着急，有话慢慢说。"

"你进门就该先看看你兄弟媳妇和孩子，你倒好，把面看得比人都重！"王明月差点把手指头戳到闺女头上。

"怨我，怨我！妈，你别生气了，我这就去。"刘虹赶紧去看弟媳了。

王明月瞧着闺女的背影说："这孩子，一辈子也改不了这毛病，干什么事都不知道动脑子。"

王婶拉王明月坐下，笑着说："这孩子不孬，可没少给你下力，她就是个直肠子，说话不拐弯。再说，她又没说别的，就是心疼面。别说她心疼，我都心疼。你看你，规矩就是大。"

李瑞香也劝道："可不，刘虹真不孬！撒了谁不心疼啊？这事不怨她！嫂子，你可不能生气。"

刘虹在家的时候的确替王明月担了不少，可她说话直来直去还总跟她顶嘴，所以王明月不太喜欢她。她还常说："都是自己生的孩子，怎么性格差得这么大？"

刘虹进了广凤屋里，抓起孩子的小手说："哟，这孩子看着挺机灵的，你看，我一拉她，她还歪头看我呢。"

广凤勉强笑笑，说："姐，她要是真机灵就好了，别跟我一样笨。"

"看你说的，你哪儿笨？你可不笨！你比我强多了，我才笨呢。刚才你准听见了，咱妈刚训了我一顿，嫌我吵吵面的事。我跟你说，你可别怪我。我不是穷嘛，心疼那点面。"刘虹正说着，见老妈进来，便不再说了。

"广凤啊，你姐姐来了，你就叫她帮你弄孩子，我可不管你了，三妮儿，你听见了吗？"王明月看媳妇时满脸堆笑，指着闺女时却收起了笑脸。

刘虹和广凤都干脆地答应了，王明月才出去。

就在大家各自忙碌的时候，小狗又狂叫起来，又把大家的目光聚到了大门口。

来的是广凤的姐姐张玉凤，她挺着大肚子，手里提着一个竹篮子。

王明月三步并两步迎上去，接过篮子，客气地说："玉凤，快屋里坐，屋里坐。哎哟，你这是几个月了？快生了吧？"

"七个多月了。婶子，广凤挺好的吧？前两天我就想来，没来成。我那个老二又发烧了，他退烧了我才敢出门。"她跟着王明月进了屋里。

"来了，姐，快坐下。"广凤急忙迎上去。

张玉凤走到床边，看着孩子说："我先看看孩子，长得像谁呀？"

广凤一笑，说："可看不出来。我都端详这么些天了，也没看出来，就是眼皮像她爸爸。这孩子长得丑。"

玉凤看看广凤，又看看孩子，说："你跟建国长得都不丑，孩子能丑了？这孩子大了，准挺白的。哎，广凤，准像你。你看，她一使劲脸就发红，脾气也小不了。"

广凤笑着说："姐，你说对了。这孩子脾气大，闹起来可难哄，她是不闹够了不算完，有时候气得我都想揍她。"

王明月冲儿媳妇说："广凤，叫你姐姐上我屋里喝水吧？别叫她光站着，她身子重，得多歇歇。"

玉凤却说："婶子，我没事，我坐广凤屋里就行，俺姊妹俩说说话。"

王明月不好再说什么，见刘虹还在一旁站着，给她递了个眼色说："三妮儿，你出来，我给你说点事。"

刘虹跟着老妈出来，问道："什么事？"

王明月不耐烦地说："没事。"

刘虹一头雾水地问："没事你叫我出来，你不是叫我给她看孩子吗？"

王明月凑到她跟前，悄声说："你看不出来呀，你没看见人家姊妹俩想说悄悄话啊？真笨！"

刘虹吐了吐舌头，轻声嘟囔道："咳，还说悄悄话，有什么可说的？她还是什么好人？"

"你说什么？"王明月的眼瞪得更大。

刘虹反驳道："我说的不对呀？广凤结婚的时候，她可没少给广凤出馊主意，你忘了我可没忘！哼，才几天，就又好上了。真是好了伤疤忘了疼！"

"闭嘴！少说两句，别惹事。不知道人多呀？"王明月有些忍无可忍。

刘虹这才明白过来，小声说："谁听见了，我这不是跟你说说，人家都忙呢。"

王明月小声说："咱先说好了，见了广凤她妈，你少说话。你不说话没人把你当哑巴，记住了吗？"

刘虹依旧小声嘟囔道："你就是事多！早知道这个我就不该来！要不是你儿叫我，我还真不愿意来。"

王明月知道闺女生气，不能再多说了，于是笑着说："你得有当姐姐的样，别叫人家看不起。"

刘虹这才点头说："我知道，少说话就是！"

十点刚过，客人陆陆续续进了门，一时间，屋里、院里到处是人。王明月一家人出来进去，应接不暇。

十点半，胡文华领着人来了。

王明月早就安排好了，她热情地招呼着，叫人把东西接过来，又领她们去了儿媳妇屋里。

广凤一直在跟堂姐聊天，听到老妈和嫂子们来了，赶紧站到门口迎接。很快，屋里进来十来个人，越发显得屋子小了。

胡文华的三个孙子已经凑到床边逗孩子，她忙不迭地叮嘱道："你们几个光能看，不能动妹妹啊，妹妹还小。"几个孙子倒也听话，没敢伸手。

王明月在墙角伸着脖子喊："广凤，天热，先叫你妈和你嫂子都坐下吧？我叫人先倒上水。"

胡文华怕人多惊到孩子，代表闺女说话："是啊，这屋子小，咱都先坐下，谁要想看孩子，咱分开看。大勇，领着他俩出去玩，吃饭的时候奶奶叫你。"

大勇听话，叫着两个弟弟从人堆里钻出去了。

这时候，院子东墙脚的烧水炉子成了焦点，好像它的炉火能烤到每一个人似的，不少人对着它指指点点。

有人时不时地向天空望望，说："这天真热，一点风也没有，要是刮阵风多好，能凉快凉快。"另一个人附和："要是阴天就好了，阴天遮遮太阳，怎么也比这强，怎么一块云彩也没有？"刘德成站到她俩中间，诡异地笑了笑，故作神秘地说："你俩厉害，说不定都说准了。有风自有云，雨从云中来。心静自然凉，不能想不开。"她们笑着说："叔，别叫你说准了，你要是真说准了，都得好好谢你！"刘德成摆摆手，笑着说："我可说不准！刮风下雨那是老天爷的事，万一真下雨，那是瞎猫碰上了死耗子，叫我蒙准了，千万别当真，千万别当真！"

因为有些愿望会实现，所以才让大家不断滋生一些左右不了的念想。至于愿望实现是努力得来的还是突如其来的巧合，都不打紧，反正都会增添奔向未来的勇气和力量。

刚过十一点半，起风了，风越来越大，带着滚滚乌云不断向金鸡岭村上方涌来。太阳一会儿露出来，一会儿被遮住，很快就是漫天黑云，眼看要下雨了。

刘德江听了大家的议论，又看了看天，果断地说：

"我看这天要下雨，咱得把这张桌子抬过道底下。"

建国几个人马上照办，很快收拾好过道，把桌椅搬了过去。

刘德江问张婶："她婶子，暖瓶都灌满了吧？"

张婶已经聋了，没听见刘德江问话，又向炉子里添了一块木头，挑了挑，木头烧得更旺。

"我说，别再填木头了！暖瓶都灌满了吗？"刘德江走到张婶跟前，大声说道。

张婶被吓了一跳，手里的木头攥得紧紧的，大声说："哎哟，吓了我一跳，怎么了？暖瓶都灌满了，可紧接着就喝，又空出来了，还得烧。"

"哦，那就烧吧，等下了雨再说。"刘德江说着，背着手去了灶房。

张婶看了他一眼，没明白是什么意思，心想：嫌我烧得慢了？嫌我填的木头多心疼了？小气！准是嫌我填的木头多了。

此时，刘德成正在盛菜，他已经盛了几大碗，见刘德江进来，问道："咱是先上一碗还是两碗都端上去？"他是突然想到这个问题的，而且认为这个问题很重要，之前虽商量好了每桌两碗菜、两碗鸡蛋汤，不够再盛。可并未涉及现在的问题，他觉得这种事自己不能做主，必须主人说了算。

刘德江一甩手说："都端上去，别小气。人多，一碗一碗的，也不省。"

"好。来人，先把盛好的端走。"刘德成冲院里招呼道。

"别，先别端上去，人还没来齐呢。等人来齐了再往上端。"刘德江小声说道。

"行。馍馍俺嫂子都热好了，那我先打鸡蛋汤。"说着，他把剩下的菜盛到盆里。

这时，王明月过来说："大妮儿、二妮儿还没来，怕是不来了。我看咱也别等她俩了，德成做好了，咱就开席。"

刘德江点了点头，却说："不慌，屋里都坐满了吗？"

"早满了，恐怕这四桌都挺满。"王明月朝周围看了看，"'贵妃'也来了，你看见了吗？"

刘德江微微笑着，说："看见了，我跟她说话了。你叫她和广凤她妈坐一桌。"

王明月悄悄说："我叫德成家的和实诚她妈陪着呢，这要是改了不大好。"

刘德江皱着眉说："你跟她俩说好了？咱不是商量好了，德成家的打替补，先别定死。你不跟我说一声怎么就改了？"

王明月指着自己的嘴角说："是啊，我忘了跟你说了，我也没想到'贵妃'能来。"

两个人正说着，忽听儿子问道："你俩又怎么了？"

刘德江把经过说给儿子听，并说了自己的主张："书记媳妇来，是给咱面子，别把好事办砸了。主要是女的事多！你妈办事不动脑子。"

建国摆摆手，并不在意老爸的看法，说："这有什么？说好就说好了，不用改。书记媳妇怎么了？咱又没亏待她。再说，她儿媳妇坐西屋，那是娘家人，把她和她儿媳妇分开正好，叫她和俺姐姐坐一桌，说不定她更愿意呢。你俩别管了，我去跟她说。"

王明月叹了口气，小声说："能行吗？咱这儿都多少年了，觉着跟娘家人坐一桌有面子，其实还不是一样嘛，饭都是一样的，又不另做，可就怕人家计较。"

"妈，跟你说别管了。我看看去，保准没事。"说着，建国去了北屋，见了李敏，亲切地喊了一声："婶子。"接着，他又凑到李敏耳边，还遮着嘴悄悄地说："跟你商量个事？"

李敏是个痛快人，站起来，笑着问："什么事，怎么还不敢说？"

"婶子，你别怪俺妈就行，本来该叫你和广凤她妈坐一桌，可她家来的人多，坐着太挤了！这不，我寻思叫你和俺几个姐姐坐这屋，怕你不愿意，先给你说一声，你要是觉着不合适呢，我就再换换人。"他紧盯着她的脸色。

李敏一直带着笑听完，又大笑几声，指着他说："你这孩子，还绕什么弯子？我有什么不愿意的，在哪儿吃不一样？你还单独给你丈母娘做好吃的呀？咱娘儿俩谁跟谁？我还愿意跟你大姐坐一桌呢。哎，我怎么没看见你大姐呀？"

他恭恭敬敬地说："哦，俺姐姐还没来呢，估计出门晚，要不就是她闺女发烧还没好利索。那婶子，咱说好了，你先坐着，我出去迎迎俺姐姐。"

"你去吧，去吧。"李敏不住地摆手，看着建国下了台阶才坐下。自从孟家盈当上村书记，她就成了书记夫人，村里人都知道她是当家人，所以背后都管她叫"贵妃"。后来她听说了，认为自己长得白白胖胖，很像戏里演的贵妃娘娘，觉得自己配得上这个称呼，即使有人当面喊她也不驳斥，甚至还扬扬自得。

第二十一章

建国跟爸爸说了一声,接两个姐姐去了。此时,天空已是乌云密布,翻滚的云越聚越厚,远处有几道闪电划过,一会儿又传来了震耳的雷声。他没带遮雨的东西,想着姐姐可能也没带,有些担心,心中盼着:先别下,等姐姐进了门再下。

刘晴和刘云正匆匆往家赶。刘晴一年前才学会骑自行车,因为很少骑,所以骑得并不熟练,到了难走的路段更不敢骑,只能推着自行车走。

刘云看着天空说:"姐,我看准下雨,你蹬快点。"

"嗯,我看也是,别把咱俩淋道上。"刘晴喘着粗气使劲蹬着,她整个背早就湿透了。

其实,刘云早就觉着姐姐蹬得慢了,赶紧说:"快到了,前边上坡的地方我下来,咱都走着吧,我看你都蹬不动了。"

刘晴瞪着眼说:"行,别说话了,知道我蹬不动了还说,不费力气吗?"

刘云坐着自行车,盼着能下来走走,以缓解自己的紧张情绪和不适,听到姐姐的怨气,她从车子上跳下来说:"姐,我还是走着吧,你先走,别把咱俩都淋道上。"

刘晴骑着车子晃了晃,也下来了,回头看着妹妹,疲惫地说:"我实在蹬不动了。"

"姐,要不咱俩都走着,我推车子,你歇歇。"说着,她站到姐姐前面。

刘晴谨慎地说:"你推行吗?还是我推吧,你走你的。"

刘云坚持道:"怎么不行?这活儿还干不了?那我也太笨了。"

刘晴停下脚步,叮嘱道:"你可慢点,别推歪了。"

刘云笑笑说:"姐,推不歪。要是歪了,我垫底,保准摔不了自行车。"

姐妹俩正急速走着,忽然一阵风袭来,她们迅疾转身闭眼,等风停才继续朝前走。

风越来越大,闪电和雷鸣声越来越频繁,姐妹俩开始小跑,可刚跑一会儿,刘云就把车子推倒了,她顾不得脚疼,赶紧扶起车子。

刘晴心疼地说:"哎哟,没把车子摔坏吧?摔坏了可麻烦了,我可没法跟你哥哥交代啊!"说着,她赶紧上前,推开刘云,仔细查看车子。

刘云责怪自己:"不知道怎么就歪了,真笨啊!"

刘晴看车子没什么大碍,又看了看盛面条的袋子,可惜地说:"准把面条砸了。"

"我看看折了多少。"刘云凑上前,准备将车把上的两个布袋拿下来。

刘晴推了她一把,气呼呼地说:"别看了,看了也没用。"她边走边说:"保准折了,这回咱俩又干了个蠢事。咱快跑两步,这雨下起来,准小不了,咱俩淋个落汤鸡不要紧,要是把面条弄成面汤那可窝囊了。快跑。"姐妹俩用尽全力跑起来。

建国站在湾边,焦急地望着姐姐来的方向。他感觉有雨点打在脸上,心中越发着急,想再往前走走,又担心姐姐不来扑了空,决定再等两分钟回家。他开始默默地数数:"一,二,三……"还没数到一百,见两个姐姐来了,他快速跑过去,接过自行车,喘着粗气说:"姐,你俩赶快跑,这雨准小不了。"

此时的雨点已经变大,风刮得更急了。他们急速跑回家去。

家中的一切已经准备完毕,只等姐弟三人了,大家悄悄议论着,都在等着开饭。

三人刚进屋,雨就哗哗地下了。

李敏首先笑着说:"你姊妹俩就是有福啊,你俩不进门,这雨就不下。"

刘晴客气道:"婶子,瞧你说的。俺俩要是本事这么大,不是撑破天了?都怨俺俩,该早点来,可我那个小妮子发烧,没好利索,又给她找大夫看了看,来晚了,叫大伙等俺俩,实在是不好意思,都赶快吃吧。"

雨下得越来越大,房檐上的水不间断地流着。

王明月叹口气说:"你说这雨,说下就下起来了,按说该给大伙倒碗水,也不知道下到什么时候。"

刘德江扭头看了看她,紧绷着脸说:"废话,你要是知道下到什么时候,不是神仙了?"

刘德成指着天说:"咳,长不了,这雨最多也就半个小时。你看,东北角差不多下完了。"

刘德江顺着他指的方向望去，除了茫茫的雨，什么也没看见。

王明月站起来说："我怎么没看出来？下得这么大，不能停得这么快！"

刘德江拉了她一把，说："一边站着，你能看出来？我都看不出来，瞎操心。下就下吧，早就该下了，要是再不下，怎么种棒子？再说，要是下的时候多，倒不倒水的，大伙也不怪咱了，是不是德成？"

刘德成点头道："可不，哪有这么周全？要是不下雨，当然是按老规矩来，雨下得这么大，谁没看见？不能为这事找碴吧？真要有那种人，那也是不懂事！咳，等等吧，不管怎么说，雨小了再说。"

张婶插嘴道："咳，吃饱喝足就行，什么规矩不规矩的。"

王明月冲张婶摆摆手，严肃地说："可不能这么说。该讲究的就得讲究，可不能坏了规矩，让人家笑话！"

张婶盯着王明月，嘴角动了动，可什么也没说。她凌乱的头发上多了几根草叶子，不知是刚才烧火的时候弄上的还是进了灶房弄上的，她左脸靠近嘴角的地方还有一道明显的黑灰。她穿了件脏兮兮的带补丁的褂子，两个袖口都开了口子，为了不耽误干活，她把裂开的地方都挽起来了。

王明月把张婶头上的草叶子揪下来，问道："听说你家三妮儿也快生了？几月？"

"下个月。唉，生了仨妮儿了，也不知道这个是什么，可别再生个妮儿了，要是再生个妮儿，俺那女婿还不把她给吃了……"张婶不再说了，长长地叹了口气，又勉强笑了笑，露出一嘴发黄的牙齿。

王明月惊异地问："柱子脾气还这么大？"

张婶撇撇嘴说："可不，数着这个小子脾气大，人家那俩脾气都好。"

王明月眨眨眼，平静地说："咳，闺女小子也差不了多少，你看你，仨闺女都能帮上你，比儿都强。"

张婶拍拍膝盖说："你说得不差，三个妮子都管，要不，俺俩早要饭去了。唉，就是三妮儿最不叫我省心。也巧了，这个柱子脾气最大，连着三代单传，他就盼着生个小子，可三妮儿连着生了仨闺女。她两个姐姐都有儿，找的对象脾气还好。"

王明月有些惆怅地说："谁说不是啊！俺石头也是单传，我也盼着有孙子。都说我是老封建，我才不听这一套，我愿意石头早生个儿。"

张婶安慰道："你可不能着急，这才头一胎，早着呢。"

"知道，知道。我心里明白，就是嘴上说说。哎哟，当了奶奶，我这心里头甭提多高兴！他比我还高兴！"王明月指了指老头儿，"你大哥比以前可强多了，以前，他可不给我烧火，哎哟，从见了他孙女，跟变了个人一样，整天帮着我烧火，我可轻快多了。"

刘德江回过头，笑着问："谁说我以前不干活？我什么时候少干了？"

王明月立刻板着脸回道："我说的是烧火的事，没说别的！"转而对着张婶说："他婶子，这阵子，有给说媳妇的吗？"

"俺老大给说了一个，赵家庄的，虎子还不大愿意，嫌人家家里成分不好。你说，俺家里穷得叮当响，他爸爸又什么都干不了，谁愿意跟咱？要不是大牛当过兵，人家小娥也不跟他。我说虎子了，可他就是听不进去。嫂子，你不忙的时候，上俺家劝劝他。"说到这儿，张婶眼里有了光彩。

王明月痛快地答应："行，我抽空去劝劝虎子。话说回来，咱虎子长得好，找媳妇也得挑拣着，这又不是买牛马，随便牵回来就行。"

张婶捋了捋头发，笑着说："嫂子，你这个人就是热心，咱这块的，不管谁家有事，都少不了你。我啊，没主心骨，有什么事就愿意跟你说说。"

"咳，都抬举我！我有什么本事？就是瞎叨叨，说对说错的，都别怪我就行。"说着，王明月笑了。

"嫂子，我可不是夸你，咱村里，强过你的可不多，你办事就是周到！我啊，不是不想学，想学也学不了。"张婶将坐的木墩子向前挪了挪，离王明月更近了。

王明月却将自己坐的凳子向后挪了点，她望着院里说："哎，这阵下得小了。德成，叫你说准了，说不定这雨还真长不了。"

刘德成点着头说："嗯，要不都叫我……"话说了半截，他赶紧闭嘴了，又回头看了看。

王明月正在笑他，摆着手说："少说话，不该说的还是别说。有人跟你说笑话，不一定安好心，你得防着点，万一传出去，可了不得。"

"就是啊，我听说，王家庄一个算命的被抓走了。"张婶捂着嘴说道。

王明月好奇地问："什么时候的事？"

张婶略带神秘地说："就前两天。我在湾边上玩，还是听那些小孩说的，他们还商量从咱村抓个典型呢。"

王明月审视着张婶，生气地说："咱村？咱村哪有啊？这些小孩子也是，无法无天了。你说，他们懂什么？闹得也忒厉害！"

　　刘德江回头呵斥道："哎哎，别说了，扯远了。头发长，见识短，不让你说你偏说！"

　　刘德成阴沉着脸说："哥，俺嫂子说的哪有错？没错！世道再怎么变，可谁又能改变这天地变化？一上午都是大晴天，连块云彩都没有，半个多小时的工夫，就下了这么大的雨，谁想到了？这几年谁不是提心吊胆地过日子？我在家闲得难受，说是接受劳动改造，可我心里憋屈呀！你说，这怎么说变就变？"

　　刘德江思忖了一会儿，慢慢地说："唉，猴年马月能过上好日子啊！"

　　王明月生气地说："可不是？我都看不顺眼，这是什么事？"

　　张婶也生气地说："就是！我看就是到死也别想吃个棒子面的窝窝头了。"

　　"没事的时候，我就在家瞎琢磨。我就想啊，没有太阳是绝对不行！光晴天不行，光阴天不行，光下雨更不行！咱老百姓的日子，还是靠天吃饭。不打仗了，只要风调雨顺，应该能过上好日子！咱都盼着风调雨顺啊！瞧这场雨，下的就是及时雨，都多少天没下雨了？老天爷还是开了眼，总算是让咱盼到了！"说到这儿，刘德成站起来，使劲跺了跺脚。

　　刘德江望着天空说："谁说不是啊！这场雨不孬，种上棒子都能出来了。"

　　王明月高兴地说："雨停了！雨停了！赶紧下面条，那些馍馍准不够。他婶子，快点烧火。走，咱给大伙倒水去，正好，也都差不多吃完了。"

　　刘德江不耐烦地说："这种事用不着我，你去就行。"

　　"哦。"王明月应声而去。

　　张婶急忙点火，刘德成炝锅，大家又各自忙起来。

　　胡文华早吃饱了，见王明月进来，忙站起来说："嫂子，别忙了，都吃饱了，你也赶紧吃点吧。"

　　王明月大声说："该忙！这时候不忙什么时候忙？多吃点，别着急，炝锅面还没上呢。"

　　"嫂子，你可别下面条了。你看，馍馍都剩下了。刚才我问她们了，都说吃饱了。是不是？"胡文华这样问，满桌的人都点头说："是，是。"

　　王明月笑着说："大伙都吃好了吗？可得吃好啊！别吃不饱，传出去，笑话我这个当婆婆的。"

大家满脸堆笑说:"吃好了,吃好了……"

"那我就放心了。要不是下雨,我早该来给大伙满一碗水了。"王明月端着茶壶挨个儿倒着茶水,"咱都知道,这日子都过得差不离,也没什么好招待的。咱妇女都不喝酒,这回就把茶当酒,我敬大伙一碗。来,都端端,这是俺一家人的敬意。"说完,她把手中的茶碗高高举起。

"行,嫂子说了,咱都给她个面子。来,咱都端端。"胡文华带头说道。

"都坐下吧,说说话,下雨下得天也凉快了。这雨下得不小,也没法下地干活了,咱就都沉住气,歇歇!我到那屋看看。"王明月等大家都坐下了,才去了自己屋里。

"哟,嫂子来了!"李敏喊着,带头站起来。

"快坐下,坐下。都吃好了吗?"王明月进了屋子,又说了一遍客套话,大家又都客气一番。

四桌客人,王明月每个桌都敬完了。每桌的馍馍都没吃完,虽然她预料到可能会有这样的结果,但还是有些意外,毕竟来的客人比先前算的多了三位。不过,这也是她算的最好的结果,她急忙走进灶房,告诉刘德成少下面条,然后静等客人离去。

胡文华那一桌人先出了屋子,其他桌的人也陆续站到院里。王明月见她们出来,忙到院子里相送,大家相互说着道别的话,又彼此客气了一番才渐渐散去。

几个帮忙的赶紧收拾桌子,将剩下的东西进行了整合,总共剩了三个半馍馍、大半碗菜、半碗汤。忙完后,大家围坐在一起吃饭。

王明月对张婶说:"他婶子,你忙活大半天了,准饿了,赶紧吃。"

张婶拿着筷子,笑着说:"不饿,真没觉着饿。我帮不了多少忙,就是来吃饭的。"

"都什么时候还不饿?我饿得肚子都咕咕叫了。快吃吧。"说着,王明月给张婶碗里夹了些菜,还特意挑了几块肉。

"嫂子,你吃你的,别管我,我又不客气。"张婶谦让着,开始吃起来。

王明月边吃边说:"你可真别客气!咱都多少年的街坊了,俺家哪回有事都少不了你。你干了多少活儿,比我干得多。少了你啊,可不行!"

张婶看看王明月,激动地说:"你跟俺大哥帮俺家更多,你要是再说就见外了。"

王明月拿筷子指着碗说:"快吃饭,吃饭,咱都不说了。"

"俗话说得好,远亲不如近邻哪!"刘德成慢条斯理地插了一句。

刘德江指着三个闺女说:"就是,就是。这是明摆着的,有事指望她仨,晚了。"

刘晴带头说:"可不是嘛,多亏了俺叔和婶子给帮忙。俺几个都指望不上,家里边事都不少,哪有空来呀?"

两个妹妹都笑着点头。

刘德成看着她们说:"嗯,你姊妹仨都不孬,都挺孝顺。你爸你妈也算是熬出来了,往后光享福了!"

"德成叔,你知道,俺爸俺妈卖了一辈子力,说是过得好点了,可你看,吃得还是不行,穿得就更别说了!俺仨过得也好不了多少,咱都差不多的。俺几个倒是有心叫俺爸妈享享福,可一年到头也就给他俩买点吃的,还都是好几个月才来一趟,根本不能指望俺几个。"刘晴说着,摆了摆手,又叹了口气。

"可你仨都孝顺,咱村里谁不知道?这就不孬了!"李瑞香说道。

"你仨和俺那仨闺女比强多啦!唉,话说回来,俺那仨孩子都不如你仨过得好,也没法呀!"张婶脸上掠过一丝惆怅,低头吃着面条。

刘德江朝三个闺女说:"你仨帮你妈收拾收拾,收拾完了赶紧回去,别耽误自己家的事!"

刘虹抢先扫院子去了,刘云去收拾灶房,刘晴磨磨蹭蹭地拿起抹布,准备擦桌子。

王明月对刘晴说:"你先等等,我和你婶子吃完了再收拾。"

刘晴一听,接着坐下了。

王明月已经吃饱了,可看着张婶还在吃,便拿着筷子装样子,转而对刘晴说:"小美好了吗?光忙了,也没问你。"

"没事了,没再烧。"

"哦,往后可得小心。"

"嗯,这回可把我吓得不轻。妈,亏了你和俺爸爸去,要不就耽误了。妈,我再给你盛点面条?"

"哦,我吃得差不多了,光给我盛点汤吧。"王明月把碗递给刘晴,刘晴转身要走,王明月又说:"等等,再给你婶子盛碗面条。"

张婶摆着手说："俺不要了，吃饱了，吃饱了。"

刘德江埋怨儿子："哎，石头，光说话了，快给你叔叔再盛碗去。你小子光顾自己吃，也不想着点。"

"真是，光想着自己了！来，叔，把碗给我，我去盛。"建国伸出手。

刘德成抿了下嘴，摆摆手说："饱了，饱了，我吃了俩馍馍了。"

"哎哟，你吃俩馍馍可不饱，你哥哥吃俩都不饱。"说着，王明月站起来，"再来碗面条，可不能饿着掌勺的！"

刘德成苦笑道："我说嫂子，你怎么也不信我？别人都吃不饱，我也不会犯傻！吃饱了再说。这时候吃不饱，死要面子活受罪！"

王明月看了一眼李瑞香，笑笑说："嗯。我觉着准有吃不饱的，刚才我就想说，要不那馍馍剩不下。一个人还没吃上一个馍馍，还没我吃得多，按说不应该。"

李瑞香冲王明月挤了挤眼，她的手还在桌子下摆了摆。王明月见李瑞香这样，知道不能再跟刘德成接话了。

刘晴看他们都不吃了，才敢收拾桌子。

姐妹几个干活都麻利，很快都收拾好了，大家重新围坐在一起。

这时，刘德成有些犹豫地说："刘晴啊，你叔想麻烦你个事。"

刘晴忽闪了一下她那双大眼，带着微笑说："叔，你说，只要我能办到。"

刘德成先干咳了几声，这才说："你那个二兄弟，不是不上学了嘛，在家闲了好几年了，我跟建国也说了，打听着给他找个活儿，一直也没找着。前两年他还小，不着急；可这年龄大了，光在家闲着不是个事啊！我寻思，你跟你对象说说，给他找个活儿干。不着急，有呢就给他问问，没有就算了。"

"行。我回去就跟立德说说，叫他打听打听。你和俺婶子也别着急，不光他一个人在家闲着，慢慢来，谁家没几个闲人啊？你跟俺婶子就算好的了。"说完，刘晴把目光移到老爸脸上。

刘德江一直面带笑容，可听了刘德成的话后，脸上却掠过一丝阴云。他一直仔细听着闺女的话，见闺女看他，微微点了点头，笑了笑未说什么。

刘德成站起来说："刘晴，你出来，叔跟你说点事。"

刘晴跟着刘德成走到院里。他悄悄说："那，这个事叔就麻烦你了，你多费心！立德找人家帮忙，少不了应酬，我跟你婶子过几天上你家去一趟，跟立德见个面，我准备点东西。"

"哟，叔，不是我不叫你去，你也别怪我，你不知道立德的脾气，他脾气不好，我不敢做主。叔，我回去先跟他说说。俺兄弟上学多、有文化，应该好找活儿！"刘晴不敢大包大揽。

刘德成点头说："我知道，不要紧，你叔可不是不懂事的人。那叔就听你的，你先跟立德说说，有眉目了咱再说，行吧？"

刘晴爽朗地应道："行，行。叔，咱就这么定了，到时候再说。"

这时，王明月在屋门口指着他们说："哟，你爷儿俩叽叽喳喳的，说什么呢，怎么还背人说？"

刘德成赶紧笑着说："嫂子，什么事敢背着你？俺爷儿俩就说了两句话。走，咱回去吧。"说完，他们又回到屋里。

刘德江裹着烟袋一言不发，他冲刘德成笑了笑，又看看闺女，正琢磨心事。

李瑞香站起来说："咱走吧？咱走了叫咱哥哥和嫂子歇歇。"

刘德成刚坐下，接着站起来说："是，是。走，走。"

刘德江站起来说："再坐坐吧，也不晚。"他这么说，家人也都跟着说了客气话。可这次，刘德成没再逗留，李瑞香紧跟着走了。

张婶也跟着出了门，大家又客气了一番才散去。

太阳又从云层里冒出来，这一晒，感觉又热了许多。大门口的杨树上，两只知了可劲地叫着。建国向树上望去，见树叶纹丝不动，捡起一块石头，使劲朝树上扔去，接着，传来知了飞走的声音，他这才转身回屋。

王明月没等坐下就问："你德成叔偷偷摸摸地跟你说什么？"

刘晴叹口气说："俺叔叫立德给建斌找活儿。他说想买上东西上俺家去一趟，我没答应。"

"我说呢，怎么不敢守着人说，"王明月坐下揉着肩膀，"可累得我不轻，老了，不中用了。"说话时，她挨个儿看了看三个闺女。

"妈，你可不老！我看你干什么都可带劲了，你呀，也就守着俺仨说累，见了你孙女啊，你准不说累了。妈，别人不知道，我可知道你那脾气，是不是？"刘晴笑呵呵地看着老妈，刘云和刘虹也在一边笑。

"你这个熊妮子，就你能！看你妈看得倒是挺准。"王明月开心地笑起来，"嗯，你别说，我啊，见了俺孙女，什么毛病都没了！你仨没见你爸爸呢，比我还厉害。往后啊，这看孩子的活儿，我准抢不过你爸爸。"

刘德江嘿嘿笑了笑，把屋里的人看了一遍，指指三个闺女说："我啊，早想好了，等俺孙女大了，我就领着她上你仨家去，你仨有什么好吃的，都有俺孙女的份；要是没有，我可不愿意！"

王明月指着老头儿说："怎么样？你爸爸比我想得远！"

刘虹指着建国说："石头，咱爸咱妈就偏向你！你小的时候，好吃的都是你的。呵，这往后，好吃的就是你闺女的了。"她的话，引得大家把目光都转到了建国身上。

"我还不想这样呢！干吗非要上你仨家里吃好东西？我好好混，往后，俺家里吃得比你仨都好！是吧爸妈？"建国笑着，观察爸妈的反应。

王明月拍了下桌子，高兴地说："那才好呢！石头，我啊，就是这么想的。她仨过得再好，那也不是俺的，只有俺石头过好了，那才是俺的！"

"是是是，俺仨都盼着俺娘家兄弟过得更好，你俩也就安心了！要不，俺仨也不安心哪。"刘云说着，站起来给大家倒水。

建国乐呵呵地说："姐，你坐下，我倒水。往后，你仨来就是客了，等广凤能干活了，叫她帮咱妈干，你仨就什么也不用干了。"

"嗯，我可一直盼着！咱爸咱妈总算熬出来了，往后还真不用记挂着他俩了。"刘晴喜出望外，"你俩往后也少操心吧，不该管的就别管了，石头他俩也都行了。"

"哎哟，什么该管什么不该管呀？你以为你妈傻呀，这事不用你操心！我不比你明白？家家有本难念的经！我早就跟你爸爸商量好了，你仨俺俩是不管了！俺石头上班忙，只要我和你爸爸能动弹，俺俩就多少干点活儿，要不，光闲着会闲出毛病来。你没见那些什么也不干的，都跟傻了差不多。"王明月说着说着，嗓门挑高了。

"歇歇，歇歇，喝口水。着什么急呀，憋得脸红脖子粗的。"刘德江一说，把大家都逗笑了。

"妈，歇歇，喝水。"建国笑着给老妈端上茶。

"唉，我早就想说，就是过年也没凑这么齐，咱一家人都好几年没这么坐下说说话了，我想想还真不是个滋味！这不，我跟你爸爸总算盼着俺石头也当爹了，高兴啊，高兴啊！"说着说着，王明月的眼角流出泪来。

刘德江板起脸说："怎么越说越来劲了？亏了没外人。你说你这个人，再高兴也不能又是哭又是笑的，不能折腾傻了啊！"

"爸，往后你得少抽烟。你血压高，肺也不好，按大夫说的，你就不能抽烟。"刘晴说着老爸，眼睛却看着老妈。

王明月听了刘晴的话，忽然来了精神，对着老头儿说："就是，你说得对。我说他，他可不听！"

刘德江嘿嘿笑了笑，点着旱烟袋，裹了两口才说："我知道，你说我都是为我好！咱饭都吃不上的时候，我不喝酒不抽烟了。这几年，不是能吃饱了，我年纪大了，也不想别的了，就这么着吧。你几个都过好个人的日子，不用记挂着我。"说话间，他看看这个孩子，又看看那个孩子，最后盯着刘晴说："大妮儿，你想着给你妈买件衣裳穿。他们几个比起你来，过得差点。我寻思你管的也不少，不该给你提这个，可想来想去，又觉着该给你提。"

"爸，你该提。我都多少年没给俺妈买件衣裳了。是，都过得不好，可还是光顾自己多，这怨我。你看，我穿得人五人六的，就没想着给你和俺妈买件新衣裳，光给俺妈破衣裳穿了。唉，说这个真丢人！"刘晴说着，已经是眼泪汪汪的。

"行了，别说了，还说我呢。好日子在后头呢，我和你爸爸就光享福了！"王明月看着老头儿，脸上的皱纹又堆积起来。

刘德江站起来说："不说了。时候不早了，你俚也该走了，家里边都有事，赶紧回去吧。"

刘晴一边给刘云摆手，一边笑着说："走，走，赶紧走。咱爸咱妈不管饭了，赶咱走了。刘云，赶紧收拾东西"。

"我看也是。咱要是吃了饭走，不是又叫石头破费了？石头不心疼，咱爸咱妈也替他儿心疼。"说到这儿，刘虹瞟了老妈一眼。

"你俩就是事多！咳，随便你俩怎么说吧，不就是一顿饭吗？我跟石头保准没意见！谁要是家里没事啊，谁就吃了饭再走，黑灯瞎火的，只要不害怕摔倒，吃就是。是吧，石头？"王明月知道闺女在逗她，她趁机想看看儿子的态度。

建国擦了擦额头的汗，半开玩笑地说："就是。一顿饭我还管不起，那不白混了？姐，都别走了，再吃一顿，咱早点吃，保证你俚到家都黑不了天。住下都行，我保管俺姐姐都吃饱。要不，干脆都住下吧。"

"哎哟！你看，建国都吓出汗来了，还是给他省下吧。"刘虹高声说道。

建国跺着脚说："你真是俺亲姐姐！你没出汗啊？瞧瞧你脸上的汗，比我脸上还多!"

刘晴埋怨道:"还是跟小时候一个样,一点也没变!都当爹了也不知道动动脑子,不知道跟你闹着玩呀?还当真了。"

大家都笑起来。

刘德江和王明月见孩子们开心,他们更高兴,说笑着送孩子们出了家门。

第二十二章

一九七五年夏天的一个早上,张广凤生下三女儿。

王明月一看又是个女孩,拉着脸说:"怎么又是个丫头呀!怎么回事?上个月十五观音娘娘给我托了个梦,我明明是抱着孙子的!唉,这是怎么回事呀!这几年我可没少给她老人家烧香啊……"她右手拍着左手喋喋不休,站到院子里,又望着天空埋怨:"老天爷呀,你这是怎么了?怎么就不叫我抱个孙子啊?你说,我到底哪儿做得不对,叫你看我不顺眼,非要折腾我。光折腾我也不要紧,你叫俺儿往后可怎么活?"说完,她又长叹一声,气呼呼地回到自己屋里。

广凤听了婆婆的话更是揪心地疼,眼角的泪一直流到耳朵里,喉咙感觉堵得难受,哽咽着不敢出声。她面朝里躺着,知道这个家里已经没人顾及她的感受了。

建国进屋看了看,什么话也没说,扭头就去上班了。

广凤没文化,埋怨自己不争气,怎么就生不出个儿子?她知道建国进屋后根本没看她,可她并不怨他,而像以往一样盼望着他过几天就好了。就像生老二时一样,他只有两天不高兴,第三天回家就好了。

闫如意在椅子上干坐着,见王明月在外边捶胸顿足,悄悄对广凤说:"广凤,俺婶子就那脾气,她说她的,你就当没听见,可别气坏了身子。再说了,她也是生了仨闺女才生的建国。你还年轻,过两年再生一个,说不定跟你婆婆一样,下一个就是小子了。气坏了身子没人管你,还不是你遭罪?

听话,自己想开,别指望别人!我该走了。"

广凤立马反应过来,赶紧抹了一把泪,不住地点头:"我知道。嫂子,光麻烦你,你受累了。你慢点走,等满月了我再去看你。"

那只瘦骨嶙峋的黑狗又狂叫起来,别看它个头不小,可身上的毛一点光泽也没有,眼角还挂着黄黄的眼屎。不过它看家的本领略有长进,叫声更加响亮、更能吓唬人了。它上蹿下跳,冲着闫如意叫个不停。闫如意吓得捂着耳朵站在那里,不敢走了。

王明月赶忙从屋里出来,边走边说:"如意啊,快到屋里坐坐,我都把你忘干净了,你可别怪你婶子。我老了,糊涂了,不中用了!"说到这儿,她已经到了闫如意跟前,拉起她的手说:"如意呀,你可别怪我,我都昏头了,把你摞一边儿,又叫你忙活了一早晨。你吃了饭再走,我都做好了。走,屋里坐。"

闫如意贴着她的耳边说:"不了,婶子。你年纪越来越大了,身子骨重要,别着急上火的。你这样,广凤她心里也不好受!"

"我知道,知道,可就是管不住这张嘴。"她指着嘴角,露出了笑脸。

王明月见闫如意执意要走,不再挽留,又谦让了几句:"如意啊,你抽空领孩子来玩。光麻烦你,连碗水都没喝,叫你婶子心里过意不去呀。"

"婶子,瞧你说的,咱谁跟谁呀,又不是外人,你就别说见外话了。刚才我跟你说的话,你可得记住啊,别把不高兴挂在脸上。"说最后一句话时,闫如意又压低了声音。

王明月拍着闫如意的手说:"记住了,记住了。有空你就过来坐坐,咱娘儿俩说说话。我这个人整天没心没肺的,说话也不会拣好听的说,心里怎么想的就怎么说,不带拐弯的,直肠子一个。广凤知道我这脾气,俺娘儿俩也没少拌嘴。"

闫如意笑着说:"婶子,你的脾气都知道,心直口快,心眼好!别送了,你快回去看看,给广凤弄点吃的吧。"

王明月撒开闫如意的手,痛快地答应道:"你放心,我有数。你可再来玩啊!"

闫如意客气道:"好,有空我就来。婶子,别送了,快回去吧。"

王明月住了脚,看着闫如意拐出胡同口才转身回家。她刚进院子,就见老头儿在屋里朝她摆手,知道他有话要说。

"你这个人，跟你说过多少遍了，你就是记不住，猪脑子！你看你，弄那些洋相有什么用？你不是也生了仨闺女吗？你吃的穿的，不都是你闺女给你买？闺女怎么了？先有闺女后有儿，咱石头以后才享福呢。"刘德江说话时已经把声音压得很低。

王明月一听，没好气地说："行了，行了。别说了，我为了谁？不是为你老刘家吗？不是害怕你没孙子吗？我吃饱了撑的，没事找事！你整天装老好人，得罪人的活儿都叫我干了。"

此时的刘德江真生气了。他右手拄着拐棍，手开始发抖，拿拐棍指着她说："你就不能小点声？越说越来劲了，生怕人家听不见是不是？我可是给你说了，别怪我没提醒你。"

王明月看到老头儿哆嗦，不敢再吵，小声说："知道了，知道了，你千万别生气，我惹不起！我去给她盛饭。你先坐下，我打发她吃饱了再管你。"

"嗯，这还差不多。"刘德江哆哆嗦嗦地坐到椅子上。自去年冬天以来，他的身体每况愈下，主要表现是全身浮肿，严重时整个脸看上去油光发亮，脚面肿得很高，已有半年多不能穿鞋。儿子闺女带他到城里的医院看过，当时医生让他住院，可他坚决不同意。孩子们拗不过他，只好让医生多开了些药带回家。他清楚自己的身体，不愿再给孩子们添负担。从医院回家后，他再没迈出过几间屋子，每天都硬撑着起来吃饭、吃药，在屋子里转转。

这年夏天，兰兰整五岁了。她看到爷爷走路越来越困难，知道扶着爷爷进出了。爷爷奶奶整天挂在嘴边的一句话："这孩子，没白疼！"

这天早上八点多，忽然狂风大作，整个天空都黑下来，一阵电闪雷鸣后，大雨倾泻而下。

兰兰和妹妹在奶奶屋里玩。王明月将凳子拿到屋门口，坐在那儿缝补衣裳。刘德江自觉撑不住，回里屋睡觉了。

兰兰和妹妹正玩得高兴，猛然指着东北角大声喊："奶奶！奶奶！你看，进水了！"

王明月慌忙站起来，顺着兰兰指的地方看，见东北角的墙上已经湿了一大片。这时，兰兰又喊道："奶奶，这儿也湿了！"

王明月抬起头，屋顶滴下的雨滴恰好打在她脸上。她拍了一下大腿，焦急地说："哎哟，这回可糟了！兰兰，快拿盆子接着，桌子底下的盆子，看见了吗？"

"哎。"兰兰钻到桌子底下,拿出盆子。

"奶奶,你看。"三岁的欣欣走到奶奶跟前,拉住奶奶的手,让奶奶看另一处漏雨的地方。可是,屋里漏雨的地方越来越多。

王明月也没好办法,她和两个孙女把家里的盆子都摆上了,有的地方已经倒了三回。她不停地抬头看,见房顶有的地方透亮,开始害怕起来,怕屋子塌了。她指着里屋说:"兰兰,快叫你爷爷起来看看。"

兰兰跑进里屋,推着爷爷说:"爷爷,爷爷,别睡觉了,快起来看看,漏雨了。"

其实,刘德江早就醒了,但他知道起来也没用。

兰兰听了奶奶的话,非要爷爷起来不行。

刘德江咬牙起来,先把一条腿搭到炕沿上,又费力地将另一条腿搭到炕沿上,慢慢站到地上,双手扶着墙出了里屋。坐稳后,他仔细地瞧了瞧屋顶,又环顾了墙四周,没说话。

王明月可耐不住了,急急地问:"没事吧?要不咱都到西屋躲躲?"

刘德江有气无力地说:"叫她俩去。"

"哦。"王明月下意识地答道,她知道不好,也不敢多想,"兰兰,欣欣,快找你妈去,听见了吗?"说着,她又找了两块塑料布,让孩子顶在头上。

兰兰跑得快,很快就跑到妈妈屋里。可是,欣欣下到最后一个台阶的时候摔倒了,她趴在地上号啕大哭。

王明月见孙女跌倒了,刚要迈步出去,又看到兰兰跑回来拉妹妹了。

兰兰用力抱起妹妹,回到妈妈屋里。

广凤听到欣欣哭,忙下了炕,看到两个闺女都淋湿了,生气地问:"你俩怎么弄的,怎么都湿了?"她吃饭后就跟孩子一起睡了,根本不知道发生了什么。

兰兰走到妈妈跟前说:"妈,俺奶奶屋里漏雨了!"

"啊?你说什么?真事?"广凤走到屋门口,朝婆婆屋里瞧着。

"呀,怎么下这么大的雨?刚才我睡着了,不知道。"广凤透过雨望见婆婆正往她这边瞧,"妈,你和俺爸爸赶紧过来吧!"

王明月摆着手说:"你先别管俺俩了,你赶紧给她俩擦擦身上,别叫她俩冻着。"

广凤找了件破衣裳给两个孩子擦了擦,又给她们换上衣裳。

王明月见孙女安顿好了，悬着的心终于放下。平时坐的那把椅子已经湿透，地上更是水汪汪的，她无助地看着老头儿。刘德江正凝神望着院子。这回夫妻俩的想法最一致了："老天爷呀，快别下了，再下怕是要出人命啊！"他们俩活到现在，遇到干旱的年份多，还没见过这么大的雨。

王明月站着愣神，忽然想起事来。她匆匆走进里屋，爬到炕上，里里外外地摸了摸，这一摸，可把她高兴坏了，炕上竟然一点也没湿！她又从炕上下来，犄角旮旯到处看了看，都没湿的地方，心想：里屋没漏，俺俩还能睡个安稳觉。她赶紧出来，把这个好消息告诉老头儿。

刘德江双手拄着拐杖，看着外边发呆，至于媳妇说了什么，好像一点也没听见。

"我说，你没事吧？是不是又觉着哪儿难受了？你可别吓唬我。这两天，我的右眼皮老是跳，准没什么好事。"她心痛地看着老头儿，眼泪出来了。

王明月盼着老头儿冲她发脾气，可是眼前这个人，再也找不到昔日咄咄逼人的目光，再也不会说苛刻犀利的话语，再无趾高气扬的架势了。

她擦了一把泪眼，将手搭在老头儿的额头，浑身起了鸡皮疙瘩。他的额头很热，手比以前抖得厉害，两条腿也在哆嗦。她预感到，这回老头子怕是挺不过去了……

她赶紧扶老头儿坐下，想去倒水。她清楚地知道自己手不听使唤了。从老头儿身边到放暖瓶的地方不足三米，她扶着桌子挪过去，三次才抓准暖瓶把手。往碗里倒水时，明明对准了却洒到桌子上一半，这一洒，才让她清醒过来。她告诫自己："可不能这样，这么大的雨，石头肯定回不来了，一家老小还指望着你这个老太婆呢。"尽管她一再提醒、告诫自己别慌，可她端碗的手却一直在抖，她努力地调整自己，把碗递到老头儿嘴边。

刘德江张嘴喝了两口，将脸扭到一边，吃力地说："睡觉。"

她忙把碗放下，双手架起他。这个动作她本已练得非常熟，可今天却不灵了，没能将老头儿架起来。他的头往前一倾，差点把她顶倒。她听着老头儿的喘息声越发急促，眼里再次涌出泪水，为了不让他看见，做了个转身的动作，她麻利地弯下腰，双手伸向后方，半蹲着做了个背的动作。

他丢了拐杖，一头扎到她身上。

王明月早有准备，仍趔趄了一下，幸好迅即抓住了桌子腿，才没有摔倒。她稍微做了一下调整，背起老头儿往里屋走。从外屋到里屋本是抬脚的事，可今天对他们来说，太难了！他得病后虽消瘦了许多，但仍有一百斤以上，她只有八十多斤，背着他仍十分吃力。麻烦的是，从外屋到里屋还有一个台阶，她费了九牛二虎之力才把老头儿放到炕边，接着，抓住老头儿的胳膊，轻轻扶他躺下。

王明月穿的褂子前胸后背都湿透了，竟一点也没觉出来。紧接着，她拿起擦手布，在盛雨水的盆里湿了湿，拧干叠好盖到老头儿的额头上。没一会儿，他呼呼睡着了。

大约半个小时过去了，王明月摸着老头儿的额头不再烫手，听着他的喘息声渐渐均匀，于是扶着墙走到外屋，站到门口朝外望。雨停了，院里的水也干净了，她开心地拍了拍手，轻声说："老天有眼，要是再下，这破房子怕是真会塌了。"

她梳了梳头，准备去请大夫，又不放心老头儿，再次进里屋瞧了瞧，见老头儿睡得香甜，这才决定出门。

第二十三章

孙德旺是村里的医生，他身材矮小，又黑又瘦，别看他其貌不扬，但医术精湛。他家世代从医，不仅医术好，口碑也极好。他大体问了问刘德江的情况，拿了些药放进药箱，跟在王明月身后。

狗叫声将广凤和孩子们惊醒，她拍着兰兰说："兰兰，快去看看谁来了？"

"哦。"兰兰揉了揉眼睛，慌忙爬下炕。

"别叫了！光叫，光叫，烦人！"说着，兰兰扬起巴掌，抬腿冲狗踢去，吓得那狗拉着链子往后一跳，但它并未停止吼叫。

兰兰进屋一看，发现是她熟悉的孙爷爷。她知道，只要孙爷爷一来，准是爷爷又病了，急忙回去告诉妈妈。

王明月招呼孙德旺坐下，自己进了里屋，听见老头儿的呼噜声，悬着的心松弛了许多。

"哎，醒醒，醒醒。"王明月轻轻推着老头儿。

"嗯——"刘德江迷迷糊糊地答应，并未睁开双眼。

她凑到老头儿耳边说："我叫他德旺叔来给你看看，你发烧了。"

"哦，哦。"他听得明白，使劲将双眼睁开，试图自己坐起来，但费尽全力却只欠了欠身子。

她拿起老头儿的一只胳膊搭在自己肩上，然后将老头儿拦腰抱起。可是，她没能抱起来。

"你都把我吓糊涂了，来，还是先坐起来，我背你。"说着，王明月把老头儿从炕上掀起来，又使劲把他拖到床边。

孙德旺赶紧站起来说："嫂子，别叫俺哥出来了，我进去看看吧。"

王明月喘着粗气说："行吗？这屋里黑乎乎的。"

"行，我先给俺哥哥量量体温，看看还发烧不。"孙德旺拿着体温表进了里屋。

王明月拉了床头的一根绳子，电灯开关响了一下，可电灯没亮。她知道，每次下雨准停电，更何况今天下了这么大的雨。她叮嘱道："他叔，你可慢着点，这里屋黑。"

"没事，没事，能看见。嫂子，还是叫俺哥哥躺下吧。"孙德旺冲刘德江笑了笑，刘德江一点反应也没有。

王明月慌忙扶老头儿躺下。

孙德旺将体温表给刘德江放好，然后回到外屋坐着。

广凤来到婆婆屋里，给孙德旺打招呼、倒水。

孙德旺看地上湿漉漉的，疑惑地问："地上怎么这么湿啊？屋里漏雨了？"

"可不，东北角、屋顶漏得厉害，你看，屋顶都透亮了。"王明月指着上方，几个人一同向上望去。

广凤吃惊地说："呀，怎么漏得这么厉害？"

孙德旺盯着屋顶看了一会儿，又站起来四下看了看，说："嫂子，趁着不下了，赶紧把屋修修，要不，再下雨这屋可就不保险了。"

王明月点点头："哦，等石头回来，我跟他说说。他叔，你快坐下歇歇。"

"我看看表，时候差不多了。"孙德旺拿着体温表走到门口，仔细看着说："三十八度五。"

"不要紧吧？"广凤跟婆婆一同问道。

"先吃上两片解热止痛片。"说着，孙德旺从药箱里拿出药。

"嫂子，我给你留下六片药，先给俺哥哥吃上两片，我到七点多再来一趟，看看怎么样，不行咱再说。"孙德旺将药递给王明月，背起药箱走了。

广凤提了暖瓶回到婆婆屋里，倒好一碗水，准备给公公吃药。

"你歇着去吧，别管了，我来。"王明月虽对儿媳心存不满，但从不叫她伺候刘德江。

广凤答应一声，便回自己屋了。下午两点多了，一家人还没吃中午饭。欣欣嚷着肚子饿了，兰兰也饿了，可兰兰表现得跟个大人似的，指着妹妹的鼻子说："光知道吃，不听话！不知道爷爷生病了？奶奶还没做饭呢。"

欣欣委屈地哭起来。

"哭什么哭？再哭我揍你两巴掌。"广凤的火气忽地蹿上来。

欣欣被妈妈吓得止住了哭声，但委屈并未散去，仍站在原地呜咽，泪水顺着脸颊淌着。

"好了，别哭了，来，咱俩玩去。"兰兰牵起妹妹的手，拉着她往外走，可欣欣生气地挣脱了姐姐的手，大声说："别拉我！"

"你这臭妮子，再嚷嚷我真揍你，快出去！"这时，老三也哭起来，广凤怒目圆睁，她的巴掌已经扬起，随时可能抽到欣欣身上。

兰兰赶紧拽着妹妹出了屋子。尽管欣欣有些不情愿，但她看出妈妈真生气了，干脆跟着姐姐逃出去了。

广凤生气地给老三换完尿布，又给她吃了奶，轻轻拍打着哄她睡下。

王明月给老头儿吃完药，赶紧忙着做饭。

兰兰领着妹妹来到灶房，指着妹妹说："奶奶，欣欣饿了，刚才她哭，俺妈说揍她。"

"快出去，里边太呛了。兰兰，把欣欣弄出去，奶奶这就做饭。"王明月听了孙女的话，生出一股怒火，又不能说出来。她很快做好一锅疙瘩汤，盛上一碗，看着那几个荷包蛋，犹豫再三，把一个荷包蛋盛到碗里，给儿媳妇端去。回到灶房，她又盛了两碗放到院里的小桌上，没等她喊孙女吃饭，两个孙女立马围拢过来。

"兰兰，拿筷子去，给你妹妹拿把勺子。欣欣，那碗可热，别烫着。"说着，王明月回自己屋了，她要看看老头儿怎么样了。

"你怎么跪到地上？你看你腿上的泥巴，你不知道脏啊？"兰兰埋怨着妹妹，将勺子递到妹妹手里，"欣欣，你起来，别跪地上了，不听话咱妈揍你我可不管。"

王明月进里屋瞧了瞧老头儿，见他仍睡着，正犹豫是否叫他起来，却听见老头儿说："给我点水喝。"

王明月赶忙去端水。

刘德江吃药后又迷迷糊糊睡了一觉，醒来后觉得清醒了。

她扶起老头儿，急切地问："你觉着好点了吧？还难受吗？"

"还是浑身疼。"他一点精神也没有。

"来，先喝水。"她把碗凑到老头儿嘴边。

他喝下大半碗水，轻轻叹了口气，无奈地拍了拍腿。

王明月知道老头儿着急，委婉地说："你就是发烧，我摸着不烫了，应该没事。想吃饭吧？我做的疙瘩汤，放了两个荷包蛋。"

"还真饿了，盛一碗。"他咧着嘴，勉强笑了笑。

她高兴地给老头儿盛了半碗疙瘩汤，将两个荷包蛋放在上面。

他看着媳妇说："给兰兰她俩一个，我吃一个就行。"

"你吃你的，我给她俩盛了。"说着，她夹起一个鸡蛋，塞到他嘴边。

他有好久没吃这么好的饭了，大口大口地嚼着。两个荷包蛋很快吃完，他把碗端在自己手里，说："吃饭去吧，我自己吃。"

她一听，心里自然一块石头落了地，说："行，你可慢着点，别洒了。"

他苦笑着点点头，说："洒不了。"

她知道他的手在抖，可她不怕他把碗掉地上。他不想让她喂，努力自己吃。

王明月走到两个孙女跟前，蹲下给欣欣喂饭，蹲的时候却歪倒了，弄得满手是泥，坐起来伸了伸手指头，食指竟不敢打弯了。

兰兰手疾眼快，起来扶奶奶，可她劲太小，没能扶起奶奶。

王明月指着屋里说："兰兰，快给奶奶端洗脸盆来。"

广凤听见动静，急忙从屋里出来，把脸盆端到婆婆跟前，担心地问："妈，没事吧？"

"没大事，就是这个手指头不敢打弯了。"她一脸痛苦，将手指伸给儿媳看。

"妈，我给你捋捋。"说着，广凤就要动手。

王明月急忙把手缩了回去，说："别，别，你会呀？"

广凤尴尬地笑了笑："妈，我不会，就是瞎拽拽，也许能管事呢。"

"那还是别试了，万一越拽越厉害呢。"王明月开始洗手。

欣欣看到奶奶摔倒高兴地笑起来，她一手拿着勺子，另一只手朝奶奶比画，屁股还没闲着，弄得凳子来回晃。

"欣欣，你还笑，奶奶都是为了你才摔倒的。你不好好吃饭，往后我就不管你了。你这臭妮子，哪回吃饭都不好好吃。我跟你说，你可别晃了，好好坐着！乖孩子，快点吃饭，你再不吃，我叫你姐姐都吃了。"王明月连哄带吓地跟孙女唠叨着。一旁的兰兰给奶奶帮腔："欣欣，快点吃，你再不吃我都给你吃了。"

广凤蹲下说："欣欣，来，妈喂你行吧？"

"奶奶喂，奶奶喂。"欣欣把头扭到一边，不搭理妈妈。

"你这熊孩子，还挑三拣四的，没看见你奶奶摔着手了？你看，你奶奶疼得都不敢动了，怎么喂你？来，妈喂你，乖孩子，听话。"广凤端起碗，欣欣却跑开了。广凤没耐心，直接回屋去了。

王明月只好说："来，乖孩子，还是奶奶喂你。"

欣欣噘着嘴来到奶奶跟前，很快吃饱了。

王明月又问："兰兰，你吃饱了吗？"

兰兰眼睛一眨不眨地看着奶奶："奶奶，我还想吃。"

王明月伸着手说："来，拽起我来，我给你盛去。"

兰兰使劲拽起奶奶。

王明月小声对兰兰说："兰兰，问问你妈吃饱了吗。"兰兰应声而去。

王明月给兰兰又盛了半碗，然后给自己盛了一碗，朝锅底瞧了瞧，还剩下一点。

兰兰跑到灶房，跟奶奶大声说："奶奶，俺妈吃饱了。"

"哦，知道了。兰兰，你的。"王明月早就饿了，顾不得端出去正儿八经地吃了，站在灶房里将疙瘩汤吃完。她收拾干净，忽又想起老头儿还在吃饭，匆忙赶回屋里。

刘德江早就吃完了，想把碗放到桌子上，可试了试不行，便不敢再动了。

她接过碗，轻声问："我背你出去坐坐？"

刘德江慢慢摇摇头，说："不去，我想睡觉，你把盆子给我，撒泡尿。"

她放下碗,端起床下的盆子。

刘德江撒完尿,精气神忽然上来了,问道:"石头快回来了吧?"

她望望窗外说:"恐怕是不回来了,下这么大的雨,道上准没法走了。"

刘德江难过地说:"回不来?不准,准回来!我等他,跟他说说话。"

王明月扶老头儿上炕,笑着说:"行,想跟你儿说什么?先跟我说说?"

他慢慢地说:"跟你说,没用!"

王明月哼了一声,指着老头儿说:"不跟我说拉倒,我还不愿意听呢。"

刘德江喘着粗气说:"你走,我早点睡,要是石头回来,叫叫我。"

王明月看着老头儿躺好才出来,坐到他常坐的地方,想到不该想的事,打了个寒战,感觉嗓子里冒出个东西把喉咙卡住了。她呆呆地坐着,不停地拽着喉咙,泪水顺着脸颊淌到脖子里。

第二十四章

建国心急如焚,他知道爸妈的房子肯定漏雨了,只是不知道会到什么程度。"早该把房子修修!"可事到如今,除了后悔他也无计可施,于是下决心:只要明天天晴,就修房子。看到雨停了,他兴冲冲地跑到街上,仰头大声喊道:"我能回家了,我能回家了!"

同事老王在屋里喊:"建国,你干吗呢?赶快回来,那水里什么东西都有,等水淌完了你再走。"

建国焦急地回到屋里。不知为什么,他有一种不祥的预感,这种感觉让他果断做出决定:不管怎样,今天必须回家!

雨水终于小了,建国赶忙推出自行车,匆匆踏上回家的路。本来坑坑洼洼的路被这场雨冲得更不好走,稍不留意就会陷进泥坑里,好在他对整个路况熟了,危险地段就推着车子,绝不冒险。

狗的耳朵竖起来朝门外叫了几声,接着摇晃起尾巴来。王明月忙不迭地走到院里,静等儿子进来,见儿子一身的泥,她赶紧把委屈的泪挤回去了。

兰兰跟妹妹见爸爸回来,也都围拢过来,高兴地蹦蹦跳跳。

"兰兰,快给你爸爸拿手巾去。"说着,王明月先回屋了。

建国跟着老妈进了屋子,问道:"房子没事吧?"

"唉,你瞧瞧吧,四下里漏,都透亮了。你看。"

"都怨我,早该收拾收拾,好歹没事,把我吓得不轻。俺爸呢?怎么先睡觉了?"

"别叫他,他刚睡着。唉,又发烧了,给他看了,也吃上药了。"

"吃饭了吗?"

"吃了,吃得不少。你先去洗洗吧,你德旺哥说,忙完了再来看看。"

"哦。"

建国刚要走,听见爸爸微弱的声音:"石头,石头,你来,来。"他听着不对劲,快步返回爸爸身边,说:"爸,来了来了。妈,你把灯点上吧,看不见了。"

刘德江费力地说:"扶我起来。"他抬了抬手,接着又放下了。

娘儿俩一起把刘德江扶起来,让他靠到墙上,又拿了些破衣裳给他垫在腰下。

刘德江耷拉着头,眼里已经没了精神。

建国想把爸爸的头竖起来,可他爸却说:"别、别动,我不行了……你、你,这个家,就、就靠你了……"

"刚才还好好的,怎么就……"王明月的眼泪止不住地流下来。

建国噙着泪,连连答应:"知道,我知道。爸,放心……"他扶爸爸躺下,眼泪再也憋不住了,又赶紧说:"爸,别多想了,刚才不是吃药了?我去叫德旺叔,你等着。"说完,他急匆匆地出去了。

刘德江喘着粗气说:"快,回……"

王明月抓着老头儿的手,哭着说:"你可别吓我!等着,等着德旺来,他准能给你看好。"

刘德江张着嘴,艰难地喘息着,很快,他一点反应也没了。

王明月号啕大哭。

广凤听见婆婆的哭声,赶紧过来了,两个孩子也跟了进来,一家人都哭起来。

建国没进门就听见了哭声,他飞奔到屋里,孙德旺紧跟在后面。

孙德旺摸了摸刘德江的脉搏，又翻起他的一只眼皮，摇着头说："建国，准备后事吧。"

建国哭着给孙德旺磕了个头，然后着手准备父亲发丧的事。他理了理思路：要先找人挖坟打棺材，再给亲戚朋友送信儿。花费跟别人家差不多就行，免得招来麻烦。

广凤深知婆婆对公公的感情，他们虽然经常打嘴仗，但都是半开玩笑。她扶着婆婆，想让婆婆去她屋里，可婆婆说："孩子小，别吓着孩子。"

广凤不住地抹眼泪。婆婆教训她："你少哭，不知道孩子还吃奶啊？"广凤这才不敢再哭出声来。

王明月哭了一场又一场，哭得嗓子哑了。她知道这一天早晚会来，早想过应对的办法，可是，这一天真来了，之前想的那些都用不上。她冷静下来，先想到儿子，问道："石头呢？我跟他说说。"

广凤赶紧抹了把泪，回道："他去磕头了，找帮忙的了。"

王明月缓缓地说："等他回来再说吧。别管我了，我没事。你赶紧看看孩子去，别饿着孩子，叫兰兰她俩都跟你去。"

广凤惊疑地看着婆婆，不敢走开。

一边的王婶催促道："广凤，你妈说的对，领孩子回你屋吧。我叫你妈上俺家睡去，你就别管了。"

王明月不停地摆手，让儿媳赶紧走。

广凤见这架势，赶快领着孩子走了。她回到屋里，一边给孩子喂奶一边寻思：以为她会难过得不行，怎么没事？也许她是在外人跟前逞强？要是我，可没这本事。

没错，王明月怕儿子办事不周全，更怕被街坊笑话。她扫视了一圈，没见刘德成两口子，心下嘀咕：石头怎么没给他俩信儿？该先给他俩说啊，都是一家子，也是主心骨啊。唉，这孩子怕是忙晕头了。她正想着，听见王婶说："嫂子，时候不早了，你上俺家歇着吧，石头回来，叫人给他说一声。"

"哦，我寻思等石头回来再说。"王明月有些不情愿。

王婶劝道："咳，别等了，他忙他的，咱也插不上手。有什么事，明天再说吧。再说，建国办事，你只管放心！"

"我知道，知道。不是他爹不在了嘛……"说着，王明月又哭起来。

"嫂子，不是我说你，以前你怎么说我来着？不是叫我想开点，这轮到你了，怎么就想不开了呢？你看，我都跟实诚熬了这么多年了，不也过来了吗？"王婶拿手巾给王明月擦泪。

"唉，谁说不是啊，人早晚都要等到这一天的，没什么稀奇的。可事到了跟前，我就迷糊了，谁说也不行啊……"王明月又抽泣起来。

"嫂子，怎么越说越来劲了？你要是再不听劝，我可真生气了！你光知道哭，你哭，石头心里就不难受啊？他回来见你这样，不更着急吗？你呀，替孩子想想，别再叫孩子记挂着了。听话！"王婶这一通说教起了作用，王明月终于不再哭了。

建国回到家，见邻居们已经来了不少，忙跪下给他们磕头。大家把他扶起来并说了些安慰的话，商量下一步怎么办。

一切忙完了，建国看着直挺挺的老父亲，跪在一旁痛哭。

王实诚使劲拉他起来，他不想叫建国的泪水掉在老人身上。他扶着建国说："建国，你听话，别着急了。人死不能复生，你怎么这么不听话！"说完，他用力把建国拖到一边。

建国知道父亲疼他，在他眼里，父亲就是他们家的领头雁。尽管父亲没多大本事，可他对儿女倾注了全部。他想着跟父亲在一起时的好多场景，一晃二十多年过去了，自己好像才刚刚长大，他痛心地想：我成人了，可还没叫你老人家享福呢你就走了，你跟俺妈把我拉扯大，吃了多少苦、遭了多少罪，我还没来得及报答呢……

实诚不住地拍着建国的肩膀，劝说道："建国，快别哭了！你去看看俺大娘吧，她更难过。"建国这才不哭了，他跌跌撞撞地到了王婶家，见老妈在王婶的炕上躺着，悄悄嘱咐了王婶几句。

王婶是个明白人，知道建国着急，拍拍他的胳膊说："你妈的事你只管放心，我看着她睡觉，保证没事，你回去忙你的。哎，建国，别叫实诚回来了，叫他陪陪你，也好有个照应。"建国听了，心下万分感激，这才放心回家。

王明月躺在人家的炕上怎么能睡着？听见儿子跟王婶的话，她觉得心里略微好受了些。

第二天天刚亮，刘虹便哭着进了村子。她本来就是个大嗓门，一路上哭得悲悲切切，让不少早起的老人既同情又惋惜。他们见了她，都会嘱咐两句："别着急啊，着急也没用，唉！多劝劝你妈，别叫她着急！"她哪能听得进去，越到有人的地方，越觉得伤心，一路哭喊着："爹呀！你怎么就这么走了？我那苦命的爹啊！没享一点福啊！爹啊……"见到躺着的父亲，她发疯似的瘫坐在地上，拍着两腿大哭。

建国陪姐姐哭了一阵，听见外面又来人了，向院子里张望，见刘德成和李瑞香进来，忙迎出去给他们磕头。

"起来，起来。唉，我和你婶子走亲戚回来晚了，早晨起来才知道。唉！"刘德成说着，赶忙扶起建国。他眼圈发红，泪水接着淌出来。他见刘虹还在哭，对媳妇说："你劝劝孩子吧。"

李瑞香捂着嘴哭了几声，然后说："刘虹听话，别着急了，咱去看看你妈。"

刘虹不住地抽泣，她已经哭得没了力气。李瑞香使劲拽她起来，她却不肯。

建国上前劝说："姐，快去看看咱妈吧，你光在这儿不行。"

刘虹看着弟弟，点了点头，从地上爬起来，跟着李瑞香去了。

"哥呀，咱哥俩有事都商量，你走了，往后我找谁商量啊？"说到这儿，刘德成泣不成声。建国上前把他拉起来，爷儿俩一起回到院子里。

"建国，叫你叔干的事你直说，这个时候可不能见外啊。"说着，刘德成又抹了抹眼泪。

建国不住地点头道："我知道，叔。我都给管事的孟德明说好了，你帮衬着他，他可能也不大明白，有不明白的再找年纪大的问问吧，我是不大懂。"刘德成不住地点头应承，又说了些自己的看法。

八点多的时候，刘晴跟刘云哭着进了大门，这姊妹俩虽然也哭得上气不接下气，但都不如刘虹的哭声大。她们进到屋里，要看看爸爸的遗容，被旁边办事的人一一拉住。姊妹俩坐到地上大哭，闹腾了好一阵子，总算在大家劝说下安稳下来。

"咱妈呢？"刘晴问。

建国答道："上王婶家去了。俺三姐来得早，她跟咱婶子去了。你俩也去看看吧，我问问挖坟的怎么样了，下雨下得地都湿透了，不大好干活。"

"哦，等等，我先给一百块钱，你看着置办东西，送老的衣裳有，别的你问问人家办事的，咱都按人家说的来。"说着，刘晴从裤兜里拿出一沓钱。刘云也跟着说："我拿了三十，给你。"

建国犹豫了一下，没有接。

150 　幸福老去

两个姐姐都说:"拿着吧,不能就一个人管,你也没钱。"建国这才接过来。

孟德明觉得王实诚可靠,想把管账的事交给他,可又担心他脑子转得慢,万一弄个糊涂账不好交差。他正琢磨让谁干呢,听见刘德成问:"德明啊,你看我能帮你干点什么?给我个差事。建国说叫我帮帮你,给你打下手。"

孟德明客气地说:"叔,瞧你说的,你可是咱村最有学问的人,我该听你的。你说,你管账还是管买东西?"

刘德成摆了摆手,摇着头说:"咳,什么学问不学问的。这年头,不如老实巴交种地好。我看,别的我也干不了,还是记记账吧。"

"正好,我刚才还犯愁谁来管账呢,你管,我就放心了。叫实诚收钱,你老人家记账。叔,你干这活儿最好。别人,还真不行。"孟德明说到最后一句,将手挡在嘴边,压低了声音。

刘德成明白,微微笑笑,摇着头说:"抬举我,比我强的多得是,我可不行!"

孟德明是村里的名角,他从二十几岁就开始主持红白事,刚开始的时候,不少老人不把他放在眼里,以为他是仗着他爹的气焰抢了人家的活儿,后来见他办事老成又的确懂,才慢慢接受了他。他很乐意干这种活儿,对他来说,算是找到了用武之地。红事也好,白事也好,基本的程序固定,村里每家人的情况都差不多,按说不用再费心思,可他不这么认为,每次都尽心尽力,从不马虎。这次,他更是花了不少心思。

出丧这天,外面挤满了看热闹的人。无关者就是图个热闹,因为平时村里也没有多少新鲜事,所以红白事是大家喜闻乐见的事。大家都想看看谁哭得最伤心、都是什么人送殡、仪式有没有新花样。

最伤心的是王明月,她被安置在儿媳妇屋里,由张婶、王婶照看。起灵的时候,她出奇地平静,一直朝院子里望着。跟老头儿阴阳两隔了,她脑子里一片空白,只想着:再也不用看着他难受揪心了。

兰兰和妹妹对爷爷的死并没有大人那种痛感,看着大人哭,又听说再也见不到爷爷了,她俩便可劲地哭喊:"爷爷,爷爷……"她们不停地抹泪,把脸抹成了"花猫脸",成了大家指指点点的对象。

谁也没想到,抬棺材的人刚出大门就出了意外:刘虹倒在地上,背过气去了。大家乱了手脚,不知如何是好。幸亏有明白的喊着:"快掐她的人中!"

有一个人手快，立刻掐了刘虹的人中，这才把她掐醒。几个人把她抬回家去。

王明月见院子里进来一拨人，急忙起身出去，一看抬进来的是刘虹，立刻站不稳了。王婶手疾眼快将她抱住，张婶也过来帮忙，一起把她拖进屋里。

王婶端水让王明月喝了两口，劝说道："嫂子，你可千万别着急！刘虹是个急性子，她一着急就瘫了，歇歇就好了。以前我见过她这样的。你也知道，没事！"

王明月喃喃地说："唉，这个熊孩子，净添乱！可气死我了！你说这是什么事啊？"

"你小点声，她不是着急吗？咳，她也不愿意这样啊！"王婶悄悄说道。

王明月长叹一声，不再言语。

刘晴她们回到家里时已经下午五点多，她跟老妈商量："妈，你跟我去住两天吧？我和刘云家，你想住谁家就住谁家，也散散心，别光待在家里了。"

"我不去，谁家也不去……"说着说着，王明月的眼泪掉在裤子上，几个闺女又跟着哭起来。在大家的劝说下，她们才止住了哭声。

刘晴知道她妈的脾气，再劝也没用。姊妹三个又说了些开导母亲的话，便各自回家了。

建国来到他妈屋里，见老妈已经躺在炕上，坐在椅子上待了一会儿，然后站到门口问："妈，要是有事就跟我说，别憋心里。我寻思明天修修屋，不要紧吧？"

王明月出来，坐到椅子上，朝着屋顶望了望，说："修吧，别管别人怎么说。这屋不修不行，要是再下雨，就塌了。"

建国轻声说："哦，我问好了，一天就能完事。"

王明月疑惑地看着儿子："东西都没准备，能干完吗？"

建国肯定地回答："能。我都问好了，东西先借借，等以后咱再还。"

王明月略带遗憾地说："忘了跟你姐姐说说，叫她几个帮帮咱。"

建国摆摆手说："各家给的钱，除了花销，还剩下一百多。俺姐姐给的钱都不少，光修修屋顶和漏的地方，花不了多少钱。俺立德哥刚当上公社书记，这是不小的官了，咱别给他添麻烦，说不定以后麻烦他的事多着呢。看看来帮忙的就知道，好几个都是看了俺姐夫的面子才来的，以前哪跟咱来往过？再说，我早就攒够了修屋的钱。我想了，再攒两年，就能把房子翻盖翻盖了，临时先糊弄两年吧。"

王明月听了儿子的话，又掉下几滴泪。她擦擦泪，顺势将凌乱的头发向后拢了拢，冲儿子说："嗯，听你的。睡觉去吧，我没事。"

建国看着老妈躺下才回到自己屋里。广凤一直惦记他，见他回来，忙从炕上下来，小声说："我看着咱妈睡觉了，才过来的。"

"我刚从妈屋里回来。"建国拿了破凉席铺在地上，倒头就睡了。广凤知道他这两天累坏了，没再搭讪，也悄悄睡下了。

第二天天刚亮，建国就起来接着忙活上了。吃饭的时候，帮忙的人陆陆续续来了十几个，他们都带着工具，有人还背着水泥、麦秆，大家凑到一块儿，简单商量了一下，便各自忙去了，有上屋顶查找漏洞的、有整理麦秆的，没有人大声说话，更没人嬉笑。

一直以来，修房盖屋都是大事，不能掉以轻心。看着干活的人站在屋檐、房顶上，王明月的心就揪起来，老房子不结实，谁不怕？那可不是闹着玩的，是人命关天的大事。她从早到晚都提心吊胆的，怕修房的人有个闪失，直到大家收工了，都平安无事，她才坐到自己那把椅子上。对她来说，明天将是人生中一个新阶段的开始。

第二十五章

金鸡岭村大部分人家的生活都是风平浪静的，日子一日复一日地过着，很少有引起轰动的大事，但刘建民跟王霞离婚的事，却成了大家闲时热议的话题。

李瑞香已经替儿子瞒了几年，可自从儿子敞开了闹离婚，王霞的家人已经来闹了几次，还把他们家的东西都砸了。每次来人闹，围观的人都一大堆，也没人上前劝阻。一是人家闹得有理；二是闹的人在气头上，劝架说不定会被打，真被打了没地方说理去；三是刘建民平日里回家都是低着头走路，从不跟大家打招呼，大家瞧不上他看不起人的样子。

儿子当了"陈世美"还不肯认错，刘德成更觉得在街坊面前抬不起头来。走到街上，他总觉有人在背后指指点点，好像在戳他的脊梁骨。为此，他大骂儿子："你有本事惹，就该有本事挡！你个屄包蛋！叫我丢人现眼不说，还受人家的气。你说，我和你妈怎么养了你这么个不孝的东西！当初真不该叫你念书，都白瞎了！好，你没学来；坏，你倒学了一大筐。你不就是有个正式工作吗？人家比你强的有的是，也没像你这么个熊样，不知道天高地厚的玩意儿……"

李瑞香为这事经常唉声叹气，埋怨儿子："这种事怎么叫我摊上了？多丢人啊！我和你爸的老脸都叫你丢尽了！"

刘建民自己也委屈，毕竟当初跟王霞结婚是父母包办的，结婚后，两个人无话可说，所以他经常不回家。后来，他办公室里来了一个部队转业的，叫齐玉兰，长得不仅好看，两个人还谈得来。因为工作关系，他们两个抬头不见低头见，少不了经常相互关照。一年后，齐玉兰谈了对象并很快结了婚，可不到两年就离婚了。他不断向齐玉兰示好，渐渐地，两个人走到一起。他自知给爹妈添了大麻烦，只要爸妈一数落，便低着头一声不吭。不过，他也想好了：只要过了这个坎儿，以后就万事大吉了。

刘德成跟李瑞香想尽一切办法不让儿子离婚，都没能阻挡他。刘德江去世的那晚，他们两口子又去了王霞家，给人家送了两百块钱，还被臭骂了一顿，才算处理完了。

刘德成想尽办法供孩子念书，就是盼着孩子将来有出息，自从大儿子吃上公家饭，他就把希望都寄托在他身上，却怎么也没想到他竟弄了这么一出。两年前，二儿子通过王立德在棉纺厂找了份工作，今年二十四了，也到了结婚的年龄，可连个提亲的也没有。按说孩子有工作，找对象不成问题，之所以这样，他猜与大儿子的事有关系，于是总犯愁："以后谁还敢把闺女嫁到我家？"他盼着能早点回学校教书，可盼了好几年都没信儿。他原本是个反对抽烟的人，种地以后却学会了抽烟，一有空闲就抱着旱烟袋裹个没完，心情不好的时候常想：我本是个胸无大志之人，一心想当个教书先生，怎么就不能如愿呢？我从小孤苦伶仃，受尽人间苦难，按说上天也罚够我了，该给我"大任"了吧？难道受的磨难还不够？还该继续罚我？心情好了，他会自我安慰："我就不信邪，我刘德成是个没用的人，总有一天，老天会开眼，如我所愿的！"不过，再苦再累，他都坚持读书，唯有读书能让他暂时忘掉身边的烦恼，还能让他有力量去干好自己的活儿。

李瑞香被丈夫埋怨时不敢多说一句，毕竟有些事她曾经瞒着老头儿，反而让事情弄得更糟。她偷偷地给菩萨磕头点香，可结果未能如她所愿，她又怀疑自己的命不好，实在想不开的时候就闷声哭上一场。

　　这天，刘德成刚吃完中午饭，听见家里的狗狂叫，他向大门口张望，见进来几个陌生人，赶紧去看个究竟。其中一个人主动做了介绍："大叔，我们是建斌的同事，是这么个事……"那人顿了顿，干咳了几声，又断断续续地说："是这样，建斌工作的时候把手挤了，住院了，我们几个来给您二老说一声。"另外两个人也都点了点头。

　　李瑞香焦急地问："你说什么？建斌挤手了？妈呀！厉害吗？"

　　"哦，右手没保住。"还是刚才说话的那个人，他十分愧疚地说道。

　　刘德成跺着脚说："真的？这、这，怎么会呢？"李瑞香立刻号啕大哭。这时，建武和建辉都从屋里出来了，建武伸手推了一把那个说话的人，差点把那人推倒。那人一个趔趄向后退了几步，旁边的人把他扶住了。

　　刘德成冲儿子怒吼道："建武，你这是干什么？一边去！"

　　建武不服气地站到一边，怒视着那几个人。建辉在一边也握着拳头，恶狠狠地看着那几个人。

　　"大叔，单位领导派我们几个来跟您二老说一声，这种事厂里以前也发生过……唉！您看，建斌在院里，你们要是去看他，就跟我们一块儿坐车去。"那人说着，上前递给刘德成一个信封，"这是厂里给二老的慰问金，您先收下。"

　　刘德成哆嗦着接过信封，对李瑞香说："快，收拾收拾，咱跟人家去，看看建斌去。"

　　李瑞香的心早飞到了儿子身上，她恨不得立刻就能看到儿子。她抹了把眼泪，进屋拿了几件衣裳，主要是给儿子找了几件换洗的破衣裳。

　　院子里的人都在冒汗，谁也不说话，任凭太阳晒着，只等李瑞香出来。

　　李瑞香出来了，提着一个小包袱，眼泪止不住地流着。

　　刘德成大声嘱咐儿子："建武，你俩在家，我和你妈看你哥哥去，有事回来再说。听见了吗？"

　　建武点点头，目送爸妈跟着那几个人出了院子。

　　进到病房里，刘德成和李瑞香见儿子的胳膊已经缠满了白色的纱布，儿子皱着眉睡着了。一边坐着的人赶紧站起来，他是厂里专门派来照顾建斌的。

刘德成见儿子这副模样，也忍不住哭出声来。李瑞香更是恼得头晕目眩，像在云里一般。

厂里的人扶着两位老人坐下，耐心地劝导他们，可他们越哭越伤心。他们的哭声把儿子惊醒了。

建斌轻轻说："爸，妈，别哭了。"他脸色蜡黄，不时咬着牙。

"疼吗？"李瑞香站到儿子身边，哭着问道。

"有点。"建斌嘴角撇了撇，眼泪已在眼眶里打转。

刘德成冲媳妇说："别说话了，叫孩子歇歇，少费点力气。"

这时，跟着来的人都出去了。不一会儿，一个人进来跟刘德成说："大叔，我们班长回去找领导去了，叫我们在这儿等着，待会儿，我们厂里的领导来。"

刘德成答应一声，此时他也没什么可说的，只能等着，毕竟出了这事谁都不愿意看到。他问那人："什么时候做的手术？"那人答道："昨天下午。"

刘德成看看儿子，说："准是打的麻药不管事了，我看疼得孩子直咬牙。唉，怎么——"他刚想说"怎么办"时，又改口道："怎么那麻药就管一天啊？"

那人说："咱不懂，也没问。不过，大叔，我听说麻药打多了不行，对身体不好。"

"哦。"刘德成略带怀疑地看着那人。

"小斌，你喝水吗？妈给你倒点水喝？"说着，李瑞香四下里看了看。旁边那个专门护理的人忙说："阿姨，我来倒，你坐下，不用管。这都是我的事。"他说着，倒好水，拿着勺子喂建斌喝下。

李瑞香看着，觉得这人照顾得还算周到，可一想到儿子以后的生活，她的怒火就蹿起来了。她想着见了儿子的领导该如何：我先抽他个耳刮子解解恨！哼，叫俺儿干什么了把手弄没了，往后可叫他怎么活？还怎么找媳妇啊？她越想越生气，越生气越觉得该大闹一场，要不怎么也解不了她心头之恨。刘德成也在琢磨该对厂里的领导说些什么，他反复思忖着：该说的话要是不说，人家以为乡下人好打发，给个仨瓜俩枣就完事，不行！嗯，不能提要钱的事，给得多也不行。给了钱，要是厂里什么都不管了，那不糟了？还得为孩子以后的事着想，孩子残了，他厂里就该管一辈子！先别急着提条件，看看他们来了怎么说，要是光说好听的不办实事，哼，就不能跟他们客气，别以为我好欺负！要是照章办事，尽心尽力地管，那就好说好商量。

刘德成想好了对策，见孩子又迷迷糊糊地睡着了，他掐了自己大腿根一把，他心疼啊，又埋怨自己：都怨我，给他找什么工作？要不，能出这事？

一直到下午五点多的时候，厂里的人才来。先前那个班长领着几个人进了病房，并给他们做了介绍。厂长紧握着刘德成的双手说："老人家，对不住，对不住啊！孩子出了事，叫你们担心了，我代表厂里来看望一下。早就来了吧？叫你们久等了，厂里又有事，小李去叫我的时候，我在开会，开完了接着赶来的。"

"唉，出了这事能不担心吗？孩子还小，以后的日子还长着呢，往后，往后可怎么办啊？"刘德成说着说着，眼泪出来了。

厂长客气地说："老人家，您先别着急，咱都想办法。快坐下歇歇。"

刘德成回道："你是厂长，你说了算。我养活一家子吃饭都困难。他兄弟四个，家里还有两个等着吃饭的，我是没什么办法，就全靠厂里了。"

厂长点点头，客气地说："是这样，孩子在厂里出的事，是工伤，这个厂里都有统一规定，该厂里管的，厂里绝不能不管，请老人家尽管放心。孩子出院以后，想回家养着就回家养；想在厂里呢，也行，就是厂里没有专门的地方安置您二老。我今天过来，主要想跟您说一声，最好呢，还是回家养。回家肯定给二老添麻烦，不过，养伤的钱不用担心，都由厂里出。这事您先琢磨琢磨，不急着定，您想好了再跟我说。"

刘德成见厂长说的是实在话，应该不是糊弄他的，他那悬着的心也放下了，又想：我得再打听打听到底是不是真的，怎么个管法，管一年还是管一辈子？可不能随便答应，再合计合计，看看再说。他接着说："行，我打听打听，到底怎么好，咱也不懂，等孩子醒了我再问问孩子，俺爷儿俩合计合计，到时候再跟你回话。"

厂长说："行。那我就不打搅二老了，这几天吃住的事都安排好了，有什么事您就跟他们说，他们轮流过来。这样，我先回去。"

"那行，你忙你的，叫你费心了。唉，这种事谁也不愿意摊上。"刘德成摇摇头与厂长握手告别，送他们出了病房，望着他们出了医院，才转身回去。

李瑞香悄悄说："他说的话能信吗？我觉着不踏实。"刘德成看了眼睡觉的儿子，轻声说："看着不像是糊弄咱。这种事厂里应该有规定，等那个买饭的孩子回来,问问他,他不是说以前厂里也有这事吗,听听以前是怎么弄的。"

不一会儿,那个买饭的孩子提着饭进了屋子,有馒头、菜,还有包子。

刘德成客气地说:"建斌还睡呢,等他醒了咱再吃。小伙子,我跟你打听个事,以前你厂里出过这种事吗?怎么处理的?"

小伙子爽快地答道:"有,哪年都有,像建斌这么厉害的有两个。养好了可以再回厂里上班,就是不能再干原来的活儿了,厂里给安排到他能干的地方,比方说看门什么的,挣的钱少点。"

刘德成深吸了一口气,揉着膝盖说:"哦,那还行。这我就放心了。唉,这些事我们都不懂啊,害怕你厂里不管了,那不糟了!"

小伙子笑笑说:"怎么会?那样的话谁干?人家是给厂里工作受的伤,厂里不管的话,怎么也说不过去,何况,这些事国家都有规定,不管不行。"

刘德成更是松了口气:"听你这么说,我就踏实了。谢谢你。你看,也给你添麻烦了,叫你跑前跑后的。忘问你了,小伙子,你光在医院里,你家里没事啊?我和你婶子在这儿,你回家忙去吧。"

小伙子忙摆手说:"大叔,我家是外地的,我闲着没事,厂里安排我专门在这值班,我可不能走,我要是走了,厂里会扣我工资的。再说,我平时跟建斌挺好,我俩经常在一块儿,所以厂里才派我来的。"

刘德成意外地说:"你跟建斌是朋友,这孩子怎么没跟我说过?这孩子不爱说话,你不问他不说,就是你问了他也不说。我看你厂里的领导脾气好,想得挺周到。小伙子,光说话了,还不知道你叫什么。"

小伙子笑着说:"大叔,我叫王德顺,叫我小王就行。今天来的李厂长是管生产的副厂长,你看他对你挺好的,对我们可严了,平时我们都怕他。"

刘德成愣了一下:"真没看出来!"

两个人正说着,建斌醒了。

"王哥,叫你照顾我,不好意思。"建斌的眼角湿润了。

"建斌,你这是什么话?厂里安排的,还给我加班费,别人想来还来不了呢。"说着,小王笑了笑,他和刘德成扶着建斌坐起来,准备让他吃饭。

建斌痛苦地坐着,他的手被绷带裹得严严实实,他知道自己残了,可他并没有意识到这将来会对自己产生什么影响,只觉得疼痛难忍。他使劲咬着牙,尽量不让爸妈为自己担心。

灾难总是不期而至。面对突如其来的变故,刘建斌只能忍痛面对。刘德成和李瑞香看见孩子痛苦的样子，都心如刀绞。

李瑞香强忍着泪水，脸上勉强露出一点笑容，她仔细地把饭一口一口喂进孩子嘴里。刘德成悄悄走出屋子，找了个僻静角落掉泪去了。

建斌吃饱了，发现爸爸没在屋里，看着妈妈问："俺爸爸呢？"

"大叔出去了，我去找他。"小王说着出了屋子。

小王老远就看到了刘德成，他使劲喊着："大叔，大叔，建斌叫你呢。"

刘德成慌忙擦了擦泪水，回到屋里。

"爸，你和俺妈赶紧吃吧，时候不早了。"建斌已经躺下，他的眼睛一直盯着爸妈，他看到爸爸像是哭了，"没事，过两天就好了，俺厂里好几个这样的。"说完，他转脸看着墙壁，不敢再看他们。

儿子越这样说，刘德成越难受，他真希望自己能替儿子受罪。他内心受的折磨比儿子的痛苦还要难忍，可这一切谁也无法挽回。

没有烦恼的日子过得很快，有烦恼的日子像是慢了许多。时间就是这样捉弄人。一家人在医院熬着，一天一天，终于到了出院的日子。刘德成先前对厂里的担心都是多余的，几天来，厂里不仅照顾得很好，还给儿子安排得不错，给了儿子一年的假期回家养伤，养好了伤再回单位上班。刘德成暂时没了后顾之忧。

回到家里，刘建斌的情绪非常低落。尽管爸妈、弟弟们相继开导，他却始终很郁闷。村里不断有人来看望他，非但没有让建斌开心，反而让他愈加难过。

第二十六章

刘晴知道建斌致残的消息后，不断自责。第二天一早，她便急匆匆来看望建斌。一见建斌，刘晴止不住地掉泪，她哽咽着对刘德成说："叔啊，你看这事弄的，这、这可怎么说？唉，你说，他怎么就这么巧啊，怎么叫建斌摊上这么倒霉的事啊？我真不该叫立德给建斌找这个活儿，要不也不至于让建斌残了。唉，都怪我啊！"

刘德成真诚又急切地跟刘晴说："咳，你这孩子，这是说的什么话？怎么能怨你呢？要怨也怨我啊，是我找的你，求你帮的忙，你是好心帮你兄弟的。他赶上这事，唉，认倒霉吧，谁都不怨！刘晴，你千万别觉得对不住你兄弟，你要是那么想，我和你婶子这老脸可没法见人了，哪有给人家帮忙还落埋怨的？那是不讲理的人干的事，可不是咱干的。"

刘晴擦着眼泪说："叔，话虽这么说，可明摆着以后建斌的日子不好过啊，我这心里不好受啊……"

建斌笑着说："姐，是我不小心，怎么能怨你呢？你放心吧，我没事！厂里都安排好了，我好了就回去上班。别看我在家里闲着，厂里照常发工资，一分钱不少，还额外给养伤的钱。厂里这么多人，人家都干得好好的，出事的都是自己不小心，谁都不怨，就怨自己。姐，我真没事，你千万别心里过意不去。你要是那么想，我才真难受呢。我都觉得丢人……"

刘德成接着儿子的话说："是啊，你听见你兄弟说了吗？俺都不怨你！你可不能再提那些怨谁的话了！谁不愿意好啊？可摊上事说事，到哪儿说哪儿的话，没什么大不了的。塞翁失马，焉知非福。什么事都往好处想，可能就没事了。"

"唉，叔啊，你跟俺婶子、俺兄弟都是通情达理的，我也不说了，不说了，往后有什么事，我能帮忙的只管跟我说。我就不多说了，盼着俺兄弟早点好起来。我走了。"刘晴说完，匆忙走了。她边走边想：话虽这样说，可人家心里堵得慌，就是不明说罢了。唉，管闲事遭殃啊！谁叫你多管闲事呢？她越想越生气，干脆去跟老妈说道说道。

王明月听见狗叫声，站到门口向外瞧，看着刘晴进了院子，猜到闺女是为什么事来的。

张广凤抱着孩子站在门口望着，见是大姐来了，忙出来打招呼。

王明月走到院子里，对广凤说："你看孩子，我跟你姐姐说说话。"广凤知趣，应声回屋。

刘晴拉着脸一屁股坐到椅子上，不停地喘着粗气。

"是不是为建斌的事生气了？"王明月一本正经地问道。

刘晴没好气地说："可不是？妈，这事弄得我里外不是人！"

王明月给闺女倒了一碗水，埋怨道："你这孩子，这是说什么胡话，怎么还里外不是人？"

刘晴端起碗咕咚咕咚一口气喝干了，抹了抹嘴说："咳，当时德成叔叫我给立德说找活儿的事，立德就嫌我管得多，埋怨我好几回，我好说歹说，他才托人给建斌找了这个活儿。谁知道出了这事？要是让立德知道这事，还不知道怎么说我呢？"

王明月拍了下桌子，瞪着眼说："这能怨谁？谁都不怨！要怨就怨建斌干活不利索。人家好几千人干活都没事，怎么偏偏就他出事了？再说了，别什么事都往自家揽，要不是你德成叔找你，你还会没事找事啊？"

刘晴叹了口气："妈，俺德成叔和建斌都和你说的一样，可我就是觉着不得劲，不管怎么说，人家建斌是残了，以后可怎么说媳妇啊？"

"谁不想好啊？好事找你容易，你找好事可就难了！行了，别瞎琢磨，这事跟咱扯不上边。往后你德成叔一家子，恐怕……"王明月知道话又说多了，急忙改口，"要是我听说他一家子说不中听的，我找他算账去！"

"咳，妈，我知道俺德成叔不是那样的人。你也不用操心，我就是说说，说了心里就不着急了。妈，我听说建民离婚了，真不省心啊！"刘晴说着，拿起扇子扇起来。

"谁说不是啊，唉，孩子都不孬，怎么就是不叫大人省心呢？你德成叔是个文化人，他四个儿都比你几个认字多，按说不该孬了……唉，谁知道哪块云彩下雨啊？"王明月摇头叹息着。

"妈，你这阵没事吧？别不舍得吃，你跟广凤吃一样的就行，别光叫她吃好的。"刘晴说着，悄悄看着她妈。

"我没事！别记挂着我。吃饭不用你说，我吃不孬，你兄弟都想着我。广凤，她呀，直肠子，还没敢对我发过脾气。你不用操心我的事，把个人的事管好就行。哎，大妮儿，我听石头说，立德又当大官了？"王明月说完，嘴角撇了撇，探头看着闺女。

刘晴喜滋滋地点了点头，压低了声说："立德不叫张扬，说是稳点好，别弄出什么乱子。咳，他这个人就是干什么事都想得周到！我想了，他这些年能混成这样，还多亏了他想得多，要不啊，指不定给扣上个什么帽子。"

王明月不住点头："是，是。你爸在的时候总夸他，人家立德是个能人，往后你可要仔细待人家，别光由着个人的性子。你待人家好，人家才待你好！这理光知道不行，过日子得用心！"

刘晴不住地点着头，答应着。她瞧了瞧院里，悄悄说："妈，等立德坐稳了，再给广凤找个活儿，以后也吃工资，你就光享福了。"

王明月有些生气地说："你大点声不行啊？就咱俩，不知道你妈听不见呀？"

刘晴站起来，凑到她妈跟前说："我是说，也给你儿媳妇找个工作。等立德给我安排好了，再给她找。妈，我可说好了，这事你先别给你儿和你儿媳妇说，你要是说漏了，说不定这事就黄了，到时候可别怨我……"

王明月有些摸不着头脑，还以为是自己听岔了："你说这话我没听明白，什么给你安排好了，再给广凤找活儿？你都把我弄糊涂了。"

"哎哟，妈，就是先给我找个活儿干，再给你儿媳妇找个活儿呀。"刘晴着急地说道。

"咳，你早这么说不就完了，整那些没用的。"王明月抿嘴笑着，"大妮儿，你可别心太高了！这人越是走运越不能没数，可千万想着，别瞧不起人！"

"妈，你还不放心我啊？"刘晴给她妈做了个鬼脸，然后指了指西屋。

王明月点点头："去吧，看看就赶紧走吧，时候不早了，你家的事也不少，别耽误给立德做饭。"

刘晴答应着去了广凤屋里。

广凤正给孩子喂奶，见姐姐来了，忙欠了欠身子准备起来。

"你喂你的孩子，没那些规矩。"说着，刘晴走到广凤身边，瞧着孩子，"这小妮子见长，小脸胖多了。哎，那俩妮子呢？我还以为都睡觉了，一点动静也没有。"

"谁知道又跑哪儿疯去了。那个兰兰越大越不省心，整天在外边跑，也不知道看她妹妹。欣欣还愿意跟她姐姐玩，前两天摔得鼻子都出血了。唉，气得我真想揍兰兰一顿。"广凤说着，抱着孩子站起来。

"唉，孩子小都这样。兰兰才多大的人，你还想让她给你看孩子，她不给你惹事就算是好孩子了。"刘晴从广凤手里接过孩子，她本想抱着孩子亲亲，没想到孩子却哭起来，她赶忙把孩子还给了广凤。

"姐，你怎么有空来了，不放心咱妈？"广凤哄着孩子问道。

刘晴略带委屈地答道："不是不放心咱妈。我去看建斌了，不是我给建斌找的活儿吗？人家弄成这样，可不能装着不知道啊。"

"是啊，离得这么近，你说不知道人家也不信啊，怎么样，建斌没事了吧？"

"没事就好了！能没事吗？手都没了。"

"我知道手没了，不是他厂里都管吗？"

"厂里当然得管，要是不管可就糟了，我还不后悔一辈子啊！"

"姐，你后悔什么？这又不怨你！"

"说是这么说，我给他找的活儿，不出事都好，可出了事就没法说了。咳，什么事都是光担好不担孬啊。"

"姐，哪有这么不讲理的？人家还包你一辈子好啊，谁有那本事？再说，就是再有本事也不能管一辈子呀！"

"嗯，要是都跟你一样还差不多。"

"咳，我这人毛病也不少，咱妈没跟你埋怨我呀？"

"埋怨你什么？咱妈从不跟我说你的不是，要是说的话光说你的好！"

"姐，我觉着咱妈没说实话，我知道她想抱孙子，可我就是生不出来，一连生了仨妮子，你说烦人不烦人。"

"咳，别瞎想了，闺女怎么了？身体好好的比什么都强，闺女更省心！你没见咱德成叔啊，四个儿，又怎样？省心吗？好不容易盼着大儿子结婚了，这才几天又离了！唉，这老二又弄成这样，实在是不省心啊！"

"也是，你说德成叔和婶子两个人都挺好的，怎么就摊上这么多事呢？"

"谁知道啊？都说好心有好报，我看，有些事也不一定，光好心也不行。"

"是啊，怎么这么巧？这阵子，街坊都说他家风水不好呢。"

"风水不好？不可能啊，咱叔又不是不懂，他还给俺家看风水呢。广凤，你可别跟那些人说，万一传到咱叔耳朵里，那就不好了。"

"我知道，姐，我就是跟你说说。俺妈来说这事，我都说了她两句，叫她别瞎猜，怕有人借着话说事。俺娘家妈本来就事多。"

"嗯，这事你做得对。我跟你说，闺女说娘家妈的不是，没事！要是儿媳妇啊，那可就不行了！"

广凤看着刘晴，会心地笑了。她刚想接着说什么，却见婆婆进来了，忙抱着孩子来回走着。

"要是没事赶紧走吧，别耽误了你家的事！"王明月冲刘晴说道。

刘晴摸了摸侄女的小脸说："哦。那姑姑走了。"

"你可慢着点骑车子，听见了吗？"王明月嘱咐着闺女，一直送到胡同口才停住脚步。刘晴答应着，又回头对她妈说："妈，我没事，你管好你自己就行，不该管的别管了。"

王明月故作生气地说："还用你说我？"

刘晴这才笑着走了。她骑着自行车，可心里一直想着建斌的事，想着建斌说的每一句话、每个动作，没找到他有什么不满的情绪。他的态度很好，可是一想到建斌的眼神，刘晴就起了鸡皮疙瘩。建斌忧伤无助的眼神，是他最直接的心情表露，他的话语虽和善，可无法看清他的内心！毕竟他才二十四岁，这个本该活蹦乱跳的年龄，却再难找回昔日的快乐了。

刘晴一想到建斌今后的生活，她的眼泪又冒出来。她这一走神，车子歪了，她被狠狠摔在地上。"哎哟！"这惊恐的一声后，刘晴顿感嘴角疼痛。她急忙去摸嘴角，发现嘴角出血了。她生气地骂了一句："笨蛋！怎么这么笨！"她又赶紧环顾四周，幸好周围没人，她顾不得疼痛，将车子扶起来支好。她拍了拍身上的土，看自己是怎么摔倒的。其实就是路不平，坑坑洼洼的，她只顾着想事了，没看到前面的坑。

"看来我该摔，这回我心里倒踏实了。"说着，刘晴赶紧起来走了两步，觉得膝盖有点疼，嘴角也疼得厉害。她从裤兜里掏出一块小手巾捂在嘴边，想着回家后怎样解释自己的狼狈相。别人问，她都能应付，只是王立德那里，她是不好应付的。不管怎样，她回到家里肯定会被数落的。她推起自行车走了一段，对自己的骑车技术有些发怵了，没办法，又硬着头皮骑上，一直晃悠了十几米才稳下来。

刘晴到家的时候快十二点了，她想了好几个解释的理由，尤其是丈夫问的时候该怎样回答，包括他知道了建斌的事该如何说。

王立德正站在门口。刘晴一眼瞧见丈夫脸色不好，知道他这时候回来，肯定没什么好事。她低头把车子放好，随口问道："怎么这么早就回来了？不上班了？"说着，刘晴没等丈夫回答便去了灶房。

王立德干咳了两声，指着刘晴喊："刘晴，你过来，过来！"

刘晴一听就知道不好，答应着回到屋里，见公公婆婆都端坐在椅子上，一脸不高兴，她捂着嘴咳嗽了两声，坐在地上的矮凳上。

王立德生气地问："你干什么去了？挺忙啊！家里的事你不管，整天弄些闲事！"

刘晴只是捂着嘴，一句话不说。她知道丈夫的脾气，要是此时跟他顶撞，肯定没有好果子吃。

王立德坐到一边，继续问："你捂着嘴干什么？还怕冷啊？"

刘晴笑了笑，把手拿开，露出了肿胀的嘴唇，嘴角还带着血印。她装得没事一样："咳，可倒霉了，骑车子摔倒了。"

王立德见她这样，扑哧笑起来，接着说："怎么弄成猪嘴了？活该，都是你逞能，自找的！"

婆婆一看刘晴这样，赶紧站起来问："呀，怎么还摔得这么厉害？我去给你弄点盐水，你赶紧洗洗。"

"妈，别管她！"王立德拽住他妈，示意他妈坐回去，他的脸色又沉下来。

王富仁给媳妇使了个眼色，张玉梅没明白什么意思，便又坐下了。王富仁瞪了一眼媳妇，又朝外努了努嘴，张玉梅这才明白过来。"我看看孩子去，都跑哪儿去了，怎么还不回来吃饭？"说着，张玉梅出了屋子，接着又回头对老头儿说："你别光坐着了，找找孩子去！"王富仁跟着出去了。

刘晴心下琢磨：是不是他俩的事？怎么都溜了？

"你说说，那个刘建斌是怎么回事？你还装没事人一样，你装得还挺像，深藏不露啊！好，今天我告诉你，你娘家的事少跟我说，你先把咱家的事管好再说。你说说，咱家的事你管了吗？你管了多少？我要不是听人家说，还不知道刘建斌这事。你倒好，自作聪明，还想瞒着我？行啊，你这么干就行，不过，咱丑话说前头，你管没问题，有本事你就管，出了事你可别找我！我不是没提醒你，刘建斌这事当初我就不想管，你非叫我管，现在后悔了吧？后悔有什么用？你不说话，不说话就没事了？你学学张庆华媳妇，人家什么事都听张庆华的。你倒好，什么事都要依着你，不依着你你就闹脾气。再闹啊？本事呢？"王立德说完了，气狠狠地坐到椅子上。

刘晴站起来，瞪着眼大声说："干什么？出什么事了？人家建斌找上门来了？怨你了？怨我了？别听外人瞎忽悠！王立德，我跟你说，你别跟我提张庆华媳妇，不是你跟我说的，那个人作风有问题，怎么，你忘了？是不是你也叫那狐狸精迷住了？"

王立德被媳妇问得瞠目结舌，他腾地站起来，指着刘晴说："好，好，反了你了，我可告诉你，你说话可注意点，我这书记还没干稳呢，你要是和那些泼妇一样闹，我可警告你，往后你别想过好日子！"

"少跟我来这一套！别以为我什么都不懂，拿我当傻瓜呀？还嫌我不管家，什么事不都是我管啊？你说说，孩子，你管哪个了？你还有理了，不就是叫你帮了个忙吗？还是好说歹说求的你。要不，你这种人，别说是俺娘家的事，就是你亲儿，你也不上心啊！你还说张庆华媳妇好，好个屁呀！我看不上她这种人，仗着长得好点，整天不是跟这个男人勾搭就是跟那个男人勾搭，不要脸！王立德，我也警告你，别以为你官越大就越了不起，你离那个狐狸精远点，要不我找你领导告你去！"刘晴扯着嗓子喊，吓得王立德不敢再言语。刘晴仍不肯罢休，继续说："王立德，你不是嫌我没文化，你去找个有文化的，我没意见！只要你儿同意，你只管找。反正建军也快复员了，等你儿回来，我倒要问问他，看看你儿怎么说，你还想三想四的，门都没有！还有，就那个狐狸精，人家张庆华还拿她当宝贝呢，给她和她娘家人都安排了工作，你呢？你说说，我跟着你沾什么光了？"刘晴越说越理直气壮了。

"好好，你厉害，你厉害！别闹了行吧？说说都不行啊？你知道我管着多少人？跟你说也没有用！这么着，刘建斌的事到此为止，我也不提了，他要是找你的麻烦再说。行了，我今天下午正好没事，你跟我去看看他。"王立德也不是一天两天这样了，他已经消了气。

刘晴还气呼呼的，她知道说多了，就是怕以后刘建斌真来找麻烦，才故意这样闹的。

"不用你去，你去反倒事多了。我去看他了，没跟你说，回来的时候，我就是寻思事才撸着的。俺德成叔和婶子都挺好，没埋怨；建斌这孩子真不孬，不管他是不是说的心里话，可他说得挺实在的，一点也没有埋怨咱的意思！我寻思，他以后要是真找咱的事，那就是狼心狗肺了，到时候我顶着，没你的事！"刘晴想明白了，语气渐渐缓和下来。

王立德听媳妇这么说，之前的担心总算少了，轻轻舒了口气，指着媳妇说："叫爸妈，赶紧吃饭，我下午还要去办事。"

刘晴刚要出门，又试探地问道："谁跟你说的建斌这事？是不是咱妈？"

王立德生气地说："谁不知道啊？就我不知道！你别什么事都怨俺妈！我是在厕所里听见单位上的人议论这事，才急着赶回来的。不知道谁说出去的，说我给刘建斌找的活儿，弄得人家残了。"

刘晴"啊"了一声，匆匆走了，边走边害怕地想：万一有人借着这事找茬儿呢……她开始埋怨自己:"都怪我这张嘴,就知道瞎说,以为自己多能呢,这不是给立德惹麻烦了?哎哟,是哪个混蛋玩意儿在挑唆事啊?"她站在大门口张望,一会儿,见公婆领着几个孩子来了,不好意思地对婆婆说:"妈,都怪我,你跟俺爸替立德担心了。唉,往后啊,我可记住了,再不干这种费力不讨好的事!"

张玉梅知道儿媳的脾气,她指指大门,笑笑说:"回去说。"进了大门,她接着说:"这事本来是干的好事!咱也没干伤天害理的事,可就是有人说三道四的,谁知道对立德有坏处没?"

婆婆平时少言寡语,可她是个识大体的人。

刘晴无言以对,低头跟在他们身后,进屋后便忙着盛饭。她怕孩子们再问自己嘴上的伤,便躲到一边吃了。

第二十七章

王立德知道有人想找他的事,也知道是谁在背后整他,于是准备反击。他想到了一个可靠的人,不是别人,是刘云的小叔子——孙德勤。他顺道去了刘云家。

孙德海是望月村的会计,不管有事没事,他平时都在大队里待着,不仅能多挣工分,有时还会有想不到的"收获"。望月村人多,自然事也多,他跟王立德有时两个月也见不上面。

孙德海和刘云听见狗叫声,急忙从屋里出来,见姐夫来了,忙招呼道:"哥,你怎么来了?没上班啊?"

"是这么个事,我来跟你说说,明天晚上,你叫上德勤到我家去,叫你姐姐炒两个菜,咱仨喝点,我有事跟你俩商量。"说着,王立德已经进了屋。

孙德海很小心地问:"什么事?你直说不就行?叫他干什么?"

王立德摆着手说:"不行,这事咱仨要合计合计,不是一句两句就说清的。"

孙德海更吃惊了:"啊?大事?不要紧吧?"

刘云给王立德倒了杯水，也惊讶地问："出什么事了？"

王立德笑着说："咳，没出什么事！有点小事，我就是拿不准，才跟他俩商量商量。哎，刘云，你知道建斌的事吧？"

刘云慢吞吞地说："我听建国说了，说是右手给切去了。我这阵忙，寻思等给咱爸上坟的时候再去看看他。"

王立德又问："你听见别人说闲话了吗？"

刘云疑惑地看着姐夫："没听说啊，怎么了？"

这时，孙德海说："我听见李延厚说了，他说是书记跟他说的，说刘建斌这事是你故意弄的。我还寻思晚上找你问问这事呢。"

刘云瞪着眼说："这不是胡说吗？就是造谣也不能一点边都不沾呀！"

王立德问："李延厚？他两家不是挺远吗？"

孙德海答道："是，远着呢。李延厚挺会来事，跟李延禄走得可近乎了。李延禄把七队的一个闲院子卖给了他，才五十块钱！李延厚平时跟我也不错，我也没少帮他，他觉着李延禄说你的不是，就悄悄跟我说了。"

王立德点点头："明白了。我当上公社书记后，李延禄的姑父就没戏了。那个王文昌一直对我有意见。"

孙德海小声说："可不，李延禄这小子背后没少说你，我跟他理论过，他还想把我撵走呢，也是李延厚跟我说的。"

王立德点了点头，站起来说："时候不早了，我到公社还有事，明天晚上咱商量商量。你多打听打听，长点心眼，别明着跟李延禄过不去。"

"哥，我知道怎么对付他。"说完，孙德海诡异地笑了笑。王立德心领神会，放心地走了。

第二天晚上，孙德海、孙德勤兄弟俩应约到了王立德家。刘晴跟婆婆炒了六个菜，像过年一样隆重。

孙德勤对王立德毕恭毕敬，虽然有他哥哥这层关系，但他并未因这种关系随意跟领导套近乎，也没敢找王立德给自己办私事。

王立德主动给孙德勤夹菜倒酒，客气地说："德勤，咱都不是外人，在单位，还有比咱更近的吗？我还不跟你亲哥一样？"

孙德海接着说："可可不是，德勤，你跟咱哥干，往后才有出息。"

王立德又是摇头又是摆手："可不能这么说。谁敢保证以后的事？我现在还有一摊子事等着处理。唉，不好干啊！你俩也知道我的脾气，我这个人不愿意玩花的，就愿意实打实干事，可眼下这阵势也不是干事的时候，再加上有人还想整我，还是得格外小心啊！"

孙德勤站起来客气道："王书记，您放心，我好好干，不会给您丢脸。"

王立德拍着他说："坐，坐。在家叫大哥，没有外人都叫哥！今天晚上没书记。"

孙德勤连连说："大哥，哥。咳，你是领导，我还真不大习惯。我知道咱这关系多近。大哥，我这人不大爱说，大哥有什么事叫我干，只管吩咐我，我保证能干好。"

孙德海亲热地说："是啊，哥。德勤比我还实在，有什么事你只管叫他干，他比我干得好。"

王立德不紧不慢地说起来："我知道，那我就不拐弯了。王文昌在公社里混了多年，他得罪了不少人，可还有几个不错的。我呢，刚到公社，就赶上些杂七杂八的事，德勤知道，都不好办，虽说是前边领导留下的问题，可那也是我的老领导啊，我不能再去找老领导给解决呀！这个呢，我想了，工作上的事，只要上心，准能想出办法。就是王文昌这个人，实在是不好对付，听说他上边有关系，他也没少上蹿下跳地找人，不能不防着他。我怕万一被他抓住什么把柄，就麻烦了……"

孙德勤见王立德皱着眉，谨慎地说："大哥，我说说我的看法。王文昌这个人特别小心眼，跟他待过的，没有不烦他的！他这个人，你要是得罪了他，他记仇，说不定什么时候就给你小鞋穿，必须防着他！他不是挑你的不是吗？往后我就盯着他，只要他有错，我就都给他记下来，到时候你看着处理就行。"

王立德端起酒杯，高兴地说："好兄弟，还是一家人近，不用我说，你想得比我还周到！那我就放心了。来，喝酒！"

三个人痛快地干了一杯，王立德更是喜上眉梢，又重复道："还是一家人好办事。"

孙德海笑着说："哥，你净说大实话，人家外人不可能和你一条心。"

王立德点点头："嗯，可不是。哎，白天我跟你说了半截话，往后你要盯着李延禄，把他干的那些偷偷摸摸的事都记下来，要是有证据最好，你是村里的会计，有些事他应该瞒不住你。你要是抓住他干了违法的事，那就好办了。"

"行，我记住了。其实，他干的一些事，我当时就看着不对，可不听他的也不行啊。他要是把我踢出去，我靠什么吃饭啊。"孙德海干脆表态，又把自己的担心说出来。

王立德笑了笑，接着说："是啊，吃哑巴亏不一定是坏事，这也是磨炼你的好机会。"

三个人继续你一言我一语说着自己的打算，酒喝得越多越絮絮叨叨重复着之前的话题，时间很快到了十点。刘晴见他们喝得差不多了，上前说道："我看你仨都喝得不少了，别再喝了。我包的水饺，都煮好了，吃饭吧？"

王立德眯着眼说："谁叫你煮水饺了？俺兄弟仨再喝两盅，好不容易聚聚，你急什么？"

孙德勤站起来说："哥，时候不早了，咱今天就到这儿吧？明天上班还有事，我没什么，可你是领导，事多，不能耽误事啊！"

孙德海点着头说："德勤说的没错。哥，你刚当上书记没几天，还是小心为妙。咱过一阵再喝！姐，盛饭，都吃饭。再晚了，回去我该挨骂了。"

刘晴看着孙德海，笑着说："孙德海，瞧你说的，俺妹妹没这么霸道吧，她还敢骂你？我才不信！"

孙德勤在一边偷笑。

王立德说道："刘晴，我跟你说，你妹妹可没你脾气好！动不动就骂人，你这当姐姐的多说说她，都多大了还跟小孩一样！人家德海现在混得也不孬了，别没事找事！"刘晴瞪了他一眼，接着盛饭去了。她当然知道妹妹的脾气，平时也没少说她。虽是一个妈生的，但姊妹三个的脾气却相差很多。

刘云有一个最大的毛病——不管丈夫孩子，只要叫她抓住把柄，她张嘴就骂。孙德海是个爱面子的人，本来脾气也不小，可在刘云跟前怎么也挺不起腰板。

刘晴把一碗水饺放到孙德海面前，笑着说："你哥说的对，等我见了刘云，好好说说她，不能动不动骂人了。你呀，不能老是让着她，该说她的时候你就说，要是她再不听，你就来找我，我替你说她。"

孙德海摇着头，嘿嘿笑道："姐，不是一天半天了。唉，我的脾气你也知道，要不是她管着我，我早就混不下去了。老话说得好，不是一家人，不进一家门。这叫一物降一物！"他的话，让大家都笑了。

王立德站起来说："今天咱就到这儿吧，时候不早了，你俩忙了一天，回去早点歇着吧,有什么事咱再凑一块儿聊。德勤离我办公室近,有事随时找我。"

兄弟俩连连答应,又客气了几句才起身回家。

王立德躺到床上,仍旧想着怎样整顿领导班子,以便更好地抓经济、促生产,可他对上级的政策把握不准,也不敢盲目跟从。他心里掌握着一条重要原则:尽力干好工作,不好大喜功。经过这些年的历练,他已经积累了不少经验,也越来越沉稳了。

刘晴收拾完了,见丈夫还没睡着,问道:"又想事了?"

"嗯,不想不行啊!咱又没有根基,万一出点纰漏,就会掉进万丈深渊。"

"咳,什么根基不根基的,我不懂。可是,我爸说过,小心驶得万年船。"

"你爸这人确实有一套,前些年多亏听他的,要不然,我不可能有今天了。"

"那可是!你那时候头脑发热,还想跟那些毛孩子一起闹呢,我说你你还不服气,最后要不是跟你打那一仗,你就犯错误了。我爸没大本事,可他老人家对世道看得挺准,一回去,他就一遍又一遍地嘱咐我:'千万别跟着瞎起哄。'我最佩服我爸的是,他说的三管住……"

刘晴正说得起兴,听见了呼噜声,她拍了拍丈夫,可他没有反应,便小声埋怨道:"这家伙,我还没说完呢,这么快就睡着了。"说完,她却睡不着了,想起了死去的父亲,想到很多父亲的过去……不过,她很满意现在的生活,毕竟比起周围的人,自己家已经不错了……想到这儿,她终于安心地睡了。

第二十八章

一九七六年的夏天与往年一样,人们的生活并未有多少改变。这天,王明月和小孙女在门口的树下乘凉,她怕孩子摔倒,又是叮嘱又是拉拽,不敢有丝毫松懈。

张婶、王婶都拿着旧衣裳缝补,她们不停地说着眼下不景气的日子,时不时地发些慨叹。

对年长的人来说，平淡的日子因食物的匮乏而漫长。孩子们并未饿肚子，只顾玩自己的，所以不知道生活的艰辛。

兰兰跟妹妹追逐嬉戏，跑得满头大汗，忽然，欣欣的哭声传来。

王明月冲院子里喊道："兰兰！怎么了？欣欣怎么哭了？"

紧接着，兰兰从家里跑出来，大声喊着："奶奶，奶奶！快，快！欣欣摔倒了！"

王明月见兰兰急成那样，知道不好，赶紧抱起小孙女回家，走到欣欣跟前问："欣欣，没事吧？快起来。"

欣欣抬头，满嘴的鲜血流出来。

王明月吓了一跳，脱口说道："妈呀！怎么摔得这么厉害？兰兰，来，看好你妹妹，我看看欣欣。"

兰兰知道闯了祸，吓得紧拉着小妹妹，不敢近前看。

王明月抱起欣欣，又嘱咐兰兰说："好好看着你妹妹，我带欣欣去看看。"

兰兰使劲点头。可妹妹见奶奶走了，哭闹着要跟奶奶去，兰兰只好用力拽着妹妹，跟着奶奶到了村里的卫生室。

孙德旺给欣欣仔细看了看，见孩子不光嘴唇磕破了还磕掉了两颗门牙，立刻做了消毒处理，敷上药说："嫂子，没什么大事，过几天就好了。"

王明月担心地问："那牙还能长出来吧？"

孙德旺笑着说："能，放心吧。"

王明月心事重重地领着孙女回到家中。

张广凤回到家里，一见欣欣的样子，生气地指着兰兰问："欣欣怎么摔的？是不是你的事？"

兰兰不敢看妈妈，只低头站着。

"怎么不说话？我跟你说话没听见啊？"广凤抬起巴掌要打兰兰。

王明月护着兰兰说："你揍她有什么用？她知道什么？要怨也该怨我，是我没看好孩子。"

广凤赶紧说："妈，怎么能怨你呢？她都这么大了，整天光知道玩。你不让她干，她什么时候懂事？不能光惯着她。"

王明月拉着脸说："你没见都吓着她了？这孩子从小不惹事，还管她，再管就把孩子管愚了！往后，你还是少说她，就是说也得好好说。"

广凤一听，忽然来气了，着急地说："妈，你疼孩子我知道，可太惯她了！她不小了，能干活了，我跟她这么大的时候，俺妈早叫我看孩子做饭了。"

王明月立马回道："你厉害，你能，那是你！俺孙女俺还不知道？你不知道她从小长病身子弱啊？你怎么管的？你管的什么？不说我还不生气，就你这个管孩子的，说亲也是你，说打也是你，你能教出好孩子来？"

广凤被婆婆说得哑口无言，可她并不服气。

王明月见儿媳不再言语，自以为占了上风，领着兰兰回自己屋了，可没等坐下，忽又想起还没做饭，赶紧做饭去了。

广凤抱着欣欣，心疼地掉下泪，觉得愧对孩子。小闺女在一边不停地哭，她把两个孩子都揽在怀里。她想起刚才婆婆说的，知道婆婆疼孩子不比自己少，又想起婆婆讲的故事。

刘晴那时不过十岁，王明月叫她上坡去拔草，刘晴一个人就去了。可一直到天黑，刘晴还没回家，一家人便到处寻找，找了好多地方，也没找到。左邻右舍都帮着找，最后，还是在炕下找到她的。

刘晴在炕底呼呼大睡，叫醒她后她吓得浑身哆嗦。王明月不知如何是好，到处求医问药，还请了神婆"驱鬼"。过了好几天，刘晴才缓过神来，把经历的事情跟大人讲了一遍：她拔草时抬头向远处看，看见远处有一只"大狗"正盯着她，她四处张望后，没看到人，害怕起来，接着想到那不是狗，是狼！于是拔腿就跑，没想到她这一跑，那狼却开始追她。她扔掉篮子，使劲跑回了家，回家后，她就钻到炕底下睡着了，因为惊吓过度，迷糊了好几天。自那以后，王明月决不让孩子单独上坡拔草了……

哪个当妈的不疼孩子？广凤疼孩子，但不娇惯孩子，这一点，她跟婆婆一样。广凤与婆婆最大的分歧是孩子的教育问题。今年，学校老师都被叫回去上班了，说是准备恢复上课，还要招新学生入学。近来，大家谈论的话题多是孩子上学的事。广凤打算让兰兰早点上学，可婆婆不同意。王明月说："女孩子用不着上学，嫁个好婆家就行。"为这事，广凤也没少跟建国说道。建国觉得闺女还小，等过两年再说。

想到这儿，广凤又生气了，认为婆婆管得太宽，她想：我的孩子我做不了主，这是什么事？又看看两个孩子，一个个哭得眼睛都肿了。欣欣的嘴肿得很高，嘴唇上还有血块。广凤越发生气了："不行，我可不能听她的，还是叫兰兰早点上学。要不跟我一样不识字，一辈子也不会有出息。孩子上学，肯定能过上好日子，人家那些上班的，都是些文化人。"

王明月做好饭，一边盛饭一边喊着："兰兰，吃饭了！"

兰兰答应着跑到灶房，端起碗往外走，可刚走到院子，便烫得受不了，啪的一声，饭碗摔到地上。兰兰"啊"了一声，吓得站在那里不敢动弹，她的两个手指被烫得生疼，她偷偷摸着痛处。

广凤的怒火突然涌上来，她放下两个孩子，冲到兰兰面前，抡起巴掌打在兰兰的屁股上。她越打越生气，接连几下，打得手都疼了。

"你干什么？冲孩子使劲啊？解恨啊？"说着，王明月将头拱向广凤，把广凤拱了个趔趄。

广凤第一次跟婆婆发生这种肢体冲突，她直接坐到地上哭起来，越哭越伤心，不停地拍打着自己的双腿。三个孩子也不停地哭着，一家人哭作一团。

"哎哟，我的妈呀，这日子是没法过了……"王明月也抹着眼泪回自己屋了。兰兰哭着跟奶奶进去了。

广凤瞧着兰兰跟她奶奶去了，暗自骂道："这个熊妮子，跟她奶奶一伙，哼，我是白疼她了……"她站起来，领着两个孩子回了自己屋里，可坐下后，见两个孩子都怯怯地看着自己，这才醒悟过来："咳！我这是怎么了？不过了？"她不由得叹了口气，气呼呼地扇了自己两个耳光。两个孩子拉着她，喊着："妈，妈……"

广凤渐渐冷静下来，她拢了拢凌乱的头发，问两个孩子："饿了吧？妈给你俩盛饭去。"两个孩子点点头，她们早就饿了。

广凤给孩子一人拿了一个菜窝窝头，是地瓜面和玉米面混合做的。欣欣咬了一口窝窝头，接着哭起来。

广凤埋怨道："你这孩子，不知道慢点呀？"她找了把勺子，端起饭碗，不停地吹着。玉米粥很热，她舀了一勺说："欣欣，来，妈喂你。"欣欣这才不哭了。小女儿来娣却不高兴了，她不停地拽着妈妈的衣服，也要妈妈喂她。广凤只好一人一口喂她们，直到两个孩子都吃饱了，她才松了口气。

王明月生气不想吃饭了，她给兰兰盛好饭，自己睡觉去了。

广凤思前想后，还是该给婆婆说一声再去干活。兰兰见了妈妈，不敢说话，高声喊着："奶奶！奶奶！"广凤狠狠瞪了兰兰一眼，用手指了指她，并没说什么。

广凤站在墙边，冲着里屋说："妈，我去干活了。"屋里没有回音，她又说："妈，你吃饭了吗？"屋里仍没有回音。广凤看着兰兰，大声说："兰兰，你惹奶奶生气了？你这孩子，就是欠揍！"

"你敢！"话音未落，王明月已经出来，一屁股坐在椅子上，斜眼看着儿媳妇。

"那我不管了，我干活去了。"广凤说完就走了。

王明月看着儿媳妇出了院子，这才对兰兰说："兰兰，好好看着她俩，我吃口饭。"兰兰答应着，领着两个妹妹玩起来。

建国回到家里，一眼看见欣欣的嘴唇惨不忍睹，立刻抱起闺女，心疼地问："怎么弄的？摔得这么厉害？从哪儿摔的？欣欣，来，爸爸看看。"

欣欣指着摔倒的地方，建国抱着她走到台阶跟前，使劲踹了那台阶两脚，等于给闺女报了仇。欣欣咧嘴笑着，尽管嘴还在疼，但爸爸的举动，似乎让她忘记了疼痛。

兰兰躲在奶奶屋里，不敢见爸爸，她怕爸爸训她，更怕再遭爸爸一顿痛打。她一想到妈妈中午打她的样子就害怕，一个人在屋里不停地抹眼泪。她听到奶奶喊她吃饭了，可仍不敢出去。

建国冲屋里喊着："兰兰！兰兰！你奶奶叫你，没听见呀？再不来，我可揍你了。"

广凤一边端饭一边生气地唠叨："别管她！爱吃不吃，不吃不饿。这孩子光知道玩，也不知道看孩子，要不，欣欣也不会摔成这样！"

"别什么事都怨兰兰！都怨我！是我没看好孩子！"王明月阴沉着脸冲儿媳妇说道。

广凤苦笑着说："妈，我不是说了，兰兰不小了，她该帮你看孩子了。你一个人也忙不过来呀？你总惯着她，什么时候她也看不见活儿！"

王明月气呼呼地指着儿媳妇说："整天不小了不小了，不就是才六岁的人啊？你还真把她当成大人使唤啊？我跟你说，你别指鸡骂狗的，我也不吃你这一套！"

广凤一听婆婆这话，那怒火又上来了，她刚想再跟婆婆说道说道，却听见建国大声说："都少说两句不行啊？又不是多大的事！"

广凤一听，不敢再说了，气呼呼地从建国手里接过孩子，坐下准备给孩子喂饭。

"用不着给我来这一套！我就是人家的眼中钉肉中刺啊！我的个妈呀，

我，我怎么还不死呀？"王明月哭喊着朝自己屋走去。

建国赶紧去拉他妈，着急地说："妈！你又多想！都怨我，都怨我！你先吃饭，先吃饭，我去叫兰兰。"建国拽他妈坐下。王明月知道这么做是为难儿子，她便顺水推舟，不再折腾。

建国边走边喊着："兰兰，快来，怎么不听话呢？"他见了闺女的样子，一点怒气都没了，拉起闺女的手往外走。兰兰顺从地跟着爸爸出了屋子，她仍坐在奶奶身边。

本来闷热的天就让人心烦意乱，经过刚才的嘴仗，一家人心中更添了一把热火，他们闷声吃着饭，汗水顺着脸颊淌着。那拴着的狗来来回回地走，它看着主人吃饭，眼巴巴地等着自己的饭食能早点到来。其实它的呜呜声主人都听到了，可没一个人理它。

一家人正闷头吃饭，那狗狂叫起来，它来回跑着冲大门口使劲叫，拽得链子哗哗作响，即使建国吼它也没用，那样子像要把链子挣断。建国抬脚去踹它，它才躲到一边。等来人进了院子，那狗又张狂地叫了几声才作罢。

刘德成跟李瑞香一前一后进来了。王明月赶忙换了笑脸："是你俩啊，吃了饭吗？快坐下。"

李瑞香客气道："吃了，吃了，俺俩放下饭碗就来了。嫂子，你赶紧吃你的。"

刘德成只是笑了笑，坐在建国放好的凳子上。建国进屋拿了盒烟，递到刘德成手上，接着划了火柴给他点上。

大家加快了吃饭的速度，吃饱后广凤匆忙把桌子收拾了，欣欣跟在她身后不停地哼哼唧唧，让她既心疼又心烦。

"这是摔着了？这孩子的嘴肿这么高，哎哟，怎么摔得这么厉害？来，欣欣，奶奶抱抱。"说着，李瑞香向欣欣走去。

欣欣躲闪着往后退，仰面摔倒了，号啕大哭。

"你说你，闲得你，你也小啊？"刘德成气得想骂媳妇。

"没事，没事。叔，小孩子摔倒还不是常事？来，起来，欣欣，妈抱抱。"说着，广凤忙把闺女抱起来。

欣欣哭得更厉害了。

"这孩子怎么了？快看看摔哪儿了？"说着，刘德成站起来。

建国和广凤都朝孩子的后脑勺看。

"妈呀！怎么还摔破了？"广凤的手上已经有血了。

大家你一言我一语地说着，又都朝地上看去。原来，欣欣正好磕在一块石头上。

"不行，我给她看看去。"广凤抱起孩子，直奔卫生室去了。

刘德成生气地指着媳妇："你也跟着去！添乱！"

"叔，你和俺婶子都坐着，我去。咳，没事，可能就是擦破点皮。"建国跟了出去。

"唉！都怪我，怎么这么巧？"说着，李瑞香抹起了眼泪。

"他婶子，你可别这么说！这孩子摔着还不是常有的事，怎么能怪你呢？德成也是，别埋怨了。这孩子本来就不叫人省心，白天我没看好她，两颗门牙磕没了，嘴皮子也破了。谁寻思这么巧，她又把头磕破了！"王明月长长地叹了口气，"咳，这阵忙，我也没再看看建斌去。唉，你俩也没少操心啊！"

李瑞香哽咽着说："建斌没事了，你都跑了好几趟了。这孩子就那样了，也没什么好法子，听天由命吧，就看这孩子的命了。"

王明月哄着小孙女，无可奈何地说："唉，就是，咱都没什么好法子，好好劝劝孩子吧，多给孩子宽宽心，想法给孩子吃点好的。唉，这年头，也没多少好吃的，能吃饱就不错了。他厂子里又来人了吗？该找他厂里的事就得找，别太老实，老实人吃亏！"

"嫂子，你就别操心了，这些事不是有我吗。"刘德成说道。

王明月指指刘德成："咳，我知道你想得周到，也有拿不定主意的时候吧？我可知道你那两下子，别看你有学问，有时候也干倒把事。"

"可不，你算说对了。嫂子，以前有事我都跟俺哥哥商量商量，咳……"刘德成摆手，摇着头叹息着，说了半截说不下去了。

王明月不再说话，接着掉下眼泪。

"走，走！"刘德成站起来，准备走。

"咱等建国他俩回来再走吧，看看孩子没事吧？"李瑞香小声问道。

刘德成瞪了媳妇一眼，一跺脚又坐下了。他拿起烟，没好气地点上。一支烟很快抽完了，他凝神望着天上的月亮发呆，更担心了。

半个多小时了，建国他们还没回来。

"不行，我看看去，怎么还没回来？"刘德成站起来，他沉不住气了。

"也是，时候不短了，按说该回来了。"王明月也不放心了。

刘德成听王明月这么一说，更沉不住气了，忽然涌来一股不祥的预感，竟让他打了个寒战，他立刻说："嫂子，你先别着急，俺俩看看去。"

王明月抱着已经睡着的小孙女，有些无奈地点了点头，任凭他们去了。她骂着仍在狂叫的狗，担心地想：真叫人操心哪！都什么时候了也不回来说一声。

王明月越来越紧张的时候，那狗又叫开了。紧接着，建国他们都进了院子。

"没事吧？怎么才回来？"王明月问道。

建国喘着粗气说："没事，就是赶巧了，立春他儿也摔破头了，去的时候，德旺叔正给他看呢，那个孩子摔得厉害，给他看完了才给欣欣看的。欣欣划了道小口子，不厉害，给她看的时候都不淌血了。"

"咳，吓了我一大跳，也吓得你叔叔和你婶子不轻，他俩不放心，都去了。我还寻思呢，小孩子，身子轻，应该没事！"王明月欠了欠身子，她想站起来，可没能起来，还差点歪倒。刘德成手疾眼快，一把将王明月扶住了："嫂子，你可别吓唬我了，你要是再摔倒，咱可热闹了。"他的话把大家都逗乐了。

广凤从婆婆手里接过孩子，带孩子睡觉去了。其他人坐在院子里又闲聊起来。

刘德成说："建国啊，我不是又上班了吗，今年上头要求，叫学生都回去上学，我跟你婶子说了，你婶子说，女孩子该早点上学，兰兰不是六岁了嘛，上学也行了。"

王明月紧接着说："咳，上不上的吧。女孩子能有什么出息，找个好婆家就行。"

建国干咳了两声，笑着说："叔，我不是不叫兰兰上学，叫她上，不是觉着她还小吗，过两年再上也不晚啊。"

李瑞香摆摆手说："可不一样。女孩子事多，还是早上学好。"

王明月不高兴地说："上学有什么用啊？不得花钱呀？早晚还不是上人家家去？"

刘德成反驳说："嫂子，这回我可得说说你了，你可是挺明事理的人，怎么就迷这一窍呢？以前我听你说过，你愿意叫孩子上学。"

"那是以前。石头不是说了,兰兰还小呢,等过两年再说吧。"王明月坚持自己的观点。

刘德成不解地问:"怎么还非要过两年呢?"

王明月冷冷地说:"谁知道哪块云彩会下雨啊?我都快熬到地下去了,也没见有学问的好处,加上前几年这一闹腾,我更不放心了。还是等等,看看再说,什么事别挑头,没听人家说枪打出头鸟啊?"

"倒也是。我都害怕万一再有什么变化。这几年,我都拿不准了,到底稳住没稳住谁知道?按说该走正道了,要不什么时候能过上好日子啊?"刘德成认为王明月说得有道理。

"你看,你都拿不准,还叫兰兰上学去啊?不行,我可不放心,万一有个好歹的,那可不成!只要我不死,谁劝也白搭,我可不拿孙女往前冲。德成啊,你是当老师的,都闲了这么些年了,等你觉得稳的时候再说吧。"王明月的语气已经带了刺。

"妈,你看你说的什么话?俺叔和俺婶子还不都是好心啊,不是为兰兰好吗?我也听人家说女孩子早上学好,男孩子晚上学好。"建国有些着急了,他怕刘德成生气。

王明月指着儿子说:"你少插话!我还就是不听劝了,谁说也不行!你要是再说,我明天就领着兰兰上你姐姐家住一阵子,我看你能把我怎么着?"

广凤虽在屋里,却一直关注着院子里的谈话。她起身向院子里张望着,见兰兰还坐在院子里。王明月发火后,兰兰说话了:"奶奶,我上学去。"

王明月十分生气地冲孙女说:"你说什么?还反了你了。你大了,翅膀硬了,我管不了你了,行,有本事你去吧,往后别来找我,我不是你奶奶!"

刘德成感到王明月的态度不对劲,嘿嘿一笑,说:"嫂子,怎么越说越来劲了?这可不是你的脾气,原先你可不这样!"

建国趁他妈低头的瞬间,冲刘德成努了努嘴。

刘德成会意,摇着头说:"家家有本难念的经啊!"他跟媳妇说:"时候不早了,咱走吧。"

李瑞香答应着站起来,跟着刘德成走了。

王明月坐在院子里没动弹,满肚子的火想找地方发泄,可自从老头儿去世后,她就找不到发泄的人了。她觉着浑身难受,心下暗骂:"没一个跟我一条心的!都成了我的不是。这帮玩意儿都冲我来了,我哪儿做错了?"她趁儿子出去送人的工夫，赶紧回屋了。

兰兰坐在院子里悄悄落泪，她不敢出声，也不知道下一步该怎么办，妈妈不喜欢她，现在奶奶也不管她了，她除了哭，毫无办法。

建国回到院里，见闺女还呆坐着，他走近了俯身一看，见闺女正泪眼蒙眬地抽泣着，他拍拍闺女说："兰兰，怎么了？还哭上了？你真想上学啊？"兰兰可怜巴巴地望着爸爸，使劲点着头。

"好，别哭了。明天我跟你奶奶说说，咱上学去。"建国拉起闺女的手，"快睡觉去，要不，你奶奶真生气了，你可就上不成了。"

兰兰立刻站起来，跟着爸爸进了奶奶屋里。

王明月耳朵不聋，她听见儿子进来了，故意翻身朝里睡了。

兰兰悄悄爬到奶奶的炕上，蜷缩在一边睡下了，她已经哭累了，躺下一会儿就睡着了。

王明月听着孙女睡着了，她放心不下，起来把孙女往里边挪了挪。她都是让孙女睡在里边，由她挡着，这样可以避免孙女掉下去。自从孙女跟她睡的第一天起，她都是等孙女睡着了才睡。兰兰睡觉睡得踏实，打两下都不会醒，就是睡觉不老实，满炕来回滚。王明月借着外面的月光，摸到一把扇子，她给孙女扇着扇子，想着这一天的事，怎么也静不下心来。她感到胸口发闷，给孙女扇两下，再给自己扇两下，又怕热到孙女，还是给孙女扇得多。她知道小孩子娇气，不如大人耐磨，何况孙女今天受了不该受的委屈，比她自己受委屈更叫她难过。她轻轻叹了口气，想起孙女小时候的一些事。

王明月对兰兰倾注了很多心血，即使家里再难，她都没让孙女受穷。兰兰从小体弱多病，一岁多的时候，头上长了些疮。王明月天天背着她去打针，打了一个多月才治好。冬天的时候，王明月给兰兰做的棉袄棉裤都很厚。兰兰三岁以前穿着奶奶做的棉袄棉裤，摔倒了自己都爬不起来，街坊邻居见了都说："兰兰，你奶奶多疼你，可冻不着你了！"王明月听见这话，嘴上不说什么，可心里高兴着呢。兰兰因趴在地上起不来，只能眼巴巴地趴在冰冷的地上等人来拉，那时，她已经知道害羞，觉得自己爬不起来很丢人，不管是谁把她拽起来，她都没有高兴的时候，小嘴噘得高高的，小手拽着衣角，低着头慢吞吞地走向一边，过上一会儿才会再跟小朋友玩。回到家里，兰兰会冲奶奶发脾气："都怨你，都怨你！我起不来，人家都笑话我。"王明月便故意说："哎哟，怎么了？谁笑话俺孙女了？我去找他算账！"这样一来,兰兰就不再噘嘴了。

兰兰大了,慢慢开始懂事,她知道奶奶疼她,每次奶奶讲她小时候的事,她都会笑,甚至有些惊讶,认为奶奶跟她开玩笑、哄她玩。随着年龄增长,兰兰越发觉得奶奶讲的都是真的,奶奶从不骗她。兰兰最害怕奶奶讲的一个故事是:"看见那块黑云彩了吗?云彩上站着一个神仙,他专门管不听话的孩子,谁要是不听话啊,他就把不听话的孩子带走。"兰兰一听,吓得赶紧钻进奶奶怀里,不敢抬头看外边,更不敢看天上,生怕那个神仙把她从奶奶身边拽走,然后便乖乖地睡着了……王明月跟儿媳妇闹别扭,兰兰都是站在她这边,这一点最让她开心。

王明月思前想后,她心里也不好受,可她这么做有她的道理。她当家作主习惯了,一时扭不过弯来,尽管之前老头儿在的时候两个人就商量好了不操心家里的事了。可真遇上事的时候,她仍免不了要显示自己的能力。

王明月扇着扇子,渐渐困了,她梦见老头儿在跟前训自己,她心里明白是在做梦,可还是被吓了一跳,想着:你走了倒是清净去了,把我留下受罪受折磨,怎么不叫我死在你前头?你还怨我,我难过跟谁说去?我都活够了!没一个知道我的心的!她扔了手里的扇子,睡着了。一觉醒来,天已经亮了,她强打精神起来,又开始了一天的劳作。她已经想好了,叫兰兰上学去。

王明月给儿子盛好饭,没等儿子开口,她便主动跟儿子说:"守着你德成叔,我说不叫兰兰上学,就是想听听他怎么说,我知道孩子上学好。兰兰愿意上学就叫她去吧,我不管,你跟她妈商量好就行。"

建国一听,即刻眉开眼笑,边吃边说:"我叫她妈先去报上名。妈,你再仔细看看,兰兰是不是真想上学?"

王明月乐呵呵地回道:"我知道兰兰真想上,不用试。俺孙女,上学准孬不了。"

兰兰顺利上学了。她是个爱学习的孩子,从入学的第一天起,她就打算好好学,上课特别积极。自己早早起床,吃完饭就往学校跑。一年下来,她的成绩在班里总在前三名,不但老师喜欢她,爸爸妈妈对她也很满意,她奶奶嘴上不说,可心里高兴着呢。

兰兰上学后,王明月也跟着她学了不少东西。兰兰会把学到的知识和在学校发生的事讲给奶奶听,她想教奶奶识字,可奶奶不肯学,兰兰只好自己学自己的,偶尔她会故意考考奶奶,都是被奶奶笑着训诫:"你这臭妮子,长本事了,还想难为你奶奶,我吃的盐都比你吃的饭多。"兰兰会反驳奶奶:"奶奶,你吃的盐不可能比我吃的饭多。你看,我一顿饭都吃好几碗,一天加起来,一个月加起来,一年加起来,那得多少?一大堆呢。咱家一年才吃多少盐啊?"王明月被孙女驳得无话可说,又不肯认输,会再说孙女几句:"行,我不跟你犟。我知道你说的在理。别以为你识字就翘尾巴,我小时候要是能上学啊,不比你差!还有啊,你就是再有本事,我也是你奶奶。记住了吗?"兰兰笑着回答:"知道,记住了。逗你玩呢,咱家你最厉害。"一听这话,王明月最开心了:"知道就行。别没大没小的,学傻了。"

王明月盼着几个孙女赶快长大,更希望能早点抱上孙子。日子一天天过着,生活也逐步好转,至少吃饭穿衣不再是她的愁事。

第二十九章

一九七九年的冬天,金鸡岭村的水井都枯了,大家都到遇福河打水。遇福河只有上段还有水,而且结了厚厚的冰。这天,张广凤要去河里挑水,正好兰兰在家,便悄声说:"兰兰,跟我去挑水,你跟欣欣抬一个桶,行吧?"

兰兰高兴地答道:"行。"她接着又问:"欣欣能抬动吗?"

广凤皱着眉说:"你俩抬半桶也行啊,妈实在难受,不去咱就没水吃了。"

兰兰一听妈妈不舒服,小心地问:"妈,你怎么了?病了?那你别去了,我跟欣欣去。"

广凤捂着肚子说:"妈肚子疼,过一阵也许就好了。你领着欣欣,可小心点啊,跟着大人走,千万别乱跑,要是掉进冰窟窿,会淹死的,记住了吗?"

兰兰使劲点头:"记住了。"

这时,王明月站在她们旁边,厉声说:"她俩去可不行!你肚子疼,等你好了再去。要不,就等石头回来再去。"

广凤看看婆婆,委屈地说:"我也不放心。可家里一点水也没了,我把缸都刷干净了。我肚子疼得厉害,也不知道怎么回事。"正说着,她喊道:

"妈呀，疼死我了！"

王明月吓坏了，赶忙问道："凤儿，你这是怎么了？是不是受凉了？快回屋里躺下，我给你灌上烫壶暖和暖和。"说完，她赶忙回屋找烫壶，又对兰兰说："兰兰，快扶你妈到屋里躺下。"

广凤的脸色更难看了，她使劲捂着肚子，不停地哼哼。

兰兰扶着妈妈回到屋里，她从未见妈妈这样过，吓得不知道该怎么办。她跑到奶奶屋里，从奶奶手里夺过烫壶，迅速回到妈妈屋里，小心地把烫壶放到妈妈手边，说："妈，烫壶。"

广凤闭着眼把烫壶放到肚脐处，她的肚子仍一阵阵地疼。

王明月端来一碗红糖水，悄悄问："兰兰，你妈怎么样了？好点了吗？"

兰兰使劲摇头，指指她妈，又摆摆手，示意奶奶说话小点声。

王明月明白，悄悄坐到椅子上。她哪能沉得住气？听见广凤还在叫疼，便凑到她跟前，小心地说："凤儿，喝碗红糖水吧？我去叫你德旺叔，叫他来给你看看。唉，挺壮实的身子，这是怎么了！"说完，她往外走。

广凤无力地喊："妈，你回来。"

兰兰赶紧把奶奶拽到妈妈跟前。

广凤摆摆手说："妈，好点了。"说着，她费力地坐起来。

王明月忙把那碗红糖水端过来："趁热喝，凉了不行。"

广凤把烫壶放好，端过婆婆递来的红糖水，边吹边喝着。喝完她觉得肚子热乎乎的，摸着肚子说："妈，也许是冻的，应该没啥毛病。"

王明月接过碗，心疼地说："天冷，你还非得刷缸，准是冻着了。"

广凤笑笑说："我看见缸底挺脏了，寻思这几天事少，刷刷再去打水。也怨我，穿得少点了。"

王明月听广凤说话有了力气，那悬着的心才放下来，埋怨道："你就是干净。以前，我都是夏天刷，一年也就刷一回。你倒好，没事就刷。这回记住了？干净也得分时候，这大冬天的多冷啊，伸不出手来。我想说你，怕你不愿意，觉得干活还你找毛病。"

广凤笑了。这会儿，肚子不疼了，她从炕上下来说："妈，你还得管着我。你要是多说一句话，我这肚子恐怕就不疼了。这回也是赶巧了，以前不是没事吗？"

王明月冲兰兰说："你看你妈说的，她肚子疼还怨我。"

兰兰瞧瞧她们俩，只是笑笑，什么也不说。

王明月又说："你等等再去挑水，可别再叫风吹着。我管不了，也不管了。"说完，她回自己屋了。

广凤抱着烫壶又暖和了一阵，肚子没再疼，便试着抬腿弯腰，感觉没事了，对兰兰说："兰兰，你去叫欣欣，咱仨挑水去。"

欣欣正哄着妹妹玩，噘着嘴说："我不去。"兰兰打了欣欣一巴掌。欣欣气呼呼地说："不去，不去，就不去！"兰兰指着妹妹说："你不去是吧？那晌午你就别吃饭了。家里一点水都没了，怎么做饭？你不去，就饿着你。我跟咱妈说去。"

王明月听兰兰这样说，不乐意了："你这孩子怎么跟你妈一样？你不会哄着欣欣啊？光知道叫孩子干活。"

兰兰怏怏不乐地回到妈妈身边。

广凤在屋里走了几圈，肚子一点也不疼了，又走到屋门口，试试在外边的感觉，正巧听见婆婆的话，赶紧回到屋里，悄悄向外边看，见兰兰不高兴，她笑着问："怎么了？欣欣不愿意去？"

兰兰只是摇头，未回答妈妈的话，她不想把奶奶说的话告诉妈妈。

广凤接着说："咱俩去。往后啊，你也学学干活，我不能干的时候，你帮妈干点。"

兰兰点点头说："嗯。妈，你肚子不疼了？"

广凤摸着闺女的头，笑着说："不疼了。刚才吓了我一跳，还以为得了什么难治的病。没事了，走，咱挑水去，回来还得做饭。"

王明月在屋里瞧着，见兰兰跟着她妈出了门，赶紧对欣欣说："欣欣，你妈跟你姐姐走了，你不去？"欣欣立刻不跟妹妹玩了，急急地说："我也去。"说着，欣欣向外跑去，嘴里喊着："妈，我也去，我也去！"

兰兰指着妹妹说："叫你你不来，回去吧，不叫你去了！"欣欣咧嘴哭起来，跑到妈妈跟前，揪着妈妈的衣角，断断续续地说："我去，我，去，我也去。"

广凤对兰兰说："兰兰，你回去拿家伙。都在过道里呢，扁担和桶，别忘了。"

兰兰跑回去，很快拿回来。她拿着桶，把扁担递给妹妹说："你拿这个，这个好拿。"

欣欣看看姐姐说："我拿那个。"

兰兰白了妹妹一眼说："给你个好拿的，你还不愿意，行，你拿这个。说好了，不能换。"

欣欣高兴地接过水桶，跑到妈妈和姐姐前边。可走了几百步后，她渐渐落在后边，噘着嘴想：不叫我换可怎么办呀？她放下桶，喊着："妈，妈，你看看。"

广凤知道闺女的心思，对兰兰说："你去跟她换换，她不行。"

兰兰回到妹妹身边，教训道："不行了吧？还不听话。你要是再不听我的，往后我才不管你。"

欣欣看着姐姐，点了点头，高兴地接过扁担。

广凤已经嘱咐两个闺女好几遍了："你俩跟着我走，别乱跑。冰上滑，要小心。这个冰有薄有厚，跑到薄的地方就掉进去了。那天，西头那个张小虎就掉进去了，幸亏当时打水的人多，要不，他就没命了。"

欣欣对妈妈的话并不放在心上，脚下仍显示着她对冰面的兴奋，不时地打滑，一下能出去好几步远。

兰兰听话，紧跟着妈妈的脚步。她怕妹妹摔倒，使劲跑到妹妹跟前，朝她身上拍了拍。欣欣一下趴在地上，扁担滑出去十几米远。兰兰迅速上前抱起妹妹，可还是被妈妈看见了。

广凤气坏了，冲两个孩子怒吼："你们两个死妮子，跟你俩白费口舌了，我说什么了？你俩就是不听，好，都滚回去！"

周围的人都劝广凤，叫她别跟孩子一般见识。

兰兰已经吓得不知所措，悄悄跟妹妹说："你站着别动，我去把扁担弄回来。"

欣欣更害怕，这回听姐姐话了，乖乖地站在那里。

广凤看到兰兰要去拿扁担，边往回走边大声喊："兰兰，你别去，听见了吗？！"正说着，她已经到了兰兰跟前。

兰兰怯懦地看着妈妈，十分愧疚地说："都怨我……"

广凤轻声说："别管了，我来。"说着，她把水桶放下，挂着扁担小心地向前走了几步，估摸着能够到了，便把扁担伸出去，将另一根扁担慢慢地拨了过来。兰兰高兴地拿起扁担，递到妹妹手里。欣欣接过扁担，再不敢闹了，紧跟在妈妈后面。

打水的冰窟窿其实不大，可以让两个人同时打水，但四周的冰很多是凸起的，加上提水时水桶的碰撞，窟窿的西面已经有了一道很显眼的裂缝，让打水的人越来越提心吊胆。

广凤不敢把水桶灌满，毕竟走在冰面上会打滑，路上她已经看见好几个人摔倒了。她给闺女打了半桶，看着两个闺女抬着水桶轻快地走了，才挑起水桶跟上。

兰兰跟妹妹的步伐并不一致，她们也有打滑的时候，两个人相互埋怨又时而笑话对方，很快走出了河道。这时，广凤说："你俩等等，好不容易来一趟，多打点回去。兰兰，你跟我回去抬水。欣欣在这儿等着。"

兰兰跟妈妈去了。

欣欣不高兴地噘起嘴，用脚踢着石头玩，不时朝她们去的方向望望。

衣食住行是人的基本需求，老百姓们不明白复杂的经济指标，也不想弄明白，他们最关心的是如何解决基本生活问题，这是人的本能。如果连吃饭问题都解决不了，整个社会陷入穷困之中，长时间让人看不到希望，那再美的言辞也是画饼充饥，时间久了，只会带来不满。

"出头的日子在哪儿？"

"盼到猴年马月啊？"

"还叫人渴死啊？混账玩意儿！"

广凤打水的时候，已经听到很多人在骂，虽然他们不敢直接骂，但大家都心知肚明。大家期盼已久的好日子没有到来，许多家庭都是家徒四壁，如今连喝水都成了问题。

广凤娘儿俩又抬了一桶水回来，将三个水桶的水平均了一下，然后才往回走。

兰兰把水桶拉得离自己近些，可妹妹依然来回摇晃，她怒道："别晃！你一晃，水就洒了，到家还不都洒没了？"

欣欣双手抱紧扁担，辩解道："我没晃啊，它来回跑，我就跟着跑。"她拍拍扁担说："你别乱跑，我抓不住你。"

兰兰生气地说："你还挺会找理。一直朝前走，拐弯的时候慢点，你快一步慢一步的，能不晃荡吗？"

兰兰的话管用了，桶里的水没再晃出来。

广凤走在前面，并不放心两个孩子。她已经走出去挺远了，没听见两个孩子的动静，于是放下水桶等她们。很快，两个孩子跟上来。

兰兰喘着粗气说："欣欣放下。妈，歇歇吧？欣欣走不动了。"

广凤笑着问："你俩抬还走不动了？吃饭少吃一点都不干，想想吃了多少饭了？"她不想让孩子干重活，可今天她身体不舒服，才想锻炼锻炼她们。

"走吧？还得再回来两趟。要是再磨蹭，晌午可就没饭吃了。"广凤说完，挑起水桶先走了。两个闺女不敢再慢腾腾的，她们加快了脚步，比刚才配合得更好了。

王明月见孙女回来，赶紧提起水桶倒进缸里，不住地问："肩膀疼不疼啊？摔倒了吗？打水的人多不多？"

兰兰回答："不疼。没摔倒。人可多了。"

欣欣摸着右肩膀说："我这儿疼。"王明月上前，扶着她的肩膀说："来，奶奶给你揉揉就不疼了。奶奶不中用了，要是奶奶能挑水，哪能叫我孙女受这罪？"

兰兰听出奶奶话里有话，对欣欣说："行了，真疼还是假疼？咱俩就抬那么点，你还这么多事！没看见咱妈挑那么多吗？妈不疼吗？"她推着欣欣走开了。

王明月知道兰兰懂事，没再说什么，又问广凤："还去挑啊？不行就凑合凑合吧，等石头回来再去。你回屋歇歇，我做饭。"

广凤笑着说："妈，我没事。叫她俩尝尝干活的滋味，累不着。我再去挑一趟，够两天吃的再说。"

王明月又问："还叫她俩去啊？"

广凤答道："去。我看她俩抬得挺轻巧。"

王明月看看孙女，叮嘱道："你俩慢着点，别摔倒！还有，千万别去人少的地方，听见了吗？"

两个孙女爽快地答应："听见了。"说着，她们蹦蹦跳跳地跟着妈妈走了。

王明月见两个孩子都高兴，放心地回屋了。

广凤母女快到河边的时候，听见有人说："淹死人了，淹死人了。"说话的人向河里跑去，很多人都朝那个方向奔去。

广凤紧张地朝前望了望，她停下脚步，对兰兰说："兰兰，你俩回去吧，我自己去。"

兰兰不解地问："怎么了？妈。"

广凤皱着眉说:"没听见淹死人了?快回去!"

欣欣凑上前说:"我看看去,谁死了?"

广凤指着欣欣的额头,瞪着眼说:"你还敢去看?你这臭妮子,不知道害怕。死人有什么好看的?跟你说,小孩子不能看死人。赶紧跟你姐姐回去。"

欣欣扭头看看姐姐,见姐姐点头,只好站到姐姐身边。

兰兰见妈妈不高兴,对妹妹说:"走,快走。"

广凤看两个孩子往回走了,这才继续向前走。

当她走到河边的时候,看到不远处围着十几个人。她怕看见死人,于是犹豫起来,因为要去打水必须走那段路,暗想:谁死了?怎么这么不小心?这才多大会儿工夫?刚才还好好的……正想着,她听到有人叫她:"广凤,挑水呀?"

广凤一看,是林小燕,她指着前面说:"嫂子,前边死人了,不知道谁淹死了。我琢磨着还挑不挑水了。"

林小燕吃惊地往前看,说:"哎哟,这是谁这么不小心啊,我去看看,你等着。"

广凤知道林小燕胆大,准备等她打听好了再做决定。

几分钟后,林小燕回来了,对广凤说:"回去吧,回去吧,这水啊,一两天之内是不能吃了。老五掉里边了!"

广凤"啊"了一声,接着说:"唉,他年纪大了,又吃不好,还有病,估计脚下没准头。"

林小燕说:"嗯,挺可怜的。他也没个亲人了,怎么发丧啊?哦,可能王永发会管他,有人叫他去了。"

广凤朝路上一瞧,见有几个人正匆匆向这边走来,说:"来了,看着像。也只有永发哥能管这事,别人啊,都白搭。"

王永发径直去了人群中,见到直挺挺躺在冰上的王老五,他浑身还湿漉漉的。王永发蹲下,看着王老五的尸体号啕大哭,嘴里不住地念叨:"哥呀,你不舒坦怎么不跟我说一声?我给你挑水吃,你怎么就不听呢?我知道你不愿意给我添麻烦,可你这么走了,叫我心里难受啊!"说到这儿,他不停地拍着胸脯,脸上的泪水与鼻涕已经混在一块儿。

周围的人不停地劝他,其中一个说:"永发啊,赶紧把他弄回家吧,别光顾着哭了,人死不能复生。"

王永发这才止住了哭声,他抬起袖子抹抹脸,哽咽着说:"好。大伙帮帮忙,谁家离这儿近?拿个门板什么的,先把俺哥抬回去,完事我给赔新的。"

"我去,我离得近。"旁边的吴立军说完就走了。大家看着他的背影,有人说:"好人啊。怎么还没改正?"又有人说:"谁知道什么时候啊,有人使坏,告了人家,那个人死了好几年了,他早该死!可改正呢,要一个个把问题搞清楚。我看要是真想弄清楚还不容易?咱这些人,谁都能做证,我都敢给吴立军做担保。"说话的是刘德成。

大家也你一言我一语地说起来。

"我知道怎么回事,就是王八那小子使坏,他是遭了报应。"

"是啊,那小子有一个好心眼也是偷的。"

"人家吴立军怎么得罪他的?他孩子不是也跟人家上学呀?"

"咳,就是吴立军训过他孩子,他那个小子不听话,人家为他孩子好,要不是一个村的,人家会照顾你?他也不想想,人家管你孩子不好啊?要是我巴不得人家老师多管孩子,不管怎么有出息,有几个听话的孩子?"

……

大家正说得起劲,见吴立军扛着梯子过来,才不再说了。他们把王老五抬上梯子,四个人抬着梯子走了,其他人也跟着一块儿去了。

广凤跟嫂子刚才就在一边看着。她们等那些人走远了,才又聊起来。

"嫂子,咱还是回去吧?这水怎么吃啊,我一想就难受。"

"也是。可家里正好没水了,要不咱费点劲,再往上走走,到东郭村挑去。我听说那边比这边好走,来回七八里。"

"太远了,我正好肚子疼,不想去。本来不想来,就是家里没水吃了才来的。我就不该刷缸,谁知道这么巧啊。"

"咱俩怎么一样,都太勤快了。这回,勤快的不是时候。你不去,我去。哎,要不等等看,要是还有人打水,咱就跟着打。要是没有,咱干脆凑合一天再说。"

"我不等了,明天再说吧,反正挑了一趟了。幸亏我叫兰兰她俩跟我来了一趟,半桶水也能吃一顿多。"

"我可是一点水都没了。你走吧,我不在乎,只要有人打,我就打。我等着。"

两个人站在冰面上,早就冻得手脚冰凉,尽管她们都穿着棉裤棉袄,还是不停地跺脚搓手，尽管有太阳照着，但这寒冷又干燥的冬天实在难熬。阳光洒在冰面上，一道道刺眼的光闪现在视线里，有一点温热的感觉，可一阵冷风袭来，她俩几乎同时打了寒战。广凤见嫂子不走，自己也不好意思走，只好陪着嫂子，等待有人过来打水。可半个多小时过去了，再没来一个人，这时，广凤的肚子又疼起来。

林小燕见广凤捂着肚子，关切地问："广凤，你这是怎么了？"

"嫂子，我肚子疼得厉害。我先回去了。"说着，广凤挑着空桶走了。林小燕并不放心，跟在广凤身后问："你还是到卫生室看看吧？我跟你去？"

广凤着急地说："我没事，你忙你的，我走了。"她加快了脚步。林小燕见状，只好停下脚步，又回去打水了。

广凤一进家门，将桶放在过道里，就急急去了茅房。

王明月刚才已经向两个孙女打听过了，可她们怎么也说不清楚淹死人的事。她瞧广凤进了茅房，心想：她是不是闹肚子了？怎么毛手毛脚的。这些年了，没记得她长什么病，也算不孬了。人吃五谷杂粮，哪有不长病的？她想着想着，忽然不放心了，站到门口瞧瞧，冲着茅房问道："你是不是闹肚子了？我去给你拿点药？"

广凤从茅房里出来，仍捂着肚子说："妈，我没事，准是叫凉风吹着了，喝点热水就好了。"

王明月看她脸色不好，又说："你还是歇歇吧，别硬撑，这活儿干不完，等好了再干。我是帮不上你了，往后啊，叫兰兰帮帮你，我不拦着了。"

广凤听了婆婆的话，眼里即刻有了泪花。她扶婆婆坐下，笑笑说："妈，你帮我的不少了，要不是你，我可弄不了这几个孩子。往后她们都大了，叫她们干吧，不能光惯着。再说，小孩子不禁惯。"

王明月不情愿地点头说："唉，我能干的时候就不这么想。年龄大了，我不光不能干了，还整天闹毛病，不是这儿不舒坦就是那儿不舒坦。你也不小了，生产队的活儿不轻快，你没少下力，干的都是男劳力的活儿。以前我这嘴不饶人，也不是不知道自己的脾气，就是改不了。"

广凤听婆婆一改往日的脾气，很想继续跟她说说话，于是坐到她身边说："妈，我以前也挺犟，咱俩没少争。想想也没什么大事，怎么就是想不开呢？往后啊，我可不跟你争了。兰兰都知道说我的不是了。"

王明月望着儿媳妇，有些伤感地说："我年轻的时候比你还犟。我才不认错，就以为自个儿对，别人都不对。你说这人怎么都这样？说是年轻气盛，实际上就是没闹明白。你说这对错哪能分清？"

广凤点着头说："就是。也不是不知道，可当时就是说服不了自己，还真生气。妈，你说我要是到了你这个年纪，是不是就能沉住气了？"她一本正经地看着婆婆。

王明月揉着膝盖说："那可不好说，要看你的本事。孩子小你还觉不着，等孩子大了你就知道，还不如小的时候省心！一个孩子一份心事，哪个都记挂着，不放心。有什么不放心的？人家不比你过得好？理儿是这么个理儿，白搭！当老人的都一样。孩子再大，你的想法都变不了。"说到这儿，她竟心酸起来。

广凤见说到了婆婆的痛处，忙笑着说："妈，我可不跟你学！等孩子都大了，成了家，我就不操心了。"

王明月一听不乐意了，她瞪着眼说："你别说大话，你比我强不到哪去。我早看出来了，你嘴上不说，实际上比我厉害。瞧你的心机，我可比不上。"

广凤挪挪凳子，离婆婆更近了些，依旧笑着说："妈，你别不愿意，我的本事都是跟你学的。你忘了我生兰兰前有多笨？你不说我，我都嫌我笨，我是慢慢跟你学的。"

王明月看着媳妇愣了一会儿，笑着说："我知道你有心。你别看过日子容易，这里边可不少道道。这几年，吃饭穿衣好歹不为难了，可也不能大意！多算计算计，想得长远点没坏处。还有，这一家子人应该热乎乎的，不能整天杠，更不能时不时就打，明白了这些，这日子没有过不好的。"

广凤不住地点头，她的确很佩服婆婆，一时也找不到奉承婆婆的好词，只好说："怪不得咱家越过越好，都是你指挥得好。"

王明月听了这话开心，说："你这不是夸我吗？你要是真这么想我就放心了。"

广凤接着说："我就是这么想的。"

王明月又说："我听兰兰她俩说河里淹死人了，是真的？谁淹死了？"

广凤答道："王老五。"

王明月说："哎哟，你说这人怎么就那么不顺呢？他一辈子没好过，临了怎么还落了这么个下场？"

"谁知道啊？"广凤望望太阳，"妈，我做饭了？"

王明月也抬头向空中望去，她轻轻点了点头，仍沉浸在与王老五接触的场景里。其实，她跟王老五的接触就是那次他来家里吃饭，虽然一个村，但他们平时并不往来，甚至这么多年过去了，一次都没再见过他。她自言自语："这人怎么都得遭罪啊？他一辈子都吃不了几顿饱饭，临了怎么还这么个下场……"

每个人都会在生命绽放的过程中展现自己的光彩，或许精彩度不同，但生命的意义一样。有些人只会沉浸在自己的世界里，学不会与人共舞，其中一个很重要的原因是生活窘迫。王老五是其中一个，他一生中最快乐的时光是父母在的日子，随着年龄增长，他越来越孤寂。他发丧这天，村里很多人都来看热闹。

王明月平时是不看发丧的，可王老五发丧这天，她就是想去看看。

这天，天空飘着零零星星的雪花，那刺骨的寒风一阵阵刮过来，吹得王明月来回晃了几下。那极其冷清的场面，让她一直落泪。她看着几个人抬着薄棺材出了村子，听着周围的人说三道四。那些说话的人嘻嘻哈哈，她看着就生气，愤愤地想：什么人哪！还笑，也能笑出来？一帮不懂事的玩意儿！她叹了口气，转身回家了。

回到家里，她坐在椅子上，还是生气，就是想不通那些人为什么笑。她想起死去的丈夫，感到自己这一生运气还算不错，毕竟只经历了短暂的落魄。她擦擦眼泪，又想：唉，死了一了百了，什么事都没了。这时，欣欣跑进屋里，她见奶奶哭了，问道："奶奶，你怎么了？"她这才回过神来，忙说："奶奶迷眼了。"欣欣高兴地走了。她看着孙女在院子里蹦蹦跳跳，埋怨道："我这是怎么了？怎么光想些没用的？"她冲院子里喊："欣欣，你妹妹呢？我半天都没见她了。"

欣欣瞧着奶奶说："我妈领着她玩去了，不叫我去。"

王明月问："上谁家去了不叫你去？"

欣欣犹豫地说："我妈不叫我说。"

王明月一听便明白了，却故意说："上你姥娘家去了，你妈跟我说了，我忘了。是不是啊？"

欣欣点着头说："是。"

王明月刚想发火，又忍住了，埋怨自己道："怎么还不改啊？说的跟做的怎么就不是一条道呢？别再讨人嫌了不行吗？"她给自己倒了碗水，双手捧着暖和手，下定决心再不给儿媳找事了。

第三十章

  蕙兰每年夏天跟着妈妈必干的一件事，就是等生产队集体割完麦子，她们到麦地里拾麦穗。

  拾麦穗的大有人在，老老少少都在地里弯着腰神情专一地找来找去。有时一块儿地里有好几拨人轮番找寻，因为总会不空着手回去。年轻人步伐快，消息也灵通，知道哪块地是刚收割的，他们挑刚割过的麦地找，且都是捡大点的麦穗；那些年龄大的、带着小孩的多是挑年轻人捡过的地方再搜寻几遍。蕙兰跟着妈妈，尽量跑在前面，这样捡到的机会就更多。

  蕙兰上学后，广凤不想让她去了，怕耽误她的功课。蕙兰保证不落下功课后，广凤才勉强答应了。娘儿俩每年拾的麦穗可以打三十多斤面，这个数字对她们家来说已经很庞大，毕竟她们总共才分到一百二十多斤麦子。连续十几天在烈日下不停地搜寻，平均几分钟才捡一个麦穗，可她们每次背着麦穗回家，脸上都洋溢着笑容。她们不在乎被太阳晒黑了皮肤，不计较被生产队的管理人员赶出地里，不害怕提着篮子、背着袋子到处找寻有多辛苦。那些麦茬被削得尖尖的，蕙兰穿着妈妈做的鞋也不安全，每年她的脚都会被麦茬刺出血来，可她从未退缩过，甚至为了抢先占领一块儿较好位置都不管被刺的疼痛。

  一九七九年的春天，村里人议论最多的是什么时候分地，广凤也盼着能早点分到地。这天晚上，她兴冲冲地回到家里，冲着一家人兴奋地说："咱有地了，有地了！"

  王明月笑着问："咱分的哪儿呀？地好不好？"

  广凤愣住了，仔细想了想，才说了地的具体位置，又有些不好意思地说："我这手臭，抓阄抓得不好，没抓到好地方。"

  王明月仍笑着说："你说的这块地，我可知道，就是道不好走。地还不都一样？就几块平整地，哪能这么容易叫咱摊上。抓阄也是个运气，好歹咱没抓到山下那几块。还算不孬，要是我，说不定就抓到山下那几块了。"

广凤听了婆婆的话，自然开心了，笑笑说："妈，我还以为你怨我呢。我想了，不管怎么说，咱有了地，往后就不用愁吃了。我好好种，准能比生产队分的粮食多。"

这时候，建国笑着说："嗯，咱也有地了，往后我歇班就去地里干活。还有，你们几个都跟着我。听见了吗？"几个闺女高兴地望着爸爸，使劲点头。

王明月接着说："好歹算是有了咱自家的东西。以前咱有地的时候，没缺过吃穿。我还能熬到这一天。唉，就是老了，不能干了，往后啊……"

广凤明白婆婆的意思，赶紧接过话说："妈，我一个人就能把那块地种好，才七分多地，还不跟闹着玩一样？再给我三亩五亩，我也能种，就怕人家不给。"她这话，惹得大家都笑了。

广凤把主要精力都放到那块地上了，刚分地的那几天，天天待在地里，看着地里的麦苗，心里就高兴。为把杂草除干净，她满地里找寻了好几遍。

终于到了割麦子的时候，一家人除了王明月在家做饭，其他人都去了麦地。这天，张广庆也来了，他知道姐姐家割麦子，特意来帮忙。

蕙兰第一次拿镰刀，想多割些，又想割快点，可那镰刀并不听使唤，而且那麦穗堆在一起扎手，捡麦穗时可没有这种感觉。

舅舅在一旁教她："兰兰，你把腰弯低点，少抓几棵麦子。你手小抓不过来，割的时候费劲，你少抓点就不费劲了，你试试。"

蕙兰听了舅舅的话，果然奏效，割得快多了，一会儿就割了一大堆。她抹着汗，高兴地说："欣欣，你俩看我割的，多不多？瞧你俩多笨，就知道玩，快拿绳子来，我先把我割的捆起来。"两个妹妹嬉闹着拿来了绳子。可蕙兰并不会捆，又看看舅舅，舅舅笑着过来，一招一式地教她，直到把她教会。

麦子运到场院里的时候，已经是中午了。广凤打发建国去借铡刀。建国擦着汗说："吃完饭再干吧，她舅舅也饿了，孩子都饿了。再说，铡刀我问了，咱前边还有两家，等咱吃完饭回来，他们也不一定铡完。"

广凤朝远处望了望，见的确有人用铡刀，这才答应先回家吃饭。

王明月早就做好饭了，她在大门下乘凉，不时朝胡同口望着。她心里一直在盘算：麦子长得到底好不好？能打多少斤？今年能吃多少面？她掐着手指头算了好多遍，也没算出个结果来，正胡乱猜疑着，瞧见他们回来了。

张广庆客气地跟王明月打了招呼。

王明月笑呵呵地说:"还叫你受累,快屋里坐下歇歇。你是大庆吧?你爸妈都挺好的吧?"

张广庆笑道:"大娘,我是大庆。俺爸妈都挺好的,你放心吧。"

蕙兰抓着奶奶的手说:"奶奶,我会割麦子、捆麦子了,俺舅舅教我的。"

王明月眯着眼看看孙女,说:"你都学会了?不孬,不孬,往后咱割麦子不用愁了。割了多少啊?能打多少斤麦子?"

蕙兰眨巴着眼说不上来了。

建国笑道:"妈,你还问她,她要是知道咱不都省心了?"

说者无意听者有心。蕙兰的脸腾地红了,她不高兴地说:"这有什么难的?就是没人跟我说,要是跟我说了,我接着就能算出来。"

建国冲闺女笑笑,说:"呵,长本事了,那我跟你说,你算算咱能打多少斤麦子。我大体上算了算,一共割了一百零五个,大小差不多,多的有三四斤,少的有一二斤,一个麦子能打五斤小麦,三斤小麦能打一斤面。你算算,咱家能打多少斤面?"

王明月一巴掌打在儿子胳膊上,板着脸说:"你这不是给孩子出难题吗?你都弄不准,还叫孩子算?那你先算算,都听听你算得靠不靠谱?"

广庆忙打圆场:"先别算了,吃完饭就打出来了,不用算,三百六十来斤,上下差不了二十斤。咱这儿的地,都差不多,一亩地最多打五百斤,咱这是七分多地,有数,跑不了。"

广凤摆着手说:"不一定。你说的是生产队打的数,咱自己种了还不多打点?"

建国反驳道:"跟生产队差不了多少。咱接过来的时候,麦子都多高了,你忘了?再说,咱也没施粪,怎么还会多打呢?"

广凤立刻不高兴了,生气地说:"行了,我不跟你俩犟,咱等打完了再说。我就不信,我下的力都白搭了。"

王明月看了热闹,催着大家赶紧吃饭:"都别争了,趁着天好,赶紧晒上,收到家里才算完,别争那些没用的。"

老话说得好,姜还是老的辣,王明月的话正中要害,当务之急是赶紧继续干活。本来嘛,算也是摆着的那些,不算也是摆着的那些,何况这么多年没有仔细算过,谁知道实际呢?

两天以后，麦子收回家里，总共三百二十斤。这个重量与广凤的计算有差距，差了五十斤。她特别生气，气得不想吃饭了。

王明月看着媳妇说："你算得没错，可你忘了，灌浆的时候缺水了，幸亏缺得不厉害，要不还得少打一百多斤。这就不孬了，咱从生产队不是才分一百多斤吗？怎么打了三百多斤还觉得亏了？要是这么想的话，哪有赚的时候啊？"

广凤笑了，说："妈，你说得对。咱就是赚了，赚得还不少。我就是觉得，把地里的草拔得那么干净，怎么没管事呢？白瞎了工夫。"

王明月说："怎么能白瞎工夫？你要是不拔草，那麦子还不叫草吃了？没有白瞎的工夫。该吃就吃，该喝就喝，过两天下雨了，该施粪就施粪，慢慢把地养起来，不愁多打粮食。"

广凤由衷地佩服婆婆，连连点头。建国也特别开心，自斟自饮，喝了个一醉方休。

第三十一章

一九八〇年的春天，村里接到了修公路的通知，每家每户都分到砸石子的任务。修公路可是对每个人都有好处的事情，就像修水库一样，大家都踊跃支持。广凤把分的石头用小推车推到家门口，这样一家人都能干。石子的大小是有标准的，生产队要验收。这是一项非常繁重的任务，建国在家时，先把大石头砸成小块的，广凤再砸得更小些，这样孩子们才能干。刚开始，蕙兰和妹妹玩得不亦乐乎，可没几天，她们的手上不但磨出了泡，还非常疼。

王明月见孙女的手都磨出了血泡，更是心疼，就尽力多干些。一连几天下来，她也累得不想拿锤子了。

这天晚上，突然停电了，蕙兰以为会早点收工，她看了看爸爸，又看看妈妈和奶奶，见他们正使劲地砸，根本没停的意思，自己不得不再勉强干点。她没干过这样的累活，一只手拿不动锤子就两只手抱着，瞄准了石头使劲砸，干着干着，她双眼皮开始打架，不知不觉打了个盹，竟将锤子砸到了手上。她猛地醒了，痛得大叫一声："妈呀！"接着大哭起来。

建国一个箭步到了闺女跟前，见她满手是血，抱起闺女就往外跑。广凤紧跟在后边，朝卫生室去了。

王明月在院子里唉声叹气，她越想越生气，骂道："这是什么事？连小孩子都不放过，我不给她干了……"两个孙女跟着她回到屋里，她哄她们睡下。

孙德旺给蕙兰消毒后，用纱布包扎好。蕙兰忍着痛，使劲咬牙，不敢哭了，怕妈妈再训自己。

回家的路上，广凤并未埋怨闺女，还关切地问："还疼吗？"蕙兰摇着头说："不疼了。"广凤轻轻说："瞎说，能不疼吗？往后小心点，也叫我省点心。"蕙兰点点头，感觉没刚才那么疼了。

王明月摸黑在屋里等孙女回来，她舍不得点煤油灯。见孙女进来了，她才点上煤油灯，问道："你孙爷爷怎么说的？没事吧？"蕙兰若无其事地回答："没事，他说过两天就好了。"王明月听孙女说得轻松，这才放心睡觉了。

"要想富，先修路"，这样的话传遍了大江南北，也传到了像金鸡岭这样的小山村。过够了穷日子的人，无一不盼着能过上富裕的日子。在这种动力下，人们对砸石子、修公路的任务毫无怨言，不仅没有怨言，还争先恐后地往前赶，谁也不愿意落在后头。经过十三天的努力，广凤总算提前完成了砸石子的任务，她把砸好的石子送到了大队指定的地方。

大家以为把石子准备好就能修路了，其实没这么简单。石子堆成一个个小山摆在了村西头的场院里，一个多月过去了，却没了修路的消息，尽管大家都在四处打听，但没有一个知道准确时间的，据说是修路的地方太多，沥青供不上，只能排着队等待上边安排。广凤特别关心修路的事，她叫建国去问问大姐夫。建国早就听到了大家的议论，说是要到明年年初才能动工。他去了姐姐家，并没问姐夫修路的事，而是去探望姐夫的病情。

王立德病了两个多月了，他在医院治疗了一段时间，病情并未好转。他预感到自己的生命已经走到尽头，不想死在医院里，所以主动要求回家了。在家里，他虽然痛苦，但是心里踏实。

建国已经来过好几次了，他担心姐夫，更心疼姐姐。看到姐夫在痛苦中挣扎，他心急如焚；见姐姐越来越消瘦，他就想掉泪。在他眼里，姐姐这么多年从未这样窘迫过，谁知道她会遭遇这样的打击？

刘晴的头发已经白了大半，看上去很苍老。她瘦了二十多斤，两只大眼睛早就没了神采。见弟弟来了，她轻声说："跟你说了，别跑了，你怎么不听呢？咱妈没事吧？"

建国不敢正眼看姐姐，瞧着别处说："咱妈挺好的。姐，姐夫就那样了，你着急也白搭，万一你有个好歹，几个孩子可怎么办？"

刘晴的眼泪不停地流下来，她边擦边说："唉，谁知道会这样，你姐夫他没享过福，他是个好人，怎么就遭这个罪？他才五十四……"刘晴说不下去了，不停地抽泣着。

建国也掉下泪，他赶紧擦了擦，说："俺哥还能吃东西吗？"

刘晴摇着头说："都一天没吃东西了，恐怕是……"

建国跺着脚说："姐，赶紧叫几个孩子都回来吧，看俺哥还有什么要交代的。"

刘晴点点头说："孩子他姑姑都说了，叫人喊他们几个了，估计快到了。本来想瞒着孩子爷爷和奶奶，可没瞒住，前两天他们就回来了。我知道瞒不住，他俩能不想吗？好好的，叫他俩住闺女家，以前又没住过，他俩能不起疑心吗？我叫他俩住你二姐家了，有什么事也有个照应。你回去吧，千万别跟咱妈说，你没跟广凤说吧？"

建国摇摇头说："没说，说了也帮不上你。姐，你看我能干点什么？"

刘晴摆着手说："不用，家里人多，一天过来好几个。你赶紧回去，别叫咱妈记挂着。"

建国依依不舍，可他的确帮不上姐姐，知道自己留下只会给姐姐添乱，干脆还是回家了。一路上，他的内心很痛苦。回到家时，他强打精神吃完饭，看着老母亲，欲言又止。他实在不忍心让老妈再难过了，计划过一天算一天，不到万不得已，不能让她老人家知道姐夫得病的事。回到自己屋里，媳妇又问修路的事，他只好跟她悄悄说了实话，并嘱咐道："千万不能说漏了。"

广凤一听，眼泪就流出来了，她怕孩子们看见，赶紧擦干净了。她轻轻地叹气，说："怪不得那天王永发说，修路的事怕是悬了，看来他早知道了。"

建国一听，着急地说："你可跟你妈那边都说好了，千万别说漏了嘴。还有，要是有来玩的，你可要提醒人家，别说咱姐夫的事。"

广凤点头说："瞒几天算几天吧，实在瞒不住了再说。"

两天后，王立德去世了。按照习俗，姐夫出殡这天，刘建国要跟媳妇去参加葬礼。为了不让母亲发现异常，他跟平时一样出门，在村口等着媳妇。广凤忙完了，跟婆婆招呼一声，说要去地里拔草，便匆匆走了。

建国见到姐姐时，姐姐已经哭得不成样子。

刘晴披头散发，一见到弟弟，更是号啕大哭，其他人都跟着哭起来。

广凤和刘云扶着刘晴，一起劝慰她，可再劝也没用。刘晴又跺脚又拍巴掌，不停地说："没法过了，没法过了，不活了……"

建国见姐姐这样，只好硬着头皮说了她几句："姐，你听话，别闹了！人死不能复生，你再难过，我哥也回不来了，你听见了吗？你要是再有个好歹，那孩子怎么办？他们几个还指望你呢！"说完，他也哭起来。

刘晴知道弟弟疼她，不再哭了。她坐下来，擦干了满脸的泪水，长长叹息一声，然后说："我知道，知道。"她已经暗下决心：往后的事要操心了，不能再指望别人。

广凤虽不像丈夫那样痛心，可看到大姑姐的憔悴，也情不自禁地难过，陪着哭红了眼。

刘晴听着弟弟妹妹劝慰的话，不住地点头，催促他们赶紧回家，并说："都放心吧，我没事，能扛住。你们几个嘴巴严实点，千万别叫咱妈知道。要是叫她知道了，还不知道怎么样，咱妈一辈子要强，可不能再叫她替我担惊受怕了。"说到这儿，眼泪又出来了，她摆着手，示意他们赶紧走。

刘云说："你们先走吧，我等等再走。"

建国、刘虹、广凤三人匆匆出了院子。刘虹的丈夫早在外边等她了。几个人又寒暄了几句，便各自回家了。

建国进了家门，见几个孩子在院子里玩，却不见老妈，便急急地问："你奶奶呢？"欣欣抢先回答："奶奶说头疼，睡觉去了。"他赶紧去看老妈，进门就问："妈，没事吧？"王明月躺在炕上说："没事，歇歇就好了。"这时，广凤也进来询问婆婆的情况，见丈夫冲她摆手，便赶紧出去做饭了。

其实，王明月已经哭了好几场。她知道儿子、儿媳有事瞒着她，可她不想多问。等他们走了，她领着两个孙女上街玩了。

大约十点多的时候，张婶从西边过来，她走到王明月跟前，悄悄地说："嫂子，我听说刘晴她对象没了，你知道吧？"

王明月一听，立刻瞪起眼说："你说什么？瞎说！"

张婶皱着眉说："真的。我听西头那个王永发说的，你儿和你媳妇都去了。"

王明月眼前一黑，她摇晃了几下，吓得张婶赶紧扶住了她，又赶紧说："嫂子，你先沉住气，我也许没听清，等建国回来你问问他吧。"

张婶暗骂自己："都怨我这臭嘴！跟她说干吗？看来她是不知道，她儿瞒着她了。唉，她要有个好歹，我可怎么担待得起？"她使劲拽着王明月的胳膊说："嫂子，你可千万别着急，我准是没听清！你不是不知道，我耳朵不好使。"

王明月紧闭着双眼，她不想睁开。这两天，她已经有所觉察，总觉着什么地方跟平时不一样，就在刚才，她看到远处几个人在悄悄说什么，好像就是在说她，尽管她没听见人家说什么。她感到心口一阵一阵地疼，暗想：看来是真的，立德没了，没了……俺大妮儿可怎么办……眼角落下几滴泪，她赶紧擦了擦，说："他婶子，没你的事！我回去歇歇。走，欣欣，叫你妹妹，咱走。"

欣欣和几个孩子闹得正欢，并没听见奶奶的话。张婶忙喊："欣欣，你奶奶走了，赶紧叫你妹妹回去。"欣欣这才叫上妹妹跟着奶奶回家了。她见张奶奶扶着奶奶，也赶紧去拉了奶奶的手，问："奶奶，你怎么了？"

王明月有气无力地答道："奶奶头疼。"

欣欣有些害怕了，但她不知道怎么办，又问："没事吧？"

王明月知道孙女害怕，说："奶奶没事。"

到了家门口，王明月对张婶说："他婶子，你忙你的，我没事，要是有事，我叫孩子叫你去。"

张婶不住地点头，说："嫂子，有事你打发欣欣叫我，千万别见外。"

王明月点头应着："行，放心吧。"

张婶这才住下脚步，看着她们进了家门才回去。

王明月在家想明白了，知道儿子为了她好才没告诉她。她准备装糊涂，免得孩子们再为她操心。当儿子问她时，她很委屈，却强装什么都不知道，听见儿子走了，她悄悄哭了几声，暗暗埋怨道："都为我好，都为我好，我怎么就不领情呢？我就是怕大妮儿难过这个坎儿啊……"

第三十二章

一九八〇年的夏天,一个炎热的中午,蕙兰吃过午饭,早早到了学校。此时班里已经有十几个同学回到教室,蕙兰喜欢当头儿指挥大家做事,或许是她学习好的原因,大家都愿意听她的,只要她发话,总能得到大家的支持。

"谁跟我去河边玩啊?"蕙兰冲教室里的人问道。

"我去。""我。""我。"大家兴奋地凑过来。

八个女同学跟着她去了。一行人走在水渠边上,看水渠里的水翻着浪花往下流淌。她们不管太阳是否会把自己晒黑,只要觉得凉爽些就行。其中有几个手脚都没闲着,要么捡块石头扔进水里,要么干脆抬脚将路上的石头直接踢进水里。

这条水渠是农业学大寨的成果,她们不知道水渠里的水流向哪里,听大人说那水是供城里人喝的,翻过山以后,还要淌很远,才能到城里的自来水厂。她们都没去过城里,不知道城里到底什么样。

不知是谁说了一声:"谁敢下水?"

大家停住脚步,相互问着:"谁敢呀?"

"我来试试!"蕙兰说着,脱了鞋、长裤、上衣,因为都是女同学,没人笑话她。她顺着河坝的台阶慢慢向下伸腿,倒爬着一个台阶一个台阶地往下去。

美琳喊道:"兰兰,你会游吗?别逞能!这水可深了,我爸都在里边淹过。"另一个同学说:"兰兰,你还是别去了,要是冲走了,可没人捞你。"蕙兰最听不得这样的话,她们越说,她越往下去,没有一点害怕的样子。当她完全站到水里时,那水都到了嘴唇边上,她根本不能站稳,摇晃着向下游去了。

"救命,救命啊……"蕙兰断断续续地喊着,她已经喝了好几口水,内心惶恐至极,甚至想到了死。

堤坝上的同学手忙脚乱,她们大声喊着并紧跟着向下走。此时,每个人都害怕起来，知道可能要有麻烦了。

"我去拿树枝子。"美琳猛地跑向不远处，拾起一根粗树枝，匆匆跑到河边，伸进河里，可没等树枝碰到蕙兰，她又被冲向下边了。

美琳急中生智，赶紧往前跑了一段，找到一个能靠近蕙兰的最佳处等着她。这时其他同学也都回过神来，相互手拉手抓着美琳，只等蕙兰能抓住树枝。

蕙兰被水冲着不由自主地在河里走，她看到了那根救命的树枝并拼全力向树枝靠近……终于，她一把抓住了那根树枝，紧紧抓在了手里。

同学们七嘴八舌地喊："抓紧了。""千万别松手。""使劲。"

蕙兰紧紧抓着树枝，摇摇晃晃地向前走了几步，好不容易到了岸边。这时，李玲玲又递上一根树枝。蕙兰迅速抓住刚递过来的树枝。大家共同发力，总算把蕙兰拽到岸上。

蕙兰坐在岸上，脸色发白，嘴唇发紫，整个身子都瑟瑟发抖，惊魂未定的她，不敢想刚才发生的一切。

李玲玲喊道："呀！兰兰，你脚出血了！我去拔青青菜。来几个人，快点！多拔点啊！"

蕙兰这才看见出血的脚，是右脚第二个脚趾一直在冒血。她一点也没感到疼，可一见到血，却疼得叫起来："妈呀，疼死我了！快点呀，青青菜，青青菜，真笨！怎么这么慢？"

美琳扯着嗓子喊："玲玲！你们麻利点，先找几棵回来！"

她们几个答应着，很快采了一大把回来。

"捣碎了才管用。"

"用石头砸。"

"都给她糊上。"

大家都成了指挥员，毫不吝啬地贡献着自己的办法。青青菜的止血效果非常好，不多会儿，蕙兰的血便止住了。

几个人把蕙兰的衣服拿过来帮她穿上。李玲玲说："幸亏美琳有办法，要不，兰兰可能被水冲走了……"

蕙兰不停"哎呀"地叫，可声音并不大，是她自己逞能，只能把疼痛忍着，把后悔话含着。她悄悄看看大家的脸色，见没什么异样，嘱咐说："都听好了，这事谁都不能告老师，谁要是跟老师说了，可别怪我找她的事；再有，谁也不能跟我妈提这事，要是叫我妈知道了，那我更跟她没完……"

大家保证说："我不说。"

蕙兰被淹的事没有被同学告发，她总算躲过了一关。后来，她开始学游泳，为了多去河里，她主动找妈妈承担了洗衣服的活儿。

河边有一个三米多高的防洪堤坝，这个堤坝每隔四五十厘米有一个台阶，台阶的宽度大约有十厘米，尽管尺寸不标准，但正好适合孩子们学跳水。蕙兰早就盯上那些会游泳的女孩子，专心在一边模仿。刚开始，她只能像鸭子一样，在水里扑腾几下，却没有鸭子游泳的本事。为了能学会游泳，她悉心向别人请教，仔细询问其中的技巧。经过几天练习，她学会了"狗刨"，于是信心大增，开始练习游得远些。当练到一口气能游二十多米的时候，又开始练习在水里憋气游，等憋气游练熟了，再开始爬上台阶练跳水，一级一级地向高处爬，直到站在最高处。功夫不负有心人，她学会了游泳。

这天中午，蕙兰领着几个同学又到水渠边玩。她盯着水渠发愣，一想被淹的窘态就觉得丢人，有了想挽回面子的想法：这回不用害怕了，我都学会了，再也淹不着我了。这样想后，她对几个同学说："你几个谁敢下水？我想再下去试试。"

玲玲、小红都摇着头说："我不敢。"

孟丽丽说："我试试。"

美琳害怕地说："兰兰，你忘了，你不是……"

蕙兰诡异地一笑，说："没事，这回没事了！"说完，她穿着衣服跳进水渠。

几个同学都跟着向下跑，紧盯着蕙兰，怕她再出什么意外。

蕙兰刚下去时，还是喝了一口水，她又紧张了，好在慌忙中还是用上了学来的技术，没有沉下去。那水一直向下流，她不用费力就在向前跑，并不是在河里游的感觉。她哪知道，这水渠里的水流速度比河里快多了。快到桥洞的时候，同学们提醒她："你小心点，别碰到桥上，快上来吧。"

蕙兰也在寻找上岸的地方，同学们这一提醒非常及时，她赶紧向边上游，好不容易抓到了一堆草，可那堆草并不结实，被她拔下来了。她只好继续向下游，很快便过了桥。

这时，桥上一个大人喊："谁这么大胆？小毛孩子还敢在这河里洗澡，不要命了？快上来，再往下可就没命了！"说话的不是别人，是张广庆，他边说边拿了根棍子向下游跑，巴不得一下能把水里的孩子拽上来。

这时候，蕙兰早就害怕了，她学的那几样本领已经用不上了，她感到水流越来越急，自己的力气也快耗尽了。她隐约看到岸上的人拿着棍子向她伸过来，可她怎么也够不到那棍子。

张广庆着急地喊："往边上靠靠，边上！"

岸边聚的人多起来，有一个人扑通跳下水，直接把蕙兰推到边上，大家一起把蕙兰拉上岸。

张广庆一看是外甥女，惊讶地问："兰兰？你怎么掉进河里的？"

蕙兰见了舅舅，不敢多说话，只是支支吾吾地说："我在边上玩，一下就掉进去了……"

几个同学在一边偷偷地笑，也不敢多说话。

两次被淹后，蕙兰开始反思：为什么逞能？逞能有什么好处？都两回了，差点被淹死，再这样恐怕离挨揍不远了，挨揍是活该，别人都不敢，就你这样。别看她们平时跟我不错，她们肯定会笑话我。我以后绝不干这傻事了，幸亏没淹死我，要是淹死了，奶奶怎么办？妈妈怎么办？不行，往后我要好好学习，多帮妈干活……后来，她按想的做了，在班里经常考第一。

第三十三章

一九八〇年的冬天与往年差不多冷，只是大家穿的衣服比往年厚实了。在一个温暖的星期天，蕙兰领着妹妹在村西头的场院里玩。孩子们正玩老鹰抓小鸡的游戏，忽然听到汽车喇叭声，大家的目光不约而同转向汽车来的方向，他们看到一辆吉普车驶进了村子，于是不再贪玩，追着那辆吉普车进了村子。很多孩子只在电影里见过汽车，但毕竟不是亲眼所见，都争着看看汽车的真容。

汽车在湾边停下了，孩子们凑上前观看。汽车上下来一位年轻的司机，他打开车门，接着，车上下来一位满头银发的老人。那位老人站在车旁，看着孩子们都好奇地看他,笑着问:"你们谁知道王明月家?"

站在人群后的蕙兰听得清清楚楚,她奇怪地想:他叫我奶奶的名字?他是谁啊?同时,她举着手喊:"我,我知道。她是我奶奶!"她挤到了老人跟前。

那老人一听,更是十分开心,笑着说:"你奶奶叫王明月?你姓什么?"

蕙兰兴奋地回答:"我姓刘,叫刘蕙兰。我爸爸叫刘建国,小名叫石头。"

老人瞪大眼睛,弯腰问道:"你爷爷是不是叫刘德江?"

蕙兰点头说:"是。我爷爷死了。"

老人脸色突变,愕然问道:"你奶奶呢?"

蕙兰干脆地答道:"我奶奶在家呢。"

那老人顺着蕙兰指的方向望,又朝那个方向指了指,开心地说:"孩子,走,走,领着我找你奶奶去。"

蕙兰叫上妹妹,蹦蹦跳跳地朝家里跑去。欣欣跑得更快,很快就拐进胡同里了。

王明月被孙女拽着,急匆匆到了大门口,正好蕙兰喘着粗气站在那儿,指着后面的老人说:"奶奶,有人找你。"

王明月牵着孙女的手,呆呆地望着那个正急急向她走来的白发老人,见后面还跟着不少人,心下纳闷:谁找我啊?怎么这么多人?

那位老人急走了两步,站在王明月跟前,低着头喊:"姐,姐⋯⋯"他竟哽咽得说不出话来。

王明月仔细瞧着眼前这个人,她一眼瞧见了那人右眉心的痣,脱口说道:"你是明远?"

那个人使劲点着头说:"是,我是明远。姐,我回来了。"

王明月拉着那人的手,看了又看,含着泪说:"我这不是做梦吧?快,快,走,咱屋里说。"几个人进了院子。

王明月拉着弟弟的手,哭一会儿笑一会儿,拍着弟弟的手说:"我盼了多少年了,没承想临死前,还能见着你⋯⋯"

王明远含着泪说:"姐,别说了,都怪我,我早该来,早该来⋯⋯"

王明月擦了擦泪,摇着头说:"不怪你,不怪你。你能回来,咱爹妈总算⋯⋯"她说不下去了,又哭起来。

王明远用力拽着姐姐的手,有些颤抖地说:"姐,姐,我,我⋯⋯"他实在说不下去了，内心的委屈与焦灼只有自己知道，他被这种痛苦折磨了很久，如今在这个至亲面前，除了痛哭外不知道怎样表达自己的心情。

王明月哭够了，拍着弟弟说："好了，好了，什么都不说了，什么都不说了，回来就好，回来就好，都放心了，放心了。明远啊，知道姐多想你吗？姐盼了一辈子，你小子还算有良心，总算没忘了家！"

王明远把嘴角的泪咽进肚里，笑笑说："想忘，就是忘不了！我打听好了，知道你挺好，才回来的。要不，我就不回来了。"

王明月笑了，笑得特别开心。她压在心底的那块石头，终于搬开了。她再没有了那种牵挂，笑着说："嗯。你心里头有我，我没白疼你。饿了吧？兰兰，快叫你妈回来做饭。跟她说，你舅爷爷回来了，叫她赶紧回来！"

蕙兰干脆地答应着，飞跑出去了。

广凤跟着闺女急匆匆回到家里，见了舅舅，招呼道："舅舅，你来了，你先坐着喝水，我去做饭。"说完，她就往外走。王明月说："先别忙，给你舅舅倒水，坐下说说话。明远，这是儿媳妇。"

王明远笑着点点头："好，好。姐，你这一大家子，挺热闹。"

王明月笑着说："可不是，热闹。她娘家也是咱村的，跟你说你也不认识。你走的时候小，村里人估计忘得差不多了。"

王明远点点头说："早忘了，就是你，在别处碰见了，我也认不出来了。"

广凤除了倒水，坐在那里十分拘束。她见姐弟俩说得起劲，趁机插了一句："妈，你跟俺舅舅说话，我还是先去做饭，俺舅舅好不容易回来了，咱好好热闹热闹。"

王明月高兴地说："你说得没错。热闹热闹，多做几个菜，叫你舅舅尝尝咱家乡菜。哎，明远，回来住几天啊？我叫几个闺女都回来，她们都挺想你。"

王明远含着泪说："姐，我还没跟你说，我是有个会，抽空拐了个弯，明天下午就得走，飞机票都买好了。我，我还回来！"

王明月拍拍桌子，笑着说："好，来得及。等石头回来，我叫他跟他几个姐姐说去。"她对广凤说："你忙去吧。等石头回来，叫上俺娘家那几个近点的侄儿，都来见见。"广凤赶紧出去了。

晚上，院子里挤满了人，大家寒暄着，说着过去的悲喜，又都沉浸在现实中，不断询问着王明远的情况。王明远端着酒杯，十分客气地说："我离开家快五十年了，今天在我姐姐家招待兄弟爷儿们，首先，我要谢谢我的姐姐！"他朝王明月深深鞠躬。

王明月赶紧站起来说："谢什么？你姐都盼了一辈子，我巴不得呢。"

王明远又对建国、广凤说："我外甥混得不错，孩子们还孝顺，舅舅这么多年没回家，十分惭愧，今天，谢谢你们，谢谢你们的盛情，感谢你们这么多年照顾我姐……"

王明远喝干了杯中酒，又流下泪，但此时的心情已不像刚见到姐姐时那么悲痛了。接着，他笑着说："各位兄弟爷儿们，感谢赏光。我去了台湾，混得并不好，所以没好意思回来。可是，人老了，就是想老家，想家里的人，所以，最后下了决心，不管混得好不好，我在死之前都要回来看看。来，大家一起干了。"他先喝干了。

大家共同干了一杯，气氛热闹起来。

建国见舅舅喝得差不多了，便悄悄跟他说："舅舅，你刚回来，太累，少喝点。"

王明远看看外甥，又看看姐姐，笑着点点头，说："好，好，不孬！我知道，我知道。"

王明月笑着说："石头说得对，明远，少喝点，你要是喝醉了，我可管不了你。再说，你明天还有事。"

谁知，王明远听了姐姐的话，竟然又掉下泪来，他赶紧跑进姐姐屋里。建国朝老妈皱皱眉，紧跟着去了屋里。

王明月捂着嘴，知道不该说刚才的话。她跟弟弟说好了，明天去给爸妈上坟，这准是勾起了他的伤心事。她忙跟着回到屋里，拍着弟弟的肩膀说："怪我。别哭了，外头这么多人看着呢。"

王明远这才擦干了泪说："知道。姐，走，咱都出去，别叫大家等着。"

他们回到院里，其中一个人站起来说："叔，你好不容易回来一趟，跟俺姑姑好好叙叙旧。我说，咱赶紧吃完饭，散了吧。"

王明月一看是王先进，瞪起眼说："先进，你慌什么，大伙才开始喝，你就说散，赶紧坐下吃菜，帮石头倒水，再说散，你姑可不高兴了。"

王先进点头，说道："好好，倒酒，满水。"他接着站起来，提着茶壶给大家倒水。

大家开怀畅饮，一直到十点多才散。王明月内心的高兴尽写在脸上。建国见老妈开心自然高兴，他已经好几年没见她这么开心了。

建国喝得不少，酒精的刺激让他更兴奋，他凑到老妈跟前，指着舅舅说：“妈，让舅舅早点歇着吧？广凤收拾好了，给舅舅单独铺了炕，都是新被子新床单。”

王明月连连点头，说：“你扶你舅舅歇着去，我这就睡觉，兰兰呢？”

蕙兰听到奶奶喊，忙跑过来说："奶奶，走，咱睡觉去。"王明月在孙女的搀扶下回屋去了。

王明远看姐姐进了屋才站起来，他扶着那棵杏树说："这些年，除了这棵树和那老房子我还记得，别的，都忘了……"他在外甥的搀扶下回到屋里。

第二天，一家人早早吃了中午饭。王明月领着弟弟来到爹妈的坟前，一边哭一边说："爹、妈，你儿子回来看你俩了，这么多年了，你俩也没盼到这一天。我盼啊盼啊，还真把他盼回来了。你俩当初说过，明远会回来的，可就是没等到这一天啊……"

王明远边摇头边痛哭流涕，他说不出一句话。哭了一会儿，他拿起铁锹，给爹妈的坟上添了些土，把周围的杂草拔干净，又望望大家，深情地说："我老了，就想一件事，等百年之后，回到这儿，跟爸妈近点……"

大家都跟着落泪。王明月抹了把泪说："别说了，别说了。你就别想那些了，你回来，就都知道了。你那一家子人呢？你孩子不想你吗？要是都能回来还行，要不，就别多想了，爹妈这儿有我看着，你就放心吧。我，我也快了，快找他俩去了……"

听了王明月的话，大家更是痛不欲生。建国扶着老妈，哭着说："妈，你别这样！你这样，俺舅舅多难受……"

大家怀着悲痛的心情回到家里，又说了些安慰的话并相互道别。王明远含泪坐上汽车。王明月含泪望着汽车远去，直到再也看不见了才回家去。

第三十四章

时间在悄无声息地流逝，小孩子一天天长大，大人一天天老去。都说岁月催人老，可岁月本是静止的、永恒的，是聪明人给岁月戴上了不少枷锁，让它有年月日、时秒分……大家在分清岁月的时候，也明白了许多道理，不明白的是，岁月会分给每个人多少呢？有限的生命在运动到某个时间会戛然而止，在此之前的一切都变成了故事。

王明月跟往常一样，睡觉前去了趟茅房，她回到炕上躺下，盖好被子，然后，突然喊了两声，很快就没了动静。那时大家都在专心看电视，听到她喊，大家都围拢到炕边，并不停地喊着她。可是，她再没有醒来。

奶奶下葬的那天，蕙兰伤心至极，她知道再也见不到奶奶了，站在奶奶炕边号啕大哭。她的妹妹小，也跟着她大声哭喊着："奶奶……"两天后，蕙兰拉着欣欣的手，看着奶奶的棺材被埋进地里，然后被土埋上……

晚上，蕙兰做了一个奇怪的梦：奶奶依旧坐在她经常坐的那把椅子上，一脸不高兴。蕙兰问她："奶奶，你不是死了吗？怎么又回来了？"奶奶回答："我不放心，回来看看。"

蕙兰带着不解醒了，原来是一个梦，这个梦缠了她好多年。想奶奶的时候，她总会回忆起那个梦，还会想起奶奶讲的故事，想起她考奶奶的情景：

"奶奶，我考考你，你猜是什么。远看山有色，近听水无声。春去花还在，人来鸟不惊。提示，奶奶天天能看见的东西，谁家都有。"

奶奶笑着说："你这臭妮子，上学长本事了，还考你奶奶？行。我没听清，你再背一遍。"

蕙兰一连背了几遍，可奶奶还是答不上来，最后，还是她屈服，直接指着墙上的画说："奶奶，你看墙上是什么？"

奶奶回答："毛主席像啊。"

蕙兰一皱眉，噘着嘴说："就一个字，画。奶奶，我都说得这么明白了，你怎么就是猜不对呢？"

奶奶板着脸说："臭妮子，奶奶要是上过学，不比你差！你啊，是不是觉得奶奶笨啊？"

蕙兰使劲摇着头说："奶奶，你不笨，我知道你是故意的。奶奶，你的名字挺好听，我给你背背李白的《静夜思》：床前明月光，疑是地上霜。举头望明月，低头思故乡。"

奶奶入神地听着，笑着说："举头望明月，低头思故乡。这个我知道，我爸爸给我起名的时候，就是冲这句诗来的……"

奶奶去世的第二年，弟弟出生了。蕙兰放学后，要么去打猪草，要么去洗衣服。每次去河里洗衣服，她都特别高兴，因为她可以顺便洗个澡，还能看河里的鱼；她跟奶奶学会了拿石头打水漂，洗完衣服后，找几块轻薄的石头投掷几次，看看自己能不能打破原有的记录；她会冲着波光粼粼的水面发呆，会望着远山遐想。可是，她已经十三岁了，还没有去过山那边，根本想象不出山那边是什么样子。她跟妈妈学会了如何洗衣、如何拧干，别看都是些极简单的动作，可单单拧衣服她就学了好几天。她的手腕没力气，不知道朝哪个方向拧，妈妈指点了几次都不成功，还训斥了她一顿。之后，她才慢慢悟出了其中的诀窍。洗澡的时候，她总想在水里多泡一会儿，可一想到作业还没做完，便急匆匆赶回家了。

蕙兰考上大学了，自从她收到录取通知书的那天起，妈妈每天都有了笑脸。那段时间，妈妈的脾气特别好，她没训斥孩子，每天都说好几次："总算有盼头了。"

收到通知书的第一个晚上，蕙兰和妈妈一夜未睡，娘儿俩说了许多话。

"兰兰，知道我为什么叫你上学吗？你看看我，熬了大半辈子，什么活儿没干过？农业学大寨的时候，推土垫地，人家都是男劳力干，可你爸爸不在家，咱家就我一个人能干，没法子，不干没工分啊，没工分就没粮食。一大家子人，光靠你爹那点工资，还不都饿死？"

"那时候真穷，我就记得咱家整天喝地瓜面的面条。分粮食的时候，俺们拿的麻包不少，连一麻包都没分满过。"

"你记事的时候，咱家都好过点了。再就是分了自留地后，慢慢地，家里种的粮食就够吃了。你还记得那回你跟我除草的事吧？就是你把地瓜秧子给刨下来又偷偷地给安上了，当时看不出来。你以为我没看见呀？我早看见了，我就是装没看见。没直接跟你说，说了也没用，反正也活不了，你也不是故意的。"

"我那时候害怕你揍我。好不容易种活了，叫我给糟蹋了，我也后悔，怨自己笨。妈，我那时候就是笨，地里的活儿我哪样也干不好，所以才好好上学的。要是干活好，说不定我就不好好上学了。妈，张萍现在干吗了？我听说她找对象了。"

"找了，她姐姐给她介绍的，姊妹俩都上望月村了，离得挺近，也挺好。

我听说，她找的对象还不孬呢，说是快结婚了。"

"啊，快结婚了？哎哟，才多大，不上学就是不行，还是按家里那老一套。张萍上学的时候就说过，上不上学无所谓，反正能找着对象。真笑人，不知道她那时候是怎么想的。"

"人各有志。别看我没文化，可瞧不上那些没文化的。还是有文化好，明白事理。你奶奶是个有心机的人，别看她那时候跟我打仗，我挺佩服她的。她叫你姑姑上学，那个时候更不容易。我说什么也不能落你奶奶后边，咬着牙供你上学。我跟你爸爸商量好了，你几个只要愿意上，俺俩就使劲供，除非你不愿意上，那没法。你奶奶说得对，就是考不出去，有文化找的对象也好。别听那些人瞎叨叨，有没有文化都一样，能一样吗？要是都一样，谁还砸锅卖铁供孩子上学呀？"

"嗯。俺奶奶就是没看到我考出去了，要是她看到啊，不知道有多高兴呢！"

"是啊。转眼你们几个都大了，我也老了。人这一辈子，过得可真快！往后，我就盼着你能找个好婆家。"

"妈，等我挣钱了再找对象，我可不像张萍那样，这么早就结婚。我上班后，给家里多挣点钱再说。我上学花钱最多，咱家到现在还有外债。妈，以后我来还债，你跟我爸就别管了。"

"你给我还债？行，有这话就行。我和你爸还能干，俺俩使使劲，今年就能还完债。你呀，就好好念你的书，家里的事你还是少操心。"

"我知道。念书归念书，反正以后都安排工作，就是挣钱多少不知道，要是挣钱多还行，要是挣得不多那就白想了。"

"不管怎么说，只要有工作，挣钱再少也比你妈强！"

"妈，我去外地上学，要是想家怎么办？我可没出过远门，还真害怕。"

"怕什么？都在天底下！再说，想什么家，家里有什么想头？又不是不回来。你不是放假吗？等放假的时候回来啊。"

"嗯，我知道。"

"兰兰，妈想跟你说的是，往后，你一个人要多长心眼，别叫人家糊弄了。姑娘家更得提防点，出门跟着同学，越多越好。你给我听好了，千万不能自己一个人！记住了吗？"

"我不傻。人生地不熟的，我真怕被拐了，绝不一个人。妈，我听说吴燕被拐走了,真的吗?"

"真的。那孩子的命真苦,拐卖给一个老头了,她就跳井淹死了。唉,她妈疼得死去活来的,闹了一阵,现在跟神经病一样,可怜啊。这事也怨她妈,听说她妈收了人家的钱。"

"她妈也是,把闺女当东西卖了,那她后悔有什么用?"

"穷啊,要是有一点办法,谁愿意看着孩子遭罪?村里也不是她一家卖孩子,唉,还有好几家呢。"

"妈,要是咱家没饭吃了,你就把我卖了,我再想办法逃回来。"

"胡说!你这孩子,怎么不盼点好呢。咱家就欠人家一万块钱,要不是咱买拖拉机,咱也不欠人家的。"

"欠一万块这么多?"

"是多点。咳,你这孩子就是瞎操心。别说了,睡觉,睡觉。"

"妈,我以后会写本小说。咱村就有好多故事,加上学校的故事,能写好多呢。"

"什么?写小说,能行吗?我不懂。你还是好好上学,别耽误了正事。"

"妈,那也是正事。要是没人写书,哪来的那么多书?等我想好了就写,我不耽误上学。"

"那行。时候不早了,赶紧睡觉吧。"

"嗯嗯。"

她假装睡了,听着妈妈的鼾声,暗暗下定决心:等我上班了,爸妈就不用这么辛苦了。她听见爸爸的呼噜声,暗笑:"爸爸睡得真香。唉,爸爸丢了供销社的工作,自己开商店后更累了。爸爸从来没下过苦力,可现在却靠苦力挣钱,当然,经商比那些只会种地的人挣钱多,可爸爸每次蹬着三轮车去带货,来回几十里,早上很早就出去,很晚回来。他每天从早忙到晚,没有闲的时候。其实,爸爸很喜欢原来的工作,从他讲的故事中就知道,可他嘴上并不承认,只说现在比原来挣钱多了。是,家里的日子是比以前好多了,但爸妈过得并不轻松。"她想到初中时爸爸给自己送饭、送衣服的情景,又想到高中时爸爸给自己送被子、送钱……

她的思绪一直在延伸,不知不觉又想到了奶奶的那个梦想:能过上不愁吃不愁穿的日子。可奶奶没盼到那一天。她知道爸妈的梦想是能住上宽敞的新房子。为此,他们天天努力赚钱,计划五年内翻盖房子。她给自己做了个计划：写小说的事，争取五年内干成，至于以后的事，一切顺其自然吧……

第三十五章

二〇一八年八月初，一个炎热的星期六，刘蕙兰一大早就起来做饭。她疼爱儿子，知道儿子喜欢吃什么，担心丈夫只按自己喜欢的做，不然，她宁愿被唠叨几句，也要在床上磨蹭够了才起来。另外，她昨天就打算叫儿子跟她一起到商场逛逛。

李志成洗漱时根本没看餐桌，坐下后才看到桌上的一切，拿筷子指着牛排问："妈，今天什么日子，怎么这么丰盛？"

李家良抢先说："你妈嫌我做得不行，不准我插手。我还以为是什么大餐呢，不就这两样吗？还忙了一个多小时，要是我，半个小时就搞定了。"

志成吃着鸡蛋饼说："好吃！爸，我妈做得已经很好了，你不能老拿你的水平比。"

蕙兰指着桌子说："看，色香味搭配得多好！你爸就是损我行，我怎么做都达不到他的标准。他现在做饭总糊弄，你不在家，他更懒！还好意思说呢。"

家良脸上挂着笑，戏谑道："吹吧！好不容易早起一回，非要跟儿子显摆显摆。成成，你小的时候，你妈什么都不会，这就不错了。"

蕙兰高兴地回道："就是，你表扬一下，总比损我强吧？是不是我给儿子做得多了你不舒服？反正，给儿子做我心甘情愿，咱俩吃多了也没用，还要再减肥。"

志成对爸妈类似的对话早已习以为常，他喜欢这种氛围，并不表态，只顾吃自己的。他的饭量不大，一会儿就吃饱了。

蕙兰怕儿子吃不饱，说："吃饱了吗？再吃点，要不又剩了。"

儿子盯着手机回答："吃饱了。"

蕙兰有些失望，知道儿子的态度，却依旧重复道："每次都吃这么点，还说好吃呢，明摆着不好吃，真好吃的话，你怎么不都吃了？"儿子看看她，笑笑说："妈，真好吃。我吃饱了，你做得太多了。"儿子的话让她有点不高兴，她赌气吃了一大堆。

志成等爸妈吃完，起身收拾桌子洗碗。忙完后，他站到妈妈跟前，笑着问："妈，咱怎么去？"

"坐公交啊，还是坐公交方便。现在停车太难了，到处堵车。"说完，蕙兰去屋里换衣服。

志成面无表情地坐到沙发上。自从家里有了车，他就很少坐公交车了。

蕙兰换好衣服，见儿子坐着不动弹，故意问："怎么，不想去了？"

志成仰头靠到沙发上，看着屋顶说："不想去了，我还是在家看书吧。"

蕙兰故意拉着脸说："你这孩子，不是说好了，怎么又变卦了？是不是不愿意坐公交啊？"

志成干笑了两声，没有回答。

家良接着说："今天挺热，要不我送你俩？"

志成听到爸爸的话，即刻从沙发上一跃而起，笑着说："行啊。"

蕙兰看着儿子，严肃地说："能不能给蓝天工程做点贡献啊？"

儿子嬉皮笑脸地回道："咱不是有车吗？买了不用，那还不如不买呢。再说，今天太热了！你看我头上的汗。"说着，他把头伸到妈妈眼前。

蕙兰推了他一把，说："去去去，三伏天出汗，有什么大惊小怪的。你看，我出的汗比你多多了。"

家良凑上前说："行了，你俩别争了。我出去办事，正好路过那边，顺便放下你俩。你俩逛完了，给我打电话，我再去接你俩。"

志成竖着大拇指说："还是我爸善解人意。"

蕙兰一听，只好跟着他们。

一家人愉快地出了门，可他们谁也没想到，出了小区便被堵在路上。

家良拍着方向盘说："这条路，从开始通车，不堵的时候就少。按说这个点了，不该堵啊。"

蕙兰扶着座椅往前看，生气地说："天天堵，名副其实的'堵城'。真是怪了，人家那些大城市是怎么弄的？也不跟人家学学，整天拆这里修那里，这路也修了不少了，怎么就是解决不了堵车这点事？"

家良回头瞪了媳妇一眼，调侃道："我看，你当领导行！哼，别的不说，恐怕不知道该修哪条路好了。"

　　蕙兰斜眼看着丈夫，向后坐了坐，不满地说："都一刻钟了，怎么一动不动？我说该坐公交吧。"她拍拍儿子。

　　志成前后望了望，笑笑说："坐公交也一样。妈，你瞧瞧，准是前面的路堵了，不然不会等这么长时间。"

　　家良接过儿子的话："是，就是前面的路堵了。堵就堵吧，反正也是玩，又不是急着赶火车飞机。"

　　蕙兰生气地说："我的忍耐是有限的，再等五分钟，要是再不动弹，我就回去。"

　　家良伸着脖子，朝前看看，又朝后看看，见前后堵得严严实实，也有些烦了，回头说："你现在回去就行，五分钟保证动不了。"没想到，他的话刚说完，前面的车就开始动了。

　　蕙兰惊喜地喊："动了！动了！总算是动了！"

　　家良撇嘴说："看把你高兴的，不花点钱心里就不舒坦。"

　　蕙兰白了丈夫一眼，戳着他的后背说："好好开你的车，别到处乱看！"

　　家良反驳道："你以为我是你啊？老司机了，还不放心我？"

　　蕙兰拍着丈夫的肩膀说："别吹了，上回怎么撞的人家？忘了？"

　　家良没话说了，自己开车技术是好，可曾"碰"伤了一个人，一想起那件事，气就来了。那是五年前的事了，只要他说媳妇开车技术不行，她就拿那件事堵他，他是有口难辩。

　　那是一个下午，家良下班后去接儿子。因为儿子放学晚，他看时间还早，所以开的速度很慢，过路口的时候更慢。就在他往学校拐弯的地方，一个人骑着电瓶车突然冲到车子前面，他急忙刹车，却看到那人摔倒了。他担心那人碰到自己的车了，匆忙下车查看，庆幸的是，那人和她的电瓶车距自己的车至少十厘米。

　　倒下的是一个四十多岁的妇女，电瓶车压住了她一条腿，她坐在地上不停地哼哼。

　　很快，路过的人都聚在周围，有人还冲李家良指指点点。家良站到那位妇女面前，把电瓶车扶起来，问道："大姐，没事吧？"

　　那妇女接着说："唉，都怨我，都怨我。我着急接孩子，骑得快了点，不关你的事。"说着，她站起来，可没站稳，接着又摔倒了。

这时候，旁边一个小伙子说："她碰人家车上了，这车恐怕要倒霉。"

紧接着，那个女的哭起来，她边哭边打电话说："你快来！快点来呀！我在学校东边的路口摔倒了，叫车撞了，恐怕是骨折了，没法动了。"

家良想赶快离开，刚转过身，听见那女的说："兄弟，你先等等，等俺对象来了你再走，我刚才听见说是你碰着我了。"她指向李家良的手指弯曲着，声音里有些怯懦。

家良蒙了，他诧异地问："不可能呀，明明是你自己摔倒的，你刚才还说'都怨我都怨我'呢，怎么说改口就改口了呢？哎，我说大姐，你可要说实话啊！我也是来接孩子的。要真是我碰了你，不用你说，该我担责的我一定担责。我怕什么，我的车有保险。问题是根本不是我碰的你！"

"我不管！我听见别人说的，就是你碰我的。这么着吧，我也拿不准，等我对象来了你才能走！"那女的说完，摸着脚大哭起来。这时，围观的人越聚越多。

家良不敢离开了，只能站在原地静等。过了一会儿，一个气势汹汹的男人站在他面前，那人指着他大吼："是不是你小子把我媳妇撞了？"

家良顿时火冒三丈，理直气壮地指着那人说："大哥，说话客气点！不是我撞的大姐！是她自己摔倒的！"说着，他扭头看看那个女的，那女的又哭起来。

那个男的指着家良说："你说什么？再说我揍你！小子，别不承认，老少爷儿们都看着呢。瞧瞧，瞧瞧！这么多人都看见了，你想赖，告诉你，门都没有！"

那个男的满脸络腮胡，浓黑的眉毛下瞪着两只恶狠狠的大眼，汗珠子在他脸上不停地冒。他光着膀子，穿着一条大裤衩，脚上穿了一双拖鞋，不时攥起拳头朝家良晃晃。

家良见那人跟武松似的，又见他那架势，禁不住后退了两步，心想：好汉不吃眼前亏。我不惹你，看你能把我怎样！算了，万一是碰瓷的呢？还是报警吧，别跟这种人浪费时间。他正在做思想斗争，又听见那男人张口说道："哎，我说，你小子想私了还是公了啊？我看俺媳妇这回碰得不轻，你说，该怎么办吧？"

家良顿了顿，谦和地说："大哥，咱也别争了。你看，旁边就有一个摄像头，我报警，叫交警过来处理，我这就打电话。"

那男人攥着拳头大声吼道:"好!报警就报警,谁怕谁!"他看着媳妇说:"叫他报警吧?骨折了,上医院要花不少钱。"那女的答道:"你看着办,我又不懂。"

家良打了报警电话,接着又打了急救电话,这才放松了些。他干咳了两声,对那两人说:"大哥、大嫂,我报警了,也打了急救电话,咱等交警来了处理。"幸好那两个人没再说什么,他安慰自己:不做亏心事,不怕鬼敲门!等警察来了,看你们还怎么说!

一会儿,一个交警骑车来了,他仔细询问了一番,并一一作了记录,然后说:"先送伤者去医院。不是打了120了?等急救车来了,先去医院检查。处理的时候给你们打电话。"他指了指李家良和那个女的。

那个女的不停地哼哼,喊着:"疼啊,不能动了……"她丈夫在一边跟交警说:"交警同志,这个人撞了我媳妇,他还不承认,我媳妇老实……"交警摆着手说:"行了,行了,别说了。车来了,赶紧先送人去医院看看,有问题以后再说。"说完,交警转身指着李家良说:"李家良,我发给你地址,把车开到这个停车场,等候处理。"

家良跺了跺脚,着急地跟交警说:"交警同志,这事跟我没关系,我根本没碰到她!不信,你调出那个监控看看,我说的是实话。"

交警生气了,瞪着眼说:"怎么着,你明白还是我明白?那不是你的车?她不是倒在你的车前了?你能确定没碰到她?"

家良听着交警一连串的问话,知道不能再申辩了,只能按交警说的去做。"哑巴吃黄连,认倒霉吧。"说完,他上了车,把车开到那个指定的停车场。

那是一个偏僻的大院子,里边停着一大堆车。家良进了院子,四下里望了望,满眼都是些破车,有些车已经撞得没头没尾了。偌大一个停车场,竟然不见一个人。他下了车,仔细查看了车子好几遍,没有发现任何擦痕,更别说撞击的地方了。他摇头叹息道:"倒霉,真倒霉!"转而又生气地想:这交警也是,什么工作态度,不问青红皂白就先把我的车扣了,还讲不讲理呀?他猛踢了脚下一块石头,疼得转了好几个圈,不住地喊:"妈呀,疼死我了,疼死我了……"

他一瘸一拐地走到一个贴着红标语的窗口前,见里面坐着一个女的正在看手机,便客气地问:"老师,这要等多长时间才给处理呀?"

那女的抬起头,毫无表情地回答:"那可说不准。你没看见这么多车吗？都是等着处理的。"

他又问："那车放这里还收费吗？"

那女的冷笑道："不收费可能吗？这地方是租的，一天交不少钱呢。你不缴费那我们在这儿干吗？"

家良感觉肺都快气炸了，忍气吞声地问："怎么个收费法？"

那女的回答："一天二十。"

他双眼冒火，咬着牙说："这么多？这不是抢钱吗？"

那女的只顾看手机，不再理他。

他悻悻地走出了停车场。停车场周围没有公交车，他只好打车回家，等了一个多小时才打上车，到家时，儿子早吃完饭了。媳妇以为他加班了，并没问他回家晚的原因。吃完饭，他才把倒霉事跟媳妇说了，媳妇并没埋怨他。

接下来，那个男的隔三岔五给家良打电话，让他到医院缴费。没办法，家良又去咨询了律师，按照律师的建议等候处理。几次调解下来，他再没争执的勇气，任凭交警处理，法院判决。最后，公安局指定的第三方评定机构出具了评定结果：电瓶车与汽车右前轮的挡板有轻微擦痕。根据公安机关判定的责任标准，法院进行了判决，李家良承担百分之七十的责任。面对这个结果，他有些不服气地反复质疑："我就是不明白，她是从左边超过去的，那个位置她怎么碰也碰不到我的车啊？"他的想法最终被媳妇挡下了，媳妇的理由是："反正车有保险。关键是咱们在时间上耽误不起，那人到底是不是碰瓷的咱也拿不准，但毕竟人与汽车相碰，人是碰不过汽车的，还是自认倒霉吧。"

事情处理完了，家良暗自庆幸，因为他买的保额刚够赔偿。或许任何事都有两面性，自从出了那次交通事故，他开车更加小心了，还在保险费上多花了些钱，不再为省下几百块钱保险费而煞费苦心。他想开了，决定还是在保险费上多花点钱保险，万一再遇上那种倒霉事，保额能够赔。吃一堑长一智，那可不是闹着玩的，千万不能当事后诸葛亮，以免将来后悔莫及。

家良开着车缓缓向前，还不如行人走得快，他开始抱怨："都怨你，逛什么商店，这么热的天，在家凉快凉快多好！"

蕙兰瞧着前方说："哎，这时候了，闭嘴歇歇吧，长点耐心，别一出门就是抱怨。跟你说过多少回了，怎么就是改不了呢？"

家良回头瞪了媳妇一眼，不满地说："你不是整天说我'江山易改，本性难移'吗？改不了了！"

蕙兰生气了，赌气说："还来劲了！停车，我下车，走着去！有什么了不起的，离了你还不能过了？"说着，她打开了车门。此时，车子速度并不慢，她这一开车门，迅速把家良的怒火激起来了。他怒气冲冲地说："不想要命了？不想要命也不能这样啊？万一被后面的车撞了，人家不骂你？我跟你说，别没事找事！关上！"

志成见势不妙，扭头对妈妈说："妈！快关上，快关上！"

蕙兰明白，如果再固执己见，恐怕又要跟他干一仗了，这样闹太没意思且毫无价值。她使劲关上车门，刚才的火气一时半会儿是压不下去的。她气鼓鼓地望着窗外，内心的郁闷无以言表，今天的兴致又被这讨厌的争论一扫而光。

车子停下来，蕙兰下了车，她把怒气撒在了车门上。她胸口发闷、眼睛冒火，牙齿咬得咯咯响。她感觉一下迈进了另一个世界，脑海里闪烁的全是李家良不好的神情。她走进商场没几步，竟打了个寒战，因为外面的热浪与室内的凉爽相差太多。不过，这个寒战让她清醒了些。她漫无目的地闲逛，尽管视线飘移在那些五颜六色的衣服上，但心思已经不在衣服上了。她心中燃烧着一股怒火，无法平静下来。她劝自己别去翻那些陈年旧账，希望不再做毫无意义的判断，于是停下脚步，看看身后的儿子，见儿子站在那儿看手机，气又来了，心想：今天是气不打一处来，看哪儿都不顺眼。真没劲！还逛什么？干脆回家睡觉去。她冲儿子说："走，回去！"儿子不解地问："不逛了？"她没再搭理儿子，径直出了商场。

第三十六章

三伏天做饭，是让人头疼的一件事。蕙兰做饭的压力不仅仅是厨房的热度与油烟味，还有饭的内容。现在蔬菜品种虽然繁多，可一日三餐，难免重复。儿子从小吃饭挑剔，嘴上说吃什么都行，实际上，不可口的饭菜他吃得很少。只要儿子在家，她总是按儿子的口味做饭，且做的花样多些。她睡眠不好，找了一位老中医看了看，医生建议她晚饭少吃或不吃。这条建议，她特别记下了，只是做饭时，做着做着就有了食欲，想少吃点却总做多了，扔了既浪费又心疼，于是又强制自己把多做的饭塞进肚里。长此以往，成了习惯，她经常在吃与不吃中抉择，却少有选对的时候。

家中常吃的面食除了馍馍就是面条，按理说夏季应多吃凉面，可她不喜欢吃凉面，所以很少做。或许是她的饮食习惯影响了儿子，儿子也不喜欢吃凉面。除了凉面外，面条的做法有好多种，家常饭要么是清汤面，要么是炝锅面，稍复杂些的是卤子面、炸酱面。她在厨房里思考了一会儿，然后从冰箱里拿出三个西红柿、三个鸡蛋，决定给儿子做一顿可口的西红柿卤子面。

生活的磨砺是改变一个人性格的最有效的药剂。蕙兰自过了四十岁，性格渐渐变得温和了，安于现状的生活心态愈加根深蒂固，她学会了换位思考，也更加注重生活的品位和家人的感受。她常常将自己的切身感受传达给他人，不管别人领不领情、接不接受，她就是愿意把自己的所思所想讲出来，还自认为她的感受是值得借鉴的。她之所以乐此不疲地这样做，是因为自己的改变的确把生活调剂得比以前更有味道了。

说来也怪，最亲密的是夫妻，最难融合的也是夫妻。夫妻之间，小打小闹是常态，斗嘴斗智也总是乐此不疲。如果孩子犯了错，两个人一般都会选择原谅孩子；如果是双方亲人的错误，都会为自己的亲人辩解，而关于双方亲人的争执又最多、最难化解。究其原因，血缘亲情是最主要的，尤其是近亲之间，这种关系并没有因时代的发展淡化多少，这是中国人受传统文化影响的结果，也是中华文化独特的魅力之一。

蕙兰与家良是那种不打不相识的类型，他们观念上存在很多分歧，但这并不妨碍两个人的感情。每次争吵后，他们会各自冷静一段时间，有时半个月谁也不搭理谁，不会像别人说的床头打架床尾和。这就是蕙兰理解的：人必须有自己的个性，不能随波逐流。

她对自己最不满意的一点就是干活太慢。她竭尽全力想让自己的双手动作快些，可每次都效果不佳。丈夫嘲笑她时，她辩解的话就是"慢工出细活"。单就这一点，儿子也提出意见："妈，你怎么干活这么慢？比我爸差远了！"这样的话，如果是四十岁以前听到，她会火冒三丈，然后劈头盖脸地训斥儿子一番，接着甩手不干了，直到儿子给她认错才善罢甘休。可现在，儿子再说这种话，她都当成玩笑话，绝不会想到儿子嫌弃她。

她做卤子跟别人不一样，她就是炒菜，并不加水。她快速地洗着西红柿，一个一个仔细瞧着，不放过任何一点污渍，洗净切好后，又切了几片葱、姜，然后把鸡蛋一个个打进碗里，用筷子搅拌几下，接着打开炉子，往炒勺里倒入适量的花生油，不等油热便把鸡蛋倒进去，然后用筷子不停地搅动，直到把鸡蛋炒熟。她这样炒鸡蛋，是因为儿子喜欢吃这种碎的。如果鸡蛋炒得不够碎，她会用勺子捣得更碎些。鸡蛋炒好后，她接着炒西红柿，等看到西红柿炒黏稠的时候再倒入鸡蛋翻炒，最后出锅前，加入切好的蒜末。

儿子的嘴极其刁钻。一次，她炒菜省了一道工序，没有放花椒、姜，只放了葱、蒜，结果儿子吃出来了。自那以后，她不敢再省工序，严格按既定的炒法做菜，无论炒什么菜，都要先将花椒、姜的香味炒出来后，再放入其他作料调味，这样做出来的菜一般都很好吃。

半个多小时的工夫，娘儿俩的饭便摆在桌上。志成刚才就饿了，他拿了把小勺将西红柿舀进碗里，吃得津津有味。蕙兰看着儿子吃得带劲，自然高兴，可她热得没胃口。做饭的时候，她忽然萌生了一种想法，又觉得有些异想天开，决定暂不表露出来。

"妈，你怎么不吃？"志成半碗面条下肚，发现妈妈还未吃，这才问道。

她的思绪被儿子打断，赶紧笑着说："嗯，我不饿，不想吃。你先吃。我怕剩了，少下了点，你要是吃不了的话我就吃点，你最好都吃了。"

"哦。"志成望了妈妈一眼，继续吃自己的。他对妈妈的话已经麻木了，并不知道她的真实想法。

她始终盼着儿子能有孝心，哪怕是言不由衷地骗她，也能满足她的心理需要，可儿子偏偏不是这样有心计的孩子。她见儿子自顾自吃着，生出一股失望，猜疑到：是不是我对他的教育出了问题？他的傲慢、不切实际的言论是从什么时候有的？怎么还越来越严重了？会不会是网上的东西看多了，三观偏离了正确方向？近来，他竟然对那些自己并未经历且不能证明真假的事件特别感兴趣，或许这孩子之前的想法就出了问题，我没看出来？怪不得这孩子的学习成绩没长进，原来心思都没用在学习上。我怎么才能说服他、改变他的想法呢？他会不会误入歧途……想着想着，她竟然起了一身鸡皮疙瘩。

志成很快吃饱，他收拾完碗筷，然后去了自己屋里，关上房门。

她起身踱步，不时瞧一眼儿子的房门，知道儿子会睡午觉，再找他谈也不会有什么突破，干脆自己也回屋睡觉。她累了，躺下一会儿就睡着了，一直睡到下午两点半才起来。然后，她开始打扫卫生，收拾完已是四点多。她环视整洁的屋子，内心特别舒服，接着烧水冲茶，品茶休息。品着茶，她又思考今天的表现，不免有些后悔。她想到了前不久离家时的感受，摇头自嘲："这才几天啊，在家就打，离开了就想。不惧离愁怕遥远，难道这就是人的通病？近在咫尺话语迟，他乡思念夜无眠。其中多少浓情意，相思化泪仍挂牵。"她回味起在长沙写下的文章：

想家

想家了，竟然想得要掉泪，难道是真的老了？还是更爱自己的家了？

在家待得久了，也会想着出来看看外面的大千世界。来长沙已是第五天了，这两天赶上长沙下雨，一直在教室与宿舍之间来来回回，觉得空间突然狭小了许多，毕竟这里不是自己熟悉的地方，环境再好，只是一时的冲动喜爱，永远不会有待在家里的感觉。

每次离开家不到一个星期，我准会想家的。这种感觉已经历了许多次，且每次想家的念头越来越浓、越来越烈。我想，或许这真与年龄有关。回想年轻时出差的样子，都是风风火火赶着去游遍所到之处的美景，吃遍所到之处的美食，到处疯跑不知疲倦，那时候除了牵挂孩子，似乎并不想其他事情。如今孩子长大了，虽依然记挂他，但知道他已经成人，不必自己呵护了，所以跟年轻时的记挂已不是一种心情。

现在，我对家的感觉与年轻时也不一样了。我常常想家里的各个物件、各个角落，甚至想自己在家做饭、做家务的每个场景。想家的心情突然给我带来伤感，我甚至抱怨："为何要人为制造这种分离？为何非要离开自己的小家？"

家是我的安乐窝。那里有我生活的细节，有亲人的关爱和纠结，一旦离开了，才知道那个小地方对自己多么重要。离开家，我仿佛变得迟钝了，甚至常常有莫名的失落感。尽管知道自己不对，想法太狭隘、太偏激，但就在那时，闪过的念头就平添了怨言。

想家没有错。许多人同我的感觉是一样的,只是他们不说罢了。年轻的时候我曾经有两次离家出走的念头。一次是上初中时,学习成绩下降,不想上学了,想通过悄悄离家的方式逃学,可是,并未敢直接逃走,而是跟母亲委婉地谈了一次,大体意思是自己不必非要在学校读书,通过自学也能"成才"。结果被母亲痛骂了一顿,之后再无此想法,一直读到上完大学,才有了现在的工作。第二次是结婚后,与先生吵架,那次吵得特别严重,甚至到了要离婚的地步,于是决定走出家门,可是孩子一直在旁边哭,望着儿子,我改变了主意,悄悄藏进了壁橱里。原本很自信地以为先生会出去找我,可从中午一直等到了晚上,他竟然未出去找我。晚上,儿子又哭喊着要妈妈,我实在忍不住,轻轻拉开了壁橱的门……儿子见了我高兴坏了,他立刻不哭了。我告诉儿子不让他说出去,继续闷在壁橱里,直到再也忍不住了才出来。针对这件事,自己后来总结了一下:"自己的家,为什么不要了?凭什么我要逃走?生活不是几何题,有些事是不需要证明出结果的。"想清楚后,我再无离家出走的念头。

年轻的时候任性,动不动就发脾气,随着年龄增长,骄傲的气焰不浇自减、自灭。现在,非但不想离家,就是正常的出差都犹豫了。我认为这是自己做了该做的事,回到了正常的人生轨道。一路走来,再梳理走过的路,我庆幸没有沿着错误的路走下去。也许每个人都该这么做:偶尔糊涂,发火生气了,冷静后一定先批评自己,然后把自己的心情调整好,再积极面对遇到的问题。如果做到了,任何时候你都不会迷失方向。

我想清楚了:年龄越大越理智,越爱家越想家。

当时写完后还意犹未尽,又继续赋诗一首:

想家了

外面下着雨,
雨声时密时疏。
我推开窗户,

让自己听那雨打玻璃的声音。
一直以来，
我喜欢听着风声雨声入睡，
可这次异乡的雨声却一直敲着我想家的思绪，
让我飞回自己家里。
想家了，
想家了！
此刻，我不想睡在不属于自己的床上，
更盼着那雨赶快停下来。
让我安静一会儿吧，
我想回到自己的床上！
可是，
你不是一个我行我素者，
知道自己回家的行程。
雨想大地了，
如我想家了。
在这绵绵雨夜里，
听雨滋润大地的凯歌，
更唤起了我对家的不舍。

　　写了诗，还是抑制不住想家的思绪，又想到了几首《长相思》，于是又模仿了一首：

　　　　长相思
日光照，月光伴。
万物蓬勃期无限，美景惹人恋。
风一吹，云一片。
送来细雨思绵绵，不知秋水寒。

　　想到这儿，蕙兰笑着自语："本性真是难改。"她品着茶，想着江南的美景，忽然生出一番感慨，想写下自己的感受，于是拿起笔，写下了心仪的句子：

爱江南
爱江南，
独爱江南绿四季。
层层叠叠，
折折曲曲，
片片凸起。
雨后添新绿，
心下更欢喜，
无限风光在这里，
处处勃勃生机。

可有神来之笔，
写尽盎然绿意？
却是枉费那心机！
岂不知时时刻刻有新奇？
说不尽的江南痴迷，
话不尽的人间美丽！
引我何处去？
绿野丛林里，
美醉睡去！

　　写完后，她反复读着，找不出什么问题，内心更高兴了。她的脸上洋溢着抑制不住的喜悦，自夸道："不错，不错。没想到今天还得了首好诗。"她期待将来退休以后，约上要好的同学，几家人一同到江南某个地方，租个房子，住上一段时间，尽情欣赏自己喜欢的景色。
　　去长沙学习的时候，她与同学一块儿去了毛主席的家乡——韶山冲，在伟人出生的地方驻足良久并仔细参观了他的故居，回到学校还写了篇感想：

　　　　　游毛主席故居有感
　　湖南从历史中一路走来，一直证明这块土地是不寻常的。生长在这块土地上的人，他们有与生俱来的那种敢为天下先的勇气，正是中国人精气神的具体体现。今天去了毛主席故居，看了伟人出生的地方，令我震撼，并对韶山冲产生了刻骨的记忆。

韶山冲，那是一个藏在群山里的小村子，如今已是每天接待游客的地方。来的路上听老师讲，这里的山是衡山山脉的第71座山，岳麓山是第72座山。这方圆几百里的地方，出了许多名人，其中最杰出、影响最大的就是毛泽东。

伟人之所以伟大，是因为他做了世人很难做到的事情。毛泽东是中国人民的伟大领袖，他不但有卓越的军事才能，还是诗人、书法家，中国人敬之、仰之。

一方水土养一方人。韶山冲因为诞生了伟人毛泽东而声名远扬，成为许多人向往的地方。大家来的目的只有一个：看看这个地方的样子。它是如何养育出一代伟人的？凡来此地者都希望能得到一些启示。

一路上，尤其是快到韶山冲时，我看到路边池塘里的荷花正竞相开放。那不同颜色、大大小小的荷花都静静立在池塘里一动不动，静观这人来人往的世间繁华。我即刻想到了周敦颐的《爱莲说》和朱自清的《荷塘月色》，还有许多名人对荷花的赞美之词。此处，我只想说说自己的感受。在我眼里，荷花不像是真花，像是人工精心制作的。荷花花瓣都厚润挺拔，微风下，你看不到花瓣动摇，它们有一种巍然挺立之严肃，又有风姿绰约之美妙，叫你由衷钦佩与喜爱。每个池塘的荷花、荷叶，其颜色都不尽相同，在大体相同的景致里，总有令人为之一振的花朵。

我站在一处高地张望，眼前的几间房子极普通。看着那么多人向屋里走，我也匆匆随着人流进屋了。走遍所有的屋子，仍没看到毛主席故居有什么"与众不同"之处，我又站到池塘对面，找了一块儿人少的地方，怀着万分敬仰的心情，继续看那几间房子和周围的山、池塘、树木、人群。我暗想：这个地方有池塘，池塘里有水，又有群山环绕，有山有水就有灵性。可是，在中国，这样的地方不计其数，为什么唯独这里出了这么了不起的人？或许很多人都会有这样的疑问又都不得其解。

历史证明，环境至关重要，终究是有所为的人做出了一番可以永载史册的惊天伟业！韶山冲，成了一个耀眼的地方，是因为它养育了一位伟人。看着源源不断走进主席故居的人，再看看池塘里正盛开的荷花和满池的绿色，我不由得想：伟人虽逝去多年，依然有众多人来其家乡瞻仰其故居、膜拜其塑像，若天地之灵性真能一脉贯通，何须众人煞费苦心求先人保佑！

　　但愿，但愿来韶山冲的人心无杂念，只带虔诚崇敬的心到此地一游，以汲取伟人之出生地的一点点智慧与勇气，若让自己摒弃私欲而立为天下开太平之鸿鹄大志，那才不虚此行……

　　她对这篇感想并不满意，觉得自己的很多想法尚未表达出来，起初还想修改一下，但很长时间过去了，总找不到新的启发，于是修改的意愿慢慢就没有了。

　　很多人都会纠结于一些日常的琐碎小事，因此给自己带来许多烦恼。她时常告诫自己："琐碎事时时处处都在发生、都会碰到，如何把它们处理得恰到好处又不会带来心理负担，可不是件容易的事。生活中的琐碎小事不应成为人生中的绊脚石，要做到及时化解、及时屏蔽，免得浪费了好时光。"她坚持一条原则：亲人之间不必争高低。至于对错，尤其是家中琐事，站的立场不同就会有不同的见解，最好的应对办法是：避而不谈针锋相对的矛盾。否则，不但伤了一家人的和气，更会给自己添堵。

　　她开心地喝着茶，把一天的烦恼打扫干净了。

第三十七章

　　家良开车去了秦海宁家。自从那次见了欧阳丽娜，他便记挂着海宁，想找他探个究竟，弄清楚他们之间到底怎么了？

　　海宁已经喝得有些醉意，他脸色阴沉，眯着眼吸烟，时不时摇头叹息着。家良陪着他吞云吐雾，弄得满屋子烟雾缭绕，他们却沉浸在浓烈的烟味里。

家良被烟雾呛得咳嗽了两声，他没想到海宁会直截了当地告诉他"准备跟欧阳丽娜离婚"。这几天，他已经反复酝酿该从何说起，却几次三番改变想法。他心痛地盯着海宁，把烟头拧碎了，慢慢说道："你再考虑考虑，就不能退一步？这么多年都过来了，现在都这把年纪了，干吗非要走那一步？你现在也不太忙了，多跟丽娜交流交流，有什么大不了的事啊，别婆婆妈妈的，咱不能跟女人计较。你看看我，该哄的时候就哄，别太较真。两个人，哪有那么多真事啊，将就着过吧。"

海宁摆着手，耷拉着头说："不是我，不是我较真，是她太较真！唉，跟你说过多少回了，我一让再让，改了又改，白忙活，白搭！她这个人，跟俺嫂子不一样，她无理辩三分。我实在是没法说……唉，算了，就这么着了，你知道俺俩分居多少年了？三年了！"

家良诧异地说："这么严重？她外头有人了？不能。是不是你有情况？"

海宁摇头苦笑，指着自己说："我是那种人吗？她，也不是那种人。我俩一路货色，就是不合拍。我也纳闷啊，怎么就不合拍呢？"

家良哈哈大笑，指着他说："有门！你呀，别逗能！甘拜下风，不就没事了？"

海宁摆摆手说："甘拜下风？她更不知道自己姓什么了！她不就是职务比我高，挣钱比我多，有什么了不起？当初，她可是上赶着找我的，又不是我追的她。哼，现在觉着我没本事、懒，早干什么去了？"

家良拍拍桌子说："人家当初找你有错啊？一开始，你不是屁颠屁颠地跟在人家后头啊？你不是跟我们炫耀说：'交了八辈子好运了，终于找了个才貌双全的大家闺秀。'别没数，这种事，你跟外人说行，我可什么都知道。"

海宁皱着眉说："行，行，这事咱先放放。可有了孩子后，她总嫌我不顾家。我不是没办法吗？我不出警行吗？我干的就是这行，不能总请假吧？为这，她整天在孩子跟前叨叨，说我从来不管孩子。我的孩子，我能不管吗？只要有空，我保准在家看孩子。我跟你说，她这人最可气的就是自己没主意，什么事都听她妈的。我那个丈母娘，狗仗人势，从来不把我放眼里，她就一点好作用没起，光教她闺女对付我的办法。你说也怪了，丽娜看着挺精神，她做起事来就傻，没脑子，光听她妈的。"

家良笑笑说:"你那丈母娘不是挺好的?会说话,待人多热情!再说了,人家不是帮你看孩子了?还帮你买房子,要不是人家,你能住上这么舒坦的房子?我呀,想跟你一样,可没这福分哪!"

海宁猛地把酒杯放到桌上,指着酒杯说:"谁稀罕!我宁愿住我的小房子,那是我自己的。现在倒好,有事没事叫她拿这个气我,真窝囊!"

家良看着洒在桌上的酒,摇摇头说:"咳,原来我可羡慕你了,没想到你这么难。你媳妇是有缺点,可依我看,你说她没主意、听她妈的,这不算什么大毛病。别忘了,人家是独生女,家里条件好,从小娇惯。不像咱,草堆里长大的,吃苦耐劳。我觉着,只要人品好,其他方面可以再适应,不行,你就再改改,顺着她吧。过两天,我叫你嫂子跟她聊聊,女人之间沟通起来更容易,先别急着分手。再说了,都这把年纪了,还是沉下心来考虑考虑吧,不是以前年轻的时候了。"

海宁端起酒杯喝干了,晃着空酒杯说:"别叫嫂子费心了。你不知道她那脾气,人前装得像模像样,知书达礼……其实啊,她能看上眼的人太少了!要是依着她,我一个朋友都交不上。还有,她这人最致命的缺点是家里的事不准外人知道。你叫嫂子劝她,那,彻底完了……"

家良睁大眼说:"是有个性。不过,照你这么说,她很在意外人的看法,更在意你俩的感情。这点啊,倒是挺像你嫂子的。你嫂子就是个绝不肯把家丑外扬的人,要是在外人跟前说了我俩的矛盾,叫她知道了,她能半个月不理我;就是和好了,她还会再埋怨我一个月,吵得我头都疼。我知道她这毛病后,守着她的时候,不敢跟外人说她的不是。知道为什么在你们跟前我总是夸她了吧。她呢,就美得不知道怎么好了。"说完,他诡秘地笑了。

海宁也笑了,他盯着吐出的烟雾说:"我这人没你聪明,也不会说话,丽娜就是嫌我不会说话。跟你说实话,以前我在家跟她说过嫂子如何如何好,没想到她跟我急眼了,冲我大发雷霆啊!我的个天,闹得我一宿没睡觉。"

"啊?还有这事?你也是,怎么这么笨?"家良拍着桌子笑。

海宁又哭丧着脸说:"谁说不是啊?就是太笨了!连她都对付不了。唉,按说不该啊!毕竟咱混得也不太差,可她怎么就瞧不起呢?"

家良的脸也紧绷起来,他连吐了几口烟雾说:"咱都一样,都一样。你嫂子发疯的时候,比你媳妇还严重!她说什么也不让我睡觉,我走哪儿她跟哪儿,就是折腾你,非叫你服软不行。我也不是吃素的,偏不认她这一套,绝不低三下四给她认错。好在你嫂子这几年改了，不再一根筋，不犯傻了。"

海宁瞪着眼说："你跟我说说，嫂子是怎么改的，你用的什么高招？教教我。"

家良镇定地说："我也奇怪，我还是我，没变！她怎么就改了呢？"

海宁十分失望地摇头，不满地说："瞎说，我才不信！嫂子这么有个性的人，就这么轻易服服帖帖了？拉倒吧！我没喝醉！"

"连我都不信，可就是事实！不过，改是改了，还不是很彻底，也有犯浑的时候，今天早上又跟我闹了。她去逛商店，路上堵车，嫌我说她的不是，又拉脸了。"家良说着，点上烟猛吸了一口。

"你兄弟媳妇可难缠，她不会拐弯。她要是能知道拐弯啊，我俩就不会到今天这一步了。"海宁又喝了一杯，他说的话已经越来越没底气。

"海宁，别喝了。听我一句，你先把酒戒了，光这么喝也不是办法。女人都烦男人喝酒。喝酒的时候，你要是带着她，可能还好点；要是不带着她，喝不了两回，保准找你麻烦。什么公务啊、同学聚会呀，她才不管这一套。"家良刚说到这儿，电话响了，他接起电话，"有事吗？我忙着呢，还得晚点回去。"没想到电话里传来刺耳的声音："几点了？还不回来？干脆别回来了！"接着，电话挂断了。

家良摇头笑道："看看，看看，又发疯了。"

"叫人羡慕啊，有人管你、忘不了你……"说着，海宁趴在桌子上。

家良站起来，摇晃着海宁，喊着："海宁，海宁，你起来，别这么没劲！咱是大老爷们，可不能垂头丧气的，你要是这样，你媳妇会更瞧不起你。"

海宁抬起头，盯着家良说："她就是瞧不起我，瞧不起我！我烦她，烦她！不想见她！她也烦我，不回来……"说着说着，他放声痛哭。他边哭边捶打着桌子，懊恼地说："我，舍不得儿子、舍不得她，可见了她，我的心就凉了。她根本不把我放在眼里，还不理我，不管我怎么发脾气，她就是一点反应也没有，我恨不得一脚踹她出去……"

家良见海宁这样，忽然明白了什么，他冲着海宁使劲拍了拍桌子，大声说："秦海宁！是爷儿们你就好好说话，别跟个娘儿们似的哭哭啼啼。我见了就烦，别说是你媳妇了，哪个女人不喜欢阳刚的男人？我今天是开了眼了，你还有脸哭，我真替你害臊！要是我，早把她揪回来了。你就是用这种办法想把媳妇哭回来？做梦吧你。告诉你，女人最不吃这一套，最瞧不起这种人！"

海宁忽地站起来，一拍桌子，冲着家良吼道："我知道，我早知道！可我，在她面前就是说不出来。"

"说不出来，就直接做！到她妈那儿，什么都不说，拽着她就出来，我不信她不跟你来！"家良也怒目圆睁，他真生气了。

"算了，算了，我认输，认输！都这么多年了，没用了……"海宁忽然一百八十度大转弯，他垂头丧气地坐下了。

"秦海宁，你听着，大海不光是风平浪静的，很多时候都是波涛汹涌的，不起浪花，大海的魅力就没了，威力也没了。说吧，还想她吗？要是想，就别再等了，再等恐怕就等不来了……"家良说着，不敢再往下说了，他怕万一说错了，再无挽回的机会。

"不等了，不等了，我明天去找她。"海宁清醒过来，他不是没这样想过，就是自己太爱面子，缺少当机立断的勇气，才导致生活陷入僵局。

家良拉着海宁说："还等明天？走，这就去，我开车送你。你正好借着酒劲做，要不，等你酒醒了，又改了主意。"海宁将家良的手推开，向后退了一步，慢慢说："家良，听我说，你不能跟我去。我不是说过，丽娜要是见了你，知道是你帮我出的主意，准完蛋。我明天去，不喝酒，醒着说话不跑题。行不行就看明天了，我想好了，行不行就一锤子买卖，我也不耗着了。"

"那好，随你吧。我可警告你，千万别干傻事！以后儿子用你的地方多着呢。"家良拍着海宁的肩膀，仍不放心，他之所以提到孩子，就是给海宁一个特别提醒。海宁不住地点头，他用力拍了拍家良的胳膊，笑笑说："走吧，嫂子该等急了。我不会干傻事的！"家良这才放心地走了。

家良回到家时，媳妇已经睡了。其实，蕙兰装着睡着了，她听见丈夫进门才侧身躺好。

家良凑到媳妇耳边说："哎，买衣服了？我看看怎么样。睡着了？别装了，我知道你没睡着。我跟你说，今天我去海宁那儿了，他要跟丽娜离婚。"

蕙兰吃惊地坐起来，瞪大眼问："什么？怎么了？不是挺好的吗？"

家良上床躺下，叹口气说："好什么呀，他俩都分居三年了！咱一点都不知道，表面看着他俩挺好的，吃饭的时候，他们说说笑笑，一点破绽没有。你说，他们何苦装呢？"

蕙兰依旧坐着，淡淡地说："我早就发现他俩不对劲了。你没注意，这几年，咱吃饭的时候，他俩只跟咱俩说话，从头到尾都不正眼瞧对方。"

家良扭头看着媳妇，撇嘴说道："你还能看出来？没想到。怎么没听你说过？嘴还挺严实，连我都不放心？"

蕙兰神情呆滞地望着丈夫，叹口气说："你说这是怎么了，怎么说离就离？孩子呢，孩子怎么办？唉，幸亏优优长大了！不过，依我看啊，他俩离不成，优优这孩子跟成成不一样，他不会叫他爸妈离婚的。"

家良不同意媳妇的观点，大声说："孩子管得了什么？这是两个人的事！"

蕙兰推了丈夫一把，生气地说："怎么不管事？你看看周围那些闹离婚的，闹着闹着就不闹了，都是在孩子问题上相互妥协的，要是没孩子啊，那还不简单，说离就离呗，无牵无挂，有什么大不了的。就是孩子叫人揪心，特别是当妈的，受不了，受不了啊……"说着，蕙兰的眼角滚下泪来。

家良一看，也坐起来，笑着说："有病啊，又犯病了？你哭什么啊？又不是咱离婚。"

蕙兰抹了一把泪说："听见谁离婚我都难受，心里不舒坦。我觉着现在条件好了，离婚的也多了，都是吃饱了撑的，闲得难受！"

家良笑道："你才是闲得难受呢。只要过得下去，谁愿意离婚呀？不都是被逼得没办法呀？"

蕙兰大声说："那也是男的逼女的，像许大发那个混蛋一样。"

家良不再笑，哼了一声说："说着说着就不说理。也不是所有男人都坏吧？我单位的那个女的，整天捯饬得跟妖精一样，她还觉得挺美，我见了她就恶心！她看上谁就想招惹谁，局里大多数男的都躲着她，偏偏那个老姜不躲她，结果就中招了，她把那个老姜整得倾家荡产。老姜两口子离了，他媳妇上单位闹了好几次，他儿子还上单位揍了他一顿，那个老姜也真够倒霉的。"

蕙兰笑了，说道："活该！他儿就该把他打残了，省得他逞能。"

家良推了媳妇一把："你这人，心够狠，活路都不给人留。"

蕙兰咬咬牙说："人这一生三件事不能做：一是犯罪的事不能做，二是缺德的事不能做，三是别不务正业。否则，没什么好下场。"

家良冷眼瞧着媳妇，竖着大拇指说："总结出真理来了？不容易！"

蕙兰瞪着眼说："别贫嘴！我说的是实话。做人必须有原则，要不还是人吗？"

家良拍拍媳妇的肩膀说："哎，行了，别感慨了！我劝海宁了，叫他把丽娜接回来，怎么能叫她整天住娘家呢？自己又不是没有家。"

蕙兰点点头说："丽娜也是，真傻！干吗有事没事往娘家跑，她就不怕老人担心吗？她妈也是，就不该收留闺女，她这么做就是太糊涂了，还以为是为了闺女好呢，其实啊，越这样越麻烦。"

家良点着头说："这倒是。你说，丽娜跟她妈都这么精明的人，办起事来怎么都这么糊涂啊？"

蕙兰好奇地问："你怎么劝的海宁啊？他怎么说？"

家良笑着说："这还不好办？我把对付你的办法教给海宁了。"

蕙兰拍了丈夫一下，嗔怪道："你那破办法，吓唬人行，谁怕？对我管用吗？自以为是！也就是我不跟你计较，你还以为你的办法多灵验呢。"

家良摆出一副无所谓的姿态说："管用不管用，试试再说。好了，我困了，睡觉。"

蕙兰见家良睡了，自己也躺下睡了，可是，她失眠了。她想着刚认识丽娜时的情景：一个窈窕淑女站在面前，自己看她时还愣了一会儿，暗想：这么漂亮，人家怎么长的？她主动冲欧阳丽娜点点头，微笑着说："光听家良说，海宁谈了个特漂亮的朋友，我还不信，今天见了，信了。"

欧阳丽娜只是浅浅一笑，没说什么，接着便坐下了。她刚坐下，秦海宁就拽她起来说："先别急着坐，我给你介绍介绍，这是我高中最要好的同学跟他夫人。这个小不点是他们的儿子——成成。成成，叫阿姨。"

李志成一句话不说，他见了生人害羞，扭捏着拽着衣角，抬眼看看妈妈，又把脸扭向一边了。蕙兰拉起儿子的手说："成成，快叫啊，听话，都三岁了，男子汉，大方些，快。"成成低着头，快速地叫了一声："阿姨好。"

没等欧阳丽娜说话，海宁就抚摸着成成的头说："哎，真乖！"然后，他笑着对丽娜说："坐下吧。"丽娜很听话地坐下了。

那顿饭，蕙兰不住地打量着欧阳丽娜，不停地找些话题与她探讨。欧阳丽娜表现得心神不宁，有时还答非所问。

"或许是第一次见面的缘故？她这人怎么老走神？没什么问题吧？要不然是瞧不起我？"蕙兰胡乱猜测着，被一旁的家良悄悄踢了一脚，她才不再盯着人家看了。

那次见面，蕙兰对欧阳丽娜的印象并不好，直到欧阳丽娜跟秦海宁结婚后，她们在一起的次数多了，两个人才逐渐相互了解。

欧阳丽娜的父母都是部队的，父亲是位团长，母亲是文艺兵。她身上有一种与生俱来的傲气,不熟悉的以为她瞧不起人,熟了才知道,她是个外冷内热的人。每次跟蕙兰一家吃饭,她都给成成带上些好吃的;她手巧,给成成织过三件很别致的毛衣。

"前几天咱俩还通电话,你怎么没跟我说离婚的事啊,不信任我,还是把我当外人?你这人,骨子里的傲气改不了。"蕙兰自己念叨着,对丽娜生出了一股怨气,可转念又想:咳,这种事,要是我,也不愿意跟人家说。说不定她知道离不了,才不说的。对,应该是这样!想到这儿,她又坐起来,想把自己的分析结果告诉丈夫,可探头一瞧,他已经睡熟了。她慢慢躺下,又想了一会儿丽娜的事,带着遗憾睡着了。

第二天早上,蕙兰急不可耐地把自己的分析跟丈夫说了。家良看着媳妇愣了一会儿,讥笑道:"没睡觉吗?分析得有道理。看看海宁今天去了能不能把丽娜叫回来,要是叫回来,自然没事;要是叫不回来,估计真要离了。哎,你没听说丽娜有情况吧?"

蕙兰疑惑地问:"你什么意思?"

家良皱皱眉说:"我也拿不准,没敢问海宁这个,我是怕……"

蕙兰坚决地说:"不可能,不可能。别看丽娜高高在上,她可不是朝三暮四的人。我了解她。"

"但愿吧。"说完,家良进了卫生间。

蕙兰一边洗脸一边想着:吃完饭,我给丽娜打个电话,探听一下她的口风。可是要是让她听出门道,那海宁今天不就白跑了?不行,还是别打了。哎?这家伙刚才话里有话,是不是他听到什么风声了?坏了!可千万别……一想到这个问题,她脸都没擦,赶紧跑到卫生间门口,把着门框问:"老李,你说实话,是不是碰见丽娜跟别人在一起了?快说!"

家良不耐烦地说:"去去,上个厕所也不让人清净,说你什么好呢?你先想着管管儿子吧,赶紧叫他起来,别叫他睡了!"话虽这样说,但他心里明白,之所以不跟媳妇说实话,是怕媳妇说漏了嘴。他想着那天看到的情景,知道海宁遇到大难题了,并断定海宁跟丽娜和好的概率极低。一想那天看到的事,他就埋怨自己:"怎么偏偏叫我碰上,真是邪门了。许大发是我碰见的,这个丽娜怎么也……"

上周一下班,他路过咖啡店,忽然来了兴致,决定喝咖啡去。为这事,他还跟媳妇撒了谎。进店后,他准备找个位置,却一眼瞧见了他熟悉的面孔，尽管是侧脸，但是太熟悉了，他赶紧转身找了个位置坐下。他看到欧阳丽娜正端着咖啡凝视窗外，在她对面坐着一个男的，他们正在说话。

他不想探究，可视线总向他们那边去。不知为什么，他每次抬头看那个男的，都莫名其妙地紧张。他不禁暗骂自己："你紧张什么？又不是你干偷偷摸摸的事，真够笨的！"他观察了一个多小时，没看到让他紧张的画面。

看到丽娜和那个男的站起来，知道他们要走了，他赶紧趴在桌子上，又悄悄探头望着窗外，目送丽娜上了那个人的车。自打那天后，他不断跟秦海宁联系，终于知道了他们的问题。

他想着海宁的事，吃饭有点心不在焉，被媳妇看出来了。

"想什么呢？有心事啊？"听到媳妇尖酸的语气，他愣了，吞咽嘴里的面条时竟噎了一下。他使劲咽了口唾沫，又咳嗽了好几声，才说："干什么？吓了我一大跳。"接着，他又打了个嗝。

蕙兰撇嘴说："你怕什么？我又不是鬼。不做亏心事，不怕鬼叫门。准是干什么坏事了，瞒着我。"

"没完没了的，烦不烦人？什么事非要刨根问底，你累不累？该说的我早说了，不该说的就是不能说！"他看着媳妇，见媳妇生气了，又补充道，"我就是觉得海宁跟丽娜离了可惜，都这么多年了，他们也没什么大不了的事。打打闹闹还不是常有的事？咱不也打吗？只要不是原则性错误，其他都好商量。"

她这才说："我不也这么想才瞎猜吗？丽娜跟我脾气差不多，她是个很要强的人，嘴上不说，可骨子里的傲气是盖不住的。她在单位干得好，也没耽误管孩子。海宁经常不在家，不是加班就是出差，丽娜能不烦吗？"

"你还跟丽娜比？人家的心眼，把你卖了你都不知道，还以为自己多聪明呢。哎，咱先把人家的事放放，你去看看咱家公子，叫他赶紧起来，咱爬山去。"说完，他把碗里的面条吃干净，放下碗筷到阳台吸烟了。

她听了丈夫的话，不高兴是难免的。她的脾气虽改了不少，可还是喜欢听好话。丈夫最了解她，就是不顺着她的意思来。她期盼丈夫能跟自己步调一致，又知道丈夫也会这么想，所以劝慰自己："这事跟你有关系吗？有。你能解决吗？解决不了。你为什么不高兴？不就是说了你两句吗？有什么大不了的，又不是不知道他的脾气，非要打破砂锅问到底，不是自讨没趣吗？唉，怎么就是改不了呢？"她收拾完桌子，走到儿子房间，见儿子还在打呼噜，轻轻推推儿子的脚，轻声说："起来吧？都快九点了。"

儿子猛地坐起来，迷迷糊糊地说："嗯，几点了？"她笑着说："自己看看表，快起来，要不，你爹又烦了。"

儿子这才下了床。

李家良吸完一支烟，听见儿子起来了，凑到儿子身后说："快吃饭，吃完饭咱出去玩。"

"去哪儿？跟谁去？"志成对爸爸的话不感兴趣，可还是要应付爸爸。

"今天预告三十八度，太热了，咱跟你陈叔叔一家上南山玩去，那边能比市里低三四度。他儿子陈晨，你以前见过。"说着，他给儿子递上毛巾。儿子擦完脸说："爸，我想去图书馆看书，你和我妈去吧。"

"你这孩子，今天星期天，我跟你妈有空，图书馆明天去呀。怎么，不想跟着我们？嫌我们碍事？"他皱了皱眉，可声调未变。

蕙兰将面条端给儿子，跟儿子商量："是啊，你明天再去图书馆吧？我们明天上班，省得你一个人在家寂寞。"

志成笑了笑，没说什么。

家良接着说："他寂寞什么呀？咱不在家，他多自在，想干什么就干什么。"

她白了丈夫一眼，不满地说："他在家除了上网没别的。"

家良瞪着眼说："成成，去不去啊？我跟你陈叔叔可是说好了，陈晨愿意跟你玩，原来你俩不是玩得挺好的？怎么，现在觉得有差距了？"

志成赶紧吃完面条，他知道爸爸的脾气，想不去没那么容易，只好说："行，去吧。我明天再去图书馆。"

听了儿子的话，家良立刻笑逐颜开："好！我这就给你陈叔叔打电话，咱去高速路口集合。"

第三十八章

出了市区，家良关了空调，打开车窗说："还是吹自然风好，我一吹空调就难受。"

蕙兰望着窗外说:"我也是,还是自然风舒服。"

车子急速向前行驶,风吹得衣服都飘起来,蕙兰坐在前面,赶紧把裙子整了整,她后悔穿裙子出门,毕竟是去爬山,穿裙子不方便。虽后悔了,可她不想让丈夫知道自己的疏忽。家良只顾认真开车,并未在意媳妇的动作。

太阳光照进车里,志成关上车窗,低头玩着游戏。

家良在镜子里瞧见儿子看手机,心生不爽,却温和地说:"成成,你也不看看到哪儿了,要是你同学来咱这儿玩,人家问你,你什么都不知道,人家不笑话你?你连自己家的路都搞不明白,不大像话啊。"

蕙兰扭头大声斥责道:"李志成,别玩了!你看看外面的风景,出来不就是散心的嘛,光低头玩游戏,那出来还有什么意思?我就不明白,那东西有什么好玩的?跟你说过多少回了,时间长了颈椎不好,你就是不听,等将来难受的时候,后悔可就晚了。"

志成皱着眉,只好暂停。他凑到玻璃上望着窗外,突然问:"这路什么时候修的?真不错!妈呀,怎么这么多车?不会是前面出事故了吧?"

家良跟蕙兰早就盯着前方了。前面的车子都在减速,家良也把车速降下来,担心地说:"嗯,恐怕真有事故。不过也不一定,前面是目前最大的八车道公路隧道群,刚通车时间不长,估计是前面分流的车多。"

"真的?我瞧瞧。"志成开车窗向前张望。

家良气呼呼地说:"别把头伸出去!基本常识不知道吗?怎么学的交通规则,怎么考的驾照?"

"哦。"志成不敢再说话,赶紧坐好。

家良判断的事总是八九不离十。蕙兰之所以佩服丈夫,就是自己的判断力不及他。

车子停住了,大家焦急地等着。过了五分钟,前面的车灯亮了,几排车都启动,缓缓向前行驶。刚进隧道口,家良就听见喇叭里播放消息,可他听不清,便生气地说:"说的什么呀?一点也听不清!"

蕙兰笑着说:"叫你慢点开,里边车多。"

志成也笑着说:"什么呀,爸,前边有事故,叫驾驶员拍照后赶紧撤离,走快速理赔程序。"

"哦,我说呢,你妈糊弄我。我就知道她骗我。"家良说着,斜眼看看媳妇，没想到媳妇也正斜眼看他，"看什么看？不认识啊？"

"不认识，这人哪来的？看着有点面熟，就是想不起来在哪儿见过了。"蕙兰说着，直了直身子，似乎是在看前方了，其实她的眼一直在瞥丈夫，看他有什么反应。

家良冷冰冰地回道："想不起来就对了。李志成，看看路上有收废品的吗？"

志成没答应，他已经猜到爸爸要说什么了。

蕙兰扭头跟儿子说："成成，听说那个陈晨准备出国，好像手续都办好了，你跟他好好聊聊，加他微信，要是你想出去读研了，也该提前准备准备。"

志成问道："他出去上大学？去哪儿，什么学校？"

蕙兰扭头看着丈夫说："你爸知道，我说不上来。你见了陈晨，问问他不就行了。"

"哦，我也没记住。那些国外的大学，名字太难记，哪有咱的大学好记。要我说呀，学习好，在哪儿都好，干吗非要去国外呀？如果有真本事，考那种拿奖学金的也行；要是通过中介去的，哪有什么好学校？人家傻啊，要是不挣钱，能收留你？我才不相信他们说的，就是说得天花乱坠，我有我的规矩。我呀，谁也不跟谁比！李志成，你要是想出国读研，我还是支持的，出去开开眼界，学点东西，回来能用上。"家良的话招来媳妇的不满。

"谁不是这么想啊？出去就是学人家先进的东西，要不出去干吗？我也没说别的呀？"蕙兰噘起嘴来。

"谁说你了？你又不傻。我是说有傻的，非要跟风，跟人家攀比，什么出国多好多好，人家国家多好多好，哼，不是我看不起那种人，他就不知道自己是干什么的。那样的人，他能教育好孩子？真去学东西也行，哪都有好的东西，问题是咱老祖宗传下来的好东西他都没弄明白，人家能瞧得起他？相互学习、互通有无，没错！可别学坏了！"家良越说越激动，嗓门也大了。

蕙兰接着说："对，这回你算是说到点子上。"

"哼，我哪回没说到点子上？就是你不服气呢。"家良脸上有了微笑，他已经看到陈建立的车，"他们先到了，在前边。"

两家人会合后继续向前行驶，一路上还算顺利，很快到达目的地。一行人下了车，不约而同先环顾周围的环境。一阵微风袭来，人人感觉舒爽极了。放眼望去，漫山遍野的绿色淹没了山的本色。地上的野花镶嵌在绿草丛中，美得令人喜不自胜。忽然刮过一股山风，大片的草被吹得摇摆起来，耳边传来树叶的声响，那蝉叫声在山谷里忽短忽长、忽起忽落，冷不丁飞起几只漂亮的小鸟，欢叫着、追逐着去了远方。

蕙兰欣喜地说："这地方不错，你什么时候发现的？"

家良得意地回答："还用跟你汇报？带你来不就行了。"

一旁的陈建立说："嫂子，我也是听别人说的，后来跟李局说了。没想到还真不错。"

陈建立的媳妇陈露也说："的确不错，真凉快，比家里凉快多了。"

李志成不情愿地领着陈晨溜达，渐渐远离了几位家长。

四个大人溜达了一会儿，该寒暄的也寒暄过了，共同的话题也没几个，于是家良提议打牌，大家都很支持。他们选了一块平坦开阔处，铺好了带来的装备，打起牌来。

李志成与陈晨可谈的话题并不多，可一说到游戏，两个人就兴奋起来，特别是近期两个人玩的都是同一款游戏，于是，他俩席地而坐，很快玩得不亦乐乎。

十一点多了，阴凉的地方越来越小，热了起来，他们不打牌了。家良大声喊着："陈晨，陈晨，该吃饭了！"两个孩子不情愿地回到大人身边。家良笑着说："陈晨，想吃什么？一会儿咱找个饭店吃饭，大爷请客。"

陈晨咧嘴一笑，露出两个浅浅的小酒窝，他挠着头说："大爷，我吃什么都行。您瞧我这身段，像挑食的吗？我妈说了，让我少吃点，我都一百八十斤了，再不控制就太肥了。"

"看着挺壮，减什么肥呀，你个子高。小子，有一米九了吧？瞧你哥哥，太瘦了！他才一百二十斤，刚才刮大风，我都怕刮倒他。"家良连说带比画，李志成则低头暗笑。

"走吧，孩子该饿了。"蕙兰说着，打开车门，大家都应声上了车。

他们顺着蜿蜒的山路疾驰，很快翻过山。这时，山路越来越窄。李家良紧跟着陈建立的车，他不敢看两边，因为山路太窄，稍不留神便会酿成大祸。

蕙兰坐在一旁提心吊胆，她不敢向两边观望，眼睛一直紧盯着陈建立的车。即使这样，她还是越来越担心丈夫的开车技术，毕竟那陡峭又狭窄的山路是第一次走，许多的情况无法预料。她知道丈夫肯定紧张，所以不敢跟他说话。尽管这样，她还是免不了脱口说出"小心""慢点""吓死我了"之类的话。

李家良专心开车，并不理会媳妇的反应。

陈建立的车终于停下来。李家良跟着停在一边。

大家从车上下来，谁也没说话，跟着陈建立进了一片槐树林。

蕙兰见到这么多槐树，一股亲切感扑面而来。她小时候就喜欢槐树，每次槐花盛开的时候都摘一些回家，让妈妈烙饼或蒸窝窝头。她边走边看，见没人关注自己所看的一切，只好紧跟着他们往前走。

大家走过木板栈道，相继进了一个亭子，他们站在亭子边指指点点，蕙兰匆匆凑过去。

大家指的是池塘里游来游去的鱼。那些鱼都很小，最大的不过手指长，它们排列整齐，游动的速度极快，尤其是陈晨朝水里扔了块石头后，那些鱼转眼就不见了。大家正遗憾时，陈建立指着他的左前方嚷着："来了，来了，瞧瞧，都回来了！"大家的目光齐刷刷地移向他指的地方。

那些鱼都灵敏得很，在大家的捉弄下更表现出它们超强的应变能力，它们像箭一样冲来冲去，看着没有任何阻力。几个人你一言我一语地说着："这鱼怎么游得这么快？""应该是野生的吧？""怎么这么多呀？哪来的？"

李家良举目四望，指着水池说："这池子应该建了有几年了，鱼应该是野生的，估计人家主人就喜欢这样。房子是白墙青瓦，那些树啊、花啊都是山上的东西，不像是特意种的。这地方真不错，这地方的主人还挺有眼光的。"

陈建立接着说："我跟他联系了，就是我跟你说的那个村书记甄秉德。"他指着池塘对面说："瞧，就是他，走在前面的那个胖老头。这人不简单，在外地开了好几家厂子，据说挣了好几个亿，年龄大了，回村里给老百姓干点事。他是去年刚当上书记。我跟他不熟，是我同学介绍的，以前也没见过面，听说这地方是他自己建的。"

"哦，看走路还挺壮实，多大年纪了？"李家良望着走来的三人，一个一个仔细地瞧了瞧。

"五十多了。"说完，陈建立又补充道，"我也没问，好像是。"

"贵客来了，欢迎，欢迎！领导们到我们这穷乡僻壤来，准有好事！"甄秉德满面笑容地说道。他与来人一一热情握手。他花白的头发、真诚的笑脸、朴素的着装与实实在在的话语，给每个初识他的人都留下不错的印象。握手后，他看看李家良，又看看陈建立，笑着问："哪位是陈处长呀？光通过电话，还没见过面呢。"

"我是陈建立。这是李家良局长。"陈建立答道。

"李家良局长，您还记得我吗？我可一直记着您呢。"说着，甄秉德再次伸出双手，与李家良紧紧握手。

李家良笑着说："是副局长，副局长。咱好像没见过面吧？"

甄秉德爽朗地回答："您贵人多忘事，真忘了？咱打过交道。"

李家良对眼前这个人十分陌生，他想了又想，怎么也找不到与他相识的记忆，皱着眉说："打过交道？不可能呀，我怎么一点也不记得了？"

甄秉德话锋一转："哦，不能怨局长记性不好！都二十多年了，您公务忙，这么多事，哪能都记得呢？"他指着旁边两个人说："介绍一下我俩儿子，老大立仁，老二立义，听他俩的名字就知道，我这人是中规中矩的，是不是啊？"

大家都笑着点头。李家良仔细搜索着二十几年前的记忆，又端详着甄秉德那张极诚恳的脸，仿佛找到了一点记忆，轻轻拍了拍额头说："好像有点印象，觉着哪儿眼熟，怎么就想不起来了？"

甄秉德眨了眨他那犀利的双眼，客气地说："咳，别想了，一会儿坐下，我跟您说说。李局长，走，我领着你们去我家，咱坐下仔细聊。"

李家良点点头，招呼大家一起跟在甄秉德后边。

这是一座四合院，就在池塘的正北方，院子靠山很近。正北是个二层小楼，院子里有两棵高大的梧桐树，那梧桐树枝繁叶茂，树冠遮盖了二层楼。最亮眼的是东西两道墙被各色的喇叭花层层盖住，大家见了都赞不绝口。院子正中是一条青石板路，青石板上都刻了细纹和牡丹花，每块青石板大约一平方米。在第二块青石板右侧，是一条木板路，上面是葡萄架，这里通向二楼的楼梯。

"来，上二楼，这是我个人搞的，也没找人设计。"甄秉德走在前面介绍。进了二楼的客厅，他指着一张大桌子说："我先说说这张桌子，桌子大了点，看着是会议桌，其实，主要是吃饭用的。这屋里的东西我都是找木匠打的，木头是我从越南买回来的，不好看可结实，我喜欢。"

李家良他们听着看着，不住地点头附和，不时说上些赞美之词。

大家依次落座。甄秉德的两个儿子忙着给大家端茶倒水，礼貌热情自不必说。

不一会儿，几个提着食盒的人接连上楼，他们将食盒里的盘子一一端出。每份饭菜都已分好，像是吃西餐，自己吃自己的。每人前面两个菜盘，一份汤，一份粥。一个菜盘里是四样主菜：一只海参，一只鲍鱼，一只大虾，一份牛排；另一个菜盘是盖着保鲜膜的刺身，有三文鱼、生蚝、海胆。

甄秉德端起酒杯说："欢迎大家，看着家里不错，但毕竟没有城里方便，大家第一次来，还请多包涵。"

李家良端起酒杯，客气道："甄书记，咱吃个农家饭最好，瞧你弄得这么复杂，那我们以后还怎么来呀？"

甄秉德笑道："不复杂，不复杂。这些东西便宜又好做，我喜欢吃，不知道合不合大家的胃口？农家菜马上送来，稍等。咱先将就着吃点，再喝酒。"

陈建立说："甄书记，我们都开车，不能喝酒。"

甄秉德接着说："陈处长，放心，咱少喝，我跟两个儿子说好了，叫他俩送你们。你们就少喝点吧？我这人懂得规矩，不强求，随便喝。无酒不成席嘛。"

陈建立看着李家良，李家良有些犹豫。这时，刘蕙兰朝李家良使了个眼色。

李家良站起来说："甄书记，我先请个假，今天这酒呢，我就不喝了。刚才你说咱打过交道，这样，咱吃完饭，喝茶聊天，说说你怎么认识我的，怎么样？"

"这怎么行，您是第一次来我家，虽说咱这是穷乡僻壤，可也不能慢待客人哪。不行，多少喝点。我不是说了，不强求，只意思意思。咱第一次喝，谁都不知道谁的酒量，我先干为敬。"说完，甄秉德仰头把酒喝干了。

一口半两？糟了，这人还真厉害。看来，不喝不行了。这样想着，李家良随口说："好吧，就按甄书记说的，我随便喝，先说好，我酒量不行，今天就这一杯，喝完咱就吃饭。"

"行，行，就按领导说的办。"说完，甄秉德坐下，拿起筷子，看着两个孩子，"来，吃菜就不用劝了。孩子，想吃什么跟大爷说，大爷叫他们给你俩做。"

李志成和陈晨早就饿了，巴不得赶紧吃呢，他们对大人的对话丝毫不感兴趣，一听到可以吃了，笑着拿起筷子，匆匆开吃了。

刘蕙兰见李家良端起酒杯，不好再说什么。陈露向来不管陈建立，她冲刘蕙兰笑笑，便低头吃起来。

李志成喜欢吃刺身，所以先把刺身端到跟前；陈晨喜欢吃牛排，他很快把牛排干掉了。

甄立仁坐在对面看得清楚，他起身给两个孩子各加了份喜欢吃的。两个孩子非常高兴，都说了感谢的话。

李家良杯子里的酒快喝完了，他端起酒杯说："甄书记，今天我们来到你这跨越村，给你添的麻烦我就不说了，再说就显得见外了，总之，客气话不说了，咱喝干了杯中酒吃饭。"

李家良话音一落，甄秉德的两个儿子端着酒瓶站到李家良身后。甄秉德发话："给你两个叔叔满酒，满酒。"

李家良用手盖住酒杯说："咱不兴这个，不兴这个。我说了，就一杯。"

这时，甄秉德站起来说："李局长，你不让孩子满酒，那我来满。你呢，虽然不记得我了，可我一直记着你。我给你倒满，再给你讲咱怎么认识的。"

甄秉德拿着酒瓶站在李家良一侧。李家良只好站起来说："看来，今天不喝不行了？我还真想知道咱是怎么认识的。"

甄秉德给李家良满上酒，将杯子端在手里说："我让孩子给你满酒，是我失礼。我刚才想，先让孩子认识你这个未曾谋面的大恩人，想得不够周全。有人说商人重利，可我不这么看，人都是重情义的。你虽没有直接在金钱上帮我，可你当年的一番话，的确提醒了我。要不然，我还真不一定有现在的能力。"

"怎么回事？没弄错吧？甄书记，咱坐下说，坐下说。"李家良丈二和尚摸不着头脑。

"你先喝了这酒，我才能坐下。"甄秉德把酒杯递到李家良手里，"按礼，我先敬你两杯。这酒是我自己酿的，度数高点，52.8度，图个吉祥，528，我儿发，就是盼着孩子好吧。这酒都放了十几年了，我每年都酿一些，本想搞个酿酒厂，一直没选好位置，就只自己喝了。你喝两口，喝到一半，我再给你满上。"

李家良见甄秉德不像是故意找由头，答应把酒喝到一半。甄秉德又给李家良倒酒，李家良将酒瓶夺过来，自己倒满了。甄秉德这才笑嘻嘻地回到座位上。

"李局长，你还记得二〇〇三年夏天，有一个人到你办公室闹吗？那个人就是我。因为我找了好几个部门，最后都说你说了算，他们把你的名字给了我，还给我支招，叫我闹点动静，所以我就跑到你那儿闹了。你当时正忙着，给我倒了杯水，问我什么事，当时我也没说什么事，就以为我递的申请给你了，你是装糊涂。后来我才知道，是那些人忽悠我的，明明跟你没关系，他们却折腾我来回跑了三个月，竟然还把责任推到你身上。这是后来我找人打听到的。"甄秉德说着说着就生气了，他板着脸继续说，"那些人真差劲！办不了就办不了吧，跟咱说实话呀！他们点你。我当时花光了家里所有的积蓄。李局长，你知道我为什么记着你吗？就是你送我出门的时候，你说的话提醒了我，当时你跟我说：'大哥，你的资料真没报到我这儿，是不是有人不给你办还故意折腾你？你仔细问问再说。反正报给我的资料，只要符合条件的，我都会报到领导那儿，不会在我这儿折腾人的。'我一想，就是那个张猛子忽悠我的。我跟那小子干了一仗，觉得在家混更难了，才决心出去闯荡的。后来，我就到南方去了，一开始去的深圳，待了半年也没找到合适的工作。再后来，我又去了广州。一开始在一家化工厂打工，干了一年多，学会了配方。看着老板挣钱眼红，就想自己单干了。没想到，一干就真干成了。"

李家良拍拍头，笑着说："想起来了，想起来了。现在看，认不出来了。当时，每天都有好多人找我，像你那样闹的还不算什么。"

甄秉德又叫两个儿子："立仁，你先敬你俩叔叔；立义，你哥敬完了你敬。"两个儿子答应着，相继站到李家良身后。

李家良捂着酒杯，冲甄秉德笑着说："不行，不行。甄书记，你这样我可有话要说了。咱哥俩有一面之缘，可我没帮你什么。这酒呢，你刚才敬的都有了。我酒量不行，再喝我就站不起来了，第一次来就让我躺着回去，不好吧？"

甄秉德笑笑说："怎么会，不可能！这样，让两个孩子敬完，咱吃点菜，野菜马上就来了，你到村里，不就想吃点野菜吗？什么鸡鸭鱼肉啊，现在都不稀罕了。酒呢，你随便沾点，算是两个孩子的心意。行不行？"

李家良只好答应："好吧，我就随便沾点。"

甄立仁端起酒杯，毕恭毕敬地说："李叔，我爸一直告诫我们：做人必须讲究仁、义、礼、智、信。我呢，一直在努力，做得不够好，刚才听我爸这么一说，算是又提醒我了。您是长辈，诚心实意待人，您给我们树了榜样，别的不说，就这一点，我们做晚辈的就该敬您。"

李家良听了甄立仁一席话，高兴地喝了一大口，他指着杯子说："瞧，够吧？没想到，没想到啊。甄书记教子有方，教子有方。青出于蓝而胜于蓝哪。"说到这儿，他又指着正在吃菜的儿子说："成成，看见了吧？一会儿去给你大爷敬个酒。"李志成犹豫着点了点头。

甄立仁又给李家良满上酒，他满脸堆笑，小心地说："李叔，初次见面，不知道您的酒量，您随意喝，我的一点心意，也是我们这儿的习惯，一般要给长辈敬两杯酒。"

李家良二话没说又喝了一口，这回喝得比刚才少点。

甄立仁满上酒说："李叔，您吃点菜，歇会儿。"

李家良竖起大拇指，笑着说："好，好。"

陈建立扭头对着甄立仁说："不用敬我了，我已经喝多了。"

甄立仁还是恭敬地将酒杯递到陈建立手上，笑着说："陈叔是介绍人，要不，我们很难请到李局长一家到我们这儿来，所以，这杯酒一定要敬。吃水不忘挖井人，您请。"

陈建立瞧着甄立仁，点着头说："好，好。那我只好入乡随俗了。"他喝完一口说："看来，我还要喝一口，干脆直接喝了吧。"说完，他又喝了一口。

"好！爽快！"甄秉德带头鼓掌。他指着小儿子说："立义，该你了。"

甄立义按照父亲的意思，学着哥哥的样子站到李家良身后，他并不像哥哥那样会说话，毕竟他的阅历少些。

甄秉德又说话了："李局长，小儿子刚大学毕业，不会说话，你就让孩子少说两句，直接喝了吧。"

甄立义一手端着酒杯，一手托着杯底，腼腆地将杯子递给李家良。

李家良无奈地点点头，喝了两口。这时，他已经感觉浑身发热，知道自己喝得差不多了。他把菜盘拉近了些，吃起菜来。

甄秉德见李家良把盘里的菜吃光了，指着前面的汤碗说："李局长，把碗里的汤喝了。这汤啊，从早晨就炖上了，里边放了些乱七八糟的，都是现在网上说的最有营养的方子，你尝尝怎么样？"

李家良点头应着，端起汤碗喝了一口，啧啧赞道："好喝！真鲜。"说着，他连喝了几口。

李志成听爸爸说那汤好喝并不相信，只是抬眼瞧了瞧爸爸。陈晨深信不疑，他端起汤碗便喝了。喝完汤，陈晨吧嗒着嘴说："嗯，好喝。"李志成笑着看陈晨，这才端起汤碗，其他人也都喝起来。喝完那营养汤，大家都七嘴八舌说着：

"好喝，真好喝。"

"怎么这么鲜？"

"太好喝了。"

甄秉德高兴地站起来，他端着酒杯走到李家良身边，又端起李家良的杯子，微微一笑，说："孩子们敬完了，该我了。李局长，咱说好，你也别推，咱中国人的讲究，你比我懂，规矩是要讲的。你是爽快人，实在。我是个知恩的人，一句话能改变一个人一辈子的命运。你呀，是我一生的贵人。我早就想约你来，到你办公室找了你好几趟，可巧你都不在，就搁下了，这才找陈处长帮忙约你的。"

李家良微笑着听完，接过酒杯说："书记这话，言重了，你自己有本事才做得这么好，跟我一点关系没有。这酒呢，你说怎么喝，我喝。"

甄秉德极谦逊地说："李局长，你这话，我不爱听。有没有关系，我自己清楚，要不，我怎么老惦记你呢？我就是觉得混得可以了，才去找你的；要是混得不好啊，我也没有找你的想法。"

李家良皱了皱眉，面带为难，客气道："好，随你怎么想，的确没什么。老哥要是这么说，我恭敬不如从命。不过，大哥，我酒量真不行，能不能少喝点？"

甄秉德笑道："酒是拉近感情的，要是逼你喝，那我不是不懂规矩了？到了我这儿，就是我的兄弟，我也不叫你局长了，行不？"

"行行，那更好，更随意。"李家良连连点头，他喝了一口，也就杯子的五分之一。

甄秉德给李家良重新倒满，说："这第二杯，我陪着。"说完，他喝了一半。

李家良见状，也只好喝到一半处。甄秉德再次给李家良倒满，这才继续给陈建立、刘蕙兰、陈露敬酒。

大家都在看甄秉德敬酒，忽听楼梯口传来清脆爽朗的声音，都不约而同朝那处望去。

"哎哟，贵客来了，招待不周，可别怪我！我也没什么本事，家常便饭还能凑合，要是弄花样啊，我就上不得桌面了。怎么样，可不可口啊？"来人是王福来，甄秉德的媳妇。

甄秉德笑着介绍说："户主来了，孩子他妈。"

大家站起来打招呼，说了客气话。

王福来摆着双手说："快坐下！快坐下！唉，这天真热，我最怕三伏天，喘气都不顺溜。"

刘蕙兰客气地说："我们来，给嫂子添麻烦了，大热天的，还叫你忙活，实在不好意思。"

"咳，我没忙，儿媳妇管着，我不放心，打打下手。"说着，王福来看了看老头儿。老头儿冲她笑笑，摇了摇头。

甄秉德敬完酒回到座位上，他看着媳妇说："这是我家的大活宝，就是说话直，她呀，没什么坏心眼。"

王福来知道丈夫嫌她说错了话，她也知道错在了哪儿，接着说："我这人不会说话，大伙别怪我。我就是个大老粗，没文化。都别客气，多吃点。两个孩子愿意吃吗？不愿意吃就跟大娘说，我再给你俩做去。"

李志成和陈晨都忙说："愿意吃，愿意吃。"大家这才又吃起来。这时，又有人提着食盒上来，他们将盘子一一端出，都是些当地野菜，有马齿苋、蓬蓬菜、白蒿、荠菜、苦菜、蒲公英。

刘蕙兰问："现在就马齿苋还能吃，别的野菜不是都不能吃了？"

王福来说："是啊，我弄了个大棚，自己种的，想吃什么就种什么，省得到处买还买不着。"

刘蕙兰惊讶地问："嫂子还种地呀？"

王福来很自豪地说："种，只要有空，我就上地里去，人家都说我'有钱了还种地，不知道享福'。我呀，才不听这一套，还是种地踏实。瞧，我晒得黑不溜秋的，结实。老了更不怕晒了，以前就是种地的，这不，又回来干老本行，别的我也不会。"

李家良一听到种地，来了兴致，说："甄书记，我也想种地，咱村里有没有出租院子的，最好是院子大点的，能在院里种点菜，我喜欢种地。"

甄秉德微笑着说："有有，当然有。我那老院就闲着，你愿意来住，正好，反正闲着也是闲着。这房子要是没人住还坏得快呢。"

李家良随即问："一年多少钱？"

甄秉德摆摆手说："什么钱不钱的，不是说了，房子没人住，你要是住着，我还放心了。"

李家良瞪着眼说："那怎么行？你要是不收钱，那就算了。我只是有点想法。再说，还要上班，我也没空。"

甄秉德沉吟片刻，说："好，你愿意给就给吧，村里也有出租院子的，跟他们一个价，这没问题吧？唉，当领导的，想得就是多。"

李家良回道："不是想得多，就该这样。吃完饭，咱去看看院子？"

甄秉德爽快地说："行，吃完饭，喝茶歇歇，等凉快凉快再去。大中午的，太热。"

吃饭总少不了聊大家各自关心的话题。每个人谈到自己喜欢的东西总是兴奋不已。李家良因为有院可租称了心，自然也是打开了话匣子，他不停地说着种地的各种好处，还向王福来请教种菜的经验，他俩成了饭局的主角。

"吃饭了，吃完饭再聊吧。"甄秉德招呼大家吃饭。他见大家都不吃，便说："看来今天的菜还算可口，至少光盘行动都做到了。可是，饭还得吃。你们尝尝这灌汤包，是野菜大杂烩，什么味都有，就是叫肉味给遮了。我这人习惯不好，太喜欢吃肉！都是小时候缺肉吃，吓的。不过，我也喜欢吃野菜，走到哪儿，都忘不了家乡味。"

其实，大家早就吃饱了，听甄秉德这么一说，李家良首先拿起包子咬了一口，他嚼着说："嗯，好吃，好吃。我还从没吃过这么好吃的灌汤包呢，你们尝尝，尝尝。"在他的带动下，大家都吃起来。他们问："怎么调的馅啊？怎么这么好吃？"

王福来笑着说："刚才当家的说了，他喜欢吃肉。调馅简单，就是荠菜、香菜、香菇、茄子放得都少，关键是肉好，这是咱自己养的黑猪，吃着放心！"

"怪不得呢。"大家终于知道了好吃的真正原因。

李家良喝得晕晕乎乎，招呼大家道："都吃饱了吗？吃饱了咱一边喝茶去，陈晨跟你哥哥去玩，看看你大爷这儿还有什么好玩的。"

"我带他俩玩去。"甄立义自告奋勇揽了任务。

李志成有点犹豫地说："我不想去。"

甄立义笑着说："去吧，我带你俩到山上转转，山上有风，不热。"

"去吧，你不是不愿意听我们唠叨吗？"刘蕙兰说着，把自己的帽子递给儿子。李家良也催促儿子出去转转。

李志成坐着不动，他慢吞吞地说："我给你们倒茶，我跟大哥学学。"他的目光从爸妈那儿移到了甄立仁身上。

此时，甄立仁已经冲好茶，他恭恭敬敬地给大家添茶水，不厌其烦地听着他们重复几个话题，期间，他一直都面带微笑，看不出丝毫怠慢。

"行啊，小子。行，给我们倒茶，先看你哥哥怎么做的，学着点。"李家良听儿子这么一说，特别高兴，他很早就希望儿子能这么做，可每次都是他吩咐儿子或侧面提醒，儿子才不情愿为之。

"来，老弟，坐我这边。其实，也没什么好学的，主要是每种茶要求的水温、浸泡的时间有差异，我也是知道皮毛，并不精通。"甄立仁招呼着李志成，一边说，一边继续手里的活儿。

李志成看得认真，还不时看看大家的举动。他是不喜欢喝茶的，对茶文化也不感兴趣。今天之所以心血来潮，是甄立仁的一举一动深深吸引了他。他看到甄立仁腰板挺直，说话恰到好处，又能与大人打成一片，于是忽然生出一种亲近感。并且，他对这个有钱人家待人接物的细致周到感到好奇。

"我刚才泡的是西湖龙井。老弟叫李志成，是吧？名字跟我一样，有讲究，都寄托着老一辈的期望。有志者事竟成，这是真理，别辜负了这个名字。"说着，立仁望了一眼志成，"喜欢喝茶吗？"志成摇了摇头。立仁又说："我跟你这么大时，也不喜欢喝茶。工作以后，不知不觉就喜欢上了。现在啊，每天不喝还不舒服呢。"

李家良说："喝茶啊，是有讲究的，首先是物质条件允许。我是快四十的时候才敢喝茶的，而且，喝的茶越好嘴就越馋。当初喝茶的时候，我是喝花茶，十来块钱一斤，说起来，那时候也不便宜；后来喝几十块钱的绿茶，再后来喝一百多一斤的。现在啊，再喝便宜的就觉得没味了。"

甄秉德看着李家良，点点头说："都一样。我当初刚建厂的时候，一是没钱，二是没工夫。出了产品，你得有销路啊，陪着客户喝茶、谈生意，慢慢地，就喝上瘾了。像你说的，这嘴呀越来越刁，一到嘴里就知道好不好。唉，没办法。"

刘蕙兰不喜欢喝绿茶，所以只是端了几次，虽然也抿了几口，但茶水并未减少。陈露已经喝了两杯。这些都被立仁看得清清楚楚。他问道："阿姨是不是不喜欢喝绿茶？您喜欢喝什么茶？跟我说。瞧，家里什么茶都有，您看看喜欢哪种？"

"哦，我什么都行。我是不渴，渴了什么都喝。"说着，刘蕙兰瞧了瞧李家良。

李家良皱皱眉，笑着说："你这人，喜欢喝红茶还不说，不说谁知道啊？叫成成给你泡一壶，他不是想学吗？"

甄立仁指着架子中间的一把茶壶说："志成，把架子上那把茶壶拿来。"

李志成站起来，还没碰到茶壶呢，就听见爸爸说："小心点。"他本想说"我知道"，可话到嘴边又咽回去了，他想：还是小心点吧，这茶壶应该便宜不了。

志成小心翼翼地把茶壶放在立仁跟前。

立仁打开壶盖，用开水里外烫洗干净，烧上水，将茶叶放进去。水开了，他的眼睛紧盯着水的温度，等到显示九十度时，他才端起水壶，开始洗茶、冲茶。第一泡大约浸泡了五秒，他对志成说："老弟，该你了，每个杯子倒五分之一吧。"志成端起茶壶，按要求倒着。他之前很少干这种活儿，即使干过也不像今天这么紧张。他觉得手心冒汗了，甚至手都有点发抖，他极力掩饰自己的紧张，可还是出了他最不愿看到的结果：一个杯子歪倒了。他不知道自己是怎么把那杯子弄倒的，慌忙将那杯子立起。那杯子很热，还烫了自己一下，他已经顾不得疼了，想赶紧把桌子上的水擦干净。此时，立仁已经很麻利地擦干了桌上的水，并说："没烫着你吧老弟？"

"没有。"志成尴尬地回答。他觉得没面子，怨自己太笨了，本想在大人面前表现一下，却总是在大人面前"失手"。这笨手笨脚的毛病什么时候才能改掉啊？志成不满地想着，已经没了刚才的笑脸。

刘蕙兰最了解儿子，忙帮着解围："成成，接着倒啊，别叫你大哥一个人忙活。学着点，没什么，不熟才学嘛。"

李家良也插话："就是，你妈说的对。没人笑话你。"

李志成这才重新端起茶壶，但此时的心情早已跟最初的设想"分道扬镳"了，他表现得谨小慎微。

甄立仁似乎看出了这位弟弟的心思，笑着说："来，咱换换位置，你坐到我这儿，我告诉你怎么做，怎么样？"说着，他站起来。

李志成虽不情愿，但也不好推辞。他只好坐下，开始烧水，并重复刚才所做的一切。这次，他做得很好，没再出任何差错。大家都喝茶，并未再提及关于如何学习、如何做人、如何做事等老生常谈的话题。志成放松了许多，越干越得心应手了。

刘蕙兰看着儿子高兴，朝李家良努努嘴。李家良见儿子这样更高兴，他最希望儿子能这样表现自己，虽然不是干什么出彩的活儿，但毕竟儿子能主动承担事了。

甄秉德对李家良说："嗯，我看这孩子是个材料，坐得住，培养培养，将来跟你一样，叫他吃公家饭。"其他人也都跟着附和。

李家良摇摇头说："那可不一定。我呀，还盼着他跟你儿子一样，当个大老板呢。别像我，混到快退休了，混得也不怎么样，处处寒酸。唉，没办法，自己能力有限，能力有限……"

甄秉德严肃地说："话可不能这么说。我们那也是赶上政策好了，要不别想！走到今天才知道结果是好的，当初自己刚干的时候，咳，哪有底呀？"

李家良深有感触地说："是啊，自己干可不容易！处处操心不说，有时候还提心吊胆的。是不是？"

甄秉德点着头说："可不是？干化工更是整天揪着心。我啊，没少害怕！一个是安全，一个是质量，都是我天天盯着，谁盯着我都不放心。立仁接了我的班，刚开始我也不敢撒手不管，这两年被他说了好几回，我才操心少了，算是退休了。不管了，不管了。老了，我也想家了，落叶归根，总算回来了。"

李家良感慨地说："是啊。人老了，都想家。我没别的本事，只有跟着组织了。挣的钱不多，可比起你们来，毕竟操心少，不用担惊受怕的。我这把年纪了，不想别的了，安安稳稳退休，就知足了。"他嘴上这么说，其实心里并不是这么想的，他正努力争取由副转正，而且近期很快就要宣布了。不过，他做事向来很谨慎，怕有什么变故，所以不敢把没把握的事张扬出去。刚才在山上，他望着连绵的山峰，内心充满了对未来的向往，当时脑海里就有了一首诗：

　　登高
　登高望远，
　苍茫无限。
　俯首大地，
　根植其间。
　志存经年，
　远在天边。

不惧万难，
奋力登攀。
路有崎岖，
景致不凡。
心无旁骛，
辉煌在前。

甄秉德仍一本正经地说："不管干什么，都要有人干。李局长，不是我说你，你这年龄，正是干事的时候，别光想着退休。能给老百姓解决实际问题，不是更好吗？我当初可羡慕你们这些吃公家饭的，可后来打交道，知道你们也都不容易！兢兢业业干一辈子，一辈子能出人头地的不多啊。我就是想家才回来的。人都一样，有几个不想家的？老了就更想家。当初走的时候，哭了一场，最后决定落叶归根。现在踏实了，睡觉都香。"

陈建立接着说："谁说不是？我是没什么出息了，就这样了。像刚才李局说的，安安稳稳退休就行了。李局长很快就转正了，还有很多大事要做呢。"

李家良冲陈建立摆手说："建立，可别乱说，没有的事！再说，我不是当局长的材料，你嫂子整天嫌我婆婆妈妈的。话说回来，哪个岗位不一样？只要明白咱是干什么的，都一样。"

刘蕙兰奇怪地看着丈夫，她猜到这番话可能是丈夫的托词，但听见还是有些生气，于是故意说："我什么时候说你了，还挺会赖我，依我看，你当局长算什么，当个厅长还差不多。"

李家良被媳妇挖苦，有点尴尬，自嘲地说："建立，听见没有？你嫂子最懂我，挖苦我呢。以后啊，千万别再提这档子事，这可不是闹着玩的，组织纪律不能儿戏。任命不下来，都是瞎传，别听小道消息，那些传消息的，说不定没安什么好心。咱今天不说这个了。甄书记，我看时候不早了，咱去看看你的院子怎么样？"

甄秉德忙站起来说："走，走，我正想说这事呢。"他一边走一边讲着自己的规划："村里有不少人跟着我干，都有钱了。我准备自己拿出一部分钱来，乡亲们自己出点，跟咱政府配合，共同把整个村子改造好，让乡亲们的居住条件得到彻底改善。我把这个想法说出来时，跟着我干的那些乡亲自然高兴，都支持。可我把决定跟媳妇说了，媳妇并不支持我。她反对的理由有三个：一是不舍得捐，自己挣的是辛苦钱，积攒了大半辈子的家业，拿出一半多实在是不舍得；二是担心有人使坏，树大招风，自己的家底都漏了，万一碰上眼红的使坏，说不定给家里带来什么坏处；三是怕人家不领情，好人难当，这是自古以来的大难题。你给人家盖楼，就是一分钱不让人家出，人家说不定还惦记着自己的小院，更何况还要大家多少都拿点呢。我心意已决，不管别人怎么想怎么看。谁愿意住楼谁交钱，不愿意住楼我也不强求。我就这么大本事，我要是本事再大点，哼，一分钱都不叫大伙掏。不还是钱不够吗？不能把厂子都卖了，还有那么多人指望厂子养家。思来想去就这么定了。我跟媳妇说好了，咱以前也没想到过能有这么多钱，看见还有这么多人住茅草屋，我心里不是个滋味。一说我这老脸就害臊，都什么年代了，咱不缺吃不缺喝了，孩子也都长大了，人总不能光看着自家那一亩三分地，我就想让街坊四邻都过上舒坦日子。"

快进村子的时候，甄秉德在一棵树下停下来，转身说："大家回头看，我们村是块风水宝地，山清水秀，待在这儿比在城里好多了，空气好那是不用说，关键是这儿的山山水水，方圆几百里都找不到。不信，你们看看，那山是不是挺好看？一层一层的，山头还不一样。跟你们说，到快入冬的时候，早晨有雾，就跟仙境一样。"

大家顺着甄秉德指的方向望，看到的是群山环绕，一片绿色。那起起伏伏的山峦，一眼望去就像画家勾勒出的线条，深深浅浅地藏在白云里。

大家赞叹着："好美。"

"这阵下雨多，河里的水涨了不少，看着更好看。在山上忘了叫你们看了，半山腰能看到河。"甄秉德边说边用手指着大体方位。大家向他指的地方望着，除了树木与房屋，还有街上乘凉的人，其他都没看到。他们的到来，让那些乘凉的人将目光聚集过来。甄秉德领着大家，不停地跟街上的人打招呼，大家都笑着跟他寒暄，看上去很融洽。

走到一个两边摆着石狮子的大门前，甄秉德停下脚步，他指着大门说："到了。"此时，王福来已经打开了两扇古铜色的大铁门。

李家良好奇地进了院子。院子里最抢眼的是一片绿色草坪，再无别的植物。回廊与正屋连接，正屋也是二层楼，大体结构与山上的院子差不多。

顺着回廊，他们拐进一个小角门，进了后院。后院里是一片蔬菜地，有黄瓜、茄子、西红柿、豆角、芸豆、辣椒、小白菜、小葱、油菜、韭菜。东墙上是丝瓜，西墙上是扁豆，北墙上搭着架子，有冬瓜、南瓜。

王福来说："都是我叫人种的，没事我也捯饬捯饬，高兴。"

甄秉德指指整个院子，介绍说："这后院是我买的我叔家的。我盖了二层楼，遮了他老人家的院子，他不高兴。我赔了不是，多给了老人家一点钱，就买过来了。"

李家良不住点头，心想：这么好的院子，怎么能往外租呢？不行，别想了，这不是随便租的地方。

甄秉德微笑着说："怎么样？李局长，你想种随便种，这地方够你种的。再说，你公务忙，不一定有空，我们住这里打理着，你随时来。一楼二楼都有空房，一会儿你看看住哪个房间，我叫人收拾一下。"没等李家良回答，他又补充道："陈处长，你也挑一间，你们来的时候是伴儿，毕竟跟我们不熟。"

李家良与陈建立互相望着，都有些迟疑，他们只是含糊地答道："再说吧，再说吧。"

甄秉德有点着急地说："再说怎么行？这地方闲着也是闲着。要是你们来了，我们这小地方说不定就热闹了。"这时，王福来说："局长忙是忙，可再忙也不能不给个人找个乐子吧？哟，是不是有顾虑？怕给咱添麻烦？人家领导想得多，怕给老百姓添麻烦，一看就是实在领导。我这人，别看没文化，这一中午啊，我就看出来了，李局长、陈处长都是好领导，没有官架子，准能跟咱老百姓打成一片。你们要是真想接地气、跟老百姓贴心，就住我们家！我啊，把老百姓的疾苦跟你们说说，就当是驻村的干部，这还不行啊？"

甄秉德笑着说："对对，驻村干部，驻村干部。现在中央提倡领导干部下基层，体察民情，帮助老百姓脱贫。"

李家良听甄秉德夫妻一唱一和，又看看陈建立，更有些忐忑了：怎么这么热情？不会有什么陷阱吧？不行，不能轻易答应下来。他这么想着，随口答应道："行，驻村干部。回去我请示一下领导，看看能不能当驻村的第一书记。不过，咱村有你甄书记领着，已经是远近闻名的富裕村，不需要帮扶了，恐怕领导不会批准我的想法。"他摇着头，一脸无奈。

甄秉德看出了李家良的犹疑不定，转而说道："还是领导想得周全，咱不能强抢领导。你们回去商量商量，这也不是什么大事。你们有组织纪律，我也是党员，我懂。你们想好了再跟我说。"

李家良这才不再纠结，他明白，自己想得多是对的，小心驶得万年船，切不可冒冒失失的。他继续看菜园里的各种菜,不住地赞赏着,脸上的汗水顺着脸颊不断地淌,却抑制不住内心的喜悦。

第三十九章

李志成和甄立仁没有跟着去看院子,他们两个送走了大人,留下来继续聊天喝茶。

"大哥,我想知道当兵苦不苦,我有当兵的想法,就是担心自己受不了苦,才下不了决心。"

"苦,当然苦。不苦练,怎么能学到真本事?我是侦察兵,十八般武艺样样精通。不信,我给你露两手。"

"信,当然信。我是在温室里长大的,怕风吹雨淋把我打蔫了。"

"你担心,正常。我当初参军的时候,家里条件也挺好了。我是学习不行才被我爸逼着当兵的。那时候小,不懂事,总逃学,现在可后悔了。知道吗?我现在的体会是:知识学了可以不用,一旦用到了,你脑子里有,随时能提出来。不学就是犯了大错误!脑子里没有东西,跟个傻愣子似的,丢人!学知识最好的时候就是上学的时候,过了那个时候,再想学,费老劲了,记不住啊。高中毕业后,我在家干了两年活。那时候主要在车间里干活,我爸总教训我,嫌我不中用,他当时冲我吼,说送我上部队锻炼去,我当时不服气,算是赌气才去当兵的。一是想让我爸知道知道,我不是孬包;二是我想通过当兵,把自己锻炼成一个有毅力的人。就是当了三年兵,才彻底改掉了我原来的坏毛病,还练就了一身武艺。我现在的精气神儿,都是当兵以后才有的。"

"真的那么管用?我同学有当兵的,硬撑了两年,现在回来了,他说受不了才回来的。"

"哪儿没有孬包、笨蛋啊?别听他瞎说。每年都有勉强服完兵役就回家的,还有当逃兵的,也有好多人继续在部队锻炼、保家卫国的,人各有志。

要不是家里事多，我弟弟还上学，我还想在部队多待几年，甚至还想转干呢。"

"这我知道。道理都懂，就是拿不准，今天要不是见了大哥，我还犹豫呢。不过，我的想法没告诉他们，怕他们不同意。"

"你是说你爸妈？"

"嗯。他们总是不放心我。我干什么事他们都不让我自己去。"

"你是独生子，娇惯。我是兄弟两个，没觉出来。"

"可能就是因为是独生子，我才摆脱不了以自我为中心的好多想法。自私、蛮横，反正缺点不少。"

"知道就好。你这么说，我倒鼓励你去当兵，到了部队，你的想法可能会改变很多。责任感、自我控制能力都会大大提高。"

"大哥，我留你个电话，以后我再请教你。我的想法，暂时不想叫我爸妈知道。"

"明白。我给你保守这个小秘密吧。不过，你要是真想去当兵，也不要说是我鼓励你的，毕竟你是独生子，老人的想法跟咱可能不完全一样。"

"我明白，今年肯定来不及了。要去的话，我就明年去。到部队练练，如果不是军人的材料，我再另做打算。"

"挺有主意嘛。你是大学生，在部队有位置。我那时候文化低，不行。"

"有什么区别？"

"当然有。没文化，到哪儿都觉着自己差，不得不低头啊。"

"我还不知道自己行不行呢，说不定明年又改了主意。"

"我跟你这么大的时候，也拿不定主意。就是现在，也常常遇到麻烦。多请教，多说好话，别怕说话多。张嘴三分利，肯定没坏处。"

志成看着这位老成的大哥，更加尊重他了。他庆幸今天跟着爸爸来了，不然，不会有今天的收获。通过跟甄立仁的谈话，他觉得自己还模糊的想法明晰了许多。他本不爱喝茶，可今天忽然感觉茶好喝了。他也学着立仁品茶，并不停地给立仁加水。立仁渐渐喜欢这位弟弟了。

"你关心国家大事吗？"

"不大关心。不过有些也挺关心的，比如'非法疫苗'事件。"

"'非法疫苗'事件就是国家大事。我们是生产企业，也面临很多问题，都需要深刻反省。有些事，政府部门是不能不管的，光靠企业自觉，恐怕还不行。"

"那，我想问问大哥，你们对'非法疫苗'事件有什么感想？对你们公司有什么影响吗？"

"当然有影响。我们停产整顿了一个月。说实话，干化工这一行，整天提心吊胆的。我爹更不放心，他几乎天天过问，主要就是担心安全生产问题。一听说哪个地方出了爆炸事故，他就害怕。他准会赶回厂子，把大家折腾起来，每个岗位、每个环节全查一遍。闹得我现在都神经紧张，不敢有半点马虎。我们生产的消毒水、消毒液可与人的健康有直接关系，所以，我们跟厂里的职工讲：就当是自己用，用了不但能消毒，还不影响自己的健康。我们给职工每月发两瓶自己用，自己用着放心，不就没问题了？"

"哦。这办法太好了！别的厂子都该用这种办法，尤其是生产食品的，不就少了产品质量问题吗？"

"谁说不是啊，问题是人的素质良莠不齐，光靠政府管，难！很多还是靠自律，每个人都该绷紧安全生产这根弦。还有啊，政府部门要管的话，就应该管得更严，叫那些不守规矩的单位没有市场。政府部门到我们公司检查的时候，我们提了意见。看样子，现在越来越靠谱了。"

"你们提意见管用吗？"

"管用，我们提的几个问题，特别是关于我们发展中遇到的问题都给解决了。"

"你们公司有多少人？"

"一千多。"

"这么多？怎么管？"

"刚开始的时候，我也不行，慢慢学。有些东西靠自己摸索。你还小着呢，工作了，慢慢会学到你在学校学不到的东西。社会啊，可是个大舞台，好比高深莫测的喜马拉雅山和汹涌澎湃的大海，总有你发挥才能的地方。"

"好期待又好害怕。"

立仁哈哈大笑，他问："你害怕什么呀？要是都能弄明白了，干吗还有那么多人忙呀？水到渠成，没什么可担心的。哎，老弟，别杞人忧天，也别做惊弓之鸟。"

志成不住点头，他不知道未来的路到底该怎样走才能取得成功，尽管有许多期待，但也有许多彷徨。他暗想：就像立仁大哥说的，没什么好怕的，所有人都是在尝试、经历之后才会知道结果，何必杞人忧天呢？

"老弟，我带你到山上转转，看看我下一步规划怎么样？"立仁挺了挺本就很直的坐姿，双手放在膝盖上，他那双机敏的眼睛里透着一股热忱。

志成爽快地答应："谢谢大哥！"

此时立义正带着陈晨抓蚂蚱。他们已经抓了十几只，立义还特意拿了蝈蝈笼子，将抓的蚂蚱都装进了笼子里。

立仁看到弟弟，使劲喊着："你们干吗呢？"

立义双手罩在嘴上，答道："捉蚂蚱。"

"走，咱也去。"立仁招呼着志成，朝山上走去。

整个山路已经修得很好，都是水泥路，车子可以一直开到山顶。凡有景点的地方都有小路延伸，陡峭的地方有台阶、扶手，东西两座山各有三个观景台，都有亭子。走进西山第一个观景台，志成放眼望去，见东山上的亭子在阳光下熠熠生辉，他忽然想到了承德避暑山庄，尽管这里没有承德避暑山庄的建筑，却有近似的山峰。一条小溪时隐时现，能清楚看到断崖上悬着的小瀑布。

"不用问，看到的池塘并不是死水，所以那池塘有生气、有灵性。"志成想着，又朝村子方向望去。总共能看到四个村子，还有一条河。因为离得远，看不清河里有没有水。

"觉得景色如何？"立仁问道。

"还行吧。我不会欣赏，看不出门道。"志成微笑着回答。

"跟风景名胜不能比，可这地方是我出生的地方，忘不了。我爸妈对这里更有感情，我受了他们的影响，越来越觉得好了。以前小的时候，就想逃离这里，现在一两个月不回来，总觉不踏实，回来看看就好了。你说怪不怪啊？"说着，立仁深情地望着远方。

志成特别理解立仁的心情。前不久，他的老家拆迁了。他担心自己哪天忘了老家的模样，想把老家的一切在拆之前都拍下来。他还主动跟爸爸提出了这一想法，没想到父子俩的想法不谋而合。他们把住过的房子、房子里的摆设、每条街、每座建筑都录下来了。自从房子拆掉以后，他们回到那片瓦砾堆上好几次，以前的情形还历历在目。再后来，那堆瓦砾完全清除干净，再没有原来的一丁点记忆了，他们才不再惦记着回家乡了。

立仁指着他的村子说："我家住在那边，他们去那里了。这老村子要是拆了，太可惜了，要是改成民俗村，说不定大家都喜欢。村里不少老房子都是石头砌的，有的已经好几百年了，那可是祖祖辈辈的心血，难忘的记忆啊！我跟爸妈商量好了，等把楼盖好了，再把村子改建成高档的民俗村，让大家安居乐业。你知道嘛，人不能闲着，得有事干，有事干才能过得更好、更舒服。"

志成顺着立仁指的方向望去，略带伤感地说："我也很想老家，可惜啊，早没影了。大哥的想法对，这地方清净，城市无法替代这独具特色的乡土气息。这地方离城市远，不会阻碍城市规划的。我瞎想的，我老家离城市近，没办法。"

立仁说："应该不会影响城市规划的。瞧，山连山，只能自己发展了。"

这时，陈晨大声喊："瞧，他们回来了，你们看那边。"

果然，依稀可见几个人正在向山边走来。立仁他们也不再玩了，顺着山路下山。不一会儿，大家又重聚了，你一言我一语地说着看到的景象，寒暄着，热闹了一阵。

家良擦着汗说："时候不早了，我们该回去了。麻烦你们一整天了，有些过意不去。甄书记，改天去城里的时候，一定找我，我们再好好聊聊。今天就到这儿吧。"

甄秉德笑着说："我呀，今天就去城里。我已经订好了吃饭的地方，应该离你们住的地方不远。"

"那可不行。哦，改天，改天再说。你要是再这么客气，咱就一锤子买卖了。我这人的脾气，慢慢你就知道了，咱还是来日方长吧。行不行，老哥？"李家良摆着手，径自向自己的车走去。

这时候，早有人站在车旁等着他们，手里都拎了几个袋子。

家良一看，明白他们想干什么，冲媳妇喊着："开车呀，磨蹭什么？快点，再晚就堵车了。"

蕙兰答应着，慌忙上了车。志成紧跟着上了车。

甄秉德敲着车门，笑着对家良说："李局长，你慌什么？开开后备厢，就给你带点自己种的菜，不会叫你犯错误的。"

家良已经把车窗开开，总要打个招呼的，否则太失礼了。他笑着回道："都吃过了，吃饱了，下次再来吃，不带了。"

甄秉德的手放在车门上，刘蕙兰不敢开车，只好对李家良说："你下去看看吧，走不了。"

家良无奈下了车，拉着甄秉德的手说："老哥，听我的，下回再来吃，不带了，要不，我再也不来了。"

甄秉德绷着脸说："你说你，怎么这么不接地气呢？你又不是没看见，院子里种了一片，山上也有，我们也吃不过来呀！不是稀罕玩意儿，你就别再推辞了。"

家良一看这架势，不好再推辞了，冲媳妇说："开开吧。"

蕙兰只好打开了后备厢，让他们把几个袋子放进去。路上，她不高兴地说："我看，人家的院子太好，咱租不起。最好别有这念头，免得生出是非。"

家良轻蔑地说："还用你说？我还比你傻呀？自作聪明。"

蕙兰一听，火气来了，白了一眼丈夫，气呼呼地说："我非要说，你的那些想法不着调，你觉着好，我不喜欢。"

家良瞪眼看着媳妇："你喜欢？为什么非要叫你喜欢？你的那些想法才不着调呢，我更不喜欢！"

"你俩能不能歇会儿？每次出来就听你俩吵，真烦人。你俩回家再吵行不行？妈，你开车小心点，要不，我开吧？"志成实在听不下去，终于说出来。

蕙兰没好气地说："不怨我，你爹这人就这样，人家说什么，他就信以为真，还总以为自己做得对。"

"少来这一套！我的事不用你管，你管好你自己吧！"家良的怒火也来了。

蕙兰忍了再忍，她真想扔下车子自己跑回去，可又怕陈建立一家人笑话，只好忍气吞声了。家良见媳妇没了动静，自以为占了上风，一会儿就睡着了。

蕙兰听见呼噜声更来气了，她瞧了瞧丈夫，对儿子说："看见了吧？你爹就这样，什么时候都不会认错。"

志成轻轻拍了拍妈妈的肩膀，悄悄说："妈，我爸也没说什么呀，他不会轻易上人家的当。再说，这家人不是坏人，人家可是很有钱的。那个立仁大哥可好了，多有风度！"

蕙兰仍坚持道："只见一次面，不能断定。还是注意点。也可能是我想得太多，把人想歪了……"

家良有些激动地说："这个甄秉德是名副其实的企业家，人家是正儿八经干出来的，成功后还一心想着家乡的老少爷儿们，从没忘记养育自己的故土。乡情,知道吗?你的大作不是说过'览尽名山无数座,唯恋家乡无名峰。若问缘由因何起,一客一主由心生'吗?我敬重老甄这样的,人家是实干家,一点都不张扬。'少年追梦离故里,豪情万丈披锦衣。期许不达无归途,遥思梦恋乡土地。'谁不想风风光光地回到家乡啊?可人的能力不一样。谁都有自己的美梦,在这条路上,大家都一样。我不是不想给家乡做事,我没那本事!现在好了,都拆了,大伙都有钱了。我想起那个刘大头,一想他就生气。那家伙名气不小,可他都是靠投机发的横财!那家伙看着唯唯诺诺、谦恭有礼,可都是装出来的。他要是用不着你,你想见他都费劲。他的财富都是拆迁补偿得来的,刘大头肯定知道点什么,要不,他拿的那些闲置地别人怎么拿不到?还那么巧都被占了?哼,他花十万挣一千万,这样的买卖,靠勤劳的双手能实现吗?谁不知道大头后边有个冤大头给顶着?你说,甄秉德跟刘大头比,能一样吗?"

蕙兰看看丈夫,气愤地说:"还用问?那个刘大头根本不能跟人家老甄比,差得可不是一点半点。这老甄家拿出那么多资产给村里人盖房子,可不是一般人能做到的。那个刘大头,我跟他打过一回交道,国家的好政策他都享受到了,就是没给国家贡献多少。那次,我真想把他那家公司查明白,可人家态度极好,账上又看不出问题,只能不了了之。刘大头是典型的两张皮,他演得像。他拿的地都是白菜价,过不了几年,再高价拍卖,这不明摆着吗?这家伙信息特灵,不像话……"

家良摆着手说:"没影的事别乱说。刘大头伪装得好,我都差点被他拉下水。"

蕙兰愕然地问:"什么时候的事?"

家良反问道:"我还什么事都跟你汇报啊?不知道不省心啊?"

蕙兰不服气地说:"我说说怎么了?要不是我整天提醒你,说不定你还真把持不住了……"

家良冷笑道:"还是你厉害,闹了半天都是你的功劳,不自量力。"

蕙兰生气地说:"好心当了驴肝肺。算了,不说了,没劲。你能,行了吧?"

家良看看媳妇,小声嘟囔道:"随便。就不让人张嘴,反了你了,越来越不像话。"

蕙兰拍拍方向盘说:"我看不惯。"

家良笑笑说:"你看不惯的事多了。要是依你,你早把我扫地出门了。也就是我,脸皮厚,赖着不走。"

蕙兰笑道:"你说得挺可怜的,找了我,你哪儿不好了?告诉你,我可没你想得那么小心眼,也不是不顾大局的人。我啊,够通情达理的了,你要是不满意,那你换了我。"

家良赶紧作揖道:"笑里藏刀。你别欺负老实人,我没你那想法。我知道你有正义感,我也有。实际点,咱的平台小,咱就管好自己、管好自己该管的事,别操那么多心,要不,太浪费精力了。"

蕙兰深深叹了口气,沮丧地说:"我,算了,就是说说吧。咱能管什么?该说的说了,该做的做了,咱过得踏实。至于看不惯的那些东西,我说出来,心里痛快;管不了,那不是我的问题。"

家良点头道:"好,好,明白就好。人多了,集中精力开车。"

蕙兰没再说什么。回到家里,她还是不放心,又把桌上的菜翻了一遍,除了青菜并没别的,这才拿进厨房。她拿了一个茄子,开始做炝锅面。做着饭,她想起了自己写的那首《思》:"半夜忽闻鸟哀鸣,山间缥缈一盏灯。静寂孤独难入眠,埋头细思无端争。"想归想,可刚才的气还是没有压下去,她拍了拍胸口,感觉好些了。

第四十章

家良清醒过来,忽然想起秦海宁的事,便拨了海宁的电话。电话通了,就是没人接,他连拨了三次,还是没人接。他摇摇头,自言自语:"这小子,是不是开静音了?还是……"他想到不好的事,又意识到不该瞎想,赶紧打开电视看起了新闻。

蕙兰很快做好面条,招呼儿子吃饭。家良躺在沙发上一动不动,仍在看电视。

"爸,吃饭。"志成喊道。

家良就等儿子这句话呢。他把电视的声音开大了些，这才坐到餐桌旁，望了一眼桌上的面条，一点食欲也没有，笑着说："中午吃多了，晚上少吃点。"

蕙兰更是一点胃口都没有。她一直惦记着欧阳丽娜，问道："你不问问海宁？到底有没有把丽娜接回来，你不是说明天晚上请他们吃饭吗？"

家良慢吞吞地说："打了，他没接，说不定正忙呢，等他回电话再说。"

蕙兰没再说什么，她收拾完，匆匆冲了个澡，便倒在床上。尽管是玩了一天，可她感觉比上班还累，躺下一会儿，竟睡着了。

九点多，海宁打来电话，家良接起来。

"我把优优接回来了。"

"怎么回事？"

"跟原来一样，她妈又批了我一顿，光说我的错。"

"丽娜怎么说？"

"说改天跟我好好谈谈，今天她不想谈。"

"她爸怎么说？"

"这回她爸跟原来不一样，也说了我一顿，竟然都是我不对！我啊，彻底没戏了！"

"什么有戏没戏的？关键还是跟丽娜谈，听听她到底怎么想的。依我看，丽娜还是有想法。你没按我说的办法来？"

"我等了她一下午，她一直说忙，后来又叫我上她妈那儿等她，可她回去就八点了，根本不想跟我谈。我看哪，她说改天再跟我谈也是推托话。"

"那还真不好办了。要不明天我给丽娜打个电话，我单独跟她谈谈怎么样？"

"你？我想想……"

"不放心？"

"什么不放心？就你，能有什么高招？"

"你别管，我试试，看看她到底怎么想的。你不是说不再等了？万一你想错了呢，不是后悔半辈子？还是试试吧，也没什么好办法。"

"我对你不抱太大希望。唉，不是我不信任你，我觉得你不适合干这种活儿。"

"我怎么不适合？我单位好几个闹离婚的，都被我劝和了。"

"你还有这本事？以前怎么没听你说过。"

263

"这种事还用跟你汇报？你算老几？比你嫂子管得还宽。"

"是是，管得宽了。那，你去探个底，明着告诉她，想离就干脆点，别这么撑着。她自以为了不起，我还不伺候了。"

"别跟我逞能了，赶紧跟孩子睡觉吧。哦，优优怎么样？你没侧面跟孩子说说，叫孩子问问他妈？"

"问了，优优说他妈不表态。优优叫我多点耐心，让我多去叫他妈几趟，还叫我多跟他妈说好听的话。孩子懂什么呀，我也不能把我的苦衷都告诉儿子。"

"知道了，明天再说，我跟丽娜联系联系。"

挂断电话，家良陷入沉思。他知道明天跟丽娜谈的结果好不到哪儿去，可又抱着一线希望。他还好奇，想弄清楚跟丽娜在一起的那个人是谁，甚至想找到那个人，去跟那个人好好谈谈。这样想着，他又摇头笑了，自语道："想什么呢？不正经。"他见媳妇睡着了，便悄悄躺在床上，因在路上睡了一觉，又想着海宁的事，所以困意全无。听着媳妇的呼噜声，他小声埋怨道："比我呼噜声还大，我给你录下来。"他打开手机，录了一段，高兴地放下手机，更不困了，想起了以前的事。

家良跟蕙兰结婚后非常恩爱，尽管也会吵嘴，甚至好几天谁都不搭理谁，但是与他们的幸福指数一比，所有的不愉快都是"柴、米、油、盐、酱、醋、茶"，没有这些作料搭配，生活就不会这么有意思了。他们是经人介绍认识的，每次想到见面的情景，他都会忍不住笑出声来。

一九九七年秋天的一个星期天，家良约蕙兰到公园玩。蕙兰穿了一身咖啡色的西服，西服的面料有些软，近看有不少细小的褶子，可是，这身西服是她买的最贵的衣服。家良当时穿了一身灰色西服，他把衣服熨烫得板板正正。两个人一见面，各自都信心满满，暗笑对方不自然的表现。他们边走边聊，选了一个僻静处坐下。两个人都很拘谨，前言不搭后语地闲扯，直到找到一个共同的话题，家良才占了主动，滔滔不绝地讲着自己的见解。

蕙兰坐下之前，家良已经给她擦了擦椅子。树上的小鸟叽叽喳喳叫个不停，给两个人的谈话增添了一些话题，他们不时望望树上歌唱的小鸟，看着它们欢快地飞来飞去。

蕙兰耐心听着家良的话，忽然感到头上有丝丝凉意，用手摸了一下，再看手上时，恶心得她想吐。她的情绪马上不好了，恶狠狠地朝着树上望去。

她怎么也没想到，鸟粪竟然落在了她的头上！

家良看到了，即刻站到她跟前，小心地说："别动，鸟屎。我给你擦擦。"

蕙兰觉得浑身不舒服，不高兴地说："我自己来。"

家良坚持说："你看不见，还是我来吧。"

蕙兰没再推辞。或许是他的仔细感动了她，反正，自那以后，她慢慢接受了他。

家良后来跟媳妇开玩笑说："那只小鸟真给力，它拉屎拉得真及时，要不是那只鸟啊，怎么能轻易把你糊弄到手？"

其实，家良始终记着给媳妇的承诺："等退休以后，我蹬着三轮车带你到处玩去。"后来有了汽车，特别是近几年汽车越来越多，停车成了大难题，他就骑自行车带着媳妇去公园散步，谁知那次骑车出了意外，媳妇从车子上掉下来了。

路上有一段下坡路，家良没有减速，带着媳妇快速向前，没想到正好轧到一块石头，他的车子来回晃了晃，没有歪倒。蕙兰因为坐惯了老头儿的车子，又非常放心老头儿的技术，所以并未特别小心。当她从车子上被甩下来后，先是被吓了一跳，接着是自我保护，她想赶紧挪开，却起不来了，只好坐在地上喊："李家良，你想摔死我啊？快把我扶起来！"此时的家良早就吓出一身汗，他赶紧把车子放到一边，跑回媳妇跟前，拦腰把媳妇抱起来，又扶着她站到一旁，关切地问："没事吧？我没看见那块石头，骑得快了点。"

"没事？没看见我都起不来了？哎哟，疼死我啦！说不定摔骨折了，要是真骨折了，我可饶不了你。"蕙兰摸着屁股，不停地揉搓着。她站了一会儿，慢慢走了两步，感觉不像刚才那么疼了。她又往四下里看看，发现并没有熟人，这才松了口气，接着说："你别扶我，我自己走，看看能行吧。"

家良乖乖地站在一边，看着媳妇小心地向前挪动，他不停地埋怨自己："太大意了！"

蕙兰走了一段，觉得并无大碍，但她很生气，狠狠地冲丈夫说："说你什么好呢？整天说让我跟着你享福，享的哪门子福？差点把命丢了！幸亏刚才后边没车，要是蹿出辆车来，轧过去，我还有命啊？"

家良小声说："不是没车嘛，干吗想那种事？"

蕙兰瞪着眼说："没有？以后，我可不叫你带我了，快把我吓死了。不用看，我屁股保证青了一大块，明天会更疼。"

家良点着头说:"好,好,以后我不骑车带你了,咱开汽车,还是汽车安全,都怨我,怨我。"

第二天,蕙兰起床时龇牙咧嘴,起了几下都没起来。

家良赶紧上前扶媳妇起来,小心翼翼地问:"不要紧吧?"媳妇一脸痛苦地说:"快看看,屁股是不是发青了?"他只好看了看,的确青了一大块,明显看出肿了。他说得很轻巧:"青了点,不厉害。怎么也得疼几天,哪能好得这么快?你下来试试,不能走,就请个假吧,在家歇几天。"媳妇立刻拉下脸来,没好气地说:"请假?什么理由?说我被你带着从自行车上甩出去了?丢不丢人?你不怕,我还怕。传出去笑掉大牙,我才不这么干。"他笑着说:"你不会编个瞎话?找个别的理由啊?"媳妇更生气了:"找什么理由?我可不上你的当。编瞎话万一编准了,本来没别的毛病,真来了怎么办?你盼着我有别的毛病啊?"他无可奈何地说:"好,好,随你便。你说怎么办吧?我把你送到单位,行吧?"媳妇气呼呼地说:"你不送谁送?就该你送!"那次以后,他再没骑自行车带着媳妇出去。

女人都喜欢被捧着、哄着。家良尝尽了缺钱的难处,过日子处处节省开支。这几年家里条件好多了,他开始琢磨:怎样别出心裁让她高兴高兴?他决定在结婚纪念日那天给媳妇一个惊喜。

这天,是他们结婚二十周年纪念日,本来他全安排好了,没想到媳妇晚上加班,一直到九点多了还没回家。他打了几个电话,问好了媳妇到家的具体时间。九点二十,媳妇进门后,突然有人敲门,她好奇地问:"这么晚了,谁来了?"说着,她打开房门。

门口站着一位漂亮女孩,手里抱着一个大大的花篮,笑容可掬地问:"您是刘蕙兰女士吗?"蕙兰奇怪地点点头。

女孩接着说:"您先生叫我送来的,祝福您!"

蕙兰满脸笑容,回头望着丈夫,见丈夫正在点头,她欣喜地接过花篮,向送花女孩说:"谢谢,谢谢。"关上房门,她高兴地闻着花香,问:"这回怎么了?怎么想起买花了?"

家良满脸堆笑,拍拍媳妇的肩膀说:"你不是嫌我不懂生活,舍不得给你买花吗?今天是咱结婚二十周年纪念日,你忙得忘了,我没忘。给你补上,这些够吗?"

蕙兰把花篮摆在餐桌上,开心地说:"你不是整天说'买花不实惠,不如买只猪蹄'吗？今天这是怎么了？太阳从西边出来了？"

家良点着头，大声地说："嗯！我想开了，光吃猪蹄也不行，年纪大了，容易吃出毛病来，换换口味，新鲜！"

蕙兰笑着说："这多少钱啊？我看不便宜，这玫瑰花可贵呢。"

家良摸着玫瑰花说："钱重要吗？我想通了，钱是重要，可对咱来说，不那么重要了。对咱来说，开心最重要！我呀，还是觉着自己的老婆最好，还是对老婆好点，叫她高兴，别不理我。"说完，他冲媳妇笑起来。

蕙兰内心特别激动，她不是光喜欢花，她最关心的是他对自己到底有多在意。家良明白媳妇怎么想的。他们白手起家，到现在过上殷实的生活，是两个人共同努力的结果，两个人少了谁，都不可能有现在。看着媳妇满意的笑容，他更得意自己的改变。

这时，媳妇翻了个身，将胳膊搭在他身上。他看着媳妇的脸，见她额头、眼角的皱纹又多了不少，更生出一番感慨："人生短暂，不觉已老。知道吗？跟你一起去看山水，就是想叫你看开些。还担心我？管好你自己就不错了。这么多年了，你哪天叫我省心过？就给我买了一件衣服，还大了。你说你，还讲不讲理？总嫌我做得不够。唉，没办法，你这是拿鞭子催着我进步啊！我什么不明白？你怎么就不懂我，在外面有虚有实，在家里我还跟你玩虚的？远望白云在山端，遥知不是一重天。眼见为实存虚幻，心若相知不自言。外面的世界，谁能看得真切？你嫌我不会说，说什么？老夫老妻了，对你好不就够了？我可是有把握的人，要不是欣赏你，怎么会选择你？给你念过我写的《赏》：目及无数山，交错乾坤间。千峰一般看，独赏俏山峦。可你却不明白，故意的！就是折腾我。总问这问那，问有什么用？要不是真心待你，怎么可能有现在？说你傻，还不承认。谁没有喜欢的偶像？何必斤斤计较那些？这一辈子，谁无可心人？此问无答案，一生难求全，相伴最安然。要是连这都不明白，那不白活了？"

他挪开媳妇的手，又想到海宁和丽娜的事：明天见了该从何说起呢？敞开了问问欧阳丽娜，看她有什么反应？不妥。女人爱面子，万一那男的跟她没那种关系，岂不把事情搞复杂了？不对，恐怕那个男的跟她不是一般关系。要是同事或一般朋友，她上他的车时应该客气些，怎么看着跟一家人一样？十有八九关系不正常……他翻来覆去地想，越想越觉着不对劲，越想越觉着自己就不该主动接这个棘手的活儿。他看看媳妇，决定明天听听她的意见再说。

第二天醒来，家良就跟媳妇说："我昨天跟海宁联系过了，他白跑一趟，丽娜不回来，也不跟他谈，估计他俩十有八九没戏了。可问题是，我还跟丽娜说好了，今天约她见个面。我现在后悔了，不该揽这个活儿。唉，你不是说想跟丽娜谈谈吗？我觉着还是你跟她谈比较妥当，我去谈不太合适。"

蕙兰瞥了丈夫一眼，不满地说："自己揽的活儿自己去！不是说我不行吗？怎么变得这么快？都是你的理儿。我不去。"

家良皱着眉，不好再找其他理由。他想了想，表现得很为难，却故意半遮半掩地说："我去，万一闹出笑话来，不太好。"

蕙兰斜眼看着丈夫，问："什么意思？闹什么笑话，难道你是那个喝咖啡的人？"

家良瞪大眼睛说："别胡说！我是那个喝咖啡的，你还会知道？说你傻，你总不承认，这不明摆着不聪明吗？"

蕙兰这才撇嘴说："说吧，我去了怎么说？委婉地讲讲喝咖啡的故事？还是直接说你看见过她跟那个人喝咖啡的事？"

家良摆着手说："当然不能挑明。你看这样行不行，你去了那个咖啡馆，就坐在她上次坐的那个地方，看看她什么反应。你就提一句，我也去那个地方喝过咖啡，看她怎么说。"

蕙兰不解地问："这跟挑明了有什么区别？"

家良摇着头说："那不一样。有问题没问题反应可差远了。她要是真有鬼，就会找借口遮掩；要是没问题，她会跟你说之前跟谁在那儿喝的咖啡。丽娜聪明，一点就通。"

蕙兰的眼又瞪起来："整天夸人家聪明，说我傻，我听着就来气。要去你去，别给我找事，我忙，没空跟你扯没用的。"

家良轻轻戳了媳妇一下："一点也不懂得幽默，不知道好歹。要不，我再重复一遍，说你的那个傻呀，是带引号的，说丽娜那个聪明呢，也是带引号的，都是反着说的，这回没意见了吧？"

蕙兰没好气地说："别跟我说好听的，我明白着呢，糊弄我替你办事，还拣好听的说。"

家良嬉皮笑脸地说："这回，你一定帮我！这可是关系到海宁下半辈子的幸福，要不然，我不会这么上心。你不是也挺关心欧阳丽娜吗？一回事，别计较了。赶紧的，到点了，该上班了。哦，我跟她约的是晚上六点。"

蕙兰一听，接着嚷道："什么？早约好了？还是晚上六点去喝咖啡？你不知道我喝咖啡失眠啊，安的什么心？"她说出这话后马上后悔，心想：咖啡店也不是光喝咖啡，还有别的饮料啊，干吗不依不饶的。尽管这样想，但她还是不高兴地出了家门。

一整天，蕙兰一闲下来就考虑跟丽娜见面的事。下班后，她早早去了咖啡店，静等丽娜到来。

六点整，欧阳丽娜准时进了咖啡店，她穿了件深蓝色的连衣裙，腰间的带子是白色的，十分醒目。

蕙兰见丽娜进来，赶紧站起来打招呼。丽娜愣了一下，然后笑着问："嫂子，怎么是你？不是家良哥要跟我谈谈吗？"

蕙兰已经想过这个问题，立刻回道："程浩给他安排了差事，非叫他去不可，没办法，他就打发我来了。"

"哦。嫂子，你来点什么？咱好长时间没见了，你最近好吧？"说着，丽娜坐下翻着餐单。

蕙兰盯着丽娜，想捕捉此刻丽娜的所有表情。她一边观察一边说："我除了不喝咖啡，别的什么都行。"

丽娜笑笑说："我也不喝咖啡，那咱都喝柠檬汁吧。吃的呢？我想吃点心，你呢？"

蕙兰见丽娜抬起头，略有紧张地答道："咱吃一样的。"

丽娜点点头，淡淡地说："好，吃一样的。"

蕙兰见丽娜对她的态度比原来冷淡了些，心下有些不爽。服务员将她们点的东西送来，她们边吃边聊。

蕙兰笑着问："最近忙什么呢？怎么这么长时间不跟海宁上我们家玩了？"

丽娜极不自然地笑了笑，端起杯子，双手抱着杯子，看看蕙兰，然后凝视着杯子说："嫂子，今天你来，肯定听说了我跟海宁的事，我们都闹了一年多了。我知道，家良大哥跟我谈，就是为这事。这么多年了，你俩也了解我的脾气，我不想让大家为我操心。可海宁这人就这样，瞎叨叨，真烦人！自己的问题解决不了，找谁说也没用！"

蕙兰佯装什么也不知道，故作惊讶地看着丽娜说："我没见到海宁，见的时候你都跟着，我没看出来你俩有什么问题。怎么了？还闹了一年多了？"

丽娜瞧着蕙兰，淡淡地说："嫂子真不知道？我不信。就是你没听说，家良大哥也肯定知道了。"

"家良知道什么呀？我没听他说过。哦，我想起来了，他前一阵提到过，他来这儿喝咖啡的时候碰到你了。"说完，蕙兰端起杯子，目光却一刻也没离开丽娜的脸。

丽娜抬起头，怔怔地看着蕙兰。她的眼神里掠过一丝不安，但那不安转瞬即逝。她笑着说："哦，上周我跟一个同事出去办事，他请客，来这儿喝了杯咖啡。我怎么没看见家良哥呀？"

蕙兰看得一清二楚，知道丽娜撒了谎，若无其事地说："他说是在远处看见你的。"

丽娜明白了，于是搜肠刮肚地想着各种解释的理由。她不想摊牌，可又没有好的办法。如果站在自己的角度，她的确不想再跟秦海宁维持这毫无意义的婚姻，可她疼爱儿子，始终想给儿子一个完整又完美的家。

蕙兰见丽娜迟疑，便换了话题："优优怎么样？是不是又长高了？"

丽娜眼角滚下泪水，她拿纸巾擦着，哽咽着说："嫂子，我跟你说实话吧，我一直憋着，谁都不想说，我知道自己的缺点，可我已经改了不少了。生活不是一个人的事，出了错，也不是一个人的原因……"

蕙兰忙劝慰道："别急，有什么事还是说出来好，不能憋在心里！要是整天憋着，会憋出病来。"

丽娜揉揉眼，摆摆手说："嫂子，我不是个心眼小的人。秦海宁整天喝酒，一点都不体谅我的难处。他还强词夺理，总以为自己做得对。我实在忍无可忍……孩子都这么大了，他还是不改，只要休息，他除了喝酒就是打牌，心思根本不在我们娘儿俩身上。家里的事，他更是什么都不管。"

蕙兰点点头，同情地说："我们都知道。海宁对家里的事管得少，都是你操心。不过，我知道海宁疼孩子，他是管孩子的。还有，海宁对你可是百依百顺，别看他五大三粗的，心可细了，我看他对你挺好的，不像李家良那样，总是糊弄我。"

丽娜叹了口气，摇摇头说："好什么呀，哪有家良哥对你好，家良哥待人多好！我早就看出来了，只是没说。他跟家良哥不是一路人。他这人，不但自私，还死不认错。我对他，彻底没了信心！"

蕙兰赶紧劝道:"看来家家都一样,都看着别人家好,谁也没上谁家过一阵子,其实,都差不了多少。李家良的脾气可大,你没见我被他赶出家门的时候。我呀,想起来就是气。别提,别提……"

丽娜不相信蕙兰的话,嘴上却说:"这么严重?不会吧,家良哥还会把你赶出家门?他有这么大胆子?"

蕙兰摇头叹息,敲敲桌子又摆摆手,激动地说:"怎么没有!我呀,跟谁都没说过,别人还都以为他多好呢,其实啊,他还真一般!"

丽娜的表情不再那么严肃,她轻轻叹了口气,柔声说道:"我知道人都有长处,自己的缺点自己不知道。可问题是要交流啊,不说,谁知道你是怎么想的?秦海宁的毛病就是不说。我的毛病跟他一样,他不说,我更懒得跟他说,何况他还无理辩三分呢。"

蕙兰轻轻拍拍桌子,笑笑说:"谁不想为自己辩解啊?不给自己辩解,不就更没地位了?我知道俺俩打的时候,我是千方百计给自己找理,即使错了当时也不会认账,非要按着歪理说下去。"

丽娜点头说:"嫂子这么说,我认。看来,我还是该好好跟秦海宁谈谈。我们俩呀,矛盾深,现在误会更深。你回去跟家良哥说,你俩别为我们操心了,我们俩能解决好。为了优优,我不会糊里糊涂干傻事的。再说,秦海宁就是爱玩,没大毛病。"

蕙兰笑眯眯地说:"那就好。我看,咱俩就谈到这儿吧。优优还在你妈那儿?我给你提个建议,别总住娘家!自己又不是没有家,住自己家多踏实。孩子大了,更愿意住自己家。"

丽娜轻声说:"我知道。优优也总吵着回家。我不是忙嘛,有时候没空照顾他,所以让爸妈帮着。"

蕙兰拍拍丽娜的手,郑重地说:"你越住娘家,他越生气,以为你不要家了。"

丽娜不住地点头,她知道自己的症结在哪儿,不再做无谓的辩解。她们说笑着出了咖啡馆,又客气一番才各自回家。

蕙兰回到家里,家良第一句话就是:"结果如何?"她故意说:"你猜。"他没好气地说:"好不到哪儿去。"她放好包,换下衣服,坐到沙发上,这才说:"出奇地好!丽娜回家了。"

家良立刻站起来,激动地说:"能耐见长啊!快说说,怎么个情况?"

蕙兰看着灯说："理解，理解懂吗？美景邀人赏，更待有人赞。人若两相知，何来恩与怨？"

这时，家良的电话响了，他一看是海宁打来的，即刻接起来。

"嫂子到家了吗？丽娜早就回来了。"

"回来了，回来了。唉，你嫂子比我厉害。我呀，今天早上改了主意，感觉自己没那本事，还是换将吧。幸亏叫你嫂子出马，要是我去呀，这事说不定搞砸了。"说这话时，他不停地冲媳妇使眼色，还伸出了大拇指。

"我说嫂子厉害吧？你还逞能，这回认输了吧？替我谢谢嫂子，改天我请她吃大餐。"

"好，吃大餐，你可不能忘了。好，忙你的吧，我也可以睡个好觉了。"

"没问题，绝对记着，谢了。"

家良挂了电话，冲媳妇笑着说："人家的事解决了，咱也睡觉吧？"

蕙兰伸了伸懒腰，疲惫地进了卫生间。她洗澡、洗衣服，一直忙到十一点多。

第四十一章

自从跟儿子谈了"非法疫苗"的事，蕙兰便记在心上了。这天，她在网上看到中央领导对"非法疫苗"事件进行了批示，要求有关部门进行彻查。她兴奋地把这一消息说给儿子，儿子又有了新的想法。

"妈，比上次说的那家厂子更大的一家工厂，生产的疫苗也有问题，你知道吗？"志成的目光里夹杂着愤怒与忧郁，可他的声调不再像那天那样急。

"不会吧，那还了得？十几年了，要真是那样，你小时候打的疫苗也有问题啊！天哪，不行，我好好看看，到底是什么问题，要是你打的疫苗有问题，我也找那帮混蛋算账去！"蕙兰瞪眼看着儿子，这会儿她开始相信儿子说的话了。

"妈，你怎么就这么相信了？因为跟我有关系？'事不关己，高高挂起',这就是你的担当吗?"志成的话语里满是讥讽的味道,他从鼻腔里哼了几声,还摇了摇头。

"不是这样,我就是气不过,这事实在可气!一开始我还真不相信,觉得没这么严重,可这几天上班,同事也都在说这事。我去买菜,还听到不少人都在谈论这事,才知道这事闹得人心惶惶的。"蕙兰手里的扇子不停地拍打在身上。

"我说的你还不信,好像我骗你,你怎么就这么不相信我?"志成的声调忽然抬高了八度。

蕙兰听了儿子的话,有些按捺不住自己的情绪,刚想冲儿子发火,却不得不忍住了。她已经意识到:或许与儿子之间的沟通确实出了问题,或许代沟的问题的确不能靠三言两语解决,如果再坚持自己的观点,是很难打动儿子的,说不定会适得其反……思前想后,她尝试与儿子再沟通一次。

"外边热,不出去了,咱在家聊聊吧,先说好了,各执己见可以,但不许钻牛角尖,另外,不能强词夺理,闹得不欢而散。把握住这两条,咱俩心平气和地谈谈,行吧?"蕙兰说完,仔细瞧着儿子。

志成抬头看着妈妈,一脸的木讷,轻轻点了点头,算是同意了。

"我现在很困惑,说什么你才感兴趣呢?我发觉,我说的东西你都不感兴趣。我跟你说话,你心不在焉地应付。当然了,我这么说有些武断,可能跟你的真实想法不一样,可你又不愿意跟我说你的想法。我呢,就想知道你现在是怎么想的。比方说你下一步的学习打算,有没有考虑过就业的问题,能不能听我们的建议等等这些跟咱有关的问题。至于其他的,我并不是说不重要,这要看以后你的发展情况,有些事可不是光凭嘴说就能解决的。"说完,蕙兰紧盯着儿子,期待儿子能给她一个比较满意的答复。可是,儿子却低下了头,一言不发。

蕙兰看了几次墙上的钟表,已经十几分钟了,儿子一点反应也没有。她的内心升腾起一股怒火,可为了晚点爆发,她只是轻轻干咳了几声。

母子俩还是心有灵犀的。志成终于抬起头,满是疑惑地看着母亲,他不停地摆弄着自己的手指,干咳了几下才说:"我不想考研,毕了业找个工作就行。别的,也没什么打算。"

蕙兰对儿子的回答还是感到有些意外。她以为儿子深思熟虑后,会推心置腹地跟她说说心里话,没想到儿子依旧搪塞她。

志成是个有思想的孩子,他不是没考虑自己的未来,只是想法还在不断改变,所以不敢说出来。他阅历浅,思想单纯,考虑问题并不周全,甚至有异想天开的时候。他觉得爸妈总是追问这些自己不想回答又确实回答不了的问题毫无意义。

　　"就这些?"蕙兰继续问道。

　　"嗯。"志成点头应道。

　　"也太简单了,应付你妈?"蕙兰冷冷地笑了两声。

　　志成略带狡黠地笑了笑,仍不回答。

　　蕙兰失落地说:"行,儿大不由娘啊!也怪了,怎么当老人的都喜欢瞎操心?"

　　志成继续看他的手机,他忙着给网友回信息,根本没听见他妈说什么,却胡乱答应着:"知道了,知道了。"

　　"你忙什么?我看看。我说的什么呀?"蕙兰站在儿子面前。

　　志成警惕地把手机关屏,急忙抬起头来,又勉强咧了咧嘴,挤出一丝笑容,支支吾吾地说:"同学,问我问题。"

　　"问问题就问问题吧,怎么还偷偷摸摸的,像做贼一样?"

　　"哪像做贼了?妈,你也忒敏感了。谁不能有点小秘密呀?唉,总是不依不饶的,累不累呀?"

　　"还怨你妈不依不饶啊?有什么秘密叫你魂不守舍的?还防着你妈!你妈是你敌人?"

　　"又来了!我要是把你当敌人,谁给我经济援助啊?我不是自讨苦吃吗?除非脑子进水了。妈,你儿子继承了你的优点,绝不会轻易上别人的当。"

　　"继承了我的优点?我怎么没看出来?"

　　"真的,绝对继承了您的优点!不信?那没法子了。"

　　志成本是坐在自己床上,他知道妈妈不会信他的话,干脆将手机压在身下,假装困了,闭上眼睛。

　　蕙兰轻轻推着儿子说:"儿子,你起来,我写了篇感想,你帮我看看。"

　　志成这才起来,接过妈妈手里的稿纸,靠在墙上。他读着题目——"开拓者的功绩",然后继续往下看:

　　　　我看了一篇名叫《头狼不易》的文章,十分感慨,特别认同作者的一些观点。文章配有一幅插图，我看到的是：头狼激昂地走在无垠的雪地里，它一往无前地走在最前面，为大家拓展前行的路……

文章中写道："当你自认为辛苦、艰难和委屈时，请看看前面为你开路的那位，当你的老大在为你冒险、开拓、进取时，跟随者应把所有的怨言扼杀在思想的摇篮里，因为领队受到的阻力远比追随者大十倍。老大挖出一条道，可能不一定是最顺直的，但他会让你们走得轻松、走得顺畅，却不会告诉你们开垦这条路的过程有多累、多辛苦。致敬人生路上的领路人！"

首先，谈论这个话题，要撇开对狼的敌意，只讲关于狼的团队精神和勇敢执着的坚韧意志，针对文中涉及的"头狼"的冒险、开拓而谈论关于"开拓者"的话题。

狼求生的画面是冷峻又悲凉的。而我们人类生存所面临的问题有时会比狼的问题更加残酷。人类与动物在某些时候面临的是一样的抉择，可作为有思想的人类，往往面临更多的抉择与取舍，还常常是言不由衷不得已而为之。此种艰难，只有设身处地去体味、去探索、去实践，才会有所感悟！

作为后人，我并不否认前人所做的巨大功绩，也会正确面对前人做出的错误。人无完人，谁没有做错的事、说错的话？即使圣贤也在不断修正自己的言行。因此，必须正确评价前人的缺点和失误，不可纠结于那些缺点和失误！如果不能做出理智、合乎历史实际的正确评价，必将会让后人误入歧途，甚至走许多弯路。尤其是在大发展的当下，只纠结于不确定的后果，想到未来有可能失败就徘徊不前，必定会错过发展时机；如果没有人选择带领大家迎难而上，都等待观望，那将来很可能是坐以待毙。相反，如果有人能挺身而出，带领大家勇往直前、积极探索、挑战未来，才能突破面对的艰难险阻，从而迎来光明的前景。凡是引领我们向正确方向前进的人，都值得尊敬！

世世代代人所走的路，世世代代人都在修补。只是后人付出的劳动不一样，有的稍加修补即可，有的需要翻新，还有需要另辟蹊径的。时代不同，条件不一样，人们的需要也有差异，可无论什么时候，都需要引领大家前进的领路人！作为领路人，应殚精竭虑带领大家谋求光明的未来，如果哪个领路人把大家带进黑暗的深渊甚至带来意想不到的灾难，那肯定是历史的罪人或狂妄不羁之人，这种人在世界历史上也是极少的。

　　任何时候，我们都必须清醒地认识到：要辩证地去评价一个人的功过得失！我们始终坚信：我们能吃苦，只要不是一直苦！毕竟谁都无法判定所指之路就一定能够顺利到达终点。或许，曲折的路会让大家品尝到更多的苦，但苦尽甘来会让我们更珍惜现在，更有勇气与能力去突破遇到的困难。纵观历史，我们人类是在磕磕绊绊中走过来的，尽管每个国家、每个人走过的路不尽相同，但都经历过苦难。值得庆幸的是，总有人能无畏地引领我们前行！

　　开拓者的功绩是不能泯灭的！大家有一个共同的追求——希望未来的生活越来越好。时代发展总需要那些有思想、有能力、敢担当、奋力开拓的人去引领大家，毕竟人都是这样走过来的。我们中国走过的路是何等艰难啊！每一个中国人都不应忘记历史！更为重要的是，每个中国人都应坚信走过的道路是正确的，尤其是现在！虽然国家在发展中还存在这样那样的问题，但每个人都要考虑应为国家的发展做点什么，哪怕是尽自己绵薄之力！那些有能力的人更应承担重一点的担子！这样，国家自然会建设得更好，也只有这样，我们心中的理想生活才会越来越近。

　　愿引领人类发展的开拓者越来越多！愿开拓者披荆斩棘勇往直前！愿跟随者义无反顾尽职尽责！那么，美好世界定会如我们想的一样，如约而至！

"很好！"

"打多少分？"

"如果是高考的话，能打满分。"

"真的？没骗我？"

"真的。"

蕙兰半信半疑地看着儿子，见他不像是开玩笑，便有些得意地说："打满分不敢说，但应该拿个高分！"儿子点点头，没再说话。她忽然勇气倍增,回到自己屋里,又拿来几张稿纸,冲儿子晃了晃,急切地说:"来,再看看这几篇写得怎么样。"

"哦?还有啊?"说着,志成不太情愿地接过来,快速浏览着:

喜欢的小路

早上,我在小区聆听着悦耳的鸟鸣声,即刻精神起来。现在是三月底了,气温是十八度到二十八度,这个温度和院子里的景色是我最期盼、最喜欢的。

我放慢了脚步,踏在藤蔓下的鹅卵石路上。干枯的藤蔓还要等待一段时间才会迎来它的蓬勃,可它现在的样子我也非常喜欢。那些看上去凌乱的枝条相互缠绕,它们谁都离不开谁。阳光透过枝条,把枝条的影子盖在鹅卵石路上,在清风的吹拂下晃来晃去,让鹅卵石灵动起来。

鹅卵石路铺得比较整齐且有图案加以修饰,一看就让人喜欢。天然的鹅卵石原本就有色差,也难找到大小完全相同的"孪生兄弟"。工匠们将一部分原色鹅卵石染成了黑色,设计了不同的图案铺在路中央或稍宽阔处,这样一来,自然就把路打扮得靓丽了许多。

整个小区的鹅卵石路有十几条,我最喜欢、经常踩的就是藤蔓下的这一条。整条路走下来不足两百步,我经常数,所以记得清楚。每次踏上这条路之前,我都抬头望望,看路上有没有人,如果有人从对面走来,我便等上一会儿,或者干脆绕开了从中间的路口过去。因为鹅卵石路较窄,我又喜欢"独占"它,所以不想让拥挤扰乱了我的兴致。当然,偶尔与邻居碰上也不是不高兴,只是一个习惯而已。我已经在小区居住了近六年,不知不觉已在这条路上来来回回地走了上千次。那一圈一圈的圆、一条一条的直线、一个一个的星角、一片一片的枝叶,都是一块块小小的鹅卵石拼成的,我特喜欢站在那些图案上观景,因为会有一种超然的感觉。我踩在一个圆心上,看看两边低矮的柏树,瞅一眼翠绿的垂柳,凝望一会儿那盛开的玉兰,又忍不住回头环顾,却见那两只对视了多年的石刻斑马依然在原地默默相守,它们旁边的绿色石桌、石凳正悄悄地等着路人光顾……

"今天起得早了，不会耽误上班，不能轻易丢了此刻的雅兴，再踏一遍那条路吧。"这样想时，脚步已经朝着另一条路去了。这条路的两边是冬青树，外围有红枫、龙爪槐、美人梅、丁香树，路中央留出了几十平方的开阔地，那儿有蓝色的石桌、石凳，还有一大一小两只石刻的长颈鹿，它俩矗立在那儿，一个傲视前方，一个低头沉思，让人顿觉温馨甜蜜！这里的鹅卵石有两个图案：一只飞翔的老鹰，一只小兔。这地上的老鹰和小兔，让我想到空中正有一只老鹰扑向小兔的情景……我赶紧拉回自己的想象，免得心情与景致背道而驰了。

　　尽管我穿着厚底的运动鞋，但我的神经早已传导了鹅卵石给我的按摩感，那凸起的、小小的鹅卵石已经触摸到我脚上的穴位，令我身心舒畅！这也是我喜欢鹅卵石路的原因之一。

　　鹅卵石的天然美加上人工的修饰，再有各具特色的景致相配，处处都觉恰到好处，每次踏在上面，我都别有一番滋味在心头，总想着多看一眼，多待一会儿。

2018.3.27
2018.4.6 修改

　　读到这儿，志成抬头看着妈妈，笑着说："写得不错！高中水平，我高二的时候写过类似的作文。"

　　蕙兰哼了一声："我也写过！就是以前写得都忘干净了。重新写，感受可不一样了。哎，你有没有发现我最近的反应比以前快了？"

　　志成心不在焉地看着妈妈，慢吞吞地说："没有啊。"

　　蕙兰猛地拍了儿子一下："怎么没有啊？比以前强多了！那时候整天丢三落四的，像是得了健忘症，有时候拿着钥匙找钥匙。现在啊，我很少犯那种低级错误，就是写东西写的。我发现啊，科学家说得对，这脑子越用越聪明，不然啊，会长锈！"

　　志成嘿嘿笑着，继续往下看：

致未来

迷迷糊糊，

放走了一个懵懂的童年。
松松垮垮，
丢掉了一个偏执的少年。
潇潇洒洒中，
激扬的青年时代也远去了。
浑浑噩噩中，
这正在度过的中年，
是否该醒来了呢？
我被惊吓得不知所措，
突然意识到：
时间与生命都无法掌控，
却不经意地被自己挥霍掉了。
如果，
再任由自己虚度光阴；
如果，
再任由自己碌碌无为；
如果，
再任由自己思想麻木；
那么，
悄悄地问一下自己：
在余下的时光里，
是否只在衰老中等待死去？
还是在奋进中找回失去的自己？
未来啊，未来！
你永远都是无尽的美丽！
我对你的追寻将永不放弃！
未来啊，未来！
我醒来了，
既然时间与生命我都无力挽留，
那把它们给我的紧迫感留下吧！
这紧迫感是我清醒的钥匙，

我要重新梳理未来的历程!
未来的路该怎样走呢?
让快乐的感觉重新开始,
去掉孤傲的偏执,
不再游戏人生,
背负一个使命,
为世界的美丽献出我的余生!

蕙兰见儿子翻到了最后,迫切地问:"这首诗怎么样?"儿子带着抱歉的口吻说:"妈,我不懂诗。不过,我觉得还行吧。"

蕙兰诧异地问:"不懂诗?不会吧?你初中写的一首诗,我还记着呢。题目是'我来了',听着。"

我来了,
我来了!
看到了吗?
你这美丽的世界。
我带着微笑迎接每一个清晨。
我给我的家庭带来笑脸。
我给我的同学带去欢乐。

美丽的世界啊,
不管你多么辽阔、人再多,
你都需要我!
需要我把你变得可爱又活泼!
我用我的大脑思考着,
思考着如何让你变美。
我用我的双手劳动着,
撒下种子,
种下树苗,
培育一棵新的花朵。

然后，
悄悄等待成熟的季节，
获取我需要的一切。
因为你这美丽的世界需要我，
所以我勇敢地来了！
世界啊，世界，
相信你会欢迎我！

念完了，蕙兰紧盯着儿子。儿子笑道："我早就忘了。妈，那是我写的吗？"

蕙兰撇嘴道："你妈还糊弄你？当然是你写的了。"

"我怎么觉得现在写东西还不如以前写得好了？"志成有些不解。

她戳着儿子的额头说："当然是因为不动脑子了。你不认真观察生活，又不用功，能写好吗？"

"妈，你说得不全对。我是不大上心，可我试过了，动脑子也写不出来。"志成眼珠一转，"妈，你说我初中就能写那么好的诗，怎么现在一点灵感都没了呢？妈，你写的诗跟我初中水平差不多啊，我有点怀疑，你说是我初中时写的，是不是你帮我修改的？语气有点相似。"

她笑道："是吗？我是给你指导过，可基本都是你自己写的，我只给你改了一点点。我就记得你说：'老师表扬我了。'"

他拍着腿说："我想起来了！李老师真表扬我了，当时她还夸我，说将来我可能会是个诗人呢。"

"你要是能成诗人就好了……那时候我还真盼着呢，盼着你将来能大有作为……"她有太多失望，但不能说出来。

"妈，你是不是对我挺失望？"志成坐直了，面无表情地问道。

"没有，我从来都相信我儿子，相信你的能量还没爆发，一旦爆发，肯定比我和你爹强！"她笑了笑，又满含深情地对儿子说，"当爹妈的都盼着孩子能比自己强，其实这种想法也不全对。所谓的强，有很多方面，可一般都认为有个好工作最重要。很多当爹妈的可能就看到孩子的缺点而忽略了孩子的优点，我是不是也总犯这种错误？"

志成托了一下眼镜，看了妈妈一眼，低下头说："您有错吗？你们这么做可能也没错，所有大人都这么想、这么做。以后，说不定我也会这么做……"说到这儿，他冷笑了几声，疑惑地望着妈妈。

蕙兰笑道："你这么问不就是质疑吗？现在你大了，有主见了。我们就是想把自己经历的弯路直接告诉你，不要重复我们的错误。可是，我们再怎么说，你没遇到过，肯定还是不相信，甚至会想，同样的事你去做的话结果会跟我们不一样。"

志成诡异地笑道："我？没想过。"

蕙兰按着既定的思路继续说着："没想过？谁信？我们就是瞎操心吧。哎，说正经的，你初二时写的东西都挺好，我还留着几篇，你看看。"说完，她去拿了几页纸回来，在儿子眼前晃了晃，"看看，自己看看。"

他不得不接过来，认真看着，一篇是《春风》，一篇是《春雨》，还有一篇是《漫天的飞絮》。没等他看完，他妈又说："念念，我听听。"他苦笑着说："好，念！"

　　春雨

　　今天早上，我醒得很早，外面正下着雨，看样子那雨已经到了中雨，我兴奋地跑到窗口看雨。

　　昨天晚上睡觉时，风刮得很大，我还有些担心，怕大风吹倒了我们刚刚栽下的小树苗。今天，我要感谢昨晚的大风，是它吹来了一场珍贵的春雨。我想，有了这场雨，我们栽的树苗肯定能茁壮成长了。

　　刚立春几天，就下了这么大的雨，在我的记忆中，好几年没有看到了。雨滴击打着窗玻璃啪啪作响，雨水冲得玻璃上有道道弧线，还有无规则的各种线条顺着玻璃向下流淌……远远望去，外面的天色灰蒙蒙的，阴沉的天气看不见丝毫要晴天的征兆。

　　我不希望这雨停下来。因为整个冬季下的雪极少，旱得太久了，大家都期盼这场雨能下得再大些、时间再长些。我知道，姥姥、姥爷种的麦子都快旱死了。还好，这场春雨下了一个上午，中午的时候停了，天空亮了许多。

　　我再次站在窗边向外眺望，见淡淡的云被风推着急急地向西飘去，忽然想起老人们常说的话："云彩上北一阵黑，云彩上南雨连连，云彩上东一阵风，云彩上西披蓑衣。"这云彩既然不停地向西飞驰，那肯定还要接着下雨。可是，这次却没有"披蓑衣"。下午的时候，又下了一阵零星小雨，之后气温骤降，转而又见空中飘起了雪花。

我知道春雨贵如油。今天，更让我新奇的是：雨后又见了小雪，之前好像没有见过。我到楼下玩了一会儿，呼吸着雨后的新鲜空气，高兴极了。我穿的衣服少了，有些冷。我望着匆匆奔走的行人，他们有缩脖抄手的、有蒙着头的、有裹着脸的，还有捂嘴哈气的，看着好玩又好笑。我又联想到自己昨天还热得满头大汗，禁不住摇了摇头，想着："还是大自然主宰万物，想跟它抗衡是不能随心所欲的。既然这样，还是让我们带着敬畏之心去爱护大自然吧！"

我望着空旷的天空默默许愿："多下几次春雨吧，别再让大地干渴了……"

春风

每年的春风都会给我不同的感受。我喜欢春风拂面的感觉，当柔和的春风拂过脸庞，我内心的喜悦无以言表。春风还会给我带来充沛的精力，似乎那自然的力量于此刻忽然就附到了自己体内，如神话里的仙人轻而易举得到了能量。

我喜欢那呼呼的急急奔跑的春风。特别是夜晚，听着那吼叫的风声击打着窗玻璃，我的内心会很温暖。为什么会有这样的感觉？因为我知道，这大风急着走遍大江南北的各个角落，为的是唤醒沉睡的大地和无数生命。

我有时会笑自己的与众不同，毕竟很多人对我的爱好感到不可思议。我想，会有不少人与我一样喜欢春风拂面的感觉。世间万物，都有值得去爱之处，它们或有益或无益，你不必分清楚，因为太多，你不可能全部弄清楚。喜欢就是喜欢，也无须过多解释。

春风来了，睡了一冬的大地醒来了，接着又是一个热闹的天地，无数生命的故事又重新开始，我好喜欢这亲切又温暖的春风。

志成把那几页纸放到床上，中肯地说："妈，我觉得，写得一般。"

她有些遗憾地说："我一直以为你将来肯定能写出更好的。你妈得到启示，突然想超过你。我就不信，我都快五十了，还赶不上一个十几岁的孩子。"

"妈，您比我写得好，您写吧，我不行。我支持您！"他说这话时，其实并没底气，他更清楚，这种话是不会让妈妈满意的。

蕙兰不想听儿子说这样的话，虽然内心失望，可毕竟得到了儿子的鼓励，也算没白费心思。

"支持我，好！我总结了一段话，不知道对你有没有用。一辈子会遇到很多事，谁也不是一帆风顺的。当生命的列车启动后，谁都无法预判前方会遇到什么障碍阻挡你前行，你只要坚信前方的站点都异彩纷呈，是希望所在，努力把遇到的障碍一个一个清除干净，这样，你在旅途中会看到更多的美景。"说话时，她注视着儿子，希望他能理解自己的良苦用心，同时，她更想通过自己的实际行动，引导儿子奋发有为。

志成凝望着妈妈，不时点头摇头，努力认可妈妈的说教。他内心也很惊讶，没想到妈妈会想这么多、这么自信。他忽然想安慰一下妈妈，便说："妈，我上初中的时候，写了一篇《愿孩子有一个幸福的童年》，您还记得吧？参加作文比赛还获奖了，当时，我还真想将来朝写作方向发展，可是，后来写得越来越差，再没写出过好文章，干脆想都不想了。"

蕙兰即刻把手里拿的两页纸递到儿子手上，兴奋地说："瞧，我当时都抄下来了，我现在读都挺感动的。"

看着妈妈写的每一个字，志成内心更是被触动了，知道这些东西在妈妈眼里意味着什么。他笑着看看妈妈，又认真地读起来：

愿孩子有一个幸福的童年

童年本是个充满欢乐、充满美好的时期。但是，如果童年被战争、饥饿所困扰，那将是恐怖的、不可思议的。

我是生长在和平环境的孩子，我衣食无忧、幸福快乐。可是，我担心那些还在承受痛苦的孩子，他们一日都不得安宁，他们怎么办呀？他们能怎么办呀？没有家、没有食物，他们只得到处流浪。可爱的、尊敬的大人啊，你们看到过那一双双期盼的眼神吗？你们听到过那声声抽泣甚至绝望惊恐的求助吗？难道你们对那些血肉模糊的身躯和断壁残垣都无动于衷吗？

　　在这个世界上，凡是有战争、饥荒的地方，孩子们到哪里寻找幸福呢？那些还在用这样或那样的理由进行辩解的成年人，你们在给孩子们制造麻烦的同时，是否想到过自己的童年，是否想到过自己孩子的童年呢？如果你们这样想过的话，请给这些还在遭受苦难的孩子一个和平、没有饥饿的空间，让孩子们自由幸福地成长！如果这样，你所做的一切比你所说的再伟大的事业都有说服力、都会赢得赞扬！

　　我说过，我有一个幸福的童年，我希望所有的孩子都像我一样。然而，和平的世界并不是我想象就能得到的，因为，这个世界好像很不公平，似乎被说得天花乱坠的美丽世界离我们太远，毕竟每天都有不幸的孩子离去，他们被战争与饥饿夺去了宝贵的生命。每次看到这样的新闻，我都会心惊胆战，我都想放声大哭，我都想质问那些制造麻烦者：什么时候你们才能真正长大呀？难道我们小孩子都懂得的道理你们还不明白吗？难道你们不知道自己的所作所为是羞耻的吗？你们太贪婪了！哦，我实在想不明白：你们大人怎么那么多事啊？怎么有那么多借口啊？怎么总是没事找事啊？

　　我想过了，这个世界本来很美丽，只是有的地方被搞得一塌糊涂。唉，我也没什么好办法。不过，我有一个经过深思熟虑的想法：先警告一下那些无理取闹的成年人，请不要再糊弄我们这些小孩子！我们终会长大，我们会知道一切的！另外，我要力所能及地帮助那些受苦受难的孩子，希望他们的生活略有改善，希望他们的心灵能有所慰藉，希望他们也能像我一样明白一些道理。

　　那些制造战争与冲突的"文明人"，请你们认真地、仔细地考虑一下生活在不幸中的孩子，别再给他们送去你们那些狂妄的想法了，让他们安静地长大吧！

　　愿天下所有的孩子都有一个幸福的童年！

　　读完了，志成见妈妈还盯着自己，有点不好意思地说："妈，您是不是以为我跟原来的想法不一样了？妈，您可别想歪了，我没学坏。"

　　蕙兰的视线从儿子脸上扫过，略带迟疑地说："说过了，我儿子，我信得过！所以我一直留着你写的那些好文章。我现在想向你学习呢，决定超过你！信吗？"

志成嘿嘿笑笑："妈，信任是相互的。您，肯定行！"

蕙兰又戳了一下儿子的额头，话锋一转："哎，你爹这人，怎么还不回来？你给他打个电话，问问他在哪儿呢。"说着，她收拾好那些文章，按原来的顺序装进纸袋里。

第四十二章

晚上，家良回到家时已经快十一点了。一进门，他环视了整个屋子，见媳妇坐在沙发上面带微笑，接着听到熟悉的问话："又喝了多少啊？"

他晃晃悠悠地走了几步，伸着手指头满脸堆笑地说："没多少，一瓶红酒，三瓶啤酒。"

"这还没多少？多少是多啊？怎么回来的？"她的脸色沉下来。

"没事，我有数。你以为我喝多了？没有，没喝多！"他摆着手、摇着头坐到沙发上。

他呼出的酒味已经传到了她的脾胃里。她皱着眉捂着鼻子，尽管想盖住脸上的不悦，但还是表露出来了。一连几个月了，他隔三岔五就大醉一场，她既心疼又生气。她知道，婆婆去世对丈夫打击极大，可她仍不愿看到他这种借酒消愁的态度。

"俺没有妈了！俺没有妈了……"她始终不能忘记丈夫在火葬场抱着自己痛哭流涕的那一幕。每次想起，都揪起她的伤感。

那天，在火葬场等候领取骨灰的人很多，可哭得像家良那样的却没看见。蕙兰搀着丈夫，看着他花白的头发，见他满脸泪水，自己的眼泪也止不住地顺着脸颊淌。她不知道该怎样劝他，只是一遍一遍地重复着："咱以后不用记挂着她了……"

家良的父亲去世早，母亲是他从小到大都依靠的人。尽管他知道母亲身上有很多小缺点，有时还给他惹出一些麻烦事，但他很少埋怨母亲。只要回到家里，凡是母亲说的事，他基本上都是顺着母亲的意思办，为的是不让母亲难过。母亲与妻子之间起了争执，与街坊邻居打架，如果规劝母亲没有效果，他也会"训斥"母亲几句，母亲则表现得很委屈，甚至以泪洗面。其实，因为母亲耳聋，他只是声音大了点，告诉她极简单的道理，而她却容不得儿子这样对待自己。在母亲看来，她把孩子养大已是不易，孩子说她就是"犯上"，就不该！为此，每次说了母亲，他会再找个理由哄母亲高兴。

家良生在一个大家庭里，一家人经常相聚，特别是母亲健在时，每个周末都是大家相聚的日子。

蕙兰起初并不适应，可时间一久，不参加婆家的聚会反而感到遗憾，于是她常常笑自己："嫁鸡随鸡，嫁狗随狗。"去年春节的时候，她作了一首题为《欢聚》的诗，得到了大家的赞扬。想着当时的情景，她的脑海里又浮现出那首《欢聚》："亲朋聚一堂，把酒齐欢畅。争相吐真言，共解心中烦。同忆岁月愁，不忘当今忧。时光虽变迁，亲情永不变。"她理解丈夫失去母亲的痛苦，可内心的矛盾有时也解不开。她不让丈夫喝酒，是担心他的身体，可他不听她的。看着丈夫，她又想起那天上坟的情景。

那是婆婆去世一百天的时候，大家一起去给老人家上坟。家良在母亲坟前号啕大哭，几个人都拉不走他。蕙兰在一旁看着他流泪，想着人人都要面临的事：活着的时候要面对对亲人的相思，亲人去世更要面对久痛之哀思。晚上回到家，她写下了这番感受：

  依依不舍，
  挥泪作别，
  情深至诚顾盼。
  聚又散，
  散又聚，
  终是一别，
  一别再不见。
  生死两重天，
  满腹哀怨唯有泪相伴。
  人之常情，

人之笃情,
日日思,
声声念,
感地动天!

这时,家良点上一支香烟,悠然地吸着。他对酒精过敏,今天因喝得太多,浑身都泛着红晕。他嘴角挂着一丝笑意,望着媳妇问:"你怎么还不睡?"

"你不回来,我睡不着。"她站起来,准备给丈夫倒水。

"不用你管,不用你管,叫小子出来给我倒水。"说着,他大声喊,"李志成!李志成!你小子给我出来,来,给你爹倒碗水喝。"

儿子的房门没有打开。

蕙兰赶紧去叫儿子。

志成正戴着耳机听音乐,见妈妈进来,看到父亲站在母亲身后,赶紧摘下耳机。他手忙脚乱地给父亲倒了水。尽管他已经过了十八岁,可在父亲面前依然拘束,不敢有自己的主张。他在父亲面前的唯唯诺诺常常激起父亲的怒火,他早就明白这一点,却无力改变。

家良对儿子很严厉,经常凭自己的个性判断是非,很少站在儿子的角度去处理问题,可他又极疼爱、骄纵儿子,因此,许多事情处理起来都自相矛盾。他端起水杯喝了几口,准备把心里话对儿子和盘托出,他示意儿子坐下,然后说:"你小子也不小了,有些事你比你爹还明白,可是,有些事,你还是不如你爹。我给你提个醒,为什么?就是为了让你少走弯路!你知道你爹我走到今天多么不易吧?我受的罪你都想不到!你爹我是公务员,外人看着挺体面,可是,我的难处谁知道?你知道吗?我和你妈为了买房子,东拼西凑跟人家借钱,多难!跟人家借钱,不是什么好事!咱混得不好才借钱啊!有一回,我去跟我同学借钱,一分钱都没借出来。你知道你爹当时心里是个什么滋味?恨不得扇自己两个耳刮子!这事,我都没敢跟你妈说,怕你妈笑话我,因为那是我最要好的同学,他做生意,有钱!从那以后,我就想明白了,靠谁都不行,只能靠自己!我能靠谁啊?我八岁的时候,你爷爷就没了,你奶奶什么事也帮不上我。"说到这儿,他把头扭向一边。

蕙兰抽了几张纸递到丈夫手里,知道他又想老妈了。家良擦了擦眼角的泪,哽咽了几下,接着说:"儿子,人家不借给我钱,当时我觉着挺丢人,面子上过不去，可现在想想，幸亏人家没借给我钱！从那以后，你爹铁了心要把日子过好，要好好混，混出个人样来！我现在混得好了，比没借给我钱的那个同学——你认识，就是王迎海，我平时都叫他'迎合'，我现在比他强多了！前两天他还跟我借了三万块钱。我为什么借给他？我就是叫他知道，你爹是个什么样的人！人穷志不短，你爹就是知道了这个理，咱才过好了。哦，对了，我借给迎合钱，当时还真给他开了个玩笑，弄得他脸红脖子粗的。我跟他开玩笑归开玩笑，可没瞧不起他。我要是瞧不起他、恨他，早不跟他来往了，这么多年了，俺们处得不也挺好吗？"

家良喝了口水，见儿子低头并没看他，生气地喊道："李志成！"

志成被吓了一跳，急忙抬起头，有些惶恐地望着父亲。

家良指着儿子质问道："你知道是什么意思吧？你听见了吗？"

志成轻声说："听见了。"

"那你说说，这些天你都干的什么？光玩手机可玩不饱啊！小子，你跟我说说你的打算，以后到底想干什么？我明白地告诉你，我和你妈帮不了你！你的工作全凭你个人努力，所以说，你现在就该想了！"说完，家良眯眼看着儿子，不像刚才那样严肃了。

志成干咳了一声，把眼镜向上推了推，不紧不慢地说："我，我还没怎么想好，反正不想考研。"

"哦，不想考研，就是想直接上班了？还有一年多你就毕业了，你可要想好了，别迷迷糊糊的，到时候后悔可来不及。反正，我跟你妈商量好了，只要你愿意上学，我们就供你；你不愿意上，那是你的事。咱把丑话说到前头，你只要不后悔就行！"家良敲了几下桌子。

志成不敢再说什么，悄悄地看看妈妈，又把头低下了。

家良突然瞪起眼，指着儿子说："你看你妈干什么！我跟你说的是正事！你是不是以为你爹喝醉了？我告诉你，你爹我心里明白着呢，你小子鬼心眼不少，别以为你爹不知道。"

志成咧嘴笑了笑，没说什么。

蕙兰看了看表，已经十二点多了，笑着说："行了，时候不早了，该睡觉了。"

家良极不耐烦地说："睡什么睡？明天星期六，歇班！我这说正事呢，你别打岔！"

蕙兰不是不想让他管教儿子,而是担心他酒后说的话不起作用。儿子表面很乖,但个性执拗,他的想法不会轻易表现出来。

家良又指着儿子大声说:"我跟你说,从今天晚上开始,十一点之前必须睡觉!听见了吗?"

志成看了爸爸一眼,乖乖地点了点头。

家良继续说:"你晚上加班玩游戏,玩到几点?别以为我不知道,早晨叫都叫不醒你,还用问?准早不了!要不你早晨睡得那么香?是不是玩到两三点啊?"

志成茫然地看了看父亲,挠了挠头皮。

"我说得没错吧?你爹我不用钻你心里看,就知道你怎么想的。你那点小九九别想瞒过你爹。行了,咱就说这些,说多了嫌我唠叨。"说完,他回自己屋了。

蕙兰跟儿子又在客厅坐了一会儿,她一直洞察儿子的一举一动,希望能捕捉到儿子的细微变化,可看来看去,她觉得自己所做的一切都是徒劳,见儿子又关注手机了,便不想再跟儿子说什么。

躺在床上,蕙兰翻来覆去地睡不着,想起了儿子小时候的一些事。

第四十三章

志成刚出生时还不到五斤,又黑又瘦,额头上的抬头纹特别明显。

蕙兰本以为生的儿子会很帅,可第一眼瞧见他时,竟有些不相信自己的眼睛。她不停地问:"这是我生的孩子吗?我不该生出这么丑的孩子啊?会不会是大夫抱错孩子了?不能啊,今天就我一个剖宫产的,没别人啊!"

一直到大夫来指导她给孩子吃奶,她才把孩子揽在怀里,可费了九牛二虎之力,也没能把乳头塞进孩子嘴里,一连两天都是这样。儿子吃不到奶,饿得直哭。家良看不下去了,给儿子喝了奶粉。

蕙兰乳房胀痛难忍,气急败坏地嚷着:"不叫他吃奶了!"为了早点解除痛苦，她顾不得别人笑话，叫丈夫试了几次，结果也没能成功。她又埋怨丈夫笨，恨不得自己打自己。她妈训了她一顿，她才又抱起儿子尝试了几次，终于让儿子吃上了奶水。

儿子给一家人带来欢乐与希望，蕙兰把精力全放在儿子身上。她编了不少儿歌，至今她都能清晰记得，有鼓励儿子吃饭的，有哄儿子睡觉的，有激励儿子学走路的……它们随时都能从她的脑海里蹦出来。

儿歌（一）
乖宝宝，真听话，
奶奶疼，爷爷夸。
宝宝宝宝快长大，
快长大，学文化，
做个有名的科学家，
做个有名的科学家。

儿歌（二）
宝宝宝宝不要吵，
宝宝宝宝不要闹，
妈妈搂，妈妈抱，
让我的宝宝快睡觉。
宝宝宝宝要听话，
不能打，不能骂，
讲道理，说真话，
赶走坏蛋咱不怕。

儿歌（三）
宝宝宝宝真勇敢，
抬起头，往前看，
跌倒爬起咱再练。
来来来，重新练，
来来来，再向前，

一遍一遍又一遍。
不着急,不心烦,
四平八稳站眼前。
不着急,不心烦,
四平八稳站眼前。

儿歌(四)
宝宝宝宝不能哭,
爱哭的宝宝进黑屋,
黑屋子,没有灯,
找不到妈妈可不行。
宝宝宝宝懂不懂,
不哭不闹笑盈盈,
人人喜爱受欢迎。
不哭不闹笑盈盈,
人人喜爱受欢迎。

儿歌(五)
宝宝宝宝多吃饭,
不吃饭,长得慢。
宝宝宝宝多吃饭,
不吃饭,不好看。
宝宝宝宝多吃饭,
吃饭好,长得高。
长得高,跑得快,
跑得快,去比赛,
得个大奖抱回来,
得个大奖抱回来。

儿歌(六)
乖宝宝乖宝宝,

拍拍背，揉揉脚，
闭上眼，睡觉觉，
也不哭，也不闹。
妈妈亲，妈妈抱，
咧着嘴，挂着笑，
做着美梦睡好觉，
做着美梦睡好觉。

儿歌（七）
乖宝宝乖宝宝，
不哭不闹吃饭好。
快吃饱，快吃饱，
吃完上街凑热闹。
荡秋千，来回跑，
小朋友一起跳跳跳。
你学我，我学你，
相互学习知礼仪，
开开心心在一起。
你学我，我学你，
相互学习知礼仪，
开开心心在一起。
宝贝，记住了吗？跟小朋友一起，友谊第一！

每次想到儿子小时候的情景，蕙兰就会联想起这些儿歌，尽管用词不怎么新鲜，也没什么值得炫耀的，但对她来说，这是一个母亲永远都抹不掉的暖暖回忆。紧接着，她哄儿子玩的情景又一幕幕浮现在脑海中。

一次，儿子坐在她的膝盖上玩，她拉着儿子的小手，嘴里念叨："打箩箩，和面面，包包包，调馅馅，包包给谁吃呀？给成成吃。"她的腿不停地颠着，拉着儿子前仰后合，儿子笑得特别开心。这儿歌是奶奶传下来的，蕙兰听着它长大。她又想起奶奶哄妹妹睡觉的情景：奶奶轻轻拍打着妹妹，给妹妹摇着扇子，嘴里不停地说着："娃娃睡，娃娃睡，娃娃不睡挨棒槌……"

蕙兰高兴地想：或许是自己受了奶奶的影响，才会想着给儿子编写歌谣的。

儿子刚上大学一个月，她想儿子想得无法入睡，便写了一首《离别之痛》：

一家亲人各一方，
求学工作自担当。
儿大不能身边留，
思念化作梦中游。

蕙兰写这首诗与之前做的一个梦有关，她梦见与儿子一起去旅游，在一座山上，她找不到儿子了。那座山是海上的一座孤山，她怎么找都找不到上岸的船，抬头却看见一条缆绳悬挂在大海之上，那是通往岸上的唯一途径。旁边有人告诉她："倒挂在缆绳上过去。"她顺从地按照那人的要求，倒挂在缆绳上，接着被吓醒了。

前段时间，儿子快放暑假了，蕙兰忽然想儿子了，她给儿子打了电话，儿子没有接。后来儿子给她回了电话，只是简单说了几句重复的话："妈，有事吗？我爸呢？你俩在哪儿呢？"她也简单回答了："没事，就是想问问你干什么呢。我们都在家，你爸在看电视。你挺好的吧？想家吗？"儿子笑着回答："哦，没怎么想。"作为母亲，牵挂儿子的心情只有自己知道，她很想多跟儿子聊聊，又怕惹儿子烦，只好选择少说。那天，她一时兴起，写了首歌，歌名是《妈妈的牵挂》：

孩子啊，孩子啊，
自从你来到妈妈身旁，
你的健康是妈妈最大的盼望。
你欢声歌唱，
妈妈心花怒放，
你的哀怨悲伤，
妈妈愿为代偿。
对你的牵挂，
妈妈再也不能忘。

孩子啊，孩子啊，
自从你把生活的重担肩上扛，
妈妈开始有了悲伤。
你已长大有力量，妈妈却不能把你帮。
生活是一首歌，
你要学会歌唱，
生活是一首诗，
你要胸怀宽广。
你终日繁忙，妈妈盼你不要太紧张。

孩子啊，孩子啊，
无论你多大，无论你在哪儿，
妈妈在，你就有家，
妈妈在，你就不用害怕，
累了就歇一歇早点回家。
无论你多大，
无论你在哪儿，
只要妈妈在，你就有家。

孩子啊，孩子啊，
生活是一首歌，
你要学会歌唱，
生活是一首诗，
你要胸怀宽广。
孩子啊，孩子啊，
你是妈妈永远永远的牵挂，
你是妈妈永远永远的牵挂，
你是妈妈永远永远的牵挂。

写完后，她还想了一下歌的曲调和唱法，认为"孩子啊，孩子啊"应由孩子们合唱，其他部分独唱。其实，她根本不懂音律。写完这首歌时，她还掉下不少泪，里面既有写给儿子的内容，也有写给自己的。她嘲笑自己的多愁善感，甚至过于煽情，虽然字里行间都没有可圈可点的地方，可当时就是管不住自己，那一刻对她来说，就是写出了自己的心声。

想到这儿，她觉得有些可笑，又想起儿子小时候的一些事。

一次，她患了感冒，躺在床上不想动。

"妈——妈，喝——水，感——冒——了，多——喝——水——"蕙兰听见儿子的声音，吃惊地望着儿子，赶紧起来接过杯子。她万万没想到儿子会有如此举动，不知道哪天她给儿子说的话，他竟然都记住了，而且还知道学以致用。她把杯子里的水喝了，表扬儿子："成成，知道给妈妈端水了，真乖！"儿子不解地问："妈妈，你怎么哭了？"说着，他用小手给妈妈擦泪。"妈妈高兴地哭了。"她牵着儿子的小手，激动了一番，又忽然想到感冒会传染，急忙说："儿子，谢谢你。妈妈没事了，你去玩吧。"儿子才一岁多，刚刚学会走路，她不知道儿子费了多大劲才把水端给自己。这时候，她不仅体会到了做妈妈的快乐，更欣喜自己有这么懂事的儿子。

儿子喜欢读书，他两岁多就认识好多字。一个星期天，她醒得很早，赖在床上没起。没一会儿，她听到旁边的儿子醒了，但并未理他，她眯眼瞧着他，看看他有什么行动。儿子悄悄下了床，蹑手蹑脚地拿了本书，又蹑手蹑脚走向阳台，到了阳台门口又回头望了望，然后，悄悄关上门。她当时想：这孩子，还知道不打扰我们，这么点大的小孩，他想得还挺周到。自那以后，她愈加喜爱儿子，认为将来这孩子肯定有出息，一定会比自己强。

儿子上小学时，中午在校门口一家"小饭桌"吃午饭，下午放学后到"小饭桌"写作业，她下班后直接到"小饭桌"接儿子。

那是儿子上二年级的一个下午，因为这天是儿子生日，她想给儿子一个惊喜，所以早去了半小时。看到儿子排着队出了校门，她便凑上前去，刚要喊儿子，却见儿子跟着几个同学飞跑着去了旁边的小卖部。她好奇地悄悄跟了过去，躲在一边看着几个孩子把买的东西分完。

几个孩子高兴地吃完东西，说笑着向"小饭桌"走去。

她从没想过儿子会"不听话"，为了弄清儿子买东西的经过，她决定假装什么都不知道，仍按原来的时间去接儿子。回到家里，她才问："成成，买零食吃了吗？"

儿子十分淡定地回答:"没有。"

"真的?我看见你同学有好多买零食吃的。"她双眼一眨不眨地盯着儿子。

"真的。我同学买了,我没买。"说着,他提着书包坐到书桌旁,拿出作业准备写。

她歇斯底里地怒喊:"李志成!我再问你一遍!到底买没买零食吃?"

志成回头看了妈妈一眼,吞吞吐吐地说:"我没买,我同学买了。我、我,我同学送给我吃了。"

"李志成,站起来!眼睛看着我!到底买没买?"说着,蕙兰咬牙切齿地握紧了拳头。

"我……没买。"志成站起来,低着头说道。他的双手揪着衣角,已经开始紧张了。

她再也忍不住了,抡起巴掌,朝着儿子的屁股一顿痛打,直到打得手痛为止。

志成站在那里哇哇地哭,任凭妈妈打。

她见儿子这样,更加生气,摸起旁边的笤帚吼道:"你到底说不说实话?不说实话我还揍你。"

志成抽泣着说:"我同学都买,我,我也想吃。"

她手里的笤帚没再打到儿子身上,她踌躇地说:"妈妈不是跟你说过,吃那些东西不好吗?你怎么就是记不住?你哪来的钱?"

"我跟爸爸要的买红领巾的钱。"他不哭了。

"买红领巾的钱?都买了多少条了?整天丢!哦,这回我知道了,原来你说红领巾丢了是说的瞎话!"蕙兰越说越生气。

志成低下头,不敢再看妈妈。

"抬起头来!你耷拉着脑袋干什么?知道自己错了?你什么时候开始编瞎话了?今天要是不说实话,告诉你,李志成,我饶不了你!"她第一次冲儿子发这么大火,在她看来,撒谎的孩子最叫人讨厌。儿子撒了谎还这么淡定地跟自己周旋,这是她无论如何都没想到的,她气得手都哆嗦了。

"怎么不说话?我告诉你,今天必须说实话!要是不说实话,等你爸爸回来,我叫你爸爸收拾你。听见了吗!"她将笤帚指在儿子的额头上。

志成小心地望了妈妈一眼,似乎想求饶,可又找不到合适的理由,见妈妈脸色难看,于是越发畏惧了。不过,他很快就想好了,决定告诉妈妈经过："我，我红领巾确实丢了，我系的同学的。我同学王琦给我买过好几回吃的，我也想给他买，才说谎的。"

她将信将疑，又问道："就这些？说的是真的？"

"我没撒谎。不信，你问问王琦和孙同，王琦从他家里偷了三百块钱，存在小卖部里，吃东西直接去拿，后来被他妈妈发现，找我班主任了，班主任批了他一顿，还在班会上让我们写了检讨。"志成给妈妈讲着，看上去已经忘掉了刚才受的痛打。

蕙兰感觉又好气又好笑，意识到了问题的严重性，打断了儿子的话："打住，别说了！我警告你，以后不要跟王琦这样的玩，更不能吃他的东西！'近朱者赤，近墨者黑'。记住了吗？"

志成不明白妈妈说什么，乖乖地点了点头，然后问："什么是'近朱者赤，近墨者黑'呀？"

"就是跟着好人可以使人变好，跟着坏人可以使人变坏。王琦偷他妈妈的钱，你说，他是个好孩子吗？"

"可是他已经写了检讨了，他妈妈也原谅他了。"

"写检讨有什么用？不是没有改掉坏毛病吗？"

"他对我们挺好，他可讲义气啦！我们都喜欢他。"

"就是因为他给你们买吃的，就成了你们崇拜的头儿了？这么点大的孩子就知道拿东西拉帮结派，反了你们了，我找你班主任去，怎么教育的你们？"

"妈，妈，你别去！别去……"

"怎么了？为什么不能去？"

"王琦偷他妈妈的钱，就是张晓萌告诉老师的，说他存钱在小卖部了……"

"哦？那张晓萌是个诚实的孩子，要不，王琦他妈妈还不知道自己的钱是怎么少的呢！你班主任也不知道你们偷偷干的坏事。"

"可是现在，我们都不理张晓萌了，都说她是'奸细'，张晓萌还哭呢。"

"哦？成成，那你听妈妈的话，张晓萌告诉老师是对的。你想想，如果是你，偷妈妈的钱，对吗？"

他使劲摇着头说："不对。"

"是啊，王琦偷了妈妈的钱，肯定不对！他妈妈肯定生气呀，你说，是不是？"

"是。"

"如果你们都不告诉大人，你们还都吃王琦买的东西，那他的钱很快就会花光，然后呢，他还会再偷他妈妈的钱，这样，就会让他错上加错；而且，你们这样做的话，还会叫王琦以为自己做得对，他说不定还会经常偷他妈妈的钱，如果养成这种坏习惯，说不定将来他就真变成'小偷'了，谁都知道偷东西是件丢人的事，对不对？"

"妈妈，我知道了，以后我不吃王琦买的东西了。他今天还给了孙同两块钱，叫孙同帮他写作业呢。"

"啊？你说什么？他还给人钱叫人帮他写作业？"

"嗯。"

"那，儿子，听妈妈的话，你明天上学后，把这件事告诉李老师，让李老师批评他。"

他摇了摇头，不情愿地说："可是，我怕，我怕王琦叫五年级的吴强揍我，他是他的铁哥们儿。"

她吃惊地说："哎哟，你们这些小学生竟然跟社会上一些'小混混'一样，还敢欺负人？不行，我找你们校长去，跟他说说，这还了得！太胡闹了！"

"那，我还把孙同给王琦写作业的事告诉李老师吗？"

"嗯，跟李老师说实话，不用害怕！如果王琦真敢叫那个什么铁哥们儿揍你，你就赶快跑，然后去找老师，回来再告诉妈妈，我去找他算账！"

"好吧。"

"儿子，妈妈今天跟你说的话都记住了？不用担心，只要不撒谎，有什么事告诉我和爸爸，我们都能帮你，记住了？"

"嗯，记住了。"志成相信妈妈能做到，这才安心地做作业了。

那件事以后，蕙兰真到了校长那里，跟校长说了孩子们的情况，校长还跟她说了好多感谢的话。儿子后来跟她讲了不少好变化，她还因此得意了一段时间。

想着想着，蕙兰又落下泪来。儿子从上小学一直到高中毕业，他的学习成绩一直没达到过她的预期。她是个比较理智的母亲，并非要求儿子的成绩总是名列前茅，可儿子的成绩总是不好，难免让她心生不满。现在，儿子不愿意跟自己亲近交流，这让她既生气又担心。她有时埋怨儿子不争气，甚至嫌丈夫没有对儿子的教育出力。这时，家良的呼噜声突然让她忍无可忍，她脱口说道："鼾鼾鼾鼾鼾，叫我难入眠。烦烦烦烦烦，分开不相见。"她想抱着枕头去书房睡，可转念一想：怎么又犯老毛病了？怎么总是纠结那些过去的事，不是早都过去了吗？儿子上大学后一直很开心，这不很好吗？

她把升起的怒火压了下去，愈发清醒了。她侧身望了望丈夫，尽管看不见他的脸色，但能清楚地想到他此时所有的表情：皱着眉，咬着牙，吹着口哨，打着熟悉的呼噜声。她悄悄拿起地上的纸和笔，一边想一边写起来。这是她半年前才养成的习惯，为的是把自己的想法及时记下来。

  鼾声有感
 鼾声酣甜甜，
 伴我早入眠。
 忽听鼾声止，
 醒来安睡难。

写完，她悄悄把纸和笔放回地上，可写诗的冲动让她愈加清醒。

阳台上，月光照得君子兰叶子片片清晰，但颜色却是黑色的。她望了望空调，认为空调的声音足以遮挡一些声响，可还是提醒自己："不能因自己的异想天开而弄得一家人都休息不好。"她耐心听着钟表的滴答声、空调的轰隆声、李家良的呼噜声。大约十几分钟过去，听到的每一种声音渐渐都成了噪音，她实在睡不着，又从床上悄悄起来，扭头看了一眼熟睡的丈夫，这才放心地坐到窗前，凝望着天空中温柔的月亮。

古往今来，许多诗人、作家都曾歌颂过月亮，并借以抒发自己内心的情感。她也常常在月光中陷入沉思。现代科学家已经揭开了关于月亮的许多秘密，却依然挡不住她对月光的依恋和向往。

清澈的月亮悬在空中，它给黑夜带来光明，不但给人指引着前行的路，还让人对这个世界充满无限遐想。在她的心底，始终有着自己的判断：五彩缤纷的霓虹灯不计其数，却都无法与月光媲美。那绚丽的霓虹灯看得久了会让人浮躁，而月光的柔美常常给人一种心驰神往的静谧。人类在忙于建设的同时，越来越懂得自然美，寻来追去，又回到了最初的本真。她凝望着月亮，杂乱的思绪中出现了一个小学同学——孟美琳。

第四十四章

蕙兰儿时的记忆里，妈妈对美琳比对她好。她记得最清楚的两件事：一次是看露天电影，另一次是吃点心。看电影那天晚上，她见妈妈抱着美琳，吵着也要妈妈抱，可妈妈不仅没抱她，还打了她一巴掌。她很委屈，哭着跑回家里，奶奶把她搂在怀里哄了好长时间，仍不能抚平她内心的伤痛。关于吃点心，蕙兰更是不理解妈妈：美琳来找她玩，妈妈对美琳极热情，还把藏起来的点心拿出来给她吃，而她和妹妹却在一边眼巴巴地看着。这两件事，在蕙兰心里压了很久，直到长大了，她才想明白妈妈那样做的理由，可在当时，她对妈妈的做法非常生气，甚至好几天都不想搭理妈妈。

美琳活泼好动，爱笑爱说话。她那双大眼透着一股机敏，双眼皮加上浓密的睫毛，更凸显了那双眼的神韵，两弯细眉仿佛刻意雕琢了一番，匀称地镶嵌在灵动的眼睛上方，那高高挺起的鼻梁不但增加了俊俏，更添了精气神，尤其是她笑的时候，两个酒窝与两片厚润的嘴唇把整张脸衬托得更加可爱。她学习不好，却喜欢跟学习好的同学一起玩。二年级的时候，因为蕙兰考了全班第一，她们成了形影不离的玩伴。美琳除了学习不好，其他各方面都比蕙兰强，在蕙兰眼里，美琳是她永远羡慕的漂亮女孩。

蕙兰望着月亮，摇头叹息一声，听见丈夫咳嗽了两声，急忙向床上望了望，见他翻身后又睡着了，这才放下心来。她双手捂在胸前，轻轻舒了口气，继续想美琳的一些事。

美琳没考上大学，她爸爸托关系让她进了棉纺厂上班。因为长得漂亮，她被厂长的儿子——有权有势的公子哥许大发相中，后来便嫁给了他。三年后，她生下儿子——许强。儿子出生两个月后，她公公当上了副市长。美琳与蕙兰交往时，言谈举止都透露着一些高傲。蕙兰发现美琳的变化后，有些看不惯，主动减少了跟她的来往。

那是一个飘着雪花的星期天，美琳约了蕙兰，说有重要的事跟她商量。

蕙兰正好闲着没事，便叫美琳到自己家里来。

两人一见面，美琳先让蕙兰看了看她身上的伤。蕙兰见了，眼泪接着就出来了，她既心疼又生出一些埋怨："你怎么不早点跟我说，怎么会到这种地步？他许大发不是对你挺好吗？他老子当了那么大的领导也不管管他？"

美琳不想在蕙兰面前哭哭啼啼，她稍稍平复了一下心情，把大体经过讲了讲："你知道，强强一岁多的时候，许大发做房地产生意，他是借着他老子的影响，要不然，哪会这么顺？当然，他也不是个软蛋，的确有点本事。他爹老谋深算，知道他儿子不是个扶不起的阿斗，暗地里一直帮他。去年开始，许大发借口生意忙不回家，偶尔回家后就跟我吵。再后来，他就直接朝我动手了，还不准我喊、不准我哭。强强从小胆子小，每次都被吓得躲在厕所里哭。我去找过他爹妈，他们光叫我管好孩子，根本不管我的死活！他们明着告诉我，他们儿子没错。那就是我有错了？我气不过，就跟他们理论了理论，没想到他妈反而数落得我一无是处。老头儿更是不理不睬，态度极其恶劣。他们竟然还说，我们本来就不般配。你说，这不是不要脸的说辞吗？当初可是他们一个劲地哄骗我，我才上了他们一家子的当！我说这话也不该，还是自己愿意，活该！"其实，她早就想好了对策，并不打算接受别人的意见，只是对蕙兰说说而已。顿了顿，她又接着说："现在说这些早没用了。我在他家就是过街的老鼠，人人喊打。哦，除了我儿子。他们的目的就是把我扫地出门。我想好了，让许大发给我一笔钱，我同意跟他离婚。再说了，人要脸，树要皮，既然人家不要你了，何必非赖着人家。当初就是自己把自己看得太高，没想到会有今天！或许，这就是命吧，命该如此！我认了，谁都不怨，就怨自己。我爸妈和你都提醒过我：'看着许大发油嘴滑舌的，不像是什么好人。'可我就是不听，到头来弄了这么个下场，就是活该，自找的！"

蕙兰听美琳这么说，试探道："要不，我跟李家良找许大发谈谈，看看他到底怎么想的？万一你俩有转机呢。说不定他也有难言之隐，可能受现在这种环境的影响……他现在有钱了，圈子不一样了，老板带着漂亮女孩进进出出，他们觉得风光、有面子，身边所谓的秘书都是自己喜欢的人。你该知道啊，不少有钱的都明目张胆地养女人。别说有钱的了，没钱的也有这么干的。"

美琳鄙夷地看着蕙兰，问道："你是不是早就知道什么了？故意没让我知道！"

"我？我知道什么？我要是知道还不跟你说？把我想成什么人了？这种事，自己最清楚，第一个知道的应该是自己！"蕙兰指着自己，不免有点生气，可话刚说完，她又想起了什么，自然少了理直气壮，拍拍头说："你别说，我还真想起来了，还是去年的时候，那天，李家良在外边吃饭回来得很晚，进门后就神秘兮兮地问我，让我猜碰见谁了，我胡乱猜了几个，没猜对。他才跟我说：'吃饭的时候，我看见许大发搂着一个女的去了另一个房间。'"

"什么时候的事？"美琳从牙缝里挤出几个字，她已经在咬牙切齿，但表面看还是镇定自若。

蕙兰知道美琳此刻该骂她了，心下嘀咕：还是少说吧，她要是跟我较真怎么办？别没事找事。咳，都怨自己这张嘴，刚才就不该说！

"都快过年了，谁当回事？李家良喝多了，我以为他看错人了！你想想，他喝得都站不稳了，他能看清楚吗？"蕙兰轻描淡写地解释了一下。

"你少来！怎么看不清楚？李家良保准看清了，他这个人绝不会乱说。"美琳知道蕙兰在躲避。

蕙兰见美琳这样，气不打一处来，干脆说道："你的意思是我说瞎话了？你怎么比我还了解李家良？我看你是气昏头了。我跟你说的话，我都后悔，气死我了！"

"行，行，都怨我！我不该来麻烦你，还叫你生气，我走，我走。"美琳起身向外走去。

蕙兰一把拉住美琳，忙说："你看你，又不是不知道我的脾气，见你着急我就着急，你别往心里去！咱还是说正事。"

美琳这才又坐下来，阴沉着脸说："不知道你，我就不来了。"

"就是！可我刚才跟你说的也是实事，一些人有了钱，烧得不知道怎么好了，整天想三想四的。别说许大发了，就是李家良嘴边还常挂着找小三呢。当然，李家良是叫唤猫不逮老鼠，他没这本事！"蕙兰笑了笑，看美琳的反应。

"是，我不是不知道。自从许大发招了那个叫辛蕊的秘书，他就慢慢变了。可我就是想不通，当初他对我那么好，他给我写的诗、歌，我一辈子也不会忘。那时候，我也给他写了，他还夸我写得好。我夸他，他夸我……这才几天啊？你看看吧，我把它当宝贝珍藏，可许大发想从我这儿夺过去毁了，我没让他夺走，他就骂我，还警告我以后不准再提这一茬。你看看，你看看,这可是他说的,他苦思冥想才得来的,他说找到我是他一生的幸运,他怎么就全忘了呢……"美琳边说边从包里取出几页纸摔在桌上,然后站到窗边,悄悄擦干了眼角的泪。

  蕙兰看看纸上的字又看看美琳,见她正凝神望着窗外,于是用心读着那些字:

   情定终身
  对视忽生情,
  徒增相思浓。
  不惧危言声,
  执意与君行。
  风雨共兼程,
  筑巢全力倾。
  相欢同入梦,
  人生最佳境。

      美琳
    1991年5月6日晚

    约会
  假日一个晴朗的秋天,
  你我手挽手肩并肩,
  看湖光山色在眼前。
  蔚蓝的天空,
  温暖的阳光,
  漫步的人脚步轻盈神采飞扬。
  在这悠闲的时光,
  静静欣赏大自然的封赏,
  我们的心情格外舒畅。

  绿色的草坪,
  青翠的林场,

欢声笑语在耳边激荡。
我们翻越山岗来到小桥旁，
看潺潺流水欢快流淌，
自由自在把美好生活尽享。
幸福的一天，
心中起伏翩翩，
好想好想让时间停滞不前。

背靠背相依偎，
静静凝望山和水，
不去想那苦和累。
任凭思绪漫天飞，
飞往蓝天和山巅，
一起去海边扬风帆。
留恋，
留恋，
期待下一个约会更浪漫。

背靠背相依偎，
静静凝望山和水，
不去想那苦和累。
任凭思绪漫天飞，
飞往蓝天和山巅，
一起去海边扬风帆。
留恋，
留恋，
期待下一个约会更浪漫。

      美琳
    1991年10月1日晚

蕙兰看到这儿，心中越发难受。她望望美琳，见她正在擦眼角，忙低头继续往下看：

　　爱是什么
爱是什么？
分享欢乐，
无话不说，
眷顾牵挂，
忠诚相守，
共担责任，
不相背弃。
一颦一笑，
一点一滴，
日复一日，
周而复始，
重复着，
更新着。
　　　　　　许大发
　　　　　　1991年5月1日

　　一生一世情
相逢时含情脉脉，
相识后无话不说，
相知就共同生活。
有烦恼，有失落，
有幸福，有快乐，
手牵手，紧相握，
心与心，能融合。
彼此关爱不推脱，
共度五彩的生活。

　　点点滴滴地嘱托，

平平淡淡地生活,
快快乐乐地诉说。
走千山,跨过海河,
看天空,凝望日落,
经风雨,从不退缩,
踏四季,一路高歌。
人生有多少过客,
能够甘愿相守不错过。

常相伴不孤单,
一生一世的情缘,
时时刻刻记心间,
无怨无悔相依相伴。
常相伴不孤单,
千里寻觅才实现,
生命不息永相伴,
这就是我们共同的心愿。

常相伴不孤单,
一生一世的情缘,
时时刻刻记心间,
无怨无悔相依相伴。
常相伴不孤单,
千里寻觅才实现,
生命不息永相伴,
这就是我们共同的心愿。

　　　　　　许大发
　　1991 年 9 月 22 日

　　蕙兰看完了,觉得意犹未尽,又重读了一遍,读完后深深叹息道:"你俩写得都不错,情真意切!我一直想写,都没能写出来。"

"有什么用呢？现在看，跟小时候打赌有什么区别？当时信以为真，还挺激动的，过后都烟消云散了，忘得一干二净不说，还不承认是自己写的！这是什么人？还算人吗！"美琳咬了咬牙，紧紧握着双拳，额头的汗顺着脸颊滚落。

"俺家不冷，把你的貂皮大衣脱了吧，看你头上的汗。"说着，蕙兰走到美琳跟前。

美琳这才脱下大衣，不好意思地说："我都气糊涂了，连冷热都不知道了。"

蕙兰抖着那几张纸说："我觉得，就凭你俩写的这些东西，你俩也不可能分开！"

美琳摆手说："是啊，我也这么想过，还找了些自己的错，比如说，不该到他公司里上班，不该整天疑神疑鬼的，不该不做家务，不该雇保姆，不该叫我嫂子给带孩子，不该学打牌等等。可是，这些错我都给他们一家人说了，没用！他们没一个正眼瞧我的，好像我就是个说话不算数的无赖。"

蕙兰坚持道："我还是叫李家良跟许大发联系联系，看看他怎么说。我就不信这个邪，他许大发会绝情到如此地步！如果他真敢这么干，那，那就按你说的，多给他要钱！你还要养活孩子，必须考虑你们俩以后的生活！哦，这是后话，等以后再说，咱先别说这事。"

"试也没用！你俩也别费这个劲了。我来，就是想跟你商量商量，我该给他要多少钱？这些年，他没闲着，应该挣了不少钱，可我摸不上。我只知道他前年就挣了一千多万。我在公司的时候，听说他在银行贷了不少钱，可后来房子都卖出去了，应该都还上了。我没再问过，我就是傻。"说着，美琳坐下来，怔怔地望着蕙兰。

"那可不行，俺俩必须试试再说。人都说：'宁拆十座庙，不毁一桩婚。'你可不能叫我干缺德的事。哦，你跟我说说，我就全信你说的了？俺俩先跟许大发谈谈，然后咱再坐下来一块儿谈，当面对质，看看到底是谁的错。实在没救了，你俩再摊牌，我也就心安了。"蕙兰说得斩钉截铁。

"好好，你愿意试就试吧，我不拦你。那你跟家良说说，早点给我个信儿。"美琳来的目的达到，站起来要走。

"吃完午饭再走吧？我请你。今天我没事，以前都是你请我，今天给我个机会，行吧？"蕙兰看着美琳的脸色好些了，也放心了。

美琳点点头，又略带歉意地说："行。叫你花钱，我有些不忍，毕竟你那死工资吃不了几顿饭。"

"咳，我请你吃顿水饺，不会把我吃穷了。上次林小雨来找我，俺俩在小区里吃的水饺，挺好吃的。你尝尝小店的口味，比咱自己包得还好吃。"蕙兰边说边起身拿了大衣、围巾、手包，两人便出了门。

美琳的貂皮大衣、名牌包包，都是蕙兰想都不敢想的奢侈品。两个人走在一起，美琳的雍容华贵实实在在占了上风。可此时，蕙兰再也不羡慕她了。

蕙兰见美琳把脸深深埋进大衣里，她急忙上前挽住美琳的胳膊，两个人迎着风雪走进了水饺店。

美琳吃着水饺，觉得一点味道都没有，吃了五六个就说饱了，任凭蕙兰再怎么让，她也不吃了。她看蕙兰吃得津津有味，冷冷地想：整天没心没肺的，却比我过得舒坦多了。这种结局谁会想到呢？

蕙兰吃完打了个饱嗝，她擦擦嘴，笑着说："我轻易不请客，你还给我省。我顶你五个。"

美琳皱着眉说："不想给你省。我哪有胃口？想起许大发我就恶心！"

蕙兰又劝道："行啦，不吃饭有什么用？你可别学以前那些娘娘的办法——不吃饭。就是饿死了，皇上能去瞧一眼吗？学就学那机灵的皇后，能得宠不光靠漂亮的脸，还要学着能言善辩、察言观色……否则，别想有自己的位子。"

美琳冷眼看着蕙兰，怪笑了一声："你现在是专宠，用不着动这心思。你那家良也不敢在外边拈花惹草，他要是敢，你还不把他吃了？我知道你的意思，你想让我忍着，不管他。我没那个雅量，也绝对不可能！我为什么要低三下四地忍着？都什么年代了？你怎么是封建思想，想什么呢？"

蕙兰指着美琳说："你想歪了。我就是提醒你，多动动脑子，摸准了许大发的动机和财产，万一他给你留下一屁股债，你跟强强以后的生活怎么办？"

美琳赞同地点点头："我是下了不少功夫，可没弄到。我也怕，要是竹篮子打水一场空，我这命可真够呛了。我就是不甘心啊！算了，刚才我还有点犹豫，现在决定了，你俩不用管了，我也没用，反而提醒了许大发。我知道他是什么样的人，他从开始打我，就决定把我扫地出门了。对！就是这样！他没明着跟我提离婚的事，其实他早就打算好了。趁他还没把家当转走，我去找他，主要给孩子多要点，他还不至于不管儿子死活。"

蕙兰一脸无奈："啊？真决定了？这以后传出去还以为是我给你出的馊主意呢。"

美琳不以为然："跟你有什么关系？天知地知，你知我知，我自己的主意。谁要是瞎猜嚼舌头，那是吃饱了撑的！"

蕙兰只好说："好吧，我不拦你。你可想周全了，我是怕你吃亏。"

美琳叹口气说："不当机立断，必然会被那小妖精算计了！许大发已经被灌得找不着北了，不能再等了。我走了。"

一个月后，蕙兰再见到美琳时，她已经跟许大发离婚。许大发将资金全部投在房子上，他给了美琳两套门面房、两套三室的大房子，还有他们一起置办的那套别墅。这结果，完全超出了美琳的要求。

如今过去快二十年了，美琳的房产增值了十几倍，只靠出租收入，她与儿子就用不了。遗憾的是，她仍孑然一身。

蕙兰想到这里，轻轻叹息道："谁知道将来会怎么样。"想着美琳的遭遇，她又想到了自己的同事曾相识。

第四十五章

曾相识与刘蕙兰在一个单位上班，因为两人谈得来，每次单位组织外出培训，她们都一块儿出去，并选择住在一个房间。

曾相识三个字常常被其他同事误读，大家干脆叫她"曾相识"，曾经的曾，而不是曾国藩的曾。究其原因，还是"相逢何必曾相识"误导的，这给大家带来不少乐子。同事经常跟曾相识调侃："何必曾相识？天下谁人不识君？""似曾相识，的确不相识。""曾相识，听说你是曾国藩的后代，你怎么没有曾国藩的风范？"开玩笑的都不是外人，曾相识总能从容应对，甚至半开玩笑地捉弄对方一把，还能占了上风。

比起孟美琳，曾相识是幸运的，她也离婚了，但培训时意外遇到了张成功，还与其结为一对，成了大家津津乐道的佳话。

想着想着，蕙兰脑海中清晰地浮现出那次去成都培训的经历。

培训最后一天，刘蕙兰和曾相识去得稍早了点，她们选择在最后一排坐下，可直到下课，也没再进来其他人。

讲台上的老师坐在那里滔滔不绝。可没过多久，下面的人都陆陆续续地走了。听了大约半个小时，蕙兰开始打哈欠，她用书挡着脸，悄悄跟相识说："就剩咱俩了，他还讲得这么细，我都困了。"

"这可不是你的风格，你不是能坚持到最后吗？我可是陪着你。"相识的说话声比较大，她并不顾及老师能否听见。

"哎，别这么说，咱俩同病相怜。我本来今天想逃课，别忘了你昨天晚上说的，你非要坚持到最后。这次是我陪你！"蕙兰扔下书说道。

相识盯着蕙兰说："好，怨我，别争了。要不，咱俩也走？"

"咱俩走了，老师怎么办？"蕙兰又有些犹豫了。

相识瞪着眼说："咱走正好，老师不就歇歇了？咱在这儿，老师就得讲完。他是挣钱的，一个小时至少要给他一两千。"

"那咱走了，老师不就拿不到钱了？"

"你傻啊？那也得给他钱，不是他不讲，是咱都不听，不怨他。他计划讲一上午，三个小时，就得给他五六千呢。"

"哦，要不，咱走？让老师歇歇？"

"我也有点于心不忍。"

"还说我呢，跟我一样。"

两人说着，都朝讲台上望去。

教授依然认真地念着他的课件，还是没有吸引人的声调，也未穿插有趣的故事。他的课件准备得很好，图文并茂，应是下了不少功夫。

蕙兰有些按捺不住了："他可能准备一口气讲完。咱要走了，你说，他会不会伤心？"

相识点点头："肯定。人家毕竟是老师，会以为自己讲得不好。"

蕙兰认真起来，说着自己的观点："这跟老师讲得好不好没关系。今天就咱俩来了，不来，谁知道老师讲得怎么样？我仔细听了，他讲得真不错，比前边那几个讲得好多了，可惜，把他安排到最后，听课的都跑了。算了，咱还是坚持坚持，别给老师添堵了。他准备的东西就是不合咱的口味，也该尊重人家的劳动成果。咱这帮人，也不是学习的料，要是学习好的话，也去当教授了。"

相识兴奋地说："教授说不定还羡慕咱呢。不信，咱打个赌，下课咱找他聊两句，看看他怎么说？"

蕙兰拍拍相识，笑笑说："行，你去问，我可不敢。"

相识推了蕙兰一把："咳，咱都是老太婆了，有什么好怕的，你还害羞啊？"

蕙兰拿起书本轻轻拍了她一下，忽又想起还在上课，慌忙瞧了瞧老师，见老师并未停止念他的劳动成果，这才安心地继续说："别扯没用的。有本事自己问，关我什么事。你想知道人家的想法，脑子没事吧？"

相识有些急了，瞪眼看着蕙兰，又给了她一个白眼，撇撇嘴说："不是你刚才说的'他会不会伤心'？还怨我！"

两个人正在争论，听到远处传来问话："两位同学，有什么问题咱一块儿探讨探讨？"

相识本想再来两句更难听的，一听到老师的问话，赶紧把到了嘴边的话咽了回去，朝老师望去。

蕙兰吐了吐舌头，将目光移向老师。

"哦，老师，就我们俩听课，你不生气吗？"相识局促地站起来问道。

"为什么该生气？"教授这次不再坐着，他站起来，缓步走下讲台。

他叫张成功，是北京某知名大学哲学系的教授，身高不到一米七，头发已经花白，戴着一副黑色边框的近视眼镜，睿智的目光透着极强的穿透力。

"这位同学请坐下。"教授不紧不慢地说道。他一脸严肃，略微皱了皱眉，接着爽朗地笑了笑，凝视着两个学生说："你们想听真话还是假话？"

"当然是真话啦！"相识抢先答道，蕙兰跟着点了点头。

"那好，我就跟你们两个算是听话的学生讲讲我的真实想法，反正今天的课讲与不讲都一样。"张教授耸了耸肩，嘴角动了动，收敛了笑容。他环视了一圈教室，再次将目光转向两个学生时，流露出柔和的、欣赏的目光。

他坐在两个学生斜对面，思索片刻才说："你们都背过韩愈的《师说》，他在文中对老师下了一个基本的定义：师者，所以传道受业解惑也。我选择了老师这个职业，说实在的，这也不是我的初衷。我本想当一名科学家，但理工科怎么也开不了窍，于是便学了文，学文的最初目的也很明确——从政，这主要受我父亲的熏陶。可是，我偏偏与从政无缘，最后的结果，就是你们看到的，阴差阳错当了一名老师。这个老师，不好当！简单说，当一个误人子弟的老师，那是坏了心肝的，是十恶不赦的大坏蛋。可是，想当一名负责任的好老师，也是很难的。"

张教授不停地摇着头，沉思片刻，又说："我这个人，有点偏，自以为有个性、有独到的见解，可直到现在，都快退休了，也没干出惊天动地之事，只在这讲台上转悠，还经常让学生不高兴，可惜了父母给我起的'成功'这个名字。爹妈指望我能成功，能大有作为，其实就是盼着我能光宗耀祖。可结果呢？我这个样，没有实现老人的愿望……"他无奈地张开双手，又耸了耸肩。

蕙兰和相识看着老师可爱的样子，都笑起来。

"算了，还是到此为止吧。别耽误你们的时间，你们想走的话就走吧，不用担心我的感受，我不会因为学生都不听课就生气。"他的话里明显带着伤感，缓慢地站起来，抬起右手向门口方向摆着。

相识和蕙兰都跟着站起来，她们两个都觉得自己犯了大错。相识慌忙说："教授，您给我们讲完吧。我们这些人散惯了，不像在校的学生听话，您可千万别生气！我俩就是来学习的，刚才我们说话不对。"

"是，是，我俩不该说话。老师，您接着讲吧。"蕙兰也急急地说道。她想到儿子上课的一幕，觉得浑身发热，又说："老师，您说说为什么不生气吧？我儿子不好好学习，上课老走神，为这事，我还揍过他。"

"是啊，我那闺女也是，上高中后，成绩直线下降，也不知道怎么回事。"相识的嗓门更高了，她还拍了拍桌子。

教授轻轻"哼"了一声，迟疑了一会儿，还是坐下了。

相识和蕙兰自参加培训以来，还是第一次这样惶恐。蕙兰紧张地坐偏了，差点摔倒。相识本是个见多识广且胆子极大之人，这回也不安了。

两个中年妇女的表现让教授的顾虑烟消云散，他微微笑了笑，慢条斯理地说："要是不耽误你俩的事，咱就等于研讨吧，我就说说这些年的感受。"

"太好了！谢谢教授。"相识立刻站起来给教授鞠躬。

"谢谢！"蕙兰很感激地站起来，也鞠了一躬。

"坐，坐。"教授露出了笑脸。

"你俩应该比我小几岁，我们相识也是缘分。"教授说道。

蕙兰朝相识做了个鬼脸，弄得相识有些不好意思了。

教授并不知道这两个学生叫什么名字，继续说："你俩刚才提到孩子的教育问题，那就讲一点我的拙见。我儿子正在清华读博士，理工科特别优秀，他学习比我强。前段时间，我写了首诗，题目是《志存高远》，今天在这儿算是炫耀一下：

  少年立志当老成，
  不畏艰险肯攀登。
  脚踏实地用心诚，
  自有留名万世功。

"这词呢，不起眼，但实用。不管是谁，不管你在哪儿、干什么工作，要有一股不认输的韧劲，坚持做，哪怕做一辈子也没什么耀眼的成果，你只要记住自己是在做事，不是为了出名，更不是为了得利。当然，不少人就是在坚持中成功了，成绩斐然，同时也得到了很多很多的利。一辈子坚持做好本职工作的人，即使没有名利，也一样不平凡。人，必须有这种信念：平凡的坚持能铸就伟大的事业。就说我吧，我就是那个一辈子尽心尽责做事却毫无建树的人。可我明白，我努力做事，社会才需要我，我才是社会不可缺的平凡人。"

教授摇着头、摆着手，脸上挂满惆怅，一会儿又笑着说："给自己设定一个能够变为现实的未来，然后去耕耘，不能因为有困难就半途而废。人生的一帆风顺主要取决于自己的驾驭能力，不要去找外在的因素给自己开脱。"

相识和蕙兰都极认真地听着教授的每一句话，她们很想对这位谦逊的老师说："您这么优秀了还觉得自己做得不好，我们真是无地自容了。"两个人几乎同时叹了口气，相互看了一眼，都无精打采的。

教授继续说："咱大人的想法都一样，希望孩子超过咱。所以，无论生活上还是学习上，我们都千方百计、全力以赴地为孩子创造好条件，有的甚至倾其所有都在所不惜。可结果怎样？结果是很多人都劳而无功、事与愿违。为什么？对孩子来说，良好的习惯最重要！这道理咱都知道。我们做父母的，要给孩子做好的榜样。我们是孩子的第一任老师，各种习惯会潜移默化地影响孩子。"说到这里时，他故意停顿了一会儿，转身咳嗽了两声。

相识和蕙兰明白教授这话的用意。

教授转回头，继续讲："我当了老师后，给自己定了个目标：当一个让学生满意的好老师。可一年后我发现自己定的目标有问题，好多学生都对我有意见。我自己觉着委屈呀，因为我已经尽了全力。校领导跟我谈话，要求我改进。我那时候年轻啊，嘴上虽然答应了领导，但心里并不服气，觉得那些学生无理取闹，是他们故意找我的错。可是后来我想通了，自己上学的时候，也对一些老师有意见，有时候还针锋相对地跟老师斗过。我想，你们也跟我一样，遇到过同样的问题，是不是？"他和蔼地盯着两个学生，俨然是一个慈祥的老者对待小学生的架势。

相识与蕙兰连连点头。教授反而嘿嘿笑了两声，接着说："后来，我认真思考了自己的职业，觉得应该给自己重新定个标准，不能糊里糊涂地工作。于是，我又给自己定了个目标：做一名优秀的老师。哦，再次声明，这是我个人的想法。可能我说的优秀比你们想得差点，我说得不对你们可以提意见。我觉得优秀老师的标准，起码应具备这三条：一是思想端正，二是心地善良，三是精通业务。所谓的'思想端正'，就是自己首先要学习、接受那些有利于社会进步、国家发展的正确思想，用现在常用的一个词，就是'与时俱进'。如果老师的思想偏离了这一轨道，就有可能误导学生，如果老师还把错误的思想灌输给学生，引导学生做一些与社会进步背道而驰的行为，那做老师的是难辞其咎！这并非危言耸听，这个很重要！你们说，是不是？"

相识和蕙兰齐声说："是，是。"

"这个'心地善良'呢，是涵盖了许多内容的，如良好的道德修养、爱护自己的学生、平易近人的亲和力等等。老师的形象承载着真、善、美。因此，老师必须是一个具有阳光心态的人，一个善良又可爱的人，一个能够给学生安全感、让学生放心的人。至于'精通业务'，则是老师必须拥有的职业技能。作为老师，不必考虑学生是否专注听、用心记等问题，那是学生的事。老师只管先做好自己该做的：精心准备给学生讲的课程，有明晰的思路、恰当的表述，这是授课老师必须要做好的事。如果授课老师给学生讲课时敷衍塞责，那就是无形的犯罪！人的生命是有限的，学生时代的学习时间更有限，老师如果让学生与自己一起虚度光阴，岂非师之过！"教授说完，拍了几下桌子，抬眼见两个学生神情有些愕然，忙拱手说，"抱歉，抱歉，我有点激动了，这与我的真实想法不太一样。"

相识边拍手边说："教授，您说得太好了！"

"是啊，老师，要是老师都按你说的做，那就好了。"

蕙兰也拍着巴掌，但她的声音很低，她说的什么只有她自己听见了，像是在自语。

教授笑着摆了摆手："你们别夸我。其实我总结出的这几点，没什么新意，之所以提，我是想说明一个问题：我为什么提？我儿子上幼儿园时遇到一个老师，她给我儿子喂水时加了有安眠成分的药。我们怎么发现的？我儿子上幼儿园之前，晚上睡觉很晚，中午也很少睡觉，可在幼儿园上了一星期后，回来就不精神了，困得睁不开眼。我媳妇先发现的，她说：'这孩子不对劲，怎么老犯困呢？也没感冒，早上起来看着状态还行，下午回来就迷迷糊糊的，不行，我听说有的幼儿园有问题，我去看看到底怎么回事。'她带了一个一模一样的杯子，往里面倒了五分之一的水。我媳妇挺聪明的，想办法将杯子调了包，找了一个亲戚帮着化验了一下，结果一出来，我媳妇就急了，恨不得把那下药的老师给吃了。后来，我们一块儿去找了幼儿园的领导。那位领导还算认真，查清楚了来龙去脉，当场就把那人辞了，还赔了我们一千块钱。你说，那人可恶不可恶？就因为我儿子调皮、不睡午觉，所以她就给我儿子用了药！我们不愿意啊，可找来找去，也没找出能补救的好办法，他们只是保证不会再犯错误了。我媳妇是个初中老师，那次因为儿子的事，她的思想明显进步了，还叫我对学生好些，不能做没良心的老师。幸好，我儿子并没受什么影响，我们可是虚惊一场。你想，做父母的有多担心啊！万一给孩子落下毛病，我们不后悔一辈子啊？"

听了教授讲的，蕙兰跟相识直摇头，她们也恨那个十恶不赦之人。

教授继续说："很多人会犯同样的错误，还会走极端。所以，人要不断自我修正，朝着尽善尽美的方向努力。做人要有良心！一点道德都没有，那是人吗？我们醒悟了，与我们儿子的经历有关，也与后来我们的自我修养提升有关。再有五年我就退休了，按说，我可以不用再这么天南海北地跑了，可我是个闲不下来的人。哦，我不是为了挣钱，当然，这一上午拿到的回报也不算少。我之所以还赶着学做课件、跟时代潮流，就是想把自己掌握的知识、总结的方法尽量传播出去，让更多的人能从我的课上得到一点启发，让他们少费点劲就能知道一些知识。这样，我特别开心，就觉着自己还没老，还有用！这就是刚才说的写那首诗的初衷吧。"

相识瞥了一眼蕙兰，见她正认真看着老师，便咳嗽一声，轻轻踢了她一下。蕙兰这才看看相识,冲她皱皱眉,接着又向老师望去。

教授依然满含深情地说着:"我有我的信念,盼着我的学生多出几个出类拔萃的。至于能不能教出来,我不管,反正我尽力好好教他们,看他们自己努力不努力了……老子说:'为无为,事无事,味无味。大小多少,报怨以德。图难于其易,为大于其细。'你们知道什么意思吧?你们看过老子的《道德经》吗?这是《道德经》第六十三章中一段话,我认为对我很有用,不管处事的方法,还是做事的态度上,都给了我启示,给我打开了一扇人生新境界的大门,我不再小瞧自己,不再轻视自己的工作,终于做了我应该做的。"

她们听了教授这一番陈词都一语未发,但都不再抬眼看教授。

教授看出两个学生有些茫然,微笑道:"这是老师的职业病吧,总喜欢给学生讲大道理,要不,怎么教得了你们?老师的学问太差,是不该上讲台的。一定要讲出点让你们信服的东西我才踏实,不然,怎么好意思站在这里。咱老祖宗传下来的好东西太多,咱哪,能理解个三四成就相当不错了。我呢,之所以提,当然是有我的想法了。几千年传承下来的思想,一代代文豪翻译、解释,都附加了自己的感受,直到现在还能让咱认可、接受,证明咱先辈说的很多东西都对。简单的话,蕴含着很深的道理,就看你怎么理解了。不管话怎么说,其实无非是教我们如何做人、如何做事、如何适应社会。"

教授端正了一下身子,双手交叉放在前面的桌子上,侃侃而谈:"我认为,人的一些观念是随着国家的发展而改变的。不管别人怎么做,我们先做好自己应该做的。我们必须看清方向,这方向远比高度重要!走错了路,就是说得再好,也是歪理!妈的……"他越说越激动。

忽然,教授猛地打了自己一巴掌,若无其事地说:"你们觉得我怪是吧?我呀,该打!我可是跟自己发过誓的,不能口无遮拦地说脏话,尤其不能骂娘!你们也骂人吗?是不是也骂娘呀?那就从现在开始改改吧。"

相识看看蕙兰,蕙兰正低头想怎样回答呢。

"是啊,谁不骂人呀,一急眼就开骂了,哪管什么词呀?都是小时候跟着大人学的,都不记得是什么时候学的了。"蕙兰想着,抬头看看老师,见老师正盯着自己,便不好意思地说:"老师,您说这坏习惯怎么就那么难改呢?"

相识笑道:"咳,都骂人,哪有不骂人的。"

教授再没笑脸,脱口说道:"都骂人?你孩子骂你吗?要是你孩子敢骂你,那说明,说明你这人不一般哪。我是知道,两口子打架也会互骂的,可骂了娘,会打得更厉害,谁都不愿意骂自己的娘,那是底线!"

相识听到这儿,不服气地说:"她敢!还反了她了。要是我闺女敢对我发脾气,我,我就把她扫地出门!哼,我为了她,哪有自我了?别说骂我了,就是她朝我大声说话,我都受不了。"

蕙兰也跟着说:"我儿子也不敢跟我顶嘴。"

教授拧着眉问:"那孩子不在你们面前就不骂人了?"

相识说:"怎么不骂?走路的时候,看不惯人家也骂。"

蕙兰只是摇摇头,没再说话。她知道老师有道理要说,还是等着吧。她想到了自己曾经写的《喜好与自律》:

多彩世界是当下每个人打造奉献的。每个人的喜好是推动世界变化的重要因素。这个世界每天能安然度过,又与大家的自律息息相关。

在这纷繁的世界上,形形色色的人表现出的喜怒哀乐各有不同,不能一概而论是好是坏,要在环境、年龄、学历等特定条件下加以判断。有人喜欢热闹,有人喜欢静寂;有人乐于张扬,有人忙着遮掩;有人爱干净,有人喜邋遢;有人表现得文质彬彬,有人则粗鲁甚至会说脏话……

喜欢热闹的人闲暇时忙着交友,与友人相聚,一起谈天说地,聊得不亦乐乎;喜欢静寂的人闲暇时会独处,任自己翻江倒海地自我陶醉。张扬的人要把自己拥有的一切'炫耀'给大家,让大家羡慕追随;遮掩的人千方百计把自己的一切封存起来,即使不得已为之也要'犹抱琵琶半遮面'。爱干净的人不仅自己衣着干净,有时还会挑剔别人,对所处的环境也有自己的'独到见解';那些喜邋遢的朋友,只顾自己享受,并不在意所谓的形象、他人的看法,更无闲心去在意别人。文质彬彬自然是大家追随的主流,但总不缺脏话连篇的人。尽管人类在不断进步,文明程度越来越高,却很难没有说脏话的人。

一个人的性情喜好、生活习惯一旦养成就不好改变了。上面讲的个别习惯爱好并不能用好与坏加以判定。大家普遍对说脏话的人持否定态度。现实生活中，不少人在不如意时往往会失去控制，自己无意之中也成了那个说脏话的人。每个人都会有情绪失控的时候，不能用同样的标准要求每一个人。个人的性情喜好、生活习惯，只要对自己的身心健康有利，并不妨碍他人又对社会无害，就不必过多地加以指责、说三道四。

无论你喜好什么，都是你的权利。作为成年人，首先应该懂得自律，必须明白一点：不能跟小孩子一样，不可自以为是地'想当然'。在自己家里，你可以尽享自己的喜好。走出家门后，你就应该考虑公共场所的秩序，考虑大家的普遍感受，把共知的理念作为审视自己行为的风向标，不可偏离太远。你必须遵守法律，不可超出大家共知的基本行为规范、道德基石。倘若这些最基本的认知你都浑然不顾，那你不但会给这个世界制造事端，还会给自己平添无尽烦恼……

一个人的喜好要分场合，不可随性而为；自律不只是个人问题，还关系到他人。要想自由自在地生活并得到他人的尊重，必须做到喜好有度、自律成习。

蕙兰正想着，突然见教授拍着胸脯说："儿是娘的心头肉，娘疼儿，疼儿……"

教授竟然哽咽了，他站起来，转身望着讲台，凝视了一会儿才又转过身来，忘情地说："我妈已经离我而去了，我儿子也没了妈，就剩我们爷儿俩了，我们各忙各的。唉，没妈的滋味，难受啊！可是，失去了就再也没有了……"

蕙兰站起来，想过去扶老师坐下，却站着没动，因为她不知说什么好。作为母亲，作为女儿，自己曾经想过无数个关于亲情的问题，却从未意识到骂娘的严重性。她忽然清醒地意识到，母亲是自己从小到大最依赖的人。尽管父亲也疼自己，可父亲总是威严的。唯独母亲，她永远是给自己安全感的那个人，无论何时何地，心中难忘又牵挂的总是母亲那期待又宁静的眼神。一想到母亲的眼神，她落下眼泪。

一旁的相识更是哭得稀里哗啦，她的母亲刚刚去世不久，一时间，她又想起母亲离世的情景……

"对不起,对不起,是我失态了!请你们原谅!要不然,以后我这课是不能讲了。"教授说完,匆忙向讲台走去。

相识紧追两步,一把抓住教授的胳膊,哭着说:"教授,您别走,接着讲吧。我,我哭出来,就没事了。"

蕙兰呆站在那里,还未回过神。她看到相识的举动,才缓缓地点了点头,接着说:"老师,您接着讲吧,我们都愿意听!"

教授停住脚步,语无伦次地说:"这事,我真,真没想到。请你们一定原谅!我,我今天有点意外。都坐吧,坐吧。我接着讲,接着讲。"

三个人依旧坐回原来的位置。

教授严肃地说:"我的学生都是年轻有为的人,他们将来都是不可估量的栋梁之材!几十年了,我一直这样坚信。如果因我的牢骚引得他们误入歧途,那这责任我可担当不起啊!刚才你们问我,他们不听课我会不会生气,生气有用吗?你们俩坐在这里听课,至少你们做了应该做的!那些逃课的,他们值得我生气吗?"教授指指外边,然后拍得桌子砰砰响。他的这一举动,再次让两个学生有些惶恐地站起来。她们羞愧地低着头,更不敢看老师了。

"你们俩坐下,坐下,先坐下我再说。"教授双手向下摆着,示意两个学生坐下。

她们再没敢吱声,老老实实地坐下了。

"你们不是想知道怎样培养孩子吗?前面我也讲了,就是要培养良好的习惯!这虽然不是绝对的,不可能让每个孩子都成功,都能达到你们的预期,但是,良好的习惯一旦养成,即使将来他们在事业上没有辉煌成就,但他们也会是很优秀的人。这么说吧,你们至少不会因为孩子不安分守己而费心劳神。那么,怎么让孩子有一个良好的习惯呢?唯一有效的办法,就是我们这些大人先做好自己该做的。"教授敲了敲桌子,继续说,"生活中不能没有感动,自然的美与人的心灵相通,才会让这个世界更完美。自然中的蓝天、白云、青山、碧水,有谁不喜欢?怡人的景色会抹去我们的一些烦恼,让我们重新燃起希望。我们呼吸着新鲜的空气,看着赏心悦目的大自然,猜想一下美景可能带给我们的感动,再编织一个幸福的故事……或许,像我们这样的正常人都向往这种唯美的生活,可现实生活往往达不到我们的预期,因此我们会生出很多抱怨，我说的抱怨可不是前面说的那些思想跑偏的人，咱都干过，我不说你们也懂的，是不是？谁还没点怨言哪？哪能事事都顺自己的心呢？差不多就行了。我们生活好了，还要把风采展现出来。你看看街头巷尾的大姐大哥们，跳得多欢！别说是广场了，只要有块大点的空地，就会被占了，就会聚集一部分喜欢跟着跳的人，你们是不是也跳啊？不只是城市，农村也一样，我亲眼所见。这种现象说明什么？物质条件达到了！咱小时候吃不饱，哪敢跑？咱爷爷奶奶更不用说，还东躲西藏逃命呢，他们可能有这闲情逸致吗？说了这么多，还是回到你们关心的那个问题上，我说了，好习惯至关重要，但最关键的还是不要叫孩子的思想跑偏。咱把思想先端正了，再教育我们的孩子！我们是孩子的第一任老师，我们责无旁贷！不要总指望别的什么途径让孩子突然开窍，那都是些无稽之谈。我们都是平凡岗位的坚守者，并不意味着我们就是没有作为的人。祖国大厦需要出类拔萃的精英，也需要我们这些默默的坚守者！我们不需要太多赞扬，当然，也没什么值得赞扬的佳绩，但我们要看到自己的价值！这不是自我安慰的话，这是明白人最该懂得的道理。"

蕙兰跟相识都瞪着眼仔细听着，越听越感到羞愧，因为她们自知与老师的境界相差太远。自责过后，她们好像从一个世界迈到了另一个世界。

教授轻轻击打着桌子，两个学生匆忙向老师望去，老师抬起手又放下，转身指着屏幕说："刚才我说多了，请别介意。你们问的问题呢，如果觉得我没解释清楚，请记下我的联系方式，欢迎随时交流。我是个爱好文艺的人，自创了一段山东快书，题目是《广场夜景》，是写我看到的广场文化，在这儿，我不念了，主要还没学好。我已经拜了师，等我练好了，有机会的话我给你们说一段。人活着，不但要干事，还要把生活调剂好，有些道理不说自明，无师自通。我看很多人过得挺累，主要的问题：一是没什么理想，二是缺乏对生活的热情，三是做任何事都没有计划，四是少了持之以恒的精神，五是私心太重心理失衡，六是有不劳而获的思想并被投机心理左右。如果罗列的话，还有不少。总之，就像我前面讲的，追求物质和欲望不能过度，享受不能过度！做人要有前瞻性，不能任由自己的性子来。

    见花非见果，
    见云非雨近。

不知未来事，
却知以后人。

"这道理，不难懂吧？谁说有花就一定能结出果实？谁说有云彩就一定就会下雨？人很难预测将来发生的事，可通过人的言行举止，却知道他以后会是什么样的人。"

最后，教授还分享了他喜欢的一首诗，诗的题目是《等待》：

狂风袭来，
卷走了落叶与尘埃。
我站在风中等待，
等待那呼啸而来的风把我的心结打开。
狂风吹着我的身躯摇摆，
一会儿偏向左，
一会儿偏向右，
一会儿向前，
一会儿向后。
我傲视那卷起的尘土，
凝望着落叶被吹向远方，
直到那股来势汹汹的狂风销声匿迹。
我微微一笑，
突然听清了自己的心跳！
我是在大自然的怀抱里，
我在体验力量的豪迈与奇迹！
那狂风只不过是稍纵即逝的一股蛮力，
它可以撼动我眼中可以摇摆的一切，
却无法动摇我的心灵！
春天来了，
再狂的风也是温暖又温柔的。
我闭上眼睛，
任凭风儿拍打我的面颊，

那暖流传遍了我的一切，
眼前浮现出姹紫嫣红的百花园，
还有漫山遍野的绿色。
这五彩世界正是我等待的结果，
这就是我要等待的永不厌弃的颜色！

想到这里，蕙兰轻轻笑了。自那次培训以后，曾相识与张成功竟然一直有联系，直到相识告诉她准备结婚时，她才知道她对象竟然是曾经的老师，这既让她喜出望外，又让她不可思议。婚礼上，张成功还真的说了他创作的快书《广场夜景》，蕙兰还特意录下来了：

当哩个当，
当哩个当，
当哩个当哩个当哩个当！
闲言碎语咱不讲，
咱讲一讲晚上的广场有多忙。
华灯初上，
人来人往，
不知不觉我来到了广场旁。
这边弹那边唱，
歌声嘹亮乐声悠扬。
我走上前细端详，
一个个有板有眼不慌不忙。
左边一位花大姐，
她精心打扮化了妆，
只见她手指一弹反身一转，
动作灵巧步伐飘飘，
几个动作标准高，
看着的观众都叫好。
右边是位老大娘，
她唱的是，

"洪湖水浪打浪,洪湖岸边是家乡……"
别看她年纪大,
唱功底气并不差。
忽然听到一声响,
那音调有些不正常,
再细听,细打量,
那二胡拉得不怎么样,
一个调一个腔,
哦,原是个学徒没人帮,
他自拉自唱在自我欣赏。
往前走往前赏,
我站在一个大姐旁,
看大姐瞧的哪一桩。
你一脚我一脚,
踢得个毽子来回跑,
数一数看一看,
六个人忙得团团转,
我抬头,我低头,
扭着身子直晃悠。
走走走,
走走走,
看看还有啥看头。
音乐起,舞者聚,
陕北的秧歌加老戏,
粉红的扇,粉红的衣,
踩着步点不偏离。
一班人又弯腰又作揖,
齐刷刷把扇子高高举起。
一旁的孩子着了迷,
他扇扇子,脚跺地,
转了半圈倒在地,

他害羞，他痴迷，
躲到奶奶的怀抱里。
奶奶夸，
奶奶笑，
宝宝这才重新跳，
他拿起扇子作了个揖。
这一幕，
看得我又激动来又欢喜。
你想啊，
一岁多的孩子都知礼，
难怪每个人都笑嘻嘻。
扇子舞、扇子戏，
队伍里还演着西游记，
猪八戒、孙悟空，
混在队伍里直闹腾，
一只棒、一只耙，
不停地挥，不停地打，
娃娃们高兴地都喊他。
继续走，继续看，
是不是还有新发现？
锣鼓震天，众人围观，
我也跟着一边儿看。
敲大鼓，敲小鼓，掌铜锣的最有数，
铜锣一敲，鼓声就高，
铜锣一点，鼓声委婉。
鼓掌声、喝彩声，
震得我耳朵嗡嗡嗡。
我也喊，我也叫，
这鼓点打得真是妙！
你鼓掌，你鼓励，
打鼓之人增勇气，

他甩开胳膊更卖力。
只见那上下飞腾的打鼓棒,
敲得大鼓震天响,
看得大家眼睛亮。
别看都是业余汉,
技艺高超不简单。
依依不舍扭头去,
走到一块小空地,
地上转着彩陀螺,
三个老头儿都忙活,
哦,原来都在盯陀螺。
为什么盯?为什么看?
原来他们在赛时间。
抬起头,继续走,
此路不通要回头,
不是广场上有障碍,
而是这里最精彩。
广场舞,
力量强,
它的队伍长又长,
占据了广场正中央。
广场舞,
跳得好,
不分男女和老少。
我也试着抬抬腿,
伸出胳膊挥一挥。
人越多,
越想学,
跟着跳完了一首歌,
这才想起天已晚,
赶紧回头往家赶。

东瞧瞧西望望，
广场上还有很多帮。
交谊舞，
太极拳，
打牌的大爷急了眼，
他怒目圆睁还大声喊，
被旁边的大妈捶一拳。
大爷又朝大妈喊，
可话说一半又往回咽，
他起身抱拳鞠一躬，
跟着大妈回家中。
我在后头跟着笑，
一路上，
大妈对大爷又开导：
"打牌玩儿都高兴，
"你吹胡子瞪眼还耍愣，
"要不改，
"你别想来！
"丢人现眼还不如个小孩。"
"好好好，
"是是是，
"改改改，
"我要不改就再不来。"
大爷给大妈作了个揖，
大妈这才笑嘻嘻：
"去去去，
"再不改，
"要是再不改，
"我有办法来治你，
"哼，我，我叫孙子来治你这个不讲理。"
这就是晚上的景，晚上的致，

这就是老百姓盼望的太平盛世。
灯火辉煌，车水马龙，
老百姓舒舒服服享盛世太平。
社会主义制度好，
老百姓才能把健康开心的乐子找，
社会主义制度好，
老百姓明天的生活会更好！

蕙兰想着老师诙谐幽默的表演，抑制不住内心的激动，也正是他们的经历，让她相信天下奇缘并非都是传说了。

"不少广为流传的爱情故事是令人荡气回肠的，特别是那些悲剧，或许是大多数人都有悲悯之心，主人公的凄婉伤感、用情执着会让大家难以释怀，不少人甚至还会与他们心灵相通到不能自拔的境地。好在现实中，那些悲哀的、令人赞叹的故事寥寥无几，也不应太多！否则，人类的生活将失去意义，也不可能发展到今天的样子。一代代人，在那些悲剧中反思并不断进步，更加珍惜眼前的幸福。生活中，那种理想化的纯粹爱情，往往是不存在的。多数人的爱情既朴素又真挚，他们相亲相爱、相守终生，但也会有矛盾、有冲突，不过，都有一个共同的目标：为那个安乐窝不断努力……不能再想了，再想天都亮了。"她头昏脑涨地躺下，皱着眉睡着了。

第四十六章

孟美琳曾经一味追求完美的爱情，最终却没有得到，非但没有得到，更失去了许多在自己看来不该失去的东西。夜深了，她坐在小区的椅子上，静静地望着月亮，浑然不觉蚊子叮咬，默默地想着心事，满腹的幽怨只能对着月亮倾诉。草丛里蛐蛐的鸣唱，池塘里青蛙的欢叫，树上刺耳的知了声，偶尔传来的汽笛声，组合成一段不太协调的交响乐。她悄悄地念着：

> 空空月圆圆，
> 明明忽暗暗。
> 思思与怨怨，
> 急急又盼盼。
> 朝朝等暮暮，
> 月月盼年年。
> 楚楚已苍苍，
> 凄凄更婉婉。

她不愿意回家去，想到那个空荡荡的大屋子，她打了个寒战，双手紧紧抱着肩膀，机警地四下望了望，没看见一个人，这才又放松下来。她望着空中的月亮，又勾起了无限的相思与怨恨。她闭上眼冥想，心却无法静下来，她暗暗想着：

> 望月生相思，
> 闭目扑火种。
> 夜静闻语声，
> 醒来知梦中。

这首诗曾让她期盼过很多次，可一次次叫她失望了。自从嫁给许大发后，她便将全部心思都放在他身上，几乎忘了自己是从哪里来的。她喜欢城市生活，认为对城市的热爱与对人的感情有相通之处，不想回到那个曾经养育自己的小山村。她明白自己的处境，更知道自己想得到什么，这种痴迷拽着她义无反顾地前行。

白天的时候，她曾经的婆婆来找她了，因过于突然，她都来不及细想，所以无法判断当时做出的决定是否正确。现在回想起来，她的心情十分复杂，悲哀地想：如果以前是现在的心境，自己的人生就不是这样了。可是人生就是这样，做决定之前也看不到之后的结果，只待过去了，才会让人醒悟。意想不到的结果像是天方夜谭一样发生在自己身上，今后的生活到底该怎样继续呢……她不知何去何从了，费尽心思地想着白天发生的一切。

那时美琳正在家休息,听见有人敲门,她迟疑地开了门,见是一个陌生的老太太,笑着问:"你找谁?是不是走错了?"那个老太太没回话,硬是挤进了门。

美琳生气地拽住她:"你干什么,怎么能这样?你谁呀,怎么闯我家来了?"

老太太这才不好意思地说:"你真不认识我了?我,是强强他奶奶啊!"

美琳惊呆了,足足一分钟才回过神来。她没说什么,坐回到沙发上,端详着眼前这个人,这的确是那个曾经叫她恨过的人。

曾经那个飞扬跋扈的官太太竟成了一个落魄的人。她穿着一身黑色棉麻衣服,越发显得清瘦、干枯,脸上的皱纹疯长了好多,眼神里明显带着凄楚与无助。

美琳曾发誓再不见此人,可今天她不请自来,还坐在自己的沙发上。她静静望着那个人,真想把以前的那些恨说出来,可嘴巴像是被黏住了一样,怎么也张不开口,只是暗暗地咬牙切齿,想着:你怎么了?赶她走啊!不,先别,都这么多年了,一点音讯都没有,今天突然来,看她说些什么,毕竟快二十年了,想必她来是有目的的,不然,怎么会如此唐突?

"我来看看强强,我想孙子了。"刘嘉眼里噙着泪,声调十分悲凉。

不提孩子时,美琳还能忍着,一提到孩子,她再也忍不住了。她腾地站起来,声嘶力竭地吼道:"你闭嘴!别,别跟我说孩子!"她失声痛哭,再也说不下去了。让她时时揪心的儿子,已经辍学在家七年了,整天一个人闷在屋里,不想出门见人,不与她说话交流。

她刚离婚的半年里,曾经三次想带儿子一起离开这个世界。那三次的经历是她此生永远抹不去的记忆,一样的动作,最终结果相同:她走近儿子,抚摸着儿子的肩膀,儿子温和地说:"谢谢妈妈。"她默默地离开儿子,偷偷地大哭一场。之后,她竭力调整自己,把精力放在儿子身上,希望儿子能健康快乐地成长,谁知接下来的一切,却离她的愿望越来越远。

儿子勉强上了高中,没几天就不去上学了。她千方百计地想让他读完高中,可他只断断续续坚持了半年就再不肯踏进校门。儿子辍学后,她被压抑的痛苦折磨得有些反复无常,在夜深人静时捶胸顿足、抱着枕头痛哭,常常陷入极度的愤恨与恐惧之中;早上醒来后,她强打精神,泰然面对一切。她清楚自己的状况,深知自己的一些想法很愚蠢,可只能在这种痛苦中挣扎。

她从不看《聊斋》，却总想象着从别人口中听来的鬼故事，总觉着在阴暗角落里躲着一个披头散发、张牙舞爪、血淋淋的鬼魂，甚至就在她身后站着，准备把她抓走……她惶恐到浑身起鸡皮疙瘩，晚上不敢睡觉。

她对儿子的脚步声极其敏感，只要他站到门口，她就能觉察到。儿子什么都不说，只是呆呆地看着她。她能迅疾改变自己那种不正常的状态，会镇静地对儿子说："没事，我学了一个锻炼身体的新办法。"她知道儿子关心她，自己不是一个人与生活抗争，可是，她每次望着儿子的背影时都心痛难忍，都要用力掐自己几下才能好受些。

美琳正哭得伤心，见儿子从楼梯口走来，忙抹了抹泪站起来。

许强站在刘嘉跟前，瞪眼看着这个陌生的老太太，接着推了她一下。

刘嘉躺倒在沙发上，喊着："强强，我是你奶奶！我是你奶奶啊！"

许强猛地愣了，回头看着妈妈，见妈妈点头，又看到妈妈眼里满是泪水，缓缓走到妈妈身边，拉起妈妈的胳膊说："妈，你怎么哭了？是她欺负你了？"

听到儿子说话，美琳十分意外，她的烦恼一下子烟消云散了，慌张地拽着儿子坐下。

这时，刘嘉坐起来。

"你真是我奶奶？"许强站在刘嘉面前，上下打量着她。

许强已经是一米九的个子，看上去很健壮。他浓眉大眼，长得很帅，只是上学时少言寡语，表现木讷，学习成绩又极差，很多同学都说他是个"傻子"。

"真的，我真是你奶奶。不信，问问你妈！"说完，刘嘉朝美琳望去。

许强十分疑惑地看着妈妈。

美琳连连点头说："是，是，她就是你奶奶！你可能忘了。"接着，她倒了一杯水，放到沙发扶手上。刘嘉看着那杯水，伸伸手又缩回去了。

许强瞪着刘嘉问："那我爸爸呢？他在哪儿？他怎么从来没看过我！"

"啊，是这样，前些年，你爸爸做生意赔了不少钱，他觉得没脸见你，不敢来看你。一个月前，你爷爷死了，我跟你爸爸说了……"刘嘉抹起泪来，长叹一声，"强强，我和你爷爷都没脸见你，你跟你妈……"她又说不下去了，捂着脸号啕大哭。

美琳与儿子对视着，一个坐着，一个站着，谁也没动。她指指桌上的纸巾，提醒儿子。许强十分不情愿地抽了几张纸巾，塞到刘嘉手里。

刘嘉立刻止住了哭声，用纸巾擦了擦脸上的泪水，又哀叹了几声才说："美琳，你知道，我是个不服输的人，你爸更是，哦，是强强他爷爷。我俩不是不心疼强强，就是那时候我们都忙，真顾不上带孩子。跟你说好了，叫你每星期带孩子回家一趟，你也没去。我俩就较劲没来看孩子，糊涂啊！哪有爷爷奶奶不疼孙子的？可那时候也不知怎么了，非要等着你带孩子回去不可，你不去，我们绝不来。时间一长，就，就……"她端起水杯喝了两口，接着说："两年前，强强他爷爷得了肺癌，他想儿子，儿子坐了牢……"说到这儿，她望着美琳和孙子。

美琳惊诧不已，连连问："你说什么，什么？"

许强表情愕然地看着刘嘉，跺了跺脚，坐到沙发上，看着地面发呆。

刘嘉看了美琳的表情，似乎看到了她久盼的希望，不过，还是很小心地说："大发他随了我和他爸的缺点，任性不说，胆子还大，结果被骗得成了穷光蛋，还糊里糊涂地被关进去……唉，这就是报应吧！我这辈子就跟做梦一样，好的时候在天上，坏的时候在地下。"

不管刘嘉说什么，美琳总觉着她虚情假意，让人烦，可自刚才听见许大发已经进了监狱，她的记忆又回到了二十年前，脑海中全是跟许大发在一起的情景：要么恩恩爱爱形影不离，要么打得不可开交。一幕幕，一场场，那爱恨交织的场景总是挥之不去，叫她无法平静。她站起来，来回踱着步。

许强见妈妈不说话，他好像突然有了主意，大声说："妈，能不能坐下？叫她说完吧，这样，我心里的疑问就没了。以前，我看见你哭，我害怕，自己更委屈……现在，她既然来了，就都清楚了。"说完，他哭起来。

美琳慌张地给儿子擦眼泪，儿子把脸扭向一边。她坐下来，看着刘嘉说："行，也别绕弯子了，说吧，你来，想干什么？"

刘嘉擦了擦眼角的泪，瞧瞧孙子，看看美琳，悲戚地说："是，这么多年了，你的怨恨我知道。我说多了你更烦，那我就直说。其实，这么多年，我不断打听你跟强强的消息，也找人带我偷偷看过你俩。大发呢，前两天跟我说了实话，他也没少偷偷看你们娘儿俩，知道你俩过得好，他才安心的。可是……"她又说不下去了。

美琳极不耐烦地说："那些事都过去了，算了，再说也没什么意思，只会让人烦。你来，究竟想干什么？"

刘嘉含糊地说:"我,我想带强强去看看他爸爸。他爷爷没了,他爸爸知道后,唉,哭啊……"

美琳咬着牙,愤愤地说:"哦?他也会哭了?真没想到!铁石心肠的人也会有今天?实在是出乎意料啊!叫他再哭几回吧,也让他酝酿酝酿感情,免得跟儿子没话说。"

刘嘉右手抓着左胳膊,手指不停地挪动着,轻声说:"美琳,不管你怎么想,我今天决定来,就不怕你数落,你只管把你的怨气说出来,骂我都行。我呢,现在什么都没了,儿子还要在监狱待六年,我不知道还能不能等到儿子出来,反正我今天来,是铁了心了,只要让我带强强看他爸爸去,你怎么对我都行!"

美琳十分生气地说:"呵,这跟明抢有什么区别?你还跟以前一样霸道。行,那我今天打开天窗说亮话,叫你儿子再忍忍吧,我和我儿子还有事,我们这就出门,请你离开这儿!"

刘嘉一听,把目光转向孙子,很凄惨地说:"那,强强,你的意思?奶奶就是接你去看看你爸爸,没别的意思。你爸他知道错了,他说要是能见到你,兴许他还撑着活下去,要是见不到你,他,他就不想活了……"她捂着脸号啕大哭。

许强站到妈妈跟前,摇着妈妈的肩膀喊着:"妈,妈!"

美琳看着儿子,失声痛哭,哭了一会儿,拉儿子坐在身边,轻声说:"强强,你也是大人了,知道该怎么做。妈不拦你,只要你高兴,妈按你的意思来。妈的想法就一个:只要我儿高兴,什么事都能商量。"

刘嘉高一声低一声地哭着,她眯着眼盯着那娘儿俩的一举一动,听到最后一句,暗自窃喜,开始拉着长声哭哭啼啼。

许强慢吞吞地走到刘嘉跟前。刘嘉马上止住了哭声。

许强勉强地说:"行吧,我跟你去,你别哭了。"

刘嘉抓住孙子的手,万分激动地说:"好好,走走,咱走,咱走。唉,强强,跟你妈说好,晚上住奶奶家,明天咱看你爸爸去……"

美琳站起来,再也压不住怒火了,她无比气愤地指着刘嘉说:"什么?还让强强住你家?不行,绝对不行!要是那样的话,你赶紧走,赶紧走!"

刘嘉可怜兮兮地看着孙子,像个无助的孩子。她暗暗用力攥紧孙子的手。

许强明白,转身回到妈妈身边,轻轻拉着妈妈坐回到沙发上。他给妈妈倒了杯水，小心地递到妈妈手里，轻声说："妈，你不用担心，我又不是小孩子了。你总是不放心我，所以，所以我一直胆小怕事。你知道我今年多大了？我都二十三了，你还以为我什么都不懂？你知道我心里多难受吗？"

美琳怔怔地看着儿子，擦了擦脸上的泪水，小声说："你跟妈上楼去，妈有话跟你说。"

娘儿俩一起上了楼。美琳走进自己的房间，把门关上，眼含泪水对儿子说："儿子，你别怪妈。"说完，她的泪水顺着脸颊不停地流下来。

许强倚在门框上，直勾勾地看着妈妈，哀痛地说："妈，你要是不愿意让我去，我，我就不去了。"

美琳慌忙说："不，不，妈不是这个意思。只要，只要你愿意，妈不拦你。妈盼着这一天，已经盼了快二十年，就是没想到你爸会是这个下场……我，我怎么想都没想到他，他……"

许强狠狠地说："妈，我从心里不想见他，不管他有什么理由，我都恨他！这么多年了，我同学都瞧不起我，还议论我，所以，我要当面问问他，为什么不管我！我还以为我爸爸他……"

美琳奇怪地问："那，儿子，你是不是觉得你妈也有问题？"

许强默默地点了点头。

孟美琳终于解开了心中的积怨。她苦笑着摇了摇头，拉起儿子的手说："好，妈今天也算明白了。以前，我只顾自己的感受了，没考虑你的感受。行，你去吧，以前的事，唉，可能都有错，都是大人的错……"

许强期待地看着妈妈："妈，我带上两件衣服吧？天太热。"

美琳欣慰地说："好，我去给你拿。"

"不用，我自己拿去。"说着，许强快步去了自己屋里。

美琳多少年没见儿子这样有朝气了，她悲喜交加地站在楼梯口，期待儿子快点出来。

一会儿，许强背着包出来，娘儿俩下了楼。

许强对刘嘉说："走吧，我约了车，一会儿就到。"刘嘉高兴地紧跟在孙子身后。

美琳呆望着一老一少走远，失落地回到家里，可这失落只是暂时的，她很快开心了，竟然自己在屋里舞起来。她开始自我陶醉，一边跳一边哼唱着好久不唱的歌曲。跳累了，她倒在沙发上，想着儿子刚才高兴的脸，笑了起来。一会儿,她猛地坐起来,自语:"灵感来了,写首歌。"很快,她写了一首歌,然后又开始修改,直到改得满意了,又重抄了一遍,开始哼唱起来,虽然写的歌词与自编的曲调有些哀婉,却挡不住她内心涌来的那种喜悦。她一遍又一遍地随意编曲吟唱,逃离了固定的枷锁,心情更加舒畅了。

　　　　还是那一个
爱已悄然从身边走过,
激情早已在心底淹没,
是否还想着找人诉说?
该来的已来,
该说的已说,
不想重复过去,
不想再难过。
爱已悄然从身边走过,
是否还会有新的生活?
静静思考遇到的过错,
没有什么可以解脱。
反反复复把自己劝说,
反反复复陷入同样一个旋涡。

爱已悄然从身边走过,
走过了就不必再相互牵扯。
走过的路已然远去,
留下的脚印一直深深打动着我。
无怨无悔向前奔波,
前方有我的希望之所。
无怨无悔向前奔波,
前方有我的希望之所。
任凭雨打风吹不想再难过。
反反复复把自己劝说,
反反复复陷入同样一个旋涡。

为什么熟悉的身影还是那一个,
那颗心依然在原地等我。

爱已悄然从身边走过,
蓦然回首,
不知为何,
无法逃脱。
熟悉的身影还是那一个,
那颗心依然在原地等我。
无怨无悔向前奔波,
那就是我的希望之所。
爱已悄然从身边走过,
蓦然回首,不知为何。
熟悉的身影还是那一个,
熟悉的身影还是那一个。
还是那一个,还是那一个……

她一连哼唱了很多遍,又想起多年前曾经写下的一首歌,心情又低落下来,那是心力交瘁时写下的句子,记忆尤其深刻,不知不觉她又哼唱起来。

   舍弃
望着云儿飘来飘去,
想对一切逃离。
默默品尝泪水,一滴一滴浸润自己,
却不知道明天的生活究竟会在哪里。
你无情把我舍弃,
没有只言片语,
带走我最美好的记忆,
我一天一天梳理自己,
我要把你舍弃。

我要把你舍弃，
再不为你痴迷，
尘封一段记忆，永不开启。
你是天空飘过的雨滴，
偶尔和我相遇，
没有留下任何痕迹。
我要勇敢地舍弃你，
舍弃，舍弃，
我要勇敢地舍弃你。

你是天空飘过的雨滴，
偶尔和我相遇，
没有留下任何痕迹。
默默品尝泪水，一滴一滴浸润自己，
却不知道明天的生活究竟会在哪里。
我要勇敢地舍弃你，
再不会机缘巧合遇到你，
再不会机缘巧合遇到你，
舍弃，舍弃……

  唱累了，美琳苦笑着说："矛盾，矛盾，到头来，就是自己打自己，想逃也逃不掉。"她想着刚过去的一切，自问道："为什么跟我开这么大的玩笑？怎么这么容易就忘了过去？你的自尊呢？你的决心呢？都不在乎了？"她咬着牙使劲掐了自己一把，但并未感到疼痛。

  每个人的心境就像经历的白天与黑夜一样，一半是光明与快乐，一半是黑暗与忧伤。截然不同的心境，她当然知道，但是，以前的问题现在不得不重新考虑了。可是，该不该有不同的答案呢？她不得而知。

  已是凌晨两点多了，她坐在池塘边的椅子上，继续思考着，不愿意回到屋里。她望着池塘里闪烁的月亮发呆，终于下定决心："决定了，不能再错过！"想到这儿，她的烦恼消逝了大半。她有自己的人生观，不在乎别人对自己的看法；她有明确的价值观，谁也撼动不了。她起身快速回到屋里，思索了一会儿，拿着笔写起来：

　　　　同　　乐
　　孤影单枝有自乐，
　　难挡寂寞与萧条。
　　随风飞入百花园，
　　一起欢愉闹喧嚣。

"这就是我的想法，随风而去，融入自然，不去考虑那些往日的负担。嗯，就这样。"她躺在沙发上，仍不能入睡，听到外面阵阵车声，知道很多人仍为生计忙碌，不免想道：半夜将睡中，车声震耳鸣。谁得闲中适？不知有人行。

一觉醒来，已是早上七点多，她极力回忆着梦中的情景：一条大青蛇朝自己飞来，自己被吓得魂飞魄散，慌忙逃跑，可那条蛇对她穷追不舍……

美琳从小最怕蛇，她想起小时候的一幕：那时她也就七八岁，妈妈在屋里做衣服，自己在院子里玩，看到两只老母鸡都探头盯着墙角，她悄悄地走过去，一看，吓得马上大叫起来："妈！妈！快来啊！快来……"

妈妈急忙从屋里跑出来，顺着她指的地方看，也被吓了一跳。妈妈"哎哟"一声，接着从地上拿起一根棍子，很小心地挑起那条小蛇，把它挑到外边的草丛里。

她忘不了那个小东西：一条金黄色的小蛇，跟筷子差不多粗，比她的马尾辫长好多。她已经很多年不想那条小蛇了，但这个梦，自然又勾起她的记忆。对她来说，现实生活已经让自己精疲力竭，再回忆那些远去的往事，更会让自己难过。"何必找那些痛苦呢？"她努力调整了一下自己的情绪，想查一下梦中的现象是什么意思，上网一搜，大致意思是：蛇在梦中是代表欲望的。大多数都说是吉梦，也有不好的，不同网址解释的不太一样。她摇头说道："都是些什么解释？模棱两可，有好有坏，唉，还是相信自己的感觉吧！"她已经打算好了，叫刘蕙兰、林小雨过来喝茶。

第四十七章

　　早上醒来，刘蕙兰清晰地记得梦中的一切：她站在一座美丽的山峰上，四下云雾缭绕。回头一望，身后有一块巨石立在那儿，她好奇地走了过去，见巨石上赫然写着两行字："山高险峻出胜景，水深绮丽露奇观"。她正看着，却发现身旁站着一位慈眉善目、飘逸潇洒之人，他面带微笑指着山下。她向下望去，见山下有一棵大树，树上站满了奇异的小鸟。那人将长袖拂起，一只小鸟便站在其手心上，他让她看那只美丽的小鸟。她盯着那只漂亮的小鸟，忽又想起树上那些鸟，但再看树时，其他鸟都不见了……

　　蕙兰觉得那对联不错，拿笔记下来，又想着梦里的情景："真是奇怪，怎么那雾突然没了？这么漂亮的树和小鸟，从没见过。这么高，这么和善，这么飘逸的人，不就是电视里看到的仙人吗？什么意思？咳，管他呢，梦就是梦，没睡好，困死了。"她感觉昏沉沉的，慵懒地躺在床上，静静倾听厨房传来的叮当声，这是她最惬意的享受。这样的日子正是她所追求的，每当这时她就会想：有个温馨的家，有个知冷知热始终陪着你的人，还有什么奢望的话，岂不是过分了？

　　"哟，醒了？你看，我忘了给你关门了。吵醒你了？怨我，都怨我。"李家良边说边拉开了窗帘，笑着对媳妇说，"李夫人，该起来吃饭了，都快九点。你儿还没醒呢，我把门给他开开了，不叫他，看看他能不能醒了。"

　　她被阳光刺得睁不开眼，拉了被单盖在头上，笑而不答。接着，又听见丈夫大声说："起床了！都几点了还不起来？中午还吃不吃饭？再不起来，我就拿盆子敲了！看你俩还睡得着！"

　　她这才掀开被单，磨磨叽叽地起来，满脸的困倦让她的脸色黯淡了不少。她走到儿子门口，瞧了瞧儿子，见儿子依然酣睡，笑着说："这小子，昨天晚上不知道几点睡的，还打呼噜，肯定又睡到不早了。我怎么没听见动静？昨天晚上我一宿没睡。"

"什么？你还一宿没睡？是你的呼噜把我吵醒的。哎哟，还睡不着呢，谁信？"家良说着去盛饭了。

只要睡不好觉，她就感觉像生了一场大病，走路像是踏在棉花上，深一脚浅一脚的，身子来回晃悠，跟喝醉了差不多。

他看她这样，又说："还没睡醒啊？要不，再回去睡一觉？怪不得成成睁不开眼，跟你一样，光知道睡。我早看透了，有你这样的妈，别想让孩子学勤快了。"

她不耐烦地说："打住，打住，又来了。星期六，好容易睡个懒觉，总睡不成。你不愿意睡也不叫别人睡，怎么这么霸道？"

"讲不讲理？还不让张嘴说说？真是！不吃了。"他真生气了，把筷子摔到餐桌上，走了。

她见他这样，气不打一处来，寻思：有病啊？没事找事！少跟我来这一套！接着，她冲儿子喊道："李志成，抓紧起来，你爹生气不吃饭走了，你再不起，我，我可真急了！"

李志成听她妈这种话听得多了，并未接着起来，翻了个身继续躺着。

她敲着门框喊："你起不起？没听见啊？"

他听出妈妈是真生气了，立刻坐起来，揉了揉眼，匆忙下床，很快洗漱完毕，坐在餐桌旁，故意问："我爸呢？"

"不是跟你说了，生气跑了。"她没好气地说道。

"生谁的气？嫌我起晚了？"志成紧盯着妈妈。

她拉着脸说："生我的气，嫌我说话不对。毛病不少！"

志成劝慰妈妈："我爸他心情不好，不是生你的气，你想多了。"

蕙兰瞧着儿子，不满地说："我想多了？你又不是没看见，从你放了假，他几乎天天喝得醉醺醺的，回来还给你'上课'，我看见他就生气。越来越不像话，他是得寸进尺！"

志成继续劝妈妈："我奶奶没了，他不是难过吗？妈，你得体谅体谅我爸，过一段时间他就好了。"

蕙兰仍生气地说："我怎么没体谅他？都好几个月了，他不就是今天早上才做了这顿饭吗？还鼻子不是鼻子脸不是脸地对我。我能不生气吗？我看他在外边有说有笑的，怎么在家就拉着个脸跟驴脸一样？"

他笑笑说："妈，我听见俺爸笑着跟你说的，不是你说的这样啊？"

儿子的质疑让她不好再说什么了,她知道儿子听得一清二楚。正在这时,她的电话响起,拿过手机一看,是孟美琳打来的,于是接了起来。电话里传来美琳柔和的声音:"今天有空吗?要是没事,你叫上小雨到我这儿喝茶吧?"

"哦,没事,行,一会儿我跟小雨联系联系,看看她有空吧。"她答应下来,转身对儿子说,"给你爸爸打个电话,看他跑哪儿去了,叫他拉你去你姑姑家吃饭。"

他不情愿地问:"去哪个姑姑家?"

"哪个都行,他愿意去你姑姑家。你顺便开导开导他,你跟他说比我说管用。你爹就这个脾气,死要面子活受罪!我去你美琳阿姨那儿,你跟他说一声,要不,他还不依不饶再找我碴儿。"她边说边收拾桌子。

"行吧。"志成有些不情愿地答应下来,匆匆吃完饭,然后给爸爸打电话。

"爸,你在哪儿呢?"

"擦车呢。"

"哦,我妈要去美琳阿姨家,咱上我姑姑家玩吧?"

"行,我在下边等你。你吃饭了吗?"

"吃了。哦,爸,你怎么没吃饭啊?"

"我吃了,不大愿意吃,少吃了点。"

"哦,我这就下去。"

志成换好衣服走了。

蕙兰匆匆收拾完,跟林小雨约好见面地点,一起到了孟美琳家。

三个人一起喝茶聊天,一时都把烦恼抛到了九霄云外,各个表现得悠闲自在。

蕙兰十分欣赏美琳家中的设计。红木家具是明清时期的风格,典雅庄重;墙上的山水画、仕女图各具特色,悬挂的地方一看就是专业人士精心指导过的;大小花盆、精美的点缀饰品错落有致,处处有别样风景。每次来,都让她心生眷恋,她自感望尘莫及,只在心里羡慕,从未跟人提起过。

可巧,三个人都穿的丝绸裙子。蕙兰穿的是墨绿色连衣裙,小雨穿的是淡绿色带着暗花的旗袍,美琳穿的是休闲款的深蓝色居家服。她们虽然都不年轻了,但从外表看,很难猜到她们的实际年龄。孟美琳个子最高,其次是刘蕙兰。林小雨最矮,但她穿的鞋跟高,加上盘起的发髻也高,所以与蕙兰站在一起时，看上去要略高些。

"要是能天天这样无忧无虑地生活多好。喝喝茶，聊聊天，虽然不可能像咱小时候那样什么事都不挂在心上，至少别有感情负担，其他都是小事。现在你俩都过得很好，不像我，看着外表光鲜，什么都不缺，实际上最难受、最难熬、最不如意。"美琳闻着茶香，淡淡地说道。

"怎么了？你又发什么感慨啊？你看我好，我看你好，很少有知足的，就是嘴上挂着知足常乐，也常常口是心非。别看我好了！我正烦着呢，早上刚跟李家良干了一仗，气儿还没顺呢。"说完，蕙兰端起茶杯喝了一口。

"可不是，什么知足常乐，瞎扯！不是你不知足，而是别人老是要求你知足，他不知足。嘴上说得好听，言不由衷！唉，我是看透了，也就这么回事，又不能不过了，将就着过吧。"小雨端了端茶杯又放下了，她的脸色阴沉下来。

美琳酸溜溜地说："哟，我这儿说羡慕你俩呢，怎么说话都带刺？听着都看破红尘了，比我还心烦？奉劝你俩，别不知足！身在福中不知福，一个个都快变傻了。蕙兰，家良可是打着灯笼也难找的主儿，你别没数，小心被别人挖了墙脚，到时候你可别后悔。小雨更不用说，人家程大书记要能力有能力，人还长得帅，几百万人里才能挑出这么一个。"

美琳给蕙兰倒上水，故意朝她眨了眨眼。

蕙兰一笑说："我怎么不知道他好在哪儿？美琳，你整天说他好，好什么呀？婆婆妈妈的，一点都不大度，烦死了！"

小雨刻薄地说："瞧瞧，说这个说那个的，轮到自己怎么就转向了？说得头头是道，咱自我约束能力不是挺高的吗？蕙兰，你可不能跟我一样，还想让你给我指点迷津呢，看样子，你是泥菩萨过河——自身难保了？"

蕙兰强挤出点笑容说："嗯，不是早上就说了，刚跟他干了一仗。想想有什么矛盾？没有！就是话赶话，嗓门越来越高，然后，谈崩了……我，更年期了，一会儿高兴，一会儿憋屈地想哭，早上醒了还不停地出虚汗。有时候也知道情绪不对劲，就是控制不住呢。"

小雨一听，盯着蕙兰说："唉，我和你症状一样，我可能也是更年期了。"

美琳指着她俩说："去去，你俩快歇歇吧。我这么多事，还没更呢，你俩先更了？都别给自己找借口了。"

有了探讨的话题，三个人热火朝天地聊起来。

蕙兰看着美琳说："真的，信不信由你，反正我说的都是真的。一开始我也不信，可跟同事一聊，确实是这么回事，完全符合更年期的症状，我同事都更完了，她跟我说的，没错！"

美琳摇摇头说："照你这么说，我早就更完了，我四十岁的时候就有了你说的症状，可现在都快五十了，怎么还没更完？人家不都说更年期也就几年吗？是不是咱仨特别，更得比人家早不说，症状还严重？"

小雨一直看着她俩说话，又想了自己的身体状况，急促地说："可也是啊，是不是咱仨都有毛病？要不，咱找个大夫一块儿看看，我找人联系联系，给咱约个好大夫。"

蕙兰指指她们，严肃地说："要看你俩看，我不看。我的毛病我知道，自己能调整好。要不是瞎找大夫，还不会把我的生理期调乱了呢。告诉你们吧，前几年我的确浑身不舒服，到处找偏方，只要听见谁说哪个地方有高人，能治什么病，我肯定相信，准去看，结果成天吃药，吃出毛病来了！四十五岁的时候例假就没了，那时候还不好意思跟你俩说。我当时也后悔呀，又接着找偏方调，还是白忙活！最后，我自己总算弄明白了，就不该疑神疑鬼的，其实自己本来什么病都没有，反而吃出一些病来。再后来，又不甘心，我找了西医看，跟他们说了。很多西医不相信中医，可我是现身说法，他们还笑，又给我开了些激素药，结果吃了也白搭。这两年，我干脆不看了，反正也没什么感觉，随它去了。现在我的胃也不好了，就是吃的药太多了。"

小雨捏了一下鼻子，说："呀，我跟你一样。咳，你不说，我也没好意思说，我也不正常了，吃了十几个偏方了，一点也没管用。"

美琳很惊异，不解地问："啊？你俩怎么回事？我还挺正常呢。怎么回事，你们还有压力？一个是老师，一个是公务员，还都是官太太。"

小雨马上拉下脸说："什么官太太，别提这个行不行？"

蕙兰瞧着小雨，皱着眉说："激动什么？有什么可激动的？以前可是你说的，程浩多好多好，对你多好多好……当时我和美琳听着都肉麻。你知道俺俩多羡慕你吧？人家程浩多优秀！人长得好不说，还稳重老练，官越做越大，你看看咱同学朋友里边，有哪个赶上他的？"

美琳附和道："小雨，你是我最羡慕的，要什么，有什么，谁敢对你不敬？你就是咱的'老大'！见了你都毕恭毕敬的。你不知道啊？"

小雨轻蔑地说:"酸甜苦辣咸,尝了才知道;萝卜白菜各有所爱,就怕也有什么都不吃的。唉,你说这人就是怪,生活本来挺简单的,有人他就觉着乏味,要寻刺激,要寻什么异样的感觉。我不明白,为什么非要把简单的生活搞得复杂?你说,咱女人都喜欢简单,可男人却喜欢复杂。这是不是男女差距最大的地方?"

蕙兰笑了笑,试探地说:"小雨说得有点意思。估计遇到问题了,解不开了?你不是挺有情调吗?是不是程书记要求高了?"

小雨愤恨地说:"有什么意思啊?越来越没话说。"

蕙兰像是交办工作一样认真地说:"书记说话可是一套一套的,教训你还不是小菜一碟?服从命令听指挥,你也不能搞特殊。"

小雨听蕙兰这么说,火气更大了,指着她说:"少教训我!你听谁的指挥啊?李家良能指挥你?站着说话不腰疼。"

美琳给她们添了茶水,笑着说:"你俩都一样,争不出高低来,快喝水。尝尝这茶怎么样。"

蕙兰跟小雨各自喝干了,都坐着不再说话。

美琳一边倒水一边说:"男人想问题跟咱不一样。女人心细,考虑问题多,想不到一块儿很正常。"

蕙兰瞧着小雨说:"你不是挺周全吗?听你这么说,我反倒不生老李的气了。他这个人实诚,花花心眼少,除了花钱有点抠门,小事多点,没大毛病。我们家生活简单,一点都不复杂。"

小雨拧着眉说:"有意思吗?美琳说的那些东西,我一点也不感兴趣!甚至很讨厌!我就想跟你刘蕙兰一样,头脑简单,简单得都分不出好歹了。你知道我气在哪儿?别跟我说那些没用的,直接说我的问题是什么,我就不信你能猜得准。"

蕙兰眼珠一转,指着小雨说:"你有情况了,对不对?"

美琳惊愕地盯着蕙兰,欲言又止。

小雨白了蕙兰一眼,笑着说:"就知道你胡说八道。我可没那本事。"

蕙兰撇嘴说:"想什么呢?美得你。我说你是不是有喜了!现在都忙着生二胎呢,咱仨就你小,你不抓紧呀?错过了时间就甭想了……"

小雨跟蕙兰挨着坐的,一听这话,哈哈大笑,将手里的几片瓜子皮扔到蕙兰身上,又推了她一把,说道:"别不正经。自己多大年纪了不知道吗?

涮我啊？刚说了更年期了，还想要二胎，这不瞎扯吗？"

蕙兰盯着小雨回答："我说的是正事，谁跟你开玩笑呀？我要是能生早行动了，我是真不能生了。"

美琳也很认真地说："是啊，小雨，就你还有希望，赶紧找个大夫调调，肯定没问题。"

小雨扭头看看美琳，不屑地说："姐，别听蕙兰瞎说。我都跟她一样了，怎么可能呀？再说了，就是正常，我也要不成。"说完，她拍着双手，似乎是在抖落手上的垃圾，其实她在掩饰自己的情绪变化。过了一会儿，她才接着说："你们说，就咱这年龄，再要个孩子有意思吗？好不容易熬出来了，把孩子带大了又不省心。我呀，绝没有再要孩子的想法了。"

蕙兰坚持说道："我单位好几个都要了，我可羡慕人家了。唉，可惜呀，如果这个政策早五年的话，我说什么都要。想想将来老了，身边就一个孩子，哪舍得叫他整天围着你转哪，他有他的事啊。"

小雨哀叹一声说："谁说不是啊？可万一再生个不省心的，让人怎么活呀？成成、强强都比然然听话，要是然然能赶上他俩五分之一，我都谢天谢地。可惜呀，这孩子惯坏了……"

林小雨最大的烦心事就是女儿。

程怡然上大学后，迷恋上自己的音乐老师，那人是有妇之夫，比她大二十多岁。无论父母怎样开导，她就是不听，偏要与她的导师黏在一起。

林小雨跟丈夫一起找那个不想见又不得不见的人面谈了几次，都是无果而终。那人的理由很简单："我们之间是纯洁的感情，不是你们想象得那样肮脏。你们不懂得感情，请你们不要打扰我正常的生活。"林小雨气得对那人破口大骂，却毫无办法。她觉得太丢人了，不敢跟任何人提起，明知道是掩耳盗铃，可她认为就是不能从自己的口中说出去。为这事，她常常将怨气撒在丈夫身上。她的结论是：女儿喜欢上变态的男人，都是程浩惯着她追星造成的，不然，女儿不会这么傻的。

有的人过于孤芳自赏，在痴迷的自我陶醉中，抬高自己却忘记了别人的虚情假意。影视剧里的青春偶像本就是完美的代表，有人崇拜这类偶像到了痴狂的地步，总想着那就是自己的"意中人"，但其不能让自己实现人生的幸福，因而背离了正常的生活方向。程怡然就是这样的人，她生活在得宠的环境里，自以为与众不同，更喜欢那种不循规蹈矩的精彩生活，追星渐渐成了她生活的重心。可是，几年追下来的结果，偶像没一个欣赏她的。追寻偶像不成，她就沉溺在被吹捧的漩涡里。对一个从未体验过男女之爱的女孩来说，芳心一旦被打开，她那种宁死不屈要得到真爱的念头是很难被打掉的，不但打不掉，反而愈加激发了她想尽一切办法冲破阻碍去实现愿望的勇气。

  林小雨已经跟女儿较量了许多回合，但都败下阵来，最后只得用不跟她联系、不给她提供资金的办法耗着，结果生气的是自己，对女儿什么作用也没有。

  美琳看小雨一直沉思，猜想她在想事情，便说出自己的看法："要都按咱想的来，不就没事了吗？人和人的差距可大了，有天壤之别。许多事简单最好，何苦绕来绕去、自寻烦恼？明知道不对就是改不了，这是祸根。女的仔细，更喜欢盯着一些琐碎事，要是不去掉这种毛病，很难静下心来。你俩千万别犯这种低级错误。"

  蕙兰说："女的都有多愁善感的毛病，如果不是这样，哪来那么多烦恼？都是自找的。"

  美琳看看蕙兰，又说："也不能这么说，有些男的比女的还厉害，总喜欢喋喋不休地纠结一些小事，一点都不大气，表面上还装出一副所谓的'满不在乎'的样，看着就让人恶心。以前他们给我介绍了好几个这样的，我能看上吗？你俩当时光劝我，叫我少挑剔，放低标准，我不是不想放低，再低我也不会选那种人的，这是底线！"

  蕙兰点点头说："咱这年龄的，很少有喜欢那种人的。你说怪吧？现在小孩子好多喜欢那样的，不知道怎么回事。尤其是那些年轻的叫什么'小鲜肉'的，听这名字就是中吃不中用，空有一副好脸蛋。不过，话说回来，长得漂亮没错，谁不喜欢漂亮啊？就是现在看电影、电视剧里这种脸孔太多了，看着他们扭扭捏捏的，怎么看怎么不顺眼。幸亏我儿子没那样。别说，刚开始，我还真看过，特别是那几年都追韩剧的时候，我也追了一部，后来再也不追了，想想有什么意思，就那点事，没完没了地演。现实有几个那么完美的人？又有钱、又懂你，不管你有什么缺点，他都能包容你。可看完了再回到现实，落差太大！不吃不喝不工作了？整天谈感情，哪有那么多闲工夫？"

  小雨抢着说："那时候，我追得连饭都不吃，跟着了魔一样。现在，我家然然跟我那时候差不多，天天迷着那些'小鲜肉'，可别让她知道他们有什么活动，只要让她知道了，非要追着去现场。唉，为这事，都快愁死我了！程浩还帮着她弄票，爷儿俩成了一条线上的。然然高考只考了三百多分，说说我都觉着丢人，整天家教一个接一个，从小学到高中都没断过，白搭！她心思没在学习上，能学好才怪呢！"

蕙兰笑笑说："行了，然然的学校不是比成成的学校还好吗？你还不满意？"

小雨点头说："学校是行。我也没多问，问多了程浩就跟我瞪眼，白生气。"

美琳指指小雨，笑着说："瞧瞧，还不满意呢。不管怎样，结果好不就行了？跟你说，你又管不了，放着省心不省心！能不能别纠结这种事？不浪费感情吗？"

蕙兰接着说："没事多看看书吧。我看了《菜根谭》《小窗幽记》《围炉夜话》，对修身养性很有好处。你俩也看看吧。咱这年龄，都该静下心来了，不能再跟年轻人一样，遇事浮躁还喜欢无事生非，不好！我还读《论语》呢。"

美琳拍手说："没错，我也这么想，就是做起来太难了！《论语》的不少经典句子，上学的时候都学了，现在只记得'学而时习之，不亦说乎？有朋自远方来，不亦乐乎？'别的，都忘得差不多了。哎，蕙兰，你刚才说的那几本书叫什么来？我记下来，没事我也看看。"

蕙兰慢慢说着："《菜根谭》《小窗幽记》《围炉夜话》，虽然有些观点不合适，有些消极，但如果只看看里边那些有益的启示，足以受用终生了。不过，能做到的话，也神了，恐怕咱仨都难做到。再说，谁没有消极的时候？消极的时候就清静清静。"

美琳感慨地说："做到做不到是另一回事。我的信条是：适合自己的理论就是好的。哦，我可是正常人的想法，适合我的理论当然是对大家都有好处的，我可不能独吞的！到了咱这个年纪，差不多都能悟出一些人生道理，就是这种感悟常常会走极端，往往给自己和别人带来情感上的纠结。还有，什么年龄说什么话，关键是给自己定好位，千万别不着边际地抬高自己，让自己太过自以为是，不但迷失了自己，更失去了知己。"

蕙兰佩服地说："美琳，你刚才说的话，是哪位高人的名言啊？有道理，不，是哲理。还有，你刚才说的'迷失了自己'，提醒我了，我给自己写了一首诗，就是这个题目，我都改了好多遍才确定这个题目的。"

美琳和小雨都不约而同地喊了一声，又都接着说："快背背，背背。"

蕙兰遗憾地说:"可我觉得不太成功。"说着,看了她俩一眼,见她们都盯着自己,又说道:"咳,也无所谓,要不,你俩指教指教?我是前一阵才确定下这个题目的,那就背背吧。"

迷失自己

很想包容你的缺点,
却总缺乏应有的耐心。
希望记住你的优点,
却关闭了记忆的大门。
曾经是相濡以沫的知己,
却变成虎视眈眈的仇敌,
到底为了什么?
无情的借口,
相互地唾弃,
推着我们渐渐远去。
我迷失了自己,
找不回我们的过去。
多少次一起去看朝霞,
多少次共赏夕阳西下,
忘了吗?
都忘了吗?
话不投机可以放下,
观点不同不影响共进晚餐啊!
到此为止吧,
到此为止吧,
别再为那些无谓的争吵浪费精力了!
看,看,
天上的乌云已经散去,
相信吧,
太阳的光辉依然能穿进我们心里,
融化所有的心结和痴迷!

美琳拍着手，兴奋地说："好，好，我听着不错，我喜欢！来，你慢点背，我要记下来。"说着，她拿了纸和笔等着。蕙兰得意地重复着，美琳极认真地记着，小雨冷言说："哎哟，看这架势，蕙兰帮了美琳大忙，看着挺开心啊！"

美琳赞同地说："可不是？我觉得她写的怎么就是我啊。哎，蕙兰，你是不是就是写给我的？"

蕙兰指着自己说："写给我的。如果谁有同感，说明都经历过，否则，不会体会到的。"

小雨说："我再读读。"看完美琳写的，她也说："我怎么觉得也有我的影子啊？"

蕙兰得意地说："你俩知道我是怎么写出来的吗？都是跟李家良打架打出来的想法。"

美琳十分怀疑地看着蕙兰，摇着头说："不会吧？你俩还打得这么厉害？我不信。"

小雨也不相信蕙兰的说法，她摇着头撇着嘴说："糊弄我俩呢，谁信？"

蕙兰生气地说："爱信不信！你俩看看周围认识的人，哪有不打架的？打架还不正常？不打架才不正常呢。人在气头上，就会失去理智，说的做的不合拍。不过，还要看怎么个打法、为什么打。要是些鸡毛蒜皮的事，无所谓；要是原则性问题，那就不行了。"

美琳蹙了蹙眉，急急地说："什么是原则性问题？婚外恋？包养人？他就是做了，你能怎么样？我最有发言权，我跟他离了婚，各过各的，当时义无反顾坚持自己的想法了，可谁想到二十年后又回到原点呢？"

小雨听了美琳的话，知道她有想法，一听"回到原点"几个字，更坚信了自己的想法，故意挑明了说："什么是回到原点啊？哎，你什么意思？不会是想跟许大发和好吧？好马不吃回头草。美琳，我跟你说，这老话可是有道理的，你可不能学那些傻瓜，好像离了那个人就活不下去了……我最瞧不起这种人，自己没个正儿八经的主意。"

蕙兰理着头发说："小雨，人和人不一样，各有各的优点，你不能光看他的缺点。要是光看缺点，那就没法过了，迟早会各奔西东；要是想着他的好处呢，肯定分不了！"

美琳略带酸涩地说："谁说不是啊！悔得肠子都青了，晚了！"

小雨反驳道："我不这么看。有什么可后悔的？当断不断必留后患！该分手了非不分，有意思吗？憋屈着过，天天生气，谁受得了？"

蕙兰叹道："有些事还真难说清楚，看别人清楚着呢，轮到自己就不行了。"

美琳揉了揉鼻子，凄楚地说："说归说，劝别人好劝，就是劝不了自己。没经历过，自然没有经验；经历了，不积累经验，与没经历有什么区别？惨痛的教训都无动于衷，那将来肯定是更惨痛的打击。"

小雨顺着说："这话没错。劝别人好劝，就是劝不了自己，就是觉着自己跟别人不一样！其实，有什么不一样呢？不都是过日子？过日子有多大差别？还不是结婚生子、柴米油盐、亲朋相聚这些事。一辈子没有大的变故，最好！摊上了就说摊上的话，车到山前必有路！"

美琳苦涩地说："是，摊上了，没办法。也不是没办法，就是这办法不一定都适用自己，那要看自己了……"

蕙兰干脆地说："到哪儿说哪儿。没事还是看看书，没坏处。哦，前提是别把错的观点当对的用了。"

美琳点头说："嗯。书到用时方恨少，办法总比困难多。大道理都懂，就是不管用呢。我看书，就很少看完整本，自己也生气，一点毅力都没有，决心不小，买书的时候挺积极，买回来就成了摆设。不过，话说回来，看就比不看强。"

蕙兰点头道："开卷有益嘛。咱都差不多，总比闲得无聊强。书中自有心仪处，自得其乐。"

小雨指指她俩说："你俩还真有闲情逸致啊！你们看吧，我是没那想法。都这把年纪了，还有心思钻进书本里，不可想象！我理解不了，你们哪来的精神？有空还不如打打牌呢。"

蕙兰、美琳都笑了。

第四十八章

蕙兰看着美琳忙活，见小雨心不在焉地看手机，主动换了个话题："现在啊，当老师的真不容易！你管得严，学生不愿意，到处提意见；不管呢，孩子就贪玩、惹事，家长提意见。真是左右为难！美琳，咱上二年级的时候，刚开英语课，徐老师把张二丫从教室里扔到外边去了，你还记得吧？当时吓得我都出冷汗了。"

美琳坐下来，兴奋地说："当然记得了！那时候我也没听课，不知道她问的什么问题。我一个单词也没记住，当时吓得我呀，大气都不敢喘，真怕再问到我。张二丫运气还不错，扔出去竟然毫发未损，还稳稳地站住了，真是个奇迹啊！"

蕙兰睁大了眼说："是奇迹。我当时瞧了瞧身边的人，都吓得不轻。本来我知道问的什么，可见了那阵势，脑子倏地一片空白，也不知道什么问题了，傻愣了半天没反应过来。还有，徐老师不让在一边标拼音，不标拼音谁能记住那些单词啊？每个单词我都标了拼音，那个怕啊！怕被她看见再抽我两个耳刮子。"

"咳，谁不标呀？全班没有不标的，我都看过，标得五花八门，自己明白怎么回事，别人看了都笑掉大牙。我记得最清楚的，就跟相声里说的一样，土豆，王玲直接记成了'po tu tou'；香蕉，我当时记的是'bo na na'；老师是'ti che'，小汽车是'ka'；公共汽车是'ba si'……咳，笑话多了去了。最可笑的是孟庆林，她就没有读清楚的时候，别说是英语了，就是汉语她也读不好，'二'她总是读成'嗯'，老师让她重复了十遍，她都没改过来，笑得我肚子疼。"美琳眉飞色舞地说着，还真捂着肚子笑开了。

"我也笑得肚子疼。当时出的笑话可多了，每个人都有。你还记得我睡午觉的时候从桌子上掉下来吧？以前没跟你说实话，那是我用脚蹬王玲，用力太猛，那水泥桌子窄，结果自己滚下去了。真是活该，不该使坏！幸亏当时没磕到凳子上，要不然，准会留下伤疤，还不知道我妈怎么收拾我呢。"蕙兰说得轻松，内心的确有些自责。

美琳笑着说："我还记得跟你玩滑梯被老师抓住那次，杨老师问你玩没玩，你不承认，他叫你站到讲台上背对着大家，你屁股上的泥巴忘了处理干净，屁股上像是贴了两片黄膏药，大家看着那个乐啊，连徐老师都被逗笑了。"

蕙兰笑着说："咳，那次我恨不得找个地缝钻进去，太丢人了！你说当时怎么那么笨呢？就不知道把屁股上的泥巴打扫干净，犯了低级错误！不过，现在想起玩滑梯的时候我都后怕。那地方，高不说，下面就是河，我们当时还比谁滑得快，妈呀，万一有歪倒的，就有可能滚到河里去……多可怕！"

美琳指指蕙兰说："是啊，当时的胆子是够大的，谁都没想过那不好的后果，只顾贪玩了，幸亏老师及时制止了，要不还真难说。"

蕙兰指着自己说："我呀，上小学的时候，可没少干叫人啼笑皆非的事，当时就仗着学习好点，瞎胡闹，老师给我留了不少面子。跳绳、丢沙包、扇纸包都出过洋相，跌倒趴地上多少次，最厉害的一次把嘴都磕肿了。还有，那次扇纸包最叫人不可思议了，一个蒺藜刺直接插到我指甲盖里，疼得我快不行了，只好请假找孙大夫给拔出来的。"

美琳刚喝一口水，直接笑喷，因为蕙兰说的那些事自己都见过。她擦干嘴角的水，看到小雨正闭目养神，觉得冷落了她，对她说："哎，小雨，以前我没跟你说过，蕙兰跟你说过吗？就是她被淹的事。"

小雨睁开眼，伸了个懒腰，像是刚睡醒一样。她们说的她没见过，所以没多少感觉，听见美琳问她，佯装感兴趣地说："没有，怎么了？"

蕙兰笑笑说："小雨，你的记性真差！我不是跟你说过了，这是我的救命恩人。"

小雨不以为然，轻飘飘地说："哦，我知道美琳救过你，你可没跟我讲经过啊，我怎么就记性差了？"

蕙兰只好说："行，再说一遍。大体经过你都知道了，我差点被水冲走，幸亏美琳拿树枝子把我拉上来，不然，就真没命了。那可是影响我一生的教训。"说着，她的脑海里又浮现出那惊心动魄的一幕。一会儿，她站起来，抱拳向美琳深鞠一躬，笑着说："感谢我的大恩人！要不，我刘蕙兰怎么能有今天。终生难忘的经历、无以回报的恩情，请受我一拜！"

美琳笑道："行了，都拜了百八十回了，快别客气了，总挂在嘴上，多大的事啊，你不是也救过我吗？要不是你帮我，恐怕我连小学也上不完，还不知道现在干吗呢。"

蕙兰坚决地说："两回事！救命之恩，什么时候都不能忘！"

小雨啧啧道："滴水之恩当涌泉相报。你俩的交情，怪不得这么深……"

没等小雨把话说完，美琳又笑了。

小雨好奇地问："你笑什么？"

美琳回道："我不是笑你。我忽然想起，当时蕙兰跑得可真快。她的脚不是出血了嘛，刚用青青菜给她止住血，就听见上课的钟响了。当时我还怕她脚疼，想在后边陪她，没想到，她窜得比我还快。我是最后一个进的教室，正好被徐老师逮住，要不是我老爹的面子，罚站是铁定了。是不是，蕙兰？"

蕙兰笑着说："是啊，当时听见钟声，撒腿就跑，早忘了疼了，光害怕被老师抓住了。一说这事啊，我就想起之前干的那些荒唐事。"

小雨指指蕙兰说："这算什么，谁都有过，闹个笑话还不正常？叫大家都高兴。要不，我还不愿意搭理你呢。"

蕙兰突然没了笑脸，给了小雨一个白眼，说："原来你是看着我傻，是吧？"

小雨站起来，抓了把瓜子塞到蕙兰手里，斜眼看着她说："你傻？那上哪儿找聪明的人？要不是看着你机灵，我会跟你玩？一边儿歇着吧。你呀，脑袋瓜好使，指不定搞出什么怪诞离奇的话，叫人费脑子。"

美琳听出她们话中的火药味，忙把话题接过来："蕙兰，你还有什么荒唐事？说说。"

蕙兰见小雨站着不动，起来推她坐下，这才说："说说我的精彩事，让你俩高兴高兴，别总看我不顺眼。"

小雨指着蕙兰说："谁看你不顺眼？你不看人家怎么知道人家看你？自作多情！"

蕙兰眨了眨眼，嗑了几粒瓜子，将手里的瓜子放在茶几上，慢慢说道："我这人，好几次死里逃生，真不知道自己到底有多笨！五年级的时候，我爸给我买了辆自行车。我得先学呀，可当时爸妈哪有工夫教我。我就叫上妹妹、弟弟跟着我，叫他们给我扶着。别说，他俩还真管用，竟然把我教会了，我能在场院里转圈了。骑了几十圈后，我觉着会了，就顺着马路骑了。美琳，你还记得俺队的场院吧？出了场院，顺着马路到村里，是一路下坡。

那天,我骑着车子就下去了,结果忘了怎么刹车,车子越来越快,正好村头一拨人站在马路上,把我吓得慌了神。没办法,我当时急中生智,干脆倒在旁边一堆石头上。"

美琳叫了一声,小雨瞪起眼来,她们都说:"你没事吧?"

蕙兰使劲眨了眨眼说:"能没事吗?当时把胳膊、腿都摔破了,还把那拨人吓得不轻。他们赶紧帮我,还把我送回了家。没想到,那回我妈没训我,还领着我到卫生室消了毒,抹了紫药水。不过,那次还真没白摔,我后来把学骑自行车的经历写成了作文,竟然得奖了!"

美琳和小雨都说:"因祸得福了!"

蕙兰笑笑说:"也有干摔光赚疼的时候。上初中的时候,冬天天不亮就走,村西头不是一路下坡嘛,有一回,我直接冲进地里了,那地离路面有一米多,路边还有一条小水沟,按说那水沟能挡住,可没挡住,我是稀里糊涂就扎进地里了。当时摔得不怎么疼,我怕被人看见,赶紧从地里爬出来了,当时的劲也不小,你想啊,那自行车是大金鹿的,挺沉的,我那时的个子不过一米五,竟然一个人把车子从地里拖上来了。那时候小,做事莽撞,可现在也没强到哪儿去。前一阵,我骑车又摔了个狠的,把嘴磕破了。我都恨自己,总是改不了。"

小雨笑着说:"现在不是好好的?过去了,无所谓,越摔越结实,这可是对小孩子说的。"

美琳笑着说:"每次跌倒都记着,就是疼点,不算什么。以后老了,可要小心点了,别慌里慌张的。你呀,就是性子急!"

蕙兰看着美琳,不住地点头:"你说得对。我就是性子急,干什么事都毛手毛脚的。美琳,光听我说了,跑题了,你不是叫我们来商量事嘛,你说说你的想法,俺俩帮你出出主意。"

第四十九章

美琳被刚才的话题触动了,她感到轻松了许多,可仍一脸愁容,用力揉捏着手指说:"我这命怎么就这么不好,就不能叫我消停消停,总是摁下葫芦起来瓢。那个刘嘉,这么多年不见了,我好容易把她忘得差不多了,没想到,她又鬼使神差地出来了。出来呢,也不能说一点也不好,强强总算是开……开心了些。可她这一出来,我往后的日子就别想安稳了……"

小雨冲美琳一摆手说:"管她呢,只要强强高兴,你就先放她一马,以后再说。"

蕙兰朝美琳点点头,说:"是啊,也不用担心,强强大了,应该知道你的心思。她就是对强强再好,也不能跟你这当妈的比呀。"

小雨指着美琳说:"我就是提醒你,凡事都长个心眼,你要提防那个老太婆,她可不是省油的灯。"

美琳点点头,看着她俩说:"我想过。她的确有一套,一不留神就会上她的当。我领教过,就是摆脱不了她。难道她就是老天派来专门折腾我的?我前生造了什么孽,跟她有什么仇,她非要这么折磨我?"

蕙兰拿纸递到美琳手里,劝道:"什么前生呀,谁知道?还不都是人想的。遇上什么事解决什么事。瞎想,一点用都没有!要是磕几个头能把什么事改变了,那我宁愿把头磕破了,恐怕得一天到晚地磕头,也没帮咱的。还是面对现实,管它是风是雨,都该有!不一定是坏事。咱都学过《塞翁失马》,是好事还是坏事,不同境况得出的结论不同,关键是你怎么看。美琳,你相信有来生,是吧?"

美琳点点头,呆呆地看着地面说:"是,我相信有来生,信佛说的。这样,我能有个好心情。说实话,有时候也有奢望,如果佛说话算数,教我怎么做才能实现今生的愿望,我一定照做!让我做个梦也行啊,可怎么连个梦也不给呢?唉,都活了大半辈子了,有些事也明白了,就是怎么扯也扯不清。想想吧，也没多少事，不就是一天天熬吗？不熬也不行啊。"

小雨劝慰道："想明白想不明白都差不多。想明白了怎样？想不明白又怎样？咱都快五十了，还不是一会儿明白、一会儿糊涂，有几个真正明白的？话说回来，这人哪，就是再顺当，好日子也没多少天。'人无千日好，花无百日红。'自打记事起，开心的时候就屈指可数。现在想想，还是上学的时候最开心。那时候，你想学就学，不想学也没人逼你。那个时候吧，还真整天胡思乱想，就跟你刘蕙兰一样，我可疯了，也做白日梦，喜欢看情诗，就是功课不大上心。要不是我爸找老师训了我一顿，我也不会考上大学的。结了婚，不但自由没了，越来越成了摆设。唉，真是没意思。"

蕙兰顺着小雨的话继续说："咳，都一样。高兴的时候，看着枯草就是绿地，看着乌鸦就是凤凰；不高兴的时候，就是连阴天，看哪里都快下雨了，怨天怨地怨别人。你说地球上这么多人，怎么就没想出个让人没有烦恼的办法呢？奇怪吧？"

小雨嗑着瓜子，斜眼看着蕙兰，冷冷地说："奇怪？你问得才奇怪呢，跟不懂事的孩子有什么区别。是不是诗人的头脑都简单啊？问的问题也奇怪。"

蕙兰赶紧表态："是，我承认自己头脑简单。诗人可不敢当，其实吧，我，我还真想当个诗人呢。诗言志、诗抒情，诗更能激发人的创造力和对生活的热爱。有人说没诗照样活，可要我说，有诗的生活与没诗的生活是截然不同的。生活可以没有诗，整天忙忙碌碌地过，一味追求积累财富，对很多人来说，这是实实在在的生活；可我认为，有了诗，人生的境界是截然不同的，诗意生活会很惬意、很美好。我呀，还真有个大计划呢，我准备写部小说，长篇的，至少三十万字吧，这是我初中就有的梦想。"

美琳伸着大拇指说："呵，那可厉害了。蕙兰，我可不敢有你这想法，我还是学你，先多看看书，再写点什么。"

小雨先是哼了一声，然后讥笑道："好，你俩都玩高雅的。跟你俩比，我这为人师表的怎么就'堕落'了呢？这不是让我无地自容吗？你俩合伙整我？"

美琳过来给她们倒水，笑笑说："小雨，干吗这么想，你以为我是个喜欢看书的？要是早喜欢看书的话，也不至于到了这一步。"

小雨冷冰冰地说："说实话，我讨厌现在的生活，整天混日子等死，一点意思也没有。"

蕙兰看着小雨，十分不解地说："哎，小雨，说什么呢？我都起鸡皮疙瘩啦。等死，人生自古谁无死？明明很舒心的日子，叫你说得都不敢活了。再说了，你又不是不教学生，你不是挺负责的？"

小雨仍冷冷地说："我可不是装腔作势。你想想，自己想做的事不能做，有多难受？你是没受过！你当然不会理解我的心情。算了，反正每次跟你俩说，你俩都以为我说的不是真话。我再有几年就退休了，不想折腾了，也没什么可折腾的了。蕙兰嫌我说得直接，不就这么回事吗？"

美琳坐到小雨旁边，轻轻拍拍她的胳膊，柔声说："小雨，十年前我就跟你说，自己在外边办个培训机构，公私两不误，你不听。你要听我的，早就发了，还用跟程书记较劲？再说，争那个小学校长的事都过去七八年了，你还对程书记有意见，怎么就这么想不开呢？那个小学校长有什么好的？你看现在有多少事啊，不是这考核就是那考核的。听我表妹说，自从她干了育才小学的校长，忙且不说，关键是提心吊胆的，特别是那个孩子跳楼后，她就没睡好过。"

小雨扭头看着美琳，挺挺身子说："我这人哪，有个性！别看喜欢钱，可绝不去挣那'良心上过不去'的钱。美琳，你说现在培训机构这么多，咱孩子都上过，管用吗？可能咱的孩子不管用，人家的孩子有管用的。问题是上课的老师，上课的时候不好好教孩子，还推荐孩子去参加培训，他们省事啊。他们省事是一方面，关键是他们去那些机构讲课挣钱！更可气的是，有人明目张胆地办培训班，把孩子都招到他家去了。你说说，这都什么事啊？我，就把我知道的一股脑地倒给学生，绝不偷懒。为这事，我还跟程浩提意见。我不是也给然然找家教了？人家都找，我不找心里能踏实吗？当家长的，谁不怕自己的孩子落在后头？都跟着学，还相互推荐辅导班呢。唉，给孩子花的钱呀，太不靠谱了！不过，现在好了，全国都抓得严了，不准老师搞经营兼职，我看我同事都老实了。据我所知，他们都不敢轻易冒险了，万一被抓住把柄是要开除的。要看这形势啊，幸亏当时没去办机构。至于你说的校长不校长的，我早忘了。我还想过，真要是当上那个校长啊，说不定会捅什么娄子呢，现在多省心。"

美琳赶紧迎合道："还真是，我没想到你说的这一茬，幸亏没听我的。"

小雨解释道："我发脾气，可能想歪了。程浩忙，然然又不省心，闹得我心烦。"

蕙兰见她们都不说了，发表了自己的看法："可能都这样，心情好的时候就忘了那些烦心的事，心情不好，就光想那些烦心的事。我想过，人这一生会遇到很多无形的墙，挡住你的视野，挡住你前行的路，要看你怎样对待它们了。墙，该推倒时就推倒，该挖洞时就挖洞，前景一定是光明的。现在也不知怎么了，闹自杀的孩子比咱小时候多。咱小的时候，哪有跳楼的？哦，那时候条件差，也没有楼，想跳也没地儿找去。我就想不明白，难道他们还不如我们看得开？按说不该啊，他们都比咱见多识广，应该更明事理。"

美琳被蕙兰逗乐了，笑着对小雨说："是啊，我看就凭这点，蕙兰还真是个可塑之才，说不定能写出个名堂来。"

蕙兰指着美琳说："还不如直接说我傻呢，听着不顺耳。"

小雨拍了蕙兰一下，紧绷着脸说："拉脸，谁怕你？有本事哭上一场，看看你的表现，能不能写出人的真心来。好作品可都是呕心沥血写成的。那些大作家能把自己写哭了，也能把自己写笑了，还有肝肠寸断、撒手人寰的，像曹雪芹，可是搭上命了……"

蕙兰赶紧摆着手说："我可没那本事！你太抬举我了。"

美琳给蕙兰倒水，笑着说："我跟小雨可不会盼你不好。你呀，专心写你的。说不定就像小雨说的，你还真就能写出让我们感动的书呢。要是应了小雨说的，到时候你可要好好谢谢小雨啊，她的激将法向来管用。"

蕙兰高兴地拍着手说："那我会感激涕零的，真盼着应验呢。"

三个女人笑成一团。笑够了，蕙兰才说："叫你俩这么一说，我说什么也要试试了，成不成先放一边，今天算是找到了写作入口，可以正式构思了。"

小雨放下手里的瓜子，看着她俩说："说起《红楼梦》来了，你俩喜欢吧？我喜欢过，还着迷过。现在想想，不喜欢了。知道为什么吗？曹雪芹写的那个时代，女人是没有地位的。曹雪芹笔下的女人，哪一个生活幸福啊？不管你是端庄美丽还是善解人意，再怎么好都得不到你想要的。夫妻之间虚情假意、逢场作戏，主人还不如仆人过得自在。别看贾母那么风光，有一堆人伺候着，可想想就叫人心酸。那个缠人的贾宝玉，他好什么呀？朝三暮四的，身边那么多美人坯子，他有几个不喜欢的？哪个漂亮的他不记挂？我百思不得其解，那个宝玉就是典型的放荡公子哥，他对黛玉好，是真心？鬼才相信！他管黛玉什么了？彻头彻尾的伪君子！这黛玉也是，痴心到傻，把命丢了，谁管你啊？人间容不下她，她只能当神啊！还有那个给家族带来荣耀的贾元春，身不由己，被人抬着、哄着、宠着，真真假假的，她自己弄不明白，要是真明白啊，就不会被人整死了……算了，不说了，红楼一梦，是是非非都是空。咱现在呢，有时候也是那个梦里的角色，纠缠的时候，义愤填膺、无地自容、气急败坏，可最后也是无能为力。忍无可忍还得忍，装聋作哑还得装……"

小雨摇摇头，又抓起一把瓜子，郁闷地吃起来。

蕙兰看着小雨的神态，生出许多感慨，发表了自己的见解："嗯，黛玉用命换来冰清玉洁、高不可攀，是男人眼里永远喜欢的'女神'。唉，小雨，还说呢，能叫你既爱又恨、又记得这么清楚的小说人物，总共有多少啊？曹雪芹应该没有料到自己写的这些人物能叫那么多人动情、动心思！那个时代不能直言，要不，曹雪芹干吗还非要编个神话呀？我也想过你说的这个问题，这只是表面现象，里边的人物都有多重性，哪个人都可能代表身边的很多人。再说了，一个人的故事毕竟是单调的。曹雪芹要不是经历了人生的跌宕起伏，也不会写出这惊世之作。他思考了自己的经历和世间的一切表象后，领悟了，还做了精妙构思。那个时代就那样，我看，曹雪芹最后就是被自己写的那些有个性、有血有肉的人物给拖累了，他才写不下去了。情有伤，伤有感，感有悟，悟有动，动有果，果乃至真之所在。这人哪，一旦动了真情，就收不住了。"

美琳也感慨地说："是啊，社会再怎么发展，可感情上都差不到哪儿去，谁都想有一个只为你生又符合你审美观的人在守候你。可是，得到得不到是两种感受和评价。从古至今，鲜有一辈子满意的。唐明皇跟杨贵妃怎样？宣扬得再好，杨玉环也不是独占皇上的。皇上就是皇上，叫你死，你是活不了的。说是迫不得已，谁能作证？"

美琳曾对唐明皇跟杨贵妃的爱情故事深感惋惜，还写了首诗，题目是——《情殇——杨玉环与李隆基故事有感》，当时写的时候她也是伤心不已。

玉环身边伴，罗帐香弥漫。
江山无限好，不及美人笑。
情笃意缠绵，惜别肝肠断。
缘尽身心焚，万古留长恨。

尽管知道自己写得不错，但她不愿意在人前说这些，只有自己独享了。她很投入地想着，眼神中露出无限迷茫。

小雨指指美琳："哎，美琳，愣什么呀？言归正传，你作证，万一蕙兰能成才，不管大才还是小才，只要把写的东西出版了，那就有我一份功劳。我呀，就是管不住自己这张嘴，总叫人觉着生分！唉，看来这人的脾气真难改啊！"

美琳举起拳头，坚定地说："我作证。咱都盼着吧，就看蕙兰有没有恒心了。我是知道，话好说，要是真去做，可不是件容易的事。小雨说的可不是吓唬你，你要想写出好作品，非下苦功夫不行，关键还要有真本事，好故事可不是随便就能编出来的。"

蕙兰明白她俩的提醒，更知道自己的水平，点点头说："我知道不是容易的事，所以才空想了这么多年。写东西不但费脑子，有时还心烦意乱的。现在打字用电脑，许多字词都有提示，按说写东西比没电脑的时候容易多了，可现在，能让大家称道的作品还真不多。以前那些大文豪，他们是怎么写出那些佳作的？真是难以想象！"

小雨推了蕙兰一把，斥责道："别管人家是怎么写的了，问了也没人知道。先管管你自己吧，别立下豪言壮志忽悠人，浪费我的宝贵时间。"

蕙兰敷衍道："行，不说了。过两年咱再讨论结果，看我能不能坚持做到。说实在的，我还真对自己没把握，你俩就当我没说吧，闹着玩呢，说了些废话，对，就当是废话，反正今天没什么事，瞎扯呗。"

美琳靠近蕙兰，埋怨道："瞧你，还没做呢，先打退堂鼓了，也太叫人失望了！本以为你是个说话算数的人，怎么也这样？"

小雨无所谓地说："随她去吧，本来我就说她是瞎想，做白日梦，更年期的症状，风一阵雨一阵的。还是专心品茶吧，美琳，这茶该换了，都没味了。"

美琳赶紧说："换，换，光顾说话了。咱再换壶龙井吧？我喜欢喝，你俩呢？"

蕙兰无精打采地说："我，什么都行。"

小雨高兴地说："我喜欢喝龙井，来，换，尝尝。"

美琳娴熟地将茶冲好，给她们倒上。

小雨端起杯子，闻了闻，深呼一口气，满意地说："嗯，不错，不错。"她端着杯子轻轻晃动着，让茶水的温度尽快降下来。

蕙兰端起杯子，吹了吹漂着的茶叶，接着喝起来。

美琳看她们喝完了，盯着她们问："怎么样？"

小雨笑着说："挺好，一级吧？顶级的咱都喝不到，太稀罕了。"

蕙兰不紧不慢地说："我很少喝绿茶，不知道好不好。我不愿意喝绿茶，也不知道怎么回事，我喝了有时候胃难受。"

美琳端起蕙兰的杯子，接着把茶水倒了，说："那你别喝了，给你换壶别的。等着，我再拿把壶。"说着，她去了厨房。

小雨皱着眉朝蕙兰说："什么时候换口味了？不愿喝就回家喝去。走吧，不是没什么事了？我还有别的事。"

蕙兰不解地问："什么要紧的事非今天去？你不是说今天没事吗？好容易一块儿喝个茶，美琳正心烦呢，咱在这儿说说话，转移转移她的注意力。"

小雨看看厨房，见美琳还没出来，小声说："我看她的意思像是要跟许大发复婚呀？"

蕙兰轻轻点着头说："听着有点那个意思。"

小雨撇了一下嘴，说："咳，我可不看好。最好劝劝她，别找不自在。"

蕙兰努努嘴，轻声说："走走看看吧，先别急着下定论。"

美琳走过来，对蕙兰说："给你冲壶大红袍，我刚买的。"

"哦，太好了，我也不知道什么时候喜欢喝它的。"说着，蕙兰朝茶罐里瞧了瞧，"嗯，一看就挺好。我呀，还算是有口福的人。"

小雨冷眼瞧着蕙兰，说："有什么好喝的？我怎么喝着不好喝？我喝不上那味来。还有，发酵的茶我更喝不上来，特别是那股霉味，我一闻就想吐。"

美琳微笑着说："脾气不一样，口味也不一样啊！要不，这世界就太单调了，多没意思啊，是不是？"

小雨点点头，冷笑着说："嗯，不是我特别，是蕙兰的口味跟咱不一样。"

蕙兰更是不解了，她看着小雨的神态，忽然升起一股怨气，狠狠地说："哎哟，怎么了？喝个茶也能让你挑出毛病来，我是那特别的人吗？我怎么没觉出来呀？是不是还想挖苦挖苦我才算完事啊？小雨，我头脑简单，还是给本人指点迷津吧，别叫我傻乎乎地瞎琢磨，闹得我心慌。"

小雨摆弄了一下手指甲，慢条斯理地说："蕙兰，你这人吧，说你什么好呢，你说我挖苦你，好，随你怎么想！挖苦也好，玩笑也罢，反正我是说了，我也没你想得那么复杂！我呀，正经事还忙不过来呢，干吗还要没事找事呀？我还有事呢，你俩聊吧，我先走了。"

美琳见小雨真要走，慌忙站起来说："小雨，你怎么还当真了？不都是说着玩吗？你要是走了，我这以后可怎么交代呀？唉，明明是我约你俩来的，要是不欢而散，我可担待不起呀！"

蕙兰挑高了声说："人家有事，忙！哪有时间陪咱闲聊呀？"

小雨指着蕙兰，点着头，不客气地说："刘蕙兰，冲你这句话，我今天就是再忙也不走了。哼，我还就不信了，喝茶还喝出毛病来。"

蕙兰不慌不忙地回道："喝茶能喝出什么毛病？毛病是自己长的。我要是说话好听，也不至于常常遭人排挤。都这么多年了，还不了解我？唉，怨我，怎么就改不了这脾气呢？"

小雨扑哧笑了，指着蕙兰说："行了，少来这一套！阴阳怪气的。我是真有事！你怎么就不信呢？真是的！"

蕙兰盯着小雨，她知道小雨撒谎，却说："谁不信了？能有多大事？什么事还用你操心？除非你要干杞人忧天的大事。"

小雨表现得十分无奈，指着蕙兰说："越说越离谱了。你以为，谁都跟你一样啊？"她一甩手又坐回到沙发上。

蕙兰认为自己的判断没错，坚持说："别犟，我要是猜错了，你就踹我两脚。"

小雨瞪起眼说："我踹你？我不得使劲呀？一边儿歇着去，懒得理你。"

美琳见两个人是在斗嘴，这才放下心来。她暗暗舒了口气，笑着说："我还以为你俩真生气了，吓了我一跳。"她看看这个，瞧瞧那个，仔细观察着两个人。

小雨哼了一声，接着说："咳，又不是一天半天了，谁不知道谁呀？"

蕙兰紧跟着说："就是，一个半斤、一个八两，能差哪儿去？我今天心情不好，先说好，不能跟我一般见识。"

小雨瞪着蕙兰，说："谁的心情好呀？我呀，更烦！你俩准会说我吃饱了撑的没事找事，我懒得跟你们说。"

蕙兰谦恭地说："我说的可是真的，都说好几遍了，早上跟李家良干了一仗。"

美琳给蕙兰倒上水，站在她跟前说："蕙兰，不是我说你，我觉着你的脾气见长，年年抬高，这可不是什么好事。人是该有自己的脾气，但不能钻牛角尖。千万别学我，弄得里外不是人，现在越来越自卑，就是在你俩跟前,我都羞于启齿,更别说外人了。"

蕙兰不高兴地瞧着美琳说:"说什么话?我不是不想好,可有些事真叫人生气,总不能不叫人发泄一下吧?要么说当局者迷呢,如果能自我反省,最好!话说回来,我常常自我反省,认识到错误就改。"

小雨讥讽道:"你?认识到自己错了?难得!不多见!水平高了!当好人?谁都希望遇见好人,跟好人相处,更希望是个人人称道的好人。可老话不是说'好人不长寿,祸害遗千年'吗?我觉得这老话还真经得住实践检验,你仔细瞧瞧那些被说道的好人和坏人,好像那些好人过得都不如那些坏人自在。"

蕙兰摆着手反驳道:"小雨,你这话我不赞成,坚决反对!邪不压正!按你的说法,黑白颠倒,这社会还不乱了套?"

小雨拍着自己说:"本人讲话只代表自己,代表不了任何人,觉悟也没你高!"

蕙兰强调道:"那你也不能乱说!你的立场有问题。"

小雨听了蕙兰的话很不舒服,争辩道:"我有什么问题?就说美琳姐的婆婆,那个刘嘉吧,你说她是好人吗?她对美琳姐那么坏,到现在也没改,她活得不也很好吗?"

蕙兰瞪眼说道:"她好?她能好到哪儿去?一个孤老太婆,儿子还进了监狱,不可能好啊!"

小雨坚持自己的观点:"那是你的看法,我不这么看。她来找美琳姐,她想把孙子带走,轻而易举就把孙子带走了。不信走着瞧,她的目的都能达到。下一步,她还会想办法让美琳姐再做她的儿媳妇。她这种人,无论多大年纪,都不会改了她的毛病。而且,这种人的脸皮特别厚,为达目的不择手段。这种人,只要自己的目的达到了,她就开心,比咱想得开。美琳姐,是不是啊?"

美琳连连点头道:"小雨说得对。她那种人,能上能下,当面一套背后一套,说的比唱的还好听,就是说人话不办人事!我是明知山有虎,偏向虎山行啊!"

蕙兰看着她俩,认为她们说得有些过分,从另一个角度分析着:"有这么严重吗?一个六十多岁的老太太,还能阴险狡诈成这样?是不是太危言耸听了?我不信她有那能耐。美琳,你绝对能对付她!"

小雨站起来，走了几步说："我觉得美琳对付不了那个刘嘉。要不咱打个赌，谁输了谁拿钱请客，你开个价，多少钱，美琳作证。"

蕙兰摆摆手说："开什么玩笑？打赌，这怎么打？我才不跟你玩这种没脑子的游戏。让美琳直接分析分析吧，看看她婆婆，那个刘嘉会耍什么招数，我就不信了，美琳现在还会任她摆布？"

美琳推着小雨坐下，委婉地说："你俩帮我拿个主意，我是真拿不准了。昨天晚上，我想了一宿，到最后也没想好。其实，我都想了十几年了……唉，真摆在眼前的时候，以前那些决心啊，都白搭了……"

美琳的惆怅尽写在脸上。她紧闭着双唇，使劲咬着牙，一会儿直盯着茶壶，一会儿将眼睛闭上。

蕙兰和小雨看得清楚，她俩知道美琳此时的心情。小雨先说："我说说吧，反正我立场坚定，我觉得那个刘嘉就没安什么好心，她现在就是来抢美琳的一切，决不能叫她得逞！她要是敢耍横，美琳，你就直接打110报警，再跟我和蕙兰说，到时候俺俩过来给你撑腰，你不用怕。"美琳睁眼看着小雨，一脸的茫然。蕙兰又接着说："还是走走看看吧，咱先别着急下定论，万一他们都改了呢，说不定对大家都好呢。"

美琳把目光移向蕙兰，她很想得到这样的支持，默默地点了点头，轻轻地说："岁月会埋葬我们悲伤的过往，也会斩断美好的现在。许多事的变化总是让人措手不及，即使你做了充分准备，仍解决不了突如其来的问题。"

蕙兰听了美琳的话特别激动，深有感触地说："人这一生，不外乎'情'和'事'两个字。情是万事之源，所行之事又都归于情。活一辈子，就是解读、做好这两个字。悲观的人往往把自己拖累得身心疲惫，乐观的人常常把自己引导得身心愉悦。凡事往好处想，先别急着难过，明摆着是好事，干吗说得这么苍凉？科学家不是在研究这种感应难题吗？想好，事情就会朝好的方向发展；不想好，肯定没什么好结果。"

小雨冲蕙兰不客气地说："你想什么就有什么啊？瞎扯！糊弄三岁孩子啊？世人自古追梦行，圆梦不靠独钟情。还是实际点！管她呢，害人之心不可有，防人之心不可无！做两手准备。别把人想得都太好，防着点没错！"

蕙兰冲小雨眨巴眼，示意她别说了。

小雨视而不见，只管说她的理由："美琳，强强准会听你的，就是他奶奶说得再好，你放心，他也不会胳膊肘往外拐的。只要强强跟你一条心，你怕什么？他那个爹要是真想找碴儿，不用你出面，你就叫强强出面收拾他。"

美琳又朝小雨点了点头，认为她这次说到点子上了。她抹了抹额头的汗说："这个，我倒是想过。等强强回来，我问问他，看他们到底想干什么，然后再想办法吧。"

蕙兰赶紧说："对，还是等强强回来，打听打听，看什么情况再说。咱呀，就别瞎琢磨了，万一不是咱想的那样，到时候再商量啊。"

小雨的态度也缓和下来，点点头说："也是，要不再等等，反正强强今天回来，先问问孩子吧。"

三个人总算意见一致了，她们谁也不说话了，各自想着心事。

第五十章

蕙兰看着手机，一会儿就不舒服了。她的颈椎不好，经常偏头痛。为了缓解头痛，她想尽了各种办法，但都收效甚微。她放下手机说："都别看了！你俩颈椎都没事吧？我可受不了，低头看手机不超过十分钟，我准难受！好，既然喝茶喝了这么长时间，一人来一首诗吧，也找找情趣，回味一下曾经的年少轻狂。"

美琳的目光即刻聚到蕙兰身上，她兴奋地说："这主意好。管它好不好的，也没外人，咱自我欣赏，看看咱仨都能想到什么。那，什么内容呢？"

小雨一脸不高兴，看着她俩说："怎么越说越来劲了？我觉着你俩越来越不靠谱了。这不是难为我吗？蕙兰，你知道，我语文最不好，所以后来才学了理科的。"

蕙兰笑笑说："小雨，又不是比谁的水平高，随便写，就是放松放松。发扬优秀传统文化嘛。咱传统文化中，诗词歌赋可是非常非常重要的！不是都喜欢吗？"

美琳给蕙兰帮腔："小雨，蕙兰说得对，咱要是水平高的话，不都是诗人了？咱又成不了诗人，自己找个乐子嘛，水平不重要，重要的是心情！你知道那些领导们、有钱人玩什么吗？舞文弄墨！"

小雨应承道："是。程浩原来整天在家练，我嫌那墨汁味难闻，他就到办公室练了，有专门练字的地方。"

蕙兰像是茅塞顿开，拍着腿说："小雨，我知道你的怨气怎么来的了，你俩现在不在一个频道了，你要再打牌啊，恐怕程浩会嫌弃你了。"

小雨板着脸说："他，早就烦我了，说我不务正业！"

蕙兰自以为猜对了，冲小雨酸溜溜地说："是吧？凡是有想法、能干事的人，都会追求有品位的东西。你呀，还是玩点'高大上'的吧，不然，会被淘汰的。"

小雨鄙视地说："淘汰我？他敢！我了解他，他这个人胆小。"

美琳给蕙兰使了个眼色，蕙兰不再说了。

美琳坐到她们对面，指着茶壶说："还是按刚才说的，就以喝茶的感受为题目，一人来一首，各写各的，限半个小时写完。现在十一点二十了，要不，就到十二点。中午我请客，豁出去了，请你们到一个好地方，估计蕙兰没去过。"

蕙兰鼓掌说："太好了，我也开开眼，见识见识。"

小雨只好应允："行吧，咱说好，你俩可不能笑话我。"

十二点的时候，三个人各自把写好的诗拿在手里。小雨还有些紧张，她板着脸说："估计我写得最差，还是我先念，让写得精彩的最后。"

美琳和蕙兰都点头说："还真有点紧张呢。"

小雨清了清嗓子，认真读着自己的作品。

　　喝茶有感
茶香沁心脾，
神情归统一。
抛去陈杂念，
独享绿如意。

"完了，下一个。"小雨说。

美琳谦让道："蕙兰先来吧，我觉着还是你写得好。"

蕙兰也谦让道："你别谦虚，你写得好，还是你先来吧。"

小雨不耐烦地说:"你俩都一样,别浪费时间了,快点!别耽误了吃饭。"
美琳赶忙说:"好,我先来,我先来,蕙兰大轴。"

  喝茶有感
 茶香四溢飘然来,
 身心愉悦共开怀。
 不与先人比境界,
 只愿此生不徘徊。

"怎么样?还可以吧?"她期待地看着她们。
蕙兰跟小雨都鼓掌说:"好!太好了,真的。"
美琳端起茶杯喝了一口,她感到喉咙有些干痒,摇头苦笑一声,指着蕙兰说:"该你了。"
蕙兰拢了拢头发,喝了口茶,慢慢地说:"该我了。先清清嗓子,还真觉得跟诗朗诵一样。"

  喝茶有感
 白墙青瓦入眼帘,绿树红茶沁心甜。
 茶香熏得游人醉,不知身在何处安。
 举杯思饮茶中味,百感交集忆前贤。
 古今多少豪杰梦,凝神定力一瞬间。

美琳愣了一下,微微一笑,摇摇头说:"格局不一样。"
小雨眯着眼看看蕙兰,对着美琳说:"你俩写得都比我强,自愧不如啊。"
美琳冲小雨笑笑,摆着手说:"你写得很好。要我说啊,咱仨都写得不错,各有所长。"
蕙兰大声说:"可不是?没想到水平都挺高的!我看跟那些有名的诗相比,也不逊色啊!"
小雨笑指蕙兰说:"又臭美了。要不,你俩找个刊物发表了?要是不发表出去,岂不可惜了?"
美琳忙打圆场说:"还是先吃饭吧,那事以后再考虑考虑。不行,积攒积攒，咱仨一块儿出本书，我赞助，说不定将来还真能一鸣惊人呢。"

蕙兰睁大了眼，又赶紧补充道："做梦吧，我也这么想，太难了！刚才说了大话，我一直后悔呢。前辈们写了多少诗词歌赋、人生故事啊，很多很多还都是经典，想超越真的很难很难。不过，事就是人做的！敢想敢做，一辈子才没白活，才有意思。整天平平淡淡不是不好，有本事能做得更好就该做，别耗费时间。"说着，她站起来，走到美琳跟前，悄悄说："美琳，咱不出去吃了。现在查得严，万一被逮个正着，也不好说。咱定个外卖吧？"

美琳冷眼看着蕙兰，疑惑地说："查得再严，也不能不让同学一块儿吃饭呀！要是那样，饭店不都得关门了？那不影响经济发展呀？还怎么收税啊？"

小雨双手一拍，接着美琳的话说："就是！像美琳姐，收租子收了那么多钱，要是不花，那，租她房子的租客怎么挣钱，怎么给她交房租啊？这经济是循环发展的，不能断！"

美琳轻轻点点头，脸上闪过一丝笑，又严肃地说："小雨说得对。吃顿饭怎么了？蕙兰就是死板，什么事都大惊小怪的。"

小雨附和道："可不是？她还整天吓唬我，提醒我注意呢。要按她那想法，我还不得吓死，没法过了。"

蕙兰自知说得不妥，坐下解释着："不是我呆板，什么事都要看清形势，以前吃个饭都不算事，现在可不是以前了。我们单位已经处理了好几个人，还是注意点好。小雨，我不是说你有问题，你别多想。一些人变着法地忽悠你，你又不是不知道，居心叵测的大有人在，咱又不是不明白，何苦去钻那个'局'呢？再说，外面的东西再好，咱又不是吃不起，想吃什么不行？美琳这儿挺好的，咱也难得这么清闲凑在一块儿。就咱仨，随便吃点，在家里聊聊还清净。"

美琳叹口气，伤感地说："我爹妈都不在了，我那几个哥哥事多，我也不指望他们给我帮什么忙，只要不给我添乱，我就谢天谢地了。唉，有些事，真是一言难尽！我这人的命不好，心又软，以前恨许大发，恨得我牙根儿疼。可现在，忽然听到他进监狱了，我，我就不是滋味了……你说贱不贱？"

蕙兰一听，先是一惊，然后无所谓地说："什么贱不贱的？就像你说的，你这个人心软！那个许大发也是，他早不想儿子，现在想起来了，肯定是想通了。估计他身边的红人都跑了，没人理他了，这才想起你俩。"

小雨咬咬牙说："肯定是！他这种人，最后都没有好下场。叫我说，就是活该！美琳，你可不能心软，要挺直腰板。管他呢，他就是哭得死去活来，你也别理他，让他知道知道难受的滋味！"

蕙兰揉揉额头，对小雨说："小雨，不能这么说，要看具体情况。谁不会犯错啊？如果真能改过自新，不也挺好吗？"

小雨皱着眉，朝蕙兰一挥手说："能改过自新的有几个人？我没听说过，更没见过！"

蕙兰沉下脸来，不高兴地回道："你没听、没见就断定犯了错误就不会改好了？也太武断了！如果没有，哪来'浪子回头金不换'的说法？"

美琳站起来，朝两个人摆摆手说："你俩别争了！处境不一样，到什么时候说什么话。我说说我的想法，你俩分析分析，先说好，别笑话我。"

蕙兰和小雨点了点头，静静地看着美琳。

美琳脸色苍白，两只手不停地揉搓着，咬了咬下嘴唇，柔声细语地说起来："我跟许大发刚离婚那年，好几次想带着强强自杀，要不是看着强强听话，我就真活不下去了……过了那一年，我才想通了，慢慢好起来。可是，你俩都不知道，以前，我没跟你俩说过，强强不上学不光是因为学习不好，这孩子从小胆子就小，加上我跟许大发闹了这一出，孩子就不爱说话了。我以为他抑郁了，偷偷带着他看了好多大夫，都不管用，他就是不说话。没办法，看着孩子一天天长大，我难受啊！"说到这儿，她不停地捶着胸口。

蕙兰和小雨赶紧坐到她身边，劝她，给她擦泪。

美琳抽泣着，继续说："女人的眼泪就是多，我不知道怎么才能坚强到不流泪。多少次以泪洗面，多少次努力改变自己，最后都白搭。我硬撑着，让大家看不出来，想办法把自己回到正常状态。哭的时候总幻想着有人会理解你、安慰你，可我没有那种福气，也从未得到过这样的待遇，所以，那种幻想对我来说，永远是奢望。唉，不死心哪……大人没什么，当妈的，看着孩子那样，实在受不了啊！我不敢守着孩子哭，只能偷偷地半夜哭。那时候，我反复想：为什么要孩子？有私心是一个方面，这个私心全世界的父母都差不多，把孩子当作自己的私有财产，把自己的很多希望都寄托在孩子身上，然后，想把自己的一切都奉献给孩子并让他服从你；另一方面，要孩子就是激励自己朝着更高的目标前进。你的努力不仅与孩子同行，还会强迫自己在为人处世方面不断有超越。当你的愿望实现时，你会高兴；反之，你会降低期望值，但如果一而再、再而三地降低都不能满足你时，你就会绝望，甚至后悔要孩子,但是,这个后悔会折磨你一辈子,叫你无法自拔又难舍。也许,这就是要孩子的真正意义。你做了孩子的第一任老师,但最终还是孩子成了你的终身老师,因为,你怎么做都很难达到孩子的要求;再有,无论你本事多大,却常常对自己的孩子无能为力……"

蕙兰和小雨一时都找不到合适的言辞,只默默点着头并跟着美琳掉泪。过了一会儿,还是美琳自己平静下来,她继续说:"昨天,他奶奶来了,强强忽然说话了……你们不知道,都吓了我一跳……"美琳看看她俩,笑了笑,抹抹眼泪,接着说:"我高兴啊,你俩不知道我多高兴!只要强强好了,我这一辈子就没白活!"

蕙兰使劲点着头说:"对,对!孩子好了,比什么都强。"

小雨连连说:"是,是。哪个当妈的都一样。"她的眼泪更止不住了。

美琳拿纸给小雨擦眼泪,小雨扭头自己擦了。

美琳尴尬地笑了笑,接着说:"那个许大发吧,本来我是对他死了心的,可听他妈说,他已经坐了牢,还要六年才出来,从昨天晚上开始,我对他再也恨不起来了。唉,你说,我这是怎么了?"

蕙兰看了看小雨,小雨也正好看她,她俩眼神一碰,都明白了美琳的心思。小雨拉着美琳的胳膊说:"姐,我知道了。你别难过了,有什么大不了的。大不了,像你说的,再回到原点吧!"

蕙兰试探地问:"真的不恨了?真是这样就好了。我的喜剧可有的写了,我盼着你俩能够圆满。"

美琳瞥了一眼蕙兰,故作生气地说:"你又来了,什么圆满?还不知道以后怎么样呢。"

小雨不屑地说:"该怎样就怎样!管他呢,今朝有酒今朝醉。想得多了烦恼多,还是装傻卖呆好。"

蕙兰赞同小雨最后说的,点头道:"嗯,小雨这话我赞成,装傻卖呆好!人哪,也不能太算计了,那太累!傻乎乎的,简单些,事会越少。李家良整天说我傻,我还认了,他说他的,我不在乎,他还真拿我没办法。"

美琳戳了蕙兰一下,羡慕地说:"瞧把你美的,你这是说自在话。家良多疼你,你还有什么不知足的?"

小雨凑近美琳说:"美琳,有事你只管说,只要我能帮上忙,绝不会袖手旁观的。"

蕙兰拉着美琳的手说:"就是!凭咱仨的能耐,没有难住咱的事!哦,又吹上了。我先订上外卖,快说,你们吃什么?"

小雨倚靠在沙发上,仰头看着房顶说:"我不想吃面条,给我来份黄焖鸡米饭吧。"

美琳扶着她俩说:"算了,要不,我去下馄饨?之前我包好的,冻冰箱里了。一人来一碗,怎么样?"

小雨坐正了说:"太好了!我愿意吃,就是懒得干。原来孩子小的时候,我还给孩子包,现在都好几年不干活了,越来越懒。"

美琳站起来说:"那你俩先聊着,我去下馄饨,好了叫你们。"

蕙兰和小雨并不客气,继续聊她们的。

"这种事还用得着你亲自干?"

"谁伺候我呀?那个程浩又不着家,找了个家政给打扫卫生,一星期打扫一次。我这人呢,你又不是不知道,不愿外人上我家去。唉,跟你说,这两年,我的洁癖还差多了,要不,也不会找家政的。"

"洁癖好了?那还不错。你要是再厉害的话,老了可就惨了!我过了四十五,明显感觉体力不如以前了。你呢?"

"我也是。唉,日子过得真快,不知不觉就奔五十了,你说吓不吓人?咱好日子不多了,所以,趁着还有精力,好好玩吧。我是想开了,自己照顾好自己,指望谁都没有用。"

"是啊,咱俩还比美琳强,别看她不缺钱,可她心里的苦,咱明白,一个人带着孩子熬了这么多年,多难啊!"

"我也有难处。唉,算了,不愿意说,一说自己就受不了。我妈说我是吃饱了撑的,没事找事,还说我酸臭味十足。你说,我妈是个知识分子,她怎么就一点也不理解我的苦衷呢?为这,我跟我妈叫板,好长时间不愿搭理她,烦死了!真是我的错吗?谁知道我的委屈啊?你在这儿,我去看看美琳弄好了没。"小雨匆匆去厨房了。

蕙兰望着小雨的背影,有些莫名其妙,十分不解地问:"怎么了?怎么还哭了?"

第五十一章

不知为什么，味道极好的馄饨，三个人吃着都没胃口。她们闷声吃完，都躺倒在沙发上。

小雨憋不住了，先开口说："咱仨憋在屋里实在无聊，出去逛店吧，也算锻炼身体。"

蕙兰立刻坐起来，笑着说："好啊，我都好长时间没逛店了。哎，你说怪不怪？自从儿子上了大学，我忽然改了脾气。就是有时候发了火，也不像以前那么固执了。不过……"

小雨拍着蕙兰的肩说："不过什么？你说你，说话说半截，学会卖关子了？"

美琳望着她俩，点头说："我看也是，半遮半掩、神秘兮兮的。是不是这样显得有学问、有涵养呀？"

蕙兰没理她们，盯着墙上的画说："一个人应该知道自己多渺小。当你想到无边无际的宇宙时，便不再纠结自己能力的大小，也不再纠结生命的长短。人生何其短，人生何其长。不明生死由，长短一样长。只要活着，就要做一些与己、与人、与社会都有好处的事。这样才心有所安，生命才会绽放其应有的价值。我不是卖关子，就是突发奇想。"

美琳摸了摸蕙兰的额头，故意严肃地说："不烧啊！"

小雨哈哈大笑，竟然笑得前仰后合，说着："哟，实在看不出来，笑死我了。你，这年纪了，做梦了？听着好像是梦话。"

蕙兰好奇地看着她俩说："怎么了？你俩都觉得我说的不是正常话？我，就是要把不可能的事变为现实！上午没敢跟你俩说实话，其实，我已经写了好多东西。今天既然跟你俩说了，也没什么好隐瞒的，这也不是什么丢人的事。"

美琳瞪大眼睛说："哦？是吗？那我倒想听听，你写的都是些什么内容？你大体说说，我就能知道你的梦能不能实现。"

小雨催促道："说说，说说。你要是真能写出本书来，那我的圈子可就不一般了！我，至少是蕙兰工作室的一员吧？"

蕙兰对她俩的反应很欣慰，却拖着长声说："我听着怎么不对味啊？你们是不是以为我闹着玩呢？我可是认真的，真做了！"

美琳故作认真地说："知道你是认真的，不是'天方夜谭'。不是叫你说说都写的什么内容，我们给你参谋参谋，准备给你当顾问啊。"

小雨拍拍手，指着蕙兰说："对，对。当顾问，当顾问。这活儿我愿意干！"

蕙兰反而摇了摇头，叹口气说："写了一些，刚开始写得不行，现在写得多了，比以前是强点了。我也拿不准写得到底怎么样，不过，自我感觉良好！你们喜欢喜剧还是悲剧？反正我正纠结喜剧和悲剧的问题。我呢，喜欢喜剧，可喜剧很难产生刻骨铭心的记忆，悲剧往往会。"

美琳忽然没了笑脸，伤感地说："悲剧能打动人，能让人痛彻心扉，可谁愿意有悲剧？赶上了，没办法……"说着，她又掉下泪，赶紧拿了纸巾擦。

蕙兰慌忙说："我发什么神经啊！都怨我，都怨我！好了，我知道了，要写就写个喜剧。美琳，刚才不是说了，你若生活圆满，就是现实版的喜剧。"小雨也跟着蕙兰的观点说："喜剧好，喜剧好！悲剧有什么好的？整天叫人哭哭啼啼的，谁受得了？"

"小雨，咱不去逛店了吧？我给你俩背背我写的诗怎么样？"蕙兰期待地看着小雨，小雨的嘴角动了动，并未回答。

美琳看着蕙兰，神情呆滞地说："我喜欢看悲剧，悲剧能唤醒我。那些悲剧故事，上学的时候读着好玩，没什么感觉，老师提醒你入情入理地去读，还要写出感想……唉，学生时代，多好！再悲的故事都是玩笑，都是不真实的。可现在，很多现实悲剧比原来读的悲剧故事可惨多了……"

看着美琳一脸惨状，蕙兰很心疼，她认真想了想，然后才说："人，都会有被矛盾困住的时候。旁观者清，当局者迷。"

小雨知道美琳难过了，于是转移了话题："我吧，比较现实，不高兴的时候看悲剧，高兴的时候看喜剧。这样，心里会好受些。你们说，我这办法好不好？"

美琳跟蕙兰的目光同时转向小雨。美琳的嘴角动了动，她将额头的一缕头发束到耳后,然后回答:"你这办法好!我做得正好相反,我是高兴的时候看悲剧,不高兴的时候看喜剧,怪不得我整天不高兴呢。这是不是我的症结所在?"

小雨惊讶地说:"真的?理解的角度不一样。这办法对我管用,不一定适合你。你别急着用我这办法,万一用反了劲呢……哦,要不,你试试吧,说不定对你有用。说实话,我不高兴的时候,什么都不想看,光顾生气了,哪有心思看书啊?"

蕙兰明白了小雨的意思,忙补充说:"是啊,美琳,就是再好的办法,也是对大多数人适用,不一定适合自己。我坚持自己的观点——试试。有效果就用,没效果就不用。不能一概而论,不能钻牛角尖。"

小雨拍拍膝盖说:"对,就是!还是根据自己的情况决定。试试再说,不管用就别用,可不能按着人家说的照搬,万一不适合自己呢?我就是随口一说,没有理论根据的。再说,到底用不用真情,那可要另说。"

美琳眼里闪过一丝光亮,搓了搓脸,轻声说:"我知道你俩的意思。我呀,早就不钻牛角尖了。现在,我想开了,跟别人斗,没意思;跟自己斗,反而明白些了。咳,有什么想不开的。"

小雨欣赏地看着美琳,赞道:"嘿,这观点好!跟自己斗,不跟别人斗。那些鸡毛蒜皮的事,时不时会碰到,要是想不开、看不惯,麻烦大了,一不留神就生气。嗯,就不该放在心上,或者当个旁观者,这样,说不定都能变好点。'胜人者有力,自胜者强。'今天,我算是长见识了。"

蕙兰点点头,接着说:"以前我出去学习,听老师讲过这方面的课,他说到思维定式的问题,我当时记了个大概,后来上网查了查,那科学术语咱以前也学过,可现在都快忘干净了。科学是严谨的,可是人在思考的同时,不单单与自己以往的认知联系起来,还会加以想象,这想象呢,可就难说了,什么都可能发生。道理是理性的,可情绪是感性的,人常常犯同样的错误。"

美琳看着蕙兰,叹口气说:"不用看我就知道,我就常常为一件事纠结,还犯同样的错误。明知故犯,真气人哪。"

小雨瞧瞧这个望望那个,感叹道:"也是啊,怎么都这样呢?唉,那就尽力吧,能改就改,不能改干脆别改了,何必费那劲呢。"

蕙兰换了个话题:"没事多看看书吧,学点东西嘛,总比想不开、闹不明白的胡来强吧?还有,现在电子产品五花八门,特别是那个手机,更新换代太快了！你瞧瞧，不论在哪儿，都离不开手机，不拿着它，就跟丢了魂一样。我还算是明智的，看得少。我可能是因为颈椎难受才看得少，要不，也会一天到晚盯着看的。这可不是什么好事，现在有的国家都禁止小孩子玩手机了。依我看哪，这就对了！手机是有好处，查个东西方便，可人的毛病就是不禁惯，光想着上网查答案了，不再动脑子。长此以往，脑子里记的东西不是越来越多而是越来越少了。尤其是现在，一些碎片文章，在微信里被疯传，大家还都说好。我就想不明白，那些看着都眼熟的文字，翻来覆去地说，能得到什么启迪呢？当然，有些问题反复地说是很有效的，可是，要分人群的。只是一类痴迷的人喜欢，且这类人又是少数，那意义就不大了。我觉得，不管信息科技多发达，都不能把书本扔了，都不能把写字扔了，这是人类掌握知识最基本的途径，否则，人类会退化的。"

小雨勉强地应承着："好吧，听人劝，吃饱饭。以后，我也试试，明白明白。"

蕙兰瞧着小雨，见她仍看手机，接着说："你不能光看解释，还要与自己碰到的事对照对照，再回头看啊，就好明白了。"

小雨抬眼瞥了蕙兰一眼，哼了一声，气呼呼地说："忘了？还教我呢，我可是老师啊！还敢跟我说学习方法，你是不是以为我真的落伍了？我还不至于那样！"

蕙兰笑道："掌嘴。我傻了。咳，我是不是挺烦人哪？老李现在都烦我，说我整天说梦话呢。"

美琳哈哈笑起来，捂着肚子说："整天做着作家梦，能不说梦话吗？我看，今天你还算是清醒，没说梦话！"

蕙兰恍然明白过来。

"要么说当局者迷呢。蕙兰最省心了，什么都不操心，吃饭现成的，连衣服都是李家良给她挑选，她还说人家李家良这不好那不好的。你说，你是不是太不像话了？"小雨指着蕙兰，故意问道。

蕙兰佯装不满："哎哟，怎么冲我来了？人哪，一生经历的事情很多，但无论遇到什么，做一个头脑清醒的人尤为重要。沉着冷静、深思周密、果断行事，既不盲目乐观，也不过度悲观。再难再大的事、再易再小的事都是一个局，如何破解这个局，都要动脑子，不能盲从于前车之鉴，要审时度势去应对，只有这样，才能做出较为合乎逻辑的判断，才能破解局内之谜。还是给你俩背背我写的诗,参谋参谋,怎么样?"

"行,行啊。"小雨跟美琳都笑着答道。

蕙兰起身打开自己的包,拿出一个精致的小本子,端端正正地坐到她们对面,整了整衣服,又清了清嗓子,笑着说:"咱写了《喝茶有感》,还是先来首跟茶有关的吧。以前我去杭州的梅家坞时,被看到的茶园刺激了,写了首《茶园》:

> 青青茶树田,层层紧相连。
> 簇簇争碧绿,节节嫩芽攀。
> 玲珑娇羞女,采茶技超凡。
> 慕名来做客,不想回故园。

"再一首是《深夜听雨》。"

> 深夜雨滴打窗棂,凝神聚力仔细听。
> 雨风相约琴瑟鸣,天籁妙音灌耳聪。
> 滋润大地解干渴,引得万物同声和。
> 悠然入梦不知烦,倾心一片享平安。

"我喜欢雨天睡觉,睡不着呢,又瞎想,就轻易得了首诗。"说完,蕙兰看着她俩问:"什么感觉?"

小雨咽下口里的瓜子,干咳了两声:"就是简单描述一下嘛,没什么特别的。"

美琳笑道:"还带着本子,有备而来。挺好的,继续。"

蕙兰听了,继续念着。

> 登楼远眺
> 高楼林立站,
> 万家灯火灿。
> 广厦万万间,
> 再无天下寒。

"这是遥想唐朝大诗人杜甫所写《茅屋为秋风所破歌》之'安得广厦千万间,大庇天下寒士俱欢颜'有感。"

小雨接着评价道:"愿望是好的,不可能实现!"

蕙兰肯定地说:"就现在这发展速度,肯定能实现!你看看周围这些楼,五年前有吗?再看看远处那些高楼,才几年就这么一大片了。所以,我相信,不远的将来,绝对能实现!"

美琳思量着说出自己的想法:"应该没问题。政府提出的'两不愁''三保障',基本生活问题现在应该都解决了。问题是,到什么时候也有好吃懒做的,有人就非要在街上要钱,政府收留他们都不去。他们在街上要钱,据说收入还不低呢。"

小雨拍着头说:"嗯,咱那个同学,哎,叫什么来着?看我这脑子,怎么想不起来了。哦,想起来了,王光友,他说:'大街上那些领着孩子要钱的,你拉都拉不走,你给他们救济,他们宁可不要。'"

蕙兰辩解道:"我说的当然不是那些光想着不劳而获的家伙,我说的可是正常的需要帮助的人。就是全部脱贫了,条件也不一样。那些勤劳朴实的人,不想走歪门邪道,不该让他们受穷,只要有条件,就该帮他们。"

美琳看着蕙兰说:"知道你的意思。要是你认识的人,真有你说的那种需要帮助的,我先报名。"

小雨讽刺地说:"你还真以为我们不如你啊?真是的,自作聪明。"

蕙兰拱手说:"小雨说得没错。本人的致命弱点——不放心。不信任你俩,我错了,郑重道歉!"

小雨走到蕙兰跟前,点了蕙兰额头一下,笑道:"认识到错误就是好同志。我看哪,你就是想当个诗人呢。还有吗?都晒晒吧。"美琳跟着说:"是啊,蕙兰还不少真货呢。洗耳恭听。"

蕙兰喝了杯茶,接着念道:"题目是《我知道》,嗯,开始了。哦,这是现代诗。"

> 我爱这世界的一切美好,
> 不去纠结那看见看不见的阴暗角。
> 我始终相信,

生活会越来越好！
我知道，
战乱中的人所受的煎熬。
我知道，
贫困者面临的苦恼。
我知道，
只有安逸的生活，
才会拥有期盼的美好，
否则，
什么都是徒劳！
我知道，
劳动才能收获美好，
创造才能踏向未来的荣耀！
于是，
我不再等待空想，
用自己的毅力与顽强，
写下一篇优美的文章，
为这个世界增添爱的阳光，
让每一个热爱生活的人共享！

蕙兰念着念着，情不自禁地张开双臂，动情地望着天花板，停了大约五秒钟才放下手，笑着说："忘我了！"

小雨禁不住说："刘蕙兰，你，你真想当个诗人、作家啊？"美琳也带着惊奇的眼光说："真没想到！说实在的，还真以为你说着玩呢。"

蕙兰看看她们，浅浅一笑："跟你们说了，我是认真的，你们不信。看来，我还要考虑考虑，先别吹，万一吹大了，将来不好收场。"

美琳笑着走到蕙兰跟前，看着她手里的本子说："我信你。我仔细看看，不行，我还是抄下来吧。"

蕙兰即刻把本子扣在胸前，有点紧张地说："先别抄，版权所有，不能随意给别人看。"

小雨瞪起眼问："怎么还怕给人看？要是能传出去，大家都认可了，你不是声名远扬了？"

蕙兰这才赔着笑脸说："我不是怕失败吗？自信心差，怕被打击了爬不起来。"

美琳双手拍着蕙兰的肩膀说："别给自己这么大压力！又不是混得没饭吃了。"

小雨尖声尖气地说："就是！你还当正事啊？"

蕙兰郑重其事地说："我就觉得这是正事！现在好多人都思想空虚，还不如我们小时候有思想、有追求。我看不惯！"

小雨反问道："有什么看不惯的，想不想还不都一样？你能改变什么？"

蕙兰不服气地说："改变不了别人，先改变自己。现在，我想得深刻了，越来越觉得自己知道的东西太少，总想学点什么。古代先贤留下那么多让后人学习的优秀作品，不学太可惜了！我计划每天学一个典故、一段佳句，反正这么做我高兴！最近，我又对填词感兴趣了，要不，咱都填个《西江月》，怎么样？"

小雨冷笑道："你喜欢，就让我们也喜欢，你是谁？看武则天看的吧？圣人说过：'己所不欲，勿施于人。'你怎么忘了？"

蕙兰一撇嘴说："就知道你不捧场。我随口一说，随便。萝卜白菜，各有所爱。小雨，你不喜欢，咱还是别玩了。惹了你，说不定哪天我会挨批的。"

小雨斜眼看着蕙兰，略微沉思了一会儿，酸溜溜地说："谁敢批你？你又不犯错误！要是，要是李家良批你的话，肯定是你太过分了，不然，怎么可能？"

蕙兰只好嘴上认输："好，都是我的错。你俩都说我，好像我跟李家良吵架，是我没事找事。行，我认了。"

小雨这才笑笑说："这还差不多。"

美琳见她们都不说了，才慢慢地说："都能自我检讨，都不错。小雨，那咱就支持支持蕙兰？不再提那些烦心的事了，咱填首词，换换心情，行不？"

小雨摇摇头，指指她们说："你俩，一个鼻孔出气，都欺负我，非整我不喜欢的弄，就是想叫我下不来台，是不是？"

美琳急急地摆着手说："算了，算了，咱不玩填词了。喝茶，喝茶。"

蕙兰哼了一声，慢悠悠地说："有什么大不了的，说来说去就是我的问题，是我异想天开，把个人喜好强加给别人，别怪我。这好办，打住。美琳,快点冲茶,我渴了。"

小雨看着蕙兰,扑哧笑了一声,怪声说:"不能让你的好心耽误了,你还没成作家呢,现在就不想用我这个顾问了?来吧,我还怕你?"

蕙兰站起来,击掌说道:"那是,在你俩跟前显摆,我底气足。"

美琳走近小雨,微笑着说:"咱俩的支持至关重要,咱可不能埋没了人才,是不是?"

小雨望着美琳,两个人心领神会,笑着点了点头。

美琳对蕙兰说:"填《西江月》是吧?必须按古人的要求填吗?我可拿不准。咱水平有限,别限制得太严,与时俱进,明白就行。"

蕙兰点点头,笑着反问道:"你还真把我当高手啊?你定个规矩?"

美琳微微一笑,轻松地说:"那就好办了。社会进步这么快,写诗词就该符合现在的形式,字数不限,整齐押韵就行。不过,词牌的格式还是要模仿前人的,字数不能突破,否则太离谱了。这样都没意见吧?"

蕙兰开心地说:"没意见!我就这么写的。古人在诗词里表达感受,还写得那么好,难道我们这些现代人除了万分敬仰就不沾边了?随心所欲、随性而发、随意抒发一下,不是很好吗?何必拘泥于格式。"

小雨拍拍手说:"我更没意见。我以为押韵就行,那些平仄、仄平的,我可记不住。再说了,要创新嘛,不创新怎么有发展?光吃老本也不行啊!美琳说得对,与时俱进,一定要与时俱进!懂吗?"

蕙兰点头应道:"懂。"

接着,三个人提笔凝思起来。

半个小时过去了,她们几乎同时抬头,然后笑着说:"完了。"

小雨首先念她的诗:

西江月·昨日花开盛繁

昨日花开盛繁,今晨凋零凄惨。花开花落一时间,谁知夜里变天。
人生快乐不断,人生烦恼不断。郁郁欢欢心性燃,却总忘了本源。

蕙兰和美琳朝小雨竖起大拇指,夸赞道:"好,好。"

小雨催促道:"你俩,快点。"

美琳抢先说:"还是蕙兰最后,听我的。"

西江月·寻常百姓之家

寻常百姓之家,一日三餐平淡。喝茶后写诗高谈,不思流逝时间。

人生几时闲年,随心如你所愿。只把今日逍遥欢,诗情茶味填满。

蕙兰鼓掌赞道:"过瘾,过瘾!'诗情茶味填满'。"

小雨欣赏地说:"好!'只把今日逍遥欢',嗯,管他呢,再烦的事,今天也不管他了,只管写诗喝茶!"

蕙兰点头说:"对,对,终于想开了,进入状态了。听我的!"

西江月·日月共照大地

日月共照大地,山河永固民安。万千变化在互联,人间没有隔断。

携手去看江山,无处不是震撼。难怪昨夜梦香甜,正是盛世华年。

蕙兰说:"你俩说说,我写的是不是现实啊?现在的生活,咱小时候做梦也梦不到。"

美琳坐回到沙发上,盯着蕙兰说:"写的就是现实。喝茶有什么稀奇的?有时间、有钱了,享受一下。像你写的,谈天说地,长见识又开心。还有,你说改变不了别人,先改变自己,我赞成!以后,我要朝这方向改。"

小雨站起来,指着她俩说:"凭什么非要改变自己!委曲求全?我才不干那种蠢事!人就该有点志气,不能叫别人牵着鼻子走!要不然,活得太没劲、太窝囊了!"

美琳轻轻推着小雨坐下,委婉地说:"该长志气的时候长,不该长的时候还真不能长。就拿过日子来说吧,像我,倒是长志气了,可有什么用?还不是自己难受?要是能解脱的话,也值!问题是解脱不了啊!"

蕙兰附和道:"是啊,有些事要具体情况具体分析。"

小雨仍悻悻地说:"听着有道理,不过,我跟你俩脾气不一样,我忍不了。"

蕙兰指了指小雨,微笑着说:"脾气大,因为有人宠你,要不,你发给谁啊?也就是家里边的人能忍你。你要是冲人家发,谁会吃你的气?现在也不是以前了,人家表面不说,背后也会骂你的。"

小雨看看她俩说:"这我知道,就是改不了呢。你俩是不是觉得我毛病多啊?"

蕙兰点点头,微笑着说:"有点,不过,不严重。"

三个人又笑起来。

小雨看着蕙兰,极认真地说:"照你这么一说,我还真该改改自己的毛病了。我闺女跟我一样,说不定也会有麻烦。"

美琳望着小雨,点头说:"要是说服了自己,还是改了好。一家人,不能太认真,要是什么事都不认输,恐怕闹得不欢而散。就像我,都奔五的人了,早过了好时候,想来想去,还是没活明白啊……"她摇了摇头,一阵酸楚涌上心头。

蕙兰皱起眉,不解地对美琳说:"美琳,你已经明白了,怎么还说不明白?有些事,过去了就过去了,永远也回不来了,何必非要记那些没用的?有些事跟你就没关系,怎么老是往你身上扯?可别这么比,啊,这个……"

小雨斜眼看着蕙兰,她觉得蕙兰支支吾吾的,神色也不对,猜想其中定有问题,不高兴地说:"刘蕙兰,你什么意思?你不说我还没什么想法,你这吞吞吐吐的,是不是有事瞒着我?快说,听到什么风声了?是不是程浩有什么问题?"

蕙兰站起来,本想大声斥责一下小雨,但还是忍住了,轻声说:"小雨,闹什么神经啊?跟人家有什么关系?我这不是说美琳嘛,她唉声叹气地总跟别人比。人和人,哪有什么可比性?再说了,比什么呀?不该比!谁也没上谁家正儿八经地过日子,谁家的事都一样,别整天看着人家好!你就是个醋坛子。"

美琳赶紧说:"怨我,怨我。我就是尝到苦头了,所以才老拿自己说事。咳,都别多想!"

小雨的脸色更加难看,这让蕙兰始料不及。美琳刚才就发觉出了问题,才把蕙兰说的话揽过来,没想到小雨却当真了。

美琳想了想,笑着继续说:"小雨,你怎么会和程浩联系起来呢?你也不想想,我这事,你又不是不知道,我叫你俩来,不是帮我出主意吗?我从没听说程书记有什么作风问题。"

小雨这才笑道:"蕙兰说得也没错。我有点犯神经,还以为你俩有什么事瞒着我,要是那样,可就没同学情了。咱说好了,要是你俩听到程浩有什么歪事，可不能瞒我！要是瞒了我，那可别怪我犯神经……"

蕙兰干脆地表态："那还用你说，肯定给你提前打预防针。"

美琳答应道："一定，一定！"

小雨摆摆手说："唉，换个话题，换个话题！蕙兰，你不是还写了不少东西吗？干脆都拿出来晒晒，我突然想听了。"

蕙兰高兴地点头应着："好，好。那你想听什么呢？浪漫点的？"

小雨满脸堆笑地说："这把年纪了，还能写出浪漫的？背吧，背吧，见识见识。"

蕙兰略加思索，既有些亢奋又有些紧张，为了尽量掩饰这种状态，她接连做了几下深呼吸，然后才说："先来几首古典的，我想想啊……算了，还是读吧，别看是自己写的，也记不住。先晒晒我最近的几首新作，最近写的还能记着，先听听这首怎么样。"

  悟
踏遍千山觅仙境，无奈万步皆成空。
人间何处无美景，了然一切在心中。

"解释一下我的感受吧。我呢，发现有很多极好的诗，读起来朗朗上口，没有多华丽的词，就觉着好，可到底好在哪儿呢？却说不上来。尽管有很多版本的解释，但那都是评论家研究的成果，不一定全是作者的初衷。说好，这是本人的观点，没有否定别人成绩的意思，作者在写的时候不一定想得那么周全，而评论家可能比作者想得多。我喜欢直白的，现在，直白的更难写了。同样的感受，不同时代有不同的表达方式。再说，一个问题，可以从多个角度去表达，用不同的词语可以写出不同的味道，何况咱的字词含义又那么丰富呢？我写的这首《悟》，一开始并没觉得好，可自己越想越觉着好了。要不，你们先说说看法？"说着，蕙兰拿着本子走到小雨跟前。

小雨瞧了瞧蕙兰，撇嘴说道："我听着是看破红尘了，然后呢，又好像是想明白了。咱小学就学的古诗，每首诗都能看到一个故事、一幅美景，还有隐藏的哲理，到现在也不过时，不就是因为能引起共鸣吗？我水平低，想得肤浅，不会拐弯。"

"美琳，你呢？"蕙兰转而看着美琳。

美琳看看她俩，低头看着地面回答："很多人都在找人间仙境，从古到今，从帝王将相到老百姓，都想长寿，都想住好地方。刚才咱说了，高兴的时候看什么都好，不高兴的时候看什么都不顺眼。一样的事，年龄不一样、环境不一样，你的看法就不一样。不管怎么说，关键是自己想清楚了，还能朝好处想，这样就看着哪儿都好了……就是这个意思吧。"

"对！我觉着只要有这种效果，就是好诗。我写的咱先别下这种结论。"蕙兰坐回到沙发上，继续说，"你俩说的意思都有，你多读几遍，想得就更多更全。反正每个人都会有做无用功的时候，自己经历了才会相信是真的，否则，别人说得再好也不一定能打动你。"她低头看着本子，翻了一页，接着念诗。

  触景生情
碧天池里挂彩虹，独树一帜伴苍穹。
人若有情寄何处？不见灵犀一点通。

"讲讲这首的由来吧：早晨上班的时候，我经常看到一个老头儿慢腾腾地蹬着三轮车，他后边跟着一位老太太，老头儿过一会儿就回头看看那老太太，一看就知道他们是两口子。老头儿的眉毛全白了，他那眉毛可有特点了，像是两只没用过的毛笔头。我刚开始注意他们的时候，应该是五年前了。五年过去了，老头儿蹬三轮的动作没变，可蹬的速度却慢多了。那老太太，拄着拐杖，每走一步都哆哆嗦嗦、格外小心，我看着就揪心。那天在路口，看到老头儿正看报纸，我就想：'他怎么一个人在这儿？'可巧，他的报纸正好掉地上了，我帮他捡起来。他说了声谢谢，声音很洪亮。我刚要走，看见旁边超市的售货员正搀扶着那个熟悉的老太太走出超市。我好奇呀，看着那个售货员将老太太送下台阶。老头儿紧盯着老太太，见她稳稳地往前走了，他才蹬起三轮车。望着他俩离开，我忽然想起当年我们家那位的承诺，他说等将来退休了，他要蹬着三轮车，拉我到处玩去……我当时听了他的许诺，激动得快掉泪了，谁想到，都是糊弄人的……唉，真是没法用几个词就能表达的……"她抹起泪来。

小雨笑道："瞧，还哭了？真是让人感动！你刚说了不能比，怎么自己就控制不住了？李家良真是个有情有义的家伙，还许诺你，我们家那个啊，不能说……"说着，小雨也哭了。

美琳慌忙给她们递了纸巾，不解地说："这又是怎么了？至于吗？我可没被感动！蕙兰，本来是高兴的话题，你怎么把人弄哭了？这可不行！"

蕙兰擦擦泪，半遮着脸说："咳，容易激动。现在有汽车了，他都不拉我出去玩，想起这事我就生气。话说回来，自己也知道不该生气，可一见那老头儿、老太太，我就羡慕人家，多愁善感的毛病就犯了。是不是闲得无聊了？不比，什么事也没有；一比，我就开始找李家良的事。比来比去，气就来了。劝人好劝，到了自己身上就是不行。那天回家的时候，一抬头，看见天上挂着彩虹，很激动，于是就写了这首《触景生情》，好笑不好笑？我又连着写了三首，一首是《感动》，一首是《盼》，还有一首是《存在》，听听吧。"

感动
翠峰顶上飘白云，碧天池里挂彩虹。
内心感动顷刻涌，忘记曾经愁思浓。
美景印心挥不去，待得闲来喜由衷。
同心共赏苍穹异，直寄满足至老终。

盼
鸳鸯成对人成双，世间有爱不彷徨。
不羡梁祝千古扬，只盼老来有依傍。

存在
昙花为谁开？彩虹为谁来？
不想刻意追，自知己存在。

小雨听完，评判道："有真情，当然容易激动。不过，仔细想想，也没什么可激动的。不都这样吗？老伴儿、老伴儿，老了才是伴儿。年轻的时候，谁都觉得无所谓，就是怕老了凄凉……"她拿纸巾快速擦了擦泪，又苦笑着说："刘蕙兰，我今天可叫你折腾得不轻快。唉，你说你，能不能别整多愁善感的事啊？叫人受不了！"

蕙兰见小雨这样,赶紧起来,拿了纸巾给她擦泪。小雨一把抢过她手里的纸巾,没好气地说:"行了,不用你。"

美琳起来给她俩倒水,然后说:"谁不羡慕别人啊?咱同学刘凯,伺候他瘫痪的媳妇七八年了,刘凯瘦了三十多斤,他媳妇胖了十几斤。那是什么境界啊?那才是夫妻,那才是真心实意!话说回来,羡慕有用吗?没用!还是得面对现实。我的世界虽有缺憾,但我相信,总有一天会好起来的!我有强强,有你俩这样的好朋友,还有许多不相识的朋友给我一些意想不到的支持。或许生活就是这样,你能经历痛苦,并始终记着那痛,让自己变得坚强又乐观,自然就找到了那些曾经不解的答案。大千世界,我是最普通的人,没有特别的才能,唯一的用武之地就是照顾儿子,我是儿子的依靠,我不能……"

蕙兰见美琳又掉泪了,忙说:"是啊,我也觉得刘凯这人真不错,像他这样对待媳妇的,凤毛麟角了。咳,要是这么比,那麻烦可大了!我的观点不变,可不能比这个,刘凯也是没办法,他是被逼出来的。我啊,宁愿李家良不管我,也不愿意躺在床上等人照顾。我那小区里有几个老太太,都是照顾老伴儿,看着都累。"

小雨扭扭身子说:"就是,真要是躺床上不能动了,我可受不了,干脆吃点药了断,免得给人添麻烦,讨人嫌。"说完,她竟然躺到沙发上,翻起了白眼。

美琳凑到小雨跟前,拉着她的手说:"小雨,话可不能这么说。好死不如赖活着,干吗有那想法?我还说你呢,我没瘫就有过要死的想法,现在想想,就不该有那种念头!那段时间,我的世界忽然变得寂静了,寂静得令我不安,曾经只有夜晚才偶尔有的感觉,竟然成了一种常态。我明知道这种感觉不对,清楚自己出了问题,可我不想验证对错,更不想知道自己有病。我尽力掩饰那种莫名的恐惧感,可是,装一个正常人太难了!你们体会不到,体会不到……当你无助的时候,真想一死了之!可,可一想到孩子,就不能光顾自己了……不管怎么说,只要有亲人在,你就不能光按着自己的想法胡来。这些年,我也没白活,想得多了,似乎弄明白了人生的意义:从成长到死亡所经历的过程,无论长短,都应让这一过程精彩度过。终结生命简单,但不能轻易终结!我觉得,在能驾驭它的时候,尽量把自己该做的事做得更好些。这并不是强迫自己非要有超越他人的本领,而是让自己拥有积极向上的乐观心态和勇敢的进取心，这也是人本该有的良好品质。"

蕙兰十分认可美琳说的，她还想借此进一步说明自己的观点："对，对！美琳，你算说到点子上了。不光说到点子上，还悟出了人生的意义，越活越明白了，这就对了！人在情意在，相互支撑着，总比一个人强。想想现在的生活，多好！怎么还生出这么多烦恼呢？是不是想法出了问题？我也经常考虑这个问题。唉，说着说着就跑题，打住，我先打住，接着念我高中时的佳作，是模仿东坡先生的《水调歌头》。说实话，那时候我还真得过相思病呢，不过，现在都是浮云了，没什么可隐瞒的，大家都有过，就是不说而已。"

小雨突然来了精神，从沙发上一跃而起，拉着美琳坐在身边，瞪眼看着蕙兰，啧啧感叹两声，兴奋地说："没想到，你还有两下子，保密工作做得还真好。我可没有，我是大学时才认识程浩的，我俩那时都傻乎乎的，没脑子，糊里糊涂就到一起了。"

美琳笑了笑，慢悠悠地说："还真是啊，蕙兰不言不语的，念的是真经啊！"

三人哈哈大笑并相互指责起来。

蕙兰被说得不好意思，脸上泛起了红晕，忙说："当笑话说说。行了，别笑了，别笑了，不然，我不说了。"

她俩赶紧遮住嘴，表现出一副认真听讲的样子来。接着，小雨说道："准备好了，接着发挥吧。"

蕙兰尴尬一笑，才说："说实话，我那时候还真是挺认真的。我特别喜欢东坡先生的《水调歌头·明月几时有》，所以，也来了一首《水调歌头·可有心上人》。你俩听听吧，我一直认为写得不错呢。别，别，还是算了吧，别献丑了，万一将来成了笑话，我这老脸往哪儿搁呀？"

小雨指着她说："说你胖还喘上了。我们想听就不错了，你还故意扭捏，说你什么好呢？"

"蕙兰，你就别卖关子了，念给俺俩听听，你也算是有两个粉丝了，要不，你写的那些东西，就自己欣赏，多可惜呀！再说，你写的东西再好，也要得到大家的认可才行，否则，将来怎么会有市场？"美琳顺着小雨的意思说道。

蕙兰看看她俩的神色，知道这回躲不过去了，只好硬着头皮说："好吧，听人劝，吃饱饭。我这人，自己的水平自己最清楚，就是活到八十也这样了，说话不带把门儿的，先把大话吹出去了，还真怕自己说了空话。今天这么一说，也算是给我打了强心针。你俩呢，以后就记住我今天说的话，万一我半途而废，你俩就负责拿鞭子抽我。"

小雨拍着胸脯，眉开眼笑地说："这事我负责。鞭子就不用了，我给你准备个小喇叭，在同学圈里吹吹，到时候，到时候再说吧……"话没说完，小雨将手罩在嘴上，做出了吹的动作。

蕙兰盯着小雨，见她这么开心，心下反倒没了包袱，捏了几下嘴唇，又揪了几下耳垂，才郑重地说："能有理解的人激励，我之幸。"

美琳催促道："蕙兰，还是赶紧背吧，看看我能不能成为你的粉丝。尤其是你写的故事，我可不是一般地挑剔，世界名著那么多，没几部能打动我的。"

蕙兰不好再推脱，只得依了她们。她的脑海里闪烁着那首曾经让自己忘了很久的词，心情又紧张起来。为什么会生出这种感觉，她搞不清楚，只好端出一副严肃的样子，声音低沉地背了起来。

> 可有心上人？扣心问苍天。
> 明知所属归谁，不知许何愿。
> 我欲追月寻你，又怕身不由己，心思难决断。
> 相拥泪拂面，怎知梦里见？
> 古今看，疏密思，前后观。
> 不应犹豫，何来总是空相伴？
> 人有七情六欲，缘自心有灵犀，相遇不会晚。
> 但寻梦实现，此生无遗憾。

"怎么样？还可以吧？"她将目光转向小雨。

小雨不咸不淡地说："有两下子。以前是小看你了，万万没想到你刘蕙兰有这天赋。看来，以后你真该改行了，不然，可惜了你这才华！"

蕙兰抿着茶，面带微笑，不再说话，静等美琳夸自己几句。谁知美琳竟长叹了一声，苦涩地说："这词的确能打动人，可我觉得，诗人总是生活在梦里，离现实太远！"

蕙兰瞧着美琳，见她脸色非常难看，知道她又想到别处去了，便十分干脆地说："诗人就是爱做梦才能写出诗来，要不然，也成不了诗人。别说诗人，就是科学家也这样。爱因斯坦曾说过，想象力比知识更重要，想象力能概括世界上的一切，是知识发展的源泉。我就整天爱做梦、想象力丰富，所以才会有灵感，才能做出叫你们惊诧的举动。盼着吧，盼着我哪天能一鸣惊人，写出一首能传世的诗词，那我这一生才不虚此行。"

小雨微微点了点头，竖起大拇指说："嗯，爱做梦好，爱做梦好！要不，生活就太没意思了。人吧，就该有点超前的想法，这样的生活才丰富多彩、有意思。"

蕙兰谨慎地说："跟你俩说实话，最近，我有点太痴迷，总想写东西，总想着把自己的理解幻化成最美、最恰当的词，还睡不着觉呢。我都怕自己得了什么病，陷进去拔不出来了。"

这时，美琳的脸色好些了，她肯定地说："好事啊，心中有执念，坚持下去，自然会得到你要的结果。"此时的她，也突然来了灵感，满脑子止也止不住的词瞬间就蹦出来了：

或许是你的错，
或许是我的错，
或许我们都有错，
或许我们都没有错。
或许你不该说，
或许我不该说，
或许我们埋在心底的承诺才是最好的歌。
或许我不该难过，
或许我不该想得太多。
或许你的要求并不为过，
或许你付出的比我要多许多，
或许你的理由才是实实在在的生活。
我似乎明白了，
可你是否会明白我？

未来的生活，

离开了你我不知怎样度过，
一根绳索捆着你我，
谁都无法挣脱。
翻开往日的生活，
看过去留下的颜色，
那一页一页为何都已凋落？
其实你最懂我，
其实你离不开我，
其实你只是不愿意说。
我知道了自己的错，
我想过怎样对你说，
我们都不必认错，
不必认错……

第五十二章

　　小雨发现美琳呆呆地望着一个角落，便推了她一下，嬉笑着说："看你，眼都直了，看什么呢？你说，像她这么写，不就是胡思乱想吗？想到什么就记下来，然后整理一下，她说诗就是诗，说歌就是歌，然后再编个故事，就成了小说。"

　　美琳像是被从梦中叫醒，打了个冷战，慌忙说："咳，走神了，做白日梦呢。"

　　蕙兰被小雨一席话说得大笑，指着她说："就是，就是。自己高兴写什么就朝哪个方向写，看我个人的心情，随心所欲，有感而发。只是，也不能胡乱写，祖宗的长处是必学的，不然，岂不是异想天开、不着调了？我喜欢一个词：守正创新。但是，做起来呢，后面的两个字就不知怎么办了，只是墨守成规。我不跟有才华的人比，也不愿咬文嚼字，只想有自己的见解，把当下的感受记下来。不过，我有自知之明。写东西需要灵感，我有，可灵感都是从学过的知识和经历中来的，哪有什么都不懂就会生出灵感的？很多东西都是日积月累的过程：总结——思考——再总结——再思考，反复好多次，才能不断升华，所有启示都是这样横空出世的。"

美琳使劲搓了搓脸，盯着蕙兰说："人，就该这样！这样才能释放自己。一个人，必须在心中种下一束花，哪怕不怎么娇艳，却是人生道路上不可或缺的美，有了这种向往，才不寂寞。往后，我也写点什么，可能有时候想不通的事，写下来就想通了。我写过一首词，自己瞎编的，念给你俩听听。声明一下，我是胡乱写的，你俩别笑话我。"

> 勿相忘
>
> 万种风流韵，
> 不及我真心。
> 君若真懂得，
> 必定常采撷。
> 岁月流逝，
> 容颜易变，
> 此情越深，
> 无处释然。
> 万般比较，
> 千遍抉择，
> 毫无新意改前念。
> 纵使世间理由用尽，
> 难解心头之患。
> 罢罢罢，
> 顺水推舟，
> 重见昔日美景再现。

蕙兰鼓掌说："不赖啊！你总谦虚。你说得对，一开始，我就是这个目的。不过，写着写着，想的事就多了，还总结出不少有意义的心得，有些话，我都觉得可以当哲理了。"

小雨拍了美琳一下,问:"这是你刚想出来的吧?"

美琳有些不好意思地说:"我要有这本事就好了,我是好几年才凑出来的。"

蕙兰仍沉浸在自己的世界里,只顾说自己的:"我现在衣食无忧,却总想着以前那些'大家'的生活状态,他们好多都穷困潦倒。我就是不明白,为什么那么多大文豪生活都那么困苦?"

小雨不屑地说:"他们生活的时代不行,物质生活跟现在能比吗?以前,有些皇上的生活也赶不上现在普通人的生活,更别说那些只会写几首诗的文人了。再说,那时候写什么都不值钱,跟现在没法比。现在,要是写的小说好,也不说文学水平有多高,就看能不能被那些大导演选中,有没有卖点,要是被选中拍成了电影、电视剧什么的,那可就厉害了,名气、钱财都不用愁了。"

美琳赞同小雨这一观点,接着说:"那可是!现在大家都有钱了,喜欢文化娱乐,要求和品位也越来越高。央视的春晚就是典型,刚开始的时候多土,咱都盯着那黑白电视,恨不得钻进电视里去。再看看现在,多豪华、多丰富了,可满意度哪能跟刚开始比呀?时代不同,人的观念差得太多,没法比!像屈原、李白、杜甫、白居易、苏轼、辛弃疾、李清照等等,多了去了,咱对他们都佩服得五体投地,可他们生活得都不好,可惜了那些人的才华!唉,奇怪,那时候官府不能多给他们发点银子啊?还有那些有钱人,怎么也不给他们捐点呀?想不通。"

蕙兰神情呆滞地说:"有什么想不通的?物质世界总是相对富足,精神世界总是相对贫困。要看是什么人把握它们,把握的标准是什么,关键还是找这两者的制衡点,可这个制衡点太难找了!再说,有才华的人往往看不惯那些世俗的东西。俗人以为他们清高,他们很难得到理解,甚至还会被一些无赖讥笑。旧社会,哪敢自由自在地写文章啊?弄不好会被逼死,甚至家人都跟着遭殃……还想让他们捐银子,做梦!屈原为什么跳江?被逼得没活路了,只能去死!我经常想,人常说天无绝人之路,可历史上那些遭受不公正待遇的人,之所以选择那不归路,还不都是被逼上绝路的?可那又能怎样?我们都喜欢陶渊明的'采菊东篱下,悠然见南山',甚至向往他悠然自得的生活,可是,当时陶渊明的痛苦,只有他自己知道。愤世嫉俗一时劲,逍遥自在一己身。归隐虽是无奈举,不是后来寻梦人。大家喜欢的并不一定就是大家追求的,我们现在知道的道理，倘若生在那个年代，恐怕也都不敢说。"

小雨不耐烦地说："什么乱七八糟的，我怎么有点晕啊？蕙兰，你别整那些高大上的。我怎么觉得你真有点变味了，还学哲人说话了？太远了！"

蕙兰对小雨的态度既失望又生气，她强忍着，尽量不让自己的声调变成怒吼："听着别扭，是吧？刚开始，我也觉着别扭，想不通！这么说吧，给你讲讲最现实的例子，你就不晕了。没听见哪个人嫌自己的财富多的，也没听见哪个人说自己一无是处的。怎么才算富足？怎么才算贫困？物质世界可以简单判定贫困的标准，谁都能根据自己过去的生活得出比较具体的结论，对物质地追求，不管是拥有还是享受，很少有满足的时候，总想着越富越好，想享受更多更好的。精神世界呢？大家都羡慕那些思想家、科学家、文学家的才华，可羡慕归羡慕，却总在劝自己：自己就是普通人，不能跟那些'大家'比，人是有差别的，都一样地活。刚才说了，我也不例外。我想过，这与人的欲望关系最大！人对物质的占有欲太强且没有止境，精神上又总是相对降低对自己的要求，还喜欢跟别人比，问题是，总把自己的长处跟别人的短处相提并论！那些有才华的人只顾研究学问，很少考虑学问之外那些乱七八糟的事情，他们的言论往往偏激，自然容易得罪人，要是得罪了一般人不要紧，如果得罪了有权有势的人，哪有什么好的下场呀？有才华的人被弃用甚至遭陷害是封建社会的顽疾，但愿现在不再重演以前的悲剧。我们在诵读那些智者留下的经典著作时，应时刻牢记他们所遭受的不公正待遇，让我们这些人别再犯那些愚人所犯的低级错误。就是因为有很多人想不开、小心眼，所以才会有矛盾、有冲突。"

小雨翻看着手机，冷漠地说："想那么多干吗？没事闲的……我说，你别想这些事了，万一走火入魔，那不糟了？"

蕙兰微微一笑，淡淡地说："我觉得，让大家明白些简单道理应该是咱的责任。"

美琳面无表情地看着蕙兰，不紧不慢地说："蕙兰，咱俩比，我是物质世界富足，精神世界贫乏，我就没找到制衡点。我总拿自己的财富自我安慰，没勇气把自己的财富拿出一些来扶弱济贫，还总拿拥有的那点东西得意呢。像你说的，我可羡慕有才华的人了，却懒得向人家学习，更多的是自欺欺人，找些理由搪塞。我知道，自己就是个俗人，登不了大雅之堂。"

小雨的视线终于移开了手机，看看她俩，喷喷说道："要是这么说，我的思想倒是出了问题？只顾自己，不关心天下事了？"

蕙兰想把话说得轻松些，免得气氛再紧张了，于是笑笑说："不能这么说，我想得多点。我可没法跟那些'大家'比，有点班门弄斧了。"

美琳说出自己的想法："现在，我们都该多想想，要不，总觉得生活没什么意思。想想以前穷的时候，挺开心的，特别是小时候，多有意思！可现在，整天没滋没味的，不是钱多钱少的问题。"

小雨看着美琳说："这倒是。你这么说，我也觉得整天混日子不好……咳，这道理谁不懂？你操心，你能管得了？不过，话说回来，就咱仨都有觉悟了，也管不了几个人啊。"她想教育教育蕙兰，便故意提了提声调说："我就爱挑刺。我要不说点，你更不知道你是谁了。你以为你说的那些都对？连专家都把握不准的事，你倒是敢下结论，也不掂量掂量自己，凭空想象、妄下论断，还不让人张嘴了，你胆子越来越大。你也是政府工作人员，别糊弄人。想想你都是怎么做的？做了哪些让你骄傲的事？很少吧？还不是打官腔多、真干事少？就你，还想超脱？算了吧，现实不是你想象的故事，你真碰上了，就知道厉害了！说不定，你会谢我呢。"

蕙兰仍笑着说："也许大家都跟咱想的差不多呢，谁不想好啊？你好，我好，大家好，岂不是天大的好事？就是我还没摆脱'小女人'的束缚，很容易被感动得流泪。我想过，咱的能力有限，对国家的贡献有限，可跟咱一样的'小女人'多得是啊，她们都爱国、爱事业、爱自己的小家，如果能改变她们的想法，把她们的力量汇聚起来，那我们可是做了一件大事啊！我认一个理儿：国家好我才会好！不能光顾自己。我知道，我与张思德比，我没有做过舍己救人的事；我与钱学森比，我没给国家做那么大的贡献；要说与雷锋比呢，我初中的时候捡过一个钱包，上交老师后，得了一个奖励；我扶过老人过马路，还给贫困学生捐了点钱；与焦裕禄比，我就是服从组织安排，承担过别人不愿意承担的工作；与张富清老人家比，人家不给组织添麻烦，我呢，有时还纠结名利……都快退休了，还真没做什么值得骄傲的事。不过，我问心无愧，参加工作后，在自己的岗位上尽力了。我给自己写了首《知音》。"

> 风花雪月寻常景，仍须刻意觅踪影。
> 万事万物万种情，设身处地自然明。

兹有知音在心中，引我前行照路明。

坚持真理不逆动，当无烦恼随身行。

小雨疲惫地说："真着魔了。"

美琳点头说："大彻大悟了！"

一会儿，蕙兰摇摇头说："我盼着，一辈子安安稳稳地过现在这种日子。退休以后有时间了，喝喝茶、聊聊天、看看书、写写诗。每年出去旅游两次，去看看祖国的大好河山，偶尔再到国外转转，看看异国的风土人情。那是我以后最理想的生活。"

蕙兰见小雨和美琳的表情都不开心，便自顾喝茶了。

有时候，沉默是最好的语言。无论你多优秀，都会有迷茫的一刻。三个人虽然谈得来，她们也最了解彼此，可是，她们也有不想让人知道的心事。所以，好朋友知无不言、言无不尽是相对的，毫无保留、无话不谈不一定就代表绝对信任，话不投机或不合时宜就适可而止，选择恰当的时刻为朋友分忧解难才是最好的知己。

美琳打破了沉默，委婉说道："是该规划规划以后的生活了。人无远虑，必有近忧，这是先人给咱的启示。百花争芳艳，绿树竞高端。物能不甘后，人当更向前。人的本性，不甘落后。蕙兰，你想的这些看似跟我不相干，可仔细想想，都有关。国泰民安是一切一切的基础，要是连命都危在旦夕的话，还谈什么生活。"

小雨听美琳这么说，看看蕙兰，竖着大拇指说："你俩才是莫逆之交！想法很好，就是难实现啊！不是我打击你俩，刚才我说了，就咱仨都觉悟了，咱能管得了那么多？现在，人都太现实了！没好处的事，谁愿意主动干？躺平的人太多了，根本管不过来。我看，咱就别杞人忧天了，想得多、说得多没用。"

蕙兰听小雨说出这种话并不诧异，回道："我说也好、想也好，不一定不起作用。要是都不想、都不操心，只顾自己的小圈子，那是什么结果？举手之劳都不做的还大有人在。我不管别人怎么想，我就是尽一个公民的本分。这应该不会犯错误吧？"

"言论自由，谁敢干涉你？"说完，小雨朝美琳撇撇嘴。

美琳笑笑说："这理儿咱都知道，小雨更懂。她的意思是，好多事由不得咱。咱呢，尽力而为，往好处想、往好处做，准会有一个好结果！别争了，咱都差不了，咱是不懂事的人吗？好了，换个话题，换个话题，还是玩写诗的游戏好，要不，咱仨再玩一把？我出个题目，我想想啊……"她站起来，在屋里转了几圈，站在她俩跟前，若有所思地说："崔颢写的《黄鹤楼》好，连李白都佩服，咱都去过黄鹤楼，要不，咱也随着'大家'的足迹，写写与黄鹤楼有关的诗句？"

小雨咬了咬牙，皱着眉说："美琳，你怎么了？这么快就被蕙兰拉下水了？这不是给我出难题吗？"

蕙兰笑着说："怎么是我把她拉下水的？人家美琳本来就愿意写诗，她写得好，深藏不露。不像我，写得不行还愿意显摆。"

美琳忽然容光焕发，笑着说："表达方式不一样。我是一时兴起，换换话题。我是想写，可总是有心无力，什么事要是没有心情做，都白搭。蕙兰对什么事都感兴趣，还有一股子韧劲。我整天婆婆妈妈地守着自己那一亩三分地，烦不说，郁闷死了。今天听了蕙兰这么多作品，让我开了窍。"

小雨虽不高兴，但没再反对，指着蕙兰说："你厉害，都跟着你跑！"

蕙兰赶紧赔笑说："玩玩嘛，怎么开心、怎么享受最重要。要不，咱俩打一架试试？我愿意跟着你跑，只要你别生气，把你的长处使出来。我非常非常佩服你的组织能力，可你都不愿意搭理我了。"

小雨只好说："谁不搭理你了？又自作多情！我没那些闲工夫胡思乱想，就想清静清静。写诗嘛，谁不会！不就是随便发挥想象力吗？来吧，别扯了，计时开始。"

美琳瞧着她俩都在认真思考，她的内心却十分不安，暗想：我得慢点写，要是她们知道我早就写过了，不知道怎么说我呢……于是，她故作认真地写了些句子，只是原来写过的那些早在脑海里扎下了根，提笔都是拟好了的。她只好再找些其他字代替，直到看着她们似乎都写得差不多了，才把原本写好的完完整整地写下来。

小雨先说道："写完了。你俩怎么这么慢？到点了，到点了！"

美琳这才说："我写完了。"

蕙兰最后说："我再改改，还挺难呢。"

小雨指着她说："不能改了！考试还想延长时间啊？谁定的规矩，公平呢？"

蕙兰连连说："好，好。不改了，不改了。"她赶紧抬起头来，有点好奇地望着小雨。

小雨看着自己写的，急切地说："还是我先来。"

　　空等黄鹤来
　筑楼垒高台，引得黄鹤来。
　千年遥相望，空楼空等待。

美琳谨慎地说："我念念我的，还是蕙兰最后。"她冲蕙兰和小雨笑笑，见蕙兰正低头看着自己的作品，又见小雨朝她微微点了点头，有些惶恐地念开了。

　　观黄鹤楼有感
　慕名拜谒黄鹤楼，千年古楼望江流。
　滔滔江水载万舟，历历往事一回眸。
　百鸟绕楼鸣啾啾，白云依旧空悠悠。
　物是人非时光走，放眼凝思过往愁。

蕙兰拍着手说："听着可不一般哪，流畅不说，还跟崔颢的诗接起来了，太不简单了！你最后那个'过往愁'好，是该深思。"

小雨冷眼看着蕙兰，不屑地说："先别评说了，念完了你的再评也不晚。"

蕙兰朝她俩伸着大拇指，答应道："马上。我写得不怎么样，可能有点跑偏，你俩评评吧。"

　　人与自然
　远望碧空白云飘，清风一阵现海涛。
　无数流云多变幻，皆是风神描摹卷。
　风拨流云美景添，人改大地色彩变。
　沃土之上阡陌连，路桥横贯过山川。
　古今常叹人生短，时间失去不复还。
　无知未来寄今天，不留遗憾空悲叹。

愿学春风送人暖，愿给旧貌换新颜。
春风化雨入心田，人与自然共翩跹。

"我的念完了。我只想着崔颢的乡愁现在早就不存在了，交通通达，哪儿都能去，想回家还不容易？除了蓝天白云、江水滔滔、苍茫大山这些自然景观没变，其他都今非昔比了。只要做好今天该做的事，人与自然能和谐相处，就万事大吉了。"

小雨笑了，指着蕙兰说："你不用解释，我都听明白了，跑题了！我跑了，你比我跑得还远，咱俩够一拼的！"

蕙兰越发不好意思了，红着脸说："是，听了美琳的诗，我真无地自容了。咳，怎么还敢妄想啊？"

美琳慌忙摆着手说："别这么说。我说的只是和黄鹤楼有关的内容，并没限制非要把黄鹤楼写进来呀？再说了，咱哪有那么多限制啊，说话还去考虑语法对不对、前后衔接问题啊？那不麻烦了，不就是想起什么说什么吗？今天，我可没想到咱仨还能玩写诗词的游戏，更没想到你还有那么高远的想法。谁不想有一个充满诗意的人生？可诗意人生是自己活出来的。跑题了，跑题了，说正题。咱游历的目的是什么？山水大地行，上下四方看。追寻前足迹，物外有超然。游山看水就是陶冶情操、开阔视野的。古人都能活得那么潇洒，我们应该活得更好！当然，当代人有当代人的活法、看法、说法，不必拘泥于原来的老框框。只要不违法、不偏激、不堕落，只要积极向上、向善，传播正能量，写就是了！"

小雨一摆手，说道："蕙兰，我可没有不让你写的意思，你别多想。我写的《空等黄鹤来》也是两层意思，有私情也有担忧。咱都活在社会里，离开了社会，就咱这脾气，即使有'采菊东篱下，悠然见南山'的一时逍遥，也不会长久。何况咱现在的生活环境与那些'大家'的生活环境能比吗？那是不可同日而语的！咱都习惯了现在的物质享受，谁还愿意去体会清贫之乐？你愿意？反正我是不愿意。你不是也说高楼林立、再无天下寒了？可是，你没看见有多少楼都是空的？再这么无休止地盖下去，浪费多少资源啊，现在好多工程都半途而废，太可惜了⋯⋯"

蕙兰叹口气说："那年我去武当山，正好遇上大雾。随口说道：'武当山上雾霭霭，空中楼阁天上来。游人如织登仙台，不为炼丹追自爱。'同事还笑我,说我还有这份闲心,我没跟她计较。人各有志,何必在意别人的看法。听了你俩说的,我还真得到了启示。仔细斟酌你俩的见解,各有不凡。美琳说的不必拘泥于原来的老框框,跟我想的非常一致。咱所有的收获都是继承前人的正确引导并通过自身努力得来的,我们不可能天生就有独到的见解、非凡的成就,犯错误的人是偏离了大方向。我的出发点是想引导大家有一个积极乐观的态度并正确面对遇到的各种问题。小雨说的现象,我也很生气。有些楼都停好多年了,我同事还有买这种楼的。老板卷着钱跑了,或是什么原因被停工了……有的楼位置挺好,就在路边,越累积越多。哎,最近我见向阳路边上那座半截楼开始盖了。"

小雨叹口气说:"听说刚盖就有一大堆债主去了,好像又停了。"

美琳很惋惜地说:"听说那个楼麻烦大了,一开始的那个老板拿楼做了抵押贷款,还不是一家银行,好多银行都上了他的当,贷给他好多钱!他还借了不少高利贷,骗了好多人。那个家伙,一开始就没安好心,听说身份证都是假的,公安局都找不到人。我还听说,那人早出国了,有人还在国外碰见过他,不知道是不是真的。"

小雨内心一惊,她盯着美琳,眼珠转了几圈,试探地问:"这些消息你是听谁说的?怎么知道得比我还多?"她想着当时跟那帮人打交道的情景,越想越生气,好不容易听程浩说那个楼的项目有了眉目,却又节外生枝,心想:完了,恐怕投的那些钱都打水漂了。因为程浩不知道她投资的事,所以她一直假装替别人打听消息,即使这样还被程浩埋怨了几句。

美琳又换了一壶茶,给她们倒上,笑笑说:"怪不怪?怎么那么多人不知道害怕呢?有人敢胡作非为,发不义之财,是有人撑腰的,要不然,他们怎么敢!"

蕙兰接着说:"就是,连小混混都敢无事生非,干起了打家劫舍的勾当,甚至比原来的强盗都胆大。"

小雨瞧瞧她俩,惊诧地说:"不能吧?不可能!现在是什么年代了,谁敢哪?你俩要是听见什么风声,可要先给我说一声,要不然,我死了还不知道怎么死的呢。"

美琳冲小雨笑着说:"你又想多了!我是说眼下有些黑社会性质的组织挺猖獗。你说,是不是不正常啊?"

蕙兰生气地站起来说:"就是不正常!有些人拿了他们的好处,不光不说，还给他们找借口。"

小雨斜眼看着蕙兰，冷冷地说："你说的是不是那个张士建？那小子胆真大，我弟弟找他办事都不给面子。唉，我弟弟惹的事，我没敢跟程浩说，知道给他惹了大麻烦。唉，我那个弟弟本来挺好的，可现在就知道钱，整天不叫我省心。"

美琳看看小雨，知道自己又说漏了嘴，忙打圆场说："我是听别人瞎传，不知道是不是真的，不能当真！"说归说，可她暗想：你弟弟领着一帮人瞎胡闹，跟他打架的那帮人也不是什么好东西，你是真不知道还是装着不知道啊？算了，还是别说了，要是小雨不知道她弟弟干的那些事，不是平白给她添堵吗？再说，她也管不了他，那小子毕竟被娇惯坏了……

三个人又沉默了，各自想着心事。

蕙兰瞧着她俩，发现她们都不自在，忽然萌生出一个想法，兴奋地说："跟你俩说几样东西，都是我亲历过且难忘的，看你俩会想出什么故事。雨伞、电话、螃蟹，这三样东西可以单列、可以串联讲故事，字数不限，几十字、几百字都行，提示，要考虑生活的变化。"

小雨不屑地说："这几样东西有什么可讲的？下雨了，要打伞，打电话叫人来接，建议一起去吃大闸蟹。完了，没什么可讲的了。"

美琳揉着下巴，疑惑地说："我不喜欢吃螃蟹，从来没吃过；雨伞，下雨的时候有用；电话，每天都用。雨伞，年轻人可以编很多浪漫的故事，老人也能编一些。小朋友打着雨伞，多是嬉戏玩耍、互帮互助的故事，反正，雨伞的故事好编。电话没什么可编的，它的功能就是相互联系、传递信息，现在很多事打个电话就能解决。三十年前可不行，咱联系只能捎口信或写信才能解决，要等好长时间才能有回音。按说，这三样东西相比，电话最有用，其他两样对我来说并不重要。"

蕙兰听着一直想笑，毕竟自己的经历她们很难猜到，她这么做就是活跃一下气氛罢了。她曾给儿子出了同样的题目，儿子编了这样一个故事：

  他冒雨跑到站台下，失神望着绵绵不断的雨。那雨下得越发急了，地上已经起了一层白雾。他掏了掏口袋，拿出半盒烟，又在衣服上擦了擦手，这才抽出一支香烟。他看着那未被淋湿的香烟，抑制不住内心的欣喜，嘴角动了动，眼神掠过一丝笑意。他掏出打火机，把叼在嘴里的香烟点上，然后猛吸一口，又使劲吐出一道白烟，继续望着那雨线发呆。

他懊悔忘记带雨伞了，已经几次怨自己的疏忽大意，但再后悔也无法弥补了，于是下决心："今后别再犯同类错误。可是，可是……为什么这种错误总在自己身上循环呢？如果没看天气预报也就罢了，明明知道今天有大雨……"想到这儿，他又生自己的气了。

正在这时，两个穿着粉色雨衣的小学生飞奔过来，他下意识地给她们让了位置，可是，两个学生不是到站台来，而是朝着玳瑁色的电话亭去了，原来她们是急着打电话的。他凝望着那个电话亭，想起自己学生时代被雨淋湿的情景，忽然开怀大笑，自语道："这不挺好吗？重温一下那美好的回忆，有什么不好的，怎么还跟自己过不去呢？有什么大不了的？风雨过后依旧有彩虹……"他悄悄环顾四周，尽管仍是他一个人，但他还是尴尬地自嘲了一下，不再尽情放纵自己了。他知道，雨后有清新的空气，有好心情，有秋天的硕果。两个小女孩从电话亭出来，她们牵着手飞奔到学校去了，留下了她们活泼又可爱的身影……

他回过头，发现身旁多了一位老大娘，她手里提着一包大闸蟹。他笑着问："大娘，在哪儿买的？附近有卖的吗？我也想买一包。"大娘笑着回答："附近没卖的，我是在海鲜市场买的，倒了两趟车。我孙子爱吃，要不我才不买这个。谁知道下这么大的雨，幸亏我带了把遮阳伞，要不准闹感冒。"他朝大娘望去，大娘的裤子、褂子都湿了，他摇着头说："隔辈亲，隔辈亲啊！"大娘开心地说："可不是？孙子是我的心肝宝贝。跟你说，我儿子小的时候我都没这样疼过，也不知道怎么回事。小伙子，你有孩子了吧？你妈也跟我一样大吧？"他腼腆笑着，摇了摇头，说："还没呢。"

他想着妈妈的唠叨，又想到了妈妈的担心，于是赶紧打电话说："妈，我已经坐上车了，雨还没停，路上有点堵车，可能晚点到家……"

小雨见蕙兰脸上挂着笑，知道她有笑话要讲，故意好奇地问："什么高兴事还自己偷着乐？"

　　蕙兰看着小雨，沉默了十几秒，笑着说："上初中的时候，一次雨天，我跟同学一起上厕所，她有雨伞，我就跟着她去了。在厕所里，她叫我拿着雨伞，我就接过来了。那时候的厕所，一半是露天的，正好雨停了，人家都把伞收起来了，可我不知道怎么收，因为从小没用过。我就一直傻乎乎地拿着，又怕碰到人家，就尽量往后躲。那个时候，我感到她们都用异样的眼光看我，我站在那里真难受。我同学接过去后，很轻松地收起来。当时，我没看清她是怎么收起来的。上班后，我才买了一把雨伞，总算学会怎么用了。电话，我说的固定电话，刚上班的时候，电话就摆在办公桌上，我从来没打过啊，所以不敢打，偷偷看同事打了好多次，我才敢碰那东西。第一次打的时候是给企业下通知，别提那时多紧张了，我拿起话筒，紧张得自己都能听见心跳，几乎是哆嗦着拨完号码，听见对方说话，我都语无伦次了，结结巴巴地把内容告诉人家，放下电话后还紧张了好一阵呢。"

　　小雨讥讽道："你就会故弄玄虚，至于吗？"

　　美琳指指蕙兰，笑着说："我当时也有这种感觉，不过，比你差点。我第一回打电话的时候，拨了好几遍才打通。"

　　蕙兰十分严肃地说："我说的是真的，没骗你。小雨，咱条件不一样，你见多识广，不像我们那么土。你不知道农村的孩子有多难！唉，不说了，现在好了，手机都这么发达了，农村孩子跟城里的孩子差距小了。"

　　小雨兴奋地说："嗯，这不假。哎，上学的时候，你是不是不会吃螃蟹啊？"

　　蕙兰有些惊奇地说："猜对了，你怎么猜得这么准？那时候，我就是不会吃。你知道我是什么时候才会吃螃蟹的？上班十年以后，还是同事教我的。那东西本来我是不害怕的，小时候河里有，就是小点。第一次见了那大螃蟹，我还真不知道从哪儿下手了。人家教我的时候，我还不好意思，我可记住当时那傻样了。"

　　小雨跟美琳都笑了，蕙兰当时的处境她们都清楚，何况那螃蟹本就是日常生活中的奢侈品呢。

第五十三章

"工作是自己赖以生存的职业,既然别无选择,就该把现在的工作做好,即使做不到最好,也必须是走在多数人前面,不能甘于落后、甘于平庸。"蕙兰不仅这么想,也是这么做的。她工作一丝不苟,不敢有丝毫懈怠。另外,她说话做事不拘小节,喜欢直言不讳,不想与认识的人动心机、耍滑头。她清楚这样做会导致两种结果:一种是性情相近之人,会有遇到知音的感觉,不会纠结你说话的方式,即使有不当之处也会原谅你;另一种是不理解你的人,他们往往事事斤斤计较,甚至借题发挥或夸大其词,带来不良后果。虽然知道自己并不完美,但是也不想刻意改变什么,她坚持认为她的出发点是好的,何必计较。针对工作中看到的各类现象,闲暇时她也进行了一番总结:

办公室里的两类人

一类是乐观又敬业的人。这些人走进办公室就很快进入工作状态,他们有干不完的活、学不完的知识、解答不完的问题。他们有坚定的信念和顽强的毅力,对他们来说,在办公室里工作是天经地义的事,解决工作中遇到的问题是自己的职责所在。这类人共同的行为特点:组织意识强,忠诚于事业,能自我约束,执行力到位,有创新意识,兴趣很广泛,生活有热情,不乱议论人。这些人是单位的支撑力,如果哪个单位没有这样的人,那它存在的意义又何在?所以,一个单位能存在,这些人功不可没。

另一类是消极又怠工的人。尽管这一论断不是绝对的,但目前许多单位都有这类人,虽然总数不多,却影响极坏。这些人缺乏实干精神,更懒于学习知识,他们有以下几种类型:一,夸夸其谈型,这种人终日喋喋不休地谈论着与工作无关的话题,把办公室当成了自己的演说台，不谈工作，只谈乱七八糟的东西，毫不顾忌他人的感受；二，静静守候型，这种人终日闷在办公室里浏览手机、电脑，一言不发，一声不吭，似乎兢兢业业、安分守己，其实对工作漠不关心，只关心自己喜欢的'八卦'；三，进进出出型，这种人上班后就忙自己的事，喝茶倒水、养鱼弄花、蹦蹦跳跳、伸伸打打，只顾自己修身养性，有的人还时常搞'自由行'，上班后打个照面就不知去向，我行我素，毫无组织纪律观念。总之，这些人眼里只有他们自己，只有他们忙不完的私事，至于工作，那就与他们不相干了。

以上现象，在机关、企业、事业单位都不同程度地存在着。究其原因，还是干好干坏一个样，吃大锅饭的问题。

事实上，各种管理制度已经很多，只是在落实上打了折扣，久而久之，那些制度形同虚设，谁都不知道、不在乎了。那么，解决的办法呢？必须把管理制度落实到位，再好的制度没人去落实都白搭，而落实的关键靠层层抓、层层管。一部分领导本着明哲保身的思想，更害怕那些不遵守制度的人抓了自己的把柄，干脆听之任之，不予干涉。但愿这样的领导越来越少。

其实，大部分人是有担当、有作为的，在他们的带领下，整个社会才井然有序地不断前进，否则，社会就乱了、倒退了。我知道自己管不了那么多，所以先把自己管好，尽可能做一个遵守规章制度的人，尽可能影响他人，相信，与我有同感的人会越来越多。

2018.6.1

一次，晚上八点多了，蕙兰在街上散步，路过一座正在施工的大楼，看到一老一少在黑暗的角落里吃东西，想看个究竟又怕打搅人家，于是假装在寻找东西。那爷儿俩正在吃馒头。男孩开心地依偎着爸爸，看到陌生人过来，诧异地望着她，接着把头藏进爸爸怀里。那位父亲正嚼着馒头，一只手搂着孩子，一只手拿着半个馒头，他憨憨地笑着，催促儿子："吃啊，快吃啊。"

蕙兰匆匆离开了，一路带着心酸回到家里。她不能忘记看到的情景，那父子俩只干啃馒头，连咸菜都没有，他们还吃得那么香甜！虽然不少地区的农民都过上了富裕生活，尤其是在大规模的城市扩张中，有不少农村因拆迁，老百姓一夜暴富。但是，在整个中国，还是有不少农民在为过上更舒适的生活而努力拼搏。当然，大家都一样，都在为生活越来越好而努力，只是起点不一样，其间的差距太大。她感慨万千的同时又想到一些令人气愤的现象，于是快速写下了这篇文章：

我对农民的认识

　　事实上，我们所有的日常消费，都离不开农民。在社会进步的大潮中，农民的境况与城里人相比还相差很多，特别是偏远的乡村，不少人仍过着拮据的日子。

　　从我们的餐桌开始，农民给我们提供了丰富多彩的食物，他们不辞辛劳，日出而作，日落而息，一年到头，清闲的时候很少，几千年来，都是这样重复着。尽管有了现代化的农具，但仍旧离不开他们的辛勤付出。他们依然要顶着风吹日晒，不停地劳动，才能解决自己的生活问题。

　　居住在现代都市里的人，有很多人看不到、想不到农民有多辛劳，他们的处境有多困苦。不少城里人只知道将农药残留、农副产品价格过高的问题归咎于农民，有人甚至说他们坏了良心，却没人问农药是谁生产的，化肥是谁生产的，标准是谁制定的，卖价是多少等等显而易见的问题。

　　直到今天，农民的文化水平普遍不高，仍是知识最贫乏的人群。他们很多人都不懂化学知识，不知道农药和抗生素的成分，更不知道所谓的药物残留。他们想的是：怎样让农作物少生虫子，怎样让牲畜少生病，怎样增加产量，怎样把种出来的作物和喂养的牲畜卖个好价钱。那些后来产生的问题是谁制造出来的呢？

　　农药和化肥都是有专门的研究机构、技术人员出的配方生产出来的，有专门的机关对生产商进行监督管理。针对农产品种植、畜产品养殖，还有不少部门加以监管和技术指导。可是，出了这么多问题，有谁去考虑过自己应承担的责任呢？相反，当问题暴露出来了，相互间推卸责任，闹得不可开交，谁也不去查自己的失职行为！

　　农药是可以致人死亡的！既然农药可以直接致人死亡，那过量使用肯定会产生危害。如何减少危害呢？生产商应标注用量及使用方法，推销商应告知销售商并给使用的人讲清楚，尤其是那些看不懂说明书的人，一定要给他们讲清楚过量使用的危害。政府相关部门应在病虫害多发季节，对农药的使用加以指导。针对农药的使用量，销售商、负责技术指导的部门必须承担指导责任，制定出指导农民使用的具体措施。至于农药、化肥的配方出了问题，应对生产商、监督部门追究同等责任。

大多数农民不认识批发商、超市的供应商，与他们接触最多的是一些农民出身的小商贩。当某地的农民种出的蔬菜滞销、不值钱时，可以找一些热线节目帮助解决；当农民因病致贫或家境极其贫困，生活困苦时，也会找热线节目帮助解决。为什么？因为热线节目解决得快。难怪那些节目收视率高，因为它贴近百姓生活、说实话、讲实情、办实事。每年的农村，都有辛苦的农民因得不到收获而痛哭流涕的，你是否曾悲悯过、援助过？

我们住的大楼、走的路有设计师的辛勤付出，也有农民工的汗水和泪水。农民工挣的是力气钱，他们不会也不能耍滑头，他们不会也不敢偷工减料。可是，偶尔出现的那些豆腐渣工程也是出自他们之手，于是有人责骂："谁修的这破路？谁干的这破活？这豆腐渣工程是谁干的？"除了蔑视的眼神，谁会注意那蹲在角落里与儿子一起干啃馒头的农民工？他们干了活有时还拿不到工钱，讨要工钱有时会招致拳打脚踢，更甚者有人还丢了性命。因为有些黑心的包工头、开发商不把农民工当人看，一旦出了工程质量问题，他们把责任全推到干活的人身上……农民工脚踏实地的劳动却换不来人格尊严和没有心酸的生活，这是怎么了！

政策明明是为老百姓着想的，不断推出的惠民政策和改善环境的措施一个接着一个，可老百姓的生活到底改善了多少？这是各级政府部门必须深刻思考的问题，尤其是最基层的部门。

同一把尺子，不同的人用它丈量同一件东西，可能会得出不同的结果，因为有的人并不在意尺度的标准。那些出问题的工程，之所以有问题、出了问题没人管，就是因为各个环节把关不严、疏于管理造成的。所有的工程质量都应由施工单位负责，在预估的质量保证期内负责到底，出了问题应层层追责，包括监理单位、主管部门。那些低头干活的劳动者，此时不应再做默默奉献、不管不问的旁观者，而应勇敢地站出来，揭露那些害群之马，只有这样，才能真正体现自身的价值，才会减少大家的误解。

农民很辛苦，可他们最现实、最诚恳、最不缺知足常乐的情怀。在他们身上，你会看到真诚的笑容和健康的身体；当然，在他们身上，你也会看到无助的眼神、生活的窘迫、感情的贫乏！相比城里人，农民的生活简单、质朴、自然、舒畅许多。

如果我写的这些东西依旧唤不醒那些鄙视农民的人，那我只有鄙视他们了。我现在是城里人，我的父辈以上都是农民，或许这是我理解农民的根本原因。许许多多人像我一样，都是从黄土地里走出来的，我想，他们同我想的差不多。让我们对农民多一些理解与关怀吧！

当城市的大楼越盖越高、越来越多时，当城市的道路越修越宽、越来越好时，当城市的公园越建越大、越来越美时，更多的城里人却向往着"采菊东篱下，悠然见南山"的生活。那片令人心驰神往的地方就在美丽的乡村，是那些最最朴实的农民不断改造着的广袤大地。我们有什么理由将错误归咎于农民呢……

那父子俩干啃馒头的情景经常浮现在蕙兰的脑海里，她忘不掉那期待、质疑的眼神，忘不掉他们父子俩亲密无间搂在一起的温馨。每次想起，都会让她无限感慨，都会让她不断寻找自己工作中的不足点。她常常想：有人总找一些无端的借口，只顾自己的小利益却忘记了自己的职责，甚至变得愈加无知起来，这不是与时代发展背道而驰吗？当今世界瞬息万变，他们却终日沉醉于碌碌无为的境地，这不是现代人的追求！只有遵循自然规律、依法办事，才是顺应了自然，才能去除那些弊端，才能真正实现人与自然的和谐共生。很多人明明知道不对，却为什么没有纠正错误的勇气呢？

三个人沉默了十几分钟，还是蕙兰先开口了："我呀，倒想有一股真正的浩然正气，用在现实中。我们中国人都该长点志气，铭记那段苦难的历史，发奋图强才能不再受气。我还写了首歌呢，歌名是《我是中国人》，想听吗？干脆给你们念念。"

我是中国人,
我是中国人,
有文化有气场,更是有精神,
波澜壮阔五千年铸就我的魂。
我是中国人,
我是中国人,
我勤劳,我勇敢,默默在打拼,
美好生活在前方等我去追寻。

我是中国人,
我是中国人,
求和平,求解放,勇敢去担当,
五湖四海闯天地有利共分享。
我是中国人,
我是中国人,
有梦想,勇敢闯,不再空彷徨。
飞天去揽月,下海探宝藏,扭转乾坤靠的是心中有力量。

我是中国人,
我是中国人,
浩然正气震天响不怕困难挡,
五湖四海交朋友利益共分享。
我是中国人,
我是中国人,
文明之邦滋养了我的精气神,
有梦想,勇敢闯,不再空彷徨。
飞天去揽月,下海探宝藏,扭转乾坤靠的是心中有力量。

中国人,中国人,我们一起唱。
走四方,走四方,诚信记心上。

中国人，中国人，我们一起唱。
讲文明，奔富强，团结是力量。
中国人，中国人，我们一起唱。
讲文明，奔富强，团结是力量。

我是中国人，
我是中国人，
波澜壮阔五千年铸就我的魂。
我勤劳，我勇敢，默默在打拼，
讲友谊，讲和谐，为的是共存。
我是中国人，
我是中国人，
文明之邦滋养了我的精气神，
讲友谊，讲和谐，为的是共存。

中国人，中国人，我们一起唱。
走四方，走四方，诚信记心上。
中国人，中国人，我们一起唱。
走四方，走四方，和谐惠万邦。
中国人，中国人，我们图富强和谐惠万邦，
图富强，惠万邦。

"好！带劲！"美琳跟小雨拍着巴掌赞道，三个人又一阵憨笑。尤其是小雨，她指着蕙兰说："我们这把年纪，还能叫你忽悠得有了责任心，没想到啊！"

蕙兰又一本正经地说："我忽悠？再忽悠也不会轻易改变你啊！你是什么人？最该让人尊敬的人——人类灵魂的工程师，你本质好！其实，再伟大的人，其精神境界也不是与生俱来的，都是随着知识与阅历的增加不断进步的。我们之所以平庸，就是只会想而不敢做、不去做。要是真正做到思想与实践相统一，那这世上的人不就没多大差异了？"

美琳鼓掌说："我茅塞顿开，真该干点什么了。哎，你俩参谋一下，看看行不行。我是这么想的，现在咱都不年轻了，很快就老了。可你看看周围的老人，要么围着孩子转，要么独自牵着狗溜达，还有独自推着轮椅、拄着拐杖锻炼的，我看着就心酸，总想着自己将来也会跟他们一样有凄凉的时候……今天趁着这热乎劲，我也斗胆说说自己的想法，别等着热乎劲过了又没了主意。我呢，想办个养老院，不干是不干，要干就干好，弄得好点，咱将来要是都住到里边也不会差的。怎么样？"

两双惊异的眼睛与一双犹豫的眼睛碰在一起，静静地呆滞了一会儿，紧接着，蕙兰和小雨拍起了巴掌。

小雨站起来，举起右手，郑重其事地说："我支持！以后我就到你办的养老院去住，我那闺女，是不能指望她伺候我的。咱们聚到一块儿，将来也有个照应。关键是，咱们能说到一块儿，不寂寞。我的脾气性格就这样了，以后只能越来越差，要是跟外人一块儿啊，很难合得来。咱仨呀，估计到八十也能凑合，不会打起来。"

美琳摆摆手，谦恭地说："现在说这话有点早。这人啊，年龄大了脾气就会改。有人年轻的时候不爱说话，可老了以后就唠叨个没完；有人年轻时话多，可老了以后就不说话了。你说怪不怪啊？"

蕙兰点点头，马上把自己的观点抖出来："是。人就是怪，高级动物嘛，想得多！想得越多，烦恼越多，麻烦事越多。"

"喝水歇歇吧。"说着，美琳给蕙兰倒上茶，她有些疲惫地躺到沙发上。小雨见了，忙起来接着给美琳倒水，不耐烦地说："行了，今天就到这儿吧。我看美琳累了，时候也不早了，咱还是走吧。你，快点写你的小说，我可等着当顾问呢。"小雨顿了顿，瞟了蕙兰一眼，又故作生气地说："蕙兰，你跟美琳都喜欢高雅的，我这人喜欢八卦，唉，这么多年了，今天我才知道你的不俗表现，特别是你那初恋情人，我尤其关心！别看咱都快年过半百了，可我，还是喜欢刨根问底，你说说，你写的那什么《可有心上人》，是写给谁的？今天你要是不说，晚上我会睡不着觉的。快说！"

蕙兰竟然脸红了，她呆呆地望着小雨，又看看美琳。

美琳躺在那儿，点头说："是啊，我也想知道，快说说，说说。"说完，她坐起来，似乎不累了。

"走啊，不早了，你光说走，怎么不动弹？"蕙兰摆出要走的样子。

"我问的事你不说，那就再等会儿呗，反正我也不在乎这一时半会儿的了，慌什么呀？"小雨白了一眼蕙兰，端起茶杯，品着茶，"这茶的味道还真不一样呢。"

蕙兰无奈地说："每个人都在追求幸福，每个人的幸福感都不尽相同。从生命诞生的那一刻起，周围的人就会平添不同的感受。满怀喜悦地迎接并庆祝新生命诞生是常理。于是，在奔向未来的日子里，期盼与幸福会接踵而至，随之而来的感受会更多、更丰富。四季更替，我们对不同的季节都满怀憧憬，可走过以后呢，感受又千差万别。我们走过同样的四季，却各自回味别样的春夏秋冬；我们看到同样的色彩，却描绘出不同的笔墨丹青；我们呼吸着同样的空气，却有不同的观念认同……唉，怨谁呀？都是自己惹的。我这嘴，怎么就没忍住呢？看来，我得先想办法给自己的嘴贴张封条了，要不然，将来会引火烧身的。"说完，她看看她俩，故作镇静地哈哈大笑，然后说："我自恃品德高尚，但不排斥低俗的调侃。因为我是人，生活在一个无限丰富的动态世界里，不像神，只存在于虚无缥缈的精神世界里。开玩笑还都当真了。我心里，只有那个李家良，不管他有什么缺点，我都能忍了，生气归生气，日子过得还是挺好的。至于以前那些不着边际的想法，提它干吗，有意思吗？"

小雨走到蕙兰跟前，抚着她的头发说："别打岔，快说，怎么没意思？光弄那些上纲上线、正儿八经的事，多没意思。咱现在是自娱自乐嘛，回忆回忆过去，有什么不好？再说了，美好的过去，怎么能说忘就忘呢？"

美琳的脸色好了许多，微笑着说："小雨说得没错。你上班的时候严肃，下班后就该放松，不能总把自己绷得紧紧的。这人哪，精力是有限的，还是放松一下好。你就说说吧，有什么要紧的，就当是给我们讲段奇闻趣事。哎，蕙兰，你可要讲的精彩点，凭你的本事，太平淡了可是不尊重我俩。小雨，是不是？"

小雨推了蕙兰一把，干脆地接过美琳的话："那可是！蕙兰，你要是说得不咸不淡的，估计我这顾问就没戏了。"

蕙兰本不想再延伸上面的话题，可她明白，越躲反而越勾起她们的好奇心，只得答应了："好，行。这么说，今天还必须编了？"

小雨知道蕙兰想逃避，直截了当地说："管你怎么说，我等着呢，别磨蹭了！"

美琳闹不清蕙兰的想法，怕她为难，委婉地说："蕙兰，也别太为难了，实在编不出来就算了，你自己看着办。"

蕙兰揉搓着双手，慢腾腾地说："那我可编了……"她的思绪迅疾回到了三十多年前。

第五十四章

蕙兰一边说一边竭力掩饰内心的激动，语速比平时快了许多，可她并未发觉，小雨和美琳围拢在她身边，才能听清楚她说的什么。小雨抓住蕙兰的手，抬起来说："哎哟，手心都冒汗了，至于吗？美琳，你把空调调低点。看来这故事三分编、七分真哪！说慢点，慢点，怎么认识尤肖齐的？"

美琳拿着遥控器说："是啊，这个尤肖齐，可是咱都见不到的大人物，就是程书记想见面都挺费劲哪，你怎么会认识他的？不是做梦吧？"

蕙兰摇摇头，摆了摆手，右手揉着额头说："这不说嘛，一辈子指不定遇上什么稀奇古怪的事。美琳，你最信命，结果怎样？你活得开心吗？认命，改变不了心情好坏，更解决不了内心的困惑。我为了解开心里的疙瘩，写了首《解惑》。"

> 地球一转一日迎，白天黑夜自分明。
> 人生一步一个景，睡去醒来追梦行。
> 只把困惑当天命，岂能化解无知情。
> 天道自然能顺应，自有章法解惑灵。

"谁没有心事？能适应的就适应，不能适应的就改。道法自然，不能乱来。关键还是自己掌握自己的命运，相信自己的能力、相信公平正义，只要努力了，终会有收获。生活、事业都一样。我不信命，可我相信人和人之间的缘分。有人说，缘分天注定。咱也说不清道不明，谁能讲清楚？天底下这么多人，你怎么就偏偏认识他、喜欢他、忘不了他，却不能跟他白头到老呢？我信歌里唱的：'有缘千里来相会，无缘对面手难牵。'各种理由、机缘巧合就凑到一起了，结果就是各有所属……高一的时候，大概是快放暑假了，中午我去校门口买菜，转身的时候，被一个人碰到，我哪寻思啊，手里的缸子接着掉地上了，买的菜一点不剩不说，还洒了一身菜汤，当时那个气就别说了。那人一个劲地跟我道歉，我当时连看都没看他一眼，气呼呼地拿着缸子回宿舍了。没想到，他追着我去了宿舍，非要我的名字班级。我看那人挺瘦小的，他也不是故意撞到我的，就告诉他了。他还跟我说了他的班级和名字，当时我只是哼哈答应着，心想：'你跟我报什么家门？我又不想认识你。'所以，他叫什么，我根本没记住，就知道他是高三的。没想到，放假的时候，他在校门口等着我，非要给我一支钢笔、一封信，还说：'你就收下吧，回家后看看信，你要是愿意呢，就给我回信；不愿意，就，就算了。'唉，我当时觉着他挺可怜的，就收下了。回家后，我看了他写的信，大体意思就是他想跟我交朋友。可是，我根本没看上他。他就是太一般了，其貌不扬、个子又矮，皮肤还特别黑，反正看他哪儿都不顺眼，也就没给他回信。其实，就是因为那封信，我才记住了他的名字，尤肖齐。"

小雨撇撇嘴，可惜地说："你说你，太没眼光了！多厉害的潜力股，你竟然错过了……要是你早跟我说这档子事，说不定会是另一种结局呢……"

美琳肯定地说："结局肯定会变！说不定，说不定……话说回来，蕙兰现在多好，也没什么可惜的。"

小雨干笑了两声，怪声说："也是。那时候要是能看到现在，不都成神了？后来呢，就没再联系？"

蕙兰笑着说："有什么好联系的？后来，我自己偷偷喜欢上一个人，所以才有了那首词。"

小雨和美琳更是惊讶了，一起问道："谁？是谁？"

蕙兰笑了笑，腼腆地回答："你俩都认识，就是田立钧。"

小雨大叫一声，大笑道："咳，以为谁呢，竟是四眼儿！你什么眼光哪？差远了！幸亏你没嫁给他，要是嫁给他呀，你现在也没当作家的想法了。哎，你没听说田立钧是个酒晕子呀？哎哟，整天跟他媳妇打！他媳妇说过，要不是为了孩子，早跟他离婚了。"

蕙兰皱了皱眉，很遗憾地说："唉，这人怪就怪在这里！你看着顺眼的，人家看不上你；紧追你的人，你却不稀罕。现在明白了，是你的跑也跑不了，不是你的求也求不来。"

小雨哈哈笑着，口里的茶水竟然喷了一地，她责怪蕙兰道："蕙兰，别说了，你可别说了，再说我都肚子疼了……"

蕙兰见小雨捂着肚子笑，不明白到底哪句话说得有问题，小心地问道："不就是这样吗？有什么好笑的？"

小雨笑眯眯地指着蕙兰问："你是不是后悔没嫁给四眼儿啊？"

蕙兰凝视着小雨，并未立刻表态，端起茶杯又放下了。

小雨大声地说："真被我猜中了？不会吧？要是那样，就太奇怪了……"

美琳盯着蕙兰，见她的表现的确怪怪的，也跟着说："不可能呀？蕙兰，我怎么觉得你不该后悔啊，有什么可后悔的？又不是什么出类拔萃的。"

蕙兰的嘴角挤出一丝微笑，并不回答她们的问题。

小雨双手罩着嘴，冲着美琳轻声说："估计蕙兰有什么难言之隐，要不，凭她的脾气，可不会这么沉着。算了，不想说就别难为她了，万一揪起她的伤心处……咱都陪她掉眼泪，那不糟了？是不是啊？蕙兰？"说到这儿，她紧盯着蕙兰。

蕙兰挪了挪茶杯，咳嗽了一声，笑道："我是孩子啊？你接着说，接着说，有什么难言之隐啊？笑话，天大的笑话！那就是学生时代的一段回忆，无所谓对错真假，那个时候的想法、看法，能跟现在一样吗？那个时候，想什么、看什么都是没有瑕疵的，头脑简单，无所顾忌，一往无前。"

小雨撇嘴说："哎哟，还挺疯呀！不过，无知者无畏，都一样！可你喜欢四眼儿这事，今天我是第一次知道，也没听同学说起，你是怎么憋住的？要是我，早传开了……"

蕙兰轻松地说："现在想想，那个时候就是凭印象喜欢吧，又没什么标准，看着顺眼就是所谓的一见钟情吧。再说了，整天学习，又怕学习不好遭老师批，更怕同学知道了笑话，哪敢跟现在的孩子比呀。"

小雨的口气变了："咱小时候的想法都差不多。蕙兰，我还是想不清楚，你怎么会喜欢那个田立钧呢？他其貌不扬不说，还跟个闷葫芦似的……实在叫人想不通啊！幸亏你没痴迷到非嫁他不可。"

美琳笑起来，拍拍腿说："这就是命！哦，不，是缘分！蕙兰，你吧，就是大难不死、必有后福的人。那个田立钧咱不说了，也没什么可说的。人家尤肖齐心中，说不定还真有你呢。你呀，就没想过把李家良甩了？"

蕙兰指指美琳，立马严肃地说："千万别开这种玩笑！我躲都来不及呢。为这事，学校校庆我都不参加！再说了，人家什么身份？咱算什么？非要为以前那点所谓的情谊去讨点安抚？笑话！要真是那样，还不叫人笑掉大牙？我跟了李家良，没什么不好的。不是你说的？怎么又变了？我这档子事，可是跟李家良说过的，都当笑话说的。他还笑话我呢，说我小姐身子丫鬟命，心比天高，命比纸薄，还说我嫁了他，委屈我了。"

小雨轻蔑地说："不这么说，怎么办？还能推倒重来呀？不过，话说回来，这么大领导，更难伺候！还不如你现在舒坦呢。关键是现在这风气，不敢恭维，说不定连家都不是自己的了……"

蕙兰有些反感地说："又扯远了，别说那些没用的，咱还是过咱的，现在有的才是自己的。别说什么后悔呀、可惜呀，其实你本来就没有过，何必劳神呢？要是整天沉迷于过去，说不定真会没了方向，成了无头的苍蝇，人人见了都恶心。我呀，幸亏还算现实，不去当那讨人嫌的。"

美琳微笑着说："你是给人留点念想？看来还算明智。说心里话，你现在就挺好的，可别节外生枝闹出什么笑话来。"

小雨尖声说："笑话？美琳，别想歪了！"

蕙兰摆了个暂停的手势，着急地说："打住，可别提了，否则，别想再见我了！算了，都快退休了，也没什么别的想法了，更没有想升的念头了。当然，万一天上掉馅饼，砸到我头上，我也不会拒绝，毕竟能涨点工资，我可以多给我妈点生活费。不过，我早就想过，那种机会毕竟少，我参加了七次竞争上岗，才混到科长的位置。前几次，打击了我的自信心，每次都折腾好几天，什么笔试、答辩之类的，程序一个都不少，我竭尽全力了，就是老在后边。瞧，说着说着，又暴露出矛盾的一面，我也不是拒绝当领导，位置不同，影响力不一样嘛。我这人的好处是从不看低自己。不过，话说回来，我的思想境界还不够高！不管怎么说，如果组织不给我创造条件，我连当科长的机会也没有。我还是很感激我的老领导的，没有他们，绝不会有我的现在。"

小雨直言道："开个玩笑，你还当真了。你就是不食人间烟火，所以才原地打转。你还说呢，你想进步，要是李家良不同意，还不是白搭？咳，他们男人的想法都一样，都不愿女的太张扬，只有他们耀武扬威行。其实，你家那位跟程浩一个脾气，就愿意让咱当花瓶！话说回来，现在这些人，不比以前了,只要你不明说,人家就装聋作哑,你说气人不气人?蕙兰,你在家还是说了算呢,我是说了不算,没办法。你呢,还是怨你自己吧,老是慢半拍,跟不上时代步伐。"

蕙兰阴沉着脸说:"生就的骨头长就的肉,我就这样了,也没什么可怨的。美琳,时候不早了,我该走了。"

小雨尖酸地说:"你走吧。刚才还说我呢,你不也闲着没事啊?怎么变得这么快?说得好听。"

蕙兰依然不高兴地说:"你的嘴,谁能堵住你?你别怨我拦着你,是你自己不愿意走的。"

小雨更尖刻地回道:"谁敢怨你呀?你不是要普度众生吗?"

蕙兰气呼呼地说:"你太抬举我了,还是你厉害!每回玩,我都会长见识,这回长得更多。"

美琳见她俩呛起来,慌了,立刻站起来说:"时候不早了,咱都别再争了。说好的,我请你俩吃大餐,不能说话不算数。走,走,我先去换衣服,你俩等等我。"

蕙兰压了压火,拿起手机说:"我先请个假。"她刚拨通电话就听到李家良说:"哦,我正想跟你说呢,我不回去吃饭了。"说完,他把电话挂了。她冲着手机说:"这家伙,我还没说话就挂了,不像话!"

小雨早看出蕙兰生气了,故意逗她:"别装模作样了,李家良肯定知道你还在美琳这儿,你准是跟他发消息了,演什么戏啊?真是……"她摇着头,似笑非笑地瞥了一眼蕙兰,接着说:"吃个饭自己还说了不算,这是什么事啊?刘蕙兰,谁不知道你是一家之主?"

蕙兰响亮地回道:"我才不是一家之主。我们家李家良说了算,爱信不信,无所谓。有我吃的、有我穿的、有我住的,管那么多干吗?"

小雨酸酸地说:"哦,还挺大度的,真的不愿意操心?我才不信!谁不想自己说了算?谁不想有存在感?就凭你写的那些东西,也不像是个甘拜下风的主儿。"

蕙兰皱着眉说:"一码归一码。美琳怎么还不下来?还要梳妆打扮一番啊?又不是出席什么重要活动。"

"咱俩长得丑,哦,你比我长得漂亮,还都不爱收拾自己,整天弄得跟卖菜的大姐一样,就是不如美琳会打扮。人家美琳本来就长得好,加上会穿衣服，看上去比咱小十岁。"小雨瞧着蕙兰生气，差点笑出声来。

蕙兰心不在焉地望着窗外，无所谓地说："天生的，没办法，哪像美琳天生丽质！"

"你俩说我什么呢？我怎么听着不像是好话？"说着，美琳走下楼梯。

小雨盯着美琳的衣服说："呀，你这衣服从哪儿买的？看着这么舒服！"

蕙兰也称赞道："嗯，的确好看！太雅致了！带着唐装味儿，又有现代感。"

美琳指着衣服说："可不，我特别喜欢这身衣服。今天咱先去吃饭，改天我带你俩去那个店逛逛。那店离我家不远，走着也就一刻钟，是一家新开的唐装店，衣服都挺好看，准有你俩喜欢的。咱走吧？"

三个人一起出了院子。

第五十五章

出门没走几步，约的车到了，三个人便上了车。

"师傅，开发路南头。"说完，美琳打开了手机导航，她以为开车的师傅不知道地方。

开车的师傅说："哦，那地方我熟，不用导航。听说山上有个会所，特别好，一般人都不让进。"

美琳惊讶地盯着师傅，问："哦？你怎么知道的？"

小雨和蕙兰互看了一眼，脸上露出了笑容。

师傅认真地开着车，爽朗地说："也是巧了，前几天，有个女客人，她喝多了，有两个人送她，她不让送，自己坐了我的车。其实她没喝醉，故意装的。上车后她打电话说的，跟谁吃的饭，吃的什么，我才知道这地方的。咱没去过，也吃不起！"

美琳有些扫兴地说："我们也吃不起。开发路南头有好多新开的饭店。"

师傅看了看美琳，不解地说："不对呀？开发路南头一家饭店也没有啊？我那天晚上路过那儿，想找个店吃点东西，在周围转了一圈也没找到。"

"哦，那可能是我同学跟我说错了，他告诉我说，开发路南头新开了几家饭店，叫我抽空过去尝尝，看来是骗我的。不行，改天我找他算账！师傅，你说的那个会所真有那么好吗？小雨，咱仨也去尝尝？"说着，美琳回头问道。

小雨很配合地说："行吧，随便，我吃什么都行，不吃才好呢，吃多了还要再减肥。"

蕙兰笑了笑，朝小雨眨了眨眼睛。

那位师傅极认真地说："各位，我只能送到开发路南头，上山的路是不让出租车进的。"

美琳接着说："好，我们就在开发路南头下。"

车子开得很慢，并不是司机技术有问题，而是路上的车太多了。司机不停地探头张望，他的焦急显在脸上。美琳看了看他，有些同情地说："今天这条路怎么这么堵啊？怕是耽误你挣钱了？"

师傅扭头看了一眼美琳，反而笑了笑，说："咳，习惯了，早晨七点到九点，下午四点到晚上十点，不堵的时候少。现在到处修路，很多十字路口的红绿灯都不管用了，万一碰上个愣头青不守规矩，堵死了，半个小时也动弹不了。有一回，我堵在向阳路上一个多小时呢。"

小雨说道："可不是，前两天我也被堵在向阳路上了，堵了半个多小时。气得我都想把车子扔下不管了。"

蕙兰扭头说："你怎么不给我打电话？我去捡辆车。"

小雨拍了蕙兰一下："想得美！你以为是单车呀？扔得到处是，都成垃圾了。我那车，可是我的心肝宝贝，哪能轻易扔了？再说，就是真扔也轮不到你啊，你又不缺车。"

蕙兰拍拍美琳的肩膀："听听，听听。美琳，看出来了吧？还是知己呢，开个玩笑就试出交情到底怎么样了。看来啊，想沾小雨的光，可不是谁想沾就能沾的，是吧？"

小雨一巴掌拍在蕙兰的肩上，故作生气地说："别来这一套！我是谁啊？不精打细算行吗？我那车子才刚换了一年多，说扔就扔了？可能吗？谁堵在路上不烦哪？"

美琳回头笑着说："那不是咱区的地段吗？大家都有意见可不好！"

"那段路有一小段是中明区的，中明区的财政紧。据说市里给拨点钱，恐怕又要等到明年了。"说完，小雨叹了口气。

师傅有些生气地说："咱不明白，这修路怎么还这么多事？谁拿钱不一样啊？不都是政府的钱吗？"

蕙兰解释道："师傅，不一样，政府的财政收支有规定，每个区的收入不一样，有的区收入少，自然不敢花。"

师傅摇着头说："这我倒是知道点，可就是想不明白。"

美琳看看师傅，直接说："不管怎么说，还是该修！"

"可不是？照我说，早该修！"师傅的嗓门提高了不少。

小雨看着窗外，问道："该到了吧？"

"前面就到了。我看，咱还是从这儿下吧，还不如走着快呢。"美琳赶紧给司机付了钱。

三个人下车后，从车流中走到人行道上。她们向前走了几百米，拐向上山的路。这是一条蜿蜒又狭窄的水泥路，宽阔处才刚刚能错开两辆车。她们有些吃力地向上走，没走多远就都喘起了粗气。

美琳气喘吁吁地说："咱真该多锻炼了，才走几步啊，就喘上了。"

小雨擦着汗说："你俩都不如我。听着你俩喘气我就难受，弄得我喘气都不匀了。"

美琳跟蕙兰点着头说："嗯，真该锻炼了。"

她们穿着高跟鞋，走得并不轻松。

走了十几分钟，终于到了一块平坦处。此时，天色已经渐渐暗下来，眼前是一片灯火辉煌的古建筑。走着走着，蕙兰发现进了一处很特别的园子，脚下是透明的玻璃，玻璃下是清澈的流水，水中的锦鲤来来回回地游荡，在五彩灯光的映照下，让人有一种梦幻般的感觉。

蕙兰低头仔细看，见水里还有五彩斑斓的鹅卵石，笑着说："我都有点晕了，感觉云里雾里的。"小雨拍了她一下说："这还晕？你什么没见过？别装了！"美琳指着前方说："快走，出去你就不晕了。"

走了大约十米后，迈上三个台阶，进了一条回廊。那回廊看上去像是颐和园的仿制品，只是短了许多。放眼一望，两边青翠的竹子整齐地排着。走在回廊上，一阵风飘来，翠竹随风摆动，竹叶声含着丝丝凉意，感觉盛夏忽然远去了，蕙兰有些浮躁的心渐渐静下来。

出了回廊，进了一个古色古香的四合院，映入眼帘的都是绿色植被，还多是热带植物，几棵椰子树挺拔地矗立在远处，仿佛是在南方的某个园子里，处处是热带气息。再往前走，是一座精心搭设的假山，上面有雅致的盆景，每一盆都别样精彩，盆景摆放的位置与假山浑然一体。蕙兰停下观看，又禁不住问："美琳，这地儿是公家的还是私人的？"

美琳悄悄回答："个人的。是南方一个有钱人盖的，他把整个山都租下来了，听说，光建这个会所就花了两个多亿呢。"

小雨停下脚步，冲蕙兰笑着说："现在有钱的多得是，他们喜欢搞这种宅院，气派！要是咱有钱了，哪怕不能跟人家这么阔绰的比，盖个小点的四合院也行啊。"

美琳附和道："是啊，我也是这么想的。"

蕙兰笑着说："我早就有这想法，可我只能望梅止渴、画饼充饥，只怕今生难实现了！"

三个人说笑着继续往前走，通过一个弯月形石拱门，来到另一个院子。

此时，脚下已经是青石板路，或许是天黑的缘故，蕙兰已经分不清东西南北，她已经"掉向"了。关于"掉向"，蕙兰有自己的独到见解：方向的定位本就是相对的，是人类在发展过程中有了地理概念之后才有了共同的方向定位。可是，不管什么原因，"掉向"后总觉着不舒服，让人有一种不清醒的感觉。她绞尽脑汁地想进来时的方位，又不时观察院子里的一切，感觉既熟悉又陌生，让她时而清醒时而糊涂。她和小雨紧跟在美琳身后，不知何时前方冒出一个窈窕淑女，彬彬有礼地跟她们一一打了招呼，然后引领她们进了一个僻静处。

这是一个独立的院子，蕙兰站在院子门口，瞧了瞧那黑漆漆的大门，见门框上贴着对联，走近了仔细看，对联是"不声不响独来独往，是哭是笑自选自定"，横批是"进退两便"。她觉得对联有点怪，似乎不合时宜，一边思量一边跟着几个人进了院子。刚进院子，又有两个漂亮女孩迎上来，刚才领路的人便退了出去，并将院子大门关上了。

蕙兰回头看了看那关上的大门，又四下望了一圈，入眼的是门前悬挂的那些灯笼，像是某个电影里的布景，看着看着，莫名生出几分紧张来，正准备进正门时，又看到门框上的金色对联，上联是"歪歪扭扭扭歪歪站不稳"，下联是"笑笑哈哈哈哈笑笑嘴难关"，横批是"逍遥秘境"。

三个人落座后，蕙兰被眼前的一切震撼了——房间太大了！吃饭的地方、喝茶的地方、打牌的地方被分隔开，桌椅、茶几、屏风、博古架、挂衣架，所有器具看上去都价值不菲。蕙兰小心翼翼地拿起茶碗，看了看茶碗的底部，上面写着它的产地并有篆刻的章印。她知道景德镇的瓷器好，但珍品并未见过，单是从感官上做个判断而已。那茶碗玲珑剔透，外面的青花瓷竟能从灯光下透视到里面。她端详了一会儿，轻轻地放下，看到小雨和美琳正冲她笑，忽然生出一股窘迫感，不好意思地笑了笑。

美琳似乎看出了端倪，笑着说："蕙兰，我俩都来过，就你没来，印象如何？"

蕙兰挺了挺身子，淡然说道："我感觉像是苏州的一个地方，但想不起来了，觉着眼熟。这里更现代些，毕竟地上的瓷砖不是仿古的，似乎有点不搭。"

小雨从不掩饰她的伶牙俐齿，她看看地上的瓷砖说："咳，仿古不仿古的，有什么要紧的？这儿的生意可好，每天都要预约才能排上号。"

美琳委婉地说："我听说老板喜欢这种瓷砖，不管搭不搭，一律都铺这种，连设计师都跟他急了。据说老板的理由是：为客户着想，醒目。别说，我知道这理由后，还真佩服人家老板了。你想啊，喝得晕晕乎乎的，到处都是深颜色，就这地是浅颜色，是有好处。"

蕙兰赞道："要是这样，就是有创意了。哦，来的时候我就想，你俩可能都来过，我有第六感。"

美琳笑笑说："还第六感？神仙啊？"

小雨又做了个打住的动作："别神神道道的。你可不该说这种话，你跟我们不一样，你是有组织、有信仰的。"

蕙兰直言道："我当然有信仰，只要朝着最高理想不断努力，实现只是时间问题。我只知道有些道理都是相通的，只要有利于社会进步的言论我都能接受。这没什么问题吧？"

"来，说好了，今天晚上都喝酒，我带了两瓶茅台，咱仨也来个一醉方休，不能找借口，谁要是不喝，那咱以后就别玩了！"美琳大声说着，示意旁边的服务员倒酒。

小雨拉着脸，盯着美琳说："也忒霸道了吧！不能你说喝就喝啊，以前我叫你喝的时候，你怎么找借口的？你忘了？我可没忘！什么胃口疼了、肚子疼了、心情不好了，反正你可从来没有这么大方过。先说好，今天我可是真不想喝，你要是非叫我喝的话，说不定我会闹出什么洋相来，可别吓到你。"

蕙兰笑着说:"小雨,你还怕她?又不是不知道她的酒量,咱俩合起来,保证能把她放倒!"

美琳笑道:"还用你俩合伙呀?一个冲我来我就应付不了。"

这时候,服务员陆续端上菜来,很快摆满了桌子。一个男服务生拿起玻璃器皿,又把三个龙头盖一一拿下。女服务员将三个瓦罐逐一端到客人面前,这才微笑着报了菜名:"事事如意开胃汤,平步青云佛跳墙。请慢用,如有需要请叫我们,我们就在门外。"说完,服务员毕恭毕敬地出去了。

"菜上来了,咱开始吧。"说着,美琳举起了酒杯。

"还真喝呀?别太较真行不行?刚才进门我就注意到了,这个地方可不是个世外桃源,门框上的对联都怪怪的……"蕙兰朝外面努了努嘴。

小雨冷笑着问:"什么对联啊,我怎么没看见?你不是近视眼吗?天黑还看得这么清楚?"

美琳平淡地说:"我还真没注意那门框上有什么,以为都是些吉祥话,怎么还怪怪的?蕙兰,别想多了,没什么大不了的,只管喝就是,要是这地方还不安全,那咱整个城可就没有安全的地儿了!实话告诉你,这地方来的都是些有钱人,安全得很。"

美琳笑着哼了一声,接着说:"行了,别再耽误时间,赶紧,端起酒杯,咱仨先干一个。我先干为敬,看你俩跟我的交情,就在这酒上了!"说完,她一口喝干了。尽管酒杯小,但毕竟是高度白酒,她张嘴咬了咬舌头,然后示意她俩赶紧喝。

蕙兰跟小雨都在犹豫,端着酒杯没喝。

"美琳姐,咱不能这么来!要照你这么个喝法,我三杯下去就倒桌子底下了,咱怎么玩?又叫你笑话了。"说着,小雨把酒杯放下了。蕙兰也放下酒杯说:"嗯,小雨说得对。要是按你说的,我也很快就趴下,指不定出什么洋相呢。哎,美琳,你要是想喝酒的话,你就多喝点,俺俩陪着你。你只管喝,我负责给你倒酒,行不行?"

"怎么了?这就是咱仨的交情?我想请你俩痛痛快快喝杯酒也不行啊?"说完,美琳竟然趴到桌子上痛哭起来。

蕙兰和小雨赶紧凑到她身边,不停地说:"怎么了?好,不就是喝酒嘛,有什么大不了的,都喝,都喝。"

美琳哭得很伤心,不肯抬头,还用力敲打着桌子。蕙兰拉住她的手,生怕她把人家的东西敲坏了。

小雨拍着美琳的肩膀说:"孟美琳!你自己在这儿哭吧,我走了。"

美琳听到小雨的话,这才抬起头,擦了擦满脸的泪水,哽咽着说:"我,我,不是故意的,有点情绪失控,你俩别笑话我。唉,我就是叫心事给逼的,实在是心烦啊!"

蕙兰扶着美琳,安抚道:"不是说好了,怎么还想不开?既然决定了,该怎么做就怎么做吧,别太在意别人的看法,要是再犹豫,说不定以后会更后悔呢。"

"就是!别婆婆妈妈的,我最烦拿不定主意的人!以前觉着你挺有主意的,现在看来,可比不上我了,我决定的事,绝不轻易改!"小雨说着,推了美琳一把。

"都怨我。你俩陪了我一整天了,本来想叫你俩放松放松,这下倒好,反倒让你俩担心我了,我自罚三杯。"说着,美琳拿起酒瓶就要倒酒,被小雨一把拦住了。

"今天咱敞开了喝,有什么大不了的,咱仨就来个一醉方休,谁要是喝酒耍滑,那没说的,以后就别见面了!"小雨说完,拿起酒瓶给美琳倒上。

蕙兰只好坐了回去,还是有些不情愿地说:"那咱还是先吃点东西再喝,空着肚子喝不好,这阵我胃疼,我可没骗你们,真的。"

小雨接着说:"这把年纪了,谁的胃没毛病啊?管它呢,喝倒了再说!"她端起酒杯喝干了。

蕙兰见这架势,只好端起酒杯一饮而尽。

三个人边说边喝,半个小时就把一瓶酒喝进肚里,每个人的脸都红了,一会儿,她们都开始抢话题了。

美琳看着她俩说:"你俩说说,我,该不该原谅许大发?我,我可是恨得牙根疼。"

小雨瞪起眼来,没好气地说:"原谅?你傻呀!这么多年都熬过来了,干吗要原谅他?你不是过得挺好的?"

美琳不停地冲小雨摆手、摇头,连说:"过得不好,过得不好……"

蕙兰同情地看着美琳,不知道自己的建议到底是好是坏,左右为难地思来想去,最后还是说了:"原谅就原谅吧,没什么对错、好不好的,只要过了个人心里的坎儿就行。胡思乱想没用,光听别人的也没用。你自己的事,还是自己说了算。这么多年,你不就是在等这个机会吗?"

小雨对蕙兰的一番话十分不满,质问道:"机会?我怎么听着特难受啊?难道我们女人就该委曲求全?还跟封建社会的女人一样,低三下四地活着,连点尊严都没有?你怎么会这么想!"

蕙兰解释道:"这跟低三下四是两回事。再说,这也不是低三下四啊,我怎么还觉得高高在上呢?许大发原来可是耀武扬威的,现在呢,突然落魄到连活下去的勇气都没了,美琳虽然恨他,但他毕竟是强强的爸爸,这打断骨头连着筋的血缘关系,是无法改变的事实!许大发是个不见棺材不落泪的主儿,不然,怎么会这样?总不能他进了陷阱,咱就填土埋了他吧?"

小雨气呼呼地说:"要我说,这种人不值得再去救他。都多少年了?他现在想起美琳姐了,早干吗去了?这种人,想想都叫我恶心!要是我,非搞他个半死不活的,让他再也翻不了身!还有,咱疼孩子归疼孩子,哪个当妈的不疼孩子?咱也不能光围着孩子转呀?哦,蕙兰,要是照你说的,只要有孩子就不能离婚了?那现在这么多离婚的怎么说?难道人家都有错?都不顾孩子了?我可不这么看,过到一块儿就过,过不到一块儿何必硬撑,好合好散,天经地义!孩子要是懂事的话,就不该埋怨爹妈,也不是爹妈的错!"

"我就是纠结啊,到底该不该饶了他?还能不能再,再……"美琳端起酒杯喝干了,眼角又滚下泪水。

小雨一拍桌子说:"美琳姐,这回你就听我的,咱要有尊严地活着,不能心软!可不能叫人家三两句好话就把咱打发了。真要那样,我的经验,人家更瞧不起。干吗叫人家瞧不起?咱又不是不知好歹,何苦学那善解人意的?能独善其身不也很好吗?"

美琳点点头说:"小雨,你说的在理。我也想过,就是……唉!我这人的缺点就是不能像你那样果断。还有,就是强强,我就是觉着亏欠儿子,是我这个当妈的没做好。唉,我总想着自己跟别人不一样,自命不凡,不甘心败在别人手下,可是,老天偏偏又在捉弄我。我是天上的风筝,总有丝线拽着我不放,我还害怕那丝线断了,如果真断了,我,我的生活就没了方向……"美琳又自饮一杯。

蕙兰举起酒杯,豪爽地说:"咱仨一块儿喝吧,都干了,豁出去了。人都说一醉解千愁,咱仨还没喝醉过,今晚就试试吧。"

小雨痛快地答应了,仰头喝干了。她站起来准备去拿酒瓶,没想到差点歪倒，赶紧扶住桌子，顺势坐下了，笑着说："不行，我有点晕了。"

美琳拿着酒瓶歪歪扭扭地走到小雨跟前，她知道自己已经喝多了，但仍假装没喝多。她调整了站姿，稳稳地给小雨倒上酒，又回到自己座位上，举着酒杯说："我先带三杯酒，然后，你俩跟我一样，都带三杯。来，第一杯，愿我们的生活都开开心心！"

三个人都喝干了。小雨抿了抿嘴，拍了拍桌子，笑道："你说怪不怪，我怎么老想笑？我有预感，今天准会有不高兴的事，说不定我要跟程浩干一仗。"

蕙兰斜眼盯着小雨，不满地说："乌鸦嘴，别瞎说！你怎么不说准有好事等着你呢？"

小雨噘着嘴吹了一口气，神神秘秘地说："我可没瞎说，这是经验，每次我内心喜悦的时候，准会有不高兴的事等着我。有时候，我都害怕自己内心高兴，盼着能躲过这种魔咒呢。"

蕙兰听了小雨说的，深有感触地说："别说，我也常有这状况。每次只要我想李家良的优点，打算不跟他计较他那些缺点的时候，他准会惹我生气，我想忍都忍不住呢。难道这也是心灵感应？"

小雨终于抓到了蕙兰的漏洞，指着蕙兰说："还说我是乌鸦嘴，你自己不也是吗？告诉你吧，别偏信那些专家的分析。蕙兰，你不是能想象宇宙有多大吗？我也想过。就像你说的，无边无际，没有尽头，反正你想它多大它就有多大。可有的人想的宇宙就很小很小，甚至装着不知道，毕竟科学家也没弄清楚。有的人，根本不关心什么宇宙的问题，他一心想的就是些龌龊事……糟了，我说的是不是跑远了？"小雨边说边比画着，当她意识到说多了时，赶紧打了个圆场。

美琳摆摆手，趁机说："没跑远，没有。可是，宇宙到底有多大，那是科学家的事！我现在要解决的是跟许大发之间，到底、到底该怎么走……"

小雨皱起眉，一脸无奈，只好再把自己的意见重复一遍："咳，咱刚才都说好几遍了，我没喝醉，可都记着呢。姐，听我的，别理他！管他呢，他早知今日何必当初！哼，男人啊，就是有时候不靠谱，特别是有本事的男人，更得防着点，要不然，他把你卖了，你还帮他数钱呢，这可不是笑话。"小雨哈哈大笑，竟然笑得掉下泪来，忙拿纸巾擦起来。

蕙兰见小雨如此动情，忽然茅塞顿开，她想到了一种可能，尽管那可能不一定存在，但一想就让人不舒服，于是赶紧补充前面的话题："想想吧，宇宙再大，不就是咱脑子里的一个画面吗？科学家给咱描绘了宇宙的一些场景，咱知道个大概就行了，想弄明白，咱都是白费工夫。爱因斯坦的相对论太深奥了，咱这水平，弄不明白！宇宙在我脑子里就是一张美图。人贵有自知之明，咱哪，有咱该干的事，有咱喜欢的东西。对咱来说，只管让自己提高一下审美，增加一点审美情趣，把美的东西看得更美，把好的东西看得更好。看到满天繁星就像小时候看到了萤火虫，追着跑一会儿，哪怕摔倒了也高兴。从小到大，我都喜欢望着天上的星星发呆，它们把寒冷又空旷的夜空打扮得靓丽了许多，多美啊！还有，数星星的感觉多好，叫人生出无限遐想……咱不懂太空的奥妙，可咱都会像科学家一样去思考，只是思考的出发点和落脚点风马牛不相及罢了。有些事，不用咱操心，世界上总有那么些心灵契合的人，他们默默无闻地干着最伟大的工作，引领着我们整个人类不断进步……行了吧，美琳？咱都喝得差不多了，到此为止吧，时候不早了，咱过两天再聚吧。"

美琳白了蕙兰一眼，拍拍桌子，极不高兴地说："蕙兰，你怎么这么多事！不是说好了，咱要一醉方休，你又扯后腿！你要再说……那我可跟你急了……我要今朝有酒今朝醉！"

"就是！怎么老是你扯后腿？刘蕙兰，今天我是不听你的了，我听美琳姐的。我要开怀畅饮，明白吗？开怀畅饮！叫你俩看看我的酒量……"小雨不停地说着，又喝了一杯。

蕙兰赶紧给她俩道歉："好好好，怨我，怨我。听你俩的，行了吧？有什么了不起，喝醉了就喝醉了，反正也不是笑话我一个。我赔个不是，给你们背首诗，算是增加一点作料吧，行不行啊？不行就算了。"

美琳这才不再敲桌子了，莞尔一笑，点着头说："行，这个行，我同意。"

小雨撇撇嘴说："行啊，今天是你的专场！随你便！"

蕙兰起来给她们先倒了杯茶，笑着说："先喝口水，别等我背的时候喝，万一呛着了可别怨我。"

小雨冷冷地说："你就嘚瑟吧，我才不会叫你呛着呢。"

蕙兰拍了几下巴掌，笑着说："那最好。听着，题目是《星之恋》。"

在深邃的黑暗里，

你播撒光芒，无边无际，
给了沉寂的苍穹无限活力。
满怀憧憬仰望你，
你不停地闪烁着，
悄无声息。
星星啊，星星，
我是否映入你的视线里？
我羞涩地低下头，
不知如何面对你。
想了无数个理由离开你，
却又悄悄窥视你。
星星啊，星星，
自从认识你，
就把你当成我的知己，
当我困惑忧伤时，
我会找一个角落，
默默对你倾诉孤寂。
星星啊，星星，
我知道你是遥不可及，
却梦想执着会创造奇迹。
你也会有羞涩的时候，
悄悄躲进云里。
东张西望找寻你，
你却对我置之不理。
风儿把云推来推去，
让你忽隐忽现愈加神秘。
星星啊，星星！
你可知我对你的依恋之意？
今晚，
赶走畏惧，
不再犹豫，

我要乘风而去，
与你一起畅游广袤的天际！

蕙兰双手不停地做着各种自创动作，完全沉浸在她的诗里，与白天朗读时拘谨的神态截然不同。

小雨略带讽刺地说："呵，真带劲啊！不错，不错！这应该不是你写的吧？"

美琳鼓掌赞扬，端起酒杯走向蕙兰："嗯，真不错，声情并茂！好！敬你一杯，我的大诗人！"

蕙兰不由自主地向后退，边退边说："敬什么敬？不来这一套。要不，我喝杯水吧？"

小雨一点也不给蕙兰面子，直言不讳："别不识抬举。人家美琳姐敬你是尊重你，你摆什么谱？快喝了，要不，我可灌你了！"

蕙兰冲美琳挤挤眼，哼哼唧唧地说："你别听她的，你不是还没带完吗？赶紧接着带吧。"

美琳立刻举起酒杯说："好吧，刚才算是蕙兰添了道菜，让她给我省杯酒吧。来，我带第二杯酒，祝我们今后的生活都顺心顺意！"

小雨跟蕙兰齐声说："顺心顺意！干！"

美琳很兴奋，接着说："第三杯，期盼我们今后的身体都健健康康！"

"健健康康！干！"三个人又干了一杯，脸上都挂满了灿烂的笑容，内心却升腾起一股难以抑制的热火，那是酒精在每个人身上发挥作用了，她们站起来时都有些摇晃了。

美琳嘴角挂着笑，指着蕙兰说："好了，我带完了，该你了，你也带三个，不能耍赖！"蕙兰爽快地答应："行，不就是三个酒嘛，来，喝酒！今后，希望咱仨都能无所顾忌地畅所欲言，没事常聚聚，有事都说说。还有，不能把自己整得高高在上，叫人看着别扭。"

小雨听了蕙兰的话不乐意了，一脸严肃地说："说谁呢？说我呢？刘蕙兰，我这个人，是有瞧不起人的时候，可我，从来没瞧不起你俩。你别以为我喝醉了，我，我可没喝醉。告诉你，我可记着你说的话呢，你不是想写书吗？我给你提供点素材，素材！告诉你，我这素材，保证能给你的书锦上添花。"

美琳慌忙站到她俩中间,笑着说:"小雨,我提议,咱仨一人唱一首歌后结束,怎么样?"

小雨拍拍美琳的胳膊,满意地点着头说:"这主意不错。你不说,我都忘了,咱俩写诗不行,可咱唱歌行!来,唱歌唱歌,别光听她的。"她靠到美琳身上,拍了拍蕙兰的肩膀。

蕙兰自嘲道:"对,对,我唱歌跑调,跑得太远,你俩唱吧,我洗耳恭听。"

小雨推开美琳,不高兴地说:"我们陪你玩诗词,你就不能陪我们唱歌?不行!一人一首,你先来!"

蕙兰看小雨的情绪不对,接着说:"先来就先来,规则不变,你最后!"她拿起话筒说:"你俩别笑我,我也不知道怎么回事,唱歌的水平直线下降,本来就找不着调,现在更差了。我唱什么呢……我最喜欢《最浪漫的事》,可我唱不了……还是《往事只能回味》吧。"

蕙兰认真地唱起来。

小雨捂着嘴笑。

美琳嘴角动了动,准备好鼓掌。

听到掌声,蕙兰回头看看她们,继续唱完,然后把话筒递给美琳。

美琳接过话筒,犹豫了一下才说:"《我不想说》,以前没唱过,试试吧。"

蕙兰疑惑地点点头,她看看小雨,小雨摇了摇头。

美琳唱到一半就止住了,她把话筒给了小雨,说:"都什么年纪了,还唱这歌。小雨,你唱吧,我不唱了。"

小雨接过话筒,径直站到屏幕一边,大声说:"你俩都不怎么样,看我的,我来一首《我们再也没有了以后》。"

美琳和蕙兰很是不安,她俩站到小雨身后。小雨推了推她们:"你俩靠后,别吓着。"她俩乖乖地坐回座位。

小雨唱得十分动情,当唱到"如果早知不能天长地久 我绝不会……"她也唱不下去了,气呼呼地坐下说:"没意思,没意思。算了,不是以前了!"

美琳看看表,指着表说:"小雨,咱该走了,你看,都十二点了,再不走,我该挨批了,哪天让程书记碰上,我可没理由解释的。蕙兰,听我的,今天就到这儿,我已经叫了车,把咱送回去。"

蕙兰应道："好，我没意见。走，走。"

小雨一拍桌子，大声说："走什么走？你俩谁也不能走！我还没喝够呢。谁说的一醉方休？谁说的？说话不算话！"

美琳赔着笑脸说："我说的，我说的，是我不对。小雨，你刚才不是说会听我的吗？那好，今天就听我一回，改天咱还到这儿来，继续喝还不行？今天怨我，带的酒少了，都喝完了。"

小雨抱着美琳的胳膊说："姐，我知道，你是骗我呢。我不糊涂，没事，怕什么？我，什么都不怕！人哪，越是怕什么就越来什么，不信？你看看周围的人，哪个是顺心如意的？哼，有几天是顺心如意啊？我可是能数清楚。至于那幸福美满，更是荒唐话！也就是说说吧，好听、吉祥，都盼着，想拥有，不能说比登天还难，反正这天底下得到的人，稀罕！"

蕙兰反问道："怎么不多？还是安安稳稳过日子，享受小幸福的多啊。"

小雨坚持道："表象！你看到的不一定是真的。"

美琳拍拍小雨，轻声说："小雨，你有一棵大树给你遮阴乘凉，多好，你怎么还说一些叫人闹不懂的话？非要躲开这棵大树去暴晒吗？非要显示自己的存在、证明自己有能力吗？这不好。"

蕙兰听清了美琳的话，故意说风凉话："美琳，你干吗这么说小雨？你听她乱说，她巴不得守着她的程大官人呢，要是允许啊，她会形影不离地跟在后边的。"

小雨立刻将矛头指向蕙兰："刘蕙兰，你这人吧，好是好，可你这种观点，我听着就烦！我才不稀罕当个跟屁虫呢。再有几年我就退休了，我还想善始善终呢，不能叫孩子们将来说我的不是。我不能跟你比，没你那么大的想法。我啊，就老老实实干老本行，没别的奢望。"

美琳本来就羡慕她俩，听她们说来说去，更是有诸多感慨："是啊，人都该有自己的事业。可我不能跟你俩比，你俩都有自己的事业，我呢，就是个吃闲饭的，靠别人养活，要不是有房租撑着，恐怕早该要饭了。烦，烦哪。我总结了一下自己：昨日烦，今日烦，为何不得开心颜？无觉无味无事干，生活没了航帆。我呀，不是没有决心，也想努力改，期盼'还我儿时豪气胆，只管把未来笑揽，明日再也无烦'。问题是总结了也白搭，什么也没改变。"

小雨皱起眉说："又来了，你不是比我强多了？不管是房子、车子、票子，哪样我都比不上你，这不是奉承你吧？"

美琳直接反驳道："小雨，我怎么会比你强？我想住你家那样的房子，开你家那样的车，我还想有你家那样的生活。可是，我，我没那命啊！花无人戴，酒无人劝，醉也无人管。这就是我的生活。"她又落泪了，拿纸巾擦了擦，端起酒杯说："不说了，不说了，不说那些叫人伤心的话。我呢，说过了，早就看开了，人哪，光想好，不行！哪能好事都是你的？这么简单的理，就是老犯糊涂。其实，就是揣着明白装糊涂吧。"

蕙兰本想跟她俩发发牢骚，听了美琳的话，再不敢说了。她觉得自己太苛刻了，心想：给你做饭了，还想叫他给你洗衣服、擦地、洗车，里里外外的活儿都让他包了，你还不满意，你还想让他想着你的生日、孩子的生日、爸妈的生日，还想过什么洋节……你的要求越来越多，你以为你是谁啊？你就那么无聊？非要人家敬你？你有几次想着他了？自私自利，光让他围着你转了，他怎么会有那么多耐心？把他惹烦了，他一走了之，你不是也没什么好办法了？活儿自己干，气自己受，怨谁呢？每次，还不是你把他赶走的？想到这儿，她总结道："将就过吧，都差不多，比什么比？咱呢，就是最普通的人。你到火车站、广场上就知道，有几个认识你、在意你的？咱说了那么多，说来说去就一个目的，就是让自己活得明白些、有用些。跟别人学、讨论天下大事，由小到大、由大到小，反复证明的也是这个道理：看人生百态明自我，论天下大事知世界。"

小雨恨恨地说："只有自己！只有自己知道，能值几斤几两。少了你一个，这世界变化的就是孩子没了妈，自己的爹妈没了孩子。别的，都无所谓，无所谓……"她不停地摆着手、摇着头，又自斟自饮了一杯。

三个人各自说着自己的理论，谁也不听谁的了。

蕙兰的电话响了，她笑着接起来："哎，我说，今天我喝醉了，是，是美琳和小雨非叫我喝的。"

美琳和小雨走到蕙兰跟前，故意大声冲电话说："李家良，是你老婆自己抢着喝的，我们可没灌她，你可别听你老婆的！是她自己抢着喝的，我们可没灌她。你老婆是装的！"

家良哈哈笑道："知道了。喝吧，喝吧，就你仨吗？"

蕙兰吞吞吐吐地说："还有，还有好几个领导，我，都、都不熟。"

家良大声说："什么？胡闹！刘蕙兰，你们在哪儿？我过去接你。"

蕙兰小声说:"咳,我不知道这是什么地方,我没来过,又不记路。我走路都走不稳了。"她把电话挂了,傻傻地看着她的同学笑。她同学一边指责她,一边手舞足蹈地跳起了舞,都是歪歪扭扭要摔倒的样子。

蕙兰前仰后合地笑着,拍着巴掌鼓励她们,还自言自语道:"你俩还跳,跳吧,跳吧,反正我不跳,万一摔倒了,不是自讨苦吃吗……"她正说着,电话又响了,她知道是丈夫打来的,没有接。电话铃声断了,接着又响起,这时,她才接起来,然后趴在桌子上,嘴唇压在手上,变了声调说:"喂,你找谁啊?喂,你怎么不说话?"

家良听着有些不对劲,既生气又担心,小心地说:"刘蕙兰,你没事吧?真醉了?我怎么不大相信,不是骗我吧?哎,你把地址告诉我,给我发个定位,我去接你。哎,别逗能啊……"

蕙兰吼道:"谁逗能了?谁?逗能?我,用不着你接。我打车回去!"她生气地挂断电话。

美琳和小雨停住了摇摆,走到蕙兰近前。美琳摸着蕙兰的头发说:"是不是你家那位又不放心了?唉,李家良可真有意思,不看你跟谁在一起,还怕我把你卖了?"

小雨戳着蕙兰的头说:"刘蕙兰,回家告诉李家良,我跟美琳都烦他了,不爷们儿!"

蕙兰断断续续地说:"听着,听着,你俩都没事啊?怎么,怎么就我喝多了?"

美琳问道:"谁喝多了?你太小瞧我了吧?"

小雨一挥手,干脆地说:"我,我没喝多!蕙兰,就你喝的最少。你就会装,装的,是吧?别以为我看不出来,我,明白着呢。"

蕙兰打了个哈欠,满不在乎地说:"好,好。你俩,爱怎么说就怎么说。我就是要体味生活、享受生活,为自己设计一个有诗情画意的绚丽人生。等我有时间了,我要去学唱戏,豫剧、越剧、吕剧、评剧、京剧……我,我一样学一部经典,到老了,走不动了,我就待在家里看书,我最想要的生活就是一杯茶,一本书,一段思考,一个未来……"

蕙兰趴到桌子上了。美琳掰着蕙兰的肩使劲晃,可不管她怎么晃,蕙兰就是不抬头。美琳只好对小雨说:"小雨,蕙兰真没装,她真喝多了。"

小雨不相信美琳的话,她抓着蕙兰的手说:"蕙兰,蕙兰,刘蕙兰!你就是装的,别以为我不知道,快起来,起来!"

不管美琳和小雨怎么折腾,蕙兰也很难把头抬起来,她已经头晕了,晕得她不敢睁眼、不敢抬头了。

美琳又是努嘴又是使眼色,小雨只好说:"好吧,又是刘蕙兰拖后腿,还想当作家呢,我看,别'坐'了,还是趴着好,趴着稳当,摔不倒。"小雨说这话时,已经趴到蕙兰耳边了。

蕙兰只是趴着笑,就是不抬头。小雨扶着蕙兰往外走,美琳也赶过来帮扶。蕙兰不好意思地说:"你俩,一个扶我,别叫我丢人。"

美琳笑着说:"这有什么丢人的?咱又没偷没抢的。不就是喝了点酒嘛,来这儿的,有几个没喝多的?你忘了,来的路上,人家司机师傅不也从这儿拉了个喝醉酒的,谁知那人是装醉呢。"

蕙兰停下脚步,气呼呼地说:"我可没装醉,我是真喝多了!还不信?那好,你俩走吧,别管我,我自己能回去!"

小雨搀着蕙兰,笑笑说:"哎哟,还真生气啊?知道你是真喝多了!要不,我才不管你。美琳姐刚才是试探你的,她以为你也学会耍滑头了呢。"

美琳愣了一下,看看小雨的脸色,见小雨低着头,不像是对自己有意见,暗想:我没做错什么吧?说错话了?没有啊。想到这儿,她又赶紧说:"是啊,小雨说得没错,我看蕙兰喝得真不多,连之前的一半都不够,所以啊,有点怀疑。可能是好长时间不喝酒了,酒量降了。我的酒量也不如以前了。唉,都老了。"

蕙兰推开她俩,自己努力站稳,略带生气地说:"好,我真没喝多,你俩都别扶我,我能行,保准不会摔倒,都离我远点。"说完,她自己朝前走去。

美琳和小雨站在后边,看蕙兰歪歪扭扭地走着,两人尴尬地互望一眼,赶紧跟着向外走去。

第五十六章

李家良在家气得直跺脚，却被儿子说了几句："爸，你至于吗？我妈都多大年纪了，还疑神疑鬼的，难以想象！你不是经常喝醉吗？我妈怎么对你的？她不是跟美琳阿姨在一块儿啊，你有什么不放心的？"

"我不是怕你妈喝多了难受吗？要是她仨都喝多了，你妈怎么回来啊？我是怕她喝多了找不着咱家的大门。"

"那你知道我妈在哪儿吃饭吗？咱去接她。"

"我问了，你妈不说。你看看，看看！都几点了？你还嫌我说她。"

"那，还是我跟我妈请示一下吧。"

志成打通了妈妈的电话，接电话的却是孟美琳："喂，是成成啊，我是你美琳阿姨，你爸呢？告诉他，我送你妈回去，叫他放心。"志成非常客气地说："哦，阿姨，我跟我爸正想去接我妈，您告诉我，你们在哪儿？"

美琳笑笑说："哦，几点了？哟，都十二点多了，不行不行，你俩还是别来了，反正我打车，顺路送你妈和你小雨阿姨。"

志成扭头看看爸爸，见爸爸正点头，便说："那行，阿姨，麻烦您了。"

"不麻烦，不麻烦。成成就是懂事。放心吧，我保证把你妈安全送回家。"

"那行，阿姨再见。"

家良坐到沙发上，点上一支烟，猛吸了两口，不高兴地说："你这个美琳阿姨啊，什么都好，就是嫁得不好！"

志成奇怪地看着爸爸："爸，说什么呢？美琳阿姨家多好，咱家可没法和人家比。"

家良瞪起双眼说："你小子说什么呢？狗还不嫌家贫呢，你看着她家好，等见了她，我跟她说，干脆叫她收你做干儿子。"

志成笑道："行，行，随便你。我就是说说，你还吃味儿了？我去给人家当儿子，那我还是你儿子吗？你想把我扫地出门啊，我还不愿意呢。再说，等我妈回来，问问我妈同不同意，要是我妈同意，那我立马卷铺盖走人！"

家良指着儿子说："呵，长能耐了？知道我说了不算？你小子走着瞧，走着瞧……"

志成见爸爸指着自己，脸色阴沉沉的，知道爸爸真生气了，忙改口说："开个玩笑，开个玩笑也不行啊？爸，你累不累啊？要是，要是……"

家良指着儿子说："有话就说，有屁就放，别遮遮掩掩的。"

志成摆着手说："爸，还是别说了。您哪，太认真！咱没法拉，一拉就崩。您是我爹，我，甘拜下风。"

志成弯腰给爸爸鞠躬，抬头见爸爸正咧嘴笑，这才放下心来，赶紧回自己屋里了。

家良躺倒在沙发上，满脑子都是她们几个喝酒的场面，越想越生气，悄悄埋怨道："这几个女人，真是越来越不像话，尤其是林小雨，一点也不给程浩面子，整天瞎闹腾，疑神疑鬼的。要是跟她学，能学好才怪呢。刘蕙兰，你就是没脑子，要是林小雨回家再跟程浩干仗，那不是惹事吗？气死我了！这孟美琳也是，闲得难受，叫她俩喝什么酒啊？还喝这么多！这女人哪，真得有男人管着，要不，还不知道疯成什么样呢。"

家良之所以着急，是因为程浩跟他说过："你跟蕙兰说说，叫蕙兰劝劝小雨，别没事找事，弄得我都不敢回家了。"程浩的话，他一字不落地跟蕙兰说了，蕙兰却说："侧面试试吧。到底谁的错，谁能说清楚？当局者迷，旁观者清！我劝劝小雨？哼，她这个人哪，我最了解，你越劝，她越怀疑。叫我说，还不如不劝。"家良仍坚持说："反正你得想想办法，尤其是你们玩的时候，防止林小雨回家以后再找程浩的麻烦。再说，程浩可是咱的领导，不能把人家托付的事不当事。"

家良正想着，听见门响，立刻从沙发上起来。

"我回来了，我，回来了……"蕙兰踉踉跄跄地奔卧室去了。

家良见媳妇真喝多了，无名之火噌噌地蹿上来，他指着媳妇说："刘蕙兰，不跟你说还不要紧，跟你说了，还来劲了？是不是你仨都喝多了？我告诉你，明天程浩就会找我的，你别没数！"

蕙兰笑嘻嘻地说："没事，没事！小雨喝得少，就我喝多了。"

"就你能！不知道自己几斤几两。"

"我就逞能，就逞能！怎么了？大男子主义！就不能让老婆放松放松，光你们整天玩行。"

"得，得，这不没醉呀？还真是装的，装得还挺像。"

"少来。给我倒杯蜂蜜水，我渴。"

"李志成，快，快去给你妈倒杯蜂蜜水。"

"哦。"志成答道。

"就知道使唤儿子，你就不能给我倒杯水啊？行，以后，你也别想叫我给你倒水喝。"

"我还少给你倒了？行了吧，你还有功了？儿子，你别管了，我来。"

家良端着水站在媳妇跟前，见她正瞧自己，便说道："来，起来吧？我喂你？"

蕙兰眨巴着眼睛，笑着说："嗯，喂我吧，我起不来了……"

家良撇着嘴说："敬酒不吃吃罚酒，快起来！"

蕙兰闭上眼，不再说话。

家良没招了，只好说："你喝不喝？要不，叫儿子喂喂你？"这话管用，蕙兰接着起来了，接过水杯一口气喝完，眼皮未抬，把杯子递给他，接着又躺下了。

家良轻轻关上房门，悄悄说道："真没事？别半夜耍酒疯啊……"

蕙兰只是嘿嘿地笑，紧闭着眼摆了摆手。

家良并不放心，他不时瞧瞧媳妇，怕她哪里不舒服，不敢关灯睡觉，没承想，她很快就睡着了。他起来关了灯，轻声说："吃得饱，睡得香，没心没肺的。"

其实，蕙兰并没睡，她只是假装睡着了。她的头又疼起来，这回可能是因为酒喝多了，又把她的老毛病闹醒了。她强忍着一动不动，只等丈夫熟睡后才翻了翻身子。她最大的毛病就是酒后睡不着觉，非但睡不着，而且比平时更清醒。她轻轻揉搓着头痛的地方，不时揪捏着脖颈，大约过了半个小时才好些。她的脑海里不停地涌现那个吃饭的地方，那里的山山水水、一草一木，清新自然，让人感到十分悠闲惬意。"只是那地方金贵了些，虽与自己有缘，却又隔着千万里……"想着想着，她生出了失落感，"唉，这世间还是有太多不公！这平等何时能实现？差距可不是一点半点啊！"但是，她很快又转变了想法："咳，这不是身外之物吗？你怎么也贪恋这些东西了？这可远离了你的信念啊！难道你也是口是心非吗？你生活得还不好吗？别太贪了!"

　　她悄悄翻了翻身,看看熟睡的丈夫,想着他对自己的态度,又被感动了,眼角不知不觉淌下幸福的泪水。听到丈夫时断时续的呼噜声,她又害怕了,轻轻拍了拍他,他侧了侧身,不再打呼噜了。此时,她突然来了灵感,马上拿起笔,悄悄地写下来:

幸福地老去

不知为什么,
我总担心会有孤独的时候。
你酣睡的声音时而让我心烦时而又叫我害怕,
害怕你哪天把我扔下走了,
留下我独自等候与你相聚,
我不想得到这样的考验和结局!
两个相依相伴的人生活久了,
许多的难解难分都被淹没,
只有彼此期盼平淡地相守,
明知道生死离别是自然法则却不想面对。
当恐惧向我袭来时,
我警告自己的痴傻却不得不陷入沉思:
必定有一个孤零零的灵魂先走,
终会留下另一个身影在风中摇曳。
启示在哪里?
我要幸福地老去!
好想让你带我去远行,
去看看这世上那些陌生的色彩。
放飞我们的梦想,
观潮起潮落流云远去,
看异域风情斑斓四季。
多想在以后的夜晚,
躺在你的臂弯里睡着,
了却一切烦恼,

让惬意把我缠绕。
我还想在与你分离前能清晰记得你的样子：
你轻轻抚摸着我的脸，
讲述我们曾经的忧烦与留恋……
但愿，但愿你不会有伤感，
不要痴傻到如我那般，
不要去想我烦你的每一天！
在我清醒的时候，
我会在老去的路上让幸福多一些停留，
你不必揣测任何理由，
幸福的老去是我最最恒久的追求。

写完了，她又躺下，因为写的东西太伤感，竟真的觉得悲痛起来。丈夫的鼾声此起彼伏，当她数着"一、二、三、四、五"还听不到声音的时候，她就再推他一把，此时的她不再计较他之前的过错。

她想起自己最喜欢的那首歌——《最浪漫的事》，歌声在脑海里飘荡起来："背靠着背坐在地毯上，听听音乐聊聊愿望……"

不知怎的，她又想到了秦观的《鹊桥仙》：

纤云弄巧，飞星传恨，银汉迢迢暗度。金风玉露一相逢，便胜却、人间无数。　　柔情似水，佳期如梦，忍顾鹊桥归路？两情若是久长时，又岂在、朝朝暮暮。

尽管自己非常喜欢这首词，可自从嫁给李家良，他们除了单位出差不得不分开，还真没有分开过。因此，她对分离的认识并不真切，关键是她不喜欢分离。她想：谁喜欢分离啊？除非是闹翻了不想在一起，要不，就是有了外心……唉，又瞎想了。她又想到了苏轼写的那首《江城子》："十年生死两茫茫。不思量，自难忘。"想到这儿，她竟又激动地流下泪，苦笑道："这东坡先生何苦如此一往情深？难道圣人都如此完美吗？他是如何做到的呀？"她转而想起许大发写给孟美琳的诗，认为许大发写得不够好，自己应该比他写得好，于是提笔写道：

    爱是什么

  爱是什么？
  爱是对视时会心地莞尔一笑，
  是欢乐的分享。
  爱是什么？
  爱是萦绕在耳边的窃窃私语，
  是彼此的无话不说。
  爱是什么？
  爱是饥渴时的一碗粥一杯水，
  是心灵相通的眷顾。
  爱是什么？
  爱是分开时的依依不舍，
  是手挽手的不离不弃。
  爱是什么？
  爱是源源不断涌动在内心的思念，
  是无法割舍的牵挂。
  爱是什么？
  爱是日复一日平凡的坚守，
  爱是朴素又动人心弦的乐章，
  无需修饰，
  轻轻一弹，
  跳动的音符上便有了彼此相知的共鸣！

  写完了，她接着又想：这个许大发写得不错，他怎么就会落到今天这个地步？活该！谁叫他把美琳甩了，要不是他无情无义，哪会这样？真是应了老话——报应！她知道已经很晚了，想尽办法入睡，可头脑依旧清醒。她又联想到了林小雨，猜着她是不是跟程浩打架了；还想到孟美琳，想她是不是决定跟许大发复婚了……总之，她想的问题一个接一个……

  她在床上不知来回翻了多少次，时而高兴，时而难过，可是不管怎么调节都无法入睡。她又拿起笔，写下了好久以来的感受：

失眠之痛
一二三四五，数数数数数。
天南地北游，往事涌心头。
左右辗转翻，更添心中烦。
谁有妙灵丹？还我好睡眠。

人的大脑正如科学家验证的一样，越用越聪明。蕙兰坚信这种结论，她甚至越发陶醉在自己的作品里，干脆从床上下来，拿着自己的作品去了书房，全神贯注地看起来。其中一篇是她写给弟弟的信：

弟弟：

你是我的亲弟弟，父母唯一的儿子，但你最重要的身份——你是孩子的父亲！你已经过了四十岁的生日，今天之所以再提你的身份与年龄，是因为你对自己并没有一个清醒的认识，现对你忠告如下：

一、要认清自己的现状。

当我看到你躺在医院的病床上，我当时的感受是既心疼又生气！你从小到大都是家里的宠儿，你的错大家给你担着，大家都坚信一句话——树大自直。可是，自从你结婚后，你却犯了不少不该犯的错误，如跟爸爸打架、跟你的姐夫打架、跟你媳妇打架……你在家人面前趾高气扬，家里没人跟你计较，过后大家都原谅了你。跟家人打架，他们舍不得下狠手打你，可这次你跟外人打架，却被人劈头盖脸地痛打，你进了医院，你实实在在地吃了大亏！

我想象着当时的情景就不寒而栗，万一你被打残甚至不省人事……你想到过这样严重的后果吗？你没有！四十岁，这个早该过了冲动的年龄，在人生路上应该说已经过半，这个年龄遇事应沉着冷静、三思而后行了，但是，你遇事依然冲动、不听规劝，主要是过度饮酒的恶习造成的。回想你以前做过的错事，都与饮酒有关，即使你极力辩解，都不能让大家接受。如今，一个酒气熏天与人打架的人，在别人眼里首先给出的定论就是：酒鬼、不干正事、惹是生非的人……与你臭味相投的人会当面奉承你，替你遮掩，局外人只会蔑视你、笑话你，没人瞧得起你，包括你的至亲。关于饮酒的问题，家人已无数次地告诫你，但你就是置若罔闻、我行我素、终日沉迷，对你来说，酒比饭都重要，你不吃饭也要饮酒。尽管你有高血压、心脏病、糖尿病，你却毫不顾及自己的身体！可当你身体难受时，你还抱怨家人不管你、不疼你、不爱惜你，你从不反省自己！希望你认清自己，彻底地反省自己的过去！

　　昨天，你又因饮酒惹来麻烦，我们见到你时，你仍旧强调你的理由："应该那样做，那是早晚发生的事。"你的辩解说明什么？说明你仍执迷不悟、不知悔改！你满嘴的酒气令人恶心！我气得语无伦次、伤心欲绝！可不知如何才能改变你！

　　解铃还须系铃人！思前想后，只有你自己才能救自己，没有谁能救得了你。一个偏激的人，一个需要酒后才能去解决问题的人，没人会把你放在眼里，只会增加别人对你的鄙视与反感。

　　二、要改掉自己的缺点。

　　人活着就是一口气，不喘气了，生命自然终止。但人活着可不仅仅为了能喘气而简单地活着，要是那样，人活着毫无意义！请低头看看那些忙碌的蚂蚁，再抬头看看那飞来飞去觅食的小鸟，它们为什么忙碌？难道我们还不如那些小东西吗？既然来到这个世界上，我们就应该感到庆幸，要知道感恩父母，感恩亲人，感恩所有帮助过你并给你带来快乐的人，但还要记住：感恩那些给过你烦恼、忧伤甚至叫你吃过亏的人，这是两种不同的财富。你不能忘记前者，更要记住后者给你的启迪，只有这样，你才会进步！

　　我们都是这个世界上最普通的人，比较一下我们周围的同龄人，我们在物质上享受的并不比他们差多少。想想小时候你将猪油倒进粥碗里，搅一搅一同喝下的情景，至今历历在目。你的生日刚过几天，你闺女在微信里晒了给你做的生日午餐，菜品丰盛，看着荤素搭配极好，当时我还生出几分羡慕。你怎么忘得这么快！一切的美好你都不顾，瞬间就抛到了九霄云外，真匪夷所思啊！一个人的优秀品质与修养不是与生俱来的，我认为关键取决于自己对待人生的态度。你也经常在微信里发一些感动心灵的好文章，你也愿意跟大家分享你的喜怒哀乐，那么，希望你在繁重的工作之余，静下心来认真地思考如何提升自己的品位与修养。最立竿见影的办法就是把那些大家都认可的好文章读懂、好品行学会，学以致用，轻轻松松唤醒自己。而当下，首要的是戒掉你嗜酒的毛病！

　　三、要努力做好未来的自己。

　　既然做错了，就不能将错就错，必须痛改前非！如果你改掉了多年形成的坏毛病，我们依然会像你小的时候那样疼惜你。当我翻开春节时照的照片，看到你双手搭在爸妈肩上的那张照片，我才突然意识到你长大了！你不再是那个"为所欲为"的弟弟，你成了真正的男子汉，你更是年迈父母的依靠！

　　每个人的认知力是有差别的，如果你明明知道你去交涉的对象不可能与你同心，又何必徒增烦恼？既知无力回天，就应该想到对牛弹琴的后果，你不理性非要去尝试，结果就是碰得头破血流、自讨苦吃。想一想，这样的结果有什么用呢？百害而无一利，身心俱损！

　　"塞翁失马，焉知非福。"愿你从血的教训中醒来，彻底醒来！未来的路还很长，我们都不知道将来会面对什么。但是，真心希望你从现在开始，放下自己的虚荣心，直面问题，理性做事，善待自己，善待他人，那么，未来一切困难都会迎刃而解！

姐　蕙兰
2018.3.6

　　读完了，她无奈地摇摇头。这封信，她虽然费了不少心思，但并未寄出，脑海里又浮现出弟弟躺在医院的情景。

　　那天下午，蕙兰还在上班，忽然接到父亲的电话："兰兰，你弟弟叫人打了，住院了，你快来看看吧……"父亲哽咽着挂了电话。她慌了神，忙向领导请了假，开车赶往医院。路上，她不停地想：肯定叫人打得不轻，要不，爸爸不会打电话的。她不时提醒自己："别慌，开车集中精力，千万别在路上出问题。"

　　到了医院，见弟弟并无大碍，她才放下心来，可一见他满脸通红、满嘴酒气，怒火就上来了，好在自己清楚是在医院，所以未发火。她问了问经过，父亲跟她大体说了说，但并没讲清楚。弟弟说："这小子欺负人。我早就想跟这小子算账，要不是他仨打我一个，我不会吃亏的。他狗仗人势，整天在村里横行霸道，谁都不敢惹他。李德水不是他姨父吗？这小子去年就找我碴儿，就是他跟我借一千块钱，我没借给他。我凭什么借给他？村里不少人都借给他过，他从来都不还。谁要是给他要账，这小子就要横、耍无赖。人家老实的，他就吓唬人家。我不怕他。今天明明是他碰了我的车，他还说我撞了他。这种人，你不给他动真的，他就以为你好欺负，往后他就更欺负你。"

蕙兰把怒火压了又压，她感觉头皮发麻、手脚发凉，嘴上却说："先别说了，你没事吧？等检查完了再说。"

弟弟的后脑勺鼓起一个大包，她先扶着弟弟做了脑部CT，然后又领着弟弟拍了胸片。这时候已经十点多了，他们坐在休息室等待检查结果。

蕙兰如坐针毡，她看着苍老的父亲，又看看紧闭双眼的弟弟，忽然想大哭一场。她对发生的事无能为力，只能静静等待结果。她盼着弟弟只是受了点皮外伤，否则，无论如何她都无法接受眼前发生的一切。她从小就知道村书记的威风。她越想越生气：这是怎么了？难道除了他们别人都不能胜任吗？可他们干什么好事了？挣钱的事都是他们家的，所有村集体的东西就跟他们家的一样，他们说怎样处理就怎样处理。卖地、卖院子，只要能变现的，他们都想方设法卖掉。给老百姓的补贴，他们敢侵占；修路、修水渠的工程，他们全承揽。想到这儿，她叹了口气，自己回村待的时间毕竟少，也从未惹过那些人，冲突自然没有，自己跟那个李德水是小学同学，偶尔碰上了，还会热情地寒暄一番，可是，今天摆在眼前的事实是弟弟被人欺负了自己也不能怎样，还不是眼睁睁地看着？

蕙兰正发愣的时候，忽然有几个人进了休息室，他们后面还跟着那个跟弟弟打架的张四。那个张四指着弟弟说："就是他，就是他撞的我。"她看到一个人拿着本子和笔对着弟弟问："在哪儿喝的酒？都是跟谁喝的？"

刘成名惊恐地望着眼前的几个人，含含糊糊地答道："我晌午在俺家里喝的，怎么了？"

那个人接着问："都是跟谁喝的？怎么撞的人家？"

刘成名似乎突然醒悟过来，斩钉截铁地回道："我没撞他！"

另一个人凑到刘成名跟前说："你没撞人家，人家怎么会报警啊？说实话，我们可没空跟你啰唆。瞧你，现在还满嘴酒味，这是喝了多少啊？来，给他抽个血，拿去化验化验。"

蕙兰已经站在那个人身边了，听他这么说，对他怒斥道："你干什么？这是什么地方？你凭什么来这里？你的执法资格证呢？拿出来我看看！"

那个人被突如其来的问话惊到了，他审视着刘蕙兰，问道："你是他什么人？"

"我是他姐姐！怎么？还要挨个儿查身份吗？你们是什么警察？为什么到医院来？知道这是什么事吗？这是打架！不是交通事故！告诉你们，别以为我们不懂，这事归你们管吗？你们能解决吗？你们说，把人都打成这样了，该怎么办？"蕙兰说得理直气壮。

张四在一边不停地说："同志，他撞了我，还不承认。你先扣了他的驾驶证再说。"

那个拿着本子的人向周围望了望，见周围人挺多，伸手指挥道："都散了，散了！没什么事，我们处理公务，大家不要围观。"说完，他朝刚才说话的人使了个眼色，便出了休息室，其余几个人也跟着出去了。

蕙兰知道这其中肯定有问题，等他们出去了，悄悄地跟了出去。她见其中一个人跟那个张四说着什么，想弄清楚又担心被他们发现，只能在远处观望。后来，她见他们好像在争执什么，忽然灵机一动，走近他们，霸气地指着他们说："如果你们不按规定来，告诉你们，我要告你们，不能这么欺负人！还有没有规矩啊？有证据吗？到医院里抓交通肇事的人？凭什么？什么逻辑？笑话！无稽之谈！什么警察？欺负老百姓老实啊？"她这招还真管用。其中一个人客气地说："大姐，我们弄清楚了，是他报错案了，这事不归我们管。"接着，他跟另一个人摆着手说："走，走，赶紧走！"

不管张四怎么说，那几个人也没再理会，他们匆匆离开了医院。

蕙兰望着那帮人出了医院，这才松了口气。其实，她也拿不准那帮人是干什么的，担心再出什么岔子，万一弟弟被打还被弄到派出所去，那就更麻烦了。她想跟秦海宁打个电话，又怕这件事传到李家良耳朵里，考虑再三，还是自己处理最好。

弟弟的检查结果出来了，没什么大碍，她又嘱咐了弟弟几句："没什么事就打车回家吧，时候不早了，我也该回去了。以后可要小心，忍着点，只要不吃大亏，扔点小钱就扔吧，无所谓。你不是整天说'钱是王八蛋，花了再另赚'吗？想办法，遇事要多动动脑子，别吃眼前亏！听见了吗？"

刘成名看都不看姐姐，生气地说："不怨我，根本就不怨我！我凭什么吃哑巴亏？行了，你赶紧走吧。我的事，不用你管。"

蕙兰一听，那个气呀，立刻出了医院，边走边想：不叫我管，正好！愿意怎么着就怎么着吧……想到这儿，她又笑开了，自语道："白搭，白发誓，总是记挂着他，这血缘关系真是奇怪，始终不能让人解脱得一干二净。现在的环境越来越好，那些让人痛恨的坏蛋，该抓的都抓了，让我堵心的事也少了。弟弟的生活改善很多，不必再担心他了。"

接着，她又看另一篇，那是一篇记录自己悠闲生活的文章，题目是《享受阳光》。

  早上起来时，灿烂的阳光早已照进屋里。将近中午的时候，我才忽然想起"晒太阳"。已经好久没这么清闲了，一个人在家，尽享生活的安逸。

  我先冲好一杯茶，然后拿了一个凳子放在沙发前。准备就绪后，我坐在靠窗的沙发上，盖上睡衣，脚搭在凳子上，晒着太阳闭目养神。

  三月底四月初的春天，冷几天热几天。自清明前一天开始降温，由三十度一下降到了今天的两三度。我虽然将冬天的厚衣服都穿在身上，但还是感觉有些冷，看了温度计，是十六度，按说温度不算低，可我是个极怕冷的人，早上起来还打了几个寒战。冬季供暖时，屋里的温度都在二十度以上，我闭着眼怀念那个热乎乎的时候，不过，转念一想：别枉费心思了，等过完了春天，想再有这样冷点的感觉可要等上好长一段时间了，现在，再重温几天冬的冰冷也没什么不好。

  我使劲仰起头，让阳光尽可能照到整张脸，这时，我眼中不断浮现出橘黄色、橘红色、火红色等极温暖的色彩。此刻，我不去考虑人对光的敏感度，也不去探究为什么片片红色里会有两个暗点游荡，更不去想那太阳风、太阳粒子是怎么回事。尽管曾学过地理、生物等自然科学知识，但现在的我，已经想不起任何一个专业术语的概念，只是模模糊糊地知道，我们看到的白光是由几种可见光组成的，至于其他，都已抛到了九霄云外。

我闭眼看着另一番景象，看累了才睁开眼，端起冲好的茶品上几口，这样重复几次后，就不再惦记茶会凉，我安心地躺下，闭上眼，让阳光尽情沐浴整个身体。

　　今天阳光特别好，没一会儿，我便感觉浑身暖洋洋的，再不想那些远离生活的怪诞故事，再不去刻意追寻脱离实际的浪漫，再不去翻那些远去的烦恼，唯愿静静享受这惬意的当下。没过多久，我就不太清醒了，困倦已占据了上风，我渐渐睡着了。

　　当不再繁忙地为生活奔波时，一切都感觉轻松、潇洒。时间在不知不觉地流逝，我多了享受生活的想法，不禁自问："为什么今天感觉别有滋味？"其实不难回答，有属于自己的时间并能自由支配，生活富足且家庭幸福，这是根源所在。

　　我出生在农村，从小就知道多晒太阳好，但小时候不知道好在何处，唯一能判断的是体感——阳光能驱寒。尤其是冬天，在外边晒太阳比在屋里暖和多了。我五岁之前经常长病，五岁之后，可能是经常在外疯跑的缘故，身体才壮实起来的。

　　现在我明白了，阳光不仅会给我们物质的享受，还会给我们精神的慰藉。阳光是万物生长之源，没有它，植物不能进行光合作用，地球也不会有丰富的物产，我们人类也不会得到滋养生命的一切，更不会看到姹紫嫣红的美景。

　　我做了一个温暖的梦，我与儿时的玩伴奔跑在炽热的阳光下，奶奶在一旁不停地喊："慢点跑，慢点跑……"

2018.4.6

　　看到这儿，蕙兰想起上初中的时候曾经看到的红月亮。那时，她刚刚近视，可她并不知道。她找老师调换了座位，从第三排坐到了第一排，可仍看不清黑板上的字。坚持了一个多月，黑板上的字越来越模糊，她才开始怀疑自己近视了，可她不知道怎么办，也不敢跟爸妈说，因为配一副眼镜太贵，要花家里一大笔钱。那天，她听说阳光能杀菌，于是中午的时候，悄悄躲到一个角落里，揪起眼皮让太阳照射眼睛，一连做了好多次。她万万没料到的是，有一天晚上看月亮时，月亮竟然变成了红色！她害怕极了，以为一时没看清楚，闭上眼休息了一会儿，睁眼再看，可那月亮依旧是红色的。一晚上，她试了好多次，月亮一直是红色的。第二天、第三天晚上，她都偷偷地看月亮，月亮仍是红色的。"完了，眼睛肯定照坏了，怎么办？要是让妈知道就麻烦了……"她越想越害怕。好在从第四个晚上开始，那月亮的颜色不那么红了，又过了几天，看到的月亮跟原来的颜色一样了，她才不再害怕。关于红月亮的事，她没有告诉任何人，一是怕别人笑话，二是担心将来还会出问题。不过，从那以后，她长了记性："太冒险了，万一惹了事，你又没办法对付，不是自讨苦吃吗？"她戴上近视眼镜后，刚开始并不适应，虽然看得清楚了，但总觉得看到的一切并不真实，镜片带来的是一种"模糊"的清晰，很难看到原来的景象了。再后来，她不再把眼镜当"累赘"，才逐渐适应了眼镜后的一切。随着年龄增长，她慢慢发现，有些事并不是自己曾经看到的那样。面对这种问题，她的应对办法是：自己的判断有不对的时候，不管怎样，都不能纠结于自己的判断，应该从更宽广的角度、从所处的现实去理解面临的问题。她记得一个老师曾经讲过一段话："当一个人对自己的视觉产生怀疑时，其实是对自己的不自信表现出来的一种恐慌。如果不能清醒地面对这种现象，势必会给自己的情绪带来负面影响。其实，你眼里的一切已经是变化了的现实，你不必怀疑什么，因为事物是不断变化的，我们生活在一个运动的世界里，如果你认为现在看到的与之前看到的完全一样，那就错了。"这种认识加上所学的辩证法知识，让她看问题不再过于偏执，从而不断提升自己的判断力和自信心。

第五十七章

"起床了，起床了，都八点了，你还上不上班啊？我走了！"这话传到了蕙兰耳朵里，她疲惫地睁开眼，不停地揉着眼睛，感觉浑身乏力。砰的一声，大门被关闭，她即刻起床，知道不能再耽搁了。起来后，她突然明白过来："不对呀，今天不是星期天吗？这小子，又唬我。不行，太难受了，我再睡个回笼觉，反正也不知道他干吗去了。"她又回到床上，竟真的睡着了。

她正睡得香甜，听到不锈钢盆子被击打的声音，生气地想：没事闲的，就不能让我按自己的想法睡个安稳觉，真烦人！

"你昨天晚上的精神呢？怎么了？有本事就按时起来，给孩子带个好头儿。你倒好，现在蔫了。快起来！"说着，李家良轻轻推了推媳妇，见媳妇不动弹，只好放下盆子，悄悄走到儿子的门口，将耳朵贴在门上仔细听了听，听见儿子的呼噜声，他自语道："这孩子，我这么敲，他竟一点没听见，跟他妈一样。他怎么就不随我呢？"

蕙兰打了个哈欠，回道："不就是缺点都随我，优点都随你嘛，有什么不好？我可不愿意儿子跟你一样，婆婆妈妈的。"

"你大度！你厉害！光说没用的，两天不吃饭，你试试，看你还想那些没用的！哼，饿你一天就老实了。"他瞪眼看着她，说了重复多次又没用的话，转身出了卧室，拿起拖把擦起地来。

她暗笑，想着自己昨晚的收获，满心欢喜，又怕再被说教，于是极不情愿地下了床。

家良出去买的豆浆、油条，都摆在餐桌上。她看了看，皱了皱眉，因为昨天晚上吃的东西太杂，加上睡眠不足，一点胃口也没有，见了那油腻腻的油条更不想吃了。她这一瞥似乎早被他料到，他一边拖地一边说："给你熬的小米饭，在高压锅里。"

听到的声音尽管有些生冷，但她感到一股温暖涌遍全身，她不在乎丈夫说话的语调，只在乎他说的内容。寥寥几个字，是她生活中最需要的一种关怀。丈夫是个始终生活在现实中的人，踏踏实实一心过日子，这些年来，她深深体味到："茫茫人海中，找到那个知你懂你又能包容你缺点的人太难了，李家良虽不完美，但他就是那个知我心之所想、解我心之所烦的人。"

每个人都会有这样的困惑：说、想、做不一定都一致。夫妻之间大部分问题能通过沟通解决，或者做事大部分能合拍，就会很和睦；如果经常为了不同的观点争吵，又最终达不到默契，那这个家庭就好不到哪儿去。蕙兰非常清楚建立幸福家庭的标准，更知道如何化干戈为玉帛。昨晚，她就写了一篇类似文言文的感想，当然，她对自己的文言文水平很了解，并不敢确定用词是否正确，只是一时兴起罢了。

寄语吾君

吾与君短暂相识即结发为伴，自大婚以来，已二十年有余，偶有争吵或不相理睬至数日，皆因琐碎小事，历经多年磨合，终得今日之默契，吾庆幸得君为伴！

茫茫人海，觅相知爱人实属不易！吾乃性情中人，为女性中好强者也。君虽有个性，仍不及吾。年轻时，吾与君争吵多些，属年轻气盛；至中年，吾与君争吵渐少，究其原因，君之大度是其一，亦与吾日渐明白人生之真谛有关。论大度，吾在君之上；论其他，吾在君之下。家务之事，吾常耍赖偷懒，盖因君之能干也！

吾儿自幼忠厚本分，皆对其钟爱有加，并授之以做人之道，虽稍有担心，然不足挂齿。儿读大学后，心胸愈加开阔，性格渐趋开朗，且学习之心已有，此乃吾与君之大幸！

岁月不居，时节如流。已过中年，想来即惶惑，吾自幼就有专于写作之意，但未能如愿。儿入大学以来，吾忽因碌碌无为而愧疚，忽生完成夙愿之鸿志。时不我待！将毕生所愿化为实际之行动，每日坚持写作，勤于思考，摈弃之前一切杂念，持之以恒做专一之事。

吾不求大富大贵，只求一家人和谐相伴！执子之手，相扶到老，此乃吾真心也。君之身体微恙，愿君秉持刚性，修身养性，强加锻炼，得身体康健，吾自不必为君担忧，吾儿亦少于挂牵。

吾虽有大志，未必能实现，但吾意已决，将竭尽全力而为之。自吾写作以来，君终日操持家务，且深懂吾之用心，实难能可贵！

嗟夫！吾将汲取古今文采之众长，扬中华文字之灵秀，孜孜以求，永不放弃！愿君锲而不舍担当生活之重任，以解吾后顾之忧。

蕙兰自以为写了篇得意之作，读数遍不厌。她想：如果将此文让家良看了，他会有什么表现？肯定会高兴坏了，准想不到我会对他有这么高的评价。

她懒洋洋地走到梳妆台前，从镜子里看见自己蓬乱的头发和毫无血色的脸，有些后悔昨晚的表现，不该逞能。她赶紧洗漱完，喝了小米饭，打算今天哪儿都不去了，在家好好歇一天。

家良见媳妇闭着眼躺在沙发上,知道她一时半会儿不会有精神,故意问:"喝茶吧?"

"不喝。"她仍未睁开眼。

"到床上睡去,别在这儿难受了。"他推了她一把。

她睁开眼,起来去了卧室。

他望着她的背影,摇摇头说:"这回不说我了吧?自找难受!"

她一头倒在床上,感觉浑身乏力,又觉着恶心、头疼,盼着今天赶快过去,这样所有的不适可以被消磨掉。就在她昏昏欲睡之际,听见电话响了,本不想接,见是爸爸打来的,才强打精神接起来。

"爸,我今天有事,先不回去了。我妈呢?"她听见爸爸不高兴地说:"你妈在医院。"

她一骨碌从床上起来,急切地问:"我妈怎么了?没事吧?"爸爸又平静地说:"应该没大事,大夫正检查呢。她早晨起来就说头难受,我也没当回事,一量血压,二百多,吓了我一跳,给她多吃了片降压药,还是不管事,就来医院了。"

蕙兰顾不得难受了,问爸爸:"在哪个医院?我这就过去。"爸爸回答:"惠民医院。"她挂了电话,匆匆换上衣服。

家良站在一旁说:"在哪儿?我开车。"

蕙兰不高兴地说:"惠民医院。"

家良皱着眉说:"怎么又去那儿?直接去崇华医院多好。"

蕙兰不耐烦地说:"谁知道。走走,可能是那儿离得近点。"

蕙兰急匆匆地进了医院,看到母亲正在那里等待医生检查,未发现母亲有任何异常症状,稍稍宽慰了些。她陪着母亲,不停地问她有什么感觉,又去医生那儿催促,让值班医生抓紧时间给母亲诊治。

医生答应了,却并未做什么。四个小时过去了,医生依然未给母亲做检查。

她见母亲的脸色越来越难看,找了值班医生大声质问:"我妈办完住院手续这么长时间了,怎么还不给治疗?治疗不是有最佳时间吗?你们要是耽误了治疗怎么办?"

她的大声斥责确有效果,首先是护士长过来解释:"您别着急,大夫去做手术了,一会儿就来。小王,先给七床输氧、测血压、量体温。"

她见护士不紧不慢地履行程序，越来越生气，又到值班室大声说："你们病房的大夫怎么就一个人？这么多病号都没人管吗？这是什么医院？服务这么差，效率这么低！就你们这个速度，急病不都耽误了？"她这么大声嚷嚷，竟然又有了效果。护士忙打了电话，没一会儿就来了大夫。医生跟护士悄悄说了些什么，接着进了病房。

她见那个医生去了母亲的病房，赶紧跟了进去。

那个医生让母亲伸伸胳膊、抬抬腿，拿了支笔在母亲眼前晃了晃，问母亲现在的感觉，又问了护士测血压的情况。

她看那个医生很专业，稍稍平静了些，躲在一旁悄悄观察，却又担心起来：这样嚷嚷，会不会让他们烦了，万一对妈的病不认真对待，那不糟了……她越想越担心，后悔刚才太不冷静，这样忐忑了十几分钟后，又想：他们不敢，现在一再宣传服务，本来就是他们不对，住院部竟然没有值班医生……不管怎么说，值班医生不在，这医院管理存在重大问题，即使他们临时找来了顶班的，可我妈来了这么长时间都没人管，万一耽误了治疗的最佳时间，就是他们的责任，他们脱不了干系。

几个护士进进出出地忙碌，那个医生也开出了药方，可是，给母亲打上针时，时间又过去了近两个小时。

她不停地看着表，内心的愤怒全挂在脸上。

妈妈总算安静地躺在病床上。她拉着妈妈的手，叫妈妈闭上眼睡觉，妈妈乖乖地闭上了眼。

第一瓶药水滴完了，第二瓶刚滴到一半，蕙兰看到母亲一会儿抓胳膊、一会儿抓腿，接着又抓肚皮，身体还不时打战。她的头脑立刻清醒，猛然想到妈妈可能是药物过敏，赶紧跑进医生值班室，大声地喊："大夫，大夫！快，快！我妈可能是过敏了。"这时已经换了值班医生，他年龄不大，立刻跟着她到了病房，并指示护士："马上停药，打上脱敏药。"

蕙兰见妈妈身上已经起了不少红点，最严重的是妈妈的左胳膊、左腿都不能动了。她看着护士在那里忙作一团，追着医生到了值班室，忍着泪水怒问："大夫，我妈来的时候好好的，你问问那些护士，现在就打了一瓶多药，怎么就不能动了？这是什么情况？你们到底给我妈用的什么药？你说！"

那个医生看上去也很着急，他解释道："不是药有问题。以前也出现过这种情况，每个病人不一样。我会出新的治疗方案。"

451

她一听更来气了，指着他说："马上找你们主任，如果治不了赶快说，我们转院。赶紧的！"

那个医生犹豫了一下，接着打了电话，他把经过说了一遍，并说了蕙兰的要求。然后，他把电话递给了她，并说："我们主任的电话，他出差了，请您接个电话。"

她仔细听着对方说的每一句话。

"您好，我是这个科的主任。脑梗的情况有多种，您母亲这个情况属于渐进式发病，尽管她来的时候好像没事，其实她的病情一直在发展。另外，您母亲不能动与药物过敏没有关系。我们科治疗这种病很专业，如果转院，可能对病人更不好。我们马上调整治疗方案，应该没问题。哦，如果您想转院，我们会马上给您办手续。您自己决定吧。"

听那人说得非常诚恳，尽管不曾谋面，但她从那人的话语里听出了他的能力，她的态度缓和下来："行，那我听您的。请赶快出治疗方案吧。"她把电话给了值班大夫，站在一边看着。那位大夫不停地写，不住地点头，挂了电话说："我们主任交代好了，我马上开药，您回去等吧。"

她回到妈妈身边，此时妈妈已经迷迷糊糊的。她紧拉着妈妈的手，期盼妈妈的病情不再发展。

一个护士来了，给妈妈换了留置针。她看着新换的药，仍不敢有丝毫懈怠，紧盯着妈妈的反应。还好，妈妈没再出现之前的问题。

妈妈一直酣睡，她还不知道自己的胳膊、腿不能动了。

"明天，妈知道自己不能动了，肯定受不了，那可怎么办？"想到这儿，她的眼泪哗哗地流下来。自从儿子出生后，妈妈一直帮着照看儿子，还帮着做饭、洗衣服，自己明知不对，可常常找理由偷懒，偶尔跟妈妈说："妈，你别干那些活儿，等我回来再干。"可妈妈依旧干，自己依旧享受……

看着昏睡的母亲，她愈加对自己之前的粗心大意懊悔不已，想着前一阵母亲烫伤的一幕，虽然她进行过认真反省，但她仍不能原谅自己。那篇《自责》还在她的脑海中。

自责

今天，我忽然想到自己已经身兼数职：女儿、妻子、母亲、儿媳……细想，哪个角色我都没做好。

先说说女儿的身份吧。两周前,母亲意外烫伤,我是次日知道的,可并未急着带母亲去医治,反而给自己找了个冠冕堂皇的理由:爸爸打电话说不严重,还要我歇班时再抽空回去看看。那天是星期三,其实,母亲头一天晚上就烫伤了。尽管自己找了借口,可还是牵挂母亲的。吃晚饭时,我有意无意跟先生说了,他提出立刻去看母亲,我才与他一起回家。

到家后才知道母亲烫得非常严重。母亲说:"没事,不用看。"我越发内疚,当即拉着母亲去了一家据说专治烫伤的私人诊所。看着那位医生专业地给母亲敷药,用纱布盖上,在纱布上再敷上一层药,然后再用胶布缠绕、裹紧,我觉得医生应是高人,肯定能治好母亲的烫伤。把母亲送回家后,我也回家了,一天后才给父亲打了电话,询问母亲是否好转,父亲说:"快好了。"我信以为真。

母亲烫伤后的第二个星期六,我回家看望母亲。到家后,看到母亲的手依然惨不忍睹,我又自责起来:"怎么就变得这么懒惰?哪有烫伤会好得这么快的?爸妈都不愿给孩子添麻烦,他们宁愿自己忍受疼痛!"我心如刀绞,眼泪在眼眶里打转。那天晚上,给母亲包扎后,大夫要求隔一日去换一次药,父亲主动将这个任务包揽下来,我就不管不问了。事实上,母亲在第二次换药后就感到越来越疼了,但她又去了第三次,晚上疼得一宿没有睡觉。她让父亲帮她剪开包扎的纱布,涂抹了妹妹给她买的药膏,之后才一天天好转的。

我打扫屋里的卫生,顺便问了母亲的感受,想确定她是否真的好转。父亲、母亲的答案都是肯定的,我这才放心,再细细查看母亲的动作,确定他们没再瞒我。我提出给母亲洗洗头,母亲不让。我打扫卫生,母亲一再阻止。我给母亲洗了几件脏衣服,这是我结婚后第一次给母亲洗衣服,还是老人家不经意提醒后我才做的。那天,母亲说:"没法给玲玲洗衣服了。"我才顿悟,母亲已经十来天不能动水,肯定有积攒下的脏衣服,因为父亲是从来不洗衣服的。母亲已是快七十的人,我这做女儿的,出嫁后第一次给母亲洗衣服,真是羞于启齿!即便这样,母亲还坐在一旁陪着我,并再三说:"涮涮就行,涮涮就行……"她怕累到她的女儿。

我是个乖女儿,但绝不是个好女儿!希望今后我能改正,再不要把母亲看成是无所不能的人了,她已经为她的孩子付出了全部,到了她的孩子回报她的时候,哪怕是举手之劳!自责不是目的,只自责而没行动更不是我这个女儿应该做的,唯有行动起来,还母亲为我付出的一切!

母亲竟然得了重病!或许之前她被烫伤时就已经有了征兆,可是自己并未想到。蕙兰使劲拧了自己一把,她要尽全力把母亲从痛苦中拉回来,可是,偏偏又遇到这样的事。她越想越生气,越发懊悔自己的失误,明知道这么做毫无用处,可还是后悔不已。

第二天早上,母亲醒来后便知道自己的胳膊、腿都不能动了。她不停地掉泪,反复地说:"俺不能动了,不能动了……"

蕙兰一边给母亲擦泪,一边劝母亲:"妈,会好的!你看,旁边那个大娘,刚来的时候跟你一样,比你还厉害,她全身都不能动了,你看,人家现在能动了。"尽管她说得轻松,可她不知道结果会怎样,只能把最现实的例子讲给妈听。

旁边那位大娘特别配合,她说话并不清楚,一边说一边指着自己:"我来的时候比你还厉害,你看,我能走了。我来了十天了,你才来一天,不能着急。咱这病啊,越着急越不好。瞧你多好,孩子都孝顺。你听孩子的没错,说不定你一个星期就能下床了。"

张广凤认为闺女糊弄她,听了那位大姐的话,宽慰了许多,心想:她比我大都能好,我也能好起来。可一连打了三天针,病情没见好转,她开始说气话:"别给我治了,要是不能动弹了,还不如死了好。我不愿意受这罪,别再浪费钱了,我不想活了……"

蕙兰跟弟弟妹妹一块儿劝母亲,好说歹说总算让她安静下来。

这天晚上,蕙兰守护母亲。十一点多的时候,病房里都熄了灯,大部分病人和陪护都已经睡下。蕙兰刚想趴在母亲旁边歇会儿,忽然听到走廊尽头传来特别响的声音,她凑到病房门口向外瞧,见其他病房里出来几个人,他们在走廊里观望并指指点点。

走廊尽头的大门被人踹得咣咣响,加上门锁哗哗啦啦的响声,声音很恐怖。

"是谁这么大胆竟敢在医院里闹腾?医生护士报警了吗?"想到这儿,

蕙兰紧张起来。她朝走廊里张望,看见一个女护士气呼呼地指着门外嚷:"妈的,赶紧给我滚!"然后,那个护士进了医生值班室。可是,大门仍不停地响……在寂静的夜里,异常的声响惊醒了许多睡下的病人和陪护人员。此时,大家只是观望,不知道发生了什么。

蕙兰站到走廊里,看到底发生了什么事。

一会儿,一个大夫和那个护士出来了,她们悄悄说了什么,那个女护士便去开了门。接着,进来一个男的,他已经站不稳了,指着那个护士骂,摇晃着进了医生值班室。很快,值班室里传来砸东西声、打骂声、哭喊声。

病房里,无论是病号还是陪护人员,没人敢去医生值班室看个究竟。有几个胆子大的陪护人员凑到走廊尽头观望,他们只是靠前站站,一会儿又退回原来的位置。

蕙兰回到病房,通过玻璃窗看着外面的一切,回头看看母亲,见母亲正看着门外,便说:"妈,吵醒你了?你说这人怎么能这样,竟然跑到医院里闹事,这医院的管理也太差劲了。不行,我打110报警,让警察来收拾他。"母亲摆着手说:"警察来了有什么用?小两口吵架,警察能管得了?再说,那个醉汉要是知道你叫来的警察,说不定就找你麻烦,你还是别管人家的事。这种事多了,警察管得过来吗?"

蕙兰忽然消了气,拉着妈的手说:"嗯,我就是说说。跟醉汉打交道,我又不是不知道,没理可说。这个护士也是,怎么找了这么个对象?她这辈子别想翻身了。"

母亲很无奈地说:"你爸年轻的时候也这样,喝醉了就闹,好歹这两年喝得少了。唉,摊上了,一点法子也没有。你小的时候,我死的想法都有。有一回,我实在想不开,打算不过了,想直接上吊死了。我都拿绳子走到大门口了,你在后边跟着哭,我回头看看,不忍心丢下你们几个,才没死成。"

蕙兰哽咽着说:"妈,别说了,别说了。都过去那么多年了,别想那些事了。"她捏着妈的手心,偷偷指指旁边的床,怕影响旁边的大娘。

母亲叹口气说:"你看人家睡得多香,这么大动静都听不见。我呀,有一点动静就睡不着。"

蕙兰悄悄说:"妈,我出去看看。"母亲使劲拉着她的手说:"你别去,万一那个愣头青不管不顾的,碰着你呢。不能去!"

这时,走廊里传来那个醉汉的谩骂声。

蕙兰站在门口向外张望。那个女护士使劲推着那个男的，终于把他推出去了。可是，一会儿又传来了大门被踹的声音。接着，那个女护士又出去了。

第二天早上六点多，蕙兰迷迷糊糊看到那个女护士进来查房，听她说话的声音有些沙哑，瞧了她一眼，见她头发凌乱，不由得想：什么眼光？找了那种人。

那个女护士很仔细地询问母亲的状况，这让蕙兰又对她生出了怜悯之心。

天大亮了，那个女护士领着几个护士来办理交接班，她一丝不苟地说着交接的内容，嘱咐她们应注意的问题。蕙兰看到她白皙的脸上有好几处伤痕，昨天还很精神的大眼睛已经没有一丝光彩。这一幕闪现在蕙兰眼里时，她对女护士昨晚的遭遇更加同情，不再像昨晚那样抱怨医院管理混乱了，甚至想跟那个女护士搭讪，问清楚昨晚到底发生了什么或劝女护士干脆甩掉那个极其讨厌的家伙，可是犹豫再三，她还是把到了嘴边的话又咽了回去。

蕙兰从几个小护士的私语中听出了大概，那个昨晚闹腾的人隔一段时间就来闹一次，那个女护士毫无办法。医院的领导已经跟她谈了几次，要求她辞职，可她每次都苦苦央求并保证不再让那人来医院闹了，因为她是家里的顶梁柱，她的父母需要她养活，那个闹的人也需要她养活。大家不理解她为什么不甩了那个人。一个似乎知道缘由的小护士神秘地说："他家有房子，小梅贪恋他家的房子，要不，小梅早跟他断了。"另一个小护士生气地说："就为了房子忍气吞声？还遭人家毒打？要是我，宁愿租房子，也不受这等气！都什么年代了？还想把自己卖给房子？"她们边忙边说，被护士长听见了，护士长过来指挥道："上班时间，忙自己的，该干什么干什么，别说跟工作没用的东西，不然，考核扣奖金！怎么记不住呢？小李，你是实习的，要是不遵守规定就回去。"几个人再不敢说话，各自忙去了。

医生查房的时间到了，五六个人站在病床前。一个领头的医生笑着问道："大娘，今天感觉怎么样？"

张广凤指着自己的胳膊、腿说："都不能动，还不如死了好。"

医生笑着说："大娘，你这病，要靠你自己，别人帮不了你。你呀，今天打完针就下来活动，不能光躺在床上。刚开始活动别太着急，慢慢练。"

她眼睛一亮，欠着身子说："我能动？"她接着把不能动的胳膊、腿使劲挪了挪，但是腿跟胳膊都不听使唤。

医生还是微笑着说："大娘，你能动，别害怕。"

医生的话还真奏效。她咬着牙把那只不能动的胳膊抬了抬，又挪了挪那条不能动的腿。这结果不但让蕙兰感到意外，更让她妈露出了笑脸。蕙兰笑着跟那位医生说："我们还以为我妈真不能动了，原来都能动。太好了！谢谢您。"大夫微笑着点点头，接着询问下一个病人。

医生走了，蕙兰见妈妈使劲抬胳膊蹬腿，笑着说："妈，我们跟你说你还不相信，是没事吧？还是人家大夫的话管用。"

张广凤笑道："我也不知道怎么回事，能动就行，能动就行。我可不愿意给人添麻烦，不管怎么说，个人能顾得了个人比什么都强。我啊，也不盼着你们几个多孝顺，我知道久病床前无孝子这老话。谁都不行！"

蕙兰笑着说："妈，你说得对。我可不想光伺候你，你还是听大夫的话，只要不打针，你就下来练，你没看见走廊里那些人，都是锻炼的。你看那个女的，咱来的时候她还不能下床，从昨天开始，我就看见她能走了，今天走得更好了。"

张广凤向外瞧了瞧，正好看见那个女的走过去，便说："看来，过两天我就能跟她一样，这还差不多，我总算是有盼头了。"

蕙兰高兴地把母亲的状况跟爸爸说了，她知道，爸爸一定记挂着妈妈。这么多年，爸爸妈妈也没少打闹。年轻时，他们真打架，自从儿女都成了家，他们偶尔打打嘴仗，很快就和好了。蕙兰知道，爸妈的生活平淡得如白开水，或许就是这白开水一样的生活，才孕育了一个持久又温馨的家。

第七天，母亲终于能下床了，但身体依然虚弱，因为左腿已经不听使唤，刚迈出两步就差点摔倒。蕙兰使劲搀着母亲，并鼓励道："妈，别害怕，走走就好了。你都好几天不走路了，肯定要适应一段时间才行。"

张广凤嘴上说："我知道，知道。"心里却在想：别糊弄我，我这病不轻，一时半会儿好不了。我早见过村里那几个得这病的，都好几年了还没好利索。我呀，比人家强不了多少。想归想，她又说："我知道，知道。怎么也得练一阵子，不能接着就好。再说，年纪大了，好得也慢，不能跟人家年轻人比。"

蕙兰兴冲冲地说："妈，你能这么想，我就放心了。慢慢练，你这病一天比一天好。不过，你可不能烦，要坚持练。"

张广凤艰难地迈着每一步，皱着眉说："费劲啊，不能烦。那个小五，前年得的这个病，才出院的时候只能耷拉着脑袋坐轮椅，现在，人家蹬着三轮车干买卖了。"

蕙兰小心地搀扶着妈妈,轻轻说:"妈,回去歇会儿吧。刚开始练,也不能太累了,歇一会儿咱再练。"

张广凤挺了挺身子,急促地喘着气,跟着闺女回到床上。她不知道自己会恢复成什么样,只是不想让孩子们太为她操心。她擦着汗说:"唉,这人的本事再大,有病就完了。怎么一点劲都没有?真笨!这才走了几步?"

蕙兰给妈妈倒上水,笑着说:"妈,今天该表扬你,你表现相当好!喝口水,慢着点,别呛着。"

张广凤喝了一口就咳嗽起来。蕙兰慌忙给她轻轻捶背,并小心地说:"妈,以后喝水、吃东西都要比原来慢点,不能跟原来一样了。"

张广凤皱了皱眉,接着咧嘴笑道:"嗯,就是记不住,还得长点记性。往后我干什么都得慢着点,再不能跟以前那样着急了。要是再记不住啊,就叫你爸管着我。"

蕙兰也笑道:"我爸还管得了你?你还是自己管吧。妈,今天说得不少了,你先歇会儿,我去买饭,你想吃什么?"

张广凤想了想说:"我想吃炖的小白菜,吃个馍馍,喝小米饭。"

蕙兰笑着说:"行,总算有愿意吃的东西了。我去买,一会儿就回来。"她知道妈妈最爱吃白菜,无论菜品多么丰富,可妈妈的口味没变,她就爱吃白菜,冬天是大白菜,夏天是小白菜,一年中,老人家吃白菜的日子有二百多天。

住院的日子特别难熬,时间仿佛被拉长了很多。张广凤虽然能下地活动了,可她浑身无力,那半边身子怎么都不听使唤。活动了两天,她并未感到有什么进步,便又烦躁起来,皱着眉不想吃东西。恰巧,隔壁房间有一个人在绝食,急得她儿子跪在床前哀求妈妈:"妈,你张张嘴,多少吃点。你不吃饭,人家医生也没办法。妈,你要是不吃,人家以为我不管你……"可无论儿子说什么,她就是不张嘴。

蕙兰仔细看着隔壁那个妇女,知道她可能担心给家人添麻烦,才选择了这种方式。蕙兰惋惜地叹了口气,心想:你不知道家人都疼你吗?你这么做叫家人多伤心!唉,不该,不该这样,你好歹吃点,儿子也不为难了。她望着病床上眼神呆滞的妈妈,轻声说:"妈,是不是泄气了?"她指指隔壁房间说:"妈,那屋的一个人不吃饭两天了,急得她儿子给她跪下了,可她就是不听。"

张广凤的眼睛睁大了些,气呼呼地说:"她这不是折腾孩子吗?也不想想,不吃饭,一天两天又死不了,耽误一家人的事,还不如赶紧吃点东西,说不定能好起来。她这是怎么想的?"

蕙兰接着说:"是啊,她要是一开始就吃,说不定能跟你一样,也能下地了。可现在,她还一点都不能动。我看她家好几个人劝她,都白搭。她要是明白人,就该吃饭!"

张广凤伸着手说:"来,我去看看,劝劝她。"

蕙兰微笑着说:"妈,咱去劝人家,万一人家不领情呢。"

张广凤瞪着闺女说:"管她领情不领情,咱都是为她好。她要是说不中听的,我不跟她计较。走。"

蕙兰搀着妈妈下了床,似乎感到妈妈走路比早上好多了,便试着少用力,让妈妈自己走。

张广凤走到那个人的床边,瞧着那个紧闭双眼的女人,又看看她旁边围着的几个人,对那个女的说:"哎,我说,咱不认识,我是隔壁那屋的,我跟你一样的毛病。我知道你没睡着,能听见。你可不能这样,光不吃饭,就是好人也会拖垮了。你睁眼看看,我比你大十岁都能好,你呀,要是听话,赶紧吃饭,早吃饭早好。我跟你说,咱这病不是要命的病,听大夫的话,人家保准能治好!你别不信,你要是不信、不听话,到最后啊,会落下毛病的。"

那个女人睁开了眼,她呆呆地瞧着张广凤,嘴角动了动,还未张嘴,眼角的泪水先涌出来了。她儿子急忙上前给她擦泪并喊着:"妈,妈。"

那个女的似乎明白了,她有气无力地说:"大姐,谢谢你。不该不吃饭。"说到这儿,她的眼泪又出来了。

听她这么说,张广凤赶紧对她儿子说:"你是她儿吧?赶紧给你妈弄点吃的,挑她愿意吃的、好消化的。"那孩子连连点头,抹了把泪匆匆出去了。

张广凤知道自己的话起了作用,也高兴,又说:"明白就好。瞧把你儿高兴的,你呀,可别犯傻了。你知道疼孩子,孩子也知道疼你,我看你儿是个孝顺孩子,你可别再难为孩子了。行,你歇着吧,我走了。"说完,她使劲拽了拽闺女,两个人回到自己屋里。

蕙兰扶妈妈上床,发现妈妈所有的动作较之前都有了进步,她按捺不住兴奋,一边给妈妈倒水一边说:"妈,你还真厉害,人家一家人的话都不管用,叫你三言两语给说动了。你可是做了件大好事!"

张广凤喝了几口水,放下杯子,喘着粗气说:"我就是赶鸭子上架,瞎猫碰上个死耗子。你不说,我哪知道?你说了,我能放心吗?人心都是肉长的,咱跟她非亲非故,可这种闲事应该管。我啊,不用讲大道理,我年纪大了都能好,她还好不了?"

蕙兰自然高兴,笑着说:"妈,不比不知道,这一比呀,我们几个可知足了!你从来不为难我们几个。妈,你先睡会儿,我出去看看,你想吃什么?我一块儿捎回来。"

张广凤摆着手说:"这才几点啊?我不饿。你出去透透风,这里边的味儿不好闻。"

蕙兰只好说:"那我就出去一会儿,一会儿就回来。"

张广凤还是摆着手说:"去吧,去吧。我没事,正好歇歇。"说着,她把眼睛闭上了。

蕙兰眼眶湿润了,知道妈妈理解她,更知道自己的"毛病",只要一看到脏东西就恶心,她刚才看到隔壁一个人吐了一大堆,自己也差点吐了。

院子里,地上热腾腾的,一股热风吹来,她感到很舒服。蕙兰坐到树下的石凳上,看着那些出出进进的人,想着:每个人都在忙,各有各的事。医院这地方,不像商场那样招人喜爱,只有病人和陪伴的亲人、朋友急着来这里。可是,人吃五谷杂粮,哪有不得病的?奶奶那辈人,有几个长病进医院的?他们要么自身体质好,要么痛处都忍着,靠自己修复。他们对医院天生畏惧,不相信科学,只求'神人'护佑,主要原因还是爱惜钱财,怕费用太高治不起。总之,那些不进医院看病的人是有顾虑的。现在,哪有得病不进医院的,随着医疗水平和医保报销比例越来越高,医院也越来越繁忙。大夫、护士太忙了,瞧他们哪有空闲的时候,真不容易!这几天怎么没见那个挨打的护士?不会是被辞退了吧?想到这里,她急匆匆回了住院处,四下瞧了个遍,仍没看见那个人,便悄悄向一个小护士打听:"那个李华护士没上班啊?"那个小护士捂着嘴轻声说:"她对象来闹,被院领导知道了,把她开除了。"

蕙兰木然地"哦"了一声,有些失落地回到妈妈屋里。

张广凤正在向门口望着,嘴上要赶闺女走,可心里却盼着闺女早点回来。看见闺女回来,她笑着问:"你怎么先回来了?不是叫你出去透透气吗?"

蕙兰不自然地笑了笑:"外边热,不如屋里凉快。"她想跟妈妈多聊会儿,于是给妈妈喝了水,又扶她下床去了趟厕所。她把病床摇高些,坐在妈妈身边,拉着妈妈的手说:"妈,俺建民叔跟建斌叔现在怎么样了?"

张广凤疑惑地看着闺女,问:"怎么想起他俩来了?"

蕙兰笑笑说:"不是没事闲聊嘛。"

张广凤这才说:"他俩啊,都过得挺好。建民一个孙子,今年五岁;建斌一个孙女,好像是三岁。建民常回去,建斌不大回去,轻易见不着他。"

蕙兰又说:"俺大舅舅身体怎么样?我都好几年没见他了。妈,你不怪我吧?我整天没心没肺的,也不知道看看俺舅舅去。"

张广凤拍着闺女的手说:"怪不着你。你上班忙,你舅舅都知道。光我一个就够你忙的了,别的,你就少操点心吧,没人怪你!再说,你舅舅几个孩子都可好,都挺孝顺。"

蕙兰揉了揉鼻子,接着说:"妈,上星期我跟美琳一块儿玩,她婆婆来找她了,还把强强叫走了。"

张广凤睁大了眼:"啊?好是不好啊?不是说她那个婆婆挺孬吗?怎么能叫她把孩子叫走?"

蕙兰叹了口气:"谁知道啊?我和小雨都劝美琳了。那个许大发坐牢了,美琳现在也拿不定主意。再怎么说,许大发也是强强的亲爹呀,不能不叫孩子见他爹吧?"

张广凤点点头:"也是。打断骨头连着筋,爹就是爹,说什么都白搭。"

蕙兰见母亲精气神好多了,微微一笑,问道:"你给美琳出个主意吧?"

张广凤抬手轻轻打了闺女一下,笑着说:"我能出什么主意?叫我说,干脆叫他俩和好,省得孩子难受。养了孩子不好好待,瞎胡闹。许大发,他闹了这么个下场,活该!谁叫他没良心了?老天有眼,叫他遭罪,反正他罪也受了,应该知道回头了。你就劝劝美琳,翻篇吧,这种事,谁也闹不明白,兴许,兴许他俩就好了呢。"

蕙兰愣愣地看着母亲,轻轻点着头说:"妈,我也是这么想的。不知道美琳到底怎么想的,她想得多,嘴上说的跟心里想的不一样。"

张广凤瞪着眼说:"这孩子,什么事都谦让,叫人家牵着鼻子走。年纪大了,应该有主意了,怎么还拿不定主意?叫我说啊,美琳该拖拖再说,仔细瞧瞧那家人是不是真后悔了,免得再上当。你说呢?"

蕙兰给母亲盖盖被子,迟疑地说:"我听美琳的意思,也不想迁就。小雨有主意,她劝美琳别上了许大发的当。要我说,两个人都有错,一个巴掌拍不响,也不能都怨到一个人的头上。"

张广凤看着闺女,不解地问:"你的意思是不愿意叫他俩和好?"

蕙兰急忙摆着手说:"不是,不是。我是盼着他俩能真好,就是怕许大发改不了。小雨说不能相信许大发,那小子做事太绝情。我还跟小雨说了浪子回头金不换的理儿,其实我心里也打鼓,万一那个许大发老毛病不改,不是又把美琳推进火坑去了?"

张广凤白了闺女一眼:"你这孩子,怎么是把美琳往火坑里推?她要是不愿意,谁管得了?你别想那么多,只要是为了她一家人好,怕什么?"

蕙兰答应道:"好。我就劝美琳,别想那么多,把以后的日子过好。"

娘儿俩这才对视一笑,不再说美琳的事了。蕙兰给母亲倒了杯水,看着她喝完。问道:"妈,你睡会儿吧?"

张广凤咳嗽了两声,憋得脸红了,歇一会儿才说:"我不困。"

蕙兰又问:"那就下来走走?"

张广凤答应了,咬着牙从床上下来。娘儿俩出了病房,在走廊里来回溜达。

两个人刚走了几个来回,就听见了熟悉的声音:"你说你这孩子,你妈长了病也不给我说,是不是不待见我?"

蕙兰回头,笑着回道:"姨,你怎么来了?不是不愿意跟您说,怕您着急。俺妈不让说,她是怕医院里有规定。您来了,护士不让进病房,不是白跑了?"

张广凤顺着闺女的话说:"是。人家有规定,来人多了不让进。你别怪孩子没跟你说。你是怎么进来的?不是不让进吗?"

张广玉捂着嘴,笑着说:"我是偷偷溜进来的。"

几个人笑着进了屋里。

张广凤在床上坐好,呆呆地看着姐姐,眼角的泪顺着脸往下淌。广玉一见,忙抓起妹妹的手说:"怎么还不如我禁折腾?你呀,就是孩子对你太好,光叫你吃好东西了,没承想那好东西你还没福享受。你这不是穷命吗?你呀，就是吃糠咽菜的命！"

张广凤被姐姐这么一说，扑哧一声笑了，擦擦眼角的泪，但那泪接着又涌出来了，她又抹干净了才说："你说得不假，就是吃得太好了。光吃好东西，又不干活，不长病往哪儿跑？要是吃糠咽菜的话，就不长这病了。"

广玉笑道："不干活，可不是什么好事！我一听说你长了这个病，我也害怕了，几个孩子也劝我，叫我少吃肉、多锻炼。"

蕙兰接着说："咳，生活条件都好了，你俩小的时候，那是过的什么日子？别说你俩小时候了，就是我小的时候，不也是整天吃不好嘛。现在再怎么说，吃的是越来越精细了。姨，你该听话了，肉不能不吃，得少吃，年龄大了，吃多了消化不了。"

广玉点头答应着："对，就是消化不了。我啊，跟你妈一样，小时候吃肉少。这日子好了，不愁吃、不愁穿了，想吃什么就吃什么，我就愿意吃肉，两天不吃肉，我就馋。没外人，我也不怕笑话，有时候吃多了是真难受，难受得我夜里都睡不好觉，可就是改不了呢。"

广凤笑着说："咱俩一个毛病。往后你听孩子的，少吃点，别和我一样，要是得了病就晚了。"说到这儿，她又抹起眼泪。

广玉拍着妹妹的手说："谁不得病啊？这病不一定长哪儿，长哪儿都不好受。我没长你这个病，可浑身上下没有不难受的地方。老了，机器零件都不行了。你以为还像年轻的时候啊？不能光想你能干的时候了，该服输的时候就得服输。你还想和以前一样，心气儿高得谁也不服谁，不行了！"

广凤的烦恼又去掉一些，点点头："一下子不能动了，没寻思！头一天还好好的，怎么说不行就不行了呢？"

蕙兰赶紧说："姨，听说你村里有人上访了？是真的吗？"

广玉答道："怎么不是真的？一百多人闹腾。我跟你说，你知道那些闹腾的都是些什么人吧？拆迁时赔的钱，他们这伙都没买房子，没想到房子涨了这么多钱，原来那些钱，现在买不起了。我幸亏听你哥哥和你姨父的，下来钱就接着买了房子，我还剩下不少呢。还有的人，放高利贷、集资，结果，本儿都没了，那些闹腾的好多都是被骗的。叫我说，你凭什么再闹腾？放高利贷、集资，本儿没了，你活该啊！你是想巧儿呢，想一口吃个大胖子，人家多数人都接着买房子了，都赚了。哦，你闹，政府还再给你钱啊？不可能！政府要是再给他们钱，我也不愿意，我也闹去，凭什么给他们不给我啊？"

蕙兰冲她姨竖起大拇指，笑着说："厉害，姨。你那房子可值钱了。你说的那些人，还是怨个人。政府不可能再管他们，要是再管，就乱套了。"广玉点头说："就是。也怪了，要是以前，我也跟着放高利贷了，就这回没犯糊涂。以前我愿意拿钱，愿意当家作主。这几年变了，不愿意管这些事了，你姨父愿意管，叫他管吧，咱省心，什么也不缺咱的，一家人，别分这么清。再说，有些事也分不清，年纪大了，管那么多闲事干什么？没事出去玩玩，锻炼锻炼身体，更好！我是想开了。"

蕙兰给她们倒上水，接着说："年纪大了，更不能想天上掉馅饼的事。哪有那么好的事？一本万利等着叫你赚？不可能！要是有那么挣钱的买卖，人家不留着自己挣了？"

广玉像煞有介事地说："可不是？我可不想那种好事！这些年，我可学了不少东西。俺那边变化可大了，我想，可不能跟着那些人瞎撞，别说赚大钱了，小钱谁给你？有点钱，还是存银行牢固。还有，再怎么，你得有住的地方。"

蕙兰跟她妈都连连点头。蕙兰笑嘻嘻地说："姨，往后还真得跟您学，办事牢固点。"她妈也说："是，可不能没脚后跟。"

说话时，蕙兰仔细观察着妈妈的脸色，见妈妈面色有些疲惫，便笑着说："妈，我看你累了，俺姨来的时间也不短了，你先躺下歇歇，叫俺姨早点回去吧，她家离得远。"

广玉接着站起来说："兰兰说得对，我得回去了，国庆还在下边等着呢。他想跟着上来，没地儿停车，我没叫他上来。他叫我跟你说，别着急，好好听大夫的。等你好了，他再拉我上你家看你去。广凤，我没给你买吃的，给你留下一千块钱。"说着，她把钱塞进妹妹手里。

广凤不想要姐姐的钱，可没推出去。蕙兰懂得妈妈的心思，接过来，塞进她姨的口袋并笑着说："姨，你没见俺妈着急吗？你别留钱，俺妈有钱。不信，你问问俺妈？"广凤笑着答道："我有钱，有钱。"

广玉反而不高兴了，她拍了蕙兰一下，瞪着眼说："兰兰，你可不能这样！我知道你家有钱。这是我的心意，我是给俺妹妹的，不是给你的。"说完，她从口袋里掏出钱来，再次塞进妹妹手里。

广凤明白姐姐的心意，不能再让姐姐不高兴，只好说："行，行，你愿意给就给吧。姐，那你赶紧走吧，国庆该等急了。我过两天就出院了，你可别挂着我了，我没事了。"

广玉这才说："这还差不多。我要是不来看看，能放心吗？这样，我就放心了。你呀，听话，赶快好了！"

广凤点头笑着说："听话，快点好，快点好。"说着，她又拍打了几下那条不听使唤的腿，跟姐姐摆着手，看着姐姐的身影再也瞧不见了才不再向外看，然后闭上眼，一会儿就睡着了。

第五十八章

孟美琳回到家里，把屋里的灯都打开了，这回并不是因为一个人感到害怕，而是酒精让她愈发冲动。她唱着歌，自由自在地蹦蹦跳跳，唱的依旧是她自创的歌曲，只是没有伤感的味道了。

跳累了，她站到窗台边，望着院里的竹子发呆。竹叶的响声让她清醒了许多，她对自己的想法又踌躇起来："如果儿子非要你做什么，比如让你去看他，你怎么办？不能依他！如果他真的悔悟了呢？他已经一无所有了，你难道就没有一点怜悯之心？你不是经常施舍乞讨者吗？难道就不能给他一点施舍？嗯，管他吃穿没问题，反正也是他挣下的东西，就是，就是不想见他，不想见他！"

墙角的那些竹子随风而动，竹影在地上、墙上晃动着，她看着眼前的景象，忽然焦躁起来，赶紧关上窗子，说道："不行，我要去大明湖，不能在家待着了。"决定后，她匆忙向大明湖走去。

济南的夜晚处处灯光璀璨，她感受着眼前的变化，心情越发难以平静，望着穿梭的车辆和那些卿卿我我的情侣，无限失落与惆怅又接踵而来。她极力劝解自己别再陷入回忆当中，可此时的大脑又不听话了，就像自己写的歌词一样："反反复复把自己劝说，反反复复陷入同样一个旋涡……"

她曾经沉浸在黑夜的喜悦中，因为那个曾经喜欢她的人在黑夜与她相伴。那时，她盼着太阳早点落山，更盼着与他早点黏在一起。可是，那样的日子只持续了不到四百天就结束了。现在的她，越来越惧怕黑夜，夜深人静时，经常回忆那段以分秒计算的幸福时光，可每次回忆都带给她既惋惜又愤恨的折磨。她常常问自己："苦海无边，回头是岸。我的岸到底在哪儿？它又是一个什么岸呢？"

见了那一湾湖水，她一下安静下来，凝望着那灵动的水面，心情豁然开朗。地上那些流光溢彩的射灯和远处高楼上的灯光交相辉映，把周围的植物扮靓了许多，恍若传说中的仙境。她趴在栏杆上，静听湖里的水声，凄楚地想：人家都回家了，我却以为这里最好，莫不是想成仙了？又乱想！

湖水在风的吹动下泛起波澜，引得湖里的荷叶舞动起来，那亭亭玉立的荷花虽没了白天的娇艳，却留给世间另一种清幽淡雅之美。那汨汨流动的湖水仿佛直接淌进了她的身体里，让她感觉好清凉、好舒畅。她缓缓走到那些柳树旁，见一个婀娜多姿的女孩站在不远处，那女孩飘起的长裙和长长的秀发，令她不由自主地想靠近她。

女孩正注视着远方，不时看看旁边的小桥，像是正在等人。

她在女孩不远处停下。那女孩警觉地朝她看了一眼。她趁机冲她点头笑笑，那女孩也点了点头。两个不相识的人各自站在一角，谁也不说话，她们都向着远方眺望。

她怕女孩走开，尽量站得远些，思来想去，猛然想到也许女孩也遇到了问题，暗想：这么晚了，她怎么一个人站在这里发呆？不会有事吧？我好好看着她。想到这儿，她暂时忘了自己的烦恼，接着想：也不像啊，看她有心事，可不像是要走绝路，哦，肯定是跟男朋友闹别扭了。小孩子谈恋爱经常出问题，没什么大惊小怪的。问问她？太唐突了吧？无所谓，都这么晚了，她爸妈要是知道了，还不知道多担心呢。于是，她渐渐向女孩靠近。女孩转过头，冲她笑了笑。

她见她笑了，便没什么顾忌了，问道："在等人？"

女孩冲她点点头："等我男朋友。"

她继续问道："这么晚了，不害怕？"

女孩惊奇地反问："害怕？有什么好怕的？公园里人多，不少人还睡在这里呢。"

她从没这么晚独自出来过，见女孩如此坦然，笑笑说："我是第一次这么晚出来，还以为外边没人了，没想到这么多人，咱济南变化挺大的，都是不夜城了。"

女孩接着说："不夜城不敢说，是比以前强多了。不过，跟一线城市比，还是有距离。要不是为了他，我是不会来这儿的。"说到这儿，她向桥那边望去。

桥上空无一人。美琳听出了端倪，知道女孩不是济南人，继续搭讪道："济南挺好的，要看你怎么欣赏她。这一往情深的大明湖，有冰清玉洁的荷花相伴，有婀娜多姿的杨柳相依，有诗情画意的美，还有人间的动人故事。"

女孩惊异地看着她，激动地说："大姐，你说的，我深有同感。今天我心里不痛快，一个人跑到这里来了，其实，我没等人，就是一个人散散心。我是杭州人，去年来济南的，虽然济南没有我想象中那么好，但是，的确有她的独到之处。我们那儿桥多，所以我看到桥特别亲。不高兴的时候特别想家，又不能说走就走。"

美琳望着远方说："我也是来散心的。每次我心里不痛快，都会跑到这里来，直到解开心结，我才回去。我把心事都倒进大明湖了。"说完，她看着女孩笑了。

女孩也咯咯笑起来，然后说："大姐，你真有意思。"

美琳又说："经历了，也是一段一段的，结果可不止一个，有高兴的，有不高兴的，扯不清道不明。现实总跟自己的想象有距离，要想合拍，就自己把自己说服了，否则，永远不会合拍。人这一生，会经历许多后悔的事，为何后悔？因为错了，错还错在无法补救。后悔无用，可又不能不后悔。不如把'后悔'撕毁，想清楚了，把过去的后悔撕得无影无踪，将来才没有负担，才不会重蹈覆辙。"

女孩默默地点了点头，轻轻说："大姐，今天幸亏遇见你。刚才我还想不开呢，这会儿想开了。人都有不高兴的时候，没什么大不了的，有些事总要经历了才知道结果，要不，永远都不会相信的。"她打开手机浏览信息，又发了条信息，抬头说："大姐，时候不早了，我要回去了，我家离这里很远。你还再待会儿吗？要不，咱一块儿打车走吧？你在哪儿住？"

美琳摇着头说："不用，我家离这里挺近。要不，咱一块儿走吧，我也不玩了。想开了，没什么大事，天塌不下来。"

两个人出了公园，她看着女孩打上车才踏上回家的路，到家时，已经凌晨两点半了。她走进书房，拿起了《唐诗宋词三百首》，她喜欢李白的诗和李清照的词,每次看那些佳作,都会让她感叹一番,她读着李清照的两首《如梦令》,忽然开窍了,想着大明湖畔那位漂亮女孩,又想到那翩翩的杨柳,她提笔写道:

  青青杨柳簌簌飘,奕奕神采楚楚笑。
  杨柳依依多美好,佳人切切盼君绕。
  无奈空等没人晓,婆娑孤影伴其闹。
  人生何事难预料?有情却被无情恼。

"题目是什么呢?"她苦思冥想,自语道:"'无奈'?不妥。'遗憾'?更不妥。还是以景寄情吧,就叫'杨柳寄情',嗯,这个更恰当些。"放下笔,她依然在想那位女孩:"她怎么样了?和好了还是又吵了?但愿能和好!何必斤斤计较,得饶人处且饶人,只要不犯原则性错误,其他事都好说,都好说……"虽这样想,她却左右不了自己的情绪,竟又激动起来:"你怎么又犯老毛病了?"她奉劝自己:"别扯了,瞎操心。人家肯定不会有你的遭遇,你管好自己吧……"十几分钟过去,她的脑海中又闪过那个女孩盯着湖水发呆和向桥上张望的情景,不知不觉地将这些事串联起来,寓情于景,文思涌动,她默默想着,用手机快速记录下来:

  大明湖杨柳寄情二
  柳枝随风起,明湖泛涟漪。
  春心映水中,无船载人意。

  大明湖杨柳寄情三
  风吹柳树摇,光影水中漂。
  满目皆不见,蓦然明湖桥。

  写完了,她有一种如释重负的感觉,继续读起李清照的《一剪梅》。读完,泪水夺眶而出,她恨自己把持不住这种泪水,想着:好长时间不哭了,哭吧,哭个够!有什么委屈的?大词人不也面临跟我一样的难处?人去也,去也……她合上书,转而又想:为什么非要把这种愁带一辈子?就不能忘了吗？有什么大不了的，失去了就别再想着要回来，何况再也找不回过去呢。接着，她又想到了李清照的《声声慢》，脱口说道："这次第，怎一个愁字了得！唉，往日所盼早已太远，还是想想以后别太惨了吧。"她提笔写道：

忆
凄凄本是惨，人生何如意？
满腹哀怨声，皆因忆往昔。

一想到那个许大发，怒火便噌噌地往上蹿，她极力克制着，写了一个"怒"字，犹豫了一会儿，又写道：

怒火心中燃，气炸冲丹田。
明知是枉然，何苦自纠缠？

写到这儿，她又添了十几个问号并击打着桌子，那股怒火才渐渐退下去，她知道自己该睡觉了，却毫无困意，想着小雨的霸气样，笑道："脾气就是大，容不得别人说。"她开心了许多，又拿起笔写下一个"容"字。经过三思，她继续写着：

人本好心言，不知有人妒。
同在一片天，不容怎共舞？

想着蕙兰一天的表现，尤其是她那些可笑的神态，自己也笑了，说："我也能写出感人的故事。"可这种想法转瞬即逝，她无限伤感地说："故事可以重写，现实只能补救。不是万不得已，谁愿舍弃所求？"关于写书，她虽然也曾想过多次，但始终没有行动，想着蕙兰昨天晚上的表现，她更是忍俊不禁，说道："装得还挺像，以为我也喝多了，谁不知道谁啊？别以为就你聪明，我并不比你差！"说到这儿时，那个许大发的面容又闪现在脑海里，她拿笔的手抖动了几下，她赶紧压了压那只发抖的手，走到窗台前，瞧着天上的月亮，默默地想：古人是怎么想出嫦娥的？她在天上虽然冷清，可好多人都羡慕她……她立刻坐下，一边思索一边写道：

今夕何夕

今夕何夕？
内心惶恐装不懂。
明月照孤影，
依依柔情，
似醉非醉，
似醒非醒，
好梦再长不想终。
佳节月圆，
有情人遥思其中。
嫦娥在月宫，
相拥玉兔，
轻抚轻拢，
轻语轻声。
寂寥处尚存温情，
奈何要断肠人空等？

　　写到这儿，她感到越发凄凉，擦着泪想：今天是怎么了？又管不住自己了？你能不能别瞎想了？有用吗？她拍拍额头，揉揉眼，伸了个懒腰，可脑子里想的就是停不下来。她拿笔思索着，一会儿，一篇《酒醉人》跃然纸上：

　　酒醉人，人自醉。醉在梦里来相会。不问何时归，心已碎，却是百转千回。
　　被风吹，冷微微。身寒又有谁理会？纵然等憔悴，眼含泪，无人疼惜体味。
　　日出又一天，花开又一年，不见景致别类，人被向老催。花好月圆长相随，只盼年年岁岁。

　　写完了，她感到特别疲惫，又一阵伤感袭来，忙擦干了泪，不再看写的那些东西。她忽然想起忘给儿子打电话了，又恨自己健忘："怎么回事？一天了，也没问问孩子。不对呀？这孩子应该回来才对啊！天啊……"一想到这儿，她的头立刻嗡的一下，接着起了一身鸡皮疙瘩。她迅疾跑上楼，打开儿子的房门，冲进儿子屋里，可是，屋子里空荡荡的，只有那屋里的物件映入眼帘……儿子没有回家！

"我真该死！竟然不管儿子了！"她拿着电话，刚要拨出去，却又把电话扔下了。她躺到儿子床上，又埋怨起儿子来："你怎么不给妈打个电话呢？你不知道妈担心你吗？你是在她家里还是去了别处呀？熊孩子，真不叫人省心哪！你，什么时候才不叫妈牵挂呢？"她使劲捶打着枕头，放声痛哭。哭了一会儿，她更清醒了，赶紧拿起手机，浏览微信、短信，一看到儿子发的消息，没等打开，她的手就抖了。她拍拍胸口，点开了儿子发来的微信："妈，今天我去看他了，没想到他如此狼狈。妈，我回去再跟您说吧，今天我住下了，毕竟她年纪大了。妈，不用担心我。我睡了，您早点歇着吧。"她看了几遍，边看边哭，冷静下来后，回到书房，写下了此时的人生感悟：

  有史以来，人类都在追寻生命的意义，探索生命的起源，更为延续生命竭尽全力。当然，首要的是延续生命，而完成这一使命就需要周而复始地去努力获取延续生命的能量。最普遍、最基本、最直接的能量来源就是粮食，可一直到了现在，人们在很多时候，依然被粮食问题困扰着，毕竟这个世界上绝大多数人都在为生计而奔波，有人甚至为一口饭而大打出手。

  如今，我虽然过上了衣食无忧的生活，却迷失了方向，常常找不到生活的意义，总觉无所事事、生活乏味，有时候，还看不惯别人的所作所为。究其根本，心态是一个重要因素。现实生活中，每个人都会遇到这样或那样的问题，关键是如何面对、如何处理。其实，无论是谁，处理的方式方法大同小异，以不变应万变，想方设法解决困难才是生存之道。自己的能力小，就做些小事，决不能让惰性把自己给毁了。生活哪能一帆风顺？不要总看着人家好！其实，谁都会遇到同样的难题，就看你如何把握它了。倘若你不任性，想办法把生活过得平淡些、再平淡些，让心态变得越来越好，那生活自然而然会变得越来越美好。

　　人为什么活着？活着的意义是什么？我现在不再纠结这种问题。生命的意义在于有事可做，哪怕只是为了维持生命而必须去做简单的重复劳动。人的聪明之处，体现在做事不只为了自己，还会考虑是否对大家有好处，只有这样，活着的意义才更非凡。之前写过的那首《长短》很好："人生何其短，人生何其长。不明生死由，长短一样长。"我越来越明白了。

　　人活在这个世界上，不能独来独往，将自己封闭起来，要不断与他人交往、沟通，继而增加相互间的支撑、慰藉和共同进步的感情。你的经历、你所认识的人、你的所思所想，会不断改变你的认识。每次跟小雨和蕙兰聊天，我都能得到新的启示，愿这一切能时刻警醒我，让我不断进步，成为一个有用之人。

　　许多的收获都是源于对生活经历的思考。在人生的经历中，如果不认真思考，那许多问题是解不开的。回顾一下得与失，才会让自己进步，自己进步了，才会想着做有益于他人之事。否则，怎么会有"先天下之忧而忧，后天下之乐而乐"的境界呢？

　　我知道倾诉有诸多好处，可是，只一味地重复过去的那些事，解决不了自身的问题，今后应该记住，不要把伤心的经历再讲给他人听了。如果想让大家知道，就轻描淡写地说说，为了不再唤起自己难过的记忆，也不必让自己的痛苦再感染他人。要把自己最好的一面展现给亲人和朋友，不要找借口把自己的坏脾气冲亲人和朋友发泄，更不要虚情假意！只说不做，还不如不说。记住今天的思考，否则，你是不会有进步的。

2018.8.10 夜

　　她又读了两遍，觉得思绪有些乱了，干脆将它扔在一边，倒在床上睡了。这时，天已经亮了。

第五十九章

许强去了奶奶家里,看到奶奶家的房子并不比自己家的差,不免心生疑惑:"难道她没说实话?怎么住这么好的房子?"

刘嘉拉孙子坐下,特别激动,声音有些颤抖地说:"强强,奶奶给你拿饮料。奶奶的预感还真准,我猜你肯定来,所以昨天就买好饮料了,有六种呢,你想喝什么?来,还是过来看看,自己拿。"她拉着许强的手,可许强并未动。她又说:"随你,想喝就喝。我给你倒水去。"

许强未置可否,呆呆地坐着,环顾屋里的一切,打量着每件东西,想在记忆里找回一点印记,可再怎么找也找不到任何关于这个家的内容。他怀疑地看着奶奶的笑脸与殷勤,内心的厌恶已经显现在脸上。

"强强,你小时候住过的家不在这里。那时候住的是公家的房子,这房子是后来你爷爷分的,我们买下来了。"说着,她又给孙子削苹果,见孙子脸色非常难看,知道他很难接受自己,只好硬着头皮敞开了说:"强强,奶奶这个人不好,不只我,你爷爷、你爸爸都做得不对。不管你妈跟你爸爸之间发生了什么,我们都不该把你扔给你妈一个人管。现在,我想明白了,其实你妈没有错,是我们对不住你妈,你爷爷临走的时候,更是后悔……"她捂着脸哭起来。

他蔑视着她,气愤地说:"你别跟我说这些,我知道经过。我来就是想见见他,他既然不喜欢我,干吗要生我?我从小就让人瞧不起,我以为自己是个捡来的孩子。妈妈疼我,可我不喜欢她那样待我,我们一起过,都不开心。"

刘嘉这才不再抹泪了,抬头看着孙子,点点头说:"好。明天咱就去见他,叫他当面跟你说。他自己做下的错事,就该自己担!强强,奶奶带你出去玩,到夜光城去,听说年轻人都喜欢去那儿,玩累了就在那儿吃饭,行吧?"

许强生硬地说:"我不想去,没意思!"

刘嘉没了主意,不知道怎样才能让这个寄托了自己全部希望的孩子接受自己，接受这个支离破碎的家。如果不是儿子进了监狱，如果不是老头儿临终前那凄惨又绝望的眼神，她会将错就错，绝不服输。她经历了人世间最痛的打击才有了现在的悔悟："我的错最多，既没当好妈，也没当好婆婆。人生中两个重要的角色都让自己毁掉了。如果不是自己的清高，哪会让一家人都变得冷漠无情？千错万错都已经过去了，能弥补的唯有现在的亲情，不管再难，能在离开人世前看到一家人团聚，也算是我做了件对的事。否则，哪能死得心安啊？"

一老一小干坐着，一直僵持了半个多小时。刘嘉坐到孙子身边，再次拉起孙子的手，可他像是触电一样迅疾把手抽回去了。她的脸上露出了僵硬的笑容，叹口气说："强强，奶奶给你看看你小时候的照片吧。"说完，她上楼了。

大约十分钟过去了，她拿着一本相册颤颤巍巍地走到孙子跟前。他看了一眼，没有任何反应。她翻开相册，指着一张照片说："强强，你看，那时候，咱一家人多好！"

许强突然夺过她手里的相册，盯着那张已经有些泛黄的照片，目不转睛地看着，突然张开大嘴哭起来。她被吓得不知所措。

那是一张全家福，照片上那个被抱着的孩子笑得很开心，他知道那个孩子就是自己！他认出了妈妈，妈妈非常开心地抱着他。妈妈旁边那个人应该就是他苦苦追寻的影子，那个让他恨得咬牙切齿又难以割舍的坏家伙，那个人在照片里露着狰狞的笑……

他把视线移到刘嘉身上，她正惊恐地看着他。他愤怒地吼道："为什么！为什么！那个孩子偏偏是我！"说到这儿，他猛地将相册端起，狠狠地摔在地上，但他仍不解恨，又使劲在那相册上踩起来……

她彻底傻了眼，忽地站起来，走到孙子跟前扑通跪下了。

他停下了，见那个疲惫不堪的老太太跪在自己面前，稍稍愣了一会儿，也扑通跪在地上，继续号啕大哭。他把十几年累积的泪水都一股脑儿地倒在了这个老人面前，可劲地哭着、怨着，直到口干舌燥、浑身无力了才止住哭声。他站起来，使劲拽起那个仍跪着哭的老太太，哽咽着说："奶奶，你起来吧。"

她十分惶恐地说："都是我的错！都是我的错！孩子，你千万别吓我。我知道你心里憋屈……"接着，她抬手扇了自己两巴掌。

她所做的一切，还是触动了许强心灵深处的那块伤痛。他渐渐冷静下来，再看看那个可怜的老人，慢慢拾起那本相册，一页一页仔细翻看着。上面有他一个人的照片，有他们三口人开心的照片，有妈妈单独搂着他的照片，有他骑马的照片……看到妈妈跟那个人亲昵的照片时，他抬眼看了看刘嘉。刘嘉仿佛洞悉了孙子的所思所想，即刻凑上来认真看着，黯然说道："强强，奶奶跟你想的一样，他们当初那么好，为什么会散？奶奶想过上千回，唉，都是钱惹的祸！要不是那东西，哪会出这么多事？弄得一家人鸡犬不宁！到头来，还不是什么都没有？"

许强极不自然地点了点头，问道："有钱不好吗？有钱不该过得更好吗？"

刘嘉回过神来了，慌忙说："好是好，可不能光看着钱好就忘了家，忘了本分。你那个爹，就是被钱闹得鬼迷心窍，又不知道自重，所以才得了这么个下场。"她又是一阵唉声叹气。

这个陌生人的种种表现似乎是在演戏，许强对她的这种表现无动于衷，因为他对妈妈的伤心体味得太多了。尽管他知道她也可能不是在演戏，但他怎么看她都觉着别扭，只这么干坐着，的确太难受了，想来想去，他同意了她刚才说的，于是说道："要不，按你说的，咱去夜光城转转，我没去过。"刘嘉一听，即刻眉开眼笑，忙不迭说："好好，奶奶拿上包，咱这就走，这就走。"

到了夜光城，许强在游戏厅玩上瘾了，三点多了还没有离开的意思。

刘嘉在一旁看着，不时送上水和吃的。无论他怎么玩，她都不敢去阻止。她累得不行，只好躲到远处一个能坐的地方等着，不时瞧着她的宝贝孙子。

快到五点的时候，他终于停下来，不停地放松手指。这时候，他好像突然清醒过来，四下寻找那个跟他一起来的老太太。周围人很多，他在附近看遍了，竟没发现那个人。他皱着眉想：跑哪儿去了？怎么也不招呼一声？他正想走出游戏厅的时候，听见奶奶喊："强强，强强！"

刘嘉去了趟卫生间，出来后见孙子不在原地了，赶紧四处找孙子。她喘着粗气来到孙子跟前，问道："不玩了？饿了吧？咱吃饭去？"

他十分勉强地说："好吧。吃什么呢？你想吃什么？我吃什么都行。"

她喜形于色，说道："咳，奶奶什么都不想吃。只要你高兴，你想吃什么咱就吃什么。"

他着急地说："那怎么行？你中午没吃饭，我吃零食吃得不饿。"

"啊？"她吃了一惊。依她的判断，这孩子对她态度不好是正常，毕竟这么多年没跟他接触了，哪能指望他能轻易接受自己呢？可刚才几个字，让她始料不及。她内心狂喜,想:这孩子还挺细心,我以为他光知道玩呢。于是忙说:"强强,奶奶也吃东西了。走,咱先去转转,看哪个地方人多,咱就去哪儿吃。"他点点头,跟着她朝四楼美食城去了。

刘嘉一边张望一边说:"强强,要不,咱吃西餐吧?现在小孩子都喜欢吃牛排和比萨。"

许强停下脚步,冷冷地说:"我不是小孩了,不喜欢吃那玩意儿。我想吃中餐,有滋味。"

"好好,正好。奶奶就喜欢吃中餐。咱去吃地道的鲁菜,走。"她紧跟着孙子朝前走。

在一家粤菜餐馆前,许强站住了,不住打量着那块招牌,念着招牌上的字:"甜滋滋,不长胖,清爽爽,不能忘。"暗想:都是什么新奇玩意儿?吃这个尝尝?

刘嘉踮着脚往店里瞧,接着说:"嗯,吃的人挺多,准差不了。咱先尝尝这个?明天再吃鲁菜?"

许强点点头,进了店。刘嘉紧随其后。

多年来,许强已经从失望变得绝望了,从未设想过自己的未来会有改变。他喜欢吃薄皮鲜虾饺、蟹黄包和糯米鸡,于是先给自己点上了,然后瞧着奶奶问:"你愿意吃什么?要不,你来碗伊府面,再加份点心?"

刘嘉稳稳地坐着,欢喜地看孙子点餐,被问时,随口说道:"行,都行。咱都尝尝,你再点上几样,我有点饿了。"

他一听,即刻又点了几样小菜,又另加了一份蟹黄包。他也饿了,已经一天了,终于可以坐下来饱餐一顿了。没多久,服务员陆续送上菜饭,两个人吃起来。刘嘉给孙子献殷勤,帮孙子夹菜,可孙子一皱眉,她马上缩手不敢再夹了。他们谁也没再说话,自顾自吃着。

许强很快吃饱,接连打了几个饱嗝。

刘嘉先于孙子吃饱了,一直盯着孙子的脸色,见孙子并未看自己,有些灰心地说:"强强,吃饱了咱走吧?时候不早了。"

许强忙打上车,想起应该给妈妈说一声,赶紧给妈妈发了微信。

回到家,她赶紧给孙子收拾房间,打开空调,准备好了,告诉孙子:"强强,你洗澡睡觉吧。"

他向她瞟了一眼,未说话,正犹豫是否在这里住下。面对这个不熟悉的地方,他真想即刻逃走,可为了打开自己的心结,又不得不住下来,他思忖着,慢吞吞地问:"咱明天几点走?他在什么地方?离得远吗?"

刘嘉吞吞吐吐地回答:"不,不远。不用太早了,九点能起来吧?要是起不来,咱就晚点去。人家规定的探视时间是十一点,咱打车的话,一个多小时。"

"那咱早点走,我明天早起,咱八点就走。"说完,他进了房间,把门关上并锁死。

刘嘉望着那关上的房门,隐隐约约感受到了希望,脸上悄悄挂上了笑容。她斜靠在沙发上,翻看着那些照片,当看到丈夫时,眼泪又涌出来,她擦着泪说:"我把孙子给你找回来了。我真后悔啊!怎么就没按你的意思来呢?你说得对,孙子是咱的,跑不了。这不,还真在眼前了。要知道这么容易啊,我早该去了……"此时,她的悔恨是无以言表的,毕竟老头儿在的时候多次提出要主动上门找孙子,可她就为了跟美琳较真,偏偏不肯让步,现在后悔了,可再后悔换来的也是自己内心无法愈合的伤痛,每次想起老头儿那期盼的眼神,都会让她在痛苦中挣扎许久。

第六十章

美琳醒来后感觉浑身乏力,她什么都不想吃,所以躺在沙发上不愿起来,想着昨天晚上几个人的表现,她不禁笑出声来,想:年龄再大也改不了本性,还是感情用事,不知道矜持点啊?跟她俩说出了自己的真心,也算是有用了,等强强回来再说吧。她又闭上眼睛,一会儿又睡着了。

下午两点多,许强回到家中,他见妈妈躺在沙发上,便悄悄坐到了一边。

美琳醒了,她见了儿子,赶紧坐起来,问道:"怎么才回来?吃饭了吗?"

他点点头:"吃了,我奶奶包的水饺。"

她"哦"了一声,起身去洗脸,不想再跟儿子继续下一个话题,毕竟她已猜到儿子想跟自己说什么,怕自己管不住自己,她边洗脸边思考着:如果轻易依了儿子，自己接下来会难过、纠结很久。又要举棋不定了？明明想好了，已经说出去的想法，怎么在孩子跟前就不肯服输呢？非要再给强强压力？要是强强再不理你了，你不是白费心思、白熬了？又犯傻！不行，还是听听儿子怎么说吧。

许强见妈妈坐好，看着妈妈，等待妈妈问话，可妈妈就是不说话。他想：妈妈怎么了？是不是生我气了？我出去住了两晚上，她一个人在家肯定生气了。他带着歉意坐到妈妈身边，轻轻问："妈，怎么了？你怎么不高兴？"

美琳笑笑说："哪不高兴了？没有。"

他又小心地说："妈，那，你愿不愿意听他的事？我去见他的经过。"

她看着儿子，不置可否。

他见妈妈这样，只好说："算了，没意思，还是别说了。妈，我知道你不愿意听。"

她这才摇摇头说："妈不是不想听，就是怕……"

他瞪着眼说："妈，你怕什么？谁都不敢欺负你，我保证。他们，他们光说你好。"

她淡淡地一笑，说："儿子，妈没事。你说吧，我想听。"

许强见妈妈笑了，认定妈妈不再生气，这才谨慎地说着经过："妈，以前，以前我太任性。可我不知道怎么办……"说到这儿，他说不下去了，揉搓着双手，眼泪汪汪地望着妈妈。

美琳的泪水也涌了出来，急急地摆着手说："儿子，别说了，别说了。妈妈知道，是妈妈的错……"

"不，妈，是我不懂事，叫你担心了……"许强又大哭起来。

她再不敢哭了，悄悄坐到儿子身边，轻轻推着儿子的肩膀说："强强，强强……"

他含泪看着妈妈，抽泣着说："妈，我谁也不怨……"

美琳双手捂着脸大哭起来。哭了一会儿，她抬头凝视着儿子，见儿子仍在抹眼泪，她拿纸巾递到儿子手里，慢慢地说："强强，妈往后再不难过了。我想，从今天起，咱都开开心心的，你不用担心妈妈。我想过了，他们都是你的亲人，只要他们都对你好，我就能原谅他们。"

他擦擦眼泪，点着头说："妈，我知道你都是为了我……"他说不下去了，低下头，泪水又淌了出来。

她推着儿子说："强强，强强，你要是再这样，妈妈可真生气了！"

　　许强这才抬起头说："以后我不任性了。妈，我长大了，我想，我想出去找个工作。"

　　她梦寐以求的愿望突然实现了，恍若做梦一般，她喃喃说道："真的？强强，你说的是真的？"许强坚定地点点头。她的眼角滴下两滴泪，但她很快把那泪擦干净了，笑笑说："我还以为我一辈子都不顺呢，没想到我还会有今天，今天是什么日子？"

　　"妈，今天是你生日，我请你吃饭吧？"许强冷静地说道。

　　美琳有些奇怪地看着儿子，问道："你从什么时候记得妈妈的生日的？"

　　他眨眨眼睛说："大概四五岁吧，姥姥告诉我的，可我从来没给你过过生日。"

　　她拍着儿子的肩膀说："不用给妈妈过生日，妈妈现在最开心了。"

　　娘儿俩深情地对望了一眼，都开心地笑了。

　　过了一会儿，许强试探地说："妈，我想问个问题。"

　　美琳突然紧张起来，害怕儿子给自己出题，更害怕回答错了。看着儿子期待的眼神，她只好默默地点了点头，轻声说："问吧，看看我能不能回答。别给我出难题，我答不了。"

　　他当然能猜到妈妈此时的心情，可他想知道妈妈的真实想法，只能硬着头皮拐弯抹角地尝试一下。他搓着手，看着妈妈说："妈，你想见他吗？这是我自己想的。"

　　她毫无表情地摇了摇头，紧闭着嘴，使劲咬了咬牙。

　　他看着妈妈难过的样子，只好说："妈，算了，我不该这么想。"

　　她的眼角又滚下泪来。

　　他赶紧说："妈，是我不好，又，又……"

　　她一边擦泪一边说："儿子，不怪你，不怪你。我还没扭过弯儿来，也没想好。过一阵，过一阵就好了，等我想好了，再跟你去，行吗？"

　　听了妈妈的话，他立刻搂着妈妈哭起来，边哭边说："妈，你最好。我，我不是逼你，你千万别难为自己。"

　　她大声哭着，什么也说不出来，有太多委屈、太多愤恨压抑在心里，不想让儿子知道。哭过以后，她渐渐冷静下来，拉儿子坐下，哽咽着说："都过去了，没什么。强强，只要你以后开心，妈就开心！妈能把以前的事忘了。"

许强用力点着头,他相信妈妈的话。

她怕儿子担心,又说:"他应该是白发苍苍的人了。妈也老了,不像年轻的时候了,有很多事早该忘了。我想过,必须忘了那些烦心事,要不,怎么能开心呢?"说到这儿,她勉强挤出点笑容。尽管她嘴上这么说,但心里却一直在打鼓,她拿不准自己以后会怎么做,唯一确定的就是她会为了儿子尽自己所能。在她内心深处,何尝不纠结、不期盼? "我心寄明月,明月它不懂。有情给相知,相知何处觅?我累一生缘,缘尽仍被缠。飞来解愁风,风过是空等。"

第六十一章

林小雨回到家里时,程浩正在客厅看电视。她非常意外,冷冰冰地问:"怎么了?今天不加班?"

他笑道:"我这不等着挨批嘛,也算是加班。都几点了?不说我了吧?我不是埋怨你,绝对不是!"

她的怒火突然升腾起来,冷酷又讥讽地说:"谁敢批你?你比皇上都厉害!"

他冷笑道:"说什么话?喝多了?可不能乱说!你盼着我当阶下囚,也不能采取这种办法呀!"

她坐到一边的沙发上,倒上杯水,喝了几口,摇晃着杯子说:"要想人不知,除非己莫为。自己干的什么还不清楚?装模作样也不怕早晚露馅?遭报应那是迟早的事!"

他的脸阴沉下来,紧咬着牙,拧着眉,眼珠不停地转着。一会儿,他点上烟,吸了一口,轻轻朝空中吐了一个圈,接着说:"我不想跟你争。今天我头疼,还有点晕。你到底想干什么?难道非要叫我身败名裂你才开心吗?你怎么就不为我想想?我跟你解释你听都不听,你就信那些胡说八道的话,你不知道他们没安好心?难道你的智力还不如个孩子?"

她忽地站起来,一副盛气凌人的样子。她想跟他摊牌,借着酒劲正好和盘托出早就想说的话:"报应,报应!你别不承认,别给我说教,你干的好事谁都瞒不了!别掩耳盗铃了!你换了几个秘书,在哪个宾馆有包房,我都调查清楚了,告诉你,早晚咱会鱼死网破!要不是为了那个不争气的然然,我早跟你离了。告诉你,我都准备好了,材料我准备了十套,都交代好了,你,就等着吧!"

他微微一笑,将手里的半支烟在烟灰缸里使劲摁灭、碾碎,他苦笑了几声,摊开双手说:"好吧,既然今天挑明了,我的一线希望也彻底灭了,你就随便吧。我不是不讲情义,你说到这份儿上,看来也花了不少心思。我不知道自己错在哪儿了,我是不回家吗?不是你把我赶出去的?我为什么换秘书?不是你整天说日久生情吗?再说了,那办公室的工作人员不可能清一色都是男的,我总不能为了满足你的要求就把跟我接触的所有部门的女同志都调整了,你把我看成什么人了?现在什么年代了,谁还敢胡作非为?你知道的那些包养情妇、搞婚外情的玩意儿不是都被抓了?当然,还有一些漏网之鱼,可我从来没干过对不起你的事!你不相信,那我也没办法。我行得端,走得正,我什么也不怕!你连自己的老头儿都不相信,那你还相信谁?你跟孟美琳、刘蕙兰一起玩,她们是不是也跟你一样整天疑神疑鬼的?要是那样,明天我去跟她俩谈谈。"

她斜着眼睛,轻蔑地说:"少来这些花架子!我还不认识你?这么多年了,谁不了解谁?我疑神疑鬼的?只有真鬼才叫人看不出来,装得人模狗样的,当面一套背后一套,叫外人看不出破绽,还把自己标榜得挺高尚的,这种人最卑鄙、最可恶、最该千刀万剐!"

他愣了一下,笑着说:"老林,是不是真喝多了?要是没喝多,咱俩再喝点?晚上我做的菜,还都在桌上。今天是我生日,我本想回我妈那儿吃饭的,又怕他们忙活,所以就回家了。我是没人管,在家连顿热乎饭都吃不上,某些人总是鼻子不是鼻子脸不是脸地找碴儿……我就想不明白,我在人前也挺风光的,现在虽说是人民的勤务员,可围着我转、愿意为我服务的也不少啊,在家里,怎么就找不到个知冷知热的?谁知道我竟是个不被待见的人?谁能想到我不能过正常的生活?我呢,不怕工作出什么问题,一想到回家我就头疼,真不想回家!可我上哪儿踏实呀?我不能老在办公室住啊?你说的那个宾馆包房,我是去住过几回,那都是多少年的事了?我在那儿睡觉,连衣服都没脱过。你说,就这事,我跟你解释过一百遍了吧?可你还是不依不饶。行，行……"

他紧皱着眉，摆着手，摇着头，说不下去了，接着，哆嗦着手拿起烟盒，拿了几下才抽出一支烟。他拿起打火机，打了几下才打开，可他并没有点上烟，却突然把打火机猛摔在地上，怒不可遏地说："我不管什么面子不面子了，反正已经这样了，随你的便！连自己的家都待不下去了，我还怕什么？我有什么脸在人前说那些冠冕堂皇的话，又怎么去说教人家？无能！丢人啊！"

打火机砰的一声，竟然炸碎了。林小雨打了个冷战，接着清醒了许多。她看着程浩的脸色十分难看，又看到他的嘴角流出了口水，可他并无反应，像是没感觉到。她仔细端详着他，又看到他的嘴角在动，好像有点歪。她立刻吓坏了，慌忙喊着："程浩，程浩！你怎么了！哪儿难受？"说着，她去给他擦口水，他呆坐在那儿一动不动，接着便躺倒在沙发上。

她被彻底吓醒了，赶紧打了急救电话，又拿过他的手机，想给他们办公室主任打电话。他无力地摆着手，她这才放下电话。

"药，药。"他指了指墙上的包。他高血压已经七八年了，每天都吃降压药。

因为程浩的应酬多，林小雨将他的病因归咎到应酬上。自从他当上区委书记，她越来越不信任他，也不知道他吃的什么药。她匆忙打开包翻找着。

他慢慢坐起来，一把拽过包，从里边拿出一个盒子，打开后拿出几板药，每样吃了一片，又慢慢躺在沙发上。

她没有了刚才的脾气，看着躺在沙发上的丈夫，害怕起来，朝着门口看了又看，盼着那些白衣天使能早点踏进家门。墙上钟表的嘀嗒声听着那么清晰，她看着那钟表，紧张的情绪一直在蔓延，传遍她的每根神经。

不到五分钟，终于有救护车的呼叫声从远处传来，她立刻打开房门，焦急地站在门口，探头看着楼梯口。她想到楼梯单元门还关着，外边的人进不来，赶紧下去打开单元门等着。救护车停下了，接着下来几个人，他们带着急救箱和担架，跟着她进了屋。急救人员大体了解了情况，给程浩配了药、输上液，把他安置到担架上，然后匆匆抬到救护车上。

救护车的鸣叫声让她越发清醒了，她拿出电话，给弟弟打了电话，叫弟弟马上赶到医院。救护车进了医院，急救室已经做好了抢救的准备。因为是区里的医院，大家对书记也熟，医院的大夫都忙了起来，他们迅速给他做各种检查。

她在急救室的走廊里来回走着,眼角已经滴下几滴泪,向来沉着冷静的她,此时却再也冷静不下来。她劝自己不要紧张,并不停地拍打着胸口,但是没有用。她透过窗玻璃向急救室内张望,可什么都看不见,她埋怨道:"为什么不是透明的?"

林国庆急匆匆地跑进来,他一眼就瞧见了姐姐,喘着粗气喊着:"姐,姐,怎么回事?我哥怎么样了?"

她见了弟弟,眼泪不住地流下来,摇着头哽咽着,说不出一句话。

林国庆扶着姐姐坐下,焦急地说:"姐,先别忙着哭,到底怎么回事?快说说!"

她把大体经过跟弟弟讲了一遍,无助地望着弟弟。

林国庆听完后,摆摆手说:"姐,我哥保准没事!他是中风了,打几天针就好了,幸亏你发现及时,要不然,可能会偏瘫的。上个月,我一个朋友就得了这病,跟我哥的症状一样一样的,现在全好了,什么毛病没留下。别怕,姐,我没骗你。"

她擦擦眼泪,轻轻点了点头,无奈地说:"但愿吧。"

一个多小时过去了,她看见医生、护士不停地进进出出,想问一句,又怕耽误事,便对弟弟说:"你去问问,要是中风的话,不会不让我进去,是不是还有别的病啊?"

林国庆也突然意识到了这一点,他去了化验室的窗口,问道:"请问,程书记的化验结果出来没有?"里面的化验员回答:"出来了。"他趴在窗口问:"没事吧?"化验员看着他说:"你去问大夫吧。"他一听,想骂那护士一顿,可还是忍住了。他到急诊室门口等着,希望能快点出来一个大夫。

一会儿,急诊室里出来两个人,其中一个问道:"哪位是病人家属?"

林小雨赶紧走到医生跟前,连连说:"我是,我是。"

"您好。目前看,病人应该没什么大问题了。不过,还要观察一段时间,今天晚上就在急诊室吧,等输完液,明天再转进病房。您可以进去了,但是,尽量不要让病人激动,他现在需要好好休息。"医生客气地领着他们进了急诊室。

程浩已经睡着了。林小雨平静地坐在床边的凳子上,望着熟睡的丈夫,脑海中不停地闪现他一直闲不下来的身影,自问道:"为什么会这样?难道真是我错了？不可能呀？"

林国庆悄悄站在姐姐身后，轻声说："姐，你回家歇着吧，我在这儿盯着。"

她摇摇头，无力地说："我在这儿，你回去吧。没事了，别跟爸妈说。"

林国庆着急地说："姐，还是我在这儿，明天我有事，你明天再来。"

她这才看着弟弟说："我不放心。今天咱俩都在这儿吧。"

林国庆点着头说："行，就按你说的吧。"

林小雨盯着程浩，困意全无。她已经很久没有正视过这张脸了。

夫妻间的冷战最折磨人，最让人伤心。可很多夫妻都惯用这一招，又不知悔改。每次冷战，都会伤害彼此间的感情，而等待修复、回温、和好，是需要一段时间的，短则数天，长则数月。那冷战数月的夫妻，的确不简单，谁都不肯让步，谁都觉得自己对，岂不知害人害己之痛，更影响孩子身心健康。林小雨属于最能打冷战的一类，她能坚持半年甚至更长时间不理程浩。此刻，她极力思考着该不该给闺女打电话或发消息，可一想到程怡然，她就生气，心中骂着："你这个不懂事的玩意儿，你爹那么疼你，可你爹躺在病床上了，上哪儿找你去呀？我怎么就没把你管好呢？"她接着便想到那个令她气急败坏的"老头儿"，想象着那个人就在眼前，自己冲上去连抽他几十个耳刮子……

程浩睁开眼睛，看到林小雨、林国庆在跟前，说道："水，喝水。"

林国庆已经准备好了，他把吸管放进杯子里，端到姐夫跟前，让他喝，并嘱咐说："哥，慢点喝，别呛着。"

林小雨听见丈夫说话了，他说的那几个字很费力还吐字不清。她使劲摇了摇头，想让自己清醒一下。

程浩喝完水，指着林小雨说："回去，有大夫。"她再也忍不住，趴在床边哭了，哭着哭着，忽又想起大夫说过的话，赶紧把泪擦干，挤出点笑容说："我再也不喝酒了……"他嘴角动了动，摆摆手说："想喝就喝。"说完，他的嘴角又有口水出来。她拿纸巾给他轻轻擦擦，柔声说："我知道，不闹了。你好好的，我什么都不管了。你要是不愿意让我在这儿，我就回去。"

林国庆埋怨姐姐："姐，你怎么还去喝酒？要是咱妈知道了，准骂你。"

程浩冲林国庆摆摆手："别说，别……你回去。"他又看着媳妇，抬手拍拍床，接着闭上眼睡了。

林小雨给弟弟使眼色，可弟弟不想走。她只好站起来，拉着弟弟出了急诊室，着急地说："你回去吧，别跟爸妈说。哦，也别叫你媳妇来了，人多他就烦。估计明天就有不少人知道了。我一会儿找大夫去，要是打完针没什么事，明天早点搬病房去，也好找个借口把人挡回去。"

　　林国庆知道姐姐的脾气，不太情愿地离去。

　　她回到病床边，见程浩一直看自己，便挤出点笑容说："你怎么不睡觉？大夫叫你好好休息，你怎么不听话？"

　　"我不困。"他把头扭向一边，又闭上眼睛。

　　林小雨看着病床上的丈夫，又想起他写的那篇日记，就是那篇日记，让她改变了对他的看法。那篇日记字里行间都是程浩对那个女人的倾慕之情，还有他与她在一起的感受……她做了无数次思想斗争，想忘记那些内容，但都无济于事。想到这儿，她恶狠狠地看着他，见他闭着眼，抬起手，想一巴掌扇在他的脸上，可没往下落又赶紧把手缩回来。她下意识地看了看周围，见没人，赶紧坐好了。她知道，不少人因为这种事翻船，他们中也不乏写日记写出自以为"荣耀"的龌龊事，他们的忏悔书中都是些不知羞耻地辩解。其中还有一个人，他甚至被情妇弄昏了头，后来因为无法摆脱那个女人的纠缠，竟把她扔进了一个废弃的井里，没想到一年后被人发现了……

　　林小雨听说后，故意旁敲侧击说给他听，他却表现得若无其事，还惋惜道："太不小心了！怎么能犯这么低级的错误？鬼迷心窍，一辈子都搭进去了。"经过察言观色，林小雨没发现他有任何破绽，又笑着说："他没写篇日记啊？他被那女的弄得神魂颠倒，肯定会写写，要是不写写，不难受啊？不过，还是不写好，别以为是什么光荣的事，万一露了马脚，更丢人！那老头儿也是，也不想想，人家凭什么看上你？还不都是为了钱和权？自己多大了？摇头晃脑地坐在讲台上给下属讲话，以为人家都不知道他那些破烂事，恬不知耻！"

　　程浩盯着媳妇看了一会儿，笑笑说："你好像在看笑话，别这样，毕竟他也教过我。"

　　林小雨更尖酸地说："他就是这么教你们的？什么玩意儿？怪不得一个个不正经，都跟他一样。"

　　程浩十分无奈地摇了摇头，倒吸了一口气，摸着下巴说："听着好像跟我有关系，是不是对我有意见？我哪冒犯你了？我没干那种事，我有你这么优秀的夫人,干吗给自己找那种麻烦事?他确实教过我,他是后来才犯的错误,我可没跟他学那事。"

林小雨哼了一声,使劲咬咬牙说:"学没学谁知道?跟我说的话,哪句是真的?我笨,一不会说话,二不会做见不得人的事,三绝不会叫人戳我的脊梁骨!"

程浩瞪起眼,指着她说:"别以为就你冰清玉洁!我从不干拈花惹草的事!告诉你,以后别给我扣莫须有的帽子,否则,否则我对你不客气!"

她见他理直气壮,更对他厌烦,毫不客气地回道:"自己说的话要不是瞎话,急什么?写写日记平复一下激动的心情,不是很好吗?"

程浩摆着手说:"我才没工夫写那玩意儿!早过了写日记的年龄。跟你,用得着那么麻烦?你别拐弯抹角了,直说吧,到底知道什么了?"

听程浩这么说,林小雨反而拿不准了,毕竟那篇日记无名无姓,里边的人到底是谁自己也没搞清楚。为了避免尴尬,她的语气缓和下来:"我就是给你敲敲警钟,怕你入了他们的圈子出不来了。我有错吗?"

他指着她说:"你,当然没错。疑神疑鬼的,把这毛病改了就好了……"

想着想着,林小雨的头痛发作了。她使劲揉捏着额头,又不断摁着太阳穴,可她的头依旧疼。那根跳动的神经仿佛失去了控制,它要么连续跳一阵,要么隔一阵再跳几下,没个规律,总之,那根可恨的神经太任性了,它想怎么跳就怎么跳。她狠狠击打着痛处,又使劲捏了几下。或许是管用了,头痛好像减轻了。

林小雨将目光移到床上,蔑视着躺着的那个人,还是抹不去对他的那股恨,却又怕失去他。此刻的她内心无比痛苦,她从不认输、不示弱,可现在的问题是:该如何面对一个病人?毕竟她从未想过这样的结果,如今突然摆在眼前了,竟然那么难选择,她不得不想:还跟他计较吗?万一他起不来了或留下后遗症,不管他?不行,你必须照顾他,这是你的义务,再有理由你也推不出去。再说,别人怎么看你?谁知道你的委屈?说不定都以为是你的错呢。唉,我怎么也会遇上这样的事?就不能让我清闲点吗?她想来想去,终究还是把一股子气憋在肚里,想累了,她趴在床边睡着了。

程浩知道自己的身体状况,昨天虽感觉不适,但没在意,因为那种感觉他已经有很多次了。早上五点多,他醒了,想挪动一下身子,见媳妇趴在床边，便忍着没动，忍了大约半小时后，他又试着翻身，可费了好大劲也没翻成。他意识到可能是哪个部位出了问题，可并不甘心，暗想：不可能！我怎么这么不经磨？于是，他又试了几次，可结果都一样。他再怎么想，也没料到会是这样的结果，伤心地想：难道这一生就是这结局？为什么？为什么！

看看趴着的林小雨，他真想一脚把她踹一边去，可用尽了力，那条腿却一动未动，他恼怒地想：你不是恨我、盼着我遭报应吗？这回如了你的愿。行，行……我怎么就这么不争气，竟然让她这种人说准了……当泪水淌到嘴角时，他伸出舌头舔了舔那苦涩的泪水，心情渐渐平静下来。他用左手擦干了那不争气的泪水，骂自己："会哭了？小时候跟爸妈耍赖哭，这把年纪了，怎么还……"越是这样想，那泪水越多了，他用力扭了自己一把，疼得哎哟一声。他偷偷看看她，见她一点反应也没有，心里除了伤心就是无奈，满脑子想着跟她的恩恩怨怨，一时忘了自己的痛楚。

程浩和林小雨第一次认识是在大学食堂打饭的时候。

那天晚上排队打饭，他正踮着脚向前望的时候，前面的同学突然向后退，于是他也跟着向后退，正好踩到身后那个同学。接着传来了那个女同学的尖叫声、埋怨声："哎哟，哎哟，你怎么回事啊！妈呀，疼死我了！哎哟，哎哟……"

他红着脸，不停地向她道歉："对不起，对不起。我只顾朝前看了，没站稳。"可她白了他一眼，没好气地说："瞧什么呀？不老实排队，你还有理了？"他更不好意思，讷讷地说："是，是。不该，不该。我有点急事。"她又说："有急事还吃什么饭哪？真是，撒谎也不会。行了，行了，算我倒霉，今天运气不好，不吃了。"说完，她一瘸一拐地走了。

他呆呆地看着她走出去十几步远，突然醒悟过来，紧跑两步追上她，关切地问："你没事吧？要不，我扶你到卫生室看看？"她停下脚步，稍稍愣了一下，点头说："好吧。你不会是把我的脚踩骨折了吧？我怎么这么疼？行，你还算有良心，你就陪我看看再说。就算我有个好歹，我也不会赖上你，你也不用怕。"他连连答应，伸手去扶她，她却甩手说："跟着就行，叫我同学看见了，还以为有什么事呢。离我远点！"

听了她的话，他有些担心地点点头，想着：万一把她脚上哪个部位踩骨折了，那麻烦不大了？她说得轻巧，真要是骨折了，她非赖上我不可。瞧她那眼神，准是个难缠的主儿。妈呀，她要是真骨折了，我可怎么跟爸妈交代？她得要多少钱？想到这儿，他停下脚步，偷偷看她的每一个动作，看她是不是说谎了。看着她走了十几步，没发现什么，他想：她踮着脚走路，那只脚看着不敢用力，不像是装的。

她发现他已经停下脚步，转头喊道："哎，你怎么回事？怎么不走了？是不是想溜啊？"

他慌忙摆了摆手，紧跟了几步，断定她不是装的，才下了决心：既然踩了人家，就该给人家看病去。反正闯了祸，到哪儿说哪儿吧，害怕也没用。这样一想，他反而轻松了。

快到医务室门口了，他追上了她。

她不高兴地说："我怎么这么没脑子？老师早下班了。你这人也够笨的，跟着有什么用？害得我走了这么远，我现在更疼了！"

他只好红着脸说："不好意思，我真没往这儿想。那怎么办？"

她仔细打量着这个一脸窘态的人，看他的穿着便知道不是城里人，便一改刚才呛人的语气，爽快地说："算了，走你的吧。我自己能回去。你不用害怕，我不会赖着你。"

他瞧着她，愣了一会儿，心想：这个人刚才还看着不讲理，这会儿怎么态度好了？真叫我走？那干脆走吧，万一她改了主意，我肯定有麻烦。嗯，走为上策。想到这儿，他表面客气地说："不是，我不是不担当的人，既然做错了，就该补过。我叫程浩，住食堂南边男生宿舍，2号楼206房间，有问题你就去找我。"说完，他给她鞠了个躬，转身走了。他走得很快，边走边想：千万别喊我……可一直到了宿舍楼，也没听见那人喊他，他忽然又觉得自己做错了什么，悄悄地回头望去，那个人早在视线里消失了。他躺到床上，胡思乱想了一会儿，也不觉得饿了，等同学们吃完饭回到宿舍，大家说笑了一会儿，便各自睡了。

那次邂逅，是他们的第一个故事。

一个月后，程浩在学校餐厅吃饭，一个女孩坐到了他对面，他不禁愕然，吞吞吐吐地问："是你？你，你怎么样了？"那人正是一个月前被自己踩了脚的林小雨。她笑着反问道："好像不认识了？这么巧，怎么又碰到你了？"

他继续问："你的脚没事了？"

她答道："总算没事了。要不然，你不麻烦了？"

他紧绷的神经这才松弛下来，吞吞吐吐地说："我，我当时忘了问你的名字和班级，后来也没再碰见你，所以，所以……"

她脆响地说："本人林小雨，90级数学系的。不用解释，纯属偶然。我疼了一个多星期才好，不过无所谓。看样子，你这人心眼不少，我还以为你是个老实人。"

他故作镇静地解释道："你看我不老实？哪儿看出来的？我挺老实的，真的！人不可貌相。"

她微微一笑，认真地说："相貌挺老实，说话不怎么老实。不用跟我拐弯，我不是早就说过了，我不会赖着人家，不干缺德事！"她低下头吃饭，不再说话。

他用余光扫着她，不知说什么好，不是怕她讥讽，反倒认为女孩子说话带点尖酸刻薄属正常，眼看着她就要吃完了，才试探地问："明天我请你吃个饭吧？"

她抬起头来，看着这个长得帅气又有点呆的男生，点了点头，紧接着又摆摆手说："不用客气，明天我有事。"

他仍坚持道："你算给我一个面子。我总觉得做了亏心事，不得安宁。我没钱，就请你吃碗馄饨或水饺，怎么样？"

她犹豫了一会儿，轻轻点点头，慢吞吞地说："好吧，这样，我心里也平衡了。"

想到这儿，程浩又看看睡着的林小雨。她歪了歪头，脸正好朝着自己。看着她鬓角的白发，他的心紧缩着，但是不再生气，继续想着跟她在一起的美好时光。

服务员端上馄饨后，他又要了两个烧饼，笑着问林小雨："喜欢吃辣椒吗？"她摇摇头。他又问："胡椒要不要？"她又摇摇头。他再问："醋呢？吃不吃？"她笑答："来点醋。"他拿起醋瓶子给她倒上。

"好了，好了。"说着，她伸手推醋瓶子，手自然碰到了他，她匆忙把手缩回去，脸上掠过一丝羞涩，小声说："够了，够了。谢谢。"

他意识到了什么，笑着说："招待不周，请多包涵。"

她看着他穿的皱巴巴的短袖褂，扑哧一笑，搅着碗里的馄饨说："你自己会不会洗衣服？"

他揪了揪自己的短褂，笑道："会是会，就是不讲究。这褂子料子不行，一洗就皱巴了。我天天洗，不洗就馊了。"

她微笑着说："哦？还挺勤快。"

她吃完一碗馄饨，看了看他。他一再让她吃烧饼，她都拒绝了。

吃完馄饨，他又吃了一个烧饼，把剩下的那个烧饼拿起来，客气地说："你不吃，我都吃了，不能浪费。你要是吃不饱，不能怪我。"

她笑而不答，心想：别装了，你吃俩烧饼也不一定饱，像你这样的，有几个真吃饱的？不都是节省着粮票，能凑合就凑合嘛。每个月发的粮票，我们女生吃不了，男生都不够吃的，以为我不知道？今天这一顿，你还不得省好几天呀？

吃完烧饼，他擦着脸上的汗说："天太热，不该放胡椒。"

两个人出了馄饨馆，一起回了学校。一路上，他们也没什么话说，进了校门，到了该分手的路口，相互客气一番就各自回宿舍了。不过，从那以后，程浩隔三岔五就找个借口去找林小雨。林小雨也从一开始的半推半就转为主动接纳，两个月后，竟然有了一天见不到他就失魂落魄的感觉。渐渐地，他们成了公开的情侣。

大学时光，他们谁都不会忘怀，他们结婚后，很长一段时间里还一直回忆曾经的快乐。

结束了回忆，程浩思索着：今天怎么总想以前那些事？难道真到了诀别的时候？都说老人喜欢回忆过去，我也老了？不中用了？脑子还清醒啊，不能动还是能恢复的，瞎想什么？我不相信别人能好起来，我就不行了。不能！还是沉住气，把脾气改了吧，不能再像以前了，不能再计较她的不是了，不能再宠然然了……想到女儿的面容和目前的遭遇，他忽然感觉一阵心酸，赶紧提醒自己：挺住啊，挺不住什么都白搭了，现在死还早点，孩子怎么办？他又看看林小雨，自语道："她自己都没活明白，怎么管孩子？不能指望她。还是睡觉，休息好才是一个病人该做的事。"这样想后，他感觉舒服些了，决定不再想那些没用的打算。他很快睡着了，还打起了呼噜。

早上六点多，小雨被推醒，她猛地站起来问："怎么了？怎么了？"

护士进来了，她已经给程浩拔了针管，笑着说："阿姨，是不是做梦了？刚才我听着你像是在哭，所以推了你几下。"

小雨这才醒过来，说："做梦了，吓了我一跳。"说着，她回想起梦里的情景：程浩死了，死在一个荒山野坡上，周围一个人也没有。他死的时候好像跟我说了什么，明明记着呢……都是这护士一喊，让我忘了。她记得自己在梦里喊人来帮忙，可没有一个人来。

望着那个正熟睡的人，她脑海中不断闪现着他曾经引以为傲的形象：他是个不知疲倦的工作狂，一天到晚闲暇的时候很少；他肃穆庄严地在党旗下宣誓；他被人簇拥着神采飞扬地讲话；他气急败坏地对下属大声斥责……

"恐怕你不会再有机会了……"她掉泪了，尽管对他的感情已埋下了一层阴影，但毕竟没有扯断；既然不能扯断，就有纠缠，那剪不断的纠缠里还是藏着无限期盼的。她凝视着他，感觉喉咙干，甚至想咳嗽，她强忍着走出急诊室，匆匆进了卫生间，捂着嘴咳嗽了几声才感觉好些了。她想：暂时忘掉那些过去吧，有什么大不了的？你又没有亲眼见过，怎么这么不相信他？说不定是自己错了。眼见为实，道听途说不能信，不能信！回到急诊室坐下，她把手轻轻搭在他的手上，内心竟异常激动，轻声说："怎么会这样？你可别吓我，我可管不了你，还有然然，我更管不了她。"

他一点反应也没有，仍睡得很香甜。

"这家伙睡得还挺香，跟没事一样，应该不会有问题，是不是吓唬我啊？"她并不知道自己抚摸的那只手已经不能动了。

他醒了，发现她正呆呆地看着自己，笑笑说："我瘫了，不能到处跑了，你如愿了。"

她瞪大了眼睛，坚决地说："我可没盼着你长病！我就是脾气不好、懒点。行，以后我给你做饭，不跟你计较以前那些破事了。"

他淡淡地说："不计较，晚了。"然后，左手指着右手说："右手一点知觉都没有。"

她像被电击了，倏地撤回自己的手，下意识地说："没正行，吓唬人也不能乱说。"

他苦笑道："这回没开玩笑，是真的。"

一听这话，她抓起他的右手，使劲晃了晃，见他的手指的确没了反应，轻轻地放下说："医生说了，过两天会好起来。你可不能偷懒，听医生的，过两天就能下床锻炼。"

他皱起眉，点点头说："我说过，老了当你的拐杖，现在反过来了，你要先当我的拐杖了。"

她点点头，笑着说："你这人心眼多。不用担心，我不会把你扔了。不过，我可说好了，我这拐杖就当一个月，你可不能用起来没完。"

他开心地说："一个月？我还以为一个星期呢。行，行，够了。不出一个月，我保证能好。"

她打了水，给他擦脸、擦手，然后准备出去买饭。

这时，林国庆提着饭来了。

程浩说："你来得正好，我要上厕所，扶我一把。"

林国庆跟姐姐一起才完成姐夫交代的任务。

程浩因撒尿还要累得精疲力竭而沮丧起来，躺下后便闭上眼，想：看来不是那么简单，估计不利索了。想到这儿，他又生气了：这么尿包？还不如七八十的老头儿？沉住气，沉住气。想想工作吧，还有哪些事没干完，等他们来了交代一下。

小雨虽然想好了今后该怎样做，可不知为什么，一看到程浩那张脸，内心总是想发火。她强压住这股怒火，想着他今后可能面临的各种问题，才慢慢静下心来。她打开弟弟拿来的饭盒，一看是馄饨，问道："什么馅的？"

林国庆凑上前，轻声说："我叫王萍做的素馅的，胡萝卜鸡蛋，没敢做肉的。我哥现在应该吃清淡的。"

小雨点头说："想得还挺周到。"

林国庆朝姐姐挤挤眼，笑着说："我哥对我好，这时候能用得着我。"

小雨轻轻拍了拍程浩，见他睁开眼，指指手中的碗说："吃点吧？"

程浩皱皱眉说："不想吃。"

林国庆上前，弯着腰说："哥，你得吃饭。你这病吃上饭，就有劲了，三天后就能下床活动。你要是不吃饭，哪来的劲？人是铁饭是钢，一顿不吃饿得慌。你比我明白。哥，我扶你起来。"说完，他把床升起来。

程浩用那只能动的手撑着床，林国庆将枕头放在他身后。坐好了，程浩深深叹了口气，说："看来不想麻烦人是不行了。"

小雨知道他的脾气，轻松地说："想得多没用，先吃饭。吃饱了才能干别的。"她用勺子搅了搅碗里的馄饨，捞起一个放到他嘴边，说："张嘴。"

程浩张开嘴吃了。此时，他矛盾的心理也展现在他的表情与行为上，他每吃一口都皱一次眉，每咽一次都能稍微缓解他紧张又烦躁的心情。他机械地吃完七个馄饨，示意林国庆再把床摇下，又躺下闭上眼。一会儿，程浩听见有人进来问这问那，并说病房已经准备好了，但他假装什么都没听见，想关闭所有与外界接触的能力，可偏偏关不了。在被送往住院处的路上，他什么都知道。刚进病房，他的下属就陆陆续续来了不少。他不得不睁开眼，不得不说着重复的话。他知道不能胜任工作时要主动报告，可思前想后，认为还没这个必要，给自己打气说："着什么急呀？两天都等不及了？先安排办公室传达着，大家又不是不懂规矩，怎么还不放心？同志们的责任心不比你差，你以为单位离了你不行？笑话！想什么呢？"他苦笑了一下，被小雨看得一清二楚。

不到十点，病房里已经堆满了花束、花篮和许多营养品。

小雨送走几拨人后，嘱咐护士哪些人可以进来、哪些人必须直接挡回去，这才坐下歇歇。她看着不断滴下的液体发愣，想说点什么却找不到切入点。近几年，他们之间谈论的话题就是孩子，除了孩子他们已无话可说。她想到了弟弟，于是说："中午想吃什么？我叫国庆做。"

程浩神情呆滞地望着窗外，有气无力又不耐烦地说："随便，什么都行。"

小雨听着那语气就想发火，恨恨地想：还是不改，都这样了，还要什么威风？

这时，程浩转过头来说："要不，做点面条吧？西红柿炝锅面，放个荷包蛋。"

小雨看了他一眼，见他这会儿脸上舒展了，也笑着说："好，我给他打电话，他还想多做几样呢。"

程浩盯着她的背影，又想着夜里想的事，心情好多了，等她打完电话才说："给我倒杯水。"

小雨干脆地答应着，倒上水，放好吸管，递到他嘴里。他一口气喝了半杯，喝完后，长长地舒了口气。她拿纸巾给他擦了擦嘴角的水滴。他闭上眼，很快睡着了。她看着他突然苍老的面庞，着实心酸，默默地想：人都一样，再厉害也禁不住病折腾。本事呢？再吼啊，再叫啊，再出去疯啊！这回老实了，活该！这"活该"两个字已经从嘴里冒了出来，她拍了拍胸口，自我安慰道："算了，从零开始。想不开，什么时候是个头儿啊？别给自己添堵，找不自在。"

她知道该珍惜和他的感情，也想做个相夫教子的贤妻，可日子过久了，两个人的缺点都暴露出来，他们谁都不服谁，都以为自己做得对，所以争吵不断。起初,她还顾及他在外面的影响,但后来就不在乎了。她自己也自暴自弃,不求上进,只顾眼前,一天天消磨时光。她曾多次质问自己:"什么时候开始不在乎的?怎么变的?"她认真思索昨天跟美琳和蕙兰说过的内容,当时自己虽然嘴硬,可的确得到了启示:"人与人之间,无论是夫妻、亲人,还是同学、朋友,都应该保持适度距离,不应该刨根问底。"

"花开给人艳,花落令人怜。人贪一时欢,恐留一生叹。或许,我真该认真反省了,不然,亲人、同学、朋友都将离我而去……"她哆嗦了一下,看看那吹着的空调,觉得那风太凉了,她起来把空调关了,又看看屋里摆的那些东西,转身收拾起来。她提起一个花篮放在床头柜上,又把一束花放在窗台上,然后把剩下的花篮和几束花送给了医生和护士。看到大家的笑脸,她也露出了笑容。她知道,自己需要很长一段时间才能适应现在这种状态,但内心的那块冰总算有了融化的角落。

中午十二点多,她收拾完了,感到特别疲惫,刚想躺下睡一会儿,李家良进来了。她问:"你怎么知道的?"

家良并未回答,径直走到床边,焦急地问:"怎么会这样,怎么搞的?你是不是有感觉?怎么不早点上医院?"

程浩只是摆了摆手,然后指指床边的凳子,示意他坐下。

家良顺从地坐下了,这才看着小雨说:"你该给我打电话。"

小雨摇摇头,接着说:"昨天晚上把我吓坏了,我都不知道怎么办好了。幸亏还知道打120,要不,麻烦大了。"

家良皱着眉说:"你仨昨天太不像话,喝了那么多酒。"程浩摆摆手:"这事跟你媳妇没关系,你别怨蕙兰。"

小雨歉疚地说:"怨我,是我不好,不该坚持喝那么多。要是早点回家就好了。"

程浩微微一笑,说:"不容易,能叫你认错。算了,谁都不怨,是我自己不争气,怎么偏偏这时候长病呢?"

家良这才说:"刘蕙兰她妈今天也住院了,要不,她就跟我一块儿来了。"

小雨忙问:"怎么了?什么病?"

家良指着程浩说:"跟他一样的病。"

程浩无精打采地"哦"了一声,小雨可惜地说:"怎么这么巧?都得了这种病。唉,阿姨没事吧?"

家良回答:"我看着应该没事。刘蕙兰在那儿盯着,她妹妹也过去了,我就回来了。我是回来后,听我同事说程浩住院了,不然还不知道呢。"

程浩说:"家良,你赶紧再看看去,这个病可说不准,什么情况都可能发生。"小雨也催促道:"是啊,你赶紧去帮蕙兰吧,她还不知道急成什么样。我在这儿盯着,国庆帮我,还有不少人照应。你别往这儿跑了。"

家良站起来说:"行,那我先回去了。小雨,有什么事你可叫我,别拿我当外人啊。"

小雨点点头,送家良出了病房,又悄声说:"别跟蕙兰说程浩的事,也别告诉美琳。"

家良虽然嘴上答应了,可出了医院,他就埋怨上了:"等过两天再说,再跟你俩算账!什么玩意儿,都五十了还这么疯,惹出这么大乱子,以后还有脸再玩?做梦吧!谁还跟你们这种人玩?林小雨肯定跟程浩闹腾了,要不然,绝不会这样。"他越想越生气,使劲拍着车旁那棵杨树说:"完了,一切都完了,恐怕很多事都得变了……"他开着车往家走,一路上都在纠结程浩住院的事。

第六十二章

李家良的担心并非多余,一个月后,他没有升任自己的理想职位。这天,他心情不好,跟媳妇说:"我一直盼着回老家住,踏实。老家找不到了,可还是想啊!有时候想得睡不着觉。"

蕙兰理解丈夫,更愿意形影不离地陪着他,因为还要回家照顾妈妈,便让弟弟帮她在村里租了一个院子,这样,回家、种菜两不耽误。

关于想家的话题,家良不想说太多,他把眷恋悄悄写进了自己的日记里:

  今天,去了同事的老家,回来后便坐卧不安,我特别特别想念老家的一切。

想念家乡的情怀什么时候都没改变过,如果有可能,真希望一生都不离开那片土地。可是,这种想法与事业总不能完全契合。社会进步,生活质量不断提高,这都是大家的期盼。如今,城市化已抹去了有些村子原有的面貌,我只能在记忆中寻找过去,虽心下有些不爽,但看到乡亲们的生活得到了极大改善,自己的私心就收敛起来。我也学着写首诗,借以表达此时的感想:

故乡情
回到故乡,
此地此生,
此情此景。
山水默默,
草木依依。
熟悉的路,
走千千遍,
亲切的脸,
看万万回,
永不厌倦。
越老越想,
难舍难分。

岁月轮回,
潸然泪下。
心狂痴迷,
缘何离去?
心志万里,
求学不弃。
故乡情啊,
根之所在,
情之所依。
望尽天涯,

魂归故里！

　　写到这里时，他掉下几滴泪，怕媳妇笑话，赶紧擦干净了，摇头叹息道："这不算是感情用事吧？想家，想故土，哪个人不是这样？"他悄悄去了书房，见媳妇还忙着，便又悄悄回到床上去了。

　　蕙兰早就看出他的心思，回头望了望，见他走了，望着屏幕愣了一会儿，想道：今天就到这儿吧，时候不早了。她关上电脑，回到床上，见他在看手机，便说："能不能歇会儿？"

　　家良的视线并未移开手机，不高兴地说："你忙完了？你忙完了就不让别人忙了？"

　　蕙兰笑笑说："想什么呢？我有这么霸道？以小人之心度君子之腹。"

　　家良扔下手机，坐起来，瞪着眼狠狠地说："你才是小人！"

　　蕙兰愣愣地问："怎么了？至于吗？"

　　家良仍气呼呼地说："至于吗？你这人，算了，不说了，不说了……"他摆摆手躺下了，紧闭着眼，不再搭理她。

　　见李家良这样，蕙兰突然委屈起来，暗想：你不是自找的吗？干吗搭理他？他不可理喻。她生气地想了一会儿，又想到自己整天写东西没时间陪他说话，可能让他很生气，便轻轻摇着他的胳膊说："怨我，不该说那话。"

　　家良架不住她的好话，只好说："算了，怨我，自找气生。睡觉，睡觉。"说完，便打起了呼噜。

　　听着他睡熟了，蕙兰忽然想道：他是不是又想家了？咳，你也是，他本来就不高兴，干吗惹他？仕途不顺也无所谓，干吗那么难过？有什么了不起的？咱不稀罕那玩意儿！想到这儿，她又突然来了气："你再有本事，人家就是不用你，想想就生气，说不生气是假的！"气过之后，她又劝自己："管他呢，现在不是很好吗？干好自己该干的事！"她想到了那孤傲的梅花，自语："我也写一首赞梅的诗。"她搜索着关于梅花的诗词，理清了思路后，写下了自己的诗：

　　　　赞梅
　　世人皆赞梅，不畏寒霜染。
　　节至花自开，怒放展娇颜。

她激动的心情很难平复下来,脑海里又浮现出一首诗:

清风
盛夏热难耐,不得藏身处。
一袭清风来,化解心中苦。

"人都说,什么人找什么人。我跟老头儿是一样的人,我们都有自己做人的原则。"蕙兰笑了笑,她还想写点什么,慢慢下了床,拿着笔思考起来。想到苏东坡的经历时,她摇头笑道:"我想吃东坡肉了。"一会儿,她的思路打开了,写道:

傲
世人皆劝我,随波有益友。
一朝意已决,寂寞不逐流。
四季都知好,当选夏令尤。
花开盛繁时,独把芬芳嗅。

悄悄回到床上,望着熟睡的丈夫,她很想把自己的心得与他分享一下,可她知道,他是不会把真实想法说出来的。此时,她比以往更理解丈夫:"他压力太大。算了,以后别提他不喜欢的那些事了。他喜欢种地,你就陪着他种地;他喜欢唱歌,你就跟他一起唱歌。一切顺其自然,有什么不好?不行,你想好的事要坚持,但不能影响他的情绪。否则,谁来照顾你……"她笑了,带着满满的幸福睡去。

她不喜欢种菜,陪着丈夫种菜后才渐渐变了,不但有了许多想法,还有感而发写了篇文章:

泥土的芬芳
我们住的小院子是租来的,这院子可以种点菜,这是租它的最终原因。
院子周围都有树,树上的小鸟叽叽喳喳的,它们飞着、叫着、闹着，令人目不暇接。远处传来的蝉鸣声虽然单调刺耳，却丝毫没有让我心烦。我是一个极挑剔的人，任何一种机器的轰鸣都会让我忍不住发脾气，唯独这些与人类相伴久了的天然物种，无论它们怎样欢叫都不会惹恼我。

午后，炎炎烈日给大地送来更多热浪，尽管大家都不喜欢这股股热浪，但没有它，植物很难结出硕果。望着院子里的西红柿、小白菜、韭菜、小葱、丝瓜、辣椒在阳光普照下茁壮成长，我的心情特别舒畅。当初先生要租房子时，我内心不是很支持，如今看到这些长起来的蔬菜，心下开始认为先生的做法还是正确的。

院子虽然不大，菜园子不足二十平方米，但就是这么一个小地方，逐渐改变着大家的思路，让我们一家人都过得更加充实了，还让我们找回了一种久违的思念，那是埋在每个人内心的一种依恋，是我们永远津津乐道的话题——地里的收获。

院里的第一次播种，是先生与同学一起种的西红柿和辣椒。当时，看着他们顶着烈日在院子里忙活，一会儿便满头大汗，我在一边觉得好笑。大热天的，出汗并不稀奇，可他们竟然都喘着粗气！我笑话他们："这么几棵菜就累成这样，太不像话，不像是农民的孩子了。"可是，仔细算来，已经几十年没这么劳动过了。想想原来刨地的情景，自然跟现在大为不同。刨地是很累的活儿，我刨地时双手都曾磨出过血泡。那时，我经常抱怨家里的地多、活儿多，从来不去想父母对那片土地的期待与向往，只是后来才体会到父母的艰难。时过境迁，劳动的场景已远去多年，我早就忘记了刨地时的感受。

享受着城市便利的生活，却越来越不喜欢城市的喧嚣，总想着去寻农村的宁静安逸，总期待闻到泥土与青草的芬芳。看着先生与同学忙，自己也忍不住走进菜地里，踩在泥土上。那松软的泥土，着实唤醒了我对土地的记忆。

我们现在种这块地，是为了享受生活。居住在城里的很多人已经与我们有同感，大家都认识到了大自然的好处。只有站到泥土上，闻着土的香气，种下种子，再经过除草、施肥、浇水、打虫，干完一整套活儿后，你才会体味到什么是种地，你才会真正懂得收获劳动果实的喜悦。

　　我与先生第二次种的是小白菜、韭菜、小葱、丝瓜。我们都曾是地地道道的农民，后来因上大学改变了身份，可身份再变，我们身上的那种淳朴依然在，想抹也抹不去。我们之所以对体力劳动割舍不下，是因为它孕育了我们的最初梦想。尽管物质生活已提高到原来做梦都想不到的高度，尽管精神生活也算充实，但是中年以后，我们仍念念不忘种地的快乐。

　　我们已经安排好周末如何度过——奔向那租来的院子，去收拾那片小小的菜园。这菜园又让我们接了地气，至少让我们又找回了种地的一点感觉，并给我们的生活增添了意想不到的情趣。

　　我一直盯着那片小小的菜园发呆，视线里忽然多了一只白色的蝴蝶。那小东西独自悠闲地在菜叶上玩耍：它一会儿在白菜叶上驻足，一会儿去了西红柿叶上，飞来飞去地踏过好多叶子。"估计这小东西也有好奇心，它竟然躲进那片西红柿里了。"我低头望着，看它能在里边待多久，结果还未数到十它就钻出来了。它接着钻进了白菜叶子下，又让我等了好一会儿，它才露出来。我的双眼被那小东西吸引着，它让我想起了童年追蝶嬉戏的时光。我想着在山坡上、地埂边看到蝴蝶时的样子，追逐时摔倒的尴尬，还有碰到蝴蝶时被吓得惊叫的傻态……虽然记不清是哪年哪月哪天发生的事了，可当时的动作仍历历在目，一想起便喜不自胜。先生在一旁故作正经地问："没事吧？"我这才醒来，又回到了现实。

　　蝴蝶有很多，但能在院子里看到的并不多。没有植物，蝴蝶怎么会留恋这小院子？我让先生看那只忙碌的蝴蝶，他同我一样高兴。原来，我们对蝴蝶的好奇心并不比儿时差。正看得起兴，那小东西却飞走了，我们翘首望着它远去，真不希望它离开！可是，我们何尝不知道，这儿并不是它的家，它回自己的家了……凝望着蝴蝶飞去的方向，我又想：你还会回来吗？一直等到日落西山，那小东西也再没回来。

　　蝴蝶的生命是短暂的，可不管生命多短，它都活得美丽洒脱。这个世界很大，蝴蝶不管去了哪儿，都有容纳它的一席之地。蝴蝶只要能飞，它飞到哪儿，哪儿都是它的家，哪儿都有它喜欢的一切,不是吗?我未看到它急飞的时刻,自始至终,它的翅膀振动的频率都差不多。多令人羡慕的小东西呀!我想到了庄子的化蝶之梦,还想到了梁山伯与祝英台化蝶共舞的一幕……世人为什么会青睐这小小的蝴蝶呢?不就是羡慕其自由自在地飞翔、不紧不慢的节奏和一心一意地追寻吗?

再看看这块一览无余的小菜园,愈加赏心悦目。它不但是我家先生的钟爱,也深深感染了我。我们栽下种苗,精心呵护,隔三岔五去浇水,看它们一天天长大。我们发现菜叶上被虫子咬出了洞,会心疼,走进地里一棵棵仔细查看,想尽一切办法消灭害虫……

人终归是要回归自然的。泥土的清香味谁都不该厌恶,谁都不该让它变味。大自然给予我们太多太多,尤其是滋养我们人类的土地,那泥土的芬芳才是我们最该喜欢又不能忘记的。

这篇文章写出了她的真实感受,通过劳动,让她再次领悟了"采菊东篱下,悠然见南山"的畅然,在这平静又温馨的日子里,她终于有时间、有心情潜心追逐自己的梦想了。

第六十三章

四个月后,孟美琳才约刘蕙兰一起喝茶,她们对程浩的状况非常惋惜,更同情林小雨的处境。美琳叹息道:"天有不测风云,人有旦夕祸福。这些事就发生在眼前,真烦人!"

蕙兰长长叹了口气,郁闷地说:"烦死了!程浩这么年轻就瘫了,小雨怎么受得了?那次我去看他们,当时差点哭了。小雨瘦了快二十斤了。她给程浩找了那么多大夫,就是不见好。我劝小雨了,叫她别着急,这种病要慢慢养。"

美琳更是愧疚,她已经责怪自己无数次了,痛心地说:"那次,要不是我非叫你俩来玩,还喝那么多酒,可能就没事了。"说着,她的眼眶湿润了。

蕙兰理解美琳的心情,她也多次埋怨自己,可这结果谁会想到?谁愿意看到这种结果啊?大家聚聚,开开心心地玩,意外就发生了。按说,这意外与她们本没有直接关系,可她们总是自责,不断反省自己的过失。

蕙兰喝着茶,见美琳仍在难过,便开口说:"算了,咱以后再别埋怨自己了,其实,跟咱没什么关系,不是吗?人长病,首先是自身的原因,外因毕竟有限。再说,小雨从没怨过咱。我发现,自从程浩长病后,小雨脾气好多了,她能专心伺候程浩,实在是没想到。"

美琳轻声叹息道:"话是这么说,可咱心里就是过意不去。你说得对,自己想不开,自找难受。我心理负担重,想起来就觉得自己不对,有阴影了,怎么办哪?"

蕙兰愁眉不展,无奈地说:"谁说不是啊?怎么咱都这样?能不能不背这包袱?都说江山易改本性难移,看来用咱身上了。话说回来,咱要是放不下,就是自找难受。咱再难受,能解决什么问题?都是做无用功,白费力气。"

美琳这才舒了口气,点头说:"是,再难受也替不了人家。我这人,本来办事就拖泥带水,一辈子也就这水平了。"

蕙兰瞧着美琳,见她面色凝重,继续开导她:"又来了,还是跟自己过不去。算了,别再提这茬儿了,跟咱没关系,没关系!记住了?"

美琳凄楚地说:"管不住自己。"

蕙兰环顾了屋里,问道:"强强呢?又去他奶奶家了?"

美琳也跟着蕙兰的视线朝屋里看了一圈,点着头说:"又去了。那老太太总找理由叫他去,只要强强愿意去,我也不能拦。"

蕙兰点头说:"随他去吧。你省心了,整天待在家里,有什么好?出去接触接触社会,慢慢就好了。"

美琳倒上茶,示意蕙兰喝茶。她有许多话想跟蕙兰说,可想了想,还是先问问蕙兰的近况:"你怎么样?成成在部队还适应吧?"

蕙兰喝着茶,看着茶碗呆呆地说:"不怎么样。唉,你说……"她的眼角湿润了,不想再说什么。

美琳知道说到了蕙兰的痛处,可她想:总得打听一下啊,不问也不应该啊。

蕙兰的情绪很快稳定下来,接着说:"我不是不想叫成成吃苦,早就想让他锻炼锻炼，问题是他没跟我商量商量。还有那个李家良，他瞒着我，悄悄答应孩子不说，还不叫我知道。你说，李家良这是安的什么心？这不明摆着要我命吗？"说着说着，蕙兰的火气上来了。

美琳赶紧劝道："怎么了？当兵有啥不好的。"

蕙兰生气地说："我没说不叫成成当兵去。我生气他爷儿俩瞒着我。"

美琳这次也不示弱，大声说："还不一样？你凭什么怨李家良？李家良不是害怕你心疼儿子才没敢告诉你？你想想，要是你早知道了，你能痛快地同意？"

蕙兰怔怔地望着美琳，不服气地说："我怎么会不同意？我当然同意，我绝不拖后腿！"

美琳撇嘴说："吹吧，我还不了解你，你就是嘴硬。你要是去送儿子，还不叫儿子哭着回来？"

蕙兰笑了，只好说："算你说对了。别说，你这话倒是解开了我这心里的疙瘩。是，我要是去送成成，说不定成成就跟我回来了，那麻烦可大了。跟你说，成成给我写了封信，感动得我哭了一个晚上。他还给他爸写了一封，李家良也看哭了。我都存手机里了，你瞧瞧。"

美琳接过手机，仔细看起来。

爸爸：

　　这是儿子第一次尝试写信，还是写给我敬佩的父亲，我很激动，也略有些惶恐。跟您写信前，我已经做了充分准备，考虑再三才做此决定的。之所以选择写信，是因为担心自己电话里说不清楚，更怕有些话成了"无所谓"的表达。另外，我现在承认，无论是电话还是微信，都不可能表达出我真实的内心。还有一个原因，就是咱爷儿俩面对面地交流，我有点拘谨。

　　爸爸，您曾经以为我很柔弱，缺少男子汉的阳刚气。您知道我为什么惧怕您吗？因为小时候的记忆太深刻！我怕您犀利的目光，更怕您跟妈妈吵架时的怒吼。我是妈妈的保护神，我们都是。我站在妈妈这边，不是我不爱您、不尊重您，更不是我没胆量！

　　现在，看到您跟妈妈相亲相爱，您儿子最开心了！爸爸，知道妈妈多依恋您吗？（当然，我看到您也离不开妈妈）我看了她写的文章，字里行间都可以看到这种痕迹。可我发现，您并未真正读懂妈妈。妈妈是个有远见的人，她的报国情怀深深影响了我。

爸爸，希望我不在家的日子里，您能更好地照顾妈妈，她可是我们俩幸福的源泉。妈妈写的文章很好，如果她愿意，您就鼓励她一直写下去。妈妈的理想是当一名作家，目前看，咱爷儿俩都赶不上她，既然这样，我们一起支持她，好吗？

爸爸，不要再担心我了。部队是淬炼人的最好地方之一，我会练就一身御敌之功，做一名擒拿高手。我已经做好了迎接任何困难的准备，只要别人能做到的，儿子一定能做到！

爸爸，再次请您原谅，我把照顾妈妈的任务交给了您一个人。您要照顾好自己，少抽烟、少喝酒，适当锻炼身体。

最后，儿子把妈妈写的一首诗送给您，您肯定没有看过，妈妈向来不对您说出她的真实想法。当然，您是最了解妈妈的，我听妈妈说过，您最懂她。

幸福地老去

不知为什么，
我总担心会有孤独的时候。
你酣睡的声音时而让我心烦时而又叫我害怕，
害怕你哪天把我扔下走了，
留下我独自等候与你相聚，
我不想得到这样的考验和结局！
两个相依相伴的人生活久了，
许多的难解难分都被淹没，
只有彼此期盼平淡地相守，
明知道生死离别是自然法则却不想面对。
当恐惧向我袭来时，
我警告自己的痴傻却不得不陷入沉思：
必定有一个孤零零的灵魂先走，
终会留下另一个身影在风中摇曳。
启示在哪里？

我要幸福地老去!
　　好想让你带我去远行,
　　去看看这世上那些陌生的色彩。
　　放飞我们的梦想,
　　观潮起潮落流云远去,
　　看异域风情斑斓四季。
　　多想在以后的夜晚,
　　躺在你的臂弯里睡着,
　　了却一切烦恼,
　　让惬意把我缠绕。
　　我还想在与你分离前能清晰记得你的样子:
　　你轻轻抚摸着我的脸,
　　讲述我们曾经的忧烦与留恋……
　　但愿,但愿你不会有伤感,
　　不要痴傻到如我那般,
　　不要去想我烦你的每一天!
　　在我清醒的时候,
　　我会在老去的路上让幸福多一些停留,
　　你不必揣测任何理由,
　　幸福的老去是我最最恒久的追求。

　　儿子敬上!

2018年8月18日

美琳看到这儿的时候,眼泪早已顺着脸颊淌到脖颈里,她擦擦眼泪,继续往下看:

妈:
　　您读这封信时,儿子应该已经到达集合地了。我知道妈会想我、担心我。其实,我想告诉您,儿子已经长大了。
　　妈,我们曾经讨论过爱国的话题,所以今天我的决定并不是赌气。好男儿志在四方,我参军可能出乎您的意料,之所以没跟您商量、不容您考虑,就是怕您舍不得儿子受苦。另外,儿子一直缺少恒心与勇气,怕踏上征程前又改了主意,好在我这次终于付诸行动,至于今后能不能有出色的表现,还需要时间验证。

　　妈,我知道军营生活肯定很苦。我已经准备好了,流血流汗、奉献青春是军人生涯必须面对的课题,只要当了兵,我的一切将不再只属于咱的小家。妈,您不是教我自强吗?我想,军旅生涯将是教我自强的最好机会,定能让我变成一个坚强勇敢的男子汉!

　　妈,我费尽心思写了一首诗和三首歌,您看看如何?

心志

祖国山河一片天,凌云壮志记心间。
为国戍边何需劝?一腔热血报平安。

妈,这首诗,可以表明我的决心吧?

第一首歌是:《爱国爱民来参军》:

我爱我的国,
爱国爱民我来参军。
不畏艰和险,
刻苦去训练,
保国护民责任勇敢挑上肩。

我爱我的国,
爱国爱民我来参军。
不挑也不拣,
心里没怨言,
哪里需要哪里去承担。

我爱我的国,
爱国爱民我来参军。

不追名和利，
不逐酷和炫，
为的是祖国人民平平安安。

不畏艰和险，
刻苦去训练，
保国护民责任勇敢挑上肩。
不挑也不拣，
心里没怨言，
哪里需要哪里去承担。

不追名和利，
不逐酷和炫，
为的是祖国人民平平安安。
不追名和利，
不逐酷和炫，
为的是祖国人民平平安安，
为的是祖国人民平平安安！

第二首是《五星红旗之歌》：

仰望五星红旗冉冉升起，
每一次我都心潮澎湃激动不已。
五星红旗啊五星红旗，
无论你飘扬在哪里，
我的心都会紧紧与你相偎依。
你在哪里，
我的心就贴向哪里，
你是指引我前进迈向光明的那面旗。

在世界舞台上看五星红旗升起，

每一次我都热泪盈眶不能自已。
五星红旗啊五星红旗,
不管你飘扬在哪里,
我的心都会紧紧与你相偎依。
你在哪里,
我的心就贴向哪里,
你会带我创造一个又一个奇迹。

五星红旗啊五星红旗,
你属于每一个中华儿女。
五星红旗啊五星红旗,
中华儿女始终不会忘记,
英雄的足迹始终伴随着你。
五星红旗啊五星红旗,
我会用生命捍卫你的荣誉,
愿你永远高高飘扬,高高飘扬在天际。

五星红旗啊五星红旗,
你是指引我前进迈向光明的那面旗,
不管你飘扬在哪里,
我的心都会紧紧与你相偎依。
五星红旗啊五星红旗,
你会带我创造一个又一个奇迹。
五星红旗啊五星红旗,
我会用生命捍卫你的荣誉。

五星红旗啊五星红旗,
你是指引我前进迈向光明的那面旗,
不管你飘扬在哪里,
我的心都会紧紧与你相偎依。
五星红旗啊五星红旗,

你会带我创造一个又一个奇迹。
五星红旗啊五星红旗，
我会用生命捍卫你的荣誉，
愿你永远，
永远高高飘扬在天际。

第三首是《我是有智慧的移动平台》：

睁开双眼，
忽然发现一个新的概念，
移动平台是我的大脑梦幻。
我可以从远古走到今天，
也可以从大海飞向蓝天。
移动的平台一直向前看，
看未来的世界怎样变换。
我有更狂的想象空间，
穿越时空到达我想去的任何地点。
我是有智慧的移动平台，
无论何时何地都可以打开。

我是有智慧的移动平台，
无论何时何地都可以打开。
想放松我会编个笑的故事开怀，
写一首诗歌畅想未来。
这是一个飞速发展的时代，
这是一个令人兴奋想实现梦想的时代。
我启动我的移动平台，
发挥它的力量所在，
冲破一切阻碍，
勇敢迎接未来！

睁开双眼,
忽然发现,
移动平台是我的大脑梦幻,
我是有智慧的移动平台。
这是一个飞速发展的时代,
这是一个令人兴奋想实现梦想的时代。
我启动我的移动平台,
发挥它的力量所在,
冲破一切阻碍,
勇敢迎接未来!
我要勇敢,
勇敢冲破阻碍,
去迎接属于我的未来!

  妈,在写歌词的时候我就想,我是继承了您的基因,如果我的这几首歌能在部队传唱,那该多好!我就是不会谱曲,要是会的话,我可以先唱给您听听。我的这些表达可以让您放心了吧?以后,我会抽时间给您写信。妈,您可不要掉眼泪!我跟爸爸说好了,我们俩都是能保护您的男子汉。妈,保重身体,别逼迫自己。工作之余,您只管写小说,做自己喜欢的事情。儿子希望您没有负担,轻松实现您的理想。预祝妈妈写作顺利!
  儿子敬上!

2018年8月18日

  蕙兰的脸上绽放出开心的笑容,她见美琳还在掉泪,便轻轻地说:"每次看儿子的信,我都会被感动。可一想起李家良瞒着我的时候,就生气。我知道自己不对,就是老犯错。"
  美琳擦干了眼泪,笑笑说:"说一千道一万,都是一个毛病,不想人家的好,光怨人家的错。我不信改不了,就是找借口不想改。总想叫人家依着你,你就不能依着人家?"
  蕙兰拍了美琳一下,笑着说:"没错,一语中的。就是不想改,就是想拿乔，还没长大呢。"她笑着坐下了，自斟自饮，闻着茶说："还是平心静气地喝茶吧，有什么呢？"

美琳开心地说："想开了，什么都没有。一切都会过去，很快。眼看这一年又过完了，你不怕吗？"

蕙兰突然想到了许大发，她盯着美琳说："光说我了，忘问你了，你见许大发了？怎么样？"

美琳摇摇头说："还那样，一点没变。"

蕙兰追问道："那你准备怎么办？"

美琳依然摇头，悲哀地说："碎了的花瓶怎么粘都不可能没缝，何况人呢？"

蕙兰没了笑脸，淡淡地说："你打的比方不对。人跟器物怎么能比呢？"

美琳回道："有什么不一样？人没了想法，就跟器物一样了。"

蕙兰惊愕地看着美琳，不解地问："怎么这么快就变了？你不是想……"

美琳沉吟片刻，慢慢地说："本来我是有一丝幻想，可自从见过他，那一丝幻想也彻底灭了。他不但没变，甚至比以前更嚣张了。你说，我还能有什么想法？一切都是为了强强，要不，我不可能逼自己去见他。他……"美琳直摇头，不想再说那个人了。

蕙兰明白，又说："咱出去走走吧，一块儿看看小雨去。"

美琳今天不想去，摇着头说："我去过三次了，每次见了程浩都难受，可不去，我心里更难受。你说，做人怎么这么难呢？"

蕙兰紧绷着脸说："说来说去，跟你白说了些废话。你才是真不想改呢！"她走近美琳，使劲戳了她额头一下。

美琳差点被蕙兰戳倒，她身子歪了一下，靠在沙发上。她没想到蕙兰会用这么大力气，生气地说："你生气，我比你更生气，我怎么就这么不争气呢？"事实上，她说的一些话与自己的真实想法正好相反。

蕙兰看穿了美琳的心思，冷笑着说："之前怎么说的别以为我不知道。还是表里如一吧，别糊弄自己了。"

美琳紧闭着嘴，咬咬牙说："行，跟你说实话，我准备养着他。"

蕙兰怀疑地问："养着他？怎么个养法？叫他住进你开的养老院里？"

美琳点着头说："是。叫他跟着我干，我叫他干什么，他就得干什么。"

蕙兰笑道："你？想利用许大发吧？叫他帮你打理，你坐享其成，心眼还挺多。"

美琳只好说："什么都瞒不了你。好了，你的书写的怎么样了？有进展吗？别再操心我的事，告诉你，我已经想开了，等他回来的时候，我可能把之前的事都忘了。"

蕙兰高兴地拍着双腿说："这才是真实的孟美琳，我说呢，风格不可能变。我写的书，进展很快，已经写了三十多万字，准备收尾了，有点小激动，很期待成功。"

美琳眨了眨眼，笑着说："这么快？厉害厉害。看来，成功指日可待。蕙兰，你说，你要是真成功了，会不会更忙啊？你没见那些名人都很忙吗？"

蕙兰笑着，差点把茶喷出来，捂着嘴说："这个，我还没来得及考虑。不过，万一成功了，我应该不会忙，除非超出想象，那有点渺茫。"

美琳点点头，笑着说："你啊，少谦虚，说不定早就想好了对策。再说，到时候可不是你说了算了，公众人物都这样。"

蕙兰放下茶杯，搓着额头说："别，还是现实些，先别费那脑子了。"

美琳轻叹一声，问："我表叔的事听说了吗？"

蕙兰点点头，一脸严肃地说："上次回家听说了。这个李德水也是，挺明白的人，现在怎么还敢干那种傻事？"

美琳不屑地哼了一声，叹口气说："明白什么？要是真明白，还做那些掩耳盗铃的事？以为大家都傻。以前我就跟我爹说，看不惯我那表叔，可我爹心疼我奶奶……唉，咱说了也不算，反正闹到最后这下场，谁也没想到。前一阵子，我哥还给我打电话，叫我给表叔托关系。我哪有什么关系啊，虽说跟你和小雨好，可我开不了口，明知道他不对，还给他说情，我干不来。我哥还是死脑筋，竟然说：'只要拿钱能摆平，花多少都行。'我直接数落他一顿，叫他别想那歪招了，现在根本行不通。没想到，我哥跟我翻脸了，说我没人情味，只顾自己，不跟我聊了。"

蕙兰叹口气说："李德水上学的时候挺老实的，没那些坏心眼，这些年好像变了一个人，自从当了大队书记，一般人他都不放眼里，'山高皇帝远，县官不如现管。'这是他常说的话。"

美琳气愤地说："他要不是这种想法，也进不去。咳，不说他了，我们家怎么老出这种人？"

蕙兰愣了一下，赶紧说："怎么了？他是他，你是你，扯不上边。你跟你哥解释解释，他能想通。再说，李德水这些年做得太过分，眼里只有钱，不出事才怪呢。"

美琳轻轻点点头，仍气愤地说："就是，他是咎由自取，谁也救不了他。不管再怎么要求，他就是不听，还敢说：'要求都是空话。'在他眼里，被查的都是些'倒霉蛋'，都是因为做得'不利索'，留下马脚才被抓住的。他呢，耍小聪明，总是笑盈盈地待人，就是不见礼不办事。我是知道他那两下子，别说别人了，连我找他办事，他都不放过。天网恢恢，疏而不漏，他造假账造得很齐全，如果只看账本子，根本查不出问题……不说了，不说了，一说就生气，咱还是打算自己的。"

蕙兰笑着说："你生什么气？有些村干部，还有那种'土皇帝'的思想。别说村干部了，办事处的有些领导，都欺压老百姓。修生产路，先修到他们家地边上；修水利设施，也是……只要有好事，都是他们占先。算了，不说了，不说了，我也生气了。"

美琳问："这茶怎么样？"

蕙兰赶紧喝茶，然后说："不错，不错。歇会儿，还是喝茶好。"

她们畅谈着自己的打算，说着茶香，仿佛已然进入自己的理想生活。

第六十四章

二〇一九年腊月二十三，这是中国的农历小年，蕙兰正在下水饺，她的电话响了。

家良一看是儿子打来的，便接起电话："成成，你妈下水饺呢，你吃饭了吗？"

志成急切地说："爸，我吃过了。你知道武汉那边有人得了一种奇怪的传染病吗？据说跟当年的SARS差不多，传染快，死亡率很高，我给家里买了一箱医用口罩，已经寄过去了，估计明天就到。你跟我妈最好少外出，快过年了，外面人多，一定要注意，能不出门就不出门，非要出门的话必须戴上口罩,离外人远点。"

家良奇怪地问:"我怎么没听说?你是怎么知道的?有那么严重吗?"

志成着急地说:"网上有不少信息,武汉那边很多发烧的病人都住不上院。"

家良将信将疑地说:"哦。我跟你妈说,叫她上班的时候戴上口罩,不让她逛商店了。"

蕙兰匆匆盛上水饺,站在丈夫身边看着手机。家良说完把手机给了媳妇。

蕙兰笑着说:"儿子,今天是小年知道吗?吃饺子了吗?"

儿子笑答:"吃了,妈。这种日子不用我单独记,有管吃饭的,我才不操心这个。哦,妈,刚才跟我爸说了,你出门的时候一定要戴上口罩,还有,千万别去逛商店了,现在有一种特别厉害的传染病,传染很快,死亡率极高,据说跟当年的SARS差不多。千万要注意。"

蕙兰吃惊地问:"真的?不会吧?我怎么一点消息都不知道?"

儿子答道:"应该是真的。我先是从网上知道的,后来通过武汉的一个同学确认的。"

蕙兰紧张地说:"妈呀,怎么回事?儿子,那你可要小心。你老实在营区待着,千万别出去。我是知道SARS有多厉害,当年我正好出差,在飞机场,下了飞机就被消毒,有专车接我们,直接送回家,不准上班。我到了楼下,你爸不准我上楼,让我在地下室把衣服换了再上楼,上楼我就接着去了卫生间洗澡,又换了身新衣服才抱你的。哎哟,当时可害怕了,在家隔离了半个月。那时候,你还小,不敢吓唬你。我不去上班,你可高兴了。"

儿子说:"妈,这次跟上次差不多,一定要小心。"

蕙兰连连答应:"妈知道,知道。你最近怎么样?"

儿子笑着说:"最近锻炼少,我胖了五斤,准备减肥呢。"蕙兰高兴地说:"胖点正好,减什么肥?听见了吗?不准减肥!"

儿子答应着:"好,不减了。妈,没事了,你跟我爸赶紧吃饭吧,挂了。"说完,志成挂断电话。

蕙兰不高兴地说:"我还有话要说,这小子把电话挂了。"

家良忙说:"儿子怕耽误你吃饭。快吃,饺子都凉了,别磨蹭了。"

蕙兰这才坐下,她边吃边说:"哎,你说这小子说的是不是真的?要是真的,那可糟了。"

家良咽下嘴里的饺子说:"应该是真的,他们消息比咱灵通,咱看的东西少,他们上网看的东西多。不管真不真,戴上口罩出门准没错。"

蕙兰却说:"最好是弄准了,我戴口罩憋得慌,不愿意戴那玩意儿。"

家良只好说:"行,这还不好办,咱都打听打听不就行了。"

两个人吃完饭后,都开始浏览网上的内容。他们发现了一些相关内容,有的消息说得挺吓人的。蕙兰看后,不声不响地找出了口罩,那是冬天戴的防雾霾口罩,她准备明天上班时戴。

腊月二十七这天,蕙兰听同事们谈论关于武汉的情况,大家都紧张起来,并相互转告。不过,大家听来的消息还是打了折扣,毕竟离得远又没有熟悉的人在武汉。

蕙兰上下班都戴着口罩,她感觉呼吸不畅时,就产生怀疑:"到底是不是真的?有那么严重吗?武汉离得那么远,那病毒怎么会传到这儿来?"虽然有疑问,但她毕竟是经历过隔离的人,所以警觉性还是有的,即使戴着口罩,她也离陌生人远远的。

按照惯例,蕙兰每年春节都添新衣服,可今年,她听了儿子的话,没进商场也就没买新衣服。

大年三十晚上,蕙兰照旧看春节晚会,生活没有任何变化。可是,大年初一的新闻,让她跟家良意识到了问题的严重性,新闻中说:"党中央成立应对疫情工作领导小组,在中央政治局常务委员会领导下开展工作……"

晚上,蕙兰接到妈妈打来的电话,妈妈很着急地说:"你知道吧?电视上说,那个病毒传染可厉害了,你们都别回来了。咱村里有两个从武汉回来的,都不叫出门了。"她一惊,赶紧答应了,嘱咐妈妈要加倍小心,紧张地想:还以为没事呢,这么快就到身边了。村里就有两个人从武汉回来,呀,那全国各地不都可能……

她跟家良说:"糟了,看来还真得小心了,我妈那儿有两个人从武汉回来,村里都把路封了。我妈不让回家了。"

家良面无表情地说:"我去单位开会,局长刚才给我打电话了,我得抓紧去安排防疫的事。你老实在家待着,别出去了。"说完,他戴上口罩、毛呢八角帽,将方格毛呢围巾围上,穿上外套后,又戴上手套,然后,他朝媳妇挥了挥手,笑着走了。

她看着丈夫走了,开始担心儿子,站到窗边,望着楼下穿梭的车辆发呆。半个小时过去了，她觉得腿发酸了，这才回到自己的电脑旁，下定决心："别想那些没用的，该干活了。"她打开电脑，又沉浸在自己的作品里。

家良回到家时已经凌晨三点多了，见媳妇还没睡，便催促道："行了，行了，过年了，该歇歇了。"

她疲惫地关了电脑，问："怎么样？没事吧？"

他摇摇头说："不怎么样，形势很紧张。咱这种部门还好，卫生防疫部门的任务非常非常重。这么多人，可不好控！"

她默默地点点头，说："肯定。哪那么容易？人多嘴杂，还有不听话、不在乎的。好，先睡觉，走一步看一步吧。"

他笑笑说："只能走一步看一步。估计你单位明天就会下通知，都开始轮流值班。"

她看着他打了个哈欠，说："嗯，差不多。等通知吧。困了，睡觉。"

两个人都累极了，躺下后很快打起呼噜，他们一直睡到八点多才起床。

一连在家待了两天，家良有些憋不住了，给同学、朋友打电话，传来的消息都一样，大家都在家里憋着，谁也没出门。他实在无事做，开始学八段锦。

蕙兰见他学得认真，便说："好好学，学会了教我。"

他指着手机说："你先从网上学一遍，要不，我可教不会你。"

她即刻拉着脸说："爱教不教，叫你当我老师是瞧得起你。"

他忙摆手，一本正经地说："你本来就瞧不起我，还是别改。当你的老师？指不定生多少气呢。你还是另请高明吧。"

她这才笑笑说："我又不是凶神恶煞，你怕什么？我还吃了你啊？再说，你还教不会我？我就那么笨？不至于吧。"

他只是摇头，不再回答。她只好无趣地走开，忙自己的了。

日子一天天过去，转眼到了初七，该去上班了。家良和蕙兰早早吃了饭，各自去单位了。按照以往惯例，大家都会早点到单位。虽然今年少了拜年的程序，但大家见了面还是要热情招呼一番的。

蕙兰到了办公楼，等电梯的时候发现墙上用胶带粘了一包纸巾，还贴了一张提示：按键专用纸巾。进了电梯，酒精的味道扑面而来，电梯上也有纸巾，下了电梯，楼道里都是消毒水的味道。她没碰见几个人，还纳闷："怎么都来得这么晚？"这时她才猛然想起办公室下的通知：请各单位安排好值班人员,尽量减少人员聚集。上班后到办公室领取测温计和消毒用品,各办公室每天要清洁消毒。她想:是不是我理解错了?大家不用都来上班了?只要轮流值班就行?进了办公室,发现科里的同事都来了,她热情地跟大家打了招呼。大家寒暄之后,开始讨论关于病毒的事。他们正讨论得热火朝天时,局长悄悄进了办公室,严肃地说:"不是要求不聚集吗?怎么还凑这么近?抓紧散开!"大家赶紧坐回自己的位置。

蕙兰急忙把值班表排好,让大家赶紧回家。晚上下班的时候,街上的人很少,她走在路上都有些紧张。接下来的几天,路上的人越来越稀少。小区里、大街上都挂起了横幅。

社区管控越来越严,蕙兰居住的社区有四个门,最后只有南门开放,其余三个门都被封闭;社区内的超市转为只对本社区的人服务,且进超市必须戴口罩、测体温。其实,她并未真正接触到SARS,当时在家隔离了十五天后就上班了,什么都没改变,对她来说,那次经历在记忆中无关痛痒,甚至还无端享受了一个带薪长假。这次就完全不同,这么长时间了,紧张度非但没有降低,反而管控措施越来越严、越来越细。单位领导一遍又一遍地强调卫生防疫工作的重要性,社区工作者挨家挨户登记行程,医务工作者更是严阵以待,整个社会都在经历从未有过的恐惧。

走在街上,蕙兰感觉空气中都有了病毒,她在家门口用酒精消毒后再进门,进门后洗手、洗脸、洗脖子,凡在外面与空气接触的地方都要彻底打扫一遍,再换下衣服。

二月二是龙抬头的好日子,往年,许多门店都做开业大吉的活动,如今,那些门店都大门紧闭。蕙兰在上班的路上观望,看哪家门店有开门的迹象,但眼前的一切令她十分失望。到了空荡荡的办公楼里,她越发紧张不安,想到好久没跟小雨联系了,于是给她发了微信:"最近怎么样?程浩好点了吗?"一会儿,小雨给她发来一段程浩锻炼身体的视频。

蕙兰发给小雨一段视频。小雨接着打电话,笑着说:"家良长本事了,什么时候开始对诗感兴趣了?是不是你影响的?笑死了。程浩看了,笑得肚子疼。济南普通话读《再别康桥》,别有一番滋味。"

蕙兰笑道:"我当时听的时候不敢笑,在一边偷着笑。他还录得挺认真,像是在录音棚,录了好多遍,这是他最得意的一段。这家伙平时挺死板的,这次疫情好像改变了他。他教会了我八段锦,还叫我跟他一起正步走,一会儿我再发给你两段，更好笑。"

小雨声音低沉地说："这次疫情也改变了我和程浩。我好多事都看开了，不再计较了。他也变了，比原来好多了。唉，我俩之前就是交流少、误会多，现在有时间，说开了，没事了。再说，年龄大了，何必纠结那些捕风捉影的事，还是珍惜当下好。"

蕙兰高兴地说："这就对了。不说就瞎猜，说出来就没事了，这样多好。往后啊，咱都该改改以前那些坏毛病。现在看这疫情，还不知道以后会怎样，咱这儿控制得挺好，真是万幸。"

小雨叹口气说："可不，谁知道这辈子还会遇上这种事？多可怕！还是老老实实在家待着，保命要紧，别想别的了。"

蕙兰深有感触地说："就是。如果能平平安安过一辈子，当然好。可是，一辈子哪有没事的？"

小雨高兴地说："忘了跟你说了，程浩能自理了，最近还给我做饭了。还有，然然年前回来了，她见了她爸，哭了一个多小时，我训了她几句，她才不哭了。我怕程浩激动，没想到他特平静！说心里话，我比程浩还开心。然然在楼上看书呢，准备参加事业编考试，决定当老师了。这孩子，可能看到她爸受了刺激，像是换了一个人，突然懂事了。"

蕙兰兴奋地说："哦？太好了！我说吧，孩子一旦开了窍，准能行！你呀，这回算是熬出来了。哎，我真没想到你对程浩那么好。"

小雨酸酸地说："你啊，不想我的好。唉，这爷儿俩天天在我跟前，我倒没了脾气。然然能待在家里，我是真高兴。可程浩，我不该盼着他只围着我转……算了，不跟你扯了，我跟程浩出去溜达溜达。"

蕙兰赶紧说："好好，你赶紧走吧，给程浩问好，我就不打扰他了。"放下电话，她想把刚才跟小雨通话的情况告诉美琳，又感觉嘴唇发干，于是决定先喝杯茶。她思索：喝大红袍还是茉莉花？好久没喝茉莉花了，还是来杯茉莉花吧。她闻着茉莉花茶的香气，沉醉地闭上眼睛，大约过了十秒，才睁开眼，然后开心地想：这样多好！终于又能品到原来的茶香味了。她望着天空的白云，唱起了自己喜欢的那首歌：

　　愿做天空那朵云，
　　悠悠飞往心仪处，

世间繁华我不恋,
只寻心中的田园。
归去来,长风伴,
自由飞翔在蓝天,
我心快乐享自然,
归去来,长风伴,
无限遐想心中燃,
无忧无烦。

愿做天空那朵云,
悠悠飞往心仪处,
心之向往,歌声悠扬,
穿我霓裳,起舞欢唱。
归去来,长风伴,
自由飞翔在蓝天,
我心快乐享自然。
一切美好在眼前,
良辰美景尽情欢,
无忧无烦。

愿做天空那朵云,
悠悠飞往心仪处,
世间繁华我不恋,
只寻心中的田园。
心之向往,歌声悠扬,
穿我霓裳,起舞欢唱。
一切美好在眼前,
良辰美景尽情欢,
无忧无烦。
归去来,长风伴,
归去来,长风伴,

一切美好在眼前，
　　良辰美景尽情欢，
　　无忧无烦，
　　无忧无烦……

　　唱着唱着，她的心情愈加舒畅，随即拨通了美琳的电话。
　　"忙什么呢？"
　　"没忙什么。在家闲得慌，看书呢。"
　　"看的什么书？"
　　"《易经》。"
　　"哦？搞研究呢？等你研究透了，给我上上课。我早就买了一本，可看不进去，太深奥了，费半天脑子记不住不说还弄不明白，干脆不看了。"
　　"心静自然凉。静不下心来，白搭。我都看了好几遍了，似懂非懂，似是而非。我这水平，一知半解就够了，我也不想弄明白，就是给自己点安慰吧。"
　　"看一遍就有一遍的收获，说不定你就真成专家了。"
　　"谁都想当个'家'，你有作家梦，我可不敢，我想着能当个好家长就不错了。"
　　"又挖苦我。别老是说作家作家的，还没影的事，叫你说没了，你负责！"
　　"我负责？你自己的事，把责任推得一干二净，还好意思说？说正事，进展怎么样？"
　　"什么进展怎么样？"
　　"又装！你写的作品啊！"
　　"哦，不是闹疫情吗？在家研究怎么防护呢。"
　　"这还用你研究？在家待着不就安全了。你单位没下通知啊？"
　　"下了，轮流值班，不让聚集。我今天值班，忙完了，想你了，问候一下。你也不知道问候问候我。唉，不知道这种状况要到什么时候。我心情受到疫情影响，想法消极，觉得干什么都不带劲了，没心思写了。"
　　"这借口倒很现实。你怎么就不利用这个机会呢？你怎么不借这事写写？在家闲着也是闲着，你把最现实的问题写出来，不比你编的故事有意义？"
　　"是，对。我不是没想过，可就是没行动。心烦，跟你诉诉苦。我准备写了，咱说完我就开始。"

"那好，别扯了，你赶紧写吧，我不打扰你了，你可别再找借口了。"

"一会儿，就一会儿。我跟你说，我刚才跟小雨通电话了，程浩已经能自理了，还能做饭了！你呀，不用再有心理负担了。"

"真的？太好了！这样我就放心了，一会儿我跟小雨聊聊。好了，不啰唆了，挂了。"

她拿着手机愣了一会儿，自言自语："这几天一个字都没写，哪天都有借口，你还真会找借口，什么事都跟疫情扯上边，都五十多了，再等的话，真就半途而废了……"

回到家，她见家良正忙着做饭，便去书房忙自己的了，直到家良喊她，才赶紧坐到餐桌旁。

他兴奋地说："今晚咱也喝一杯，庆祝平安！"

她微笑着，点头道："好。刚才我看见后面的楼上大多数人家都亮着灯，比原来多多了。这阵子最好的改变是都能在家吃饭了，还是家里的饭好吃。"

家良看看媳妇，摇着头说："就知道享受自己的小幸福，要是长此以往，大家吃什么？"

她沉重地说："我崇拜那些支援武汉的，他们真厉害！我想去支援武汉，可是没那本事，怕给人家添乱，只能老实在家待着，干我该干的事。"

他点点头，端着酒杯说："人贵有自知之明。知道自己能干什么，已经不错了，来，喝一杯。"

她端起酒杯，喝了一口，吃了一口土豆丝，赞道："不错，比我炒的好吃。"

他眉开眼笑，指着桌上的菜说："都尝尝，尝尝，说说哪个不好吃。"

她又尝了一口凉拌的芹菜，点头说："嗯，这个也不错。"

他又催道："你先尝尝这拔丝地瓜，一会儿凉了就不好吃了。"

她快速夹起一块放到嘴里。地瓜还很热，她被烫了一下，捂着嘴说："烫死了，烫死了。"

他瞪着她说："头一回吃啊？真是！"

她故作生气地说："没吃过，怎么了？都是你催的！催什么催？吃饭应该细嚼慢咽，你倒好，每次都跟赶飞机似的，烦死了。"

他一看媳妇拉了脸，只好说："你这人，不知好歹，随你。"

蕙兰莞尔一笑，指着拔丝地瓜说："你说，我怎么改不了呢？好了伤疤忘了疼，我都烫过好几回了，看来，该受的罪还没受够。来，喝一口，谢谢你。"

他摇着酒杯，深沉地说："没办法，我是瞎操心，某些人总是不领情。"

她夹起一块地瓜，晃了晃才放进嘴里。

他笑了，问："长记性了？"

她盯着盘子里的地瓜，笑着说："有错就改才是好同志。我又不傻。"

他大笑道："你不傻，谁说你傻了？"

她瞧着丈夫，暗想：不能跟他翻脸，自己不干光吃，别把他惹烦了，要不，没人管了。想到这儿，她又笑嘻嘻地说："行了，别说了，我替你说了。你还少说我了？"

他板着脸说："别吓我，你这笑，挺吓人的。"

她眼珠一转，仍笑嘻嘻地说："怎么吓人？你倒不吓人，光叫人害怕。"

他这才有了笑脸，晃着杯子说："你忙，我没事。儿子说了，要支持你。怎么？嫌我支持得不够？我可是尽力了，你要是再不满意，我可伺候不了了。"

她忙说："满意，非常满意。我不是说谢谢了嘛，还要怎样？别得理不饶人，行不？"她的脸色突然变了，先是叹了口气，然后轻声说："说实在的，这几天，我越来越担心成成。当兵的，总往危险的地方去，万一他被派去站岗，多危险哪……"

家良摆着手说："你担心？天下有几个不担心孩子的老人？都差不多，咱也不例外。对了，话说回来，有什么好担心的？在哪儿没危险？哪儿都有。赶上地震、海啸什么的自然灾害，你就是坐着不动弹，照样有危险。和平年代，当兵的就是练兵备战、救死扶伤。养兵千日，用兵一时，你以为是说着玩吗？当兵就是要准备好了，哪儿有危险往哪儿冲！成成这小子，比我强！我是不行了……"话没说完，他把酒喝干了。

她想阻止他，已经晚了，只好说："我就是随便说说，这道理我又不是不懂。你少喝点，你比我还记挂他，我知道。"

家良歪着头，眯眼瞧着媳妇，笑盈盈地说："我？比不了你，还是你想着儿子……"他看媳妇脸色不好，便打住不说了。

蕙兰内心牵挂儿子，自然是不开心，见丈夫说了半截话，便挤出一点笑容说："咱俩有什么好争的。来，喝一口，盼着儿子平平安安，咱俩好好的，国是千万家，家是社会的单元，家家好才好，总得有人奉献，要不，哪来的好？气吞万里凌云志，扶摇直上冲九霄。为君扫去一地尘，除去田间乱杂草。空谈误国，实干兴邦。理想与实践不结合起来，怎么能成功？"

他竖起大拇指说："好！空有凌云志，万事成蹉跎。只有实实在在地干，没别的出路。咱儿子能做到言行一致，值得庆贺！来，干杯！"

她抿嘴一笑，赶紧说："哎，喝一口就行，别干了，高兴也不能喝醉了，万一儿子来电话，你要是说醉话，那就等着挨批吧。"

他端着酒杯晃了晃，瞪着眼说："他敢，我是他老子，他能不知道？不可能！我儿子多懂事，怎么可能？"

她笑道："好，我不跟你犟，你使劲喝。"

他放下杯子，笑着说："嘿，学聪明了。我才不上你的当。我喝够了，不喝了。吃饭！"

这是心有灵犀吗？怪了？我的那点私心总能叫你猜到。她看着他，心里想着，又继续说："这疫情什么时候能控制住啊？我怎么越来越紧张。"

他不假思索地说："很快，具体几天不好说。不过，就现在看，大家都很自觉，各部门都管控得很严，应该长不了。就看湖北了，只要湖北控制住了，全国准能控住。"

她敲着桌子说："把领导的话搬来了？是啊，要是举全国之力都控不住，那不人人自危了？"

他指着自己的脑袋说："别胡思乱想了，有组织在，不用你操心，快点盛饭，吃饭。"

她坐着没动，继续说："那也得人去执行啊，我们单位贯彻得很好，就怕有不听指挥的，万一大意了，叫那病毒跑出来了，怎么办？"

他哈哈大笑一阵，接着说："管控越来越严，你以为谁敢糊弄？这可不是别的事，这是在控制传染病，中央领导都在忙，下面谁敢懈怠？那准是没长眼的，自己往枪口上撞。"

她仍质疑地说："没敢的？准有！不信走着瞧。"

他放下筷子，极认真地说："我不跟你争。你说得没错，要说没一个不听话的，那不可能。什么时候都有以身试法的，杜绝不了。不过，人命关天的事，我猜着有百分之九十五，百分之九十五以上的领导都应该意识到了问题的严重性，要是没这点觉悟，还当什么领导？早该滚蛋了。"

她点头说："这还差不多。不过，那百分之五的比例可不小，也挺吓人的。死猪不怕开水烫。有的人，你就是揪着他的耳朵说，他也听不进去。"

她起来盛了一碗米饭，放到他跟前。

他问："怎么？你不吃了？不吃怎么行？没听专家说要增加营养？"

她摇摇头说："我吃菜吃饱了，营养早够了。我心里不踏实，想给儿子通个电话。"

他放下筷子，皱着眉说："你这人，表里不一。你这不是制造紧张气氛吗？好好的，非要给孩子加压，你想干吗？"

她含着泪说："怎么了？我就是想跟儿子说说话，不行啊？你，你越来越霸道。我跟儿子说，你才是无事生非。你怎么知道我是给儿子施压？我就是想告诉儿子，站岗时要注意自我防护，别大意了，不行啊？这怎么就不行呢？"

家良被媳妇问得哑口无言，想道：今天怎么了？算了，再说又把她的火点着了。其实，他跟媳妇想的差不多，都为孩子着想。他闷头吃完饭，收拾完桌子，拿起手机给儿子发了段微信："儿子，我今天惹你妈不高兴了，方便的时候跟你妈聊聊。近来怎么样？训练紧张吗？"没想到志成接着回了微信："爸，最近训练不紧张。我还想今天给妈打个电话呢，跟战友一说话，耽误了，我马上打。"

蕙兰接起儿子的电话，心情还未好起来。

志成听出来了，笑着说："妈，听着怎么不高兴？"

她搪塞道："哪儿不高兴了？没有。"

志成宽慰道："妈，有什么事能叫你不高兴？你不是自己能调节好心情吗？"

她干笑一声："是，你妈是有这个本事，就是需要一定的时间。我听你爸说话不顺耳，没什么事，好了，这会儿好了。儿子，最近怎么样？"

志成答道："我挺好的，不用记挂我。妈，您最近忙吧？"

她这才高兴地答道："我，最近可轻快了，主要工作就是应对那个病毒，只要那个病毒控住了，我就安心了。那玩意儿真烦人，闹得人人紧张。"

志成笑道："妈，要是都知道紧张就好了，自我防护意识强了，注意卫生，肯定没什么。你跟我爸别太计较，我爸挺好的。再说，他年纪大了，也有不高兴的时候。妈，你不是挺善解人意吗？我爸血压高，你不是也害怕吗？"

她赶紧说："知道，我就是情绪失控，不会跟你爸计较的。儿子，你可要保护好自己，要不，怎么去保护别人？"

志成爽快地说:"这是最基本的。还没上战场就被击倒了,那可不是你儿子。放心吧,妈。没事咱先聊到这儿吧?"

　　她笑笑说:"好吧,忙你的吧,不啰唆了,挂了。"

　　放下电话,蕙兰不满地说:"我没给儿子压力,你倒先给了。我怎么惹你了?"

　　家良笑笑说:"你没惹我,是我惹你生气了,是我不对。"

　　她仍拉着脸说:"是我不对。你哪儿有错的时候?都是我的错!"

　　他冷笑一声,说:"又来了,又情绪失控了?要不,我再给儿子说一声?免得你委屈?"

　　她这才微笑着说:"行了,我服了,到此为止。"

　　他看着媳妇,有些犹豫地说:"你写东西写得好,你说说你的看法。说实话,这两天,我一直在琢磨人生问题。你说,这人生到底会怎样?谁也不知道将来会遇到什么事,就像这疫情一样,现在都这么发达了,可应付这小小的病毒,还这么费劲,有的国家,不少人还反对戴口罩,有的国家甚至还说只要自由,不管别的,反对政府提出的管控措施,你说,命都没了,还谈什么自由?真不知道那些人是怎么想的。"

　　她摇摇头说:"我想不明白,不知道那些人怎么想的,简直不可思议。保护自己是人的本能,连这本能都没了,还能干什么?想想都可怕。要我说,凡是不听话、连命都不顾的,都是思想出了问题。世界之大,无奇不有。咱没碰见那种耍无赖的,要是让我碰上,我非跟他理论理论,叫他脑子转过弯来。"

　　他笑道:"你还教育别人?你能给他们讲明白?我看,你还是省省心吧,先管好你自己,别叫我操心就行了。你以为那帮人真傻啊?他们可不傻。"

　　她一听,更不服气了,气鼓鼓地说:"叫你说,那种人还没办法治了?"

　　家良摇摇头,不再搭理她,浇花去了,浇完了花,见蕙兰还坐在那儿发愣,问道:"想出什么高招来了?怎么教育那些人?你不是写书吗?把这事当正事写不正好吗?"

　　她眨眨眼,淡定地说:"写了。我在新闻中看到过两个视频,一个是冲护士吐唾沫的,一个是打社区工作者的,这两个人的问题已经不是自重不自重的问题,他们蛮横无理、不讲道德,还自以为'天下第一',我就写了对这两种人的看法。凡人善举托起大爱无疆,大家共同努力才会和谐共融,才能有好的生活,只有善待他人,他人才会善待你。连这个都不明白、都做不到,当然不能怨大家唾弃。不过,我写得还不够深刻,你的提醒很对,必须关注现实问题。"

家良皱皱眉说:"那还愣着干吗?赶紧写去吧,别在这儿耽误我看电视了。"

蕙兰虽有些不太高兴,但还是慢吞吞地进了书房,犹豫了一会儿,她打开电脑看了一页自己写的东西,发现多处错误,叹口气说:"糟了,怪不得老师说过,写书容易修改难呢,都改了好多次了,怎么还这么多错误?要是照这样,比再写本书都难。"她站起来踱步,经过一番思想斗争又静下心来,决定再次精心修改。她思考着疫情以来的各种变化,想着那些义无反顾的白衣天使、军人、志愿者……一幕幕感人至深的情景,让她的心情久久不能平复:"那么多优秀的中华儿女在奋勇向前,我能做什么?我能做什么?我只能待在家里、办公室里,我懂得珍爱生命,知道该遵规守纪不添乱,可是,与那些不畏生死的逆行者相比,我又算得了什么!哦,或许,就是表扬中说的:您居家不出门就是对社会的贡献。是,做一个对社会有贡献的人就这么简单,太简单了!我也可以自豪一番。岗位原因,能力有限,不能做一个逆行者,那我就不添乱,老老实实干好自己该干的事!"她的眼眶湿润了,托着腮凝思了一会儿,继而更加认真地修改自己写下的每一句话……

又一个多月过去了,生活恢复了往日的宁静与安逸。

夜幕降临,冷风透过窗子的缝隙挤进屋里,把屋里的温度降了几度。蕙兰披了一件披肩站到窗边,觉得比刚才清醒了许多。她望望夜空又瞧瞧楼下,轻松地呼吸着甜美的空气,想到书该结尾了,她抑制不住内心的兴奋,再次将目光投向夜空,终于想到了书的结尾:此刻,繁星点点与万家灯火交相辉映,无边的苍穹在星星的点缀下愈发神秘,这古老又平淡的景象陪伴我们一路成长,我们喜欢拥抱这样的夜晚,正是这样美丽的夜晚,为我们留下许多浪漫又温馨的故事……